S

Dieter Krause
Kollwitz 66

Berliner Kindheit in den fünfziger Jahren

Schöffling & Co.

Für

Franki, Micha, die Süße, Pummel, Sohni, Jürgen, Monika, Bernhard, Kalle, Marlies, Klaus L., Fred, Angelika R., Wolfgang, Hans-Jürgen, Angelika H., Horst, Jörki, Ete, Wölfi, Klaus T. und meine Eltern.

Erste Auflage 2017

Ein Glossar findet sich am Ende des Buchs ab S. 443
Satz: Fotosatz Amann, Memmingen
Druck & Bindung: Pustet, Regensburg
ISBN 978-3-89561-102-5

www.schoeffling.de

Kollwitz 66

Berliner Kindheit
in den fünfziger Jahren

Das Haus, die Stadt, die Zeit

Das Haus in der Kollwitzstraße 66 war nicht besser und nicht schlechter als andere. Es hatte den Krieg heil überstanden. Die 68 links daneben nicht. Das zählte. Es hatte vier Stockwerke und einen Hinterhof, von dem rechts und links Seitenflügel abgingen. Und es besaß damals, Anfang der fünfziger Jahre, einen frischen glatten Putz, der die hässlichen Kriegswunden an der Fassade zugedeckt hatte. Auf der einen hinteren Seite des Hofes war die Klopfstange angebracht, gegenüber standen die Müllkästen. Da endete auch der Hof – mit einem großen Lattentor. Und dahinter begann eine neue Welt: eine kleine Schnapsfabrik namens »Westphal«.

Sie bestand aus einer einstöckigen Ziegelsteinhalle und einem verzweigten Barackenbau und verband die Kollwitz 66 mit der 64. Dort im Vorderhaus unterhielt die Schnapsmanufaktur auch eine Probierstube. Quer über ihrem Eingang und den beiden Fenstern prangte der Schriftzug »C. Westphal«, dazu kam ein dreieckiges beleuchtetes Schild mit dem Firmenlogo: ein Männchen mit weiten, schwarz-weiß karierten Hosen und einem Tablett mit Likörglas. Die Fabrik und die beiden Häuser gehörten der Familie Hammel, die »Westphal« unter früherem Namen weiterführten. Die alte Frau Hammel wohnte in der 64, unten rechts, sogar mit einer kleinen Terrasse, zu der Stufen vom Bürgersteig führten. Ein Relikt aus der Zeit, da umzäunte Vorgärten noch beide Häuser schmückten. Ihr Sohn, der auch die Firma leitete, lebte mit seiner Familie in der 66, zweite Etage mit Balkon. Die anderen Mieter im Haus hießen Schlüter, Weinert, Heese, Rochow, Nemitz, Kleinschmidt, Kurzweg, Stehr, Thomas. Schlüter gab's gleich zweimal – »die alten« und »die jungen Schlüter«. Und eben uns, Krause. Hinterhaus, linker Seitenflügel, Hochparterre.

Natürlich waren das nicht sämtliche Bewohner, aber an diese

Namen erinnere ich mich gut. Denn zu ihnen gehörten die Kinder. Sie machten das Haus vielleicht doch zu etwas Besonderem, denn wir waren viele. Allein die beiden Seitenflügel kamen auf etwa 15. Ein so simples Spiel wie Verstecken konnte für den Sucher schon mal eine Viertelstunde dauern. Hammels hatten auch Kinder, zwei Töchter. Nur, gespielt haben wir nie miteinander, vielleicht durften sie nicht. Wir waren eben die Hofkinder. Manchmal, wenn ihr Vater an seinem Auto rumschrauben ließ, tollten sie auf dem Fabrikgelände. Uns war das verboten. Wir standen dann am Lattentor und sahen zu, was mit dem Wagen passierte. Ein klappriger Opel P4, aber eben ein Auto. Das einzige im Haus. Und vielleicht eins von vier oder fünf in der ganzen Straße.

Es gab nur wenig Verkehr. Mal ein Lastwagen, mal ein dreirädriges Tempo-Auto, mal ein Pferdefuhrwerk, das sich über den grauen Asphalt quälte. Das war's. Die noch junge DDR war auf Rand genäht. Der Westen Deutschlands wurde dank Marshallplan kräftig angeschoben, der Osten litt unter Reparationszahlungen und den Demontagen ganzer Betriebe durch die siegreiche Sowjetunion. Ein eigenes Fahrrad war da schon ein stolzer Besitz. Zwar wurde der »werktätigen Bevölkerung« mit pathetischem Eifer auch Wohlstand versprochen, aber erst für morgen. So blieb alles recht ärmlich.

Auch in den Geschäften, die vor der 66 für etwas Auflauf sorgten. Rechts neben der großen Hauseinfahrt gab es einen kleinen Zeitungsladen, geführt von einem geruhsamen dicken Mann mit Glatze. Frühmorgens heftete er immer die neuen Tageszeitungen mit Wäscheklammern an ein Leistengitter. Obwohl ich noch kein Wort lesen konnte, reichte es zur ersten Lektion: Alle Zeitungen sahen gleich aus – immerzu! Die Lebensmittelhandlung, die sich daran anschloss, war da etwas bunter. Zwei Schaufenster, an den Wänden Regale, darin Gläser und Tüten luftig aneinander ausgerichtet, und hinter der Ladentheke die Eheleute Adam, denen das Geschäft auch gehörte. Ganz links, auf der anderen Seite vom Haustor, war ein Fischladen der HO, der staatlich geführten Handelsorganisation. Alles weiß gefliest, auch zwei Schaufenster und mit einem großen

Karpfenbecken. Allein das Drama, welcher Fisch im Köcher landete und welcher entwischte, konnte uns Kinder eine Weile in Atem halten. Und dann kam, direkt neben der Einfahrt, eine winzige Eisdiele. Waffel-Eis, direkt in die Hand. Schon eine kleine Attraktion, die das Haus im Sommer »verzauberte«. An heißen Tagen stand die halbe Buddelkasten-Besatzung vom Kollwitzplatz bei uns Schlange.

Überhaupt der Kollwitzplatz, der gehörte natürlich dazu. Der riesige Sandkasten samt Klettergerüst, die drei Skattische aus massiven quadratischen Steinplatten, die großen Rasenflächen, umsäumt von Wegen mit vielen rotbraun gestrichenen Parkbänken. Und an der Ecke Knaackstraße das immer stinkende Pissoir. Blöde waren nur die Schilder, die man überall ins Gras gerammt hatte: »Betreten der Grünanlage verboten! Eltern haften für ihre Kinder!« Also doch Buddelkasten. Allein im Winter, wenn alles mit Schnee bedeckt war, galt das Verbot nicht. Den Schnee durften wir betreten.

Mit der Einschulung erweiterte sich unser Territorium beträchtlich. Nun marschierten wir jeden Tag links in die Knaackstraße, vorbei an einer der letzten noch nicht geräumten Ruinen am Kollwitzplatz. Vorbei an einer Gardinenspannerei, wo die frisch gewaschenen weißen Stores auf große Holzrahmen gezogen und an schönen Tagen vor dem Geschäft zum Trocknen aufgestellt wurden. Dann weiter am Wasserturm entlang, rechts in die Kolmarerstraße, und schon verschluckte uns die 13. oder 14. Grundschule. Ein alter, typischer gelb-roter Ziegelbau mit Turnhalle. Irgendwann kamen wir alle dort an, drückten uns auf eine der Holzbänke und lernten in der Fibel lesen: dass Walter Ulbricht ein sehr guter Schüler war und Stalin nie abschreiben ließ. Wir schon.

Ein anderer Weg, den wir nahmen, führte rechts in die Wörtherstraße vor bis zur Prenzlauer Allee – zum Kino »Berolina«. Vor dem Eingang eine kleine Kasse, drinnen vielleicht 20, 30 Reihen mit Klappstühlen und diesem eigentümlichen Zaubergeruch aus Staub und Zelluloid. Jeden Sonntag vor elf Uhr spazierten wir, fein rausgeputzt, 25 Pfennig in der Tasche, zu unserer Flohkiste und johlten berauscht bei den Filmszenen, in denen die Helden zum Sieg stürmten: »Ööööh, die Guten!« Das waren meist Partisanen oder Rotgardisten. Oder Kinder wie »Timur und sein Trupp«. Natürlich auch gut, hilfsbereit, vorbildlich. Aber eben doch auch etwas Rasselbande. Und das nahmen wir mit. Der Erziehungsappell blieb im Kino.

Bald kamen ganz andere Filme hinzu, andere Helden, in der anderen Hälfte der Stadt. Wir müssen acht oder neun Jahre alt gewesen sein, als wir zum ersten Mal alleine loszogen. Natürlich ohne unsere Eltern vorher zu fragen, sie hätten es bestimmt aus Sorge (eher) oder Gesinnung (weniger) verboten. Also dann lieber heimlich: quer über den Kollwitzplatz, durch die Wörther, über die Schönhauser, in die Oderberger und dann vor bis zur Ecke Bernauer. Ein beklemmender Ort damals, denn hier standen immer vier oder fünf Volkspolizisten. Sie patrouillierten auf dem Bürgersteig und auf der Straße, musterten scharf die Passanten, kontrollierten beliebig deren Taschen und nahmen einen – bei Verdacht – in Gewahrsam. Ein paar Schritte weiter atmete man erst mal durch, man war im Westen.

Und der empfing uns mit einer Parade von Marktständen, vollgepackt mit Schokolade, Kaugummi, Marzipan, Kaffee, Kakao, Apfelsinen, Bananen. Verführungen, die es im Osten nicht gab oder dort nicht schmeckten. Um die Ecke lockte das Kino »Vineta« mit rauchenden Colts und Tarzan-Filmen. Alles kaum 15 Minuten von unserem Haus in der Kollwitz entfernt. Wir waren kleine »Weltenbummler« – spazierten mehrmals in der Woche von Ost nach West und von West nach Ost. So wie ein Großteil der Ostberliner damals. Es war irgendwie immer noch eine Stadt und das Procedere längst eingeübt. Viele der grenznahen Läden und Verkaufsstände nahmen auch Ostgeld, ansonsten musste man die gewünschte Summe vorher umtauschen, meist zum Kurs von 1 (West) : 4 (Ost). Das ging ganz rasch über die Bühne, in extra »Wechselstuben« oder manchen Geschäften, man wusste schon in welchen. Alles im Westen natürlich. Der Rückweg allerdings war gefährlicher, denn wir waren selten »sauber«. Irgendwas musste immer geschickt am Körper versteckt und an den Vopos vorbeigeschmuggelt werden: »Micky Maus«- oder »Jerry Cotton«-Hefte, Knallplättchen-Pistolen oder Elvis-Platten. Unsere Wünsche änderten sich, wurden mit uns »älter«, das Herzklopfen an der Grenze blieb.

Letztlich war es Zufall, ob man im amerikanischen, britischen, französischen oder im sowjetischen Sektor lebte. Der Krieg hatte Berlin in weiten Teilen in eine Trümmerlandschaft verwandelt, jedes fünfte Gebäude war eingestürzt, ausgebrannt oder schwer beschädigt. 600 000 Wohnungen – verloren. Luftbilder muten noch heute surrealistisch an. Die Menschen waren glücklich, wenn sie überhaupt eine Wohnung hatten und nicht in Kellern oder Baracken hausen mussten. Und ob die vier Wände nun im Westen oder im Osten, in Treptow oder in Spandau standen, war in den frühen Nachkriegsjahren noch unwichtig. Man wollte vor allem leben, unter allen Umständen.

Doch der Kalte Krieg machte sich mehr und mehr bemerkbar. Die »Freie Welt« auf der einen Seite, die »Baumeister des Sozialismus« auf der anderen. Und im geteilten Deutschland feuerten zwei alte Männer, Konrad Adenauer und Walter Ulbricht, unablässig Worthülsen aufeinander. Den Bundeskanzler und den SED-Parteichef einte eine tiefe gegenseitige Abneigung und das Bemühen um die Sicherung der eigenen Macht. Fernsehen kam erst später, also fand der Krieg in der Presse und im Äther statt. Glitzerwelt gegen Versprechen. Und Verbote. Die staatliche Propaganda klang plump und falsch, besonders in jenen frühen Jahren. Die meisten Ostberliner (gefühlt!) hörten Westradio – den RIAS. Selbst am 1. Mai hingen in unserem Straßenzug höchstens zwei rote Fahnen zum Fenster raus. Wir waren zwar von politischen Losungen an Behörden, Bahnhöfen, Betrieben umzingelt, auch in den Schulen, aber wir nahmen sie kaum wahr. Und wenn, dann störend.

Wie den »Augenzeugen«, die DDR-Wochenschau, mit der jede Kinovorführung begann. Auf unseren Wunschfilm mussten wir warten, zuerst kamen die Erfolgsberichte: Neue Traktoren aus der Sowjetunion. Oder: Die Brigade »T. D. Lyssenko« hat in Akkordarbeit 100 Tonnen Getreide verladen – Kommentar etwa: »Jeder volle Sack ein Schlag ins Gesicht der Bonner Kriegstreiber!« Oder man zeigte uns rührende Bilder vom spitzbärtigen Genossen Ulbricht beim Volleyballspiel. Irgendeiner aus der hinteren Kinoreihe ahmte spöttisch das Meckern einer Ziege nach. Und die, die es hörten, lachten. War ja dunkel, sah ja keiner.

Für uns Kinder waren die fünfziger Jahre eine aufregende, abenteuerliche Zeit. Eine Kindheit, die anders war als andere, die es so nie wieder gegeben hat – zwischen Naziruinen und Neuaufbau, Stalinkult und American Way of Life, West-Ausflügen und Mauerbau, Brausepulver und Chewinggum, Jungen Pionieren und Donald Duck.

Der Russe vor der Tür und »Onkel Tobias« im Kopf

Mein Vater kam mit dem Rad. Schade, dass es keine Zeitnehmer gab. Denn er war ein guter Radrennfahrer, und er muss die zehn Kilometer bis zur Klinik nach Berlin-Wittenau in einem Höllentempo runter getreten haben. Er hatte einen gewichtigen Grund an diesem 14. August 1947. Ich war gerade mal vier Stunden alt, schlief selig in den Armen meiner Mutter, als er in das Zimmer stürmte und vor ihrem Bett niederkniete: »Hat er Arme? Kann er Klavier spielen! Hat er Beine? Kann er Rad fahren!« Und der Kopf? Gut, nur den hatte er wahrscheinlich gesehen, eingemummelt, wie ich war.

Um es gleich zu sagen: Keiner dieser Wünsche wurde erfüllt. Ich habe – leider – nie Klavier spielen gelernt und wurde auch kein Radrenner. Das mit dem Klavier konnte er leicht verschmerzen, dass ich kein Radsportler wurde, nicht. Dabei fing es gut an: Zu meinem dritten Geburtstag bekam ich ein winziges weinrotes Kinderrad. Einfach, aber stabil, mit Vollgummireifen und »starrer Geige« – also ohne Bremsen, ohne Freilauf. Bei meinen ersten wackligen Fahrversuchen hielt mich mein Vater noch am Kragen fest und rannte neben mir her. Doch schon nach ein paar Tagen fuhr ich wie ein Kunstradfahrer kreuz und quer durch die Wohnung. Er muss gejubelt haben: Angesteckt! Radsport war sein Leben, dort hatte er seine Freunde und bis zu jenem Tag im August auch seine große Familie. Dann kam ich, meine Mutter hatte er schon ein Jahr früher kennengelernt. Sie war in den letzten Kriegsmonaten als Rotkreuzschwester rekrutiert worden und danach für die Krankenpflege im Prenzlauer Berg unterwegs – zu Fuß, von Haus zu Haus. Und in einem dieser Häuser (Danzigerstraße, Ecke Kollwitz) traf sie meinen Vater. Nicht als Kranken, sondern bei einem Familienfest, zu dem man beide eingeladen hatte.

Damals wurde bei jeder sich bietenden Gelegenheit gefeiert. Es reichte, ein paar Flaschen, ein paar Zigaretten, ein paar Margarinestullen zusammenzukratzen, den Wohnzimmertisch beiseite zu rücken – und schon drehten sich die Schellackplatten mit 78 Umdrehungen pro Minute. Und kurz darauf drehten sich alle:

Rosamunde, schenk mir dein Herz und sag ja.
Rosamunde, frag doch nicht erst die Mama.

Man lebte, man hatte wieder Spaß. Wenigstens für drei, vier Stunden. So begann es mit Hilde und Herbert, meinen Eltern. Typisch, sie feierten gern.

Ein Jahr später zogen sie in die 66, in unsere Hochparterre-Wohnung. Drei Zimmer, zwei davon gingen nach hinten zum Hof der Schnapsfabrik, eine Küche und ein Klo. In den ersten Jahren gab es auch noch eine Untermieterin – Frau Altwasser. Sie war schon hochbetagt und lebte sehr zurückgezogen. Meine früheste Erinnerung an unser Zuhause ist merkwürdig: Ich bin fest überzeugt, im Schlafzimmer gebuddelt zu haben. Möglich, dass die Dielen erneuert wurden und ich, einen Moment unbeobachtet, in die Schüttung kroch. Backe, backe Kuchen. Das lag mir fast im Blut, so oft war meine Mutter mit mir buddeln. Wir mussten ja nur über die Straße. Auf dem Weg dorthin – oder wenn wir einkaufen gingen oder zum Arzt – überquerten wir den Hof. Der kleine Sohnemann brav an Mamas Hand, mitten durch die lärmende Kinderschar. Und dann kam die immer gleiche Frage: »Darf Dieter runter?« Er durfte nicht. Noch nicht. Ich war etwa fünf und von den vielen kessen Kindern ziemlich eingeschüchtert. Schnell weiter, habe ich bestimmt gedacht, und »Ooch, schade« gesagt.

Schon ein paar Schritte aus dem Haus genügten, um in der grauen Wirklichkeit anzukommen: Ruinen. Die 68 stand zwar – trotz Treffer – noch und war auch in den unteren Stockwerken bewohnt, aber nur notdürftig. Es waren vor allem die Eckhäuser am Kollwitzplatz, die es erwischt hatte. Von manchen Gebäuden standen noch Fassadenreste oder Teile des Treppenaufgangs, andere waren bereits geräumt und nun schuttstaubige Freiflächen, auf denen nur Unkraut sich festkrallen konnte. Die schlimmsten Bombenschäden gab es zwischen der Belforter und dem Senefelderplatz. Bis auf die Ecke Metzer waren beide Straßenseiten ein einziges Ruinenfeld. Dort zog sich das Abräumen der Trümmerberge bis tief in die fünfziger Jahre, dort gab es auch ein provisorisches Schienennetz, auf dem kleine Kipploren Ziegelsteine und Schutt fortschafften.

Nach Feierabend hoben Arbeiter die Loren immer von den Schienen – damit nichts passierte. Ein paar Minuten später zog es uns genau dorthin. Und dann: Vier Kinder eine Ecke, ruck, zuck! war die Lore wieder auf der Schiene. Einige der Jungs sprangen in die Kippmulde, andere brachten die Fuhre mit Karacho in Fahrt. *»Tuff, tuff, tuff, die Eisenbahn ...«* Die Kleinsten konnten gerade mal über den Rand der rostigen Mulde gucken und hatten ziemlichen Bammel. So rumpelten wir vierzig, fünfzig Meter über die Schmalspurgleise mitten durch die Schutthaufen. Und dann in wildem Tempo wieder zurück. Für uns ein Mordsspaß. Bis ein schnauzender Polizist auftauchte oder einer von uns zu heulen begann, dann hauten wir ab. Die Lore war für den nächsten Arbeitstag schon startklar. Unser Beitrag zum Nationalen Aufbauwerk. Aber das gehört weiter nach hinten.

Zur Wirklichkeit gehörte auch, dass man tagtäglich auf Männer traf, die der Krieg zu Krüppeln gemacht hatte. Ihnen fehlten Arme oder Beine, und nun saßen sie in eigenartigen Rollstühlen auf drei Rädern, die sie mit Handhebeln antrieben, andere gingen an Krücken oder führten ihre leeren Ärmel spazieren. Sie gehörten damals zum Straßenbild. Anfangs schauten wir Kinder allzu auffällig auf diese sonderbaren Gestalten und wurden sofort von unseren Müttern ermahnt. »Hör auf, den Mann anzustarren! Ist schon traurig genug.«

Bevor meine Mutter mit mir zu Einkaufstouren aufbrach, wusste sie schon, was es gab und was nicht. Von Fenster zu Fenster, kreuz und quer über den Hof, tauschten unsere Mütter Neuigkeiten aus.

»Beim Fleischer gibt's heute Blutwurst.«

»Und auf dem Markt Blumenkohl, ist aber 'ne lange Schlange!«

»Was kochen Sie?«

»Linsen.«

Berliner Milieu wie bei Zille. Jeder von uns wusste so etwa, was beim Nachbarn auf den Tisch kam. Oft das Gleiche. Das Besorgen von Lebensmitteln war eine einzige Rennerei. Man musste schneller sein als andere, Glück haben und – noch wichtiger – Beziehungen.

Vieles war rationiert und die Verteilung von Brot, Butter, Fleisch, Zucker über Lebensmittelkarten gesteuert. Die gab es jeden Monat neu, bis 1958. Kartoffel- und Kohlenkarten gab es sogar noch länger. Alles purer Goldstaub. Gut zu kalkulieren und die paar Marken (»Butter 125 g«) über vier Wochen zu strecken war eine hohe Kunst. Wenn ich auf dem Markt meine Mama mit großen Augen anbettelte: »Eine Bockwurst, bitte, bitte.« Dann kassierte die Verkäuferin vierzig oder fünfzig Pfennige und schnipselte eine Fleischmarke von unserer Karte. Das riss ein Loch, ein Mittagessen perdu. Am Monatsende wurden oft Brotscheiben in der Pfanne gebraten, hat auch geschmeckt. Oder meine Mutter setzte Milch auf, gab zwei Löffel Zucker dazu und brockte dann ein Brötchen in den Suppenteller. »Pappchen« nannten wir das. Es wurde allenthalben improvisiert – beim Essen, bei der Einrichtung, bei der Kleidung. Anzüge wurden gewendet, Decken zu Mänteln geschneidert, abgeschnittene Hemdschöße zu neuen Kragen verarbeitet. Not macht erfinderisch.

Der Markt war damals in der Prenzlauer Allee (zwischen der Christburger und der Marienburger) und zog sich durch die Häuserlücken runter bis zur Winsstraße. Im Gedränge streiften unsere Mütter an den Ständen vorbei und suchten nach Rotkohl, einer Gurke oder ein paar Äpfeln. Südfrüchte habe ich dort nie gesehen. Dafür gingen wir in den Westen, in die Bernauer, wenn die Zeit knapp war, in die Brunnenstraße, wenn es zu einem kleinen Bummel reichte.

Westen hieß für uns vor allem Brunnenstraße. Zwar war die Straße geteilt, und die eine Hälfte lag in Ostberlin, aber wer Brunnenstraße sagte, meinte fast immer die im Westen. Sie war die Einkaufsstraße im Norden Berlins und für uns »nur einen

Sprung« entfernt. Ein-, zweimal in der Woche spazierte meine Mutter mit mir dorthin. Im Sommer, sie mit einem weit schwingenden, wadenlangen Blümchenkleid und nicht allzu großer Einkaufstasche, um an der Sektorengrenze nicht aufzufallen, ich mit kurzer Lederhose, bunt kariertem Hemd und weißen Kniestrümpfen. Der Bürgersteig war voller Menschen, viele aus dem Ostteil oder Umland. Manche kamen nur, um zu gucken.

Es müssen weit über hundert Geschäfte gewesen sein, aufgereiht wie auf einer Perlenschnur. Mit von Zauberhand gefüllten Schaufenstern und leuchtenden Reklametafeln. Es gab praktisch alles: Radio- und Elektroartikel, Fahrräder, Bekleidung, Uhren, Kaffee, Süßigkeiten, Lederwaren, Seifen, Parfüms. Und mindestens zwei, drei Spielzeuggeschäfte. Die Vitrinen voller Verführungen. Indianer! An den Zeitungskiosken unzählige bunte Kindermagazine und Comics! Und dann machte ich als Knirps dort noch eine Entdeckung, bei einem Schuhkauf: »Lurchis Abenteuer«. Die grünen Heftchen mit den lustigen Geschichten über den gut beschuhten Feuersalamander. Für uns Kinder umsonst, auch ohne Schuhe. Sobald wir nahe an den Salamander-Laden kamen, hielt mich nichts mehr.

»Mama, darf ich vorrennen und nach einem neuen Lurchi fragen?«

»Ja, aber warte dort.«

Als Vier- oder Fünfjähriger musste ich höllisch aufpassen, meine Mutter nicht in den Menschenmassen zu verlieren. Trotzdem ist es manchmal passiert – für ein paar Minuten. Da kullerten die Tränen, und zum Trost gab es ein Eis am Stiel oder eine Banane. Gleich an der nächsten Straßenecke, beim nächsten Obststand mit einem laut preisenden Händler: »Sechs Bananen für 'ne Mark. Ach, sieben, ne, acht. Und ick pack noch ene druff, für'n Heimweg!« Leicht fleckige Bananen gab's für die Hälfte. Das passte meiner Mutter haushälterisch, und mir schmeckten sie sogar noch besser, süßer.

In einem Radiogeschäft in der Brunnenstraße erlebte ich auch den ersten Plattenkauf meines Lebens: »Das machen nur die Beine von Dolores«. Von Gerhard Wendland. 1952 der Hit. Für mich wichtiger: meine erste Nietenhose. Bei »Held« erstanden, dem neu gebauten Kaufhaus an der Ecke Stralsunder – »Spare Geld – kauf bei Held«. Nietenhosen waren damals große Mode und so etwas wie Jeansvorläufer. Meine war schwarz mit bunt kariertem Umschlag und jeder Menge Nieten an den Gürtelschlaufen und Taschen. Und ich war stolz!

Sachen aus dem Westen mussten eisern erspart werden. Der eine hatte von dort ein Nickihemd und eine kurze Lederhose, der andere helle Jubo-Lederschuhe mit dicken Specksohlen und die Nietenhosen. Glückliche besaßen das Nickihemd, die Leder- und die Nietenhose und auch noch die Lederschuhe. Andere nur die Wünsche. Aber für gewöhnlich hatte jeder von uns gute Sachen, Sonntagssachen. Einiges kam aus Westkaufhäusern. Meine Spielklamotten waren gemischt, manche waren Westsachen (die unverwüstliche Lederhose mit den Hirschhosenträgern), manche Ostsachen (die Turnschuhe). Beim Westbummel war man jedenfalls als Ostler nicht an der Kleidung zu erkennen. Irgendwie lief man ähnlich rum. Und auch im Westteil lebten Leute ärmlich. Der Unterschied lag mehr in der Zahl: Hatte man eine oder drei Nietenhosen im Kleiderschrank. Das war keine Frage des Geschmacks, sondern des Geldes, das unsere Eltern verdienten. Eben Ostmark oder korrekt »Deutsche Mark der Deutschen Notenbank«. Arbeiter kamen Anfang der fünfziger Jahre mit annähernd 300 Mark nach Hause. Manche spazierten vorher mit der Lohntüte in die nächste Eckkneipe und dünnten sie weiter aus.

Bei unseren Vätern kam das nicht vor – oder nicht oft. Ich kann mich jedenfalls nicht erinnern, dass irgendeiner lallend über den Hof der 66 torkelte und wenig später eine Riesenbrüllerei aus dem Fenster quoll. Es waren meist einfache Leute, Schornsteinfeger, Drucker, Maurer oder Rohrleger, wie mein Papa. Auch ein Polizist wohnte im Hinterhaus, Jürgens Vater. Da schalteten wir schon auf »Vorsicht«, war aber unnötig, als Vertreter der Staatsmacht machte er sich nie bemerkbar. Am Gehaltstag brachten die alle nicht viel heim. Doch die meisten unserer Eltern waren fleißig, sparsam und wollten endlich normal leben, und im besten Falle: halbwegs gut.

Sie waren damit beschäftigt, sich dringliche Wünsche zu erfüllen. Dafür wurde Monat für Monat ein kleiner Betrag auf die Seite gelegt. Unverdrossen, unermüdlich. »Größere Anschaffungen«, hieß das. Mal sollte es eine Uhr sein, mal ein Mantel, ein Radio oder eine Stehlampe. Nach dem Kauf stand man zu Hause beglückt vor dem neuen Stück und ließ sich von dem stolzen Gefühl, wieder was erreicht zu haben, erwärmen. Und weiter ging's, zur nächsten Anschaffung. Stück für Stück richtete man sich ein – und auf.

Doch größere Möbellieferungen gab es nicht, nicht in unserem Haus und auch nicht in unserer Gegend. Alle hatten sich mit gerettetem, geerbtem, getauschtem Mobiliar irgendwie eingerichtet – behaglich oder kärglich. In der einen Wohnung standen Möbel mit poliertem Furnier, ein Stockwerk höher waren sie behelfsmäßig zusammengeleimt. An diesen Grundausstattungen, also Schränke, Betten, Tische, Sessel, mit denen man in die Nachkriegszeit gestartet war, änderte sich lange nichts oder nicht viel. Es dauerte noch etwas, bis die Nierentische kamen, und noch etwas länger, bis man sie auch schön fand. Zunächst füllten die neuen Anschaffungen Lücken, modernisierten hoffnungslos veraltete Dinge, machten das Zuhause wohnlicher, komfortabler. Es ging voran, in kleinen Schritten. Manchmal in sehr kleinen. Der verchromte Wasserhahn war so einer. Mein Papa hatte den silberglänzenden Hahn von der Arbeit mitgebracht und anstelle des alten Messingteils angeschraubt. An der Küchenwand, gleich daneben, befestigte er noch eine kleine Glasablage für unsere rotbraunen Bakelit-Zahnputzbecher. Eine Freude damals.

Im Grunde war unsere knapp 75 Quadratmeter große Wohnung ganz herkömmlich eingerichtet: In der Mitte vom Wohnzimmer, unter einer mehrarmigen Deckenlampe, stand der große Ausziehtisch, vier Stühle ringsum, dazu kam ein schwerer Schrank mit Glasvitrine, die unentbehrliche Singer-Nähmaschine, eine alte Musiktruhe mit immer rauschendem Radio und aufklappbarem Plattenspieler, ein wuchtiger Schreibtisch (sein Fußraum war mein allererstes Versteck), zwei braun bezogene Sessel mit passender Couch und einem kleinen Tisch samt Stehlampe. Und wie in fast allen Wohnungen waren auch die

Dielen gestrichen: rotbraun. Darauf lag ein orientalisch gemusterter dicker Fransenteppich. Neben dem dunkelgrünen Kachelofen führte eine Tür ins Schlafzimmer. Auch hier der übliche Standard: Schlafzimmerschrank, Ehebetten, auf beiden Seiten kleine Nachttische, Frisierkommode mit Glasplatte und Spiegel – und mein Gitterbettchen.

Die Küche war gleich rechts neben der Wohnungstür. Bis Mitte der fünfziger Jahre stand dort noch ein großer, weiß gekachelter Herd, der an kalten Wintertagen auch geheizt wurde. Darauf gekocht wurde aber nicht mehr, das erledigte meine Mutter mit dem Gasherd. Daneben standen ein kleiner Kohlenkasten, dann ein Büfett, vis-à-vis ein Küchentisch, aus dem zwei Waschschüsseln herausgezogen werden konnten – eine war für den Abwasch, in der anderen wurde ich als Baby gebadet. Unter dem Fenster zum Hof befand sich ein Spind und in der Ecke der nun verchromte Wasserhahn mit emailliertem Ausguss. Kein Warmwasser, kein Waschbecken. Kein Problem – man kannte es nicht anders. Bad und Balkon, wie in den Vorderhauswohnungen, blieben für mich noch lange Zeit ein Traum. Wenigstens hatten wir eine Innentoilette, in der Größe einer Telefonzelle, mit einem Trieselklo aus Gusseisen. Für die Not in nächtlichen Stunden standen unter den Betten Nachttöpfe. Nicht nur für kleine Kinder wie mich. Auch für die Großen, ganz nach alter Sitte. Die Dinger waren aus Glas, Keramik oder glasiertem Blech. Je nach Geschmack oder familiärer Tradition.

So oder so ähnlich sah es damals in den meisten Berliner Wohnungen aus – Ost wie West. Etwas aus dem Rahmen fiel unser Flur. Er war schmal und recht lang, also bestens geeignet für meine Radübungen. Und er hing voller Siegerschleifen meines Vaters. Schleife an Schleife, den ganzen Flur entlang. Eine bekam er Ende der vierziger Jahre für das Radrennen »Berlin-Wismar«. Über 250 Kilometer! Er wird danach Sitzprobleme gehabt haben. Doch am folgenden Wochenende war mein Papa bestimmt wieder am Start. Für den nächsten großen Ritt bei den Senioren. So war es vom Frühjahr bis zum Herbst, meine Mutter und ich immer dabei. Sie mit ihrem feinen Sportrad, ich vorn im Körbchen. Radsport war äußerst populär. Ein Champion wie Täve Schur wurde in der DDR verehrt wie ein Nationalheld. Die Leute kamen in Scharen, säumten die Strecke, standen in Zehnerreihen am Ziel. Man wollte dabei sein, wollte die Begeisterung mit anderen teilen. Die Menschen dürsteten nach Unterhaltung, Zerstreuung, Ablenkung. War ja sonst nicht viel los.

Allein in Ostberlin gab es damals wohl zwei Dutzend Radsportvereine – meistens als Betriebssportvereine gegründet. Und so hießen sie auch: »BSG Post«, »BSG Turbine Gaswerke«, »BSG Einheit«, »BSG Empor«, »BSG Rotation«. Sportlich Rivalen, menschlich eine Familie. Unser Familienzweig war die SG Semper. Blaues Trikot mit weiß-rot-weißem Brustring. Ich kannte alle, spätere DDR-Meister wie Rainer Pluskat und Harry Seidel oder den Silbermedaillen-Gewinner von Rom, Manfred »Alka« Klieme. Sie wurden als Jugendfahrer von meinem Vater trainiert. Er war ein guter Trainer, hart mit Herz. Klar, dass ich auch für Semper war und sogar mal einen Weihnachtswunsch für den Verein opferte. Mit krakeliger Schrift malte ich auf meinen Wunschzettel: »Detlef Zabel soll zu Semper.« Der Vater von Erik war damals mein Lieblingsradrenner, und der sollte zu meinem Lieblingsverein. Klappte nicht. Es wurde eine Aufzieheisenbahn.

An irgendeinem lauen Sommerabend Anfang der fünfziger Jahre fand in der Kollwitz 66 ein Hoffest statt. Alle machten mit. Die einen hatten mit wenigen Zutaten Kuchen gebacken, andere ein paar Brotscheiben dünn mit Schmalz bestrichen, Hammels Getränke aus ihrer Fabrik spendiert. Quer über den Hof wurden Wäscheleinen gespannt und mit vielen bunten Papierlampions dekoriert. Als es dunkel wurde, erschien der sonst so triste Innenhof wie verzaubert. Musik kam abwechselnd vom Leierkasten und einem Radio, das ans offene Fenster gerückt und aufgedreht worden war. Die Stimmung stieg, die Stimmen auch:

»Wir versaufen unser Oma ihr klein Häuschen
und die erste und die zweite Hypothek.«

Es wurde getanzt, gelacht, getrunken. Und wir Kinder mitten im Getümmel. Ich war wohl der Kleinste, jedenfalls wurde ich von meiner Mutter bald ins Bett gebracht. Doch die gedämpften Töne vom fröhlichen Feierlärm waren auch dort noch zu hören. Und so lauschte ich, solange ich konnte und endlich einschlief.

So toll es alle fanden, es sollte sich nicht wiederholen. Vielleicht war es das falsche Radioprogramm, das da aus dem Küchenfenster dudelte, der RIAS: eben noch Bully Buhlans *»Mäcki-Boogie«* und Trubel, plötzlich Nachrichten. Vom »Hetzsender«. Eher nicht. Dazu war man zu vorsichtig. Jeder hatte schon davon gehört, dass Leute für das Verbreiten von RIAS-Meldungen verhaftet wurden. »Abgeholt worden«, sagte man damals. Manchmal waren das Gerüchte, manchmal nicht.

Angst lag wie ein Hauch über vielem. Zu vielem. Man wuchs damit auf, sie gehörte irgendwie dazu. Nur nicht aus der Reihe tanzen. Nicht aufmucken! Stalins Erben fehlte jede demokratische Legitimation – und so verhielten sie sich auch. Jede Abweichung wurde platt gewalzt. Freie Wahlen gab es in Ostdeutschland nur zweimal: ganz zum Anfang und ganz zum Schluss. Als im Oktober 1946 die Stimmen in der Sowjetischen Besatzungszone und in Groß-Berlin ausgezählt worden waren, herrschte in der frisch aus KPD und SPD (und unter sowjetischem Kommando) zusammengenagelten SED Sprachnot. Zwar kam die Einheitspartei in den fünf Ländern insgesamt auf 47,5 Prozent, aber das bedeutete Koalitionsregierungen. Reinreden! Die Katastrophe erlebte sie in Berlin. Hier wurden auch die von ihr als »Rest-SPD« verspotteten Sozialdemokraten zu den Wahlen zugelassen. Die »Rest-SPD« gewann triumphal: 48,7 Prozent der Stimmen. Selbst die CDU lag mit rund 22 Prozent noch vor der SED, die nur auf 19,8 kam. Das sollte sich nicht wiederholen! Ab da gab es nur noch Einheitslisten. Die Zustimmung war nun immer überwältigend, sie wurde der Einfachheit halber vorher festgelegt. Etwa so:

Genosse Erster Sekretär, die Bevölkerung wird wieder ein begeistertes Bekenntnis zu den Kandidaten der Nationalen Front abgeben.

Nu, wie eindrucksvoll war es bei den letzten Wahlen?

99,7 Prozent.

Nu, das Bewusstsein ist zielstrebig weitergewachsen, aber vereinzelt gibt's bei uns immer noch schwankende kleinbürgerliche Elemente. Wir sollten realistisch sein, ich denke, es werden 99,4 Prozent.

Und die wurden es dann. Eine Farce. Wie viele der propagierten Fortschritte. Sicher gelang es auch im Osten, die Not der Bevölkerung zu lindern, doch die Hoffnungen auf ein besseres, freieres Leben schwanden mehr und mehr. Der anfängliche Enthusiasmus war merklich vom fest installierten Kommandosystem aufgezehrt worden. Als Walter Ulbricht 1952 den »planmäßigen Aufbau des Sozialismus« in der DDR verkündete, hörten viele aus der »herrschenden Klasse« (damit waren die Arbeiter gemeint) kaum noch zu. Verheißungen machen nicht satt.

Politik erreichte bei vielen nur den Küchentisch, am feierlichen Wohnzimmertisch hatten unsere Väter ein anderes Thema: den Krieg. Er war zwar schon einige Jahre vorbei, doch er steckte noch immer unter ihrer Haut. Das, was sie erlebt hatten, war zu grauenvoll, das verschwand nicht einfach so. Sie waren tief traumatisiert. Und nun mussten sie versuchen, da selbst rauszufinden. Sie redeten – miteinander. Wenn wir Besuch bekamen, Radsportfreunde, Kollegen oder Nachbarn, nach kurzer Zeit waren sie bei ihren Geschichten. Stundenlang, jahrelang. Wie oft habe ich in einer Zimmerecke mit Bauklötzern oder Indianern gespielt und heimlich ihren Gesprächen gelauscht. Allzu sehr gegruselt oder geängstigt haben sie mich nicht. Sicher, es ging darin um Tote und Verwundete, um Hunger, Zerstörung und Gefangenschaft. Doch der Schrecken dahinter blieb dem kleinen Jungen, der ich war, verborgen. Mehr noch: Nach meiner Erinnerung erzählten sie sich meist die komischen, launigen Begebenheiten, die sie im Krieg eben auch erlebt hatten. Schnurren halt. Ihre probate Therapie. Dass Lachen befreien kann, konnte ich sogar als Kind spüren. Es hellte sich auf, jedes Mal. Der Abschied war meist heiter.

Und man blieb nüchtern. Vielleicht war es woanders anders, bei uns zu Hause gab es jedenfalls bei solchen Runden entweder Ersatzkaffee oder Tee zu trinken. Wein- oder Bierflaschen hatten wir gar nicht vorrätig. So etwas gab es mal am Wochenende und sonst zu Geburtstagen oder zu Weihnachten. Einfach eine Flasche Wein aufmachen, dafür war gar kein Geld da. Solche bescheidenen Wohlstandsgesten konnten wir uns erst ein paar Jahre später erlauben. In den frühen Fünfzigern war das noch Luxus wie »echter Bohnenkaffee«. Den gab es nur in dieser Wortkombination. Der Alltagskaffee war Malzkaffee oder einfach »Muckefuck«. Zu kaufen in einer weißen Tüte mit blauen Punkten und dem Etikett »Kathreiners Malzkaffee«. Unser ständiges Getränk zum Frühstück und zum Mittagessen und zum Kuchen. Das Gewese um »echten Bohnenkaffee« konnten wir Kinder nie verstehen, viel zu bitter. Zum Abendbrot kam dünner schwarzer Tee auf den Tisch. Brause oder Malzbier musste man sich einteilen – etwa drei, vier Flaschen pro Woche kaufte meine Mutter bei »Westphal«. Wenn die ausgetrunken waren, wurden die leeren Bügelverschluss-Flaschen mit Himbeersirup und Wasser gefüllt. War auch gut, doch das Prickeln fehlte.

Milch fehlte leider nicht. Ich trank sie nur unter Protest, sie musste in mich reingezwungen werden. Aus Sorge vor irgendwelchen Krankheitskeimen wurde sie stets abgekocht, und dabei bildet sich dummerweise diese eklige Pelle. Selbst nachdem sie abgeschöpft worden war, blieben meine Lippen fest zusammengepresst. Also gab's »Pappchen« – Milch versteckt sozusagen. Das Einkaufen von Milch war dagegen ein Erlebnis. »Komm, wir müssen noch zu Frau Bansemer«, so lautete der Zauberspruch. Und der führte mich – meine Mutter an der einen Hand und eine Milchkanne in der anderen – zu richtigen Kühen. In der Kollwitz. Irgendwo auf der linken Straßenseite Richtung Dimitroff-, zwischen Wörther- und Szredzkistraße, gab es auf einem der Hinterhöfe eine kleine »Molkerei« samt Kuhstall mit schwarz-weiß gefleckten Kühen. Die standen brav im Stroh und mampften geduldig vor sich hin, und muhten mitunter. Alles roch streng nach Dorfleben. Mitten in der Kollwitz! Zwar gab es auch andernorts im Prenzlauer Berg noch einige solcher Hinterhof-Meiereien, doch es war damals schon etwas Besonderes. Zum Kühe-Gucken mussten wir jedenfalls nicht auf's Dorf. Dank Frau Bansemer und der frischen Milch.

Zu jener Zeit machte ich über die Milch noch eine andere aufregende Entdeckung: Es gab sie auch als Pulver. Selbst der Weg zu dieser Erkenntnis war aufregend. Um die trostlose Lage in unserem Küchenschrank wenigstens für ein paar Wochen aufzubessern, nahm meine Mutter allen Mut zusammen und fuhr mit mir an einem Winterabend nach Westberlin. Nach Tempelhof oder Schöneberg? Keine Ahnung, es war schon dunkel und ich noch klein. Wir gingen schließlich in ein Haus, an einen Schalter. Meine Mama war recht aufgeregt, daran erinnere ich mich gut, weil mir deshalb etwas bange wurde. Sie kramte in ihrer Einkaufstasche und zeigte schließlich irgendwelche Papiere. Ihren Ausweis bestimmt. Der Mann nickte kurz, nahm ein großes Paket aus dem Regal und schob es über den Tisch. »Viel Glück«, sagte er noch. Dass es ein CARE-Paket war, habe ich erst später erfahren. Aber genau das war es. Ein Hilfspaket der Amis, das damals millionenfach an Verteilungsstellen in Westdeutschland und Westberlin geschickt wurde.

Der Karton war nicht nur groß, er war auch schwer. Und meiner Mutter war klar, dass wir damit nie über die Grenze kommen würden. Jedenfalls nicht auf einmal. Also fuhren wir mit der U-Bahn zu West-Bekannten. Dort wurde mit Bedacht die Einkaufstasche gepackt – voll, doch nicht zu voll. In meinen Manteltaschen verschwanden kleinere Dinge wie Rosinen und Schokolade. Wenig später saßen wir wieder in der U-Bahn und passierten die Grenzstation »Potsdamer Platz«. Keine Kontrollen, alles ging gut. Am nächsten Abend wiederholten wir die Fuhre. Dann war unser Küchentisch voll mit Dosenfleisch und Dosenkäse, Honig, Zucker, Mehl, Kaffee, Schmalz und anderen Dingen. Und Milchpulver. Lauter Kostbarkeiten damals.

Bei solchen etwas größeren Selbstversorgungsgängen begleitete einen stets die Furcht, erwischt und dann als angeblicher Lebensmittelschmuggler bestraft zu werden. Derartige Fälle machten oft die Runde. Dann wurde im Haus oder auf dem Hof geflüstert: »Wissen Sie schon? Der kleine Dicke, drei Häuser weiter, ist verhaftet worden. Soll geschoben haben.« Das schüchterte ein, auch wenn es bei den richtigen Schiebern um mehr als um zwei, drei Dosen oder Tüten ging. Doch wie sicher konnte man da sein? Kam man bei einer Kontrolle mit der Standardausrede »Habe ich geschenkt bekommen« noch durch, wenn die Tasche voll war? Es war wie beim Lotto.

Schmuggel- und Schiebergeschäfte zwischen den Westsektoren und dem Ostsektor waren alltäglich: Kaffee, Zigaretten und Tabak wurden in den Osten geschleust, Butter, Fleisch und Wurst in den Westen. Bei einem Wechselkurs von 1:4 waren Lebensmittel in Ostberlin weit unter Wert zu kriegen. Da stiegen manche Ganoven groß ein. Unterm Strich verschwanden so Monat für Monat Tausende Tonnen und verschlimmerten die Versorgungslage der Menschen im Ostteil noch mehr.

Bei größeren Ladungen Schmuggelgut wurde es schwierig, denn der Verkehr über die Grenze war schon recht früh vonseiten der DDR eingeschränkt worden. Autos und Motorräder aus Westberlin durften zwar in den Osten Berlins fahren, aber nicht in das DDR-Umland. An sämtlichen Ausfallstraßen rund um die Stadt versperrten Schlagbäume die freie Fahrt. Auf beiden Straßenseiten. Die Wegsperre auf der Zufahrtspur nach Ostberlin sollte vor allem DDR-Bürger, die nicht in Berlin wohnten, stoppen. Waren die erst einmal im Osten, waren sie praktisch schon im Westen. Eine Schreckensvorstellung für die Funktionäre. Also wurde abgesperrt und kontrolliert. Ohne Personalausweis, der in Ostberlin ausgestellt worden war, war kaum ein Durchkommen. Selbst an Flüssen und Kanälen warteten Kontrollposten: »Den Ausweis bitte!«

Ostberliner hingegen durften ohne Sondergenehmigung weder mit dem Motorrad noch mit dem Auto nach Westberlin. Nur das Fahrrad war erlaubt. Damals erzählte irgendein Freund meines Vaters eine lustige Begebenheit, vielleicht war es auch ein Witz, ich habe sie jedenfalls nicht vergessen:

Ein Radfahrer kam mit einem kleinen Rucksack an die Grenze. Prompt wurde er von einem Volkspolizisten gestoppt: »Was haben Sie da in dem Rucksack?«

»Sand.«

»Na, dann machen Sie den Sack mal auf!«

Der Mann knüpfte den Rucksack auf – und tatsächlich, es war nur Sand drin.

Ein paar Tage später wiederholte sich die Szene. Wieder kam der Radfahrer mit dem Rucksack, wieder kontrollierte ihn der Polizist, wieder sah der nur Sand. So ging es immer weiter, bis der Volkspolizist beim achten oder neunten Mal völlig verzweifelt war: »Also, ich verspreche Ihnen, es wird Ihnen nichts passieren. Aber sagen Sie mir bitte: Was schmuggeln Sie eigentlich?«

»Fahrräder.«

Dass Ostberliner nicht mit Autos oder Motorrädern »rüber«-fahren durften, war zu verschmerzen: Es betraf sie ja kaum. Autos im Privatbesitz waren selten, entweder hatten sie mit viel Glück Krieg und Beschlagnahmen überlebt, wie Hammels Opel P4, oder sie gehörten den wenigen Geschäftsleuten, die sich einen F8, F9 oder sogar einen in Eisenach gebauten EMW 340 leisten konnten. Selbst den Traum von einem Motorrad konnte man sich erst nach beharrlichem Sparen und einer mehrjährigen Wartezeit erfüllen. Meine Eltern waren 1954 am Ziel: Für 2290 Mark kauften sie sich eine EMW R35. Mit umwerfenden 14 PS. Und mit einem Beiwagen, der auch rund 800 Mark kostete. Wir waren überglücklich. Es war das zweite Gefährt in der Kollwitz 66.

Schon ein kleiner Luxus zu einer Zeit, in der auch im Westen die meisten noch ohne eigenen Motor unterwegs waren. Nun knatterten wir also an den Wochenenden mit Gespann zu den Radrennen. An den anderen Tagen stand die EMW geputzt in der Garage, im Hinterhof der 69. Ging ja auch so. Unsere Gegend war von Straßenbahn- und U-Bahn-Gleisen regelrecht eingekreist. Auch zum S-Bahnhof Prenzlauer Allee war es nicht weit. Bis zum Januar 1953 konnte man mit der Straßenbahnlinie 4 sogar noch über die Sektorengrenze an der Eberswalder und Bernauer fahren. Dann machte der Kalte Krieg damit Schluss. Nun mussten alle Fahrgäste dort aus den Wagen der BVG-Ost aussteigen, zu Fuß über die Grenze gehen, und konnten erst, nach etwa fünfzig Metern, mit den wartenden Zügen der BVG-West weiterfahren. In der Gegenrichtung war es umgekehrt.

Die Fahrt kostete für uns Kinder 15, für Erwachsene 20 Pfennige. Kassiert wurde von einem Schaffner in grau-schwarzer

BVG-Uniform, vor der Brust die »Münzenorgel«, eine blecherne Wechselkasse, in der er Kleingeld der Größe nach rasch verschwinden ließ und wieder hervorzauberte. Alles mit einer Hand, in der anderen hielt er ein kleines Brett, auf dem die Fahrscheinblöcke festgeklemmt waren: für Erwachsene, Umsteiger, Kinder. Während ich noch über die Fingerfertigkeit an der »Orgel« staunte, drängelte er sich schon weiter durch die Bahn: »Jemand zugestiegen?« Manche taten, als hätten sie die Frage glatt überhört, mit einem Gesichtsausdruck: Also ich bin hier drin geboren. Später, als Schulkinder, versuchten wir auch mit dieser Masche durchzukommen und die 15 Pfennige lieber anders anzulegen. Für eine Eiswaffel in der 66 etwa.

Meine Eltern sparten auch manchmal am Fahrgeld, nur anders – sie liefen. Jedes Mal, wenn wir unsere Tante Elsa am Reinickendorfer Schäfersee besuchten, wusste ich schon vorher: Das dauert, und endet mit einem langen Nachtmarsch. Hurra! Sie behielten die West-Pfennige im Portemonnaie, und ich rannte auf dem Heimweg selig von einem beleuchteten Schaufenster zum nächsten. Völlig aufgedreht und ungestört. Denn selbst die Brunnenstraße war nachts fast menschenleer. Die Leute saßen zu Hause, hörten Radio, spielten Karten oder schliefen schon.

Aber ich war noch draußen und erkundete die Geschäfte. Besonders die Spielzeugläden mit ihren vollgestopften Auslagen. Bergeweise Kinderwünsche. Zwar unerreichbar hinter Schaufensterscheiben, und dennoch hatte man in der Fantasie damit auf der Stelle zu spielen begonnen: Wiking- und Siku-Autos, Metallbaukästen, Kaufmannsläden, Cowboys mit Planwagen, Ritterburgen, Blechpanzer, Indianerhauben, Zündplättchen- und Wasserpistolen. Manchmal fuhr sogar eine elektrische Eisenbahn rastlos um all die ausgestellten Spielsachen. Mitten in der Nacht! Und irgendwie nur für mich. »Dieter, komm!« Ich musste weiter. So ging es kilometerlang, bis zur Ecke Bernauer. Ab da war Osten und dunkel. Und ich augenblicklich müde. Und auch das blieb in meiner frühen Kindheit gleich: Den letzten Kilometer bis zur Kollwitz musste mein Papa mich immer tragen.

Eine andere Gewohnheit betraf nicht nur mich, sondern fast die ganze Gegend: Zum Wochenende hin wurde gebadet – im Stadtbad in der Oderberger. Wohnungen mit Bad gab es gerade mal in Vorderhäusern, wenn überhaupt. Manche Aufgänge hatten nicht mal Innentoiletten, und die Mieter mussten eine halbe Treppe höher oder tiefer und sich ein winziges, zugiges Klo mit den Nachbarn teilen. Also fand sich jeder, der keine eigene Wanne und keinen besser ausgestatteten Verwandten oder Bekannten hatte, der einen großzügig zum Fremdbaden einließ, irgendwann in der Oderberger ein. Meist am Freitag oder Sonnabend. Da war dann Hochbetrieb. Wem geregelte Abläufe weniger bedeuteten, der wich auf andere Tage aus. Der Königstag war aber der Sonnabend.

Auch für uns. Nach dem Frühstück und kleineren Einkäufen packte meine Mutter Handtücher, Seife und frische Wäsche in unsere Badetasche, und flugs machten wir uns auf den Weg, zehn Minuten zu Fuß. Sechs Stufen hoch, die schwere graue Holztür aufgedrückt, noch mal ein paar Stufen, durch eine Pendeltür zur Kasse: »Einmal Wanne, bitte.« Kostete wohl 30 Pfennige. In der Badeanstalt erschien mir alles riesig, wie in einem Schloss: hohe gewölbte Räume, die Wände mit weißen Fliesen bedeckt, rechts und links Treppenaufgänge mit schmiedeeisernem Geländer, in dem Schilfgräser und Fische dargestellt waren. Auch der Lärm, das Kreischen aus dem Schwimmbad, klang hier anders. Es hallte überall. Für mich war das immer eindrucksvoll.

Wir mussten in die erste Etage zur Badeabteilung. Und zunächst auf einer der Holzbänke warten. Bis »Der Nächste!« uns galt. Dann wurden wir in einen sehr langen Gang geführt, von dem alle paar Meter Badekabinen abgingen. Eine Frau in weißem Kittel und großen Holzpantinen schrieb mit Kreide die Zeit auf eine kleine, an der Tür befestigte Schiefertafel, und wir riegelten von innen zu. Unser Reich für knapp zwanzig Minuten: etwa fünf Quadratmeter, drei, vier Kleiderhaken, eine an der Wand verschraubte Sitzbank aus Holzlatten, ein immer beschlagener Spiegel und jede Menge Rohrleitungen – wie auf einem U-Boot. Oft lief das Wasser schon. Und schwups, saßen wir in der Wanne. Ich war erst fünf! Meine Mutter mit Seife, ich mit einem winzigen Segelschiff. Noch vor Ablauf der Zeit klopfte es an der Tür: »Fertig werden!« Das waren wir. Während ich noch schnell mein Schiffchen verstaute, scheuerte die Badefrau schon kopfüber mit Ata die leergelaufene Wanne. Für den nächsten Besucher.

Wieder zu Hause wurde gleich das Mittagessen vorbereitet, meist Suppe. Der Sonnabend war auch Eintopftag, nicht nur bei uns. So als ob die Küche Schwung holen wollte für das »festliche« Sonntagsessen. Mein Papa kam, wie fast alle Väter, so gegen halb eins von der Arbeit – damals war der Sonnabend noch ein halber Werktag. Nachdem er sich schnell Gesicht und Hände gewaschen hatte, wurde die Erbsen- oder Kartoffelsuppe aufgeteilt, dazu für jeden eine Scheibe Brot und eine Tasse Muckefuck. Und es wurde am Küchentisch viel beredet: Wie der Tag bisher war, was man am Wochenende so plante, ein Radrennen besuchen oder Bekannte. Waren wir mit dem Essen fertig, flitzte auch mein Vater in die Oderberger. Mit oder ohne Rad, mit oder ohne Windjacke, doch bestimmt mit einer seiner geliebten Knickerbocker aus Manchesterstoff. Der sportliche Mann jener Zeit trug Knickerbocker, wie der »Kombiniere«-Meisterdetektiv Nick Knatterton, Held einer Comicserie. Ach, und er bog in der Badeanstalt in Richtung Duschen ab. Mein Papa auch.

Dann kam der Sonntag. Und der begann für uns Berliner Kinder pünktlich um 10 Uhr mit »Onkel Tobias vom RIAS«. Ich hockte vor dem Radioapparat auf einem Sofakissen und wartete aufgeregt. Erst kam das Pausenzeichen und dann der Kindergesang:

»Der Onkel Tobias vom RIAS ist da,
was wird er wohl heute uns bringen?
Er bringt uns zum Lachen,
will Freude uns machen,
erzählen und spielen und singen!«

Kaum verklungen, sagte eine Knaben- oder Mädchenstimme: »Die RIAS-Kinder besuchen Onkel Tobias.« Und schon klopfte es an dessen Tür. »Ja, ja, ja, immer rein meine Kinderlein, und frohen Sonntag.« Vielleicht etwas viel »RIAS«, aber Klappern gehörte schon immer zum Handwerk. Dann gab es eine halbe Stunde Frohsinn, Lieder, Geschichten und einmal im Monat Kasperletheater. Es war wie beim Hörspiel. Wir Kinder tauchten träumend ins Radio ein. Bis zum Schlusslied:

»Der Onkel Tobias vom RIAS war da,
vorbei sind für heut' nun die Lieder.
Es hat uns gefallen, drum sagen wir allen:
Am Sonntag, da kommen wir wieder!«

Wir auch. Jahrelang.

Es gab auch kaum ein anderes hörbares Kinderprogramm. Und Fernsehen? Das ging zwar Ende 1952 fast gleichzeitig in Ost (planmäßig zu Ehren von Stalins 73. Geburtstag) und West mit Versuchsprogrammen auf Sendung, doch von den anfangs gerade mal sechzig DDR-Flimmerkisten hatte es bestimmt keine in die Kollwitz geschafft. Wir wussten zumindest von keiner, und so was sprach sich rum!

Blieb zu Hause nur die Spielecke. Meine war in der Küche, ein Kindertisch mit kleinem Hocker. Auf dem Tischchen war mein ganzer Besitz aufgebaut: eine blecherne Sparbüchse, ein gelbroter Minol-Tankwagen, ein Segelboot, ein Schuco-Auto, das – sterbenslangweilig! – nur im Kreis fuhr, ein Holzbaukasten, ein Klumpen Knete, ein Karton mit Märchenwürfeln und vielleicht zehn Elastolin-Indianer und -Cowboys. Unter dem Tisch lagen noch zwei bunte Bälle. Und dann war da noch eine große hellblaue XOX-Keksedose, bis an den Rand gefüllt mit kleinen weißen Margarinefiguren aus Kunststoff: Häuser, Scheunen, Zäune, Pferde, Hühner, Giraffen, Elefanten, Bäume, Bauern, Motorradfahrer, wieder Indianer, wieder Cowboys. Meist zwei bis vier Zentimeter groß, egal ob Haus oder Huhn. Das war manchmal schon ulkig und doch egal. Beim Spielen brachte man alles unter einen Hut, irgendwie.

Dazu kamen noch ein paar Bilderbücher wie »Der Struwwelpeter«. Die Geschichten konnte ich zwar noch nicht lesen, Furcht bekam ich trotzdem bei jedem Blättern. Allein die Zeichnungen jagten mir Schauder ein. »Die gar traurige Geschichte mit dem Feuerzeug«, grausam. »Max und Moritz« dagegen war mein Lieblingsbuch – bis auf den »letzten Streich«, den mochte ich nicht: Max und Moritz durften nicht sterben! Das war's etwa. Ende der Aufzählung meiner Besitztümer. Das Spielzeug, das man hatte, war ein Sammelsurium aus alt und neu, Blech, Holz und Bakelit, West und Ost. Vieles sah aus wie vor zwanzig Jahren, wurde tatsächlich nur wenig verändert weiter hergestellt. Nazi-Kriegsspielzeug dagegen war wie durch eine geheimnisvolle Kraft verschwunden – na, fast. Da blieb eben nicht viel. Jedes Teil wurde gehütet wie ein Schatz.

Auch von unseren Eltern. Gute Spielsachen waren in der Regel nicht für draußen, sie konnten ja verloren gehen oder geklaut werden, und »dafür haben wir die nicht gekauft!«. »Oben« spielten wir mit unserer Habe, »unten« spielten wir miteinander. Wir waren ja genug. Verluste Richtung Kindergarten oder Hort gab es in der 66 nicht. Selbst dort, wo Mütter die Familie allein durchbringen und Geld verdienen mussten, waren die Jungs und Mädchen oft »Schlüsselkinder«. So nannte man die Kinder, die ihren Wohnungsschlüssel an einer Schnur um den Hals trugen. Doch die meisten Mütter damals waren Hausfrauen. Die Rekordquoten an »werktätigen Frauen« erzielte die DDR erst später. Kindergartenbesuche waren eher die Ausnahme. Genauso wie Wohnungsbesuche von Freunden – das mochten viele Eltern nicht so recht. Ich erinnere mich nur an ein einziges Mal vor meiner Schulzeit, dass ein Nachbarsjunge bei uns zu Hause war und mit mir spielte. Er wohnte nebenan, in der durch Bomben schwer beschädigten 68, war in meinem Alter und hatte mit mir »Kinderpost« gespielt. Vielleicht wären wir Freunde geworden, bedauerlicherweise waren die Kriegsfolgen dagegen: Die 68 wurde abgerissen, und er zog weg. Dabei blieb es, bis zu dem Tag, ab dem ich richtig »runter« durfte.

Andere Kinder aus der 66 traf es da besser: Sie hatten Geschwister. Bruder oder Schwester oder beides gleich mehrfach. Ich war von Geschwisterkindern umringt. Von meinen Spielfreunden war nur noch Jörki Einzelkind, doch der wohnte in der 64. Unsere Eltern hatten sich meist in den Nachkriegswirren kennengelernt. Und nach all dem Schrecken waren sie ganz sehnsuchtstrunken nach einem geordneten Leben, nach einer eigenen Familie und eigenen Kindern. Gern auch mehr. Ich wollte das auch, also Geschwister, nicht länger allein sein.

Es war mühsam. Kaum begann ich, darum zu betteln, tischten mir meine Eltern den Klapperstorch auf. Besonders mein Vater, der gab mir sogar noch einen »Geheimtipp«: »Du musst für den Klapperstorch einen Zuckerwürfel aufs Fensterbrett legen, dann kommt er.« Jaaa! Und dann kriege ich meine Evelyne. So hieß eine Tochter von Hammels, den Hausbesitzern. So sollte auch meine Schwester heißen, wie eine kleine Melodie. Tagelang, wochenlang, platzierte ich – gut sichtbar! – einen Zuckerwürfel auf dem Fenstersims vom Schlafzimmer. Nichts passierte, obwohl der Zucker jeden Morgen verschwunden war. Erst dachte ich: Gut, so was kann schon dauern. Dann war ich ratlos, zum Schluss sauer. Der nahm einfach die Würfel und brachte nichts! Meinen letzten verzweifelten Versuch sollte mein Vater nie vergessen. Es war im Frühjahr 1953, wir besuchten zusammen den Zoo. Plötzlich sah ich auf einer umzäunten Wiese eine Kolonie von Flamingos oder Reihern. Für mich waren das, ganz klar, Klapperstörche! Ich rannte sofort los, umklammerte mit meinen Händchen die Gitterstäbe, holte tief Luft, und dann schrie ich so laut, wie ich konnte: »Lieber, lieber Klapperstorch, bring mir eine Evelyne!« Die Leute lachten. Mein Papa löste sich mit hochrotem Kopf aus der Besucherschar und zog mich schnell weiter: »Du wolltest doch zu den lustigen Affen.«

Für Zoo-Besuche war fortan meine Mutter zuständig. Ein unnötiger Rückzieher. Denn nur wenig später bestand für ihn keine Gefahr mehr: Da wurde mir auf unserem Hof von den älteren Kindern amüsiert erklärt, dass die Babys aus dem Bauch der Mutter kämen und dass der Klapperstorch reiner Schwindel sei. Bei der Gelegenheit wurden auch gleich Osterhase und Weihnachtsmann mitliquidiert. An Tränen oder Proteste erinnere ich mich nicht, mein Glaube an die drei sagenhaften Gestalten muss schon erschüttert gewesen sein. Und dennoch, für meine kleine Welt war es ein schwerer Verlust. Wie Evelyne – ich blieb Einzelkind.

Ich weiß nicht, ob es mir half, aber ich begann damals zu

ahnen, dass es noch viel schlimmere Verluste geben musste. Einer wurde just zu dieser Zeit ausschweifend betrauert. Wie so oft warf ich vor dem Haus einen Blick auf die Auslagen vom Zeitungsladen, um mir die Fotos anzuschauen. Doch diesmal war auf sämtlichen Titelblättern derselbe Mann mit Schnurrbart und strengem Gesicht abgebildet. Und alles schwarz umrandet. Verwirrt stand ich davor: Was hat das zu bedeuten? Der dicke Zeitungshändler lehnte an der Tür und sagte nur so etwas wie: »Det is Stalin. Und nu issa tot.« Basta. Dass das Stalin war, wusste ich selber. Schließlich hingen im Osten überall Bilder von ihm – auf Postämtern, in Krankenhäusern, HO-Schaufenstern, Büros und Schulen oder, ganz groß, an manchen Fabriken und grauen Häusern. Der war nun also tot? Das war neu. Dann kam bestimmt meine Mutter aus der Haustür, und ich hüpfte an ihrer Hand davon.

Der »Generalissimus« und »weise Führer aller Völker« war am 5. März 1953 verstorben. Die sozialistische Welt stürzte in eine Art Schockstarre. Für viele stellte sogar die Erde ihre Umdrehung ein. Wie weiter ohne IHN? Bestimmt haben meine Eltern an diesem Abend auch über Stalin gesprochen, bei Wurstbrot und Tee vermutlich, doch ganz sicher ohne Trauerminute. Was auch immer sie sprachen, sie mochten Stalin nicht, das wusste ich, das konnte ich oft raushören, eigentlich mochten sie die alle nicht, den Ulbricht auch nicht. Dabei war mein Vater gar kein »Klassenfeind« oder »Reaktionär«. Er kam selbst aus der proletarischen Ecke, trat Ende der zwanziger Jahre dem Arbeitersportverein »Fichte« und dem »Kampfbund gegen den Faschismus« bei. Er hatte auch nichts gegen sozialistische Ideen, ihn störte nur, dass viele davon lebten und sich in ihrer Sonderstellung einrichteten: Toll, so als »Vorhut der Arbeiterklasse«.

Ein paar Jahre später, nach Chruschtschows Abrechnung mit Stalin, fielen die gleichen Leute erneut in einen Schockzustand: Ihr »Gott« war plötzlich gar keiner, sondern für schlimmste Verbrechen verantwortlich – Massenexekutionen, Arbeitslager, Schauprozesse. Doch davon wussten sie im Frühjahr 53 noch nichts oder verdrängten es, aus sturer Parteidisziplin. Sie drängten lieber »vorwärts zu neuen Erfolgen«. Bloß, wo war jetzt »vorwärts«, ohne Josef Wissarionowitsch?

Ich hatte natürlich erst recht keine Ahnung von all dem, war fünf, bald sechs, der Kopf voller bunter Kringel, und doch spürte ich, dass etwas in der Luft lag. Da passierte etwas sehr Ungewöhnliches, das blieb sogar mir als Kind nicht verborgen. Die Menschen verhielten sich auf einmal anders, sie redeten laut miteinander, waren erregt, empört, wütend. Vorher war es so: Geschimpft wurde zu Hause. Nun in den Geschäften, auf der Straße. Es knisterte. Auffällig auch die Allgegenwart der Volkspolizisten. Dass sie auf den Straßen zu zweit Streife liefen, mit ihren martialischen Stiefelhosen und schwarzen Tschakos, oder in einem Toni-Funkwagen sich langsam durch die Wohnviertel schoben, selbst dass sie dann und wann mit einem voll besetzten Überfallkommando vor einer Spelunke am Kollwitzplatz aufkreuzten, war man gewohnt. Kneipenschlägereien gehörten nun mal zur Tagesordnung. Doch nun fuhren die Rollkommandos ständig durch unsere Straßen, auch die Streifen kamen öfter vorbei. Das hatte etwas Einschüchterndes, Bedrohliches, und so war es gewollt.

Der ehrgeizige Kurs der II. SED-Parteikonferenz, nun mit Volldampf die »Grundlagen des Sozialismus« aufzubauen, führte zu einer einseitigen Entwicklung der Schwerindustrie – auf Kosten der Herstellung von Konsumgütern. Verschärft wurde die Lage durch die fortdauernden Reparationsleistungen an die Sowjetunion, durch eine rigorose Steuerpolitik gegen kleine private Betriebe und Läden, dazu kamen die Unruhe in der Landwirtschaft infolge der Kollektivierungskampagne und schließlich auch noch die Folgen der Missernte von 1952. Die Versorgung der Bevölkerung verschlechterte sich dramatisch. Es fehlte an Butter, Fleisch, Zucker, Mehl, Gemüse. Bei der breiten Masse wuchs der Unmut. Doch die führenden Genossen rissen das Ruder nicht rum, sie gaben weiter Gas, wollten nichts als »vorwärts« und dafür die Arbeiter mehr arbeiten lassen.

Unbeirrt, ihrer Sache sicher, beschlossen Partei und Regierung im Mai 1953, »die für die Produktion entscheidenden Arbeitsnormen um durchschnittlich mindestens 10 Prozent« zu erhöhen. Das Knistern wurde zum Brodeln. Nun merkte man auch im Kreml, dass die Männer um Parteichef Ulbricht den Bogen überspannt hatten, und pfiff sie zurück. Erschrocken suchte die Parteispitze nach der Bremse. Per Kommuniqué wurde eingeräumt, dass es leider »eine Reihe von Fehlern« gegeben habe; das »Neue Deutschland« schrieb verheißend: »Es wird Zeit, den Holzhammer beiseitezulegen.« Zu spät. Die Wut, besonders unter den Arbeitern, war längst Gemeingut und setzte sie in Bewegung.

Zufälligerweise war es genau die Zeit, die auch mir mehr Bewegung brachte: Ich durfte endlich allein runter – in den Hof, auf die Straße und den Kollwitzplatz. Beim ersten Mal schlich ich die wenigen Treppenstufen vom Hochparterre bestimmt scheu, mit klopfendem Herzen nach unten. Fröhliches Gelächter hallte mir entgegen. Noch ein Schritt. Hof.

»Tach.«

»Tach Dieter, willste mitspielen!«

»Mhmm.«

Die Kinder freuten sich – einer mehr! Und nach ein paar Stunden hatte ich das Gefühl, schon ewig zur Hofmeute zu gehören: zu Gabi, die alle nur »die Süße« nannten, ihrer Schwester »Pummel«, eigentlich Renate, Moni und Klaus und den »Großen« Bernhardt und Horst. Es war auch egal, ob einer fünf, zehn oder zwölf Jahre alt war, wir kamen miteinander klar, spielten »Einkriegezeck«, »Verstecken«, »Hase und Jäger«, die großen Jungs am liebsten »Klimpern«. Und trotz allen Spieleifers bekamen wir mit, dass oft Passanten vor unserem Zeitungsladen standen, aus irgendeinem Artikel vorlasen und hitzig Worte auftürmten. So heftig, dass wir Kinder immer wieder unser Spiel unterbrachen und zuhörten. Für uns hatte es etwas Abenteuerliches.

Das ist wahrscheinlich auch der Grund, weshalb ich mich an eine Begebenheit sehr gut erinnern kann. Wenige Tage vor dem 17. Juni fand ein Radrennen in der Schönhauser Allee und der Cantianstraße statt. Mein Papa schwirrte beim Wettkampfausschuss rum, meine Mama und ich schauten den Rennern am Straßenrand zu. Wie immer damals war es ein Ereignis, wie immer kamen Tausende Zuschauer. Doch es lief nicht ab wie immer. Schon vor dem Start des Rundstreckenrennens war eine eigenartige Spannung zu spüren. Das Polizeiaufgebot war auffällig stärker als sonst. Und aus der anwachsenden Menge kamen aufreizende Rufe, aber wohl noch keine Sprüche wie: »Der Spitzbart muss weg!« Es war eher allgemeiner Unmut.

Das Rennen lief, und bald auch die Volkspolizei, kommandiert zu den Stellen, an denen es zu Handgemengen kam. Die Zuschauer drängten vor, die Polizei drängte sie zurück. Hin und her. Schreie, Gebrüll, Prügeleien, Festnahmen. Ich stand wie gebannt, so etwas hatte ich noch nie gesehen. Das Radrennen war längst einerlei oder schon abgebrochen. Meine Mutter nahm mich verängstigt in den Arm und lief mit mir fluchtartig nach Hause. Und dort? Der Kollwitzplatz döste friedlich in den Nachmittag. Die Kinder spielten im Buddelkasten, die Skatbrüder kloppten Karten, die Alten saßen plaudernd auf den Parkbänken. Mich verblüffte der Kontrast. Doch vier Tage später war es auch damit vorbei.

Der 17. Juni, der Tag, der als Arbeiter- und Volksaufstand in die Geschichte eingehen sollte, begann bei uns zu Hause schon am 16. Einem Dienstag. Sonnig, wie ich meine. Der frühe Vormittag verlief noch völlig normal, möglich, dass meine Mutter öfter Radio hörte, die Nachrichten vom RIAS. Doch dann passierte etwas Ungewöhnliches: Mein Vater kam schon gegen zehn von der Arbeit zurück. Aufgeregt stellte er sein Rad im Korridor ab, drückte meiner Mutter seine Arbeitstasche in die Hand und rief beim Rausgehen: »Wir streiken! Ich weiß nicht, wann ich zurück bin.« Weg war er. Und wir standen da mit Herzklopfen. Streiken? Wieder was Neues für mich. Meine Mutter hat es mir bestimmt fix erklärt. Doch Streik war selbst für viele Bauarbeiter, die zur gleichen Stunde durch die damalige Stalinallee demonstrierten, neu. Sie mussten es dennoch wagen, sie hatten einfach die Schnauze voll. Zwar gelobte die Regierung Besserung und hob einige restriktive Maßnahmen auf, doch ausgerechnet die gehasste Normenerhöhung hielt sie aufrecht. Die Wut kochte über. Nichts konnte die Protestler mehr stoppen: Generalstreik morgen!

Das war dann der berühmte 17. Mein Vater brach auf, als ich noch schlief. Und meine Mama machte uns beiden das Frühstück, wie abwesend, voller Sorge. Vielleicht um sich zu beruhigen, spielte sie Normalität: Ich durfte auf die Straße, und bald ging sie mit mir einkaufen in die Oderberger, zu »Lederle«, der Lieblingsfleischerei der ganzen Gegend. Drinnen bediente die Chefin mit ihren stets freundlich lächelnden Töchtern, alle in weißer Kittelschürze und weißem Häubchen, draußen war das Ende der Schlange. Und ich. Gedränge machte keinen Spaß. Kurz darauf zog ein Marschblock mit FDJlern vorbei, Richtung Grenze, unerschrocken im Blauhemd, laut ein Lied durch die Straße schmetternd:

»Auf, auf zum Kampf, zum Kampf!
Zum Kampf sind wir geboren!«

Ob sie auch dazu geboren waren, in die Bernauer einzumarschieren, konnte ich nicht erkennen. Sie wollten Farbe bekennen. Wohl ein vergebliches Manöver in den Arbeiterquartieren. Die Frauen in der Warteschlange schüttelten nur die Köpfe. Später wurde erzählt, dass ein paar FDJler, die sich an der Gertraudenbrücke oder Mühlendammbrücke tollkühn den Demonstrationszügen in den Weg stellen wollten, von den Arbeitern in die Spree geworfen worden waren.

Zu Hause wurden die Nachrichten ernster. Der RIAS berichtete von T34-Panzern, die aufgefahren waren, von Straßenbarrieren, brennenden Gebäuden, Gewehrschüssen, fliehenden Demonstranten, Toten. Gebannt lauschten meine Mama und ich den Stimmen der Reporter und Augenzeugen. Es war schmerzlich, unheilvoll. Um die Mittagszeit wurde »im sowjetischen Sektor von Berlin der Ausnahmezustand verhängt«: Alle »Menschenansammlungen über 3 Personen« wurden verboten, ein Ausgehverbot »zwischen 9 Uhr abends bis 3 Uhr morgens« verfügt und bei Verstößen mit »Kriegsgesetzen« gedroht. Das sendete der DDR-Rundfunk pausenlos.

Uns war bange. »Wann kommt Papa?« Er kam am frühen Abend. Und er zitterte vor Erregung. So was hatte ich bei ihm noch nie gesehen, die Angst kroch wieder in mir hoch. Am Küchentisch erzählte er dann. Lange. Leider entsinne ich mich nur an zwei Sätze: »Ich kenne einen Toten.« »Die Russen haben nicht geschossen.« Anderntags hörte ich das auch von einigen Hofkindern, deren Väter gleichfalls vor allem die kasernierten Volkspolizisten als Schützen nannten. Das war für uns schon wichtig.

Denn seit dem frühen Morgen des 18. Juni standen Soldaten der Roten Armee vor unserer Hauseingangstür. Vor allen Haustüren unseres Viertels. Der Ausnahmezustand war aufmarschiert. Im Haus verbreitete sich diese Kunde in wenigen Minuten, wie immer von Fenster zu Fenster: »Draußen steht ein Russenposten.«

»Dürfen wir jetzt nicht mehr raus?«

»Doch, aber wir müssen ihm den Ausweis zeigen!«

Kurz darauf verließen meine Mutter und ich die Wohnung, öffneten die große rotbraune Haustür – und da stand er, der Rotarmist, in aschbraunem Drillich, Käppi auf dem Kopf und Kalaschnikow auf dem Rücken. So sahen sie alle aus, die in den nächsten Wochen den Kontrollposten vor der 66 bezogen. Junge Burschen, kein Wort deutsch, kein Lächeln, bemüht forsch und doch verlegen, unsicher. Sie wurden vor unsere Häuser kommandiert, um die drohende »Konterrevolution« abzuwehren, und nun trafen sie frühmorgens auf niedergedrückte Familienväter, später am Tag auf besorgte Mütter, die mit ihren Kindern und Einkaufstaschen loszogen.

»Passport!«

Schnell zeigte meine Mama ihren Ausweis, wir waren ja vorgewarnt. Der Soldat blätterte darin, musterte uns, nickte und machte einen Schritt zur Seite.

Dann bekamen wir einen Schreck. Wir standen in einer anderen Welt. Der vertraute Kollwitzplatz hatte sich über Nacht verwandelt – in ein Feldlager einer sowjetischen Einheit. Soldaten stapften zwischen den aufgebauten Zelten umher, Gulaschkanonen qualmten, russische Kommandos flogen hin und her, der ganze Platz abgesperrt. Und überall standen Militärfahrzeuge, in der Kollwitz, in der Knaack. Das gleiche Bild in der Wörther, durch die wir hasteten, um kurz eine befreundete Familie an der Ecke Schönhauser zu besuchen. Den ganzen Weg säumten Armeelaster, Kübelwagen, Anhänger. In der Luft hing beißender Dieselgestank. Gespenstisch. Andere Parkanlagen und Plätze traf es ähnlich: Zeltlager, Fahrzeugkolonnen. Wir Kinder redeten darüber zwar wie unsere Eltern, meist schlecht, und waren doch recht unbekümmert. Schon aufregend, das alles.

Das fand ich auch. Und doch fühlte ich mich durch die Russen bestohlen. Da darf man endlich zum Spielen raus auf die Straße oder mit einer Handvoll Indianer in den Buddelkasten, und dann: Pustekuchen. Rundum Belagerungszustand. Tagelang haben wir nur auf unserem Hof spielen können – und unter Aufsicht. Vor allem aber ungezählt. Denn wie war die »Erklärung des Ausnahmezustandes«, die an sämtlichen Litfaßsäulen klebte, überhaupt zu verstehen? Galt das Drei-Personen-Verbot auch für Kinder? Sicher ist sicher, meinten die Schlüters, Rochows, Krauses, und entschieden für uns ein »Ausgehverbot«. Also Hof.

Dabei blieb es, bis nach zwei, drei Wochen der Spuk vorüber war. Es herrschte wieder Ruhe im Land. Die Einheiten der Roten Armee zogen ab, in ihre Kasernen rund um Berlin. Noch während die Zelte zusammengepackt und die vielen Ausrüstungskisten verladen wurden, konnten wir raus auf den Kollwitz. Endlich. Und spielend nahmen wir wieder Besitz von ihm, mitten unter den restlichen, noch emsig schleppenden Soldaten. Da die Wiese nun sowieso von Hunderten Stiefeln zertrampelt worden war und die Schilder »Betreten der Grünanlage verboten!« in den nächtlichen Lagerfeuern der Russen verraucht waren, gehörte die nun auch noch uns.

War es Zufall oder wurden wir durch die abfahrenden LKW-Konvois angesteckt? Jedenfalls hatte fast jeder von uns Jungens einen kleinen Laster mitgebracht. Und die holperten nun, mit laut nachgeahmten Motorgeräuschen, über die letzten Grasnarben. »Eine Patrone!« Klaus hielt stolz das kleine goldene Ding in die Luft. Heute würde ich meinen, es war eine Pistolenkugel. Auf jeden Fall bekam sie nun die Hauptrolle bei unserem Autogeschiebe, wurde von einem Spielzeuglastwagen auf den nächsten verladen: Bombentransport eben. Nach einer halben Stunde wurde die Sache langweilig. Was nun mit der Kugel?

»Die können die Russen mitnehmen.«

»Genau, ist ja sowieso ihre.«

Also rannten wir zu dem Laster, auf den gerade die letzten Soldaten stiegen: »Hier, eure!«

Die Muschkoten guckten erst verdutzt, dann grienten sie, schließlich beugte sich einer von der Ladefläche, nahm die Patrone an sich und nickte uns zu. Finderlohn gab's nicht. Woher auch, die hatten ja selber kaum was.

Der Alltag war wieder eingezogen. Alles blieb, wie es war. So unterschiedlich die Hoffnungen waren, die sich an den 17. Juni klammerten, sie gingen fast ausnahmslos leer aus: die der streikenden Arbeiter, die zwar letztlich die Erhöhung der Arbeitsnormen rückgängig machen konnten, aber nicht die geforderten freien Wahlen bekamen; die der verbliebenen Krypto-Nazis, die immer noch braune Soße im Kopf hatten und von einer Wiederauferstehung träumten; und auch die der Kalten Krieger im Westen, die das ganze Land wollten. Sogar Walter Ulbricht blieb auf seinem Posten. Ironischerweise hielten die Proteste, die sich besonders auf ihn zuspitzten, Ulbricht im Sattel. »Spitzbart, Bauch und Brille, sind nicht des Volkes Wille!«, skandierten die Demonstranten, das erkannten auch die Sowjetführer und wollten ihn vor dem Aufstand fallen lassen. Nun, nach den Unruhen, hatten sie Angst, dass eine solche Entscheidung als Rückzieher, als ein Zeichen von Schwäche verstanden werden könnte, und hielten an ihm fest. Fatal. Denn Ulbricht begann augenblicklich, die Partei von Gegnern und Abweichlern (»feindlichen Elementen«) zu säubern.

Bei uns im Haus, in der Straße, bei den einfachen Menschen war die Stimmung in Moll getaucht. Man hatte sich aus dem geduckten Gang erhoben, hatte seinen Unwillen unüberhörbar kundgetan – und war gescheitert. Viele waren enttäuscht, entmutigt. Sie wussten nun, welch eine gewaltige Macht sich ihnen in den Weg stellen würde, sollten sie es wieder wagen. Manch einer türmte in den Westen, die meisten jedoch wollten den kleinen, in den vergangenen Jahren mühsam erreichten Besitz nicht aufgeben und klotzten weiter ran, um ihren Lebensalltag voranzubringen. Und der hatte einen schnell wieder.

Der Herbst kam, man musste sich um Kohlen kümmern, um Brennholz und – ganz wichtig! – um Kartoffeln, die damals für den Winter noch eingekellert wurden. Wir Kinder rannten von Elektroladen zu Elektroladen, um Batterien für unsere Taschenlampen zu ergattern. Und in stillen Momenten flüchteten unsere Eltern wieder in ihre Träume: *»Rote Rosen, rote Lippen, roter Wein«* von René Carol oder *»Wo die Südsee rauscht, Luane«* ertönten dauernd in den Radios. Und wenn die Wohnung nicht richtig warm und der Teller nicht richtig voll wurde, dann tröstete ein anderer Schlager:

»Es wird ja alles wieder gut;
nur ein klein bisschen Mut,
lässt das Glück dich auch mal allein!«

Spaß wollte man trotzdem haben. Jetzt erst recht. Also wurde bei Familienfeiern vergnügt um den großen Tisch geschunkelt, getanzt und lauthals gesungen:

»Wir kommen alle, alle, alle in den Himmel. Weil wir so brav sind …«

Und in manchen beschwingten Runden klang das geradezu frech. Wir alle. Die anderen nicht.

Der Ernst des Lebens beginnt

Ein Schunkelschlager von 1954 wusste sogar den Termin für unsere fröhliche Himmelfahrt: *»Am 30. Mai ist der Weltuntergang, wir leben nicht mehr lang«.* Manche nahmen die Zeilen todernst und sahen sich vorsichtshalber schon mal nach dem Zustand der alten Luftschutzbunker um. In der DDR reagierten die zuständigen Behörden kämpferisch. Der Gassenhauer wurde verboten. So weit kommt's noch, da versucht die Parteiführung täglich dem Volk zu erklären, dass ihre weitsichtige Politik – geradezu gesetzmäßig! – in eine bessere Zukunft führt, und dann vernebelt der Klassenfeind mit seinem »Weltuntergang« heimtückisch das Bewusstsein der Werktätigen. Doch der Mai verlief unspektakulär. Der Weltuntergang, man hatte es ja geahnt, blieb aus. In Ostberlin tanzten am 30. Mai die Solisten des Moskauer Bolschoi-Balletts, und sie tanzten auch am folgenden Tag.

Zwei Ereignissen stand nun nichts mehr im Wege. Das erste geschah am 4. Juli. An diesem Tag kam es zum »Wunder von Bern«: Westdeutschland wurde Fußball-Weltmeister. Bei strömendem Regen ging die »goldene Elf« der Ungarn mit 3:2 unter. Schütze der entscheidenden Tore war Helmut Rahn. Der Jubel während und nach der Rundfunkübertragung muss an mir komplett vorbeigeflogen sein, genauso dieser Rahn. Er war mir kein Begriff. Ein paar Jahre später war er mein Fußball-Gott, und mein Bekenntnis zu ihm sollte an der Schule für einen ideologischen »Vorfall« sorgen. Aber das gehört noch nicht hierher. Hierher gehört das zweite Ereignis. Es passierte am 1. September. Es war ganz und gar persönlich und dementsprechend weltgeschichtlich folgenlos: Ich wurde eingeschult.

Fein rausgeputzt, mit kariertem Hemd, dunkelblauer Manchesterjacke, passenden kurzen Hosen und weißen Kniestrümpfen, den neuen Schulranzen aus derbem braunem Leder auf dem Rücken und die Schultüte stolz wie eine Trophäe im Arm, so verließ ich mit meiner Mutter überpünktlich unser Haus. Vor dem Eingang der 13. Grundschule warteten schon viele andere »Schultüten«, manche kannten sich sogar. Kurz darauf war es so weit, die ganze Versammlung wurde in die Schule gebeten und drei Etagen nach oben in die weihevolle Aula geführt. Dort hielt Schuldirektor Grambow, ganz würdevolle Autorität, eine kurze Rede, und die Zweitklässler zeigten auf der Bühne ein kleines, extra einstudiertes Programm. Schließlich wurde uns unsere Klassenlehrerin vorgestellt – Frau Willmann, eine ältere, freundliche Dame. Mit ihr stiegen wir nun wieder ins Erdgeschoss, in den Klassenraum der »1a«. Das waren nun wir, an die 30 Mädchen und Jungs, etwa je zur Hälfte.

Unser zweites Zuhause für das kommende Jahr machte einen tristen Eindruck: dunkelgrau gestrichene, zu drei Reihen miteinander verschraubte Holzbänke, in die Tischplatten eingelassene Tintenfässer, darunter ein Fach für die Mappe, vorn das Lehrerpult und die Tafel, an der Seite der Klassenschrank und hinten an der Wand die Kleiderhaken. Eine Sitzordnung gab es noch nicht, unsere Mütter, die ringsum dauerlächelnd mit den Tüten in der Hand standen, regelten, wer zu wem passte. »Dieter, setz' dich in die Mittelreihe zu dem blonden Jungen!« So kam es, dass Werner Moschall und ich Banknachbarn wurden – wahrscheinlich weil wir beide die gleiche Haarfarbe hatten.

Die nächsten zwei Stunden liefen ab wie alle ersten Schultage: Wir bekamen die Fibel, ein Rechenbuch, mehrere Hefte, den Stundenplan und tütenweise Merksätze über die Schulordnung. Alles in dem gütigen Singsang von Frau Willmann. Werner und ich nickten uns zu: Läuft ja ganz gut bisher. Nachdem die Pausenklingel wieder schrillte, war Schluss. Wir packten unsere Schultaschen und übernahmen wieder die Tüten. Alles recht feierlich. Aber heimlich wurde schon verglichen, wessen Schultüte größer war. Obwohl die Dinger unten mit Zeitungspapier ausgestopft waren. Mal mehr, mal weniger. Bonbons und Schokolade schmückten vor allem die oberste Schicht. Immerhin musste man weniger schleppen, denn es ging gleich weiter, zum Fotografen. Wir hatten zwar inzwischen auch einen billigen

Fotoapparat, doch solche besonderen Momente mussten auf richtige Bilder gebannt werden. Auch bei den anderen. Ein Festtag für die Fotoateliers damals.

Mit dem zweiten Tag begann der Alltag. Das Haar sauber gescheitelt, Schulmappe und Stullentasche umgehängt, los ging's. Natürlich ohne meine Mutter, war ja kaum Verkehr. Ältere Kinder aus der 66 trotteten in die gleiche Richtung: »Na, Dieter, biste aufgeregt?«

»Mhm, 'n bisschen.«

Kein Wunder, am frühen Morgen hatte mein Papa mir noch mal richtig Mut gemacht: »So, Junge, heute beginnt für dich der Ernst des Lebens!« Das dämpfte, auch meine Schritte.

Nur an diesem Tag, danach war's schon vertrauter. An der Ecke Knaack traf ich Eberhard, Lothar, Ingo oder Michael, und wenn wir die Steinstufen am Wasserturm passierten, kamen meist Klaus, Horst, Kalle und Werner (der Kücholl, nicht der Moschall) aus der Ryke. Am Schultor in der Kolmarer waren wir schon ein kleiner Trupp und hatten inzwischen alle Neuigkeiten lauthals durchgehechelt. Ab da übernahmen uns die Schulregeln. Und die spöttischen Sprüche der Angeber der 2. Klasse: »Erste Klecker – Tafellecker!« Sobald es zum Unterricht klingelte, musste jedes Kind artig neben seiner Bank stehen und mit allen anderen im Chor den Gruß des Lehrers erwidern: »Guten Morgen, Frau Willmann!« Dann wurde vor unseren staunenden Augen aus dem Labyrinth der Buchstaben und Zahlen ein sinnvoller Zusammenhang – erst Wörter, dann Sätze, schließlich Texte; anfangs Zahlenfolgen, hinterher die Grundrechenarten. Stunde für Stunde, Tag für Tag. Das Übliche.

Nach Schulschluss quatschten und tollten wir noch auf der Kolmarer, damals vielleicht die einzige Straße der Stadt, die noch ein Holzpflaster hatte. Danach liefen wir nach Hause, Mittagessen und Hausaufgaben machen. Die gab es fast immer, vom zweiten Tag an. Und seitdem galt auch ein eherner Grundsatz: »Erst die Schularbeiten, dann darfst du runter!« Folgsam hievte ich mich, Kissen drunter, auf den großen Schreibtischstuhl, malte in Schönschrift akkurat eine Zeile nach der anderen, rechnete Päckchen für Päckchen. Alles noch mit einem

Holzfederhalter und Tinte. Das war Pflicht. Und mitunter ärgerlich. Denn bei aller Vorsicht, Tintenkleckse passierten einem immer wieder mal. Durften aber bei meiner kontrollierenden Mutter nicht sein. Wenn das Heft noch dick war, riss sie behutsam die bekleckste Seite raus, wenn es schon einige Blätter verloren hatte, gab sie mir ein neues. Uff, und wieder von vorn!

Wer das Geld hatte, kaufte die Schulhefte selbst, wer das nicht wollte oder konnte, bekam sie von der Schule gestellt. Die sahen oft nur etwas anders aus, hatten keinen hellen, einfarbigen Umschlag, sondern waren außen bedruckt wie eine Wandzeitung: Fotos mit Texten über den erfolgreichen Aufbau, über die Einweihung eines Stalin-Denkmals oder die Liebe zu unserer Heimat und sehr gern über beispielhafte Leistungen von Jungen Pionieren. Manchmal hatte ich auch so ein grau-braunes Heft. Die überschwängliche Agitation interessierte mich nicht, doch die Bilder sah ich mir gern an, wenn es mal langweilig wurde im Unterricht. Vielleicht begeisterte man sich als Junger Pionier auch für die Botschaft. Ich war keiner.

Bei uns zu Hause wurde nicht mal darüber gesprochen, so klar war es, dass ich da nicht eintrete. Mein Papa konnte Fahnenaufmärsche und Fackelzüge nicht mehr sehen, und auch keine uniformierten Kinder – egal ob im Gleichschritt oder ohne. Das kannte er zur Genüge. Und damit stand er nicht allein. Im Gegenteil. Auch bei uns Kindern war der Beitrittswunsch sehr überschaubar. Weniger als ein Drittel meiner Klassenkameraden trugen ein blaues Halstuch. Mit den Jungen Pionieren hatten wir es noch nicht so. Später, ab der dritten, vierten Klasse änderte sich das etwas, aber in den ersten beiden Schuljahren waren gerade mal sieben oder acht bei den Pionieren. Die Losung »Seid bereit! – Immer bereit!« musste noch warten.

Die Kirche nicht. Mindestens die halbe Klasse nahm am Religionsunterricht teil. Das mag merkwürdig anmuten im ziemlich gottlosen Ostberlin. War damals aber so. Ein Großteil der Bevölkerung hatte Mitte der fünfziger Jahre noch konfessionelle Bindungen, wenn auch sehr lockere und zunehmend schwindende. Auch bei meinen Eltern reichte es noch für meine Anmeldung. Einmal in der Woche, nach der letzten Stunde, führte uns Frau Willmann zum unteren Schultor an der Prenzlauer Allee. Dort wartete schon Religionslehrerin Frau Dietert auf ihre Zöglinge. Händchen haltend führte sie uns über die Straße in eine kleine Seitenkapelle der evangelischen Immanuelkirche. In einem recht düsteren, mit religiösen Figuren und harten Holzbänken eingerichteten Raum wurde uns dann eine Stunde »Christenlehre« erteilt. Wir hörten Geschichten aus der Bibel, lernten die zehn Gebote und nicht ganz so viele Gebete. Diejenigen, die sich fleißig gemeldet hatten, bekamen von Frau Dietert am Schluss kleine bunte Bildchen mit Bibelmotiven: acht Zentimeter mal acht Zentimeter die heiligen drei Könige. War anfangs schon ein Anreiz. Mit der Zeit nahmen manche von uns diese Stunde immer weniger ernst. Frau Dieterts straffreies Amt schrumpfte.

In der Schule war das anders. Lehrer waren für uns Respektspersonen, alle. Lehrer haben immer recht, und wir haben immer höflich, ordentlich und gehorsam zu sein – so wurden wir von unseren Eltern zur Schule geschickt. Und so lief das auch im ersten und vielleicht auch noch im zweiten Schuljahr. Danach sank die Hemmschwelle für unterhaltsame Scherze, jedenfalls bei mir. Wenn es mal etwas unruhig wurde, griff Frau Willmann bändigend ein: »Alle die Hände auf den Rücken!« Die erste Stufe der anerkannten Erziehungsmaßnahmen. Die nächste sortierte schon aus: »So, du stellst dich in die Ecke!« Das reichte, weiter mussten die Sanktionen in den unteren Klassen nicht gehen. Auch bei mir nicht. »Dieter muss besser folgen«, schrieb Frau Willmann in mein Zeugnis und gab mir wohlmeinend im »Gesamtverhalten« immerhin eine »2«. In den ersten Jahren hatten wir sowieso nur mit drei, vier Lehrern zu tun. Und manchmal mit dem Direktor. Die Lehrer der höheren Klassen lernten wir nur als Aufsicht bei den Hofpausen kennen. Meist einschüchternd.

Wie an allen Schulen damals hatten wir vor allem alte Lehrer und sogenannte »Junglehrer«. Eine Folge der Entnazifizierung. Von den 39 000 Lehrern, die es nach Kriegsende in Ostdeutschland gab, hatten rund 28 000 der Nazipartei angehört. Viele von ihnen, vor allem Pauker aus der mittleren Generation, waren sofort aus dem Verkehr gezogen worden. Empfindliche Lücken taten sich auf. Um die rasch zu füllen, wurden pensionierte Pädagogen reaktiviert und politisch unbelastete, überwiegend jüngere Leute in mehrmonatigen Schnellkursen zu Neulehrern ausgebildet. Das hat zu Anfang sicher geholpert, als wir dran waren, hatte sich schon alles eingespielt. Auch die politische Einflussnahme. Sie war da, nahm einem aber nicht den Atem. Sie hing auch von den Lehrern ab, und die älteren hielten sich meist mäßigend zurück. Später nahm der Einfluss der harthörigen Kader zu. Wir lernten, auch damit umzugehen.

So wie wir auch schnell lernten, dass die Jungs der gleichen Klassenstufe aus der 14. Grundschule unsere »Feinde« waren. Einen vernünftigen Grund dafür gab es nicht, wir hatten diese Feindschaft einfach geerbt. Auch den heiligen Ernst, mit dem wir in die Schlachten zogen: im Winter mit Schneebällen oder mit Schals, die wir vorher zu einem harten Zopf zusammengedreht hatten, im Sommer mit unseren Stullentaschen, die wir wie mittelalterliche Morgensterne kreisen ließen. Jede Partei versuchte die eigene Hofhälfte zu verteidigen. »Attacke!« Die Rangeleien tobten hin und her, bis es der einen Klasse gelang, die andere in die Flucht zu schlagen. Es war so wie in Kästners »Fliegendem Klassenzimmer«. Häufig löste das drohende Erscheinen eines Lehrers die Knäuel. Bis zum nächsten Mal.

Dann kam der Tag, an dem wir erfuhren, dass einer unsere Schar verlassen hatte – für immer. Jürgen. Es war im zweiten Schuljahr. Frau Willmann betrat am Morgen bedrückt den Klassenraum. Sie bat um Ruhe, ließ uns antreten und ging voran in die Aula. Das war so ungewöhnlich, dass wir gebannt darauf warteten, was nun passieren würde. Nachdem wir auf den langen Bankreihen Platz genommen hatten, sagte sie mit leiser Stimme: »Leider muss ich euch eine traurige Nachricht überbringen. Unser Jürgen ist gestern an einer schlimmen Krankheit gestorben.« Wir saßen da, verwirrt, verstört, fassungslos. Wir waren doch noch kleine Kinder, erst in der zweiten Klasse! Es hatte doch gerade erst begonnen. Der Gedanke an den Tod hat an diesem Tag bei mir böse Einzug gehalten.

Dabei war mir die traurige Gewissheit, dass jedes Leben mal

ein Ende hat, schon bewusst, ja fast alltäglich. Aber da betraf es Omis und Opis aus unserem Nebenhaus. Die 64 beherbergte in jenen Jahren ein kleines Altersheim, direkt über Westphals Ausschank, zwei Etagen. Und so passierte es immer wieder mal, dass wir Kinder bei unserem Spiel innehielten, weil ein schwarzer Leichenwagen vorgefahren war. Neugierig rückten wir näher. Ein paar Minuten später wurde ein Sarg aus dem Haus getragen. Manchmal standen wir, Ball unterm Arm, Roller in der Hand, stumm an der Auffahrt und bildeten ahnungslos ein letztes Defilee.

Andere Fahrzeuge, die unseren Straßenzug ansteuerten, bügelten diese Düsternis wieder aus. Seltsame Kisten waren dabei. Lastwagen, die hinter der Fahrerkabine einen großen Heizkessel stehen hatten, der mit Holzspänen befeuert wurde. Dazu kam vorn, vor der Motorhaube, noch ein tonnenförmiger Gasreiniger. Für uns sehr unterhaltsam, besonders wenn für die Weiterfahrt vom Fahrer nachgeheizt werden musste. Ein Laster. Mit Holz, wie unsere Öfen zu Hause! Das fanden wir damals schon abenteuerlich. Oder schrottreife Lieferwagen mit einem imposanten Gasbehälter neben der Kanzel, aus dem der Motor versorgt wurde. Oder die gelben Postautos, windschnittig wie ein Holzschuppen. Sie sahen auch so aus, hatten einen Elektromotor und machten knirschende Geräusche, wie beim Kaffeemahlen mit der Handmühle. Doch womit die Wagen angetrieben wurden, war relativ egal, Hauptsache es rollte. Und das teils so gemächlich, dass wir Kinder meinten, mit unseren Bambirädern oder Rollern mithalten zu können. Haben wir dann doch nicht geschafft – außer beim Postauto. Das fuhr ganz, ganz langsam. Das Wort »Schneckenpost« musste uns keiner erklären.

Ulkig sahen auch die Tempo-Autos aus. Die hatten nur drei Räder. Zwei hinten, eins vorn. Unter der dreieckigen Motorhaube steckte eine kleine Maschine, die knatternd das vordere Rad antrieb. Man hörte die Vehikel schon, bevor man sie sah. Es dauerte eben. Diese Dinger gab es mit Ladefläche oder mit geschlossenem Aufbau als Lieferfahrzeug. Vor der 66 hielt häufig ein Tempo-Eiswagen. Extra isoliert und voll beladen mit Stangeneis. Das waren lange Blöcke aus gefrorenem Wasser, die der Fischladen und die Eisdiele zum Kühlen brauchten. Die Kloben wurden auf den Schultern in die Läden getragen, und manchmal, je nach Bedarf, zurechtgestückelt. Darauf hatten wir nur gewartet. So gekonnt der Eismann den Block auch mit dem Stichel zerteilte, es fiel für uns Kinder immer was ab. Dass die Stückchen auf die Straße gefallen waren, störte nicht weiter. Kurz abgewischt und losgeschleckt. War ja umsonst.

Nagelneue Lieferwagen kamen auch mal vorbei, nur nicht oft. Nicht so oft wie Pferdegespanne. Die gehörten zum Straßenbild. Unsere Müllkästen wurden wortwörtlich noch von »Müllkutschern« geleert. Die kamen mit einem aschfarbenen Kastenwagen, davor zwei Pferde gespannt, und machten jede Menge Lärm. Abgekippt wurden die eisernen Müllkästen in Seitenklappen des »Staubschutzwagens«. So hießen die Müllkutschen offiziell – mehr ein Versprechen, gestaubt hat's immer. Prunkvoll dagegen die »Bierkutscher«. Die fuhren mit einem flachen Wagen vor, auf dem die Bierfässer oder -kästen turmhoch gestapelt waren. Gezogen wurde der Karren von zwei stämmigen, mit blankem Messinggeschirr geschmückten Pferden. Die Bierkutscher trugen eine hellbraune Kluft, hatten eine robuste Lederschürze umgebunden und auf dem Kopf eine Schirmmütze, auf der mit silberglänzenden Metallbuchstaben »Schultheiss« geschrieben stand. Die Brauerei war ja nicht weit, in der Sredzki, Ecke Schönhauser.

Von dort müssen sie auch an einem heißen Sommertag gekommen sein, denn der Fuhrwagen war noch voll beladen mit Bier- und Brausekästen. Vielleicht hatte eine alte Klapperkiste eine Fehlzündung oder ein Reifen war geplatzt. Die beiden Gäule scheuten jedenfalls. Rasch sprangen die Kutscher vom Bock und griffen beruhigend nach dem Zaumzeug. Vergebens. Die Pferde gingen durch. In wilder Hatz donnerte das Gespann die Kollwitz entlang, die beiden schreienden, Peitschen schwingenden Kutscher hinterher: »Brrr! Brrr!« Statt der erhofften Vollbremsung flogen alle paar Meter Flaschenkästen klirrend vom Wagen. Eine irre Szene. Sie endete irgendwo vor dem Senefelder Platz. Rasch erkannten die staunend gaffenden Passanten, dass viele Flaschen das Drama heil überstanden hatten.

Im selben Moment machte der erste »Selbstbedienungsladen« in unserer Straße auf. Wir bedienten uns auch. Mit Brause.

Und es kamen auch die angelaufen, die immer auftauchten, wenn Pferde sich ganz elementar auf dem Asphalt erleichterten: die Pferdeäpfel-Sammler. Ein Eimer in der einen, eine Schippe in der anderen Hand, so eilten die Schrebergärtner herbei. Schneller sein als andere, darauf kam's an, um die schönsten Kotballen einzuheimsen. »Bester Dünger!« Ich habe mich damals oft gefragt, ob die dann gleich mit der Straßenbahn den Pferdemist in ihre Gärten fuhren oder ob sie das Zeug in der Wohnung noch ein paar Tage zwischenlagerten. Denn mit Balkons war unsere Gegend nicht gesegnet.

Der Zwischenfall sorgte noch tagelang für Gesprächsstoff. Zum Glück hatten wir gerade vor dem Haus gespielt und nicht auf dem Hof. War ja auch unser Revier. Wenn einer im Hof schimpfte: »Ruhe da unten! Seid endlich mal leise!«, dann nahmen wir unseren Kram und gingen nach draußen. Spielten im Hauseingang und auf dem schönen breiten Bürgersteig vor der 66 und der 64. Oder auf dem Kollwitzplatz, krochen heimlich durch das dichte Sträuchergestrüpp, bauten Burgen im großen Sandkasten, jagten übers Klettergerüst. Den Kollwitz mussten wir uns jedoch teilen, vor allem mit den Jungs und Mädchen aus der Husemann. Den Park um den Wasserturm auch. Der war das Revier der Kinder aus der Ryke und der Belforter.

Trotzdem machten wir regelmäßig Abstecher dorthin. Stopften uns im Sommer den Mund mit Sauerampfer voll, kletterten, was streng verboten war, auf dem Hang herum. Einmal wurde ich von einem Gärtner erwischt. Er nahm mich mit in das kleine Backsteinhaus an der Parkseite zur Diedenhofer. Ein karger Raum, in dem sämtliche Schippen, Harken und Rasensprenger lagerten, dazu ein Tisch und ein paar Stühle. Der Mann sah mich streng an: »Kannst du schon schreiben?«

»Klar«, antwortete ich stolz, »habe ich doch gerade gelernt«.

Da rückte er den Stuhl zurecht und warf ein dickes Schreibheft auf den Tisch: »So, dann schreibst du jetzt 30-mal den Satz: ›Ich darf nicht auf den Berg klettern.‹ Wenn du fertig bist, kannst du wieder gehen.«

Ich dachte, ich höre nicht richtig: Dreißigmal! Von der Schule bekamen wir höchstens zehn Sätze als Hausarbeit auf. So oft ein so langer Satz, ich würde Stunden brauchen. Als ich das Heft aufblätterte, sah ich, dass ich nicht der Erste war. Seite für Seite Leidensgefährten. Es war halb voll. Betrübt pinselte ich los: Ich darf nicht ... Nach der fünften Zeile nutzte ich eine günstige Gelegenheit und haute ab. Die fehlenden 25 Sätze sind bis heute offen.

Im Winter, wenn alles zugeschneit war, gab es keine Verbote, und so versuchten wir manchmal den Berg runterzurodeln. Was schwer war, bei der Baumdichte. Einmal hatten Klaus und ich eine Bahn ausgekundschaftet, sehr steil, aber machbar. »Bahn frei! Osterei!« Nach zehn Metern knallten wir frontal gegen eine Linde. Ich saß vorne und sah auch so aus: das Gesicht zerschrammt und geschwollen. Und mir war übel. Völlig benommen hockte ich auf dem Schlitten, den Klaus mit verletzter Hand langsam Richtung 66 zog. Meine Mutter erschrak, als sie mich sah. Sie ließ alles stehen und liegen und führte mich behutsam zu unserem Hausarzt Dr. Gramatté. Seine Praxis war gleich in der Prenzlauer, nicht weit von der Wörther, neben der Apotheke. Nach der Untersuchung stand für ihn fest: »Der Junge hat eine Gehirnerschütterung. Er gehört ins Bett.« Später mussten Klaus und ich oft über unsere Karambolage lachen. Wir hatten einfach einander blind vertraut. Er dachte, ich lenke. Ich dachte, er lenkt. Der Rest war Physik.

An der Praxis von Dr. Gramatté mussten wir auch vorbei, wenn wir, quer über die Prenzlauer, unsere Lieblingsflohkiste an der Ecke Christburger besuchen wollten. Auch eine Außenstelle unseres Reviers, geteilt nun gleich mit der ganzen Gegend, bis runter zur Greifswalder. »Berolina« hieß die winzige Filmbühne, die wahrscheinlich unsere erste Liebesbeziehung war. Jeden Sonntag, kurz nach »Onkel Tobias«, nahmen wir diesen Weg, aufgeregt, schon voller Erwartungen. Mitunter wussten wir nicht mal, was gezeigt wurde. Ein Film, so viel war klar. Das reichte. Für 25 Pfennige, die wir an der Kasse auf eine Holzdrehscheibe legten, bekamen wir die kleine Abrisskarte. Drinnen empfing uns gedämpftes Licht, der typische staubige Duft und das laute Stimmengewirr all der Kinder, die schon vor uns eingetrudelt waren. Rechts an der Wand verlief der leicht abschüssige Gang, links waren die Bankreihen mit den Klappsitzen. Insgesamt vielleicht 170 Plätze. Punkt elf Uhr ertönte ein Gong, und der dunkelrote Vorhang öffnete sich.

Die Spannung stieg. Erst kam irgendein Vorfilm, dann »Der Augenzeuge«, die DEFA-Wochenschau – eine Viertelstunde Schönwetternachrichten, garniert mit etwas Sport. Dann endlich der Hauptfilm. »Die Geschichte vom kleinen Muck« war einer der ersten Streifen, die ich im »Berolina« sah. Für uns Kinder eine abenteuerliche Reise in eine bunte Märchenwelt. Wie zitterten wir mit dem kleinen Muck, als der, mitten im Wettrennen, seine Zauberschuhe verliert, während Murat, der Oberleibläufer des Sultans, weiter Runde um Runde dreht. Und dann, kaum hat er sie wieder, so schnell das pompöse Wasserbecken umkreist, dass dem Sultan samt Hofstaat schwindlig wird. Das ganze Kino hatte gejohlt.

Oder »Das kalte Herz«, ein gruseliger Märchenfilm, der uns in die Klappstühle drückte. Spätestens beim Erscheinen des Holländermichel vergaßen wir vor Schreck zwei, drei Atemzüge. Ein finsterer Riese mit einem milchigen Glasauge. Zum Fürchten. Noch mehr, wenn er dem jungen Kohlenmunk-Peter seine Sammlung zeigt: unzählige pochende, rote Herzen, an einer kalten Felswand festgenagelt. Das eigene überschlug sich fast. Es nahm alles noch ein gutes Ende. Das Licht ging an, der Vorhang zu. Nur das unheimliche Antlitz vom Holländermichel wurden wir so schnell nicht los. Eine Albtraumgestalt.

Fabelhafte Filmgeschichten wie diese DEFA-Streifen mit ihren magischen, berauschenden Bildern machten aus uns ständige Kinogänger. Wie unsere Eltern. Sie, wie überhaupt die Großen, waren genauso sehnsüchtig nach spannenden, ergreifenden oder amüsanten Leinwanddramen. Fernseher hatte ja kaum einer. Also Kino. Anderthalb Stunden den Alltag vergessen, eintauchen in andere Welten, andere Schicksale. Sich einfach mal wieder verzaubern lassen. Kino war in den fünfziger Jahren ein Lebensmittel. Für etwa 1,50 Mark. Die hatte man im Portemonnaie gern übrig und sah dafür Staudtes grandiose Romanverfilmung »Der Untertan«, Gérard Philipe in »Fanfan, der Husar«, den Krimi »Gift im Zoo« oder »Liebe, Brot und Eifersucht« mit Gina Lollobrigida und Vittorio de Sica. Der Andrang war riesig, lange Schlangen vor den Kassen, der Saal krachend voll. Trotz der vielen Lichtspielhäuser damals. Die Litfaßsäulen waren zugeklebt mit Plakaten der Kinos aus unserer Gegend: »Metropol« in der Sredzkistraße, »Helmholtz« in der Raumerstraße, »Terra« am S-Bahnhof Prenzlauer Allee, »Nord« in der Greifenhagener Straße, »Skala«, »Puhlmann« und »Mila« in der Schönhauser Allee, »DEFA« in der Kastanien- und »Libelle« in der Pappelallee, »Nordost« in der Winsstraße, »Roxy« in der Belforter Straße, »Union« in der Metzer Straße. Die meisten kleine Kintopps wie unser »Berolina«. Nur zwei Filmtheater haben die Zeiten überlebt: das »Babylon« und das »Colosseum«.

Und wenn einem das Filmangebot nicht reichte oder interessierte, dann ging man eben in den anderen Teil der Stadt – amerikanische und andere Westfilme gucken. Davon lebten die »Grenzkinos« und warteten, nicht weit hinter der Sektorengrenze, auf die Besucherschar aus dem Osten. Jeder, der an der Kasse seinen DDR-Personalausweis oder andere Dokumente aus dem Osten vorlegte, zahlte mit Ostgeld oder ermäßigt. Gezeigt wurden erst eine Wochenschau und dann meist triviale Gruselfilme und inhaltsarme Wildwest-Klamotten, in denen Cowboys reiten, schießen und gegen Indianer kämpfen. Für aktuelle Kassenschlager mussten die Kinogänger manchmal bis zum Ku'damm. Auch hier Gedränge, um Gary Cooper in dem Western »Zwölf Uhr mittags« oder Romy Schneider in dem romantischen Melodram »Sissi« zu sehen. Der Lieblingsfilm meiner Mutter damals. Und der halben Nation. Beseelt verließen die Zuschauer die Kinos. Entlassen aus einem Idyll voller Liebe, Harmonie und malerischen Landschaften. Heimatfilme bedienten die Sehnsucht nach einer heilen Welt. Die Städte lagen in Trümmern, die Berge standen noch. Mein Papa hielt mehr von dem spektakulären Einbruchskrimi »Rififi«. Der Film sorgte nach seinem Start 1955 für erhebliches Aufsehen, da manche Amateurgangster im Westen die akribisch dargestellte Methode des Coups nachzuahmen versuchten. Einbrüche »à la Rififi«

machten die Runde. Mein Vater sagte zu mir nur: »Ein harter Film.« Bloß, das sagte er oft.

»Schundfilme« schimpften die Partei- und Kulturfunktionäre und hatten sicher manchmal recht. Besonders die Grenzkinos brachten sie in Rage – ein »Einfallstor für politisch schädliche Einflüsse«. Zwar auch richtig aus ihrer Sicht, half aber nichts. Jeden Tag stundenlang American Way of Life, das flimmerte schon ins Denken. Amerika wurde für viele zum Traumland. Auch auf nicht wenige von uns Kindern sollte das Virus überspringen. Denn zwei, drei Jahre später gingen wir die gleichen Wege, in die gleichen Kinos.

Doch zunächst blieben wir dem Osten treu. Wir hatten uns einfach alles angeschaut. Sowjetische Abenteuerfilme wie »Der Junge vom Sklavenschiff« und »Timur und sein Trupp«. Oder die pathetischen Thälmann-Schinken »Sohn seiner Klasse« und »Führer seiner Klasse«. Die ganze Agitation ließen wir vorbeirauschen, uns hatten vor allem die Kämpfe in den Hamburger Katakomben begeistert. Zumal wir die ins Religiöse schwappende Verehrung für »Teddy«, wie der KPD-Chef genannt wurde, schon aus der Schule kannten – da war ebenfalls ständig vom »Thälmann'schen Geist« die Rede.

Den ersten Abendfilm hatte ich auch in jener Zeit gesehen, zusammen mit meinen Eltern. Das war recht aufregend. Draußen war es schon etwas dunkel, die Gaslaternen verbreiteten bereits ihr fahles Licht, da gingen wir schnellen Schritts in die Pappelallee. Im vollbesetzten Kino »Libelle« lief der Hans-Hass-Film »Abenteuer im Roten Meer«. Es war auch meine erste »Begegnung« mit Haien. Und mein letzter Besuch in der »Libelle«. Ein paar Wochen darauf brannte das Kino ab.

Merkwürdigerweise waren wir drei nie wieder zusammen im Kino. Meine Eltern sahen ihre Filme, ich meine. Später, Ende der fünfziger Jahre, als ich etwas älter war, hatte sich für sie die Sache weitgehend erledigt: Das Fernsehen rückte in unseren Alltag ein. Doch was taten die Familien an den Abenden der noch fernsehfreien Zeiten? Womit beschäftigten sich die Leute, wenn nicht gerade Kino oder irgendein anderes Vergnügen geplant war?

Sie hörten Radio.

Neuerdings mit Genuss. Mit der Umstellung von Gleich- auf Wechselstrom mussten neue Röhrenradios her – endlich auch mit UKW. Zuvor hörten wir die verschiedenen Programme auf der Mittelwelle. Der Empfang war unsauber, immer wieder schwankte der Ton, sphärische Nebengeräusche störten die Klangqualität. Um nichts zu verpassen, sind wir manchmal fast in den Lautsprecher gekrochen. Das änderte sich mit dem Kauf eines neuen Radios namens »Zwinger«, hergestellt im VEB Funkwerk Dresden. Damals ein wunderschönes Gerät mit furniertem Holzgehäuse, satten drei Watt und Klangfarbenregler. Wieder eine stolze Anschaffung, die den inzwischen erreichten bescheidenen Wohlstand erkennbar machte. Der Clou des Apparats: Rechts oben glimmte ein magisches Auge. Kurz nach dem Einschalten leuchtete es grün auf und zeigte mit einem Fächer an, ob man den Sender richtig eingestellt hatte. Für mich symbolisierte das magische Auge die Verbindung zur Welt da draußen.

Die empfingen wir nun ganz klar, und in Berlin ungestört. »Onkel Tobias« ohne Brummen und Zwitschern. Es war wie eine neue Entdeckung. Und da ich (Schulkind!) die Schlafenszeit etwas nach hinten verschieben konnte, kamen viele andere Entdeckungen hinzu. Rundfunk war in den fünfziger Jahren mehr als Nachrichten, Uhrzeit und Wetter. Rundfunk war Teil unseres geselligen Lebens. Er organisierte es sogar. Vor allem an den Abenden oder am Wochenende richteten sich die geplanten Vorhaben nach den Sendeterminen interessanter Programme. Und die boten schon all die Formate, die wir heute aus dem Fernsehen kennen: Musik- und Quizshows, Krimis, Sport, Kultur- und Informationssendungen. Alles ohne die teilweise flache Blödelei von heute.

Zwischendurch, auf festen Sendeplätzen, die Suchdienstmeldungen des Roten Kreuzes: »Gesucht wird der zwölf Jahre alte Georg ...« Der verheerende Krieg hatte Städte zerstört, Familien zerrissen. Es traf alle. Kinder, Heimkehrer, Häftlinge, Flüchtlinge, Bombenopfer – Millionen Menschen suchten nach Angehörigen und wurden gesucht. Radio als Ort der Hoffnung.

So gehörte dem guten alten Dampfradio unsere Liebe. Und unser Vertrauen. Hier allerdings teilten sich die Hörerscharen, die damals immerhin drei Viertel der Bevölkerung ausmachten, nach ihren jeweiligen politischen Ansichten. Der weitaus größte Teil in Berlin hörte den RIAS und ab 1954 auch die beiden Programme des Senders Freies Berlin, SFB. Für Stalins Enkel waren das natürlich Feindsender. Eine Gefahr für den Frieden und die werktätige, gutgläubige Bevölkerung. Dem galt es die Stirn zu bieten, mit Störsendern und Propaganda-Lyrik: »Du willst kein Ami-Söldner sein, drum schalte nicht den RIAS ein!«

Um dieser Bedrohung zu entgehen, konnte man zwischen drei DDR-Sendern wählen: Radio DDR, dem Deutschlandsender und dem Berliner Rundfunk. Ab 1958 kamen Radio DDR II und die Berliner Welle dazu. Vom Programmangebot ähnlich anmutend wie die Westsender – Musik, Kultur, Sport und Information. Aber selbst die treuen Hörer beklagten das völlige Fehlen von kritischen Beiträgen sowie übertriebene Schönfärberei, Eintönigkeit, Langeweile. Das muss die Rundfunkchefs sehr überrascht haben. Taten sie doch ihr Bestes mit Beiträgen wie diesen – von den drei Sendern zur selben Abendzeit übertragen: »Unsere Volkspolizei musiziert«, »Alexander Gitalow und seine Brigade« und »Wissenschaftliche Anwendung der Methode Turtanow an der Blockstraße im Stahl- und Walzwerk Hennigsdorf«. Das kann man nicht erfinden.

So wurde Radio zur verlängerten Werkbank. Und die Hörer wandten sich ab. Feierabend war Feierabend. In ihrer Freizeit wollten sie Unterhaltung, Spaß und zwischendurch mal Nachrichten – ohne Ernteschlacht, Neuererbewegung, Planerfüllung. Also dann eben RIAS und SFB. In unserer Familie wurden DDR-Sender sehr selten gehört, außer im Mai, da liefen die Friedensfahrt-Reportagen »aus dem rollenden Übertragungswagen«. Mein Papa gehörte seit Kurzem selbst zum Organisationstross dieser »Tour de France des Ostens«. Aber das war nicht der Grund. Wir hätten diese Berichte auch sonst gehört. Sie schallten aus fast allen Fenstern. Eine seltene Einigkeit auf dem DDR-Kanal.

Danach drehte man wieder am Senderknopf, gewöhnlich

zum RIAS auf 94,3 Mhz. Hörte nebenbei Musik, Nachrichten, Wetter. Beliebte Sendungen am Abend dagegen wurden fast begangen: Man saß Richtung Radioapparat und hörte der Sendung erwartungsvoll zu. Ich musste betteln, um länger aufbleiben zu dürfen. Über den Erfolg entschieden die Uhrzeit, die Art der Sendung und mein Verhalten. Wenn es gut lief, bekam ich auch noch ein Glas Brause. Meine Mutter nippte am Tee, während mein Vater meist beiläufig »wichtige Papiere« sortierte. So lauschten wir jeden Montag ab 19.30 Uhr erst der flotten Erkennungsmelodie, dann der Ansage: »Schlagerfreunde, guten Abend, hier ist Fred Ignor mit den Schlagern der Woche.« Für eine Stunde war er Gast in unzählbaren Wohnzimmern. Alles sehr harmonisch. Egal ob Caterina Valente *»Ganz Paris träumt von der Liebe«* sang, Margot Eskens bei *»Tiritomba«* Mandolinen erklingen ließ oder Mona Baptiste und Bully Buhlan fröhlich trällerten: *»Mir ist so komisch zumute, ich ahne und vermute: Heut liegt was in der Luft«* – wir hörten es gern. Es war die Zeit, da Eltern und selbst größere Kinder noch den gleichen Musikgeschmack hatten.

Doch unsere besondere Liebe galt Hörspielen. Für eine neue Folge aus der Krimiserie »Es geschah in Berlin« rückte auch mein Papa seinen Stuhl zurecht. Die überaus spannend inszenierten Fälle entstanden in enger Zusammenarbeit mit der Kripo und hatten sogar echte Verbrechen zur Vorlage – manchmal ganz aktuelle. Es war wie »Tatort« im Kopf.

Getoppt wurden diese Krimis nur noch von Francis Durbridges Hobbydetektiv Paul Temple. Ausnahmslos alle Fälle waren Kult. Etwa ab 1954 übernahm der RIAS die Hörspielproduktionen des Nordwestdeutschen Rundfunks – Jahr für Jahr eine neue Kriminalgeschichte, die sich über zehn Folgen hinziehen konnte. Jede endete mit einem dramatischen Cliffhanger. Wie bei »Paul Temple und der Fall Jonathan«: »Der Bericht geht noch weiter, Sir Graham.«

»So?«

»Mr Temple hatte recht. Der Tote ist Max Wyman!«

Und im selben Moment: Musik, nervenaufreibend, dann war Schluss. Warum Wyman? Wie hängt das zusammen? Es war

Spannung pur. Mit tagelangem Gesprächsstoff und einer ungeheuren Neugier auf die Anschlussfolge. Wir rätselten in den Schulpausen und die Erwachsenen auf Arbeit. Erst ganz am Ende gab es die überraschende Lösung. Und die wurde wieder zum Gesprächsthema. Die Fälle mit Paul Temple waren die ersten wirklichen Straßenfeger – in West und Ost. Leere Kneipen, leere Bahnen und Busse, leere Straßen. Nicht anders als – ein paar Jahre später – bei den mehrteiligen Fernsehkrimis von Durbridge wie »Es ist soweit«, »Das Halstuch« oder »Melissa«.

Viele Familien hörten sich die Krimifolgen nicht allein an. Man besuchte sich, wollte die Spannung miteinander teilen, zusammen das Geschehen entschlüsseln. Bei einigen der ersten Geschichten besuchte uns meine Patentante Heti mit Tochter Marianne, die von der Dimitroff (heute wieder Danziger). Alle Stühle und Sessel wurden um den Radioapparat aufgebaut, und dann ging's los: »Paul Temple und der Fall …«. Ohne Knabberkram, dafür mit einem Glas Weinbrandverschnitt, um das Vergnügen zu steigern. Für mich gab es vielleicht mal Malzbier. Paul Temple, mit der Stimme von René Deltgen, löste die Fälle gemeinsam mit seiner Frau Steve und mit großer Kombinationsgabe. Von uns Hörern angespannt verfolgt, jeder mit seinen eigenen dramatischen Bildern im Hirn, die er aus den Stimmen und Geräuschen modellierte. Was Radiomagie ist, habe ich da erfahren. Wir waren alle angesteckt.

Ansonsten boten die Samstagabende eher familiäre Unterhaltung, aber mit Riesenspaß, wie das Quizspiel »Wer fragt, gewinnt«. Gewiss auch mit Riesenquoten. Ich habe mich immer gefreut, wenn es endlich hieß: »Wer fragt, gewinnt. Ein Pfadfinderspiel um Worte und Begriffe – von und mit Hans Rosenthal«. Vor Publikum mussten zwei Rateteams mit maximal 20 Fragen die jeweils gesuchten Begriffe erraten. Und wie bei Rosenthal üblich: in atemlosem Tempo. Vor jeder Runde kam, nur für die Rundfunkhörer zu vernehmen, »Zwerg Allwissend« zu Wort. Mit Wichtelstimme war dann beispielsweise zu hören: »Wir suchen einen Begriff aus dem Tierreich, die Blindschleiche.« Wer wollte hielt sich die Ohren zu und machte mit. Amüsant war es aber auch so.

Daneben wurden auch stark politische Sendungen gehört. »Wo uns der Schuh drückt«, mit der wöchentlichen Wortmeldung des Westberliner Bürgermeisters. Vor allem eine Identitätsstiftung für die Westsektoren, eingeführt von Ernst Reuter. Oder Übertragungen des Funkkabaretts »Die Insulaner«, mit ihrem frontstädtischen Spott und Witz. In beiden Hälften der Stadt massenhaft belauscht und belacht. Von all den Anspielungen und Sticheleien bekam ich nur wenig mit, ich musste ins Bett. »Das ist noch nichts für dich.« So wurde an den Sendetagen das »Insulanerlied«, gesungen von Edith Schollwer, mein Gutenachtlied:

»Der Insulaner verliert die Ruhe nich,
der Insulaner liebt keen Jetue nich.«

Viele Jungs hatten sich extra einen Detektor besorgt oder gebastelt, um die geliebten Sendungen heimlich im Bett hören zu können. Das waren kleine Geradeausempfänger in einer Schachtel oder Büchse, die ohne Batterie auskamen. Man musste nur einen gängigen Kopfhörer einstöpseln und auf einen halbwegs vernehmbaren Empfang hoffen. Eine Form von »Konspiration« gegenüber den Eltern. Wir machten vieles lieber heimlich.

Wie die ersten Streifzüge in den Westen. Uns Steppkes hätten unsere Eltern nie allein ziehen lassen. Viel zu gefährlich! Was da alles passieren kann?! Nichts, wenn man aufpasste. Außerdem war die Verlockung groß. Wir kannten ja den Weg, wir kannten die Verhaltensregel an der Grenze (so arglos wie möglich!), und wir kannten unser Ziel: die Spielwarenläden in der Brunnenstraße. Mit Verschwörermiene zogen wir los, zu dritt, zu viert. Kreuzten die Schönhauser und die Kastanienallee, spazierten an den Volkspolizisten vorbei, kürzten über den Vinetaplatz ab – und waren da. Dann standen wir vor den überbordenden Schaufenstern, drückten uns die Nasen platt und zeigten mit den Fingern auf Dinge, die wir uns wünschten: »Ich wünsche mir den Cowboyreiter mit dem Lasso!«

»Und ich die durchsichtige Wasserpistole.«

Schon hatte einer was Neues entdeckt: »Oder der Blechpanzer da, mit dem Feuerstein-Maschinengewehr!«

Puppen satt gab es im anderen Schaufenster, doch dafür hatten wir keinen Blick. Denn unsere Tour in den Westen blieb bis zum Schluss immer eine reine Jungssache. Die Mädchen zogen alleine los. Kamen wir an einem Kiosk vorbei, und einer hatte noch ein paar (versteckte) Westgroschen übrig, wurde in dem Karton mit alten »Micky Maus«-Heften gestöbert. Der Zustand entschied. Nun mussten wir nur noch »die Harmlosen« mimen – erst an der Grenze, dann zu Hause.

Im Hof gab es keine Heimlichkeiten. Hier lag alles offen. Und doch war er unsere Insel und unsere Wagenburg. Hier waren wir die Bestimmer – kein Terrain für fremde Kinder. Außer für Jörki, Ete, Franki, Wölfi und dem älteren Klaus, alle aus der 64 und der 62. Unser Hinterhof war mit einer grauen, rissigen Teerdecke überzogen und hatte in der Mitte einen Gulli. Darüber pendelten, von Drahtseilen gehalten, zwei Blechlampen. Kein Baum, kein Strauch, allenfalls eine gelbe Butterblume, die aus einem Spalt kroch. Links neben der großen Haustür nach draußen, schräg in die Ecke geduckt, mit einer Gitterpforte davor: eine kleine überdachte Treppe, die nach unten in den Kohlenkeller des Altersheims führte. Außerdem gab es noch drei große eiserne Müllkisten und die Klopfstange. Aus manchem Küchenfenster tönte Radiomusik oder ein verzweifelter Pfeifkessel. Mehr hatte der Hinterhof nicht zu bieten. Ein typischer Lichtschacht, in den sich nur in den Vormittagsstunden ein paar Sonnenstrahlen verirrten. Schön war er nicht, aber unser!

Der Sonneneinfall diktierte uns auch unseren Lieblingsplatz: die Klopfstange. Die Fassade dahinter zierten Nischen von angedeuteten Fenstern. In der untersten saßen wir dann, die Füße auf der Klopfstange abgestützt, nicht ganz zwei Meter über der Erde. Oder besser: wir thronten. Auf dem Sonnenflecken darunter wurde in unseren ganz frühen Hofjahren »Vater, Mutter, Kind« gespielt. Dazu breiteten wir ein paar Decken aus, malten mit Kreide unsere Wohnung auf den Asphalt und verteilten die Rollen. Wenn Gabi die Mutter war, und Gabi war fast immer die Mutter, dann wollten alle Jungs der Vater sein. Denn Gabi war ja »die Süße« und, schwerwiegender, sie war streng. Ständig gab es »Stubenarrest«. Und wer wollte schon in diesem Hof auch noch Stubenarrest haben?

Die Klopfstange diente natürlich auch noch ihrem eigentlichen Zweck. Aber nicht während der Mittagsruhe, nicht an Sonntagen und nicht wenn Wäsche aufgehängt worden war. Die ersten beiden Punkte verkündete ein Blechschild: »Klopfordnung«. Die Wäsche schützte normale Rücksicht. War der Weg frei, rückten Mieter an, rollten ihren Teppich über der Stange aus und droschen mit dem Klopfer den Staub der vergangenen Monate oder Jahre aus dem nachgeahmten Orientmuster. In dem engen Hof hallte es höllisch. Staubschwaden wirbelten umher. Doch wir spielten weiter – Hopse, Verstecken, Seilspringen, oder wir jagten mit der Peitsche einen Triesel über den Hof. In einer ebensolchen Situation krachte der »Süßen« die Klopfstange auf den Kopf. Sie half gerade ihrer Oma beim Teppichklopfen, als das schwere Eisenrohr sich aus der Befestigung löste und Gabi traf. Sie stand nur still da. Erst als ein Kind laut »Gabi, du blutest!« rief und alle ihr blutverschmiertes Gesicht sahen, ging das Geschrei los. Sie kam darüber hinweg. Die Klopfstange hatte mit diesem Tag ihre Unschuld verloren.

Wenn einmal in der Woche um die Mittagszeit der Leierkastenmann aufkreuzte und aus seiner Drehorgel wehmütige Klänge hervorzauberte, gingen die Küchenfenster auf. Geboten wurde alles – Operettenmelodien, Opernstücke, Schlager. Freundlich in die Runde nickend, ließ der Mann die Kurbel kreisen:

»Wer soll das bezahlen,
wer hat das bestellt?«

Unsere Mütter stellten kurz das Kochen ein und kramten berührt im Portemonnaie. Schon lief die nächste Notenrolle.

»Puppchen, du bist mein Augenstern!
Puppchen, hab' dich zum Fressen gern!«

Wir Kinder tanzten um den Musikus herum und sammelten all die Sechser und Groschen auf, die in Papier gewickelt auf den Hof geworfen worden waren. Sensationelle Auftritte mit Äffchen auf dem Orgelkasten gab es selten. Nach ein paar Liedern schwenkte der Mann zum Dank seinen Hut, und schon rollten die vier knarzenden Räder durch die Hauseinfahrt. Wir begleiteten ihn meist noch weiter, wenigstens durch die Höfe bis zur Knaack. Dann übernahmen andere das Geldeinsammeln.

Auch für unseren Briefträger machten wir Pause und halfen ihm. Damals gab es noch keine Briefkästen in den Hausfluren. Der Postbote musste Treppen steigen. Hatte er Pech, bis in den vierten Stock. Mit seiner schwarzen Ledertasche voller Briefe, und manchmal noch behängt mit Päckchen. Haus für Haus, Straße für Straße. Eine Strapaze. Und doch war der Mann immer freundlich.

»Herr Neumann, haben Sie Post für uns?«

Mit dieser immer gleichen Frage rannten wir auf ihn zu, sobald wir ihn erspähten. Egal, ob er für einen von uns etwas dabei hatte oder nicht, wir übernahmen auf jeden Fall die zu verteilende Post, jagten damit die Treppenstufen hoch und steckten sie in die Briefschlitze an den Wohnungstüren. Er hatte Vertrauen zu uns. Und wir machten ein Spiel daraus: Wer ist am schnellsten wieder unten? Bald war es eine eingespielte »Arbeitsteilung«. Zum Abschied tippte Briefträger Neumann lächelnd an seine Dienstmütze: »Danke, Kinder. Tschüss, bis morgen.« Wenn wir gerade nichts anderes vorhatten, spielten wir auch für das Nebenhaus Heinzelmännchen.

Die Rolle kannten wir von zu Hause. Mit der Schule waren wir reif – auch für Pflichten. Die Welt voller bunter Kringel war gestern. Nun mussten wir im Haushalt helfen: den Tisch decken, den Tisch abdecken, die Stühle wieder »richtig« hinstellen, Geschirr abtrocknen und ins Küchenbüfett stapeln, Kaffee mahlen, Staub wischen, die Teppichfransen ausrichten, allen Kissen den unumgänglichen Kniff geben, Blumen gießen, den Mülleimer runterbringen und – zum Glück nur einmal im Jahr – Bohnen für die Einweckgläser schnippeln. Da gab es kein Verhandeln. »Sonst bleibst du oben!« Na gut …

Wir wurden erzogen. Streng und immerzu. Es verging kein Tag ohne Ordnungsrufe unserer Eltern: »Mach' einen Diener!«, »Mach' einen Knicks!«, »Sitz grade!«, »Heb' die Füße!«, »Halt den Mund!«, »Schlürf nicht so!«. Es nahm kein Ende. Und es hing uns zum Hals raus. Wir hatten gehorsam zu sein, brav, ordnungsliebend, gesittet und höflich gegenüber Erwachsenen.

Klappte das nicht, gab's eine Standpauke, auf der Stelle. Vor allen anderen. Und natürlich: »Nur zu deinem Besten!«

Da hatte man sogar noch Glück, es hätte schlimmer kommen können – mit Dresche. Die war genauso an der Tagesordnung wie die Anpfiffe. Es gab Ausnahmen, bestimmt. Mir ist keine begegnet. In unserer Kindermeute bekam jeder Abreibungen – mehr oder weniger, vom Vater, von der Mutter oder von beiden. Bei »Abreibung« hätten sie sogar zugestimmt. Nie jedoch hätten sie von sich gesagt, dass sie ihre Kinder »schlagen«. Schlagen! Das hörte sich in ihren Ohren viel zu brutal an. Sie hatten dafür andere Worte. Sanftere. »Klapps«, »Backpfeife«, »Ohrfeige«, »Schelle«, »Hintern versohlen«, »Arsch voll«, »ein Satz warme Ohren«, »eins hinter die Löffel«, »Knallschote«. Oder ihnen »rutschte mal die Hand aus«. Einfach so. Sie selbst sahen ihre Züchtigungen viel harmloser, als sie es tatsächlich waren. Und sie blieben mit sich im Reinen: »Eine Ohrfeige hat noch keinem geschadet.« Und abgehakt. Nachdenken? Bereuen? Warum sollten sie? So redeten und dachten doch die meisten Erwachsenen. Es war völlig normal, seinen Kindern eine zu knallen. Auch auf der Straße oder wenn zu Hause gerade Besuch da war. Ein alterprobtes Erziehungsmittel – sie hatten es ja selbst erfahren.

Wir bekamen es zu spüren, bei schlechten Noten, bei frechen Antworten, bei irgendeinem Missgeschick, bei Widerspruch und vergessenen Aufträgen. Manchmal meinten unsere Eltern, eine Backpfeife reiche, manchmal griffen sie zu Werkzeugen. Zum Rohrstock vor allem. Wenn der nicht zur Hand war, tat es auch ein Kleiderbügel oder ein Kochlöffel. Bei uns lag der Rohrstock auf dem Küchenschrank. Jederzeit griffbereit für meinen Vater. Es tat höllisch weh. Und es blieb nicht bei einem Schlag. Bisweilen lief ich tagelang mit roten Striemen auf dem Rücken oder Po herum.

»Hier wird pariert!«

Da halfen keine Tränen, kein Bitten, kein Geschrei. Ich fühlte mich hilflos und schuldig zugleich. Denn irgendeinen Grund für seinen Wutausbruch wird es schon gegeben haben. Nur der Rohrstock ... Er wurde zu meinem Feind. Nach der soundsovielten Prügelattacke griff ich zu Gegenmaßnahmen. Als ich allein in der Küche war, schob ich den Hocker ans Buffet, schnappte mir den Stock, bog ihn über mein Knie und versuchte ihn zu zerbrechen. Nur, der Knüttel war überaus dehnbar. Erst nach einigen Minuten gab er splitternd nach. Sorgsam legte ich den nun geknickten Stock wieder an seinen Stammplatz. Da lag er, bis mein Papa meinte, mir erneut »eine Lehre« erteilen zu müssen.

»Was ist das?«

Verwundert starrte er den kaputten Rohrstock an und dann mich.

»Na warte!«

Ich bekam natürlich trotzdem meine Abreibung, wahrscheinlich mit einem Bügel. Es war auch schmerzhaft, aber der Rohrstock war schlimmer gewesen. Richtig gemacht, fand ich hinterher.

Wir Kinder waren gewiss zutiefst unglücklich und traurig in solchen Momenten und hätten uns am liebsten an ein höheres Gericht gewandt, doch leider gab's das nur in unserer Traumwelt. Und andere Eltern wollten wir nun auch nicht gleich. Wollte man den Schlägen entgehen, blieb nur eines: wegrennen. Ein angsterfüllter Reflex. Ich startete oft solche verzweifelten Versuche. In ein anderes Zimmer flitzen und irgendwo verstecken, bringt nichts, das war mir gleich klar. Und so ging die Jagd immer um den Wohnzimmertisch. Ich vorneweg, mein Papa hinterher.

»Nein, Papa, nicht!«

»Bleib sofort stehen!«

Um ihn aufzuhalten, zog ich die Stühle, die bis zu den Lehnen ordentlich unter dem Tisch standen, hervor – meinem Vater in den Weg. Bei der nächsten Runde musste ich sie selbst umkurven. Manchmal drehte er plötzlich um und lief mir entgegen. Augenblicklich wendete ich auch. Zwölf Runden waren wohl die höchste Zahl, die ich schaffte. Letztlich sinnlos, ich machte es nur schlimmer.

Am Besten, man eckte gar nicht erst an. Wenigstens ein paar Tage lang. Länger reichte es sowieso nicht. Und so wischten wir folgsam Staub, deckten den Tisch, trockneten ab, brachten den Mülleimer runter …

Oder kauften ein. Auch nicht mit großer Begeisterung, doch ohne zu murren. War ja draußen. Und man konnte die Gegend erkunden. Milch, Butter, Brot, Kartoffeln – das waren die Dinge, die man uns zutraute. Ärgerlich war nur, dass die »Bitte« in unser Spiel platzte, nicht der Weg. Das Brot kauften wir schräg gegenüber beim Bäcker Bahlo, in der Wörther, gleich neben der weggebombten Ecke. Das Haus hatte es auch erwischt, war nun eine halbe Ruine. Die Bäckerei lief trotzdem. Gleich an der Tür empfing uns Bahlos braunschwarzer Terrier »Rolf«. Drinnen waren die Regale vollgestapelt mit duftenden Broten, und hinter der Glasscheibe des Ladentischs lagen fein ausgebreitet Streusel- und Zuckerschnecken, Amerikaner, Kameruner, Pfannkuchen, Plunderstücke, Schillerlocken, Liebesknochen, Schweineohren, Blechkuchen und Torten.

Wir Kinder leisteten uns vielleicht mal eine Zuckerschnecke für einen Groschen oder eine Tüte voller Kuchenränder, auch für'n Groschen. Vor allem aber arbeiteten wir unsere Aufträge ab: Brot, Schrippen, Hefe. Nun musste das Einkaufsnetz mit dem Backwerk nur noch über »Rolf« gestemmt werden, dann war es geschafft. Kaum zu Hause, wünschte ich mir von meiner Mutter den Brotkanten. Ein knuspriger Kanten vom frischen Brot, bestrichen mit Butter, seitlich mehrmals eingeschnitten – köstlich. Für Milch mussten wir auch in die Wörther, nun rechts um die Ecke, zu Ritter. Die meisten Kuhställe hatten inzwischen das Zeitliche gesegnet, Frau Bansemers auch. Nun also Ritter, auf halber Strecke zwischen der Kollwitz und der Ryke gelegen. Auch nur ein paar Meter, aber interessant! Gleich vorn in der Wörther gab es nämlich einen winzigen Laden, der verkaufte Tiere. Im Schaufenster gab es immer was Exotisches zu bestaunen: Schlangen, Feuersalamander, Schildkröten, bunte Fische und lustige Wellensittiche.

Die Milch musste warten. Unser »Zoobesuch« war viel aufregender. Was habe ich mir nicht alles gewünscht, wenn ich meine Mutter bei unseren Gängen mal zur Tierhandlung ziehen konnte. Viel kam nicht dabei raus. Es wurde nur ein Wunsch erfüllt, der aber immer wieder: Maikäfer! Mitten im Frühling war es so weit. Dann hing an der Ladentür eine Schiefertafel, auf der mit Kreide geschrieben stand: »Frische Maikäfer eingetroffen«. Man konnte sie sogar im Schaufenster beobachten, in einem großen, abgedeckten Terrarium – inmitten vieler Kastanienblätter. Dutzende Käfer krabbelten gemächlich über die Blätter und übereinander. Ahnungslos. Sie wussten nichts von ihren Unterschieden: Ein einfacher Maikäfer war ein »Schornsteinfeger«, der kostete etwa 15 Pfennige. Für 20 Pfennige gab es einen weiß bestäubten »Müller«. Und hatte der Käfer rötliche Färbungen, dann war das ein »Kaiser« – 25 Pfennige pro Stück.

Die steckten wir in eine hölzerne Zigarren- oder in eine Pappschachtel, mit reichlich Luftlöchern im Deckel und, klar, Kastanienblättern. Dann saßen wir auf irgendwelchen Steinstufen, jeder seine Schachtel auf den Knien, und studierten unsere Käferwelt. Manchmal tauschten wir die Dinger auch untereinander. Schön vorsichtig, sie konnten ja fliegen. Obwohl die Gefahr rapide abnahm. Wir fanden sie toll, sie uns wahrscheinlich nicht. Ende Mai war die Schachtel wieder frei – für Junikäfer.

Oh Gott, die Milch! Rasch bei »Radio-Pöppel« vorbei, nur drei Häuser weiter war ich am Ziel.

»Bitte einen Liter.«

Herr Ritter streckte seinen Arm aus: »Na, dann gib mal alles her.«

Ich reichte ihm eine kleine Henkelkanne aus Aluminium über den Tresen, und das abgezählte Geld. Der immer im weißen Kittel bedienende Mann griff nach der passenden Maßkelle und schöpfte exakt einen Liter aus einer großen silbernen Milchkanne. Milch wurde damals nur »lose« verkauft. Butter auch. Butter gab es vom Fass. Und, etwas Seltenes, man konnte wählen!

»Gesalzen oder ungesalzen?«, fragte Kaufmann Ritter gefällig.

»Gesalzen.«

Wir kauften nur gesalzen. Schmeckte besser und sah auch besser aus. Beide Sorten lagerten in großen Batzen nebeneinander im Regal: käsig weiß die ungesalzene, satt gelb die gesalzene Butter. Bei uns aß immer das Auge mit.

»Ein halbes Pfund, bitte.«

Nun nahm der Krämer einen großen Holzspachtel, trennte routiniert ein Stück ab, legte einen Bogen Pergamentpapier auf die Waage und darauf die abgemessene Butter. Ein Blick auf den Zeiger bestätigte: Stimmte fast. Die paar Gramm Differenz verrechnete er einfach. Nun wurde Ritter zum Künstler. Mit viel Geschick klopfte er die Butter, zack, zack, zu einem quaderförmigen Block. Zum Schluss bekam die Oberseite mit dem Holzspachtel noch ein Streifenmuster. Alles schön in Pergament eingewickelt. Fertig.

Bevor wir die Milch und das Butterpäckchen bei unseren Müttern ablieferten, machten wir manchmal kleine »Kunststücke«. Die älteren Jungs hatten uns mal vorgeführt, dass die Milch, selbst wenn die Kanne Kopf steht, nicht ausläuft – vorausgesetzt, man lässt den Arm samt Kanne nicht zu langsam kreisen. Simpel, ich weiß. Wie so vieles, was zunächst eine Entdeckung war. »Guck mal, kannste das auch?«, hieß immer die Frage, wenn sich einer in Szene setzen wollte. Und schon kreiste die Kanne und mit ihr die Milch. Manch Erwachsener schüttelte den Kopf: »Kinder, das ist doch Milch!« Eben. Ging auch alle Male gut. Einmal nicht. Es traf Klaus. Der drehte seinen Arm so schnell, dass er einer Zentrifuge schon sehr nahe kam. Für den Henkel war das zu viel, er klinkte die Kanne aus. In einem Riesenbogen flog das Gefäß mitten auf die Kollwitz. Heute wäre es vermutlich in einen Porsche oder Audi eingeschlagen, damals blieb der Schaden gering – nur vergossene Milch. Klaus kratzte auf der Stelle seine Groschen zusammen, wir gaben noch ein paar Pfennige dazu, schon war die Panne repariert. Musste auch sein, denn an Stubenarrest wäre er wahrscheinlich nicht vorbeigekommen. Und dann hätte er uns gefehlt.

Kartoffeln einkaufen war schwerer – vom Gewicht her. Wieder nur ein Katzensprung. Geradeaus auf den Kollwitz, den Buddelkasten immer rechts liegen lassen, über die Wörther, links neben der Eckkneipe an der Husemann: Gemüsehandlung Brummer. Geführt von älteren, etwas brummigen Eheleuten. Im Angebot: die üblichen einheimischen Kohlsorten, Zwiebeln, Kartoffeln, Suppengrün, cirka drei Apfelsorten; im Sommer und Herbst kamen Kirschen, Stachel- und Johannisbeeren, Birnen, Radieschen, Gurken sowie Tomaten dazu; und vor Weihnachten sorgten Apfelsinen und Mandarinen für Aufsehen. So in etwa war das Sortiment. Brummers gaben sich dennoch Mühe. Trotz der großen Fensterscheibe war es drinnen stets schummrig. In einer Ecke befand sich ein aus Brettern zusammengenagelter Verschlag, in dem die aufgeschütteten Kartoffeln lagerten. An lange Schlangen kann ich mich bei Brummers nicht erinnern, selbst wenn es Kirschen gab, blieb alles übersichtlich.

Eigentlich war alles übersichtlich. Die Kartoffeln sahen auch noch aus, als wären sie unlängst aus der Miete gebuddelt worden. Voller Erde, sehr naturbelassen. Na dann: »Zehn Pfund Kartoffeln«.

Gemüseprofi Brummer schippte die Knollen in eine Zinkschale und wählte die Gewichte für die Waage.

»Komm, Junge, halt' mal dein Netz auf.«

Schon rauschten die Kartoffeln hinein. Der mitgewogene Sand rieselte praktischerweise gleich durch.

Neben Bahlo, Ritter und Brummer gab es in unserer Gegend noch weitere Bäcker, Lebensmittel- und Gemüseläden sowie etliche Fleischer, Drogerien, Tabak- und Seifenläden, Blumenhandlungen, Elektroläden, Uhren-, Foto- und Gardinengeschäfte, mehrere Friseure, an fast jeder Ecke eine Kneipe und drei Läden, die Spielzeug führten. Für uns zwar wichtig, aber nichts Besonderes. Teilweise handelten sie auch mit Schreibwaren und irgendwelchem Kram. Wir holten dort vor allem Allerweltszeug wie Murmeln, Glasbucker, Triesel.

Allein in der 66 gab es vier Geschäfte: die Fischhandlung und die Eisdiele, den Zeitungs- und den Lebensmittelladen. In der Kollwitz waren es über zwanzig, zwei davon gehörten zur HO. Tagein, tagaus fuhren kleine Lastwagen und Pferdekutschen vor, Brause- und Selterskisten wurden klirrend abgeladen, Kisten und Kartons in die Verkaufsstätten geschleppt, große Mehlsäcke von weiß gepuderten Lieferanten in die Bäckereien geschleppt und Fässer über Türschwellen gehievt. Alles mit Rabatz. Frauen liefen mit Einkaufsnetzen beladen von Geschäft zu Geschäft oder plauderten vor den Ladentüren, während die wartenden Kinder solange lärmend um sie herum sprangen. Großstadtmusik. Es waren vor allem die Geschäfte, die für ein unterhaltsames Treiben in den Straßen sorgten. Trotz mancher restriktiver Maßnahmen Anfang der fünfziger Jahre hatten viele private Händler durchgehalten und ihre Läden retten können. Noch mal. Der »Neue Kurs« der Partei ließ die Kaufleute neu hoffen. Die Zügel wurden ein wenig gelockert, die Versorgung verbessert. Durch Lohnsteigerungen und Preissenkungen stieg die Kaufkraft der Bevölkerung. Das Angebot war zwar einfach, doch es reichte, um halbwegs über die Runden zu kommen. Für beide Seiten.

So fassten auch Herr und Frau Adam, die Inhaber des Lebensmittelladens in unserem Haus, etwas Mut. »Wir strampeln und strampeln, es muss ja weitergehen.« Diesen Satz sagte die Krämersfrau zu meiner Mutter. Zu Hause ließ ich mir das »Strampeln« erklären, deshalb ist der Satz wohl hängen geblieben. Solche Vertrautheit miteinander war gang und gäbe. Jeder hatte seine Läden oder seine Kunden. Man sah sich fast jeden Tag, kannte sich, schätzte sich, sprach über Probleme.

Auch im Haus. Erst recht im Haus. Die über zwanzig Mietparteien gingen freundlich, oft sogar großmütig miteinander um. Und hilfsbereit. Kein Hausbewohner lief achtlos an anderen vorbei. Die Männer grüßten höflich, die Frauen teilten ihre Sorgen und ihre Freuden. Sie waren die Seele der Nachbarschaft. Ihr Kontakt war enger, und gewöhnlich hatten sie sich auch was zu sagen. Gesprächsthemen gab es genug: die Einkäufe, »die da oben«, die Familie oder die Schulleistungen ihrer Sprösslinge (meist schöngefärbt). Oft verließen sie dafür nicht mal die Wohnung, sie mussten nur die Hände an der Schürze abtrocknen und das Küchenfenster öffnen. »Kinder, seid doch mal leise! Frau Schlüter, hallo!«

Unsere Mütter regelten schließlich auch einen Teil des Verkehrs im Haus.

»Sie stehen für Mittwoch im Waschbuch. Ich für Donnerstag. Können wir tauschen?«

»Ja, klar. Mir ist's egal.«

Das Waschbuch ordnete die Benutzung der Waschküche – in

der noch waschmaschinenfreien Zeit. So, wie in den meisten Häusern der Stadt. Alle paar Wochen ließ man sich in der Kladde vormerken. Im Haushalt war das ein wichtiger Termin. Zwar wurden kleinere Sachen schnell nebenbei durchgespült, doch der überwiegende Rest häufte sich im Weidenkorb für die »große Wäsche«.

Die Schwesterhäuser 66 und 64 hatten eine gemeinsame Waschküche, im linken Seitenflügel der 64, Kellergeschoss. Und so mussten meine Mutter und ich unseren gewaltigen Wäscheberg über den Hof, draußen über den Bürgersteig, wieder über den Hof, die dunklen Stufen runter, dann rechts in die graue, ausbetonierte Waschküche schleppen. Dort empfing uns ein stockig-seifiger Geruch, der sich über die Jahrzehnte tief ins Mauerwerk gefressen hatte. Gleich links stand der gemauerte Ofen mit eingebautem Kessel, in dem die Wäsche auf Temperatur gebracht wurde. Die weiteren Utensilien: ein Waschbrett, Gummistiefel, ein langes Holzpaddel zum Bewegen der heißen Wäsche sowie eine riesige Zinkwanne, die auf einem klobigen Holzgestell thronte. An der Decke baumelte eine Glühbirne, und durch ein winziges vergittertes Kellerfenster war etwas Tageslicht erkennbar. Eine unwirtliche Zelle.

Meiner Mutter machte das nichts. Eilig füllte sie Wasser in den Kessel und heizte den Ofen mit Holz und Kohlen an. Manchmal rief sie mich zurück: »Du musst noch schnell zu Quinque, ich brauche mehr Waschpulver.« Damit meinte sie die Drogerie in der Kollwitz, kurz vor der Ecke Sredzki. Den kleinen Laden bewirtschaftete die Familie Quinque, die sich, umringt von vielen hohen Regalen, kundig zwischen all den Tinkturen, Tuben, Dosen, Lösungsmitteln und Schachteln zurechtfand und natürlich standesgemäß auch in weißen Kitteln bediente.

»Ein Päckchen Gentina bitte.«

Oder war es »Gemol«? Jedenfalls enthielt die nur wenige Groschen teure Packung kein Pulver. Das Waschmittel hatte die Konsistenz eines Ziegelsteins. Immer. Meine Mutter war darauf vorbereitet: Sie nahm zum Waschen stets einen Hammer mit. Damit schlug sie dann die nötigen Brocken ab. Ich war entlassen – für zwei oder drei Stunden. »Aber komm schon mal zwischendurch vorbei.« Für alle Fälle.

Wenn ich dann später vorsichtig die Tür zur Waschküche aufstieß, quoll mir der weiße Nebel der Unterwelt entgegen. Ein Inferno. Der kleine Kellerraum war gefüllt mit dichtem, heißem Dampf.

»Mami?«, rief ich unsicher in den Qualm.

»Ja, ich bin hier.«

Nur schemenhaft zeichnete sich meine Mutter ab, unverdrossen. Mir reichte schon die Visite. War sie fertig, begann der Rücktransport sämtlicher Gerätschaften und der ausgewrungenen Wäsche. In der warmen Jahreszeit durfte meine Mutter auf dem Hof der Likörfabrik, direkt unter unseren beiden Wohnzimmerfenstern, ihre Leine aufspannen und, Stück für Stück, die Wäsche mit Holzklammern aufhängen. Wenn sie in der Waschküche schnell vorankam, konnte es zur Belohnung Sonnenstrahlen geben. Im Winter war es schaurig. Da mussten wir den schweren Wäschekorb unseren Treppenaufgang hinauf bugsieren – bis zum Dachboden. Überall pfiff der kalte Wind, die Dielen knarrten bei jedem Schritt, und nur die flackernde Kerze, die ich schützend neben meiner Mama hertrug, erhellte die Szenerie ein wenig. In die rissigen Wände und Dachbalken waren mehrere große Eisenhaken für die Wäscheleine eingeschlagen, ansonsten war der Boden völlig leer. Die Invasion der Fernsehantennen war nicht einmal zu ahnen.

Am Tag darauf wiederholte sich das Abenteuer. Mit kleinen Hindernissen. Bei starkem Frost waren die Wäschestücke steif wie Karton – sie wurden nicht zusammengelegt, sie wurden zusammengebogen. Die klammen kleineren Teile verteilte man anschließend in Ofennähe, um den Rest der Feuchtigkeit rauszukriegen. Nur zwischen Weihnachten und Neujahr waren wir nie auf dem Dachboden. Meine Mutter hing dem Aberglauben an, dass man an diesen Tagen keine Wäsche aufhängen sollte, sonst würde jemand in der Familie sterben. Tatsächlich ist nie was passiert. Mit den größeren Wäschestücken wie Bettbezügen, Laken, Tischdecken ging es zum Seifenladen in der Wörther, linke Seite hinter der Ryke. Zum »Rollen« oder »Mangeln«, immer vorangemeldet. Die Verkäuferin führte uns in einen Nebenraum, der fast zur Hälfte von einer Kaltmangel ausgefüllt war. Das war eine riesige altertümliche Maschine, bestehend aus einer schweren Holzkonstruktion und Eisenmechanik, wie aus den Anfangstagen der Manufaktur. Als Erstes musste die Wäsche, von Leinentüchern umhüllt, um eine wuchtige Holzwalze gewickelt und unter den schweren oberen Gerätekasten gelegt werden. Danach zog man die Schutzgitter hoch und setzte die Mechanik in Gang. Krachend und ächzend bewegte sich nun der Kasten vor und zurück und presste dadurch die Wäsche glatt – der Zweck des ganzen Verfahrens. Nach dem Stopp der Maschine sausten die Schutzgitter automatisch runter, und meine Mutter konnte die Stücke von der Rolle nehmen. Beim Zusammenlegen durfte ich dann wieder helfen. Der Ausflug ins 19. Jahrhundert war vorbei – bis zum nächsten Termin.

Es ist schon verblüffend, was wir alles mit unseren Müttern zusammen erledigten, neben unseren eigentlichen »Arbeitsfeldern«: Schule und Spielen. Ich traue mich kaum, es zu auszuplaudern, aber auch der Friseurbesuch gehörte – wie selbstverständlich – dazu. Vielleicht bis zur 2. Klasse. Länger nicht. Damals ging meine Mutter immer in den Salon »Westphal« (der mit unserer Schnapsbrennerei nichts zu tun hatte), und ich ging eben mit. Sogar gern. Der Friseurladen war in der Sredzki, neben der Eisenwarenhandlung Scherer an der Ecke Kollwitz. Über der Eingangstür baumelte das silberne Zunftzeichen. Kaum hatte man den Laden betreten, war man von einem süßlichen Duft, dem Lärm der Haartrockner und Wortfetzen von einem halben Dutzend Plaudereien umgeben. Links saßen die Frauen, Zeitung lesend, den Kopf unter elektrischen Trockenhauben, rechts die Männer, das Kinn mit Rasierschaum bedeckt oder vornübergebeugt, damit die Haarschneidemaschine den Nacken besser scheren konnte.

Nachdem der Kunde vor mir flink abgebürstet und abkassiert worden war, betätigte der Friseur am Stuhl einen Mechanismus, der das drehbare Sitzpolster umklappte – jeder bekam ein abgekühltes.

»Der Nächste bitte.«

Ich hievte mich auf den Stuhl. Und während mir der Umhang übergeworfen wurde, gab ich die Bestellung auf: »Einmal Fasson.«

Hätte ich nichts gesagt, wäre dasselbe herausgekommen, Fasson war Mitte der fünfziger Jahre noch der Einheitsschnitt: freier Nacken, freie Ohren. Damit man besser hören konnte, wahrscheinlich. Dann aber kam der Clou! War alles geschnitten und ausrasiert, rutschte ich schnell vom Stuhl, rannte um die Ecke und suchte nach meiner Mutter – unter den vielen Fönfingern der Trockenhaube.

»Mama, darf ich eine Tolle kriegen.«

Ihr »Ja« bedeutete den Preisschritt von 90 Pfennigen für Fasson auf 1,20 Mark.

»Ich darf.«

Also schob der Figaro meine gescheitelten Haare mit etwas Pomade so zurecht, dass quer über der Stirn eine Schmachtlocke stand. Die Tolle. Danach hopste ich froh vor der Tür herum und sah mir zigmal die Schaufenster vom Eisenwarenladen an. Eine Ewigkeit später erschien meine Mutter mit fein gerichteten Dauerwellen. Ich fand das gut, liefen ja alle so rum.

Ganz nach der Mode. Die Frauen dazu mit weit schwingenden Kleidern, in der Taille mit breiten Gürteln zusammengeschnürt oder, zu besonderen Anlässen, eleganten Kostümen. Im Kopf der Traum von einem Pelzmantel. Männer trafen mit Gabardinehosen den Geschmack der Zeit. Auch wir Jungs. Dazu kamen Anoraks aus Popeline und Kreppschuhe. Also für die Sonntage und die Schule. Spielklamotten waren einfacher: Trainingsanzüge und geflickte, ehemals »gute Sachen«. Der Verschleiß beim Rumtummeln war manchmal heftig. Der Ärger danach auch.

Es standen zwar noch ein paar Ruinen an der Knaack, gespielt haben wir dort aber nicht mehr. Die übrig gebliebenen Fassadenteile waren leidlich gesichert. Die Erwachsenen hätten außerdem sofort losgewettert. Es war auch einfach nicht mehr interessant, es gab nichts mehr zu finden. Nur die Trümmerloren hinter der Belforter versprachen noch richtigen Spaß. Und, weil natürlich verboten, auch etwas Abenteuerkitzel. Trotzdem, der schönste Spielplatz war die Straße, denn da machten alle mit, die ganze Meute.

Manche Spiele gingen quer über den Fahrdamm, hin und her. Bei einem Spaß standen alle Kinder nebeneinander an der Bürgersteigkante, auf der anderen Straßenseite wartete nur das Kind, das gerade dran war. Nun rief die Menge im Chor: »Herr Fischer, Herr Fischer, wie tief ist das Wasser?«

Worauf das »Fischer«-Kind etwa antwortete: »Acht Meter tief!«

Wieder der Chor: »Wie kommen wir rüber?«

Daraufhin rief der Fischer »So!«, und machte irgendwelche Verrenkungen vor, die den anderen Kinder das Laufen erschweren sollten – wie Armkreisen oder Hopsen. Jetzt hasteten alle kreischend, die Hampeleien des Fischers nachahmend, los und versuchten die andere Straßenseite zu erreichen, ohne vom Fischer gefangen zu werden. Derjenige, der geschnappt wurde, war dann der neue Fischer.

Wenn mal ein tuckerndes Auto kam, verharrten wir kurz, und weiter ging's. Noch Ende der fünfziger Jahre haben wir mitten auf der Husemann stundenlang Schlagball oder Völkerball gespielt. Meist ungestört. Selbst parkende Fahrzeuge standen nicht im Wege. Und sollte doch ein Wagen oder ein Motorrad überraschenderweise dort abgestellt worden sein, dann malten wir das Schlagballfeld eben zehn Meter weiter mit Kreide auf die Straße. Und schon wurden die beiden Mannschaften gewählt.

»Ich nehme Micha.«

»Und ich Heini.«

Eine Frühform von Casting. Manchem wurde dabei mulmig: Bloß nicht der Letzte sein, den keiner so recht will. Es traf zumeist einen der Kleinen. Aber das wuchs sich aus.

Und bei Ringelreih-Spielen wie »Wir fahren nach Amerika, und du kommst mit!« war das sowieso egal. Oder beim Murmeln. Murmeln war unglaublich verbreitet, schon bei der Generation vor uns. Jedes Kind hatte damals einen großen Stoffbeutel, von der Mama mit einer »Singer« selbst genäht. Und je praller der Beutel mit roten, grünen, blauen Tonkugeln gefüllt war, desto »reicher« fühlte man sich.

»Was woll'n wir spielen?«
»Murmeln!«
»Wer ist dafür?«

Wenn die Mehrheit (was waren wir demokratisch!) so entschied, dann wetzten alle nach oben und holten ihre Murmeln. Die Anzahl der Mitspieler entschied darüber, auf welches Loch wir spielten. Es gab genug Kuhlen – auf dem Hof und vor dem Haus.

Schon kullerten die bunten Kugeln über das Pflaster. Manchmal hatte man einen guten Tag und kehrte mit der doppelten Ausbeute nach Hause zurück, manchmal sah der Beutel ganz traurig aus. Da war man ganz nah dran, auf einen Schlag Dutzende Murmeln einzusacken, und dann holpert die letzte, vorsichtig geschobene Kugel erst über eine Unebenheit und dann am Loch vorbei. Mist. Es half nichts, man musste neue Murmeln kaufen. Die holten wir in der Wörther bei Stabino, schräg gegenüber von den Skattischen.

»Ich hätte gern hundert Murmeln.«
»Hast du einen Beutel?«

Hatte ich. Herr Stabino schob eine größere flache Holzkelle, die auf der oberen Seite etwa 50 Vertiefungen in Murmelgröße hatte, in eine Kiste und ließ die überzähligen Kugeln einfach wieder runterrollen. Die verbleibenden fünfzig schüttete er in meinen Stoffbeutel. Nachdem er die Prozedur wiederholt hatte, legte ich die geforderten Groschen auf den Tisch und trug meinen Reichtum aus dem Laden. Der Plan »Rückeroberung« konnte starten.

Irgendwann in dieser Zeit waren Murmeln aus Ton völlig abgemeldet. Sie wurden einfach nicht mehr als Spieleinsatz akzeptiert. Glasbucker waren das neue Maß. Es ging eben auch bei uns Kindern aufwärts. Passenderweise dachten wir außerdem in Werten: schlichte Glaskugeln mit einem Zentimeter Durchmesser waren »Einer«; je nach Größe steigerte sich der Wert auf »Zweier«, »Fünfer«, »Zehner«. Doch dann wurde es subjektiv. Denn auch die Farbenpracht floss in die Wertbestimmung ein. Und das Farbenspiel bei Westbuckern (die wir »Wester« nannten) war meist schöner als bei ihren Verwandten aus dem Osten

(»Oster«). Am höchsten im Kurs standen »Stahler«, auch unterschieden nach Größe und Glanz. Also musste man vor dem Spiel miteinander aushandeln, welchen Wert die Bucker hatten, die man einsetzen wollte. Das konnte völlig unkompliziert über die Bühne gehen oder im Streit enden. »So, du bist nicht mehr mein Freund!«

Eine Stegreifdrohung und kaum von Dauer. Wir hatten ja nur uns. Ohne Frage, man konnte sich eingeschnappt zurückziehen, stolz nach oben gehen und in der Wohnung mit Indianern oder dem Metallbaukasten spielen. Oder nach geheimnisvollen Büchern im Schreibtisch stöbern. Mit manchen, wie den beiden goldbedruckten Bänden »Der Weg zur Gesundheit« mit dem aufklappbaren Mann und der aufklappbaren Frau, habe ich mich oft beschäftigt: So sehen wir also drinnen aus, merkwürdig. Aber wenn vom Hof Kinderlachen und -kreischen zu hören war, musste man schon sehr gewichtige Gründe haben, um nicht angesteckt zu werden. Alleine spielen war nicht halb so schön.

»War nicht so gemeint ...« Und schon hatte man sich »wieder vertragen«. Vermutlich ging es dann so weiter: »Hat einer 'ne Idee?«

»Hopse!«

»Ne, nicht schon wieder. Wer hat 'n Ball dabei?«

»Ich, aber in meinem Geheimversteck!«

Dann mussten wir uns alle umdrehen, obwohl jeder wusste, dass das Geheimversteck im Kellerfenster rechts neben der Hoftür war. Schmunzelnd warteten wir auf den Ball. Mit ihm wurde es einfacher, nun mussten wir uns nur noch zwischen »Kaiser, König, Bettelmann«, »Hase und Jäger«, »Kante« oder »Schilderwerfen« entscheiden.

Schilderwerfen war ein Höllenspektakel. An der rechten Wand unserer Hauseinfahrt hing ein gelbes Blechschild, das auf eine Schneiderei hinwies, die es schon lange nicht mehr gab. Das Schild war geblieben, inzwischen leicht verwittert. Und wie bei vielen Spielen: Einer war dran. Dieser musste nun möglichst schnell den Ball fangen, den ein anderes Kind zuvor mit so großer Wucht gegen das Schild geworfen hatte, dass er zwischen den Wänden des Torbogens hin und her sprang. Sobald der Ball gegen das Blech krachte, rannte die Horde von zehn, zwölf Kindern johlend über den belebten Bürgersteig zur Laterne vor »Westphal«, umkurvte diese und flitzte zurück zur Hauseinfahrt. Der »Fänger« musste auf dem gleichen Weg versuchen, ein Kind mit dem Ball zu treffen. Schaffte er das, war der Getroffene dran. Jeden erwischte es mal. Manchmal uns alle. Dann kam der weißhaarige Herr Adam aus seinem Laden und rief den Satz, den wir Tag für Tag hörten: »Seid mal leiser!«

Die Laterne war übrigens eine Gasleuchte. Damals wurden die meisten Berliner Straßenlaternen noch mit Gas betrieben. Mit Einbruch der Dunkelheit flammten sie automatisch auf. Einige verweigerten ihren Dienst. Für diese Pannen war der Laternenanzünder da. In der »blauen Stunde« fuhr er mit dem Fahrrad die Straßen ab, leicht erkennbar an der langen Stange, die am Rahmen befestigt war. Hatte er eine Laterne entdeckt, die nicht leuchtete, nahm er die Stange, hakte sie in einen Ring, der aus der Lampe hing und zog kurz daran. »Plopp«, schon sorgte auch sie für das gelbliche Funzellicht. Sehr hell war es nicht. Wer die Zeiger auf seiner Uhr erkennen wollte, musste sich schon direkt unter eine Straßenleuchte stellen.

Wir Kinder hatten noch keine Uhr, für uns waren die Lampen die Uhr, zumindest in der düsteren Jahreszeit. »Du kommst nach oben, wenn die Laternen angehen!« Das war im Winter sehr früh. Also wurde verhandelt und mit Engelsstimme um eine Verlängerung gebettelt: »Bis halb sechs, bitte. Gabi, Pummel und Klaus sind auch noch unten!« Ich musste meine Eltern fast immer löchern. Die Schlüter-Kinder nie, die durften andauernd länger unten bleiben, die von der Familie Heese auch. Was habe ich die beneidet.

Neben den Laternen gab es noch andere Zeitzeichen: »wenn die Geschäfte schließen« oder »wenn die Glocken läuten«. Ansonsten musste die genaue Uhrzeit auf der Straße von Passanten erfragt werden. Und wenn wir untereinander doch mal rätselten, wie spät es wohl sein würde, spulte garantiert ein Witzbold den ollen Vers ab: »Fünf Minuten vorm Hosenknopf, wenn de rennst, dann schaffst es noch.« Es hing einem zu den Ohren raus.

Die Laternen hatten für uns noch eine andere Bestimmung: Sie waren unser Aussichtsturm. Ihre gusseisernen Pfähle waren künstlerisch gestaltet und hatten auf verschiedenen Höhen ringförmige Absätze, auf die man leicht klettern konnte. Der »Ausblick« lohnte unsere Anstrengung. Kurzzeitig. Es dauerte nicht lange, und wieder blaffte ein Erwachsener: »Kommt sofort runter von die Laterne!«

»Von der Laterne.«

»Wollt ihr 'ne Maulschelle? Ihr Lümmel!«

Nicht anders, wenn wir an den Straßenbäumen der Kollwitz Stangenklettern übten: »Lasst die Bäume in Ruhe wachsen!«

War das nun schlechtes Gewissen oder Sorge um künftiges Brennholz? Denn der vorherige Baumbestand wurde 1946/47 Opfer eines der kältesten Winter des Jahrhunderts. Um die Wohnungen wenigstens etwas beheizen zu können und nicht zu erfrieren, griffen die verzweifelten Berliner zu Axt und Säge: Ganze Parks und die Bäume vieler Straßen wurden abgeholzt. Die Platanen in der Kollwitz sind also nicht »uralt« oder »100 Jahre alt«, wie sich mancher gern zusammenreimt, sie wurden erst um 1950 neu gepflanzt. Wir sind zusammen groß geworden.

Ruhe herrschte bei uns eigentlich nur, wenn einer was zum Anschauen mitbrachte – Lackbilder, Schauspielerfotos, ein neues Heft mit Micky Maus oder Fix und Foxi. Dann saßen wir oft vor der 64 auf den Steinstufen der Terrasse (die es damals noch gab), zeigten unsere kleinen Sammlungen, blätterten versunken durch die Geschichten. Jede Nummer aus Entenhausen war ein kleines Juwel. Neuerdings gab es auch in der DDR ein Bilderheft, das den westlichen Vorlagen sehr nahe kam: »Mosaik«. Darin wurden die Abenteuer der drei kleinen Weltreisenden Dig, Dag und Digedag erzählt. Lustig gezeichnet und spannend dazu. Aber mit 95 Pfennigen für uns zu teuer. Außer für Frankis Eltern, die kauften ihm jedes Heft – und er brachte es manchmal mit in die Truppe. Sonst sahen wir die jeweils neue Nummer im Schaufenster unseres Zeitungsladens, neben anderen Kinderzeitschriften, die inzwischen herausgegeben wurden, wie »Atze« oder »Fröhlich sein und singen«. »Atze« kostete zwar nur 20 Pfennige, fanden wir aber eher langweilig. Mit »Fröhlich sein und singen« konnte ich mich schon anfreunden und schließlich auch meine Mutter überreden – die 50 Pfennige rückte sie bereitwillig raus. Dafür gab es Lesegeschichten, Bastelbögen, Spiele, 3D-Brillen, Weihnachtskalender. Wir haben nicht selten beide zusammen darin gelesen.

Mehr gab es nicht. Auch kein Geld für »Micky Maus«. Und nach »Tarzan« oder »Sigurd« brauchte ich gar nicht erst fragen. Westgeld, auch wenn es nur um Groschen ging, wurde für vernünftige Ausgaben zusammengehalten. In den Augen der Erwachsenen waren das nicht bunte Bilderheftchen, sondern vor allem Kleidung und nötige Dinge wie Kaffee und Kakao, Puddingpulver und Palmin. Gingen meiner Mutter solche Sachen aus, dann versteckte sie irgendwo die D-Mark-Summe, die sie brauchte, schaute noch mal in den Spiegel, um sich »anzuhübschen« (so nannte sie das), und verließ, die Einkaufstasche in der Hand, das Haus. Natürlich nicht, ohne mir Bescheid zu sagen: »Dieter, ich geh' mal um die Ecke!« Das war in unserer Familie das Codewort für einen Kurzeinkauf im Westen. Bei anderen muss es ähnliche Regeln gegeben haben, denn einen Satz wie: »Frank, ich geh mal schnell über die Grenze und hole Kaffee«, habe ich nie gehört. Dabei tat es fast jeder, fast jeder ahnte das auch – doch in aller Öffentlichkeit darüber sprechen? Oh nein. Möglichem Ärger ging man lieber aus dem Weg. Man hörte ja so einiges ...

Wer das passende Geld für seine Besorgungen nicht hatte, der tauschte das Ostgeld eben im Westen um oder zahlte – nach aktuellem Wechselkurs – einfach mit seinen Ostscheinen. Wir hatten immer etwas Westgeld. Meine Mutter half einer älteren Dame im Haushalt. Das war eine alte Geschichte. Eine Anstellung bei dieser Familie war im Herbst 1937 für meine Mutter der Grund, als junge Frau von Schlesien nach Berlin zu reisen. Sie blieb. Auch in guter Erinnerung, denn »Tante Mann«, wie die Fabrikantenwitwe für mich hieß, bot ihr 1954 erneut eine Stelle an. Zwei Tage in der Woche wirtschaftete sie daraufhin im Mann'schen Domizil. Anfangs noch in der großen Zehlendorfer Villa, später in einer 5-Zimmer-Wohnung in Schmargendorf.

Etwa sechs Stunden am Tag, für allenfalls sechs, sieben Mark. Insgesamt! Dennoch, das war damals ein achtbares Zubrot.

Die DDR-Propaganda verhöhnte Frauen, die in Westhaushalten unter der Hand etwas dazuverdienten, als »Scheuerlappen-Geschwader«. Das passte den Funktionären ökonomisch nicht und ideologisch schon gar nicht. Die Arbeitskraft hatte dem sozialistischen Aufbauwerk zugutezukommen und nicht dem Klassenfeind »um die Ecke«. »So, wie wir heute arbeiten, werden wir morgen leben«, verkündeten Transparente und Leitartikel. Nur, wann ist morgen? Wir lebten heute, und von mageren 350 Mark, die mein Vater auf dem Bau verdiente. Und wenn der abends zerschlagen nach Hause kam, dann sollte das noch nicht genug sein? Dann sollte er sich den Kopf darüber zerbrechen, wie er morgen noch mehr schwere Eisenrohre die Treppen raufschleppen und sie noch schneller montieren konnte? Ich habe ihn erlebt, an vielen Feierabenden, wie er in der Küche am Ausguss sich den Dreck abwusch, seine zerschrammten Hände behandelte und mühsam in sein kleines Leben zurückfand. Träume konnten da gar nicht hochfliegen, sie blieben knapp über dem Boden. Der einzige größere Wunsch meiner Eltern, den sie sich in den frühen Jahren erfüllten, das Motorradgespann, wurde allein durch knochenhartes Sparen möglich. Dieser Kauf fiel auch aus dem gewöhnlichen Rahmen.

Und dabei sollten alle Bedürfnisse, die aus dem gewöhnlichen Rahmen fielen, auf morgen verschoben werden. Oder übermorgen. Doch die Sehnsucht nach einem besseren Leben, nach Verhältnissen, die es erlaubten, sich mehr Wünsche erfüllen zu können, war sehr gegenwärtig. Die Verführung, in der grenzoffenen Stadt mit einem Schritt manche Träume durchzuziehen, auch. War ja nichts Besonderes. Wie man bisher »nach drüben« ging, um einzukaufen, sich in Kinos zu vergnügen oder Verwandte und Bekannte zu besuchen, dann eben nun auch, um dort zu arbeiten. Manche hatten sowieso ihren angestammten Arbeitsplatz im Westen. Mitte der fünfziger Jahre lag die Zahl der »Grenzgänger« bei zirka 40 000.

Es ging auch andersrum. Etwa 13 000 Westberliner hatten im Osten eine Stelle – vor allem Reichsbahner, aber auch Wissenschaftler und Künstler. Von den Kalten Kriegern im Westen als »5. Kolonne Ulbrichts« verhöhnt. Doch auch für die Kalten Krieger aus dem Osten waren sie »unsichere Kantonisten« – manchmal schwer zu hüten.

Das eigentliche Problem aber waren die eigenen Leute, West-Grenzgänger, meist hoch qualifiziert, die der DDR-Wirtschaft fehlten. Und obendrein noch eher in der Lage, rare und zudem teure Konsumgüter zu kaufen. Da kam schon Neid auf. Im Westen arbeiten und im Osten leben war vergleichsweise komfortabel. Und so machte man Druck, nannte die Grenzgänger »Parasiten« und »Schmarotzer«. Einer bohrte tiefer. Paul Verner, Ulbrichts Hardliner, und von Wolf Biermann so liebevoll besungen: *»Das ist der ganze Verner Paul: Ein Spatzenhirn mit Löwenmaul«*, der kam dahinter: »Das Geld der Grenzgänger ist unehrlich verdient, denn es kommt aus dem Schwindelkurs.«

Nicht alles. Anfangs wurde ihnen 90 Prozent des Gehalts in Ostmark und nur zehn Prozent in DM-West ausgezahlt. Bei den Ost-Grenzgängern war es umgekehrt: Sie konnten 90 Prozent ihres Ost-Verdienstes bei der im Westen extra eingerichteten Lohnausgleichskasse in DM umtauschen. Damit waren deren Probleme vom Tisch. Für die anderen im Grunde auch. Selbst nur ein Zehntel in West ausgezahlt zu bekommen, lohnte sich für DDR-Bürger. Sie konnten diesen Betrag bequem 1:4 in DM-Ost einwechseln und an den Gehältern ihrer Nachbarn locker vorbeiziehen. Später stieg der West-Anteil ihres Einkommens sogar auf 40 Prozent (1961) und eine Höchstgrenze von 275 DM. Man ahnt das Lohngefüge.

Davon war das Handgeld, das meine Mutter bekam, weit entfernt. Wie viel es letztlich genau war, weiß ich nicht mehr. Und wie viel davon umgetauscht wurde, auch nicht. Meine Eltern haben jedoch immer einiges auf der hohen Kante gehabt – und die war irgendwo im Kleiderschrank. Wie das bei anderen Familien im Haus lief, ist schwer zu sagen, man sprach in aller Regel nicht darüber. Bis auf ein junges Ehepaar aus der vierten Etage. Als wir Kinder im Hof Federball spielten, fragte die vielleicht zwanzigjährige Frau aus dem Fenster: »Darf ich mitmachen?« Klar, war mal was Neues. Sie kam tatsächlich gleich die

Treppen runter, mit Federballschläger und in einem weißen Kittel – mit Telefunken- oder AEG-Aufnäher. Hoppla. Was die Nachbarn darüber dachten, war ihr offenbar piepegal.

Zwar versuchten die DDR-Behörden, den Grenzgängern mit diversen Schikanen immer wieder Schwierigkeiten zu bereiten, und waren doch gehalten, dabei nicht allzu sehr zu überziehen. Die Quittung war absehbar: Wem es zu viel wurde, der verabschiedete sich von seinem Mobiliar und blieb gleich ganz drüben. Ein Wechsel der Straßenseite, eine Station mit der S-Bahn, schon hatte man alles hinter sich. Aber eben alles! Es war diese schmerzhafte Entscheidung, alles hinzuwerfen, die keinem leichtfiel. Wieder bei null beginnen? Das hatte man doch gerade erst. Und so schluckten viele die bitteren Tropfen weiter. Warteten weiter auf die Zuteilung einer besseren Wohnung oder die Genehmigung von Interzonenpässen für Westreisen – gewiss mit schlechteren Aussichten als andere.

Allerdings waren die Aussichten dabei generell recht schlecht. Bei Interzonenpässen lag das natürlich nicht am Mangel an Papier oder Stempeltinte. »Der Verdacht« war der schwerwiegendste Ablehnungsgrund. Der Verdacht, der Antragsteller kommt nicht zurück. Im Unterschied zu Berlin war der freie Grenzübertritt von der Ostzone (DDR) in die Westzone (BRD) verboten. Umgekehrt auch. Für Reisen dorthin brauchte man einen Interzonenpass oder die neu eingeführte »Personalbescheinigung«, und die war für Ostdeutsche schwer zu kriegen. In Bürokratien wird dem Bürger erst mal misstraut. Fast allen. Manchmal geschahen Zeichen und Wunder, und der Bittsteller konnte seine Reisegenehmigung abholen. Dafür wurde solange der Personalausweis eingezogen. Da meine Eltern solche Anträge auf »Verwandtenbesuch« schon Anfang der fünfziger Jahre gestellt und bewilligt bekommen hatten und auch immer zurückgekommen waren (!), blieb es dabei. Die verantwortlichen Behörden schätzten das Fluchtrisiko offenbar gering ein. Aus Gewohnheit? Politische Gründe sprachen sicherlich nicht für meinen Vater. Egal, es klappte fast immer: erst mit Fahrrädern (und bis zum Grenzübergang Marienborn auf der Ladefläche eines LKWs) oder der Bahn, dann sogar mit dem Motorrad.

Das waren meine ersten großen Reisen – in die weite Welt. Als die erschien sie mir jedenfalls. Selbst Hannover war damals ein riesiger Schritt für einen Jungen aus der Kollwitz. Es ging aber weiter. Unsere ganze Verwandtschaft lebte in Westdeutschland, und die besuchten wir, Station für Station. In jedem Sommer zwei Wochen lang. Zuerst ging es immer zu Opa und Oma, die anfänglich in Holtershausen, einem kleinen verschlafenen Dorf in Niedersachsen, später in Einbeck wohnten. Ich liebte meine Großeltern. Mein Opa pflegte die Gewohnheit, sämtliche Enkelkinder um sich zu scharen und dann den einen Kilometer vom Dorf bis zur Bundesstraße 3 zu spazieren. Dort setzten wir uns alle auf eine kleine Brückenmauer aus Feldsteinen und zählten die vorbeifahrenden Autos. Das hatte hier sogar Sinn. Zu Hause wären bis zum Auftauchen des zehnten Wagens die Straßenlaternen an. Oder wir wetteiferten beim Erraten der Autotypen:

»Ein Opel Kapitän!«

»Ein Goggomobil!«

»Ein Borgward!«

Dazu kamen Dortmund, Bottrop, Aachen, Erlangen und eben Hannover. Tankfüllung für Tankfüllung. Großzügig spendiert. Es wurden richtige Rundfahrten, die wir mit dem Motorradgespann machten, schön und aufregend. Ein Kurztrip nach Belgien, eine Tour den Rhein entlang (überall Burgen!), wir sahen den Bodensee, die Alpen und kutschierten einmal bis nach Innsbruck. Die Alpen haben mich umgehauen. Ich bin bestenfalls ein Kind der Müggelberge, staunte schon über den Harz. Und dann stand ich mitten in diesem spektakulären Naturwunder. So hoch, so endlos! Auf einer malerischen Almhütte habe ich auch angefangen, Milch zu trinken – also gern zu trinken. Es passte einfach.

Den Westen kannte ich aus Berlin, da überraschte mich nichts mehr. Doch Westberlin war eine Insel, überschaubar, überfüllt, überspannt. Nun erlebte ich eine Welt, die fast grenzenlos schien, eine Weite, die auch noch schön anzusehen war. Die Menschen dort arbeiteten bestimmt nicht härter als bei uns im Osten, und doch ging es ihnen augenscheinlich besser. Dafür gab es diverse historische und geopolitische Erklärungen, die mir kleinem Knaben unbekannt blieben. Im Radio war Kalter Krieg, und politische Analysen oder Kommentare waren in erster Linie Propaganda. Auch in der Schule wurde der entstandene Unterschied im Lebensstandard zwischen Ost und West nicht thematisiert, er wurde einfach nicht zur Kenntnis genommen. Und außerdem: »Wir im Sozialismus sind eine ganze Epoche voraus!« Ah ja.

Es müssen solche Erlebnisse und Erfahrungen gewesen sein, die meine Eltern nachdenklich machten. Sie haben vermutlich lange hin und her überlegt, verschiedene Möglichkeiten abgewogen und verworfen. Fest stand nur: So kann es nicht weitergehen. Selbst im Westen hatten viele den Glauben daran verloren, in diesem Deutschland, das den Menschen so viel Elend gebracht hatte, das Glück, das sie suchten, auch finden zu können. Sie suchten es woanders, vor allem in Amerika, Kanada, Australien. In Freundes- und Kollegenkreisen kursierten märchenhafte Berichte über Traumstarts in ein neues Leben. Postkarten und Luftpostbriefe wurden rumgereicht. Günter, der beste Freund meines Vaters, sprach auch davon. Er schwärmte vom Sprungbrett Australien, seine Frau Ilse und meine Eltern hörten zu. Wohl immer aufmerksamer.

Wir Kinder wussten zunächst nichts davon. Schulzens hatten zwei Söhne, Bernd und Lothar, einer knapp älter, einer jünger als ich. Wir kamen gut klar. Schlichen mit Indianerhaube, Wurfmesser und Tomahawk, beides aus Gummi, durch die Wohnung, versteckten uns in Schränken, nahmen Gefangene – während bei unseren Eltern in der guten Stube ein Gedanke reifte. Dazu wurden Kataloge durchgeblättert und Einreisebestimmungen durchforscht. Waren sie damit fertig, kamen die Spielkarten auf den Tisch, und man ging zum Doppelkopf über. Bei einem dieser vielen gegenseitigen Besuche am Neuköllner Maybachufer oder in der Kollwitz kam es dann zu einer gemeinsamen Absprache: Günter reist per Schiff für ein, zwei Jahre nach Sydney, macht sich dort mit den Aussichten auf Arbeitsplätze und Wohnungen vertraut und klärt, wenn es gut läuft, schon einige Dinge für die Übersiedlung unserer

Familien. Kurz darauf war Günter tatsächlich dort. Der Countdown lief.

Ob in homöopathischen Dosen oder geradeheraus (mit Verschwiegenheitspflicht nach außen!) – ich wurde jedenfalls eingeweiht. Der Schreck war groß. Australien! Ich hatte einen winzigen Kinderglobus, wusste also, wo das war. Ich war völlig verdattert.

»Aber das ist doch ganz weit weg! Hier sind doch alle meine Freunde!«

Mein Vater versuchte mich aufzumuntern, schilderte mir das Land und das Leben, das uns dort erwarten würde, in hellen Farben. Es half nichts. Kinder sehen die Dinge mit ihren eigenen Augen. So war es am Ende nur ein Satz, der mich etwas tröstete. Und der ging etwa so: »Kann ja auch sein, dass Onkel Günter enttäuscht zurückkommt.« Doch meine Eltern hofften auf eine positive Nachricht, wollten gemeinsam mit Schulzens einen Neuanfang wagen. Ihre letzte Chance, wie sie meinten.

Ich hatte schon vorauseilend Heimweh. Wahrscheinlich befördert durch den gleichnamigen Schlager, den der junge Freddy Quinn mit tiefer Stimme zur Gitarre seufzte:

»Brennend heißer Wüstensand.
Fern, so fern dem Heimatland.«

Die Nummer sollte 1956 zur meistverkauften Schallplatte werden. Drehte man am Radio, dauerte es nicht lange und schon schwebte der Refrain ins Ohr:

»Dort wo die Blumen blühn,
dort wo die Täler grün',
dort war ich einmal zu Hause.«

Ich war mit meinem Gefühl offensichtlich nicht allein.

Nach Hause wollten gewiss auch die vier Politbürokraten, die als SED-Delegation am XX. Parteitag der KPdSU in Moskau teilnahmen. Sie waren nun schon zwei Wochen dort, hatten Chruschtschow hochleben lassen, Grußbotschaften verlesen, an mehreren Festakten teilgenommen, unzähligen Reden zugehört. Auch der Rede des Genossen Anastas Mikojan. Zwar deutete sich darin eine verhaltene Kritik an der Missachtung des »kollektiven Leitungsprinzips« durch Stalin an, aber im Großen und Ganzen war das alles noch verdaulich. Ulbricht, Grotewohl, Neumann und Schirdewan konstatierten, dass sonst nichts Aufregendes passiert war. Einige neue Akzente, doch kein Köpferollen. Die Zeichen, die auf eine drohende Abrechnung mit Stalin hinwiesen, waren wohl überbewertet worden.

Es war die Nacht vom 25. zum 26. Februar 1956, der Parteitag war zu Ende, und Walter Ulbricht ging beruhigt zu Bett: Stalin blieb auf dem – nun vielleicht etwas kleineren – Sockel, und er selbst, als dessen ergebener Anhänger, musste keinen Machtverlust fürchten. Wie angenehm. Um 3 Uhr riss ihn heftiges Klopfen an seiner Zimmertür aus dem Schlaf – und aus seinen Träumen. Ein Beauftragter des Zentralkomitees der KPdSU versammelte die überraschten SED-Funktionäre im Salon des Gästehauses und erklärte ihnen in tadellosem Deutsch, dass vor wenigen Stunden noch eine geheime Sitzung des Parteitages stattgefunden hätte. Nikita Chruschtschow habe dort eine entscheidende Rede gehalten, die nun – so sein Auftrag – ins Deutsche übersetzt vorgetragen werde. Langsam, denn Karl Schirdewan schrieb mit, Wort für Wort. Was die Genossen zu hören bekamen, erschütterte ihr Weltbild: Viele Seiten lang zählte Chruschtschow die Verbrechen Stalins auf, sprach von »Massenterror« gegen Parteifunktionäre, von Verhaftungswellen und Erschießungskommandos, von der systematischen Vernichtung leitender Offiziere der Sowjetarmee, von Zwangsmaßnahmen gegen Millionen Menschen, von bizarren Auswüchsen des Personenkults und Fälschungen der Parteigeschichte.

Als es draußen hell geworden war, saßen die vier Delegierten mit versteinerten Gesichtern am Frühstückstisch. Schirdewan, der noch einen Vortrag vor ostdeutschen Absolventen der Moskauer Parteischule halten musste, wandte sich schließlich an Ulbricht und fragte, wie weit er die Genossen über Chruschtschows Geheimrede informieren kann. Die kaltschnäuzige Antwort des Parteichefs: »Du kannst ja ruhig sagen, dass Stalin kein Klassiker ist.« Der große Bewunderer hatte bereits das Boot gewechselt. Nach dem Rückflug wurde Schirdewan von seiner Frau am Flughafen Schönefeld abgeholt. Sie spürte, dass etwas passiert war. Doch erst als die beiden im Auto saßen, öffnete der Zweite Mann der Partei sein Inneres: »Stalin ist für die Geschichte gestorben.«

Von diesem politischen Erdbeben war zunächst nichts öffentlich geworden. Die Presse in Westdeutschland war vollauf mit den winterlichen Tiefsttemperaturen beschäftigt. Im Osten wurden wieder mal die Kohlen knapp. Und den Bäumen in der Kollwitz schwante Böses. Doch der Frühling kam näher, und mit ihm die ersten Berichte über die sensationelle Demontage des gottähnlichen Führers. In den Blättern, die an den Westberliner Zeitungskiosken aushingen, erschienen einzelne Passagen der nicht länger geheimen Rede, und im Frühsommer strahlte der RIAS mehrmals die Lesung des Textes aus. Meine Eltern hatten die Sendungen bestimmt am Radio verfolgt, wie viele in der DDR. Sie waren sicher entsetzt über das Ausmaß der geschilderten Verbrechen, aber sie waren gewiss auch ohne Hoffnung. Auch dieses Gefühl teilten sie mit vielen im einfachen Volk. Die Erlebnisse von 1953 hatten sich eingebrannt. Es kam zwar zu einer Reihe kleiner lokaler Streiks, doch sie waren vor allem ein Zeichen der Unzufriedenheit mit dem festgelegten Lohn- und Prämiensystem. Das »Tauwetter«, das aus der Sowjetunion herüberwehte und den Stalin'schen Frost vertreiben sollte, war mehr eine Sache der Intellektuellen, Künstler, Schriftsteller, Studenten.

In Polen und Ungarn lagen die Dinge anders. Die Menschen dort hatten die abschreckende Erfahrung mit niedergewalzten Freiheitsträumen noch nicht machen müssen, und so schoben sie die verunsicherten stalinistischen Machtapparate beiseite und eroberten die Straße. In beiden Ländern herrschten moskauhörige Führungen, die durch die Bank kompromittiert waren. Die Forderungen nach besseren Lebensverhältnissen und demokratischen Reformen verbanden sich schnell mit der Sehnsucht nach nationaler Unabhängigkeit – besonders gegenüber den Kommandos aus dem Kreml. Es kam zu Streiks, Demonstrationen, Übergriffen auf Gebäude der Sicherheitsdienste, schließlich zu blutigen Kämpfen. In Poznan griffen Truppen der polnischen Armee ein, es gab Tote und Hunderte Verhaftete.

Dramatischer war der Verlauf in Ungarn. Da weite Teile der ungarischen Armee sich den Aufständischen angeschlossen hatten, übernahm hier die Rote Armee höchstselbst die Wiederherstellung der alten Ordnung. Als die eigenen Sicherheitsleute auf Demonstranten schossen, kam es aufseiten der Aufständischen zu grausamen Racheakten: Mehrere Geheimdienstler wurden an Laternen aufgehängt. Schließlich rollten am 4. November sowjetische Panzer in Budapest ein. Die bewaffneten Milizen leisteten, obwohl hoffnungslos unterlegen, todesmutig Widerstand.

Ich hockte zu Hause vor dem Radio und hörte im RIAS die verzweifelten Appelle der Ungarn, gesendet von besetzten oder kleinen mobilen Rundfunkstationen. Trotz der schwankenden Tonqualität waren die auch auf Deutsch ausgestrahlten Hilferufe gut zu verstehen: »Wir appellieren an die Nationen des Westens. SOS … SOS. Das Volk verblutet! Helft uns! Helft uns!« Gebannt lauschte ich den dramatischen Übertragungen. Die Verzweiflung und schwindende Hoffnung in den Stimmen hatte mich selbst als Neunjährigen an den Empfänger gefesselt – sie endete auch da. Nach ein paar Tagen waren die Sender still. Dass im selben Augenblick in Ungarn die Verfolgungsmaschinerie angeworfen wurde, erfuhr ich erst viel später.

Auch über die Bedeutung des XX. Parteitags und seine Auswirkungen wusste ich damals nichts. Um diese Ereignisse zu begreifen, ja mich überhaupt dafür zu interessieren, mussten noch Jahre vergehen. Begriffen oder nicht, die Geschichte ging weiter. Und manchmal nimmt sie einen Verlauf, der auf verschlungenen Wegen in das eigene Leben greift. Hier war es so. Der XX. Parteitag der KPdSU setzte eine Kettenreaktion in Gang, die letztlich auch für unsere Familie die Weichen stellte. Verstellte. Doch bis der Dominostein in der Kollwitz 66 umkippte, sollte es noch etwas dauern.

Ein Ami-Jeep unterm Tannenbaum

Geheimnisumwittert waren die letzten Wochen des Jahres auch so. Besonders für uns Kinder. Hinter manchen Ecken lauerte ohnehin oft ein neues Wunder. Oder ein neuer Zauber. Und dieser hier hatte sogar ein Datum. Wenn ich an die Weihnachtstage meiner Kindheit zurückdenke, erscheint noch heute vieles in einem märchenhaften Licht: die festliche Stimmung der Abende unter dem Adventskranz oder dem Weihnachtsbaum, die Heimlichtuerei meiner Eltern, die herrlichen Liederabende bei Kerzenschein. Süßer klangen die Glocken nie als am Kollwitzplatz. Einen knappen Monat lang schwebte über allem ein eigentümlicher Glanz, eine Zeit voller Erwartungen, voller »Vorfreude, schönste Freude«. Wir waren hungrig danach.

Weihnachten begann früher nicht schon im September mit den ersten Lebkuchen- und Marzipanbrot-Aufstellern im Supermarkt. Weihnachten begann am 1. Advent. Und ein bisschen schon in der Woche zuvor. Da wurde in den Blumenläden der Kollwitz oder der Prenzlauer nach einem großen Adventskranz gesucht, eine (wenn möglich »echte« Dresdner) Stolle und für mich ein Adventskalender gekauft. Dafür wurde ein gerahmtes Foto, das über der braunen Wohnzimmercouch hing und meinen Papa als jungen Burschen auf einem Rennrad zeigte, abgenommen – für 24 Tage gehörte der schönste Platz nun meinem bunten Kalender. Noch ohne Schokolade. Hinter jedem der 24 Türchen wartete nur ein winziges weihnachtliches Motiv: ein Stern oder ein Engel, eine Trommel oder ein Nikolausstiefel. Alles nur gemalt und doch kurz zuvor noch ein kleines Geheimnis.

Mir hat es so gefallen, dass ich diese Marotte beibehalten habe, bis heute. Selbst beim »Ehrendienst in der Nationalen Volksarmee« hatte ich mir den Spaß erlaubt, einen Adventskalender in meinen Spind zu hängen. An einem dieser Tage flog die Stubentür auf, und unser Feldwebel bellte: »Spindkontrolle!«

Tja, und dann fixierte er meinen Kalender.

»Was ist das?«

»In Berlin ein Adventskalender, Genosse Feldwebel!«

»Was soll das?«

»Das soll an Weihnachten erinnern, denke ich.«

»Das Denken überlassen Sie dem Vorgesetzten! Das Ding kommt ab!«

Wie befohlen nahm ich den Kalender ab – für fünf Minuten, bis der Genosse durch die nächste Stube tobte.

In der Kollwitz hing der Kalender bis zum Weihnachtstag. Jeden Morgen sprang ich aus meinem Kinderbett, rannte ins Wohnzimmer, hüpfte auf die Couch, suchte nach dem richtigen Türchen und öffnete es vorsichtig: »Eine Trompete!« Mehr nicht, nur diese Entdeckung, doch sie brachte mich zum Strahlen. Es waren ohnehin viel schlichtere Vorzeichen, die auf die Nähe des Weihnachtsfestes hinwiesen: Manche Schaufenster waren mit Tannenzweigen, Lametta und Watte (Schnee!) dekoriert, mitunter auch mit einem Weihnachtsmann, Engel oder Nussknacker; die Bäcker hatten große Pfefferkuchenhäuser in ihre Auslagen gestellt; auf vielen Plätzen wurden Tannenbäume verkauft, die dann zusammengebunden auf den Balkonen standen oder festgezurrt kopfüber an den Fenstern unzähliger Wohnhäuser hingen; in den Schreibwarenläden und Drogerien wurden Christbaumkugeln und weihnachtliche Pappteller angeboten; aus dem Radio tönten nun sehr häufig Weihnachtslieder, und bei der S-Bahn standen karg geschmückte Bäume vor den Häuschen des Bahnhofspersonals. Und nicht zu vergessen: der Weihnachtsmarkt. Der – denn es gab ihn nicht im Plural. Der im Osten stand in den fünfziger Jahren auf dem Marx-Engels-Platz.

Die Weihnachtszeit war mehr ein Fühlen, Staunen, Schauen. Man wurde nicht geblendet von grellen, zuckenden Lichterketten, nicht bombardiert mit »Kauf-kauf-kauf«-Angeboten und zugeflötet mit »Last Christmas« in Endlosschleife. Selbst die später in der DDR so unvermeidlichen Schwibbögen leuchteten nur in ganz wenigen Fenstern. Im Westteil Berlins glitzerte es schon mehr, gab es die ersten Fälle von Kaufrausch, und doch war alles noch Lichtjahre vom heutigen Spektakel entfernt.

Auch die Erwartungen. *»Morgen kommt der Weihnachtsmann, kommt mit seinen Gaben.«* O ja, die Gaben, unser Lieblingsthema. Es gab ja sonst kaum Geschenke, außer zu Geburtstagen. Aufgeregt steckten wir die Köpfe zusammen: »Was wünschst du dir?«

Oder: »Weißt du schon, was du geschenkt bekommst?«

Und flugs wurde aufgezählt, die Fantasie hatte Feiertag in unserer Straße. Wir hätten danach alle Kinder aus steinreichen Familien sein müssen. Wir sahen nur nicht so aus, wie wir da standen, mit Zipfelmützen, abgetragenen Winterjacken, Keilhosen, klobigen Skischuhen oder Gummistiefeln und roten Nasen. An das Budget zu Hause dachten wir bei unserem Geprahle nie. Wohl aber daran, in diesen Tagen möglichst wenig frech und schludrig zu sein, ging ja um was. Die billigste Alternative für unsere Eltern, die Rute, blieb daher gottlob meist eine leere Drohung. Auch für sie war es das wichtigste Fest des Jahres, für das sie schon Monate vorher Geld zurücklegten, um die Geschenke, Getränke und kleinen Köstlichkeiten erstehen zu können, schließlich sollte es am Weihnachtsabend »an nichts fehlen«. Wenigstens an diesem Abend.

Das Maß war das Maß der Zeit. Das, was wir uns gewünscht und mit etwas Glück auch bekommen hatten, fiel eben genügsamer aus. Und ziemlich klassisch, häufig traditionelles Rollenspielzeug – bis auf Würfelspiele und eventuell Bücher. Mädchen wünschten sich Puppen und Puppenwagen, Puppenhaus und Puppenküche, Kaufladen und Springseil. Jungs hofften auf Autos und Feuerwehr, Eisenbahn und Baukasten, Indianerhaube und Knallplättchenpistole. Die allerdings gab's nur im Westen, und sie musste an den Grenzpolizisten vorbeigeschmuggelt werden – wenn es tatsächlich dazu kam. Denn der silberne 100-Schuss-Spielzeugcolt blieb meist ein frommer Wunsch. Solche Sachen schenkten viele Eltern nicht gern – wir mussten sie uns selbst besorgen. Bei Puppen mit Schlafaugen war der Transport von West nach Ost risikolos.

Natürlich lagen auch Anziehsachen unterm Tannenbaum, über die wir uns ebenfalls gefreut hatten – ein neuer Mantel, ein Schal, Schuhe. Doch es dauerte noch ein paar Jahre, bis Kleidungsstücke bei den Wünschen weit nach vorn rückten, Petticoats bei den Mädchen zum Beispiel oder Jeans bei den Jungs. Was auch immer, meine Sachen waren stets geschmückt mit ein paar dezent gemusterten Taschentüchern. Eine Art Geschenkbeilage von meiner Mutter: »Die braucht man immer.«

Die Heimlichkeiten, die wir für unsere Eltern vorbereiteten, waren meist selbst gebastelt oder gemalt oder gehäkelt. Ich erinnere mich noch gut an das Kartenetui, das ich aus Kunstleder geflochten hatte. Bei uns zu Hause wurde viel Karten gespielt, oft kam der Besuch extra zum Doppelkopf, zu Poch oder Canasta. Dem hielten die Papphüllen nicht stand. Das neue Futteral war ein Treffer. Von anderen Geschenken kann ich das nicht so sicher behaupten. Das erste selbst gekaufte kostete etwa fünf Mark. Da war ich sieben. Ich hatte es eines Abends im Schaufenster des Seifenladens in der Wörther, gleich hinter der Ryke, entdeckt. Schnurstracks bat ich meine Mama, kurz draußen zu warten. Mutig schritt ich ins Geschäft, erklärte der Verkäuferin meinen Kaufwunsch: eine Flasche Parfum und ein Stück Seife, beides in einer Geschenkpackung. Sie legte die Schachtel auf den Ladentisch und nannte den Preis – o weh, mein Geld reichte augenscheinlich nicht. Plötzlich aber doch. Vermutlich hatte meine Mutter durch die Türscheibe der Frau signalisiert: Geben Sie es ihm, ich komme später zurück und zahle den Rest. Mich erfüllte nur ein Gefühl, als ich mit dem Päckchen, versteckt unter meinem Mantel, den Laden verließ: Geschafft!

Parfum und Seife für diesen Preis, arme Mama. Irgendwann, Jahre darauf, gab es diese Kombination noch einmal – von »4711«, für ein paar Mark West. Als Wiedergutmachung.

Meinen Eltern ist fast nie ein Spielzeuggeschenk missglückt. Bis auf einmal, und auch mehr für sie. Das war das Weihnachtsfest mit der großen Aufzieheisenbahn. Meine Freude war riesig, Detlef Zabel vergessen. Passend dazu gab es eine Schaffnerkelle aus Holz, die unten am Stab noch eine Trillerpfeife hatte. Die

Reihenfolge »Zurückbleiben, bitte!« – Trillern – Kelle heben, gab es nur am Heiligen Abend. Am nächsten Morgen war es nur noch eine Kelle, die Trillerpfeife hatte mein Papa über Nacht abgesägt.

Eines der schönsten Geschenke damals bekam ich mit etwa Acht. Es war mein Wunsch, seit Monaten oder noch länger, und dann stand da dieses Päckchen unterm Baum. Päckchen! Das war schon recht geheimnisvoll, denn eigentlich war es üblich, die Geschenke schön aufgereiht unter der Tanne zu platzieren. Alles zu verpacken und zu verschleifen, war da noch Zukunft. Das Päckchen also. Die Größe könnte stimmen, dachte ich. Und doch war mir bange. Kinder machen sich sehr genaue Vorstellungen über die Dinge, von denen sie träumen. Und dann mischt sich in die Freude manchmal ein Wehmutstropfen: Es ist zu klein oder zu groß oder zu grün. Erwartungsvoll öffnete ich das Paket – und da war er, mein »Arnold-Jeep«! Eigentlich ein »Willys Overland«, ein amerikanischer Militär-Jeep, nun als Spielzeugauto aus Blech – knapp 17 Zentimeter lang, mit einem Fahrer und einem Funker aus Elastolin, einer abklappbaren Frontscheibe (und der Aufschrift: »Military Police«), richtiger Kardanwelle, einem Schalthebel, dazu Ersatzrad und Benzinkanister und zum Aufziehen natürlich. Selbst Erwachsene bestaunten das Modell. Und ich? Ich hüpfte vor Freude, minutenlang. Mein Papa war selig: »Der Dieter kann sich so schön freuen.« Das stimmte, es musste immer raus. Über viele Jahre blieb der Jeep das Prunkstück meiner Spielzeugsammlung. Ich glaube, dass der Originalkarton fehlte. War ja bestimmt auch ein kleines Wagnis, diesen Blech-Jeep mit großem Ami-Stern heil über die Sektorengrenze zu schaffen. Vielleicht ist mein Vater ja zufällig an dem Volkspolizisten vorbeigeradelt, der, seit dem Sand-Bluff, nur noch nagelneue Fahrräder scharf kontrollierte. Und neu war sein Rad nicht.

Neben all den ausgebreiteten Überraschungen stand für jeden ein bunter Teller. Gefüllt mit Schokolade, Marzipanbrot, Dominosteinen, Nüssen, Äpfeln, Apfelsinen, Mandarinen, einem Weihnachtsmann aus Schokolade und Herzen aus Pfefferkuchen. Spätestens am ersten Feiertag kam es zum Tauschhandel: Marzipanbrot für Schokolade. Es traf sich glücklich – meine Mutter liebte Marzipan, ich Schokolade. Mein Vater blieb eisern, und weil er nicht vernascht war, hatte er seine Schokoladentafeln noch lange, ganz hinten in seinem Nachtisch oder hinter den Büchern versteckt. Bis wir sein Geheimnis entdeckt hatten.

Er trug's mit Humor, denn er mochte die Weihnachtszeit und wurde selbst ein bisschen zum Kinde. Meine Mutter war da ähnlich gestrickt. Und so umgab uns eine heitere Atmosphäre, voller Wärme. An Stress erinnere ich mich nicht. Es gab ihn einfach nicht. Vielleicht ärgerte sich meine Mutter mal, wenn sie ein Blech mit Plätzchen zu spät aus dem Ofen gezogen hatte und die Dinger etwas zu dunkel geraten waren. Dann wurde etwas dran gekratzt und kräftig Puderzucker draufgestreut. Repariert. Vielleicht stöhnte man auch mal über das dauernde Rumrennen, um wenigstens die nötigen Dinge für ein schönes Fest zusammenzukriegen. Hetzte vorbei an Werbeplakaten: »Der Konsum deckt den Gabentisch.« Nur, ständig auf der Suche war man sonst auch. Das war man gewohnt. Stress blieb wahrscheinlich auch aus, weil Weihnachten damals mehr durch herkömmliche Rituale geprägt war. Nicht nur bei uns zu Hause. Quer durch alle Altersstufen gab es ein Sehnen nach Vorhersehbarkeit, man fühlte sich darin geborgen. Es lief ab wie immer, »alle Jahre wieder«, und doch immer wieder schön. Auch deswegen.

Im Grunde blieb die Zeremonie unsere ganze Kindheit über gleich. Es begann mit dem Kauf und dem Schmücken des Adventskranzes. In vielen anderen Familien gab es traditionell rotlackierte Ständer, an denen, von ebenfalls roten Schleifen getragen, die Kränze mit den Kerzen hingen. Ganz oben prangte noch ein goldener Stern. Bei uns schwebte der Kranz unter der großen Wohnzimmerlampe, gehalten von Schleifen, mitten über dem Tisch. Angezündet wurden die Kerzen vor allem an den Adventswochenenden, am Nachmittag, wenn es draußen schon dunkelte und der Weihnachtsstollen auf dem Tisch stand. Nach dem Kaffeetrinken sangen wir unter dem leuchtenden Kranz noch klassische Weihnachtslieder – *»Niklaus ist ein guter*

Mann, dem man nicht genug danken kann«. Meine Eltern wechselten sich am Akkordeon ab, und ich sorgte für die hohe Stimme. Die roten Kerzen tropften immer wieder mal auf die Notenhefte mit den Texten. Es war wohlig warm und voller Duft. Ich liebte diese Nachmittage. So sehr, dass ich sogar mal die schärfste Schlitterbahn, die wir je auf dem Kollwitzplatz gebaut hatten, sausen ließ, als mein Vater vor der Haustür nach mir rief: »Dieter, Kaffeetrinken!«

Möglich, dass bei uns mehr musiziert wurde als in manch anderer Wohnstube, doch gesungen wurde fast überall. Man konnte es sogar auf dem Hof hören, wenn mal aus diesem Fenster, mal aus jenem eine Strophe durch die Luft wehte. Das taten wir auch bei den Weihnachtsfeiern der Betriebe unserer Väter (Mütter war später) oder der Sportvereine. Allerorts fanden Weihnachtsfeiern statt, nicht nur für uns Kinder. Fast so wie heute noch. Fast. Denn damals waren solche Feiern ganz besondere Höhepunkte, die Menschen brannten darauf, brachten sie doch für einen Nachmittag und einen Abend etwas Glanz in den einförmigen Alltag. Die Großen machten sich dafür richtig fein, holten die guten Sachen aus dem Schrank: das schwarze Samtkleid mit der großen Brosche, den dunklen Anzug mit weißem Oberhemd und Schlips. Für uns waren die Sonntagssachen natürlich Pflicht. Die Mädchen bekamen eine Schleife ins Haar geflochten, den Jungs wurde der Scheitel besonders korrekt gekämmt. So herausgeputzt fanden sich dann alle ein, in den gemieteten Kulturhäusern und Gaststätten.

Die Weihnachtsfeiern der SG Semper fanden meist in Wirtshäusern in Marzahn oder Mahlsdorf statt – als das noch verschlafene Vororte waren. Wir Kinder saßen alle an einer langen Tafel, weihnachtlich geschmückt mit Tannenzweigen und Kerzen, jeder mit dem obligatorischen bunten Teller vor sich. Genauso das Gedicht. Da musste jeder von uns durch, die Kleinen wurden sogar, nachdem der Weihnachtsmann ihren Namen aufgerufen hatte, auf einen Tisch gehoben, damit sie von allen besser gesehen werden konnten.

»Ist denn der Dieter da?«

Oje. Und dann stand man da oben:

»Der Niklaus ist ein braver Mann,
der bringt den Kindern, was er kann.
Die Großen lässt er laufen,
die können sich was kaufen.«

Kurzes Lachen. Klatschen. Durch. Nun rasch das kleine Geschenk geschnappt und schnell wieder hingesetzt. Nach uns waren die Jugendfahrer und Junioren dran, die für ihre sportlichen Leistungen prämiert wurden. Ohne Gedicht. Da gab es dann Schlauchreifen, Sättel oder Pokale. Währenddessen waren wir Jungs und Mädels vor allem mit den brennenden Kerzen beschäftigt. Schon kam der Anpfiff, wenn auch weihnachtlich sanfter: »Hört auf mit der Kokelei!« Dabei ließen wir nur Tannennadeln knisternd in Rauch aufgehen und sorgten immerhin für den passenden Duft. Nach dem formellen Teil tanzten die Großen vergnügt in die Nacht hinein. Wir durften solange spielen. Verstecken, Einkriege und was uns sonst noch einfiel.

Für den Nikolaustag hatten wir kleine, rot lackierte oder mit goldenem Glitzer überklebte Stiefelchen aus Pappe oder eben die eigenen Schuhe, gut geputzt. Frühmorgens, nach dem Wecken, sauste ich wie der Blitz zur Wohnzimmertür, wo alles fein gefüllt auf mich wartete. Geschenke waren nicht üblich. Nikolaus war genau besehen ein bunter Teller in Stiefelform. Ach, und ein Pfefferkuchenhaus gab es, jedes Jahr. Eine Pappschachtel in Form eines Häuschens mit bunten Bildern von Hänsel und Gretel, gefüllt mit Pfefferkuchenherzen, die so hart waren, dass man damit Straßen hätte pflastern können.

Nach diesem Tag rückte bei uns ein ganz wichtiges Unternehmen auf die Tagesordnung: der Baumkauf. Der war in unserer Familie Männersache. Also brach mein Vater mit mir auf, zu den Verkaufsstellen am Wasserturm oder an anderen, von Ruinen geräumten, freien Plätzen. Nicht zu früh, weil der Baum dann nicht frisch genug war; nicht zu spät, weil es dann nur noch Krücken gab. Oder gar nichts mehr.

Einmal war der Mangel sogar politische Beschlusslage. Immer wieder zur Weihnachtszeit müssen Walter Ulbricht die Ohren geklingelt haben: Landauf, landab wurde das »Jesuskind« als »Heiland« und »Gottes Sohn« von »Engelchören« besungen. Und dann auch noch »Ehre sei Gott im Himmel und auf Erden!« Auf Erden? Das ging zu weit. Dafür waren schließlich er und seine führenden Genossen zuständig. Also ordnete Ulbricht an, dem »unwürdigen Spuk« ein Ende zu bereiten. Die Bürokraten schritten zur Tat: »Verordnung zum Schutz des Sozialismus vor heidnischem Spuk und christlichem Mummenschanz« nannten sie ihren ideologischen Schlachtplan. Federvieh und Weihnachtsbäume sollten verknappt, der Handel auf Mangel umgestellt werden. Eigentlich eine beängstigende Drohung, denn bei »Mangel« machte ihnen so leicht keiner was vor. Da waren sie Experten. Mangel war in der DDR praktisch ein Dauerzustand, irgendwas fehlte immer. Genau deswegen war den Menschen die verordnete Ebbe wohl auch kaum aufgefallen. Zumindest in Berlin und Umgebung, da blieb einem für Noteinkäufe immer noch der Westen der Stadt. Auch der gleichzeitige Versuch, den Weihnachtsmann zur Hölle zu schicken und durch »Väterchen Frost« zu ersetzen, scheiterte kläglich. Und so musste Walter Ulbricht bis ans Ende seiner Tage hinnehmen, dass »erwachsene Menschen« taten, was er verfluchte: »grünes Kroppzeug in ihre Stube schleifen, dort mit Stanniol und Krimskrams behängen und einen Götzendienst davor tun«.

Stanniol? Da hatte er sich verquatscht. Offenbar schmückte Lametta aus edlem Stanniol die Bäume, die diskret für Ulbricht und seine Riege aufgestellt wurden. Lametta aus Stanniol war Westware, das gab's in den Papier- und Seifenläden der DDR nicht. Der normale Bürger musste mit Lametta aus Aluminium klarkommen. Das Zeug war ungeheuer schwer zu entheddern und so leicht, dass ein mittlerer Durchzug im Wohnzimmer ausreichte, um die Alu-Fäden im Baum aufzuwirbeln. Sah dann mehr nach Altweibersommer aus. Mein Papa verordnete uns größte Vorsicht, er war da sehr genau.

Auch schon beim Baumkauf – gerade gewachsen musste der ideale Baum sein, voller Zweige, nicht nadeln und nie unter drei Meter. Die Deckenhöhe in der Kollwitz lag bei über 3,50 Meter, und die sollte unser Weihnachtsbaum annähernd erreichen. Zur Auswahl standen nur zwei Sorten: Kiefern und Fichten. Wir suchten im Fichtenstapel. Manchmal hatten wir Glück und kamen gerade dazu, als die Bäume vom LKW abgeladen wurden. Stück für Stück flogen sie im hohen Bogen auf den Bürgersteig. Danach kämpften wir uns durch die Haufen. Rechts und links wühlten andere »Kenner«, und alle um die Wette. Mein Vater hob die Bäume kurz an, schaute prüfend und warf sie auf einen anderen Stapel. Kam ein Baum in die engere Wahl, musste ich ihn festhalten. Nach einer Stunde kannten wir beinahe jede Fichte. Schließlich sagte mein Papa augenzwinkernd den gewohnten Satz: »Ich glaube, wir haben den Schönsten gefunden.« War der Kauf für etwa sechs Mark abgemacht, schleppten wir die grüne Pracht nach Hause – er trug den Stamm und ich stolz die Spitze. Dann verschwand der Baum bis zum 23. Dezember in unserem Keller. Aus dem Fenster hängen konnten wir ihn nicht, wir wohnten Hochparterre.

In der Schule war von Weihnachten wenig zu spüren – nüchterne Ordnung überall, gebohnert, krimskramsfrei. Der einzige Schmuck an den Wänden im Foyer: die Porträts von Ulbricht (ernst) und Wilhelm Pieck (gütig). Alles wie immer. Bis auf den letzten Schultag vor den Weihnachtsferien. Unsere Lehrerin, Frau Willmann, bat alle Kinder, einen kleinen Kerzenständer mitzubringen. Fast jeder hatte einen dabei – dekoriert mit Tannenzapfen oder Sternen. In der letzten Stunde ging sie durch die Bankreihen, zündete alle Lichter an und las uns feierlich eine Weihnachtsgeschichte vor. So war es jedenfalls in der 1a, und ein Jahr später in der 2a. Bei den großen Kindern in der 8. Klasse konnte man damit wahrscheinlich keinen Treffer landen. Bei uns schon. Wir strahlten und rannten nach dieser andächtigen Stunde johlend aus der Schule. Endlich Ferien!

Am Abend vor dem Fest hatte die Fichte ihre Tage im Keller hinter sich. Vorsichtig schleppten wir sie ins Wohnzimmer. Nachdem der Baum in einem extra getischlerten Holzständer fein ausgerichtet worden war, begann mein Vater mit seinem Meisterwerk: das Schmücken. Zuerst wurden die Kerzenhalter direkt in den Stamm gebohrt, schön verteilt, oben die kurzen, unten die langen. Sie mussten fest sitzen, denn sie wurden mit großen weißen Haushaltskerzen bestückt. Normale Baumlichter hätten bei der stattlichen Fichte mickrig ausgesehen. Die großen brannten auch länger. Der Fortschritt, den die »elektrische Weihnachtsbaumbeleuchtung« brachte, zog erst in der zweiten Hälfte der fünfziger Jahre ein. Bei uns 1959. War praktischer. Nach den Kerzen war der Schmuck dran und der Wohnzimmertisch komplett mit verschieden großen Pappschachteln bedeckt, alle mit mehreren Fächern, in denen silberne, rote, grüne, gelbe und blaue Kugeln steckten. Wieder zelebrierte mein Papa das genaue Verteilen – oben die kleinen, unten die großen. Und ganz oben steckte er die silberne Spitze mit zwei Glöckchen auf. Nun begann der langwierigste Teil: das Anbringen von Lametta. Das neue steckte in länglichen Kuverts, das alte (und noch gute vom vorigen Jahr) sorgsam gefaltet in Zeitungsseiten. Mit viel Fingerspitzengefühl legte mein Vater immer ganz wenige Alustreifen über die Zweige, und verdichtete sie allmählich. Eine harte Geduldsprobe. »Früher war mehr Lametta«, das war gut beobachtet. Zum Schluss sah der Baum tatsächlich aus, als sei er mit Schnee und Eiszapfen verziert. Ich lag da schon lange im Bett und träumte, mein Staunen kam am nächsten Morgen.

Da war mein Vater schon wieder aus dem Haus – der Heiligabend, wenn kein Sonntag, war ein halber Arbeitstag und »Vorarbeiten« eine spätere Erfindung. Am Mittagstisch lobten wir ihn in eine leichte Verlegenheit. Meist stand nichts Besonderes auf dem Speiseplan. Stand ja auch noch genug bevor. Wir Kinder waren an diesem Tag nur kurz draußen und viel zu aufgeregt für ausgiebige Spiele. Die Zeit, die wir miteinander verbrachten, nutzten wir bestimmt für das Thema des Tages: die Geschenke. »Hoffentlich klappt's.«

»Vielleicht hilft beten.«

»Bei mir ist alles weggeschlossen.«

Dann kam die Dämmerung, und mit ihr »so viel Heimlichkeit«. Am frühen Nachmittag gab es Plätzchen und Stolle zum Kaffee – also »echten Bohnenkaffee« bei meinen Eltern, Muckefuck bei mir. Die Aufregung stieg beträchtlich. Meine Mama und ich machten uns schließlich schick für die Weihnachtsandacht in der Segenskirche. Hinter uns verschloss mein

Papa die Wohnzimmertür. Oh, diese Aufregung. Wir waren keine Christen, aber wir liebten das feierliche Zeremoniell zu Weihnachten. Viele in unserer überwiegend ungläubigen Gegend sahen es ähnlich. Die Kirche war gut besucht. Nach Predigt und Gesang verließen wir gemessenen Schritts das Gebäude. Draußen war es längst finster. Dann setzten die Turmbläser ein. Die Straßenlaternen der Schönhauser und Wörther leuchteten uns den Heimweg, die Weihnachtsklänge der Bläser wehten uns noch über den Kollwitzplatz bis zur 66 hinterher.

Die Zeit unseres »Kirchgangs« nutzte mein Papa, um sich selbst fein zu machen, die Geschenke aufzubauen und die etwa zwanzig Kerzen, verteilt auf über drei Meter Höhe, achtsam anzuzünden. Mit Vorsicht und mit Hilfe der großen Leiter. Einmal ging es schief. Gerade als er mit den oberen Kerzen beschäftigt war, passierte es: Er verlor das Gleichgewicht, fiel in den Baum und krachte zu guter Letzt auf das dicke Fensterbrett. Ein Drama. Als wir nach Hause kamen, hatte er zwar erhebliche Schmerzen (und einen Tag später ein gigantisches Hämatom) und doch alles halbwegs wieder gerichtet. Er war eben ein Schmerz gewohnter Radrennfahrer. Ich atmete auf, die Bescherung war gerettet.

Die Aufregung blieb, sie tauschte nur schnell ihren Grund. Kaum hatten wir unsere Mäntel an die Flurgarderobe gehängt, öffnete sich die Wohnzimmertür und gab den Blick auf den hell erleuchteten Baum frei. Jetzt hielt mich nichts mehr – bis auf das Gedicht. Erst mit zehn wurde ich von dieser Pflicht befreit. Also rasch: »Es dunkelt bald, und draußen im Wald …« Einmal, als ich noch kleiner war, kam unser Obermieter, Opa Schlüter, als Weihnachtsmann verkleidet. Er hatte vorher seine Enkelkinder im rechten Seitenflügel beschert und pochte auf dem Rückweg, wie heimlich verabredet, auch an unsere Tür. Ich hatte ihn, ohne es mir anmerken zu lassen, gleich an der Stimme erkannt, ihm fröhliche Weihnachten gewünscht und mehrere Plätzchen mitgegeben: »Für den Weg nach oben.« Meine Eltern lächelten sich zu, wie niedlich, er meint den Himmel. Es war profaner, ich meinte die Etage über uns.

Endlich durfte ich an die Geschenke. Damit war ich dann

intensiv bis zum Abendessen beschäftigt. Bei uns, wie in der halben Stadt, gab es Kartoffelsalat mit Bockwurst. Auch das ist geblieben. Kurz nach 20 Uhr wurde es Zeit, sich wieder auf den Weg zu machen. Auf zu meiner Patentante Heti, der Tante, bei der sich meine Eltern kennengelernt hatten. Wir hatten nur fünf Minuten Fußweg – die Kollwitz runter, bis zur Ecke Dimitroff. Ein lustiger Abendspaziergang, denn oft kreuzte ein Weihnachtsmann unseren Weg, nun mit leerem Sack und müdem Schritt. Mein Papa lief auch mit etwas schwerem Schritt: Er hatte sein Akkordeon dabei.

Bei Heti im vierten Stock herrschte immer schon großer Trubel – ihre zwei Schwestern samt Ehemännern und Kindern waren meist schon da. Umarmungen und Wünsche allenthalben. Anschließend wurden die Gläser gefüllt, das Akkordeon ausgepackt und vereint Weihnachtslieder gesungen. Und zwar laut. Kein Fernseher bestimmte das Programm, man machte sein eigenes – miteinander. Es klappte immer. Jede Familie hatte da ihr Repertoire. Und so verteilte sich nach dem fröhlichen Singsang die ganze Schar in Hetis Zweizimmerwohnung: Die Erwachsenen blieben bei Bier, Likör, Gesellschaftsspielen und Geschichten im Wohnzimmer, wir Kinder verschwanden im Schlafzimmer, um »Blinde Kuh«, »Ein Plumpsack geht um« oder »Hänschen, piep einmal« zu spielen. In beiden Stuben wurde gelacht bis tief in die Nacht. Als wir einmal so gegen zwei Uhr aufbrachen, überraschte uns eine weiße Stille – während der vergangenen Stunden waren viele Zentimeter Schnee gefallen. Ich habe es bis heute nicht vergessen.

Weihnachten war etwas Schönes, Festliches, doch kaum waren die Feiertage vorbei, da freuten wir uns auf ein ganz anderes Abenteuer: Silvester! Vor allem wir Jungs waren schon längst mit den Vorbereitungen beschäftigt. Das hieß vor allem, so viel Geld wie möglich zusammenzukratzen. Die eine Mark, die wir als Taschengeld pro Woche bekamen, reichte nicht für unsere Pläne, ein kleines Arsenal an Knallern anzulegen. Und so wurde zu Hause die eine oder andere Pfandflasche unbemerkt eingesackt und zu »Westphal« gebracht, die Sparbüchse so weit geleert, dass sie nur noch schwach klapperte, Altpapier zur Sammelstelle geschleppt und Kinogeld erbettelt, aber nur, um es zu beiseitezulegen.

Mit solchen Aktionen brachte ich es in der Frühzeit auf etwa zehn Mark. Das war für uns Steppkes damals eine beträchtliche Summe. Und heimlich aufgehäuft! Unsere Eltern durften auf keinen Fall dahinterkommen, dass wir uns mit Feuerwerk eindecken wollten. Leider nicht in solchen Mengen, wie erträumt. In unserer Truppe zählte jeder einzelne Schwärmer. So wurden sie anfangs im Osten meist auch noch verkauft: einzeln. Doch zuvor mussten wir noch ein Problem klären. Wir waren acht oder neun oder zehn Jahre alt – das reichte gerade mal, um Knallerbsen oder Wunderkerzen kaufen zu können. Für unsere Wunschliste musste man mindestens 16 sein. Und so wurden die größeren Jungs der 66 und 64 so lange gelöchert, bis sie Knallzeug für uns mitkauften. Dafür kundschafteten wir vorher aus, in welchen Seifenläden, Drogerien oder Schreibwarengeschäften Feuerwerk verkauft wurde.

Unser kleiner Service war hilfreich, denn Knappheit herrschte auch hier. Meist waren gleich am ersten Verkaufstag die angesagten Schwärmersorten vergriffen. Also eilte unsere Mannschaft durch die Husemann, Oderberger, Dimitroff, Prenzlauer. Erst drängten alle in die ohnehin schon vollen Geschäfte und guckten, was unter den gläsernen Ladentischen auslag, dann wurden draußen die »Bestellungen« ausgehandelt. Doch wie gewöhnlich mussten Abstriche gemacht werden. Die Verkäufer teilten zu: »Von den Silberknallern gibt's nur fünfzig. Die anderen wollen auch noch was haben.« Um auf unsere Zahlen zu kommen, mussten wir mehrere Läden abklappern, und manchmal auch eine zweite Runde drehen.

»Warst du nicht vorhin schon mal hier?«

»Ick? Nee!«

Die Fürsorge der Großen beglich man mit ein paar Schwärmern. Es funktionierte bestens. Abends hockten wir in irgendeinem Versteck und zählten stolz unsere Beute: »Silberknaller«, »Filous«, »Pfau-« und »Harzer-Knaller«.

An der Wohnungstür wartete das nächste Problem: Wohin damit? Ein sicheres Versteck war wichtig. Bloß nicht erwischen lassen. Mein Vater hätte alles, was knallt, in einen Wassereimer gekippt und anschließend seelenruhig ins Klo gespült. Silvester mit Wunderkerzen drohte. Das durfte nicht sein. Während meine Eltern in der Küche saßen, schmuggelte ich meine kostbare Fracht zum Schlafzimmerschrank, auf dem der große rote Karton mit der Aufzieheisenbahn lag. Rasch nahm ich von allen Personen- und Transportwaggons die Blechdächer ab und stapelte vorsichtig die Knaller rein. Danach kamen die Dächer wieder drauf und der Karton an seinen unverdächtigen Platz. Drinnen steckte jetzt allerdings ein Munitionszug. Zwei Meter vom Doppelbett meiner Eltern entfernt.

Bis zum Silvestertag. Wieder musste ich eine günstige Gelegenheit abpassen, um alle Knaller für den späten Nachmittag in Reichweite zu haben. In einem Stoffbeutel (macht keine Geräusche!) hingen sie nun an der Flurgarderobe – hinter Mänteln, Joppen und Schals verborgen. Wenn es dann draußen langsam dunkel wurde, die Luftschlangen in der Wohnstube verteilt und die Pfannkuchen verputzt waren, stieg meine Unruhe. Und die der anderen Kinder. Treffpunkt war vor dem Haus. Spätestens um vier Uhr nachmittags trudelten alle ein, die Jungs mit der ersten Ladung Feuerwerk, die Mädchen vor allem zum Kreischen. Nun begann die Nacht der Reibeflächen. Schwärmer und Raketen flogen um uns herum. Manchmal wurden auch Luftheuler und Knallfrösche gezündet. Dann war klar: aus dem Westen. Die gab es bei uns nicht zu kaufen. Ansonsten krachte es unterschiedslos in Ost und West.

Bald zogen wir Jungs im Pulk über den Kollwitzplatz und lieferten uns untereinander und mit den Husemann-Kindern regelrechte Schlachten. Im Visier waren auch die Leute, die sich im zurückliegenden Jahr gern über uns aufgeregt hatten. »Rache ist Blutwurst!« Beim Hausverwalter aus der 64 zum Beispiel. Doch es blieb moderat. Ein Schwärmer vor die Tür und weg. Wer sparsam knallt, knallt länger! So rauchten zwischendurch auch Zündplättchen-Pistolen. Von Wölfi und Jörki regelrecht zelebriert. Beide gehörten zu den Großen, und sie lieferten uns einen beeindruckenden Cowboy-Auftritt: schwarze Klamotten, schwarzer verstaubter Hut, schwarzes Tuch vor dem Gesicht, schwarzer Ledergürtel – rechts und links Pistolenholster. Und darin steckten, erwartungsgemäß, schwarze Hundert-Schuss-Revolver. Eines ihrer Lieblingsspielchen: Duell im großen Hausflur – es hallte so schön. Minutenlang ballerten sie ihre Knallplättchenrollen weg. Danach war nichts mehr zu erkennen, vor lauter Pulverdampf.

An diesem Abend schien alles möglich. Ich erinnere mich auch nicht an demonstrative Polizeistreifen auf den Straßen. Die wurden nun von ausgelassen feiernden Menschen in Besitz genommen, einfach so. Und von uns. Von mir bis »Punkt neun!«, dann musste ich nach oben. Für meinen recht strengen Vater war das eine erstaunlich großzügige Entscheidung. An besonderen Tagen wie diesem verschoben sich seine Regeln ganz weit nach hinten. Ich musste nach ein paar Abendbrotstullen auch nicht ins Bett, um dann kurz vor zwölf geweckt, geküsst, zum Staunen ans Fenster gehalten und wieder in die Federn gelegt zu werden. Ich blieb wach und spielte mit meinen Eltern »Mensch ärgere Dich nicht« oder »Halma«. Aus dem Radio tönte Stimmungsmusik, unterbrochen von witzigen Sketchen. »Noch fünf Sekunden, vier, drei, zwei, eine ...« Das neue Jahr (und die Stunden davor) begossen meine Eltern mit Punsch und ich mit Malzbier. Bier musste schon sein. Dann ging es raus.

Kurz nach zwölf stand praktisch die komplette 66 vor der Haustür. »Prost Neujahr!« Die meisten trugen bunte Faschingshüte, waren mit Luftschlangen behängt und hatten ein Glas in der Hand. Man tauschte gute Wünsche, prostete sich zu und ließ nebenbei ein paar Knaller los. Kreischen. Lachen. Gold- und Silberregen. Mein Papa gab mir ein Zeichen und wechselte mit mir die Straßenseite, rüber zum Kollwitzplatz. Hier war kein Gedränge. Darauf war er aus. Die Lehrvorführung konnte beginnen. Rasch holte er aus seiner Jackentasche eine Streichholzschachtel und Schwärmer – kaum mehr als fünf. Gespannt sah ich ihm zu.

»Guck mal, Dieter, so macht man das.«

Er zündete einen Knaller an und warf ihn weit weg. Peng! Ich tat erschrocken: »Oh, das war aber laut.«

Nun kam die Demonstration in Fahrt. Mein Papa steckte

noch einen an und noch einen – bis auf den letzten, den gab er mir.

»Hier, einmal. Du hast ja gesehen, wie ich das gemacht habe. Aber schön vorsichtig!«

Ich nahm den Schwärmer.

»Richtig so?«

Und wieder machte es Peng.

Stolz schritt mein Vater mit mir zu den anderen zurück. Er hatte seinem Sohn gezeigt, dass Feuerwerk zwar aufregend, doch nichts für Kinder ist. »Später mal«, schob er tröstend nach. Fest davon überzeugt, dass ihm soeben auf geradezu vorbildliche Weise eine höchst anschauliche Lektion gelungen war. Drei Stunden nach meiner letzten Schlacht.

Mit der S-Bahn zur West-Clique

Dann kam der richtige Schnee. Ziemlich zuverlässig Anfang Januar. Meistens jedenfalls. Und er kam in meiner Erinnerung fast immer mit Macht. Alles war binnen Kurzem mit einer geschlossenen Schneedecke überzogen, die Geräusche klangen nun seltsam gedämpft, wie unter Watte. Nur das metallene Schrappen der Schneeschieber hallte laut durch die Straßen. Seit dem frühen Morgen kämpften sämtliche Hausmeister der Gegend mit Schippen und Schiebern gegen die weißen Massen. Damit hatten sie reichlich zu tun, denn in jenen Jahren musste noch der gesamte Bürgersteig von Schnee und Eis geräumt und anschließend gestreut werden. Am Straßenrand türmten sich dann die Schneehaufen auf über einen Meter. Alles sehr ordentlich. Bis die Schule aus war.

»Los, Bergsteigen!«, rief einer. Und schon marschierten wir Kinder, den Schulranzen auf dem Rücken, im Gänsemarsch über die kleinen »Gebirgsketten«. Bis nach Hause. »Hört sofort auf, den Schnee runterzutrampeln!«, wetterte bald irgendwer. Zum Schein machten wir kurz Rast, guckten betreten, und schon ging's weiter. Bis wieder einer schimpfte. Wir nahmen es in Kauf, bei dem Spaß. War ein Schneebuckel besonders hoch, stürmten wir mit großem Geschrei darauf zu, und jeder versuchte, die anderen weg- oder runterzuschubsen, um den »Gipfel« für sich allein zu erobern: »Bergkönig!« Hinter uns waren die Haufen dann etwas platter und verteilter. Und die Ordnung im Eimer.

Zu Hause angekommen, waren wir pitschenass. Schon gab's wieder Ärger, diesmal von unseren Müttern: »Du wirst dir noch den Tod holen!« Kleiner hatten sie es nicht. Und während wir das Mittagessen verputzten und Schularbeiten machten, wurden unsere Sachen zum Trocknen über die Kachelöfen verteilt. Wasserabweisende Thermojacken oder -hosen hatte keiner von uns. »Thermo« kannten wir nur als Thermoskanne, die unsere Väter, plus Stullenpaket, jeden Morgen zur Arbeit mitnahmen. Das größte Problem waren die Schuhe. Fast jeder trug schwere klobige Leder-Skischuhe, gewöhnlich in braun. Und in feucht, so sehr man sie auch einfettete. Uns war es egal. Wir wollten nur schnell raus, in den Keller, den Schlitten holen und auf den Kollwitzplatz. Bis dorthin mussten wir uns über stumpf gestreute Höfe und Bürgersteige quälen. Überall lagen Sandkörner oder, wenn der Vorrat alle war, einfach Asche. Es quietschte fürchterlich unter den Kufen.

Bei Schnee gehörte der Kollwitzplatz den Kindern. Unsere Lieblingsstelle waren die drei steinernen Skattische. Wichtig war, dass man zuerst da war und sie in Beschlag nehmen konnte. Mitbewerber gab es genug, sie strömten nun aus allen umliegenden Straßen herbei und tummelten sich in jedem Winkel. Häufig lieferten wir uns wütende Schneeballschlachten. Gern auch mit Schlitten. Die verwandelten sich dann für uns in Panzer oder Funkwagen. Die Kleinen saßen mit einem Berg Schneebällen auf dem Rodel, den Rücken ganz steif gemacht, damit die Großen sie an den Schultern schieben konnten. Und ab ging die Fahrt. Tatütata, tatütata. So haben wir auch Rennen veranstaltet. Waren die Skattische besetzt, bauten wir uns selbst Schneeburgen. Schulterhoch. Unsere Stützpunkte.

Wir glühten und merkten nicht, dass unsere Klamotten bereits wieder durchweicht waren. Wenn uns unsere Mütter so entdeckten, war erst mal Spielpause: »Du kommst sofort nach oben und ziehst das nasse Zeug aus!«

»Ach Mann, wir spielen doch gerade …«

»Sofort!«

Das Ausrufezeichen war deutlich rauszuhören. Nun verlagerte sich unsere Hoffnung auf einen schnellen Wäschewechsel, ohne Trockenzeit. Die meisten von uns hatten extra dafür noch ein Paar Fausthandschuhe und Wollsocken. Auch eine braune Trainingshose hatte man zum Austauschen im Kleiderschrank. Blieben die klammen Schuhe – Verhandlungssache. Das Kindergeschrei von draußen half dabei.

»Zieh' dir aber die Pudelmütze richtig über die Ohren!«

»Jahaa …«

Schlitten hatten wir ausnahmsweise mehr als genug. Das landläufige Modell: der Zweisitzer aus hellem Holz mit dem eingebrannten »Davos« auf der mittleren Latte der Sitzfläche. Ich hatte einen etwas größeren Schlitten, an dem vorn eine kleine Kuhglocke baumelte. Anfangs wurden sogar noch ein paar antike »Eis-Enten« angeschleppt. Eis-Enten! Schon wie die aussahen! Kleine Schlitten aus geschwungenem Eisen mit Sitzbrett für eine Person, manchmal auch mit Rückenlehne. Bei uns waren sie verpönt. Aus Jux wurde mit den Dingern höchstens auf dem Hof gespielt. Draußen, auf dem Kollwitz, hätte man uns ausgelacht.

Ab und zu zogen wir mit unseren Schlitten zum Wasserturm, seltener zum Friedrichshain. Es war eben doch recht weit und der Ruf der »Todesbahn« dort, nicht gerade einladend. Außerdem musste man auf dem Berg in einer Schlange anstehen und lange warten, bis man dran war. Als ich dann endlich mit meinem geräumigen Schlitten am Start stand, war ich plötzlich allein, meine Freunde hatten die Fliege gemacht. Ich ahnte Schlimmes. Doch ein Zurück gab es nicht. »Los, weiter!« Nette Jungs stießen mich auch noch ab. In schneller Fahrt wedelte der nun viel zu leichte Rodel mit mir hin und her und stellte sich schließlich quer. Ab da trennten sich unsere Wege. »Todesbahn« war kein schlechter Name.

Doch auch der Kollwitzplatz hatte seine Tücken, von uns Kindern fabriziert. Schlitterbahnen zum Beispiel. Besonders wenn sie durch Neuschnee getarnt waren. Es gab Tage, da wurden überall Bahnen gebaut. Eine Clique fing an, andere machten's nach. Es steckte an wie ein Virus. Mit Gejohle nahmen wir Anlauf und schlitterten vor allem die leicht abschüssigen Zugangswege entlang. Die längste Bahn, die wir je gebaut hatten, lag auf dem Weg vom Buddelkasten-Eingang runter Richtung 66 – ungefähr zehn Meter lang, bis auf die Straße. Wer zu spät kam und noch kein Gefühl für die Piste hatte, »schoss 'ne Sonne«. Und erntete kleine Spötteleien: »Na, Klaus, wieder 'ne Patrone gefunden?« Jeder versuchte einen neuen Weitenrekord aufzustellen. Am Abend, wenn wir längst am Wohnzimmertisch saßen und Stullen mit Schmelzkäse oder Leberwurst verputzten, lauerten auf dem Kollwitz ein halbes Dutzend spiegelglatter Bahnen auf nächtliche Spaziergänger.

Dass der Winter oft recht beschwerlich war, merkten selbst wir Kinder, obwohl unsere Eltern vielerlei Nöte von uns fernhielten. Bei starken Minusgraden waren die Wohnungen nur schwer warm zu kriegen. Selbst wenn am Abend noch mal nachgeheizt wurde. Oder die Kohlen mit feuchtem Papier umwickelt wurden, damit die Glut über Nacht nicht ausging. Die Öfen bullerten, doch von den einfachen, maroden Fenstern strahlte ständig Kälte in die Wohnzimmer. Doppelfenster hatten wir nicht. Die gab es vielleicht in den Vorderhäusern. Man half sich, so gut man konnte. Mein Vater dichtete im Winter sämtliche Fenster mit gefalteten Zeitungspapierstreifen, die in die Rahmen geklemmt wurden, ab und hängte zurechtgeschnittene Decken vor die unteren Scheiben. An manchen Tagen waren die Fenster völlig mit Eisblumen bedeckt. Oder mit einer zentimeterdicken Eisschicht. Dann blieben sie notgedrungen zu, sonst wären die Scheiben gesprungen. Um rausschauen zu können, musste man ein Guckloch auftauen.

Mit der Raumtemperatur abgestimmt war der Archetyp von Hausschuh, der damals in fast allen Wohnungen für halbwegs warme Füße sorgen sollte. Das Ding war knöchelhoch, aus gelb-braun kariertem Filz, mit einer dicken grauen Sohle aus gleichem Textil, zugehalten mit einem Spangenverschluss, Vorderkappe und Hacken waren extra noch mal mit braunen Kunstlederflecken verstärkt. Bei uns hießen diese monströsen Schuhe »Potschen«. Klobig, aber mit Wohlfühlgarantie.

Vor dem Schlafengehen sank natürlich die Stimmung. Das tat sie eigentlich immer, aber nun wurde es auch noch ungemütlich. Denn ein Kinderzimmer hatte ich noch nicht, und das Schlafzimmer wurde fast nie geheizt. Das wartete auf mich – ein völlig ausgekühlter Raum mit bitterkaltem Bett. Um den Pyjama zu holen, spielte ich Expedition zum Nordpol. Ohne Licht, damit es echter wirkte. Mein Abendwunsch drehte sich nun nicht mehr nur um das Radioprogramm, er wurde lebensnotwendiger: »Mama, können wir mein Federbett an den Ofen halten?«

Das konnte man mit den Wasserleitungen nicht. Um sie wenigstens ein bisschen zu schützen, waren im Keller alle freiliegenden Rohre mit Stroh und Säcken umwickelt worden. Bei strengem Frost ließ mein Vater über Nacht auch unseren (einzigen!) Wasserhahn in der Küche ein wenig geöffnet. Trotzdem fror die Leitung manchmal ein. Dann blieb nur die Hoffnung, dass der andere Seitenflügel oder das Vorderhaus Glück hatten. Wieder half man sich, besuchte die Nachbarn mit Eimern, Kannen und Kessel. Es belastete keinen, Wasserzähler hatten wir nicht.

Und dann der Schwefelgestank. Stand der Wind ungünstig, roch es in weiten Teilen der Stadt nach Kohlenrauch. Selbst wenn man schon eine Weile in der Wohnung war, müffelten die Mäntel an der Flurgarderobe weiter. Die Haare genauso. Aus allen Schornsteinen qualmte es. Doch wichtiger als die üble Dunstglocke draußen war, dass es überhaupt rauchte.

Kohlen waren schwarzes Gold. Bis zum Ende der DDR gab es dafür Bezugskarten. Die wurden jedem Mieter persönlich von den Hauswarten übergeben. Alles vertraut, eingespielt. Auch, dass die Briketts schon im Frühsommer beim Kohlenhändler bestellt werden mussten. Wenn es gut lief, rückte der Kohlenwagen termingerecht an – anfangs mit Pferdegespann, später mit Motor. »Die Kohlen!«, schallte es über den Hof. Wer gemeint war, war klar. Auf der Ladefläche warteten die mit den Briketts bepackten Holzkästen. Der Kohlenträger hakte nun einen breiten Lederriemen in die Hinterseite eines Kastens, ließ diesen auf seinen Rücken kippen und wickelte den Gurt fest um seinen Arm. Und, ruck, ging's schweren Schrittes los. Mit anderthalb Zentner auf dem Kreuz die Kellertreppe hinab, dann durch die engen schummrigen Gänge. Ohne elektrisches Licht. Für etwas Helligkeit sorgten flackernde Kerzen, die überall verteilt standen. Steckte man dem Kohlenträger ein paar Münzen »Stapelgeld« zu, wurden die Briketts auch noch, Reihe für Reihe, an den Kellerwänden aufgeschichtet. Der Mieter stand derweil auf dem Hof und zählte jeden an ihm vorbeigetragenen Kasten. Kohlen im Keller, das war schon beruhigend. Für die Großen. Wir Kinder hatten vielleicht kurz zugeschaut und dann weitergespielt, mitten durch den schwarzen Staub. Was gingen uns die Kohlen an?! Als wir in der kalten Schule standen, merkten wir: ein Trugschluss.

Der Bedarf an Kohle war in harten Winterzeiten nur schwer zu decken. Zwar hatte die DDR die Folgen der Demontage der Ausrüstungen von elf Braunkohletagebauen und 15 Brikettfabriken in den ersten Nachkriegsjahren inzwischen überstanden und die Produktion wieder angekurbelt, doch viele Braunkohleareale waren leer gebaggert, neue nur unzureichend geschaffen. Versorgungslücken trafen auch unsere Schule. Um den Unterricht dennoch fortsetzen zu können, wurde Schichtbetrieb eingeführt. Überall in der Stadt und im Land. Die verfügbaren Kohlelieferungen gingen nun an die Schulen, die für den Weiterbetrieb vorgesehen waren. Die anderen wurden geschlossen. Wir mussten in die Schule in der Christburger. Eine Woche vormittags, eine Woche nachmittags. Und wieder von vorn. Irgendwie war alles durcheinander, der Schulweg meist länger. Ich habe das drei- oder viermal erlebt. Vielleicht auch im Winter 1957.

Vielleicht. Sicher ist auf jeden Fall, dass ich in jenem Winter aus der Kirche flog. Dabei war mein Betragen, laut »Zeugnisheft für die Christenlehre«, in den ersten beiden Jahren »gut«, meine Mitarbeit »rege«. Zugegeben, etwas beschönigend war das schon. Die sehr milden Bewertungen durch unsere Katechetin Frau Dietert folgten wohl eher der Absicht, keines der ihr anvertrauten Schäfchen durch Strenge zu verschrecken. Die kam dann aber doch mal durch. Ausgerechnet bei mir.

Es geschah an einem eiskalten Tag im Januar oder Februar. Wir nahmen – 3. Klasse! – inzwischen den Weg über die Prenzlauer Allee zur Immanuelkirche allein. In unserem Religionsraum angekommen, pellten wir uns aus den Mänteln, Joppen, Schals, Mützen – und warteten. Und dann muss einer angefangen haben, wahrscheinlich ich. In dem Raum stand eine größere Figur, Jesus Christus oder ein anderer »Heiliger«. Sie hatten ja mehrere. Ich nahm meinen Schal und band ihn um den Hals der Statue. Mehr fürsorglich, denn es war nicht sehr warm in der Kapelle. Wir kicherten. Nun kam der Nächste – ich glaube, es war Axel – und setzte ihm eine Schirmmütze auf, klappte die

Ohrenschützer runter und knöpfte sie unten am Kinn zu. Das sah so komisch aus, dass wir Tränen lachten. Im selben Moment ging die Tür auf. Frau Dietert. Stille. Sie erblickte unseren Bubenstreich, griff sich an den Hals und rang nach Atem. Das Nächste kam in unvermutet schriller Tonlage: »Was sehe ich da? Wer war das?«

Schweigen.

»Ist doch nur ein Spaß«, sagte ich schließlich. Und kleinlaut: »Ich war das.«

»Ich auch«, meldete sich mein Mittäter.

Du sollst nicht lügen – das passte irgendwie zu den von uns gelernten zehn Geboten. Und half uns möglicherweise. Frau Dieterts Gesichtsfarbe wechselte von weiß zu rot:

»Eine Sünde! Ihr nehmt sofort eure Sachen und verlasst die Kirche!«

Betreten rückten wir ab, zwei neunjährige Knaben, die sich damit trösteten, nichts Schlimmes beabsichtigt zu haben. Wir hatten ihn doch nur ein bisschen verkleidet. Außerdem: Wäre die Dietert nicht zu früh aufgetaucht, hätte sie gar nichts mitbekommen. Da waren wir uns einig. Bis zur nächsten Religionsstunde würde bestimmt alles vergessen sein. In der Schule mussten wir ja auch manchmal den Unterricht verlassen und draußen vor der Klassentür stehen. Weiter passierte nichts. So würde es hier auch sein, dachten wir. Und irrten. Ein paar Tage später kam der Ärger. Die Kirche informierte unsere Eltern, dass wir von der Christenlehre fürderhin ausgeschlossen sind. Pforte zu! Ich fand es sogar stimmig, da ich sowieso nicht an den lieben Gott glaubte. Und: Ich kam eine Stunde früher raus! Sogar die Standpauke zu Hause fiel mäßig aus. Mein Papa war zeitlebens kein Kirchgänger. Das war meine Mama auch nicht, doch ein konfessioneller Hintergrund, und sei er noch so weit entfernt, gehörte für sie irgendwie dazu. Meine Christenlehre war vermutlich eine Geste an die Konvention, die sich nun erst mal erledigt hatte. Dass die Pforten geschlossen bleiben sollten, offenbarte sich vier Jahre später. Doch das kommt noch. Die Kirche wollte ihren kleinen Sünder nicht wiederhaben.

Ein bisschen hatten wir uns die Schule auch schöngeredet,

denn dass nichts weiter passierte, wenn wir über die Stränge schlugen, stimmte nicht. Im Wiederholungsfall ließen sich die Lehrer unser »Hausaufgabenheft« vorlegen: »So, jetzt gibt es einen Eintrag für deine Eltern!« Und dann schrieben sie mit viel Schwung und roter Tinte ihren Ärger in drei bis fünf Zeilen nieder. Das las sich so: »Dieter hat durch Zwischenrufe wiederholt den Unterricht gestört. Er zeigte sich Zurechtweisungen gegenüber uneinsichtig.« Das musste man dann zu Hause von den Eltern abzeichnen lassen. War schon verzwickt, sich da rauszureden. Um solchen Kummer zu umgehen, übten manche meiner Klassenkameraden die Unterschrift ihrer Eltern und quittierten die Sache selbst. Das Wagnis war mir zu groß, mein Vater hätte mich um den Tisch gejagt! In besonders schlimmen Fällen gab es Tadel. Die ersten bekam ich in der 3. Klasse. Vier.

Wir waren frecher geworden. Zumindest einige. Die liebenswürdige Frau Willmann dirigierte uns nicht mehr als Klassenlehrerin durch den Schulalltag. Unsere 3a hatte Herr Buchholz übernommen. Ein Hauch von alter Garde, immer mit Jackett und Fliege und Kinngrübchen sowieso. Dazu kamen an mehreren Tagen in der Woche kleine Heftpflaster, die er über seine Wangen und den Hals verteilt hatte. Herr Buchholz neigte dazu, sich beim Nassrasieren stets ein wenig zu massakrieren. Frühmorgens, wenn er die Klasse betrat, lautete die Frage: Wo hat er sich diesmal geschnitten? Ach, am Kinn. Wir fanden es lustig. Auch, ihn zu ärgern. An einen Streich erinnere ich mich besonders gut.

Unter uns Jungs waren gefangene Brummer gerade eine große Sache. Dazu besorgten wir uns große Korken von Wasserkrügen oder Ballonflaschen. Manche Familien stellten in der Küche damit selbst Obstwein her. Wenn nicht, für ein paar Pfennige gab es solche Stopfen aus Naturkork auch zu kaufen. Zunächst musste man die Korken mit dem Taschenmesser vorsichtig an einer Seite aushöhlen, sodass eine Art Fenster entstand. Noch vorsichtiger wurden dann genau vor dieses »Fenster« von oben Stecknadeln in den Korken gedrückt. Nun sah das Ganze aus wie ein kleiner Löwenkäfig. Fehlte die Fliege. Vor der Jagd wurden zwei, drei Stecknadeln als Öffnung etwas hochgezogen. Der Rest war ein Geduldspiel. Wir mussten nur noch warten, bis ein sehr dicker Brummer an der Hauswand landete. Einmal flink drübergewischt, schon hatte man ihn in der Hand. Behutsam schoben wir ihn in den Käfig und die Stecknadeln nach unten. Gefangen! Sofort ging das wütende Gebrumm los.

Wenn wir einen größeren Brummer erwischten, wurde der andere freigelassen. »Auswechslung in der 32. Minute.« Sie hatten es nicht schlecht bei uns, jedenfalls nahmen wir das an. Es gab mal einen Krümel vom Zuckerwürfel, mal einen Wassertropfen. Das Spiel war auf jeden Fall aufregender als mit den Maikäfern. Natürlich gab es auch einen Wettstreit: Wer hat den lautesten Brummer? Und mit diesem Fliegenzirkus im Gepäck zogen wir Jungs zur Schule.

Gespannt lauerten wir auf einen günstigen Augenblick. Er kam – fast immer. Hatte Herr Buchholz an seinem Lehrertisch etwas zu erledigen, beschäftigte er uns gern. »Kinder, ihr schlagt das Lesebuch Seite 108 auf. Da steht die Geschichte ›Auf dem Hühnerhof‹. Die liest jeder für sich. Und leise!« Unser Stichwort. Kaum war es still, gab einer von uns ein Zeichen. An die zehn Fliegenkorken wurden kurz geschüttelt, dann unter Buchseiten, Federtaschen oder Löschblätter versteckt. Ein empörtes Gebrumme und Gesumme füllte augenblicklich das Klassenzimmer. Buchholz sah erschrocken auf, suchte die Fenster ab, horchte an der Tür. Nichts. Wir waren vor dem Platzen! Und weil es so schön war, wurde der Spaß bei anderen Lehrern wiederholt.

Vermutlich auch bei unserer Musiklehrerin, obwohl wir die Fliegennummer da gar nicht brauchten. Da hatten wir Axel. Und schnell ein unterhaltsames Zeremoniell. Immer wenn die Musiklehrerin ein neues Lied mit uns einübte, sang sie es zunächst vor – mit viel Gefühl und hoher Stimme. »Das Lied vom kleinen Trompeter« oder »Auf, du junger Wandersmann«. Noch vor Ende der ersten Strophe beobachtete die ganze Klasse heimlich unseren Axel. Der kämpfte. Würgte, biss sich in den Handballen, schaute starr ins Liederbuch, tat alles, um seinen aufziehenden Lachkrampf zu unterdrücken. Vergebens. Nach einem hastigen Luftholen explodierte er förmlich. Lachte laut los, und alle stimmten ein. Damit war die Musikstunde praktisch beendet.

Im selben Jahr fand auch ein Festakt in der Aula statt. Die Schule wollte sich mit einem feierlichen Programm vor den Eltern präsentieren. Dafür bereiteten viele Klassen verschiedene Nummern vor. Wir von der 3a sollten die »Vogelhochzeit« aufführen. Welcher Lehrer das Spiel mit uns einstudierte, will mir nicht mehr einfallen. Die Musiklehrerin war es nicht, die war gewarnt. Buchholz? Oder Raddatz? Der heftige Zornesausbruch, der folgen sollte, spricht mehr für Raddatz. Einerlei. Die Besetzung war eins, zwei, drei geklärt. Mein erster Banknachbar Werner hatte zu Hause einen Zylinder und damit auch die Hauptrolle: der Drossel-Bräutigam. Ursula wurde die Amsel, also die Braut, vielleicht hatten sie daheim noch einen Schleier rumliegen. Ein Vogel nach dem anderen wurde verteilt. Der Sperber, der Uhu, der Reiher, die Eule, die Puten. Und dann kam es zur Fehlbesetzung: »Axel, Karl-Heinz und Dieter, ihr spielt die Gänse und Enten.« Das konnte nicht gut gehen.

Zuerst wurden die Rollen im Klassenraum Strophe für Strophe geprobt. Mehrmals. Es lief gut. Wir trällerten unsere Zeile, *»die Gänse und die Anten, die war'n die Musikanten«*, munter weg, und die Klasse fiel ein: *»Fiderallala, Fiderallala …«* Dann kam der Tag, an dem wir auf der Bühne der Aula unsere Rollen nicht nur singen, sondern auch spielen sollten. Für uns drei hieß das, runter in die Hocke, und dann im Watschelgang tönend durch die Szene zuckeln. Schon als der Lehrer uns die Figuren vorspielte, ahnte ich, was kommen würde.

Unser Auftritt. Singend watschelten wir los: *»Die Gänse und die Anten …«* Weiter kamen wir nicht. Axel lag auf den Brettern und lachte sich kaputt. Nun prusteten auch wir beiden anderen Gänsevögel los. Es war zu ansteckend. Unsere Schauspielkarriere fand hier ihr Ende. »Es reicht jetzt!« schrie der Lehrer. »Ihr macht hier nicht mehr mit!« Auf der Stelle wurden unsere Parts neu vergeben. Blieb das Problem, meinen Eltern bei der Aulafeier zu erklären, warum ich nicht dabei war. »Du kannst doch singen!« Es war wohl der Applaus, der mich rettete.

Die Erzählung »Auf dem Hühnerhof« haben wir tatsächlich gelesen, auch auf Seite 108: »Neulich konnte ich bei einem Besuch auf einem Bauernhof das Hühnervölkchen beobachten und mich herzlich darüber freuen.« Wahrscheinlich fanden wir daran auch Gefallen. Wie an anderen schönen Geschichten, Gedichten, Märchen und Fabeln. Die Seiten waren bevölkert von Nussknackern, Vögeln, Bären, Riesen, Bauarbeitern, Edelmännern und Bauern. Und Hausgeistern. Wie Stalin, der in unserem Lesebuch weiter als Vorbild herumgeisterte. Samt retuschiertem Foto: friedlich mit Pfeife im Mund, über ein Blatt Papier gebeugt, auf dem er mit Bleistift etwas abhakt. Eine Erschießungsliste? – würde ich mich heute fragen. Der Text erzählt natürlich von einer märchenhaften Begegnung der Pionierin Mamlakat mit Stalin und guten Vorsätzen: »Wenn ich wieder in mein Dorf zurückkehre, werde ich alle Kinder zusammenrufen und ihnen viel, viel davon erzählen, wie es in Moskau war, als ich den Genossen Stalin gesehen und mit ihm gesprochen habe. Ich habe bisher gut gearbeitet und gut gelernt. Jetzt aber nehme ich mir vor, immer noch besser zu lernen und noch tüchtiger zu arbeiten.«

Schirdewans Glaube, Stalin sei für die Geschichte gestorben, schien sich nicht erfüllt zu haben. Zwar wurde die Ausgabe seiner »Werke« bei Band 13 gestoppt, Artikel und Reden nicht mehr mit obligatorischen Stalin-Zitaten abgesichert und die Bilder des Halbgotts in die Abstellkammern geräumt; ja, es wurden sogar Tausende politische Häftlinge aus den Gefängnissen entlassen und in Ungnade gefallene Politbürokraten rehabilitiert. Doch nach ein paar Wochen lief das alte Kommandosystem wieder auf Hochtouren. Walter Ulbrichts Machtposition hatte nur kurz gewackelt. Kurioserweise war es wieder ein Volksaufstand, diesmal der in Ungarn, der Ulbrichts Führungsrolle zementierte. Bloß nicht die Zügel aus der Hand oder liberalen Forderungen Spielraum geben! So lautete die stalinistische Lehre aus den Ereignissen in Ungarn und Polen. Forderungen, die es auch in der DDR gegeben hatte, in Universitäten, Verlagen, Kulturkreisen und sogar im engsten Machtzirkel. Höchste Zeit für eine Säuberungswelle, um »konterrevolutionären Störaktionen« in den Arm zu fallen. Auf einen Wink von oben wurden plötzlich überall Abweichler und Parteifeinde bemerkt. Reformsozialisten wie die Gruppe um den Philosophen Wolfgang Harich verschwanden für viele Jahre in die gerade frei gewordenen Zellen, schwankende Intellektuelle schickte man »zur Bewährung« in die Produktion. Am Ende traf der Verfolgungswahn Schirdewan selbst. Er und der Minister für Staatssicherheit, Ernst Wollweber, wurden als »Revisionisten« von der Parteiführung ausgeschlossen. Im Apparat war das Tauwetter vorbei.

In jenen Tagen fiel auch der letzte Dominostein in der Kollwitz 66. Meine Eltern mussten sich ebenfalls von einem Traum verabschieden: Australien. Wenn sie ihn denn wirklich intensiv verfolgt hatten. Im Nachhinein war ich mir da nicht mehr sicher. Schulzens, unsere befreundeten Westberliner, waren inzwischen tatsächlich dorthin ausgewandert, von Hamburg mehrere Wochen mit dem Schiff und reichlich Fracht. Bei uns ging das nicht so stante pede. Und mit unseren Habseligkeiten schon gar nicht, die hätten wir nie über die Grenze bekommen. Es war komplizierter. Heimlich und in Raten hätte der Haushalt – wenigstens teilweise – aufgelöst werden müssen, um etwas Startgeld für Sydney zusammenzubringen. Hätte, müsste. Der Plan kam einfach nicht in Gang. Meine Eltern zögerten, klammerten sich an die Verwandten und Freunde, die man verlassen würde. Wohl für immer. Hätte meine schwankende Mutter geahnt, dass nur wenige Jahre später das niedersächsische Einbeck, der Wohnort ihrer Eltern, von Australien leichter zu erreichen sein würde als von Ostberlin, wäre es vermutlich anders gekommen. Aber wer sollte das vorhersehen?

Der Dominostein nahm meinen Eltern die schicksalsschwere Entscheidung ab. Die Folgen des Ungarn-Aufstands trafen nun auch uns: Nach dem Ende der Kämpfe dort und den einsetzenden Verfolgungen kam es zur Massenflucht. Tausende Ungarn verließen das Land, viele bemühten sich um Papiere für eine Überreise nach Australien. Ihre Fälle bekamen Vorrang, für die aus anderen europäischen Ländern wurde eine Altersbegrenzung wirksam. Mein Vater, Mitte vierzig, lag drüber. »Da können wir leider nichts machen«, so sein Fazit, nachdem die neue Lage am Küchentisch besprochen worden war. Ob es sich tatsächlich so verhielt? Gewiss ist, wie es weiterging: Wir blieben im Haus und im Land. Und ich bei meinen Freunden!

Nun bekamen auch wir die eindrucksvollen Luftpostbriefe. Seitenlang beschrieben sie auf dünnem blassblauen Papier die Freude über den schnell wachsenden Wohlstand der Familie Schulz, bezeugt von beiliegenden Fotos: unser Haus, unser Straßenkreuzer, unser Garten. Mit Zitronenbäumen! Ohne einen Hauch von Großspurigkeit. Es war nur das Glücksgefühl, es richtig gemacht zu haben, das die Feder führte. Und genauso lasen meine Eltern diese Briefe. Sie freuten sich einfach mit Schulzens, frei von Missgunst. Sie hatten mit diesem Traum abgeschlossen. Nur die Post aus Australien sorgte manchmal für einen verblassten Nachklang. Allmählich wurden die Briefe seltener. Dann kamen keine mehr. Schulzens haben wir nie wieder gesehen. Wenn ich an sie dachte, standen neben ihnen Zitronenbäume.

Es musste auch so weitergehen für uns, bescheidener zwar, aber aufwärts. An die Stelle des einen großen Traumes traten kleinere. Obwohl nur im Vergleich mit Australien ein neues Motorradgespann als kleiner Traum erscheinen kann. Mein motorradverrückter Papa wollte so gern eine BMW, ging aber nun mal nicht. So wurde es, nach entsprechender Wartezeit natürlich, eine »BK 350« aus den VEB Motorradwerken Zschkopau. Preis: 2650 Mark. Dafür hätte mein Vater lange ranklotzen und noch viel länger sparen müssen. Erst das Westgeld, das meine Mutter ranschaffte, machte einen solchen Sprung möglich. »Dieter, hör mal, wie sie summt.« Er hatte recht, schon der Klang der Maschine war auffällig, mehr ein Brummeln, und kein Hämmern mehr wie bei der alten EMW. Auch sonst ganz klar eine Verbesserung: Boxermotor, 343 Kubikzentimeter und 17 PS. Dazu kam für knapp 900 Mark wieder ein Stoye-Beiwagen – nun nicht mehr nur für mich. Neuerdings durfte ich auch manchmal auf dem Sozius sitzen, den Griff fest umklammert, die Füßen fest auf den Rasten. Damals noch ohne Helm, dafür mit Motorradkappe aus braunem Kunstleder, die aussah wie eine alte Fliegermütze, und mit einer Plexiglasbrille. Die Einfassung war aus grauem Gummi. Im Beiwagen saß dann meine Mutter, sicher voller Sorge.

Viele tausende Kilometer hat uns die BK chauffiert. Im Sommer zu Radrennen und zum »Semper«-Training – die Jungs auf ihren Rennrädern vorneweg, mein Vater mit Gespann, und ständig Kommandos rufend, hinterher. »Weitertreten, weitertreten, keinen Tritt auslassen!« Die Fahrt ging dann Richtung Vogelsdorf oder Ahrensfelde. Ich war häufig dabei, darauf fiebernd, endlich selbst Radrenner zu werden. Das war jedoch noch weit weg. Das durfte man erst mit 14.

Bei längeren Reisen brausten wir mit Tempo 80 über die alte Autobahn. Plonk, plonk, plonk – hoppelnd von Betonplatte zu Betonplatte. Der Verkehr war noch übersichtlich, besonders auf Ost-Strecken. Sobald es stärker zu regnen begann, steuerten viele Motorradfahrer die Autobahnbrücken an. Großschirme für eine Husche. Wenn es verboten gewesen sein sollte, dann hielt sich keiner daran. Manchmal standen fünf, sechs Maschinen unter den Überführungen.

»Wo wollen Sie hin?«

»Nach Einbeck.«

Dann wurde über Routen gesprochen, über Motoren gefachsimpelt, aufs Wetter geschimpft. Bis der Regen aufhörte. Schon knatterten alle weiter. Es konnte passieren, dass man sich beim nächsten Guss, ein paar Brücken weiter, wieder traf.

»Ihr seid ja auch noch nicht weiter.«

Man war schnell per Du.

»Dreckswetter! Wo waren wir stehen geblieben?«

Bei unseren Touren, die uns bis in die Alpen führten, standen wir oft unter Brücken. Und doch waren es tolle Erlebnisse für mich. Das Gefühl, wirklich durch Landschaften zu fahren, war auf dem Motorrad besonders spürbar. Die Straße rollte unter meinen Füßen entlang.

Kamen wir in einen Regenschauer, und es gab weit und breit nichts zum Unterstellen, munterte mich mein Papa mit einem seiner Sprüche auf: »Da halten wir durch! Was, Dieter?! Wir sind hart wie Pudding!«

Zu Hause ging es erst mal mit Kinderkrankheiten weiter. Man entkam ihnen nicht. Egal, ob in der Schule oder auf dem Hof – einer kam mit Röteln, dann machte das Virus die Rundreise. Jeder, den es erwischte, und es erwischte fast alle, war einige Tage lang mit roten Pünktchen übersät. Unsere Mütter zogen uns für diese Zeit aus dem Verkehr. Es war wie unverschuldeter Stubenarrest. Nach ein, zwei Wochen war es vorbei. Bis die Windpocken kamen oder die Masern oder Mumps. Die Symptome, Hautflecken, Schwellungen, Bläschen, waren in unserer Kinderzeit noch klar erkennbar, denn wir waren nicht dagegen geimpft – nur gegen Pocken, Diphtherie, Tetanus, Tbc und Kinderlähmung. Das passierte in der Schule. Alle Kinder unserer Klasse mussten sich in einer Reihe anstellen. War man dran, gab es zwei kleine Ritzer in den Oberarm. Nach ein paar Jahren wiederholte sich diese Prozedur. Die Vorbeugung gegen Kinderlähmung war dagegen süß: Ein Zuckerwürfel mit einem Tröpfchen abgeschwächter Erreger wurde jedem Kind in den Mund geschoben. Ohne pieksen.

Mumps nannte man dazumal noch Ziegenpeter. Und der war nicht zu verbergen. Hatte man sich angesteckt, bekam man erst Hamsterbacken und dann eine Wärmepackung für die Ohren: ein großer, mit einer öligen Tinktur beträufelter Wattebausch, der einem mittels Ohrenverband am Kopf festgebunden wurde. Es sah dämlich aus. Aber da mussten wir durch. Schritt für Schritt wurden wir immuner.

Das hat uns sicher oft geholfen. Ob staubiger Sauerampfer, aufgesammelte Stangeneisbrocken oder schmutzige Holunderbeeren: Unsere Schwelle für Vorsicht lag sehr tief. Gut, die noch unreifen Holunderbeeren haben wir nicht verputzt, nur in den Mund gestopft, um sie dann mit einem Blasrohr zu verschießen. Für eine kurze Zeit war dieses Spiel bei uns der Renner. Zwei Parteien bekriegen sich. Und immer volles Rohr! Solche Kämpfe hielten uns komplette Nachmittage in Atem. Die Zutaten waren, wie meist, bescheiden: Ein etwa dreißig Zentimeter langes Glasröhrchen mit einem Durchmesser von einem Zentimeter. Es kostete im Allerweltsladen von Stabino nur ein paar Pfennige. Allerdings brauchten wir immer wieder mal ein neues, denn bei der Hatz gingen einige zu Bruch. Doch Stabinos Vorräte schienen unerschöpflich. Auch Holunderbüsche gab es reichlich am Kollwitzplatz, doch unglücklicherweise standen sie allesamt um das Pisshäuschen (»Die Kleider sind in der Anstalt zu ordnen!«). Das war nicht eines dieser grünen gusseisernen und ewig stinkenden Pissoirs aus der Kaiserzeit. Das an der Kollwitz, Ecke Knaack war ein solider flacher Steinbau mit rauem Putz. Nur gestunken hat's auch. Es hielt uns nicht zurück. Wir rupften die Stängel mit den Beerentrauben von den Sträuchern, steckten sie in den Mund, zogen, mit einem Ruck, die bloßen Stiele wieder raus und feuerten die Beeren durch das Blasrohr ab. Wie Schrot. Die Salven flogen kreuz und quer durch die Luft. Begleitet von großem Geschrei.

Hätte man uns damals gesagt, dass auf der anderen Straßenseite später mal in einem neu erbauten Haus der amerikanische Präsident einkehren und einen Sauerkrautstrudel verdrücken würde, hätten wir uns schiefgelacht. Der amerikanische Präsident? Nee! So sehr kann der sich gar nicht verirren. Selbst Chruschtschow hätten wir nicht gelten lassen.

Sauerkrautstrudel – das konnte stimmen. Sauerkraut gab es immer genug. Bei Adam zum Beispiel, unserem Lebensmittelhändler in der 66. Wenn man den Laden betrat, stand gleich vorn rechts ein großes Holzfass mit Sauerkohl. Und einem Holzdeckel, um den sauren Gärungsduft im Fass zu halten. Viel gebracht hat's wohl nicht. Daneben stand nämlich das nächste große Fass – mit sauren Gurken. Für beides waren wir Jungs Kunden. Ein paar Groschen hatten wir immer in der Tasche. Und wir hatten in jenem Alter einen Heißhunger auf saure, salzige, scharfe Sachen. »Für zwanzig Pfennig Sauerkohl, bitte.« Herr Adam eilte zum Fass, legte einen Bogen Papier auf die Waage, stocherte mit einer großen Holzgabel nach der entsprechenden Portion und reichte sie rüber. Sauerkohl auf Pergament und auf die Hand. Draußen, vor der Ladentür, zupften sich die anderen Kinder ein paar Streifen aus dem Batzen – wenn sie Appetit hatten. Und wenn der Spender teilen wollte. Bei Gurken ließ man abbeißen. Das dritte scharfe Zeug waren Maggiwürfel. Die gab es für nur einen Sechser. Daran knabberten und lutschten wir solange rum, bis der Drang gestillt war. Mir reichte ein halber Würfel, der Rest landete im Rinnstein.

Das passierte sonst nicht. Essen war Essen. Bis auf Erbsen vielleicht. Die haben wir heimlich aus dem Küchenschrank stibitzt – für unsere Blasrohre. In holunderbeerenarmen Zeiten. Und für unsere selbst gebauten Erbsenpistolen. Dafür brauchte man eine oder zwei Wäscheklammern, einen Einweckgummi, zwei Reißzwecken und jemanden, der einem die Bastelei erklärte. Es war eine simple Mechanik. Aber wirkungsvoll, es zeckte ganz schön, wenn man getroffen wurde. Im Unterschied zu Liebesperlenpistolen. Das war eine winzige Plastikknarre, in die Liebesperlen gefüllt wurden. Reichweite: kaum drei Meter. Aber darauf kam es nicht an. Die kleinen bunten Zuckerkugeln waren viel zu schade, um einfach so verschossen zu werden. Wir knallten sie uns selbst oder anderen in den Mund.

Beliebt war bei uns überhaupt jedweder Kram, mit dem irgendwas durch die Gegend geschossen werden konnte. Kleine, nur etwa 15 Zentimeter lange Flitzebogen mit Schnipsgummi waren mindestens einen Sommer lang der Clou. Die gab es nur im Westen. In Wundertüten oder Spielzeuggeschäften. Zu dem einfachen Minibogen aus Kunststoff gehörte ein passender Pfeil, vorn mit einem Gummisaugnapf. Und damit bestens geeignet für Schüsse auf Kacheln. Und Fensterscheiben. Die Pfeile blieben kleben, viel mehr geschah nicht. Doch es reichte, dass Erwachsene sich aufregten: »Lasst den Quatsch, die Scheiben gehen kaputt!«

»Ist doch nur Gummi.«

»Na und! Die Scheiben sehen hinterher aus wie Sau! Wollt ihr die putzen?«

Am besten, man machte dann »'ne Biege« und haute ab. Dass uns unsere Eltern und Lehrer erziehen wollten, reichte, das mussten nicht auch Fremde noch übernehmen. Wollten sie aber – andauernd.

Irgendeiner aus der Klasse hatte mal einen Gummipfeil an die frisch gewischte Tafel geschossen. Der blieb auch kleben. Und auch gleich beim Lehrer. Der Flitzebogen noch dazu. Eingezogen und im Sekretariat gesammelt. Solche Verluste waren immer schmerzhaft, wir hatten ja nicht viele pfiffige Sachen. Waren sie weg, ging's darum, sie schnell zu ersetzen – neue kaufen oder eintauschen. Geld wurde möglichst nicht geopfert. Von anderen klauen, war auch nicht unser Stil. Also tauschen, wohl unsere häufigste Methode der Aneignung. Was haben wir getauscht! Indianer- und Soldatenfiguren, Panzer, Autos, Pistolen, Taschenmesser, Katapultflugzeuge, Glasbucker, Triesel, bunte Knete, Papierlaternen, »Micky Maus«-Hefte, Pfennigschwärmer-Kanonen, Lackbilder, Schauspielerbilder, Buntstifte, Margarinefiguren, Plastiktiere, Bälle, Spielkarten, sogar selbst geschnitzte Stöcke. Alles gegen alles. Unsere Eltern hatten uns das zwar »grundsätzlich!« verboten, aber wenn man etwas Besonderes begehrte, suchten wir trotzdem nach Mitteln und Wegen. Und nach einer Eingebung: Was gebe ich dafür her? Spielsachen, die zu Hause unter besonderer Kontrolle standen, verboten sich. Schon wegen der Frage: »Wo ist eigentlich das grüne Aufziehauto, das wir dir gekauft haben?« Schluck. Meist fand sich aber doch etwas, das auch dem Tauschpartner gefiel. Naturalwirtschaft in kurzen Hosen.

Nach den kleinen Flitzbogen rüsteten wir um – auf selbst gebaute Drahtkatschis. Das waren Minischleudern, zurechtgebogen aus dickem isoliertem Draht, mit denen Metallkrammen verschossen wurden. Nie auf den Kopf, zu gefährlich. Bei Kartoffelschießern war das egal. Die gab es zu kaufen, nur im Westen natürlich. Das Spielzeug in der DDR war damals noch recht friedfertig. Die Figuren der mausgrauen NVA-Soldaten schossen nicht, warfen nicht mit Handgranaten, sie standen nur stramm oder marschierten. Deshalb fanden wir sie auch langweilig. Wenn wir spielten, wurde geschossen. Auch mit den Kartoffelschießern. Das waren bunte, etwa zehn Zentimeter lange Plastikröhrchen. Dazu kam ein Schussstab aus Holz, der genau in das Rohr passte. Der Rest war wieder einfach. Und billig. Man musste das vordere Ende des Röhrchens in eine Kartoffel oder Kartoffelschale drücken, sodass ein Pfropfen stecken blieb, und dann den Holzstab vom anderen Ende mit der Innenhand und voller Wucht ins Rohr rammen. Mit einem Knall schoss der Kartoffelbrocken raus. Wir lieferten uns – mit Kartoffeln in der

Hosentasche – hitzige Scharmützel, lauerten in Hinterhalten, stürmten mit Radau zum Angriff. Es ging nicht darum zu gewinnen, es ging nur um jede Menge Spaß.

Unseren Eltern ging's ums Prinzip. Sie hatten den Hunger kennengelernt und daher ein ehrfürchtiges Verhältnis zu Esswaren. Kartoffelschalen wurden noch halbwegs gebilligt, bei den Knollen selbst war es wie mit den Erbsen: »Mit Lebensmitteln spielt man nicht!« Auch bei Linsen, auf die ich ersatzweise zurückgriff, bekam ich von meinem Vater einen Anschnauzer: »Die wollen wir essen!«

Linsen!

»Du willst die essen. Ich nicht!«

An diese Stelle passte eine Schelle. Meine Antwort klang ja auch frech, und doch war sie mehr ein Hilferuf. Ich hasste Linsen. Jedenfalls so, wie sie bei uns zu Hause zubereitet wurden: Linsen süß-sauer. Mit Essig und Zucker. Mein Vater aß sie für sein Leben gern, also gab es bei uns oft Linsen süß-sauer. Ich habe manchmal eine Stunde vor dem Teller gesessen. Draußen auf dem Hof lärmten die Kinder. Die Linsen schwammen in der Suppe.

»Ich kann nicht mehr.«

Nach drei runtergequälten Löffeln – man kann's ja mal versuchen.

»Du gehst erst runter, wenn du aufgegessen hast!«, sagte meine Mutter und erledigte derweil den gesamten Abwasch. Die Anziehungskraft vom Hof wirkte auf die Dauer dann doch: »Fertig!«

Bei einem anderen Gericht verpuffte selbst dieser Anreiz. Mohrrübeneintopf. Natürlich auch wieder gesüßt. Nur gesüßt. Und natürlich auch wieder von meinem Vater so gewünscht. Meine Mutter hatte offenbar ähnliche Geschmackszellen. Drei- bis viermal im Monat gab es Mohrrüben.

»Schon wieder Mohrrüben?«

»Es wird gegessen, was auf den Tisch kommt!«

Mein Gott, dieser Satz, der jede Diskussion beendete. Für mich bedeuteten Möhren, dass der Nachmittag gestorben war. Es zog sich hin. Suppenteller für Kinder mussten tiefer gewesen sein, sie wurden nicht leer. An manchen Tagen jedenfalls. Mein Kinderteller war am Rand bemalt mit einem Vogel, einem Frosch, einem Korb mit Kirschen und einer Nähmaschine. Was die Nähmaschine auf dem Teller sollte, ist mir ein bleibendes Rätsel. Den Tellerboden indes schmückten ein Zwerg und ein Teddybär, die neben einem roten Äppelkahn standen. Bei Kartoffelsuppe oder Grießbrei mit Zucker und Zimt löffelte ich mich blitzschnell durch den Schmaus, um das Bild zu erreichen. Nicht bei Linsen, schon gar nicht bei Mohrrübeneintopf. Auch mein Verhältnis zu dem lustigen Wichtel war an diesem Tag gestört: Soll der Zwerg doch die Möhren alleine essen! Er tat es nie.

Und der Eintopf im Teller war längst kalt. Geschmacklich änderte das für mich nichts. Blieb nur, es mit einer List zu versuchen. Mühsam würgte ich gut die Hälfte der Suppe runter, das Übriggebliebene schob ich, Löffel für Löffel, in den Mund. Wie ein Hamster. Mit vollgestopften Backen rutschte ich behutsam vom Stuhl, deutete auf den leeren Teller, stöhnte kurz, um es realistisch erscheinen zu lassen, und steuerte Richtung Klo.

»Halt! Hinsetzen und langsam runterschlucken.«

Mist, erwischt. Der Marterpfahl der Indianer kann nicht viel schlimmer gewesen sein als mit vollem Möhrenmund am Küchentisch zu sitzen. Ich habe es nie wieder versucht. Meine Mutter machte es mir danach auch etwas leichter: Manchmal bekam ich nur einen halben Teller Mohrrüben, dafür den aufgepeppten Rest vom Vortag. »Der Junge hatte es gestern nicht geschafft«, sagte sie mit der Kelle in der Hand. Als Antwort auf den fragenden Blick meines Vaters.

Reste wurden nie weggekippt. Eigentlich gab es keine Reste. Was übrig blieb, wurde am nächsten Tag wieder aufgewärmt oder zu einem neuen Gericht verarbeitet. Klöße wurden immer wie Bratkartoffeln geschnitten und gebrutzelt, genauso Makkaroni, die auch zerkleinert in der Pfanne landeten. Dazu kam noch ein reingerührtes Ei – fertig. Mir schmeckte der zweite Tag meist besser als der erste.

Überhaupt besserten sich die Aussichten auf dem Speisezettel. Das Wirtschaftswachstum führte zu einer spürbaren Anhebung des Lebensstandards der Bevölkerung. Bald verschwanden auch die Lebensmittelkarten (1958). Mit ihnen wurde gleichzeitig die Rationierung wichtiger Grundnahrungsmittel abgeschafft. Es kam mehr Fleisch und Butter auf den Tisch. Bei der einen Familie jeden Tag, bei einer anderen hin und wieder. Die Unterschiede blieben, nur auf einer etwas höheren Stufe. Manche Väter oder Kinder gingen mit einem Stullenpaket, bestrichen nur mit Margarine und Marmelade, zur Arbeit oder zur Schule. Und Fleischgerichte machten dort weiterhin den Sonntag zu einem Feiertag. Anderswo war feinere Kost nahezu alltäglich geworden. Im gleichen Hinterhaus.

Meine Mutter tischte Buletten mit Quetschkartoffeln oder Kohlrouladen nun öfter an ganz normalen Wochentagen auf, so wie vorher schon Königsberger Klopse, Bratkartoffeln mit Ei oder die geliebten Kartoffelpuffer. Auch die Portionen waren anständig. Mein Papa erhielt gewohntermaßen die größte – zwei Buletten oder zwei Spiegeleier, während meine Mutter sich mit der Hälfte beschied. Nicht, weil sie irgendwelche Nährwerttabellen im Kopf hatte. Das Gefühl, »zu dick« zu werden, beschäftigte die Leute kaum. Eher das Gegenteil. Es war nun mal so, dass dem Mann, dem Ernährer, herkömmlich das meiste zustand. In manchen Familien bekam er auch die Stullen am Abendbrottisch geschmiert. Und alle fanden es normal.

Auch, dass man teilte. Kamen Radrenner aus der Jugend-Trainingstruppe meines Vaters bei uns überraschend vorbei, hatten sie gleich einen Teller vor sich. »Haut rein«, sagte dann mein Papa in die Runde, »ist genug da.« Ein Satz, den er gern sprach – und oft. Und auch mit einem Quäntchen Stolz. Für ihn war das merklich eine Bestätigung dafür, dass die armselige Zeit hinter uns lag. Trotzdem muss ein Kotelett noch etwas Besonderes gewesen sein. Es stand auf meinem damaligen Weihnachtswunschzettel. Gleich hinter einem »leuchtend grünen Fahrrad« und dem Buch »Der Wildtöter«. Von meinen Eltern bekam ich immer die abgelaufenen Taschenkalender, die bei mir zu geheimen Notizheften aufstiegen. In einem sind – neben anderen krakeligen Eintragungen – verschiedene Wünsche aufgereiht und teilweise wieder durchgestrichen. Bis auf das »leuchtend grüne Fahrrad«, den »Wildtöter« – und das Kotelett.

Da die ersten beiden Wünsche erfüllt wurden, hat es wahrscheinlich auch mit dem Kotelett geklappt. Aufgetischt am ersten Feiertag. So war es schließlich gemeint, und nicht in Geschenkpapier mit Schleifchen unterm Baum. Mein erstes richtiges Rad, mit der wohl kleinsten Rennrahmengröße von »Diamant«, stand auch nicht unterm Weihnachtsbaum. Mein Papa schob es während der Bescherung plötzlich ins Wohnzimmer. Strahlend. Er musste es bei Nachbarn versteckt haben. Ein Fahrrad für »Große«! Alles andere verschwand augenblicklich in den Hintergrund.

Nach den Feiertagen verschwand auch das Rad – nach oben unter die Flurdecke. Da hingen alle unsere Fahrräder. Sonst war kein Platz in der Wohnung, und der kümmerliche Keller kam dafür nicht in Frage. Ein Fahrrad war immer noch etwas Kostbares. Mein Vater hatte kleine Flaschenzüge konstruiert, mit denen die Räder fix unter die Decke gehievt wurden. Anfangs ging mein Blick bestimmt immer noch nach oben. Mein Fahrrad! Doch bald nahm mich etwas anderes gefangen: »Der Wildtöter«.

Mit James Fenimore Cooper begann meine Liebe zu richtigen Büchern. Vorher gab es nur den »Struwwelpeter«, »Max und Moritz« und Kinderbücher wie »Dorle und Mohrle«. Das war nun vorbei. Wir durchsuchten Buchläden und Büchereien nach Indianergeschichten. Meist vergebens. Karl May gab es damals in der DDR noch nicht zu kaufen, erst 1981. Er galt den Ideologen lange als suspekt. Sie werden ihre kleinlichen Gründe gehabt haben. Vielleicht stolperten sie schon über den ersten Absatz bei »Winnetou«, in dem May die unheilvolle Lage der Indianer beklagt: »Ja, die rote Nation liegt im Sterben!« Wie bitte? Da waren Missdeutungen doch Tür und Tor geöffnet. Ab in den Giftschrank!

Wir nahmen, was wir kriegen konnten. Immerhin Klassiker wie Stevensons »Schatzinsel«, Defoes »Robinson« und, ganz zu Anfang, eben Coopers »Wildtöter«. Bereits nach wenigen Zeilen war ich hellwach: »Damals reichte die Wildnis nicht nur bis an die Ufer des Hudson, sondern bis tief nach Neuengland hinein. Sie bot den geräuschlosen Mokassins der Indianer auf ihren geheimen und oft blutigen Kriegspfaden Unterschlupf und Sicherheit.« Schon schleichen zehnjährige Jungs mit. Wildtöter, der eigentlich Nathaniel Bumppo hieß, und sein Indianer-Freund Chingachgook waren eine Weile meine neuen Helden. Ich habe das Buch mehrmals gelesen. So wie die Bände meiner nächsten Entdeckung – Mark Twain.

Mit »Tom Sawyer als Detektiv« fing es an. Und was mir kleinem Leser rasch auffiel: Die Bücher waren ganz anders geschrieben, so, als wenn der Erzähler vor einem saß und einen direkt ansprach. Eine Offenbarung. Ich liebte diesen Ton. Zum Glück wurden seinerzeit noch andere Bände aufgelegt: »Tom Sawyers Abenteuer«, »Tom Sawyer im Ausland« und »Die Abenteuer des Huckleberry Finn«. Und stets dieser einnehmende Ton: »Wer noch nicht ›Tom Sawyers Abenteuer‹ gelesen hat, kennt mich nicht. Aber das macht nichts. Das Buch hat Herr Mark Twain gemacht, und der spricht die Wahrheit – meistens wenigstens. Manches ist geflunkert, das meiste aber stimmt. Ich habe noch niemand gesehen, der nicht ab und zu mal gelogen hat ...« Es zog mich in die Geschichte, die davon erzählt, wie Huckleberry Finn von seinem plötzlich aufgetauchten, ständig besoffenen Vater auf eine einsame Insel im Mississippi verschleppt wurde, von dort türmte, sich auf einem verwilderten Eiland niederließ, an diesem verlassenen Ort auf den entlaufenen Sklaven Jim traf und danach mit ihm gemeinsam eine aufreibende Flucht unternahm. Es war so, als ob eine Tür aufging und ein ganzer Reigen von Abenteuern auf einen einstürzte. Ich glaube, jeder Junge, der das Buch gelesen hatte, träumte sich in die Figur des seine Freiheiten behauptenden Spitzbuben. Am Schluss bekennt dieser aufrecht: »Tante Sally will mich adoptieren und mich zu 'nem anständigen Menschen machen, und das kann ich bestimmt nicht aushalten.« Hoffentlich, dachte ich.

Die Geschichte spielte in Amerika vor vielen, vielen Jahren. Das war wahrscheinlich der Grund dafür, dass mich ein anderes Buch erstaunlicherweise noch mehr aufwühlen sollte. Es hat keine großen Spuren in der Literatur hinterlassen. Ein Schicksal, das auch der Autor teilt: B. van Oterendorp. Seine Geschichte »Die Strandpiraten oder Krebse fangen ist Gefühlssache« war ein Geschenk aus dem Westen. Ich war immer noch zehn, und es passte einfach. Das Buch handelt von fünf Jungen, die auf einer Insel in der Nordsee wohnen und mitten in den Dünen eine Höhle haben. »Hier in ihrem Versteck – es war ein richtiger, tiefer, mit Holz ausgeschlagener Bunker im Dünensand, dessen Eingang stets durch dichte Zweige des Erlengebüschs verdeckt war – hatten sie ihre Waffen und Vorräte, und hier versteckten sie auch all das Strandgut, das sie im Laufe der Zeit aus dem Meere fischten oder am Strande fanden. Das war nicht wenig. Schiffstrümmer aller Art, Knüppel in verschiedener Stärke, Tauenden und Pfeil und Bogen, zwei Luftgewehre, mehrere selbstgefertigte Drachen, eine Kiste Rosinen, Spirituskocher und verschiedene Lebensmittel …« Schon war ich gepackt. Höhlen, Flinten, eigene Vorräte, davon träumen Lausejungs.

Die dicken Freunde, Bernd, Gerd, Hikko, Hajo und Klaus, waren allesamt keine Musterknaben. Sie waren ständig auf der Suche nach irgendwelchen Streichen und Tricks, mit denen man den Sommergästen ein paar Groschen abluchsen konnte. Sie schlossen Freundschaft mit Gästekindern und schipperten während des strengen Inselwinters auf dicken Eisschollen, die sie mit langen Stangen steuerten, von Buhne zu Buhne. Die Jungs wussten von der Gefahr und gingen sie dennoch ein. Dann passierte es. Kurz nach Neujahr sprangen sie wieder auf eine große Eisscholle – zu groß, sie ließ sich nicht manövrieren und trieb ab, hinaus aufs Meer. Zufällig wurden sie nach einiger Zeit entdeckt und gerettet. Nur den langen Hajo hatte es erwischt, er wurde schwer krank. »Am neunten Tag morgens war Bernd schon sehr früh vor Hajos Haus. Er fand alle Fenster tief verhangen. Ahnungsvoll trat er ein. Hajos Familie war um den runden Küchentisch versammelt. Wie still es in der Küche war! Bernd wusste, dass er nun seinen besten Freund verloren hatte.«

So lustig ich vorher die Strandräubergeschichten fand, mich diebisch über die Streiche gefreut hatte, so traurig war ich nun.

Träne für Träne rann mir übers Gesicht. Klar, dass ich noch öfter in das Buch versunken bin und am Schluss immer wieder ergriffen war. Damals entdeckte ich, wie sehr einen Bücher in ihren Bann ziehen können. Gerade bei den »Strandpiraten«. Dumm nur, dass wir am Kollwitz keine anzapfbaren Sommergäste hatten. Keine Touristen am Kollwitzplatz! Wir waren unter uns.

Im Unterschied zu Bilderheften wie »Micky Maus« oder »Fix und Foxi« wurden Bücher selten verborgt. Am Geldwert kann das nicht gelegen haben. Bücher, besonders Kinderbücher, waren in der DDR recht billig. In meiner Halbleinenausgabe von »Tom Sawyer im Ausland« ist noch heute der vom Buchhändler mit Bleistift angezeigte Preis zu lesen: vier Mark. Doch vier Mark waren immerhin vier Mark. Und die paar Bändchen, die man hatte, blieben am besten gut verwahrt zu Hause. Vor allem Westbücher, die schon allein durch den Umtauschkurs als höherwertig galten. Es brauchte noch etwas Zeit, damit auch Bücher völlig normal kursierten.

Unser Lektürekonsum war noch nicht verfeinert. Wir lasen, was wir in die Hände bekamen. Ostbücher, Westbücher, alte Bücher, Ostbilderhefte, Westbilderhefte. Und für Letztere hatte ich neuerdings eine fabelhafte Quelle: Hoffi. Eigentlich hieß er Rainer, aber alle riefen ihn nur »Hoffi«. Er wohnte in der Plöner Straße 17, Schmargendorf, Westberlin. Die gut zweihundert Meter lange Straße, nicht weit vom Roseneck, säumten auf der einen Seite helle Siedlungshäuser, wahrscheinlich aus den dreißiger Jahren, auf der anderen machte sich ein Kinderfreizeitheim breit – »der Plöner«. Und in der ersten Etage der Hausnummer 17 wohnte seit Kurzem »Tante Mann«. Sie hatte die ihr viel zu große Villa in Zehlendorf verkauft und war in die Plöner gezogen. Nun in eine viel zu große Wohnung mit fünf Zimmern. Was ich nicht verstand. Eine alte Fabrikantenwitwe schon, sie bezog nur das Balkonzimmer und vermietete den Rest. Für mich war das wunderbar, mit meinen knapp zehn Jahren war ich der Sonnenschein aller Untermieter.

Meine stets verlässliche Mutter besorgte weiter den Haushalt und füllte unsere Familienkasse wie zuvor mit Westgeld auf.

Und ich mit Hoffi, Micki, Katrinchen, Rolfi, Wölfchen, Gabi, Klaus, Friedjoff, Wolfgang und Steini die Liste meiner Spielfreunde. Sie stammten oft aus wohlhabenden Familien, hatten mehr Spielzeug und das Taschengeld in der glanzvolleren Währung. Damit endeten die Unterschiede, zumindest für Kinder in unserem Alter. Bis auf die weltanschaulichen Überzeugungen natürlich, die uns die jeweiligen Schulsysteme in die Köpfe pflanzen wollten. In der DDR: sollten. Am Nachmittag war uns auch das egal. Der ganze Kram spielte beim Fußball, Versteckspiel oder Rumstromern keine Rolle. Ich trug wie die anderen Jungs im Sommer Lederhose, Nickihemd und bunte Ringelsöckchen, an kühleren Tagen Nietenhose und Manchesterjoppe. Dass ich aus dem Ostteil kam, war mir nicht anzusehen, es blieb auch immer unausgesprochen. Warum? Wenn ich bei ihnen war, wollte ich zu ihnen gehören – das war's wohl. Vielleicht dachten meine Westfreunde umgekehrt genauso.

Solche grenzüberschreitenden Freundschaften waren in den fünfziger Jahren nichts Besonderes. Auch nicht bei uns Kindern. Viele hatten Verwandte in der anderen Hälfte der Stadt und die Eltern oft Freunde und Bekannte. Bei Besuchen wurden die eigenen Sprösslinge meist mitgeschleppt und dann gnädig zum Spielen vor das Haus gelassen. Endlich runter! Waren Kinder in der Nähe, taute das Eis recht schnell: »Biste zu Besuch?« Schon war man dabei. Und beim nächsten Mal beinahe vertraut. Noch normaler war es in den Gegenden, wo die eine Straßenseite Osten war, und die andere Westen. Oder bei den Kindern, die von ihren Eltern in den Westen in die Schule geschickt wurden.

Die Tour zu meinen neuen Teilzeit-Freunden in Schmargendorf dauerte recht lange, fast eine Stunde. Und ich legte die Strecke solo zurück. Mein Papa wollte nicht, dass ich nach Schulschluss allein in der Wohnung oder auf der Straße war, und so musste ich meiner Mutter, die schon seit dem Vormittag in der Plöner hantierte, nachfahren. Erst ging es zu Fuß zum S-Bahnhof Prenzlauer Allee, dann mit dem »Vollring«, wie die Ringbahn früher hieß, zehn Stationen bis zum Hohenzollerndamm

Vierzig Pfennige kostete eine Rückfahrkarte. Die kaufte jeder, der nach Westberlin fuhr, sonst hätte man für die Heimfahrt Westgroschen locker machen müssen. Die einfache S-Bahn-Fahrkarte gab es für 20 Pfennige, und für den, der es eilig und passend hatte, gleich am Automaten. Zwei der dunkelgrünen eisernen Apparate, etwas größer als eine Standuhr, befanden sich oben in der Bahnhofshalle. Kaum waren die beiden Groschen geschluckt, brüllte der Automat kurz auf und spuckte schon den Fahrschein aus. Meine Rückfahrkarte musste ich leider am Schalter holen. Unten, am Ende der Treppe, wartete der Knipser in seinem rot und beige gestrichenen Fahrkartenhäuschen. Flink lochte er mit einer Zange zwei Buchstaben in die Karte – vermutlich »Pr« für Prenzlauer Allee. Jeder Bahnhof hatte seine eigene Buchstabenkennung. Und jeder Fahrgast musste an dem dunkelblau uniformierten Reichsbahn-Knipser vorbei. Ohne Karte war das schwierig.

In der Richtung, in die ich fahren musste, war nur noch eine Station im Osten: Schönhauser Allee. Danach rollte die S-Bahn unmerklich über die Grenze nach Westberlin. Doch die letzte Station konnte gefährlich werden. Einmal erwischte es mich, sogar schon auf dem Bahnsteig der Prenzlauer. Ich dachte wahrscheinlich: Gleich bin ich »drüben« – und wurde unvorsichtig. Noch bevor die Bahn kam, hatte ich ein »Fix und Foxi«-Heft aus der Schultasche gekramt und zu lesen begonnen.

»Was haben wir denn da? Zeig' mal her!«

Ein Volkspolizist, aus heiterem Himmel. Mist.

»Ah ja, Schundliteratur. Wir machen es kurz – dein Name, deine Schule!«

Schon zückte er aus seiner schwarzen Meldetasche einen Bleistift. Was tun? Abhauen hatte keinen Sinn. Da kam mir eine verwegene Idee: »Ludwig Uhland, mit ›h‹, 10. Grundschule.«

Der Wachtmeister notierte alles auf der Rückseite des Schmökers – diensteifrig und ahnungslos. Dann steckte er das Bilderheft in seine Ledertasche und sagte streng: »Deine Schule wird informiert!«

Als ich etwas beklommen im Zug stand, hatte ich nur eine Sorge: Hoffentlich suchen sie nicht. Denn nichts stimmte. Ich ging in die 13. Grundschule. Und Ludwig Uhland, der Name, der mir in höchster Not einfiel, stammte aus der letzten Deutschstunde. Wir hatten gerade sein Gedicht »Einkehr« durchgenommen. Nach ein paar Tagen konnte ich die Sache abhaken. Noch mal gut gegangen.

Der Vorfall war aber nichts im Vergleich zu den vielen kleinen Dramen, die ich etliche Male, nur eine Station weiter, beobachten konnte. Kaum war der Zug im Bahnhof Schönhauser Allee eingefahren, durchstreiften schon Polizisten die Abteile. Hatten sie einen Fahrgast mit zu großer Tasche, zu großem Mantel oder zu großer Angst entdeckt, zeigten sie streng in seine Richtung: »Mitkommen! Alles mitnehmen!« Tief betrübt folgten die Leute dem voranmarschierenden Kontrollmann in eine Baracke, die sich am Ende des Bahnsteigs, unter der Fußgängerbrücke der Greifenhagener Straße, befand. Solche grauen Baracken warteten im Osten auf allen Grenzbahnhöfen. Wenn es schlimm kam, landete der abgeführte Abteilnachbar, der einem eben noch unsicher zulächelte, in der U-Haft – als »Schieber«.

Manche Zugkontrolle nahm einen anderen Verlauf. »Wem gehört diese Tasche?« Der Polizist deutete auf eine prall gefüllte Aktentasche, die oben in der Gepäckablage abgestellt worden war. Keiner meldete sich, einer schaute aus dem Fenster, ein anderer las demonstrativ in einer DDR-Zeitung, wieder ein anderer spitzte den Mund und pfiff leise vor sich hin. Der Ton wurde schneidender: »Noch einmal! Wem gehört diese Tasche?« Die Szene änderte sich nicht. Wütend griff der Uniformierte nach dem scheinbar herrenlosen Gepäckstück: »Beschlagnahmt!« Eilig sprang er aus dem Waggon, die Türen schlossen sich und die S-Bahn fuhr ab, nach Gesundbrunnen. Kurz darauf konnte man einem erblassten Fahrgast ein stilles »Scheiße! Scheiße! Scheiße!« von den Lippen ablesen. Seine Tasche, in der sich aller Voraussicht nach kein persönlicher Hinweis befand, war er los, aber auch ein bedrohliches Problem. Solche und ähnliche Situationen spielten sich täglich in großer Zahl ab. Die Regale in den Baracken müssen am Abend gut gefüllt gewesen sein. Die Berliner Schnauze hatte für die Kontrolleure schnell einen Namen: »S-Bahn-Räuber«.

Schon ein paar Minuten später war die Aufregung fast vergessen, zu oft erlebt, und ich schaute während der restlichen Fahrt aus dem Fenster. Für uns Kinder war ein Fensterplatz sehr wichtig. Und er musste in einem der weiß beschilderten »Nichtraucher«-Waggons sein. Die Züge unterteilten sich in jener Zeit noch in »Nichtraucher« und »Raucher« – dieser mit rotem Schild und weißer Schrift. Die Raucher-Waggons waren nichts für Kinder, total verqualmt, mit einem schweren Bukett von Aschenbecher. Jahrelange Nikotinschwaden hatten sich längst in den Abteilen abgelagert. Die Fahrgäste dort waren meist Männer. Alles völlig normal. Unvorstellbar damals, dass Raucher mal auf der Flucht sein würden wie Richard Kimble.

In der kalten Jahreszeit suchte man nach Waggons, die wenigstens einigermaßen beheizt waren. Die Winter waren im Schnitt sicher nicht viel kälter als heute, doch die nur kümmerlich gefütterten Mäntel und Joppen hielten nicht allzu viel ab. Wer schon durchfroren auf dem Bahnsteig ankam, steuerte hastig das Wartehäuschen an. Derlei Buden fanden sich auf fast allen Stationen, sie sollten an eisigen Tagen wenigstens etwas Wärme spenden. Ihre Einrichtung bestand nur aus dem Nötigsten: drei, vier lange Holzbänke, ein kleiner Kachelofen, der an glücklichen Tagen angefeuert worden war. Kam eine Bahn, sprangen die Ersten raus. »Oranienburg!« Die auf den Vollring warteten, drängten zurück in Ofennähe. Fünf Minuten später rollte der nächste Zug ein, rasch schoben sich die Leute in die Wagen. Und wehe, der Letzte zog die Tür nicht hinter sich zu. Sofort schnauzte es aus verschiedenen Richtungen: »Tür zu!«, »Tür zu!«

Wieder wurde erzogen.

»Is ja jut!«, war die kühnste Entgegnung, und die Tür zu. Die Fahrt ähnelte teilweise einem Blindflug – alle Scheiben zugefroren, undurchsichtig wie Milchglas, nur mit kleinen, freigehauchten Sichtlöchern.

»Wo sind wir?«

»Gleich Westkreuz.«

Die Sommerfahrten waren heiterer.

Endlich S-Bahnhof Hohenzollerndamm. Wieder hatte ich

einen Fußmarsch vor mir. Die Strecke mit dem Bus zu fahren kam mir nicht mal ansatzweise in den Sinn. Fünf Fahrten entsprachen etwa einem Wiking-Auto! Nach zwanzig Minuten war ich auch so am Ziel, in der Plöner. Die Hausaufgaben hatte ich mitunter schon in den Schulpausen gemacht oder wenigstens damit angefangen. Nun wurde alles geschwind zu Ende gebracht, meiner Mutter kurz gezeigt und – runter. Die anderen Kinder waren sicher schon eine Weile unterwegs. Ich kannte ihre Orte und hatte sie bald gefunden.

Plätze zum Spielen waren genug da – öffentliche und wilde. Zwischen den nördlichen Häusern der Plöner und der Franzensbader war eine große öde Freifläche, voller Sträucher und Unkraut, und mittendrin ein riesiger Bombentrichter. Ideal für Indianerspiele, zumal wir hier ganz offen mit unseren Knallplättchenpistolen rumrennen und rumballern konnten. Im Osten hätte jeder vorbeikommende Volkspolizist oder stramme Genosse sofort versucht, uns die Dinger abzunehmen: Kriegsspielzeug! Verboten! Und, was ich zunächst nicht verstand: Mein Papa reagierte anfangs ähnlich. Doch das kommt noch. Hier am Roseneck musste ich rasch nachrüsten. Meine nächste Anschaffung war ein goldener Hundertschuss-Colt, den ich mir für ein paar zusammengesparte Markstücke kaufte. Er blieb immer in der Plöner. Weit weg von möglichen Kontrollen – staatlichen und häuslichen.

Auf der anderen Straßenseite der Franzensbader, hin zur Ecke Elgersburger standen noch Reste einer Ruine, vor allem die Kellergeschosse. Das Gelände war zwar mit einem Maschendrahtzaun gesichert, aber für uns Kinder war das kein Hindernis. Und so passierte es, dass ich doch noch das Abenteuer, in Ruinen zu spielen, erleben konnte. Überraschenderweise im Westen. Ein versteckter Trampelpfad führte zu dem zerstörten Komplex. Die betonierten Kellerräume lagen weitgehend im Freien, der größte Teil des Gebäudes darüber war weg, meterbreite Löcher klafften im Erdgeschoss, nur einzelne Säulen ragten noch in den Himmel. Gestrüpp wuchs auf jeder sandigen Stelle. Vorsichtig stiegen wir auf den noch erhaltenen Treppenstufen in die unterirdischen Räume. Der Ort war von der Straße schwer einzusehen, unsere Erkundungen blieben ungestört. Von Erwachsenen. Denn die geheimnisvolle Stätte zog nicht nur uns magisch an. Manchmal trafen wir auf eine andere Jungenclique. Zu Fehden kam es nie, uns einte die gleiche Neugier.

»Wart ihr schon ganz unten?«

»Wieso, geht das denn noch tiefer?«

»Klar, na dann los!«

Schon unternahmen wir die Streifzüge gemeinsam. Jeden Raum, den wir auskundschafteten, betraten wir mit dem ungewissen Gefühl: Was erwartet uns? Nicht viel. Nur einige rostige Apparateteile, Rohre und Bretter. Keine Toten, keine Waffen, keine Geheimnisse. All die grausigen Funde lagen schon über zehn Jahre zurück.

Als nach einiger Zeit nichts mehr zu erforschen war, ergab es sich fast von selbst, dass die Ruine eine neue Bestimmung bekam: Mutproben. »Wer traut sich, über das Loch zu springen?« Das war vielleicht nur anderthalb Meter breit, doch darunter ging es mehrere Meter in die Tiefe. Wir sprangen trotzdem, mit klopfendem Herzen. Wer wollte schon als Feigling gelten? Mutproben fanden auch auf dem Gelände vom Kinderfreizeitheim, »dem Plöner«, statt. Dort standen, mitten auf der großen Sandfläche, drei oder vier Schaukeln, zwei Wippen und zwei Klettergerüste. Das eine Gerät war in Form eines Flugzeugs aus Eisenrohren zusammengeschweißt und musste vor allem für Einkriegespiele herhalten. Daneben stand ein großer Kletterbogen. Was wir darauf alles für Spiele veranstalteten, fällt mir nicht mehr ein, aber die Mutprobe. Sie bestand darin, aufrecht über den Bogen zu balancieren. Nach einigen Wacklern und Abstürzen hatten wir das auch drauf. Was nun? Wir waren dauernd auf der Suche nach Herausforderungen.

Wenn wir keine fanden – und ehrlich gesagt war das öfter der Fall –, dann spielten wir im großen Buddelkasten mit Wiking-Autos und kleinen Panzern, Indianer- und Soldatenfiguren. Wie auf dem Kollwitzplatz. Nur, dort hatten wir nicht so viel davon. Wenn im Osten einer zehn Wiking-Autos hatte, dann wurde das bestaunt. Hier wurden sämtliche Modelle angeschleppt – Tankwagen, Laster mit Anhänger, Busse und sogar Straßenbahnen. Ein anderes Ziel waren die Baracken des Freizeitheims auf dem »Plöner«. Dort war immer was los. Zwei Erzieherinnen kümmerten sich hingebungsvoll um uns Kinder. Da saßen wir um einen Riesentisch und vergnügten uns mit verschiedenen Karten-, Brett- und Ratespielen oder bastelten aus Holz, Kunststoff und Pappe allerlei Dinge. Das Weihnachtsgeschenk für meine Eltern, das Kartenetui aus Kunstleder, ist an diesem Tisch entstanden. Und genau dort kam es auch zu meiner ersten Begegnung mit LEGO-Steinen. »Alle bauen, groß und klein, bauen mit dem LEGO-Stein.« Das waren die Anfänge. Die Anzahl der Teile war noch überschaubar: weiße und rote Steine in unterschiedlichen Größen, dazu Fenster, Türen und Bodenplatten. Mehr gab es nicht. Davon aber eine Kiste voll.

»Ich brauche einen roten Vierer.«

»Hat einer ein großes Fenster übrig?«

Fieberhaft wetteiferten wir miteinander beim Häuserbau. Meistens wurden sie rot-weiß gestreift.

Zwischen all den Legosteinen und Spielen lagen auf dem Tisch immer Hefte der Kinder- und Jugendzeitschrift »Rasselbande«. Keine »Micky Maus«, kein »Tarzan«. Die »Rasselbande« war eine völlig andere Welt. Auf der Titelseite war immer ein Farbfoto, mal von einem Seifenkistenrennen, einer Radtour oder einem Sportereignis, mal von Kindern in fernen Ländern oder Tieren. Drinnen wartete vor allem Lesestoff: Berichte über eine Arktis-Expedition, einen Besuch bei den Cheyenne und über ein Pfahldorf im Bodensee. Wir haben darin gern geblättert.

Richtig laut wurde es gleich nebenan beim Tischtennis. Chinesisch, manchmal mit mehr als einem Dutzend Kindern. Mehr Gedränge als Gerenne. Und ein Geschrei. Wir waren in unserer Begeisterung nur schwer zu bändigen. Dann gab es auch mal Ärger. »Wenn ihr nicht sofort aufhört rumzutoben, fällt für euch die Aufführung aus!« Das konnte Kasperletheater sein oder ein Film. Wer wollte das riskieren? Für das Puppenspiel hielten wir uns zehn- und zwölfjährige Knaben natürlich längst für zu alt. Wir sind trotzdem alle hingegangen – und hatten unseren Spaß. Die Filmvorführungen waren etwas Besonderes. Alle Stühle standen aufgereiht, die Fenster waren mit schwarzen Stoffbahnen abgedunkelt, und wir warteten voller Spannung auf den Beginn. An zwei dieser Filme kann ich mich ziemlich gut entsinnen: »Das fliegende Klassenzimmer« und »Die Ferien des Monsieur Hulot«.

Der Monsieur mit dem eigenartigen Gang verbringt seine Ferien in einem kleinen Badeort. Was auch immer er anstellt, es geht schief. Er tritt, ohne es zu bemerken, am Strand ein kleines Faltboot durch, paddelt damit arglos aufs Meer hinaus, bis es plötzlich in der Mitte zusammenklappt und nun wie ein riesiger Raubfisch aussieht. Panik an der Küste! Gesprochen wird kaum. Wir kamen kaum zu Atem, so oft mussten wir über die komischen Szenen lachen. Wie Hulot unbeabsichtigt ein Feuerwerk auslöst oder ein Zimmer verwüstet, nur weil er ein Bild gerade rücken möchte (auch Loriot muss diesen Film gesehen haben). Oder wie Kinder die Kombination von »schlafende Erwachsene und Brennglas« untersuchen. Danach ahmten wir erst mal den steifen, wippenden Gang des sonderbaren Chaoten nach.

Wir hatten in fast jedem Film irgendetwas entdeckt, das wir anschließend nachspielten. Aus dem »Fliegenden Klassenzimmer« hätte es die Mutprobe sein können. Doch mit einem aufgespannten Regenschirm aus mehreren Metern Höhe zu springen, wie es der kleine Uli tat, war dann doch eine Nummer zu irre. Hatten wir ja gesehen. Ansonsten erkannten wir uns in Johnny, Martin, Matz, Uli und Sebastian größtenteils wieder: Jungs, die sich mit den Schülern der verfeindeten Realschule prügeln oder Schneeballschlachten liefern, die sich lustige Streiche ausdenken und zugleich füreinander einstehen. Genauso wollten wir sein – frech und doch in Ordnung. Ich war von der Geschichte, die auch eine Weihnachtsgeschichte ist, tief beeindruckt. Auch von der beschaulichen Stimmung des Films. Wahrscheinlich hatten wir ihn vor Weihnachten gesehen. Sonst wäre es uns wie Erich Kästner gegangen, dem es im Sommer bei 38 Grad auch schwerfiel, diese Geschichte überhaupt erst mal aufzuschreiben.

Einer unserer Streiche hätte in diese Jahreszeit gepasst. Kurz vor Silvester 1957 am Roseneck. In einer Drogerie hatten wir am Vortag Knallerbsen und andere harmlose Dinge gekauft. Auch Stinkbomben. Das waren kleine Glasampullen, die eine helle Flüssigkeit enthielten und nach dem Zerplatzen einen Geruch von faulen Eiern freisetzten. Für Knaller hatten wir leider keinen älteren Jungen dabei. Nun wollten wir noch etwas Nachschub holen. Doch zu unserer Verwunderung wies man uns aus dem rappelvollen Laden. Wie Knirpse! »Geht mal schön nach Hause, hier gibt's nichts für eure Groschen!« Da standen wir dann, beschämt, und waren sauer. Beim Verlassen des Ladens ließ Hoffi (oder war es Micki?) eine Glasampulle durch sein Hosenbein rutschen und trat unmerklich mit seinem Schuh darauf. Es knirschte leise. Vergnügt beobachteten wir aus einiger Entfernung wie sich das Geschäft rasant leerte. Rache ist Blutwurst! Kurz darauf erschien der Ladenbesitzer mit Schrubber und Scheuerlappen in der Tür und fluchte in die aufkommende Dunkelheit: »Euch kriege ich noch!«

Eine Zeit lang gab es in der Mann'schen Wohnung auch einen Hund, einen braunen Cockerspaniel. Wie Susi aus dem Disney-Zeichentrickfilm »Susi und Strolch«. Ich fand den Hund recht putzig und, wenn ich da war, kümmerte ich mich ein bisschen um ihn. Füttern, Gassi gehen und so weiter. Wochenlang kamen wir gut miteinander aus. Eines schönen Tages ging ich mal wieder mit dem Spaniel spazieren. Er schnupperte zwischen den Heckenrosen, und ich war in ein Gespräch mit Hoffi vertieft. Plötzlich wurde es warm an meinem rechten Bein. Entgeistert schaue ich nach unten: Der Hund hatte mich angepinkelt! Hoffi konnte sich kaum halten vor Lachen. Meine Liebe bekam einen Knacks. Ich griff nun auch zu radikalen Maßnahmen. Bei jedem Fressen hatten die langen Ohren von »Susi« im Napf gehangen. Und ich musste den Pamps dann wieder abwischen. Übel. Ich suchte eine etwas ausgeleierte Wäscheklammer und heftete damit Susis Ohren hinterm Kopf zusammen. Sehr effizient.

Abends, wenn alle meine Freunde nach oben mussten, stieg auch ich die Treppen der Plöner 17 hoch. Meine Mutter hatte noch zu tun, wie so oft. Es zog sich hin. Wenn ich Glück hatte, schaltete Tante Mann ihren Fernseher ein, und ich durfte mit ihr das Vorabendprogramm gucken. Fernsehen! Das war eine neue, aufregende Entdeckung. Selbstverständlich hatte ich, wie alle anderen auch, schon Fernsehbilder gesehen – in der Brunnenstraße oder in einer anderen großen Einkaufsstraße im Westen. In den Schaufenstern stand meistens ein Gerät, das eingeschaltet war. Und davor eine Traube neugieriger Passanten. Doch nun war es für mich fast heimisch. Schon die Werbefilme guckte ich begeistert. Am liebsten das HB-Männchen. Bruno, so hieß das Männchen, war eine Zeichentrickfigur, die an Monsieur Hulot erinnerte. Auch bei ihm lief alles schief, weshalb er sich fürchterlich aufregte und schließlich in die Luft ging. Dann kam die Stimme aus dem Off: »Halt, mein Freund! Wer wird denn gleich in die Luft gehen? Greife lieber zur HB!« Bruno war wieder gut gelaunt und alles ging »wie von selbst«. Oder Tassen, die im Kreis tanzen:

»Die Kaffeetassen beschlossen soeben:
Wir sind für besseres Innenleben!
Und sie kamen überein,
guter Kaffee muss es sein!«

Die Sorte, die fortan alle trinken sollten, hieß »Hinz & Küster« – mich interessierte nur der kurze Zeichentrickfilm.

Zwischen den Werbeblöcken kam in der Regel eine neue Folge aus einer Fernsehserie, rund 25 Minuten lang. Die erste, die ich sah, hieß »Vater ist der Beste«. Im Mittelpunkt eine amerikanische Familie, liebenswert, sauber, wohlhabend, glaubensstark, mit Vater Jim, einem Versicherungsvertreter, als Oberhaupt. Mittelstandsidyll. Selbst kleinere Katastrophen kamen in den Folgen nicht vor, nur unbeschwerter Alltagswirrwarr. Am Ende war alles wieder glatt gebügelt – Harmonie pur. Ich glaube, aus diesem Stoff hatte ich mir mein erstes Amerikabild zusammengebastelt. Drei Jahre später setzte, den fernsehenden Müttern zum Wohlgefallen, eine neue Serie noch eins drauf: »Mutter ist die Allerbeste«.

Wenn ich nicht fernsehen durfte oder überhaupt die Röhre dunkel blieb, dann klingelte ich noch mal bei Hoffi.

»Es ist da oben so langweilig, haste was zum Lesen?«

»Klar, warte.«

Und dann drückte er mir einen Stapel »Micky Maus«-Hefte in die Hand. Einen Stapel! Ich war platt. Meine Sammlung zu Hause kam vielleicht auf zehn Hefte. Hoffis Bestand schien endlos. Er war mein Retter, viele Male. Da saß ich dann vor einem kleinen Tisch im Flur. Ganz allein, nur ich und meine aus Sprechblasen bestehende Abendlektüre.

Manchmal erbarmte sich einer der Untermieter und rief mich in sein Zimmer. Da gab es Kekse, interessante Gespräche und wichtige Bücher. Einige bekam ich sogar geschenkt. Den »kleinen Prinzen« von Saint-Exupéry etwa. Das war ein schmaler Band mit lustigen Zeichnungen. Vorn, auf der ersten Innenseite, stand mit Tinte der Name der freundlichen Dame geschrieben, die mir das Büchlein zugesteckt hatte: Lilienthal. Sie bewohnte mit ihrem alten Vater und ihrem Sohn zwei oder drei Zimmer des Mann'schen Domizils. Liebe, kluge Menschen. Der Sohn, Peter, wurde später ein berühmter Regisseur. Damals drehte er gerade für den SFB seinen ersten Film – einen Dokumentarstreifen über den Berliner Leierkastenmann »Locken-Erwin«. Mickis kleine Schwester Kathrinchen bekam sogar eine winzige Rolle: Sie stapfte auf Rollschuhen ins Bild. Damit hatten wir immerhin schon eine von uns beim Film untergebracht. Es ist wohl dabei geblieben.

Im vorderen Zimmer logierte eine junge schicke Frau. Sie war mit einem amerikanischen Offizier (»Hello, mei litl Fränd«) befreundet und sehr modisch. Überall bei ihr lagen Modeblätter und Filmzeitschriften. Und so sah sie auch aus, zurechtgemacht, als würde sie vor einer Kamera posieren oder über einen Laufsteg stöckeln. Knallrote Lippen, blondierte Haare, enger Pulli. Dazu passte ihre Einrichtung, alles ganz aktuell: Nierentisch, Cocktailsessel, Musiktruhe, Ampelstehlampe. Ich war gerne bei ihr. Nicht nur wegen der amerikanischen Kaugummis, die sie von ihrem GI an mich weiterreichte. Oder der Filmzeitschriften, in denen ich blättern durfte. Eine glamouröse Welt ging für ein paar Seiten auf, und ich staunte. Und fing genau in jenem Zimmer an zu schwärmen – für eine Schauspielerin, die mich auf der Titelseite eines Filmjournals anlächelte: Brigitte Bardot. Verblüffend war nur, dass sich, wenn ich aus meinem kurzen Traum erwachte, nicht allzu viel verändert hatte. Der Parfumduft, das supermoderne Zimmer, die extravagante Bewohnerin spiegelten mir eine ähnliche Kulisse vor.

Geschichten aus Büchern waren hier kein Thema, das war nebenan, hier drehten sich die Plaudereien um Mode und Musik.

»Dieter, wie heißt dein Lieblingsschlager?«, wollte sie wissen.

Da brauchte ich nicht lange zu überlegen: »Peter Kraus, Hula Baby.«

Der Rock 'n' Roll war allmählich in den Schlager eingesickert und hatte mit Ted Herold, Conny Froboess und Peter Kraus seine deutschen Helden geboren. Meiner war Peter Kraus, und sein »Hula Baby« mein erstes richtiges Lieblingslied.

»Kannst du es denn auch singen?«, fragte meine neckische Gastgeberin.

Ich zuckte mit den Schultern und sagte arglos: »Klar.«

Schon saß ich in der Falle.

»Toll. Komm, ich nehme dich auf Tonband auf!«

Sofort war alles verklemmt. Das Tonbandgerät hatte sie mir schon einige Male vorgeführt und erklärt, was man damit alles machen kann und wie viele Bänder von ihr schon mit Radiomusik gefüllt worden waren.

»Nee, ich kann das nicht!«, sagte ich und versuchte, mich zu retten.

»Du traust dich bloß nicht«, rief sie lachend. »Komm', mir zuliebe.«

Mein Widerstand brach zusammen. Mitten in die Lähmung reichte sie mir das Mikrofon und drückte die Aufnahmetaste runter. »Klack« machte es. Das Band lief.

»Aber nur die erste Strophe«, sagte ich noch schnell.

Dann fing ich an – ohne jede Begleitung. Mit dünner Stimme zunächst:

»Auf der Insel Filalila dort im Märchenland
am weißen Palmenstrand ein braunes Mädchen stand
Es wollte den Einen
Aber sonst keinen
In der blauen Mondnacht wiedersehn

Und nie mehr von ihm gehn.
Er sang so schön!«

Nach den ersten Zeilen muss mein Affe Zucker bekommen haben, denn den etwas rockigen Refrain – *»Er sang sein Hula …«* – quetschte ich lauthals ins Mikro. Schon spulte das Band zurück. Stopp – »Klack« – Wiedergabe: *»Auf der Insel …«* Was war das? Ich bekam einen Schreck.

»Ist das meine Stimme?«, murmelte ich verwundert.

Es klang völlig anders, vor allem schief. Sollte ich von einem frühen Sängertraum fantasiert haben, er dürfte in diesem Moment geplatzt sein. Der blondierte Trost: »War doch ganz gut«, erreichte mich nicht mehr. Ich war jetzt gewarnt. »Hula Baby« blieb zwar noch ein paar Wochen meine Lieblingsnummer, aber ohne weitere Vorträge.

Spät am Abend brach meine Mutter mit mir zum Nachhauseweg auf – den Hohenzollerndamm entlang, zur S-Bahn. Hatten wir zwei Fensterplätze gefunden, kramte sie einen Taschenkalender und einen Drehbleistift aus ihrer Handtasche hervor. Dann schrieb sie den ersten und den letzten Buchstaben eines beliebigen Wortes aufs Papier, ersetzte die fehlenden Buchstaben durch kurze Striche und ließ mich raten. Oder sie gab mir endlose Kettenaufgaben auf. Ich war voller Eifer, Station für Station. Hin und wieder sorgten Flugblattverteiler für etwas Abwechslung. Mit einfach gestrickten Losungen wurde zum Boykott der DDR-Wahlen aufgerufen oder die Mangelwirtschaft »in der Zone« verhöhnt. Propaganda eben, die meist achtlos liegen gelassen wurde. Mit einer Ausnahme: der »Tarantel«. Ein Satireblatt im kalten Krieg gegen »die Sowjetzone«, den »Spitzbart« und die anderen »Machthaber in Pankow« – dort wohnte seinerzeit die SED-Prominenz. Verteilt wurde es meist von Westberliner Studenten, die hastig durch die S-Bahn-Wagen liefen und die Exemplare den Fahrgästen in die Hand drückten oder auf den leeren Sitzbänken platzierten. Natürlich noch auf der Westseite. Die Monatsheftchen hatten acht farbige Seiten, randvoll mit antikommunistischen Witzen und Karikaturen. Auf der Titelseite gern Walter Ulbricht, etwa als verkleideter Weihnachtsmann, dem aus seinem löchrigen Sack nur Luftballons, gefüllt mit Losungen und Versprechen, entwichen. Von gleicher Art waren die Witze. Die Reaktion darauf sortierte sich nach der politischen Einstellung des Lesers: Sie war entweder amüsiert oder angewidert, dazwischen selten.

Man konnte es am Blättern der Fahrgäste leicht erkennen. Pro oder kontra. Doch vor der Einfahrt in den Grenzbahnhof/ Ost wirkte die Szenerie wie neu arrangiert. Die Nummern lagen achtlos auf dem Boden oder den Holzbänken. Meine auch. Keiner wollte mehr damit was zu tun haben. Und nur wenige wagten es, ein Exemplar heimlich unter ihren Mantel zu stecken. Der Besitz einer »Tarantel« war gefährlich. Feindpropaganda! Und so rollte der Zug in die Grenzstation ein. Für uns war es wieder die Schönhauser. Mit ernstem Gesicht bestieg ein Polizist den Waggon, doch kaum hatte er die vielen herumliegenden Flugschriften entdeckt, wurde er hektisch. Im Eiltempo stolperte er durch die Abteile und sammelte sämtliche Blätter ein. Für Taschenkontrollen war nun keine Zeit mehr. Die Türen schlossen wieder automatisch. Mancher Fahrgast atmete auf. Meine Mutter auch.

Noch gut zehn Minuten zu Fuß im milchigen Gaslaternenlicht, und wir waren wieder zu Hause in der Kollwitz. Mein Papa saß gewöhnlich am Schreibtisch und brütete über Papieren seines Radsportvereins Semper, im Hintergrund lief leise das Radio. *»Spiel noch einmal für mich, Habanero«* von Catarina Valente. Oder Freddy. Der Mann für das Fernweh der Deutschen, der damals markig den Ort besang, an dem es *»für jeden immer nur Sonnenschein«* gibt: Tampico. Ich knabberte ganz langsam an meiner bestimmt mit Teewurst bestrichenen Abendbrotstulle und versuchte, alles in die Länge zu ziehen. »Mach hin, morgen früh ist die Nacht zu Ende.« Sprüche, mein Vater besaß ein großes Repertoire davon. Rasch noch die Nachtkussrunde und im Bett noch ein paar Gedanken – an die Schulfächer, die mich morgen erwarteten. Möglicherweise auch an den leidlichen Luxus, der mich zwei Stunden zuvor noch umgab. Kühlschrank. Tonband. Fernseher. Es brachte mich aber nicht um den Schlaf. Diese zwei Welten kannte ich von klein auf. An den Unterschied waren die meisten Berliner gewöhnt. War eben so ...

Groschenangeln für eine Kinokarte

Die Hoffnung, dass es auch den Menschen im Osten besser gehen werde, blieb kein leerer Traum. Sie erfüllte sich, dürftig bei den einen, augenfällig bei den anderen. Wie bei meinem Freund Franki. Seine Familie war wohl die erste in unserer Häuserreihe, die sich einen Fernseher anschaffte. Ende 1957. Einen Siemens! Für etwa 800 Westmark! Wie sein Vater das klobige Gerät über die Grenze geschafft hatte, blieb selbst für Franki ein Rätsel. Solche Dinge wurden zu Hause gewöhnlich in den Rang eines Staatsgeheimnisses gehoben: »Dass du ja keinem erzählst, dass wir …« So fingen häufig die Sätze an, die irgendwelche vermeintlich oder tatsächlich verbotenen Dinge betrafen. Sicher ist sicher. Und einen Fernseher im Westen kaufen und in den Osten einschleusen gehörte unbedingt dazu. Damals musste man nicht nur für den Kauf von Autos und Motorrädern eine Anmeldung ausfüllen und dann eine jahrelange Wartezeit ertragen, bei Fernsehern war das genauso. Nur mit kürzeren Fristen. Da konnte ein technisch feiner Westfernseher den Weg erheblich abkürzen. Vorausgesetzt der Plan gelingt.

Zum Glück ging's gut. Auch zu meinem Glück, denn es kam die Zeit, da löcherte mein Freund am Sonntagnachmittag turnusmäßig seine Mama.

»Darf Dieter heute mit mir fernsehen? Ist Fury.«

Wahrscheinlich sagte sie darauf etwas, wie: »Na gut, aber dass mir das nicht zur Regel wird!«

Die wurde es dann doch – na, fast. So saßen wir beide am Sonntag 14.45 Uhr in der Kollwitz 62 und warteten darauf, dass das eingeschaltete Fernsehgerät nach wenigen Minuten unter leichtem Knistern und Brummen auf Betriebstemperatur kam und sich das grau-weiße Flimmern in ein Bild verwandelte. Aus lauter Vorfreude boxten wir uns gegenseitig auf den Arm. Schon sprengte eine Herde wilder Pferde heran, und der kleine Joey rief: »Fury! Fury!« Ein schwarzer Hengst löste sich aus der Gruppe seiner Verwandten und stoppte mit einem Wiehern vor dem Jungen. Und dann kam die Frage, mit der jede Folge der amerikanischen TV-Serie begann: »Na, Fury, wie wär's mit einem kleinen Ausritt? Hast du Lust?« Er hatte. Das Abenteuer dauerte eine halbe Stunde, in der wir weit weg waren, irgendwo da draußen in der Prärie, nur nicht am Kollwitzplatz.

Bei »Lassie« wiederholte sich das ganze Procedere. Sogar beim Film selbst, der mit einem Vorspann startete, in dem ebenfalls der eine Hauptdarsteller den anderen rief: »Lassie! Lassie!« Die Collie-Hündin parierte aufs Wort, sprang über einen Zaun, und Timmy, der Farmerjunge, umarmte sie liebevoll. An Gründen dafür fehlte es nicht. In nahezu jeder Folge musste Lassie den Knaben retten. Dass es am Ende gut ausgehen würde, wussten wir schon vorher. So wollten wir es auch. Ohne ungetrübten Ausgang hätten wir es nicht so gern geguckt. Hinterher erzählten wir uns, noch ganz aufgewühlt, die spannendsten Stellen.

»Oder als die Klapperschlange heimlich angeschlichen kam!«

»Mann, das hätte schief gehen können!«

Bei aller Liebe zu »Lassie«, ich glaube, »Fury« fanden wir besser, weil Cowboys durch die Gegend ritten.

Wenn nicht ich bei Frank in die Röhre guckte, dann saßen vielleicht Evelyne und Petra, die beiden Töchter von Hammels, auf den zurechtgerückten Stühlen und schauten mit ihm »Meister Nadelöhr«. Die Familien waren befreundet, und so war Frank der Einzige von uns, der Umgang mit den Mädchen hatte. Offen gesagt, es kam auch mal vor, dass Frank und ich Meister Nadelöhr dabei zusahen, wie er seiner Zauber-Elle Gitarrentöne entlockte und dazu sang:

»Ich komme aus dem Märchenland,
schnippel-die-schnappel-die-Scher ...«

Dann erzählte er Märchen. Einerlei. Wir guckten alles – wenn man uns ließ. Franki nun jeden Tag. Oder er bekam von seiner Mutter Fernsehverbot, weil sie einen Grund dafür gefunden hatte. Das konnte mir noch nicht passieren. Meine vergleichbare Strafe hieß: »Die ›Schlager der Woche‹ heute kannst du vergessen!«

Das war bitter. Zwar fand ich mindestens die Hälfte der Lieder langweilig – so wie Fred Bertelmanns »Der lachende Vagabund« oder eben Caterina Valentes »Spiel noch einmal für mich, Habanero«. Andere dagegen konnte ich gar nicht oft genug hören. Bill Ramseys »Wumba Tumba Schokoladeneisverkäufer« zählte unbedingt dazu. Sowie ausnahmslos alles von Peter Kraus: »Sugar Baby«, »Oh, Baby mach dich schön«, »Wenn Teenager träumen« und natürlich »Hula Baby«. Gleich danach rangierte Conny Froboess mit »I Love You, Baby«. Die Musik aus Amerika fand im deutschen Teenager-Schlager ihr Echo. »Baby« wurde zum Modewort. In der Musik, im jungen Film, weniger in der Umgangssprache der Jugendlichen. Schon die Vorstellung, zu Gabi »Hallo, Baby« zu sagen, sorgte für einen Knoten in meiner Zunge. Es klang einfach aufgeblasen. Kann sein, dass in Halbstarken-Cliquen der Jargon und die Posen ihrer Lieblingsfilme und Songs übernommen wurden. Schon um aufzufallen. Von daher muss Peter Kraus auch ihnen gefallen haben: *»Sugar-Sugar-Baby, oh-oh, Sugar-Sugar-Baby«*.

Freche, leicht rockige Schallplatten tauchten in den Hitparaden auf. Im Westen. Im Osten blieb alles wie gehabt – »Einsam liegt mein Schiff im Hafen«. Natürlich liefen ähnliche Schmachtfetzen auch in den »Schlagern der Woche«. Für meine Eltern und die meiner Freunde. Wir warteten auf die Teenagerträume. Außer an den Abenden mit Radioverbot.

Richtige amerikanische Rock 'n' Roll-Scheiben wurden nur selten aufgelegt. Mit großem Glück drehte ich gerade den RIAS oder den SFB rein, wenn dort Little Richard mit »Tutti Frutti« oder Elvis Presley mit »Jailhouse Rock« liefen. Es war wie ein Stromstoß. Nach zweieinhalb Minuten hörte das Wohnzimmer auf, sich zu drehen. Verrückt. Eben, sagten die Erwachsenen, und waren irritiert und sich einig, dass das wieder verschwinden müsse: »Heulbojen!« »Negermusik!« Für die Alten war das etwas Barbarisches. Unglücklicherweise aber saßen die meist an den Reglern. Zu Hause und in den Rundfunkanstalten. Sie spielten diese Nummern einfach nicht, nicht im Radio, und im Fernsehen schon gar nicht. Für uns blieb Rock 'n' Roll ein seltenes Ereignis. Vor allem, wenn man – so wie ich – keine »große

Keule«, also keinen großen Bruder hatte, der einen so ganz nebenbei in die Spur brachte: »Hier, ditte musste hören.« Es waren die großen Brüder, die den amerikanischen Armeesender AFN auf Mittelwelle 1107 kHz entdeckt hatten und regelmäßig hörten. Trotz Ätherrauschens, sie hatten keine Wahl, »Good Golly, Miss Molly« gab's nur dort.

Amerika war weit weg. Ein Tummelplatz für goldene Träume – die verbreitetste Verfahrensweise, sich dorthin zu bewegen. Flüge kosteten noch ein Vermögen. So suchten die sich an ihrem kleinen Wohlstand erfreuenden Westbürger näher liegende Reiseziele. Italien. Los ging's mit der Bahn, mit dem VW-Käfer, mit der winzigen »Isetta«. Und wenn sie danach ins Büro oder an die Werkbank zurückkehrten, wollten sie weiterschwelgen in ihren Erinnerungen an Sonne, Meer und Amore. *»O sole mio«*. Ihre blumigen Erzählungen steckten auch die an, für die Capri weiter ein Wunschtraum blieb – die meisten. Aber für die gleichnamigen Hosen langte es vielleicht, und für Spaghetti und Chianti-Wein. Italien geisterte durch die guten Stuben. Ende der fünfziger Jahre lieferte der deutsche Schlager die passende Klangkulisse, mit einer Prise italienischem Akzent. Die Sänger mussten gar nicht in Bella Italia leben, wichtig war nur: Sie hießen so, und sie hörten sich so an. Caterina Valente, Silvio Francesco und Vico Torriani waren Berühmtheiten. Und heitere Lebenshilfe.

»Tschau, tschau Bambina,
Dein Herz ist frei,
die schönen Stunden sind nun vorbei,
es ist zu Ende, reich ihm die Hände.«

So tröstete Caterina Valente. In der DDR brauchten wir diesen Trost nicht, aber den Traum. Für uns war Italien genauso weit weg wie Amerika. Oder der Mond.

Unsere Sehnsucht nach dem sonnigen Süden musste noch warten. Mindestens zehn Jahre, erst dann rückte die bulgarische Schwarzmeerküste merklich ins Visier des DDR-Tourismus. Urlaubsreisen machte man meist zu den Großeltern, zu Onkeln und Tanten oder Bekannten. Falls es dazu kam. Mit der Eisenbahn wegfahren war für viele nicht drin. Das war in Westdeutschland nicht anders. Kaum mehr als ein Drittel der Bürger verreiste damals. Viel Zeit zu verplanen war auch nicht. In beiden Teilen Deutschlands hatten die Berufstätigen gerade mal zwölf bis 14 Urlaubstage. Die Sonnabende zählten da noch mit. Auch die Ziele, Italien ausgenommen, waren zunächst ähnlich: Berge und Wasser. Verwandte, Bekannte, Hotels, Pensionen, Privatquartiere, Zeltplätze.

Das, was die DDR unterschied, war Resultat der Partei- und Staatspolitik. Um den Arbeitern und Angestellten wenigstens ab und an eine Urlaubsreise zu ermöglichen, bekamen Gewerkschaft und Betriebe die Order, für entsprechende Unterkünfte zu sorgen. Und so jagten deren Feriendienste durch die Landschaft, auf der Suche nach geeigneten Objekten. Viele private Hotels und Pensionen winkten ab. Für die staatlichen Organe eine handfeste Erscheinungsform von Klassenkampf. Manch »kleinbürgerlicher« Quartiersbesitzer kam unter Verdacht von Wirtschaftsvergehen oder feindlicher Agententätigkeit. Allein 1953 wurden im Zuge der »Aktion Rose« mehrere hundert Hotels, Pensionen und Gaststätten an der Ostsee enteignet. Andere Herbergen verleibte man sich ziviler ein. Der FDGB und die volkseigenen Betriebe kauften sich in brauchbare Domizile ein oder setzten sie in Barackenform auf die grüne Wiese. Die Zahl der Ferienheime stieg an. Mit überaus erschwinglichen Urlaubsplätzen. Auch und besonders für kinderreiche Familien. Der oft spartanische Charme der Unterkünfte spielte keine Rolle, man war glücklich und »jotwede« – janz weit draußen.

Das Problem war das gewohnte: Es gab zu wenig. Der Antragsteller musste jahrelang warten, bis er bei der Vergabe der Urlaubsplätze durch die Gewerkschaftsorganisation seines Betriebes berücksichtigt wurde. Beziehungen und »Großtaten in der sozialistischen Produktion« waren hilfreich. Mein Papa hatte sich während meiner Kinderzeit nie um solche Ferienreisen beworben. Wir fuhren, solange es ging, nach Westdeutschland zu unseren Verwandten, mit den kleinen unerlaubten Abstechern nach Österreich und Belgien. Diese Reisen waren schon außergewöhnlich. Wie auch die Spritzfahrten, die Franks Familie und Hammels nach Oberwiesenthal machten. In den Skiurlaub! Und dann noch ins Hotel, nicht zu Oma und Opa! Normal war, was der Rest unserer Kinderschar zur gleichen Zeit tat: mit dem Schlitten über den Kollwitzplatz rennen. Wenn Schnee lag, natürlich.

Die Winterferien über waren wir alle zu Hause. Im Sommer musste das nicht sein. Da lockte das Ferienlager. Mich auch. Die großen Ferien dauerten fast zwei Monate – Juli und August. Da sollte für uns Kinder schon was passieren. So kam es, dass ich 1958 zum ersten Mal in den Sommerferien zweigleisig fuhr: im Juli ins Ferienlager und im August mit meinen Eltern und Motorradgespann Richtung Westen. Mein Papa arbeitete damals noch im VEB Rohrleitungsbau, montierte Rohre, Becken, Wannen. Für die Kinder der Belegschaft organisierte der Betrieb im Sommer, wie fast alle Firmen, ein Ferienlager. Zwei Durchgänge, einer im Juli, einer im August. Meine erste Fahrt ging nach Flecken Zechlin im Rheinsberger Seengebiet. Für vielleicht 20 Mark. Es war auch die erste Trennung von meinen Eltern – zwei lange Wochen.

An einem frühen Julitag brachte mich meine Mutter zum Treffpunkt, wo sich schon viele Kinder eingefunden hatten. Jedes mit einem kleinen Koffer. Der Lagerleiter stellte sich kurz vor, verglich die Namenslisten und ließ uns, nach bemüht schmerzlosem Abschied, in einen bereitstehenden Bus einsteigen. Fröhliches Winken, und ab. Unser Ferienlager war eigentlich eine Landschule, idyllisch am Kleinen Zechliner See gelegen. Die Schulbänke waren aus den Klassenzimmern fortgeschafft worden, stattdessen standen nun einfache Herbergsbetten auf den gebohnerten Dielen. Gleich nach der Ankunft wurden wir in Gruppen aufgeteilt. Ich bezog mit elf Jungs, knapp jünger oder älter, einen Schlafraum. Das Eis war schnell getaut. Noch am selben Abend waren die Namen vertraut und eine versuchsweise Rangordnung ausgefochten. Nicht gleich mit Fäusten, aber doch mit vermuteter Stärke. Letztlich war es dann der Älteste von uns, der den Ton angab. Auskömmlich.

Nach dem Wecken um sieben Uhr begann der Morgen mit einem gemeinsamen Frühstück. Jeder bekam zwei Schrippen – eine war nur mit Butter bestrichen, die andere nur mit Fruchtmarmelade. Nur Marmelade? Das kannte ich nicht von zu Hause. Also nahm ich mein Messer und verteilte Butter und Marmelade über alle vier Brötchenhälften. Damit kam ich klar, auch mit dem Pfefferminztee, den es zu sämtlichen Mahlzeiten gab. Ebenso mit den Fahnenappellen. Es waren wohl drei. Einen gab es gleich am ersten Tag – uns wurden das Gelände, die geplanten Veranstaltungen und die wichtigsten Regeln der »Ferienlagerordnung« erklärt. Möglicherweise wurde auch eine Fahne hochgezogen. Der nächste Appell fand am Schluss des Sportfestes statt. Froh gestimmt und mit viel Beifall bekamen die Sieger im Weitsprung, Sackhüpfen, Federball, Eierlaufen oder Stangenklettern Urkunden überreicht. Ich war leider nicht dabei – das Ei war nicht so schnell. Am letzten Tag vor der Heimreise kam es noch einmal dazu, dass wir alle zum offenen Viereck Aufstellung nehmen mussten. Der Lagerleiter hielt eine kurze würdigende Rede und bedankte sich bei den Helfern und Küchenleuten. Ohne ideologische Anschläge. Das geschah nur einmal, drei Jahre später. An jenem Tag wurden endlos hölzerne Bekanntmachungen und Erklärungen verlesen. Man spürt das Datum.

Appelle waren mir nicht neu, ich kannte sie ja aus der Schule. Zu Beginn jedes neuen Schuljahres, zu Ehren des Republikfeiertages am 7. Oktober oder eines SED-Parteitages hieß es stets: »Antreten!« Die Pionierleiterin ließ die unteren Klassen auf dem Schulhof aufmarschieren – die oberen Klassen waren später dran. Wenn wir alle aufgereiht standen, machte sie Meldung an den Direktor: »Melde, die 13. Grundschule ist zum Fahnenappell angetreten!« Dann wurde eine zum jeweiligen Anlass passende Rede gehalten. »Wir haben uns heute hier feierlich versammelt, um ...« Spätestens ab diesem Satz haben viele von uns nicht mehr hingehört. Wir trieben lieber Späße mit den Mädchen oder machten andere versteckte Scherze. Seelischen Schaden nahm ich bei diesen Appellen jedenfalls nicht. Die Schulleitung war mit dem äußeren Zeremoniell zufrieden, wir mit der ausgefallenen Unterrichtsstunde. Wahrscheinlich wurde dabei auch eine DDR- oder Pionierfahne gehisst, auf jeden Fall ohne Fanfarenstöße und Trommelwirbel. Und mit einer immer noch überschaubaren Zahl an weißen Blusen und blauen Halstüchern. Damals. Später soll sich das geändert haben: einheitlicher, erzieherischer, demütigender.

Im Ferienlager war sowieso nicht alles so streng. Die Stimmung war immer gut. Wir tobten an den Badestellen, machten herrliche Wanderungen und Dampferfahrten, traten zu Wettkämpfen mit benachbarten Ferienlagern an und schlichen beim Nachtgeländespiel begeistert mit unseren Taschenlampen durch die Wälder. Schnipseljagd! Sogar die Landschaften wechselten. Mal waren wir im thüringischen Unterweißbach, mal in der Schorfheide, mal im mecklenburgischen Plau am See.

Ansonsten fanden im Juli und August von den Schulen organisierte Ferienspiele statt. Die Kinder, die daran teilnahmen, trafen sich jeden Morgen in der Schule und unternahmen mit den Betreuern Ausflüge in die Müggelberge oder ins Schwimmbad im Friedrichshain. Die Kosten waren belanglos. Es sollte nun mal kein Kind die ganzen Ferien über auf der Straße zurückbleiben. Großenteils lief das auch so. Und doch freuten wir uns am Schluss, nach den Reisen und Touren, genau darauf: unser Wiedersehen auf der Straße, auf dem Hof.

Jeder hatte viel zu erzählen. In den zwei Monaten kamen manch ungewöhnliche Erlebnisse zusammen, die nun laut und atemlos ausgetauscht wurden. »Und dann ist er ausgerutscht und in einem zehn Meter tiefen geheimen Gang verschwunden!« Übertrieben wurde auch. Genauso vermehrte sich unser Repertoire an Spielen und kleinen Tricks – von Ferienfreunden abgeschaut. All das musste ausprobiert werden. Daneben brachen wir auf zu unseren Erkundungszügen. Was gibt's Neues in unserer Gegend? Was läuft in der Brunnenstraße? Was spielen die Kinos?

So abenteuerlich wir unsere Ferienreisen auch ausschmückten, das Kino blieb der Ort, in dem wir Träume auf Reisen schickten. Daran änderte auch gelegentliches Fremdfernsehen nichts. Gebannt standen wir vor den Schaukästen der Filmtheater und betrachteten die ausgehängten Szenenfotos. Unglücklicherweise blieb es oft dabei, sich in Filme ab 14 oder 16 reinzuschummeln war für Zehnjährige eine schwer zu nehmende Hürde.

»Klar sind wir alle vierzehn!«

»Zusammen vielleicht.«

Im Westen sollte das meist besser klappen. Da waren auch die Altersbeschränkungen großzügiger. Ein damals vergleichsweise freizügiger Streifen wie »Liane, das Mädchen aus dem Urwald« konnte man ab 10 sehen. Die Fotos an den Kinos und in den Filmzeitschriften zeigten die blondmähnige Marion Michael, wie sie sich, nur mit einem Lendenschurz bekleidet, durch das Dickicht schlug. Und das ab 10! Es blieb für mich bei den Schnappschüssen, weil »Liane« nicht in einem nahen Westkino in der Nachmittagsvorstellung lief. Es wäre mein erster Film dort gewesen. Auch ein anderer Kultstreifen unter Jugendlichen, »Die Halbstarken« mit Horst Buchholz, lief ohne mich – freigegeben ab 16. Jammerschade. Gerade diese Geschichte über renitente Halbwüchsige, die auf allgemeine Normen pfeifen und am Ende Überfälle begehen, hätte ich gern gesehen. Die rebellische Attitüde der Halbstarken bewunderte ich heimlich. Manchmal saßen solche Lederjackentypen auf der Steinmauer am Kollwitz-Buddelkasten und alberten mit den Mädchen rum. Erwachsene, die vorbeigingen, schüttelten die Köpfe.

»Früher hätt's so wat nich jejeben!«

»Na, dann ist doch jut.«

Von solchem Aufsehen waren wir Jungs noch Jahre entfernt, wir steckten weiter in kurzen Lederhosen und guckten den Halbstarken-Ersatz im Ost-Kino. »Berlin – Ecke Schönhauser« – ein DEFA-Film. Er spielte praktisch vor unserer Haustür. Wieder ging es um eine Clique von Halbstarken, die hemmungslos ihren Spaß ausleben wollte und, wie sollte es anders sein, ebenfalls »auf die schiefe Bahn« geriet. Ihr Treffpunkt war der »Magistratsschirm« am U-Bahnhof Dimitroffstraße (heute Eberswalder). Der war uns bestens vertraut, wie auch sämtliche Häuser und Straßenzüge, die darin vorkamen. Auch die Sprache stimmte, und die Alltagsprobleme in den Familien. Für DDR-Verhältnisse zu realistisch, daher verzögerte sich der Weg in die Kinos. Als die Genehmigungsbehörde »Hauptverwaltung Film« den Rohschnitt begutachtete, bekamen es die Verantwortlichen mit der Angst zu tun: Der Film »werde schädlich auf unsere Menschen wirken« und »den Feinden unserer Republik in ihrer Hetze helfen«. Große Bedenken. Alles aus reiner Fürsorge um uns sozialistische Menschen natürlich. Normalerweise waren solche Vorwürfe ein Todesurteil für künstlerische Projekte. Doch seltsamerweise bog auf einmal der FDJ-Zentralrat um die Ecke – und lobte. Der Film wurde freigegeben. Und die zu schützenden Leute rannten in die Kinos.

Hatten die Ober-FDJler ihre schützende Hand auch über »Sheriff Teddy« gehalten? Gründe für ideologische Nörgeleien hätte es genug gegeben. Der DEFA-Kinderfilm erzählte, wie der 13-jährige Kalle, der in Westberlin eine Jungenbande anführte, widerwillig mit seinen Eltern in den Osten ziehen musste und sich dort prompt jede Menge Konflikte einhandelte. Er widersprach im Geschichtsunterricht, drohte anderen mit einem Schlagring, klaute einen Tachometer aus dem Physikschrank und verteilte auf dem Schulhof »Tarzan«-Hefte. »Wir lesen keine Schmöker. Es gibt ein Gesetz von der Regierung. Es ist verboten!«, zeterte der Muster-Pionier, und, um die Karikatur zu vollenden, obendrein in reinstem Sächsisch. Das kam unserer Wirklichkeit erstaunlich nahe: die wiederholten Taschenkontrollen in der Schule, auf der Suche selbst nach harmlosen Heften wie »Fix und Foxi«; der lächerliche Eifer einiger strammer Pioniere, bei Abwesenheit der Lehrer »die Ordnung« aufrechtzuerhalten; das frühe Denunziantentum.

Auch die Kulisse war erstaunlich echt. Das triste, halb kaputte Ostberlin, nicht aufgeblasen mit ständigen Kameraschwenks über die paar intakten Leuchtreklamen. In der Handlung kam es, wie es kommen musste: Robbi, der große im Westen gebliebene Bruder, versuchte Kalle für gefährliche Gaunereien einzuspannen. So soll er auf der Straße Passanten mit einer Lügengeschichte überreden, für ihn Perlonstrümpfe zu kaufen – mit deren DDR-Personalausweis. Es war die Zeit, da im Osten beim Einkauf vieler rarer Konsumgüter der Ausweis vorgelegt werden musste – aus Angst vor billig sich versorgenden Westberlinern. Kalle kriegte es nicht hin und vom Bruder eine letzte Chance. »Ein bisschen Klettern im Osten. Nicht weiter schlimm.« Andreas, Banknachbar in der Klasse, erfuhr davon und nahm mit seinem Fahrradtrupp die Verfolgung auf. Wie in »Emil und die Detektive«. Der Westbruder samt Kumpanen wurden zu guter Letzt festgenommen, Kalle auch. Aber nicht folgenschwer, denn Andreas setzte sich auf dem Polizeirevier für ihn ein: »Kalle kann nichts dafür. Kalle ist mein Freund!« Geigen.

Das größte Gelächter im Kino gab's bei den Szenen mit dem aus Sachsen stammenden Pionier. Er hatte noch einen zweiten Auftritt gegen Kalle: »Wir woll'n deine westlichen Gangstermethoden nicht!« An sich blasses Agitationsdeutsch. Mit Dialekt gesprochen, wird der Satz hintergründig. War es doch die »Kaderpolitik« des sächselnden Walter Ulbricht, die den Zustrom funktionswilliger Sachsen in die politischen Zentralen ins Rollen brachte. Ihm galten die Ostberliner mehrheitlich als »ideologisch verloren«. So wurden in den fünfziger und sechziger Jahren sicherheitshalber viele Posten mit Personal aus Leipzig, Dresden oder Karl-Marx-Stadt besetzt. Sehr, sehr viele. Für die Berliner zu viele. In welche Behörde sie auch kamen, es sächselte. Bald schmähten sie Sächsisch als »Funktionärssprache« und machten sich mit leidlichen Stimmimitationen darüber lustig. Die Liedzeile *»doch gommt der Sachse nach Berlin, da gönn'se ihn nich leiden«* schöpft aus dieser Quelle.

Ein DEFA-Film, der sich traute, die Auftritte der linientreuen »Neuberliner« zu veralbern! Das war schon mutig. Die liberale »Tauwetter«-Periode unter dem sowjetischen Parteichef Chruschtschow machte manches möglich. Wie weit sollten die kleinen Freiheiten gehen? Die Zensoren waren verunsichert. Mal bissen sie zu, mal zogen sie den Schwanz ein. »Sheriff Teddy« rutschte durch. Wir Kinder dankten, bestens unterhalten. Wir mochten den Film, weil alles vertraut war und die Jungs nur ein wenig älter. Es passte, wieder einmal.

Mädchen interessierten sich weniger für so etwas wie die Teddy-Bande, sie guckten lieber »Die Fahrt nach Bamsdorf«, eine herzige Feriengeschichte über das kleine Geschwisterpaar Toni und Rita. Und bestimmt marschierten die Süße, Pummel und Angelika in den Revuefilm »Meine Frau macht Musik«. Aber das ist nur die halbe Wahrheit. Genau genommen: Auch wir Jungs saßen bei diesen Streifen im Kino, vielleicht sind wir sogar zusammen mit den Mädchen losgezogen. Vielleicht kam auch noch einer hinterhergerannt: »Was wollt ihr euch ansehen?« Die Antwort war eigentlich egal – derjenige kam sowieso mit. Hauptsache, der Film nahm uns mit auf eine Entdeckungsreise. Reisekosten: 50 Pfennige pro Nachmittagsvorstellung. Hatten wir kein Taschengeld mehr, wurden zu Hause wieder mal ein paar Pfandflaschen abgezweigt. Wenn das nicht klappte, gingen wir »Groschen angeln«.

Viele Jungs machten das. Dazu hatten wir an einem Ende einer etwa anderthalb Meter langen Holzleiste einen großen, abgeknickten Löffel mit Schnur festgezurrt. Mit dieser »Angel« zogen wir nun von Haus zu Haus, knieten auf den Kellergittern und stierten angestrengt ins Dunkel. Immer auf der Suche nach Kleingeld, das irgendeinem Pechvogel erst aus der Hand und dann durchs Gitter gefallen war.

»Da liegt was!«

»Wo?«

»Na da, neben der Glasscherbe!«

Vorsichtig fädelten wir den Löffel samt Latte durch die Gittersprossen. Der Rest war Geschick. Behutsam wurde das Schöpfgerät unter das Geldstück geschoben und die Münze dann »aufgelöffelt«. Mal ein Groschen, mal ein Sechser, mal ein Pfennig – ein Fünfziger oder eine Mark waren eher selten. Glücklich hüpften wir mit unserer Beute zum nächsten Kellergitter. Manchmal kamen uns Jungs, die dort wohnten, ins Gehege: »Zischt ab! Wat hier liegt, jehört uns!«

Das sahen wir auch so und wechselten die Straße. Manchmal trieb es Franki und mich bis in den französischen Sektor, in Richtung Brunnenstraße. Da zahlte sich der Fischzug besonders aus – in Westgroschen. Für ein Eis oder eine Packung Kaugummi reichte es meistens. Und an seligen Tagen eben für Kinogeld.

Unsere Kino-Liebe passte zu einer anderen verbreiteten Leidenschaft: dem Sammeln von Schauspielerbildern. Wohl jeder von uns hatte diese kleinen Fotos. Sie steckten in der Verpackung verschiedener Kaugummis. Und sie waren wichtiger als der Kaugummistreifen selbst. Wir mussten nur zur Bernauer- oder Brunnenstraße schlendern, in unseren Hosentaschen etwas Kleingeld haben – Westgroschen steckten in den Ringelsöckchen – und die Sorte mit den Bildchen kaufen. Dann kam der spannende Augenblick: Wer steckt drin? Paul Hubschmid oder Curd Jürgens, Audrey Hepburn oder Gina Lollobrigida? Manches Gesicht und mancher Namen begegnete mir in diesem Moment zum ersten Mal. Doch das war nebensächlich. Wichtig war, dass man das kleine bunte Bildchen nicht schon hatte. Sonst wurde zügig versucht, es zu tauschen.

»Ich habe Johannes Heesters doppelt. Und du?«

»Ingrid Bergmann. Woll'n wir tauschen?«

»Die hab ich schon.«

»Und Romy Schneider?«

Der Besitz vieler Bilder führte zu höherem Ansehen – mindestens für die Stunde, in der wir sie bestaunten. Gabi, die Süße, hatte von uns allen den größten Stapel. Sicher über hundert. Darunter Stars wie James Dean, Kirk Douglas, Robert Mitchum, Glenn Ford, Vittorio de Sica, Maria Schell, Johannes Heesters, Marina Vlady, Humphrey Bogart. Mein Stapel war übersichtlicher – allenfalls 30 glänzende Farbfotos. Darunter bestimmt sechsmal Roy Rogers. Ein immer geschniegelter Cowboy-Darsteller, mal mit Pferd, mal ohne, mal mit Gitarre, mal ohne. Nach meinen Vorstellungen passte die Gitarre zwar nicht zu einem Cowboy, aber er sah nun mal so aus. Tauschen erwies sich als schwierig, seine Verbreitung war inflationär. Auch einen Film mit Roy Rogers habe ich nie gesehen. Zum Glück. Hätte ich damals gewusst, dass er vor allem »singende Cowboys« mimte, wären seine Abbildungen und ich schnellstens getrennte Wege gegangen.

Wir Jungs sammelten noch andere Bildchen, alte Aufnahmen von deutschen Kriegsschiffen oder bunte Bilder über fremde Länder und Tiere. In seltenen Fällen tauchte sogar eine der zugehörigen Sammelmappen auf. Meist aus den dreißiger Jahren – mit der inzwischen sträflichen Weltsicht. Uns interessierten die Schiffe. Die Serienbilder hatten nahezu Postkartengröße und zeigten etwa das Schlachtschiff »Bismark« oder das Panzerschiff »Admiral Graf Spee«. Für Berliner Gören hatten sie kaum vorstellbare Ausmaße.

»Gibt's den Kreuzer noch?«

»Nee du, die sind alle im Krieg abgesoffen.«

Solche Bilder zu sammeln war mühsam, es gab keinen Nachschub. Die Entscheidung fiel bald zugunsten der Leinwandgrößen.

Meist saßen wir auf den Stufen zu unseren Treppenhäusern und betrachteten reihum die abgebildeten Schauspieler.

»Der hier hat'n Grübchen.«

»Mensch, das ist Kirk Douglas! Steht doch drauf!«

Doch wie im Kino waren uns auch auf den Fotos die jüngeren Idole näher. Bei Horst Buchholz, Karin Baal, Conny Froboess, Peter Kraus, Heidi Brühl und Sabine Sinjen wurden die Abbildungen betont sorgfältig untersucht: Wie sahen sie aus? Was für Sachen hatten sie an? Welche Frisur?

Die Mode erreichte unseren Hinterhof. Zunächst Gabi, von den Mädchen die Älteste. Stolz führte sie uns ihren neu angeschafften Petticoat vor: Sie drehte eine Pirouette, und der spitzenverzierte Tüll bauschte sich hübsch auf. Wir waren entzückt. Hatte die Süße sogar einen Pferdeschwanz? Oder die Frisur mit einem Nickituch verziert? Womöglich auch das. Petticoats waren frech, jung, gewagt – und einer der ersten Durchbrüche für eine neue, eigene Teenagermode. Besungen von Conny und Peter Kraus:

»Zieht euch nur die flachen Schuhe an
Weil man damit besser tanzen kann
Die Pullis blau und gelb und rot
Zum Rock den neuen Petticoat.«

Immer häufiger sah man aufgebauschte Röcke auf den Straßen. Die Tüllschichten schwangen so schön beim Laufen der Mädels. Im Rhythmus der Teenagermelodie. Die prüden Alten schüttelten wieder die Köpfe: »Unterröcke darf man doch nicht sehen!« Wir Jungs schauten jedem Petticoat hinterher. Unsere Väter wahrscheinlich auch, nur verstohlen.

Bei uns Steppkes wechselten die Nietenhosen allmählich die Farbe, von schwarz nach blau, und wurden zu Bluejeans. Der alte Name hielt sich aber noch eine Weile. Wie die umgeschlagenen Hosenbeine. Das war bei den Stoffhosen der Männer nicht anders. Die Moden änderten sich nicht so schnell. Und die Garderobe, die man hatte, wurde gepflegt. Der Mantel oder das Sakko war dann eben »noch gut«. Also wurden sie weiter recht lang geschnitten und mit großen Revers getragen. Meist in schwarz oder grauen und braunen Tönen. Recht schlicht, das überdauerte. Auch die Kopfbedeckung. Außer im Hochsommer trug der flotte Mann Hut. Mein Vater hatte ein halbes Dutzend, vor allem elegant-sportliche Borsalinos. Das beste Stück: der klassische, bei Politikern beliebte Homburger. War mein Vater nicht zu Hause, angelte ich mir einen seiner breitkrempigen Deckel, zog ihn tief in die Stirn wie einen Cowboyhut, knotete mir noch ein Seidentuch meiner Mutter sorgfältig um den Hals und posierte aufgeblasen vor dem Frisierspiegel im Schlafzimmer. Die Illusion war perfekt: Roy Rogers!

Nur der Homburger blieb unbeachtet. Solche schwarzen hochgebogenen Filzkrempen trugen keine Cowboys. Solche Dinger trug Adenauer. Und der Mann von Welt – also fast alle. Der Werbeslogan »Man trägt wieder Hut« zielte aber auch auf die Damen. Mit einigem Erfolg. Die Hutablage im Kleiderschrank meiner Eltern war geteilt – jeder beanspruchte eine Hälfte. Das vornehmste Modell meiner Mutter bestand aus einer schwarze Kappe und einem Hauch von Schleier. Dazu kamen mindestens fünf weitere Variationen. Unsere Eltern waren fest davon überzeugt: Erst der Hut machte sie zu einer piekfeinen Erscheinung.

Und hochglanzpolierte Schuhe. Hingebungsvoll wurde gecremt, gebürstet, aufgespannt. Schließlich mussten sie halten, jahrelang. Das Problem waren wir Kinder, wir wuchsen da leider immer wieder raus. Das sah man an den Löchern vorn, die unsere Zehen durch das Leder gebohrt hatten. Bei den abgetragenen Spielschuhen, nicht bei den guten. »Die Guten« waren aus richtigem Rindsleder. Auch wieder eine wichtige Unterscheidung der fünfziger Jahre: »richtiges Leder«! Die verbreitete Knappheit hochwertiger Materialien führte ständig zu Experimenten, diese durch billige Grundstoffe abzulösen. Wenn meine Mutter mit mir Schuhe kaufen ging, prüfte sie immer intensiv das Obermaterial. Und dann stellte sie der Verkäuferin die immer gleiche Frage: »Ist das etwa Schweinsleder?« Schweinsleder wurde für minderwertig gehalten. Schweinsleder war angeblich nicht gut für die Füße. Warum, weiß ich bis heute nicht. Nur: Meine Mutter wachte darüber.

Wie auf ihre eigene Garderobe. Alles wadenlang: bunte Sommerkleider mit Blümchenmotiven, Glockenröcke mit Pepitamuster und, für den feierlichen Abend, ein Kostüm aus schwarzem Samt. Darüber streute sie etwas Schmuck. Und so sah sie dann auch aus. Schick. Man wollte »mehr hermachen«, mehr als man tatsächlich hatte. Das zog sich durch die gesamte Geschichte unserer Eltern – vorführen, dass es einem besser ging. Der Alltag dahinter blieb einfach, bei allzu vielen. Anschaffungen waren immer noch Ereignisse.

Die Nierentisch-Ära drang allmählich bis in die DDR vor. Doch die alten Möbel mussten keine Sorge haben. Kaum ein Stück landete auf dem Sperrmüll, kaum eine Familie konnte es sich leisten, die Wohnung neu einzurichten. Es sei denn, man besaß eine respektabel laufende Firma oder zählte zur gut bezahlten Intelligenzschicht wie manche Professoren, Künstler, Schauspieler. Sonst blieb es bestenfalls bei Einzelstücken. »Unsere Möbel sind noch gut«, beschied mein Vater. »Da ist anderes wichtiger!« Und überhaupt: Tische mit drei Beinen! So kam es nur zu einer bescheidenen Errungenschaft. Einem Gummibaum, der beliebtesten Pflanze der Nierentischzeit. Sie bekam einen sonnigen Platz auf dem Schreibtisch, in Fensternähe, und wurde sogar fotografiert. Entfaltete sich ein neues Blatt, wurde laut nachgezählt: »Schon acht Blätter! Er wächst und wächst.«

Auf Dauer war der Moderne nicht zu widerstehen. Ein, zwei Jahre später fügte sich auch mein Vater dem gepriesenen Geschmackswandel. Behutsam, nur so, um das Gefühl zu haben, das Zeitalter der Nierentische hat jetzt auch bei uns in der Kollwitz Einzug gehalten. Wobei wir in der DDR Begriffe wie »Zeitalter« oder »Epoche« nicht auf Mobiliar anwandten. Das war bürgerlich. Und irreführend! »Der Hauptinhalt unserer Epoche ist der Übergang vom Kapitalismus zum Sozialismus.« Und nichts anderes. Das stellte der v. Parteitag der SED, der gerade im Juli 1958 tagte, fest – und zwar unumstößlich. »Der Sozialismus siegt«, verkündeten Spruchbänder und Plakate, die zu Ehren der mehrtägigen Konferenz überall aushingen. Die Genossen waren in Hochstimmung. Hatte doch die Sowjetunion Monate zuvor mit ihren Sputniks die Tür in den Weltraum aufgestoßen.

Eine Sensation. Die piependen Signale von »Sputnik 1« konnten weltweit empfangen werden, und bei gutem Wetter soll er sogar mit dem Fernglas zu sehen gewesen sein. Uns Kinder hat das natürlich auch beschäftigt. Minutenlang haben wir auf dem Kollwitz in den herbstlichen Abendhimmel gestarrt.

»Da, da ist er!«

»Wo? Du spinnst, der bewegt sich doch gar nicht.«

Ein paar Wochen später setzte die Sowjetunion noch einen drauf: »Sputnik 2« war bemannt. Die Hündin »Laika« war an Bord und damit das erste Lebewesen, das auf einer Umlaufbahn die Erde umkreiste. Zum Beweis gab es unscharfe Fernsehbilder, die Zeitungen erschienen mit Laika auf den Titelseiten. Uns erschreckte ein bisschen, dass eine Rückkehr der Hündin nicht eingeplant war. Man war eben technisch noch nicht so weit. Nach zehn Tagen und vielen übermittelten Daten sollte Laika durch vergiftetes Futter einen schnellen Tod finden. Ein Heldentod im Dienste der Raumfahrt. Der übrigens tatsächlich nur wenige Stunden nach dem Start eintrat – durch zu viel Stress und zu hohe Temperaturen. Dennoch blieben die Satelliten das Glanzlicht, der Beginn der Erforschung des Weltalls.

Die Russen im All – das beschäftigte auch »Die Insulaner«. Die Westberliner Kabarettisten versuchten die ganze Aufregung durch den Kakao zu ziehen und sie so verdaulicher zu machen. Auch für sich. An diese abendliche Übertragung des RIAS entsinne ich mich gut.

FUNZIONÄR: Liebe Hörer, hier ist Radio Moskau mit seine Nebenstation. Aus Pankow übertragen wir heute unser beliebtes Rätselspiel »Rote Grütze«. Und hier spricht Ihr Quitzmaster … Das Amt des parteiischen Schiedsrichters hat wie immer Herr Professor Quatschnie übernommen.

QUATSCHNIE: Natrebilski, Demandowski, Sowjetski, Russki, Politikalski, Aktuellski Da?

FUNZIONÄR: Genau, genau! Herr Professor Quatschnie meint, ick soll euch mal 'ne Frage aus die moderne Jeschichte stelln. Aber dit sag ick euch gleich, da müssta uffpassn! Das is ein sehr schwierijes Kapitel! Die Eroberung des Weltraumes wurde eingeleitet durch eine sowjetische Großtat. Und was war dis? Na? Denkt doch mal en bisschen nach. Es ist rund, saust durch die Jegend und innendrin piepts.

GENOSSIN: Chruschtschow!

Für den Westen kam dieser Erfolg völlig überraschend. Die meisten Amerikaner sahen in der Sowjetunion ein fremdes, rückständiges Land, das keine direkte Bedrohung darstellte. Und nun griffen die Russen nach den Sternen! Wer mit seinen Raketen den Weltraum erreicht, erreicht auch Amerika. Der »Sputnikschock« war da. Chruschtschow ließ die »Prawda«, sein Zentralorgan, triumphieren: »Die Sowjetunion hat den Wettlauf gewonnen!« Ihre Überlegenheit auf entscheidenden Gebieten sei nun bewiesen. Die SED-Führung blies ins gleiche Horn und schlussfolgerte, dass diese Stärke dann ja wohl auch durch jedes andere sozialistische Land bewiesen werden könnte. Die imperialistischen Kräfte in Westdeutschland würden sich warm anziehen müssen. Der V. Parteitag drückte aufs Gaspedal.

»Die Sputniks demonstrieren der ganzen Menschheit die Veränderung des Kräfteverhältnisses in der Welt. Die Sowjetunion und die anderen sozialistischen Staaten erfüllen, gestützt auf die Vorzüge des sozialistischen Weltsystems, die weltverändernde ökonomische Hauptaufgabe, in geschichtlich kürzester Frist die am weitesten entwickelten kapitalistischen Länder in der Produktion je Kopf der Bevölkerung einzuholen und zu überholen.« Für die DDR, hieß es im Parteitagsbeschluss weiter, »muss erreicht werden, dass der Pro-Kopf-Verbrauch der werktätigen Bevölkerung an allen wichtigen Lebensmitteln und Konsumgütern höher liegt als der Pro-Kopf-Verbrauch der Gesamtbevölkerung in Westdeutschland«. Die Delegierten waren von dem Fortschritt allenthalben so berauscht, dass sie an diese Überholmanöver auch geglaubt hatten. In der Bevölkerung fehlte dieser Glaube. Wenn's vorne Versprechungen gab, stellte sich hinten keiner mehr an.

Ende der sechziger Jahre nahm Walter Ulbricht, der von seinem Lieblingsgedanken, an der Bundesrepublik vorbeizuziehen, nicht lassen konnte, noch mal neuen Anlauf: »Überholen ohne einzuholen« hieß nun die Losung. Auch diesmal blieb es beim bloßen Anlauf. »Überschätzen ohne einzuschätzen« wäre treffender gewesen.

Im Sport blieb die DDR vergleichsweise bescheiden. Die »Diplomaten im blauen Trainingsanzug« waren politisch noch nicht erfunden, das wissenschaftlich erforschte Hochleistungssystem noch nicht ausgetüftelt. Erfolge bei großen internationalen Wettkämpfen blieben dünn gesät, gefeierte Sieger waren Einzelkämpfer wie der Boxer Wolfgang Berendt, der Radrennfahrer Täve Schur oder die Skispringer Harry Glaß und Helmut Recknagel. Bei Olympischen Spielen traten noch gesamtdeutsche Mannschaften an. Im tonangebenden Fußball waren die Westdeutschen Titelverteidiger, während die DDR-Elf soeben die Qualifikation zur Fußball-Weltmeisterschaft in Schweden nicht überstand. Zwar endete das erste Spiel gegen Wales verheißungsvoll 2:1, doch die anderen drei Spiele gingen allesamt verloren. Torverhältnis 5:12. Zum Ärger der Funktionäre gehörte wieder mal der westdeutschen Mannschaft das ganze Wohlwollen, auch das der Ostdeutschen.

Für mich kreuzte die WM im Frühsommer 1958 völlig überraschend auf. Bis dahin lief alles in Richtung Radsport. Nun steckte mich die Begeisterung der Menschen an. Dabei hörte ich anfangs bei den Radioübertragungen nicht mal zu. Nur wenn ich mit meiner Mutter draußen auf den Straßen unterwegs war, merkte ich, wie sehr alle mitfieberten. Aus jedem zweiten Fenster tönte die aufgeregte Reporterstimme. »Fritz Walter zu Seeler …« Auf dem Vinetaplatz im Westen hockte eine Schar junger Leute um ein Kofferradio – so groß wie es hieß. Man verpasste nichts. Vor allem, wenn alle aufschrien: »Toooor!« Meine radsportverliebte Mutter fragte mehr aus Höflichkeit: »Wer hat es denn geschossen?«

»Helmut Rahn! Das 3 zu 1!«

Da war er. In genau diesem Augenblick kam er bei mir an: Helmut Rahn.

Die Jungs machten eine Polonaise um die Parkbank, auf der ihr Radiokoffer stand: »Helmut, Helmut, Helmut ...« Wir gingen weiter, ich mit einem neuen Namen im Kopf. Am nächsten Tag kaufte ich mir für 20 Pfennige bei unserem Zeitungsfritzen das »Sportecho«, um alles nachzulesen. Der Rahn hatte zuvor sogar noch ein Tor gegen Argentinien geschossen – das 1:1. Die folgenden Tage klebte ich an unserem UKW-Empfänger: 2:2 gegen die Tschechoslowakei, 2:2 gegen Nordirland. In beiden Spielen schlug Rahn wieder zu. Viertelfinale. Der Kontrahent war Jugoslawien. Die Entstehung des 1:0 in der 11. Minute las sich damals so: »Helmut Rahn hatte drei gegnerische Abwehrspieler ausgetrickst und mit dem Außenrist aus fast unmöglichem Winkel ins Tor getroffen. Jugoslawiens Torhüter stand wie zur Salzsäule erstarrt. Er konnte einfach nicht fassen, dass irgendein Spieler in der Lage war, aus diesem Winkel ein Tor zu schießen.« Es blieb das einzige. Im Halbfinale ging es nun gegen Schweden. Diesmal traf Deutschlands Rechtsaußen Rahn nicht, und das Spiel ging 1:3 verloren. Traurig, aber für mich einleuchtend. Weltmeister wurde Brasilien, das die Schweden mit 5:2 wegzauberte. Zwei Tore schoss der 17-jährige Pele, die »schwarze Perle« und Entdeckung des Turniers. Meine Perle blieb Helmut Rahn – für viele Jahre und einigen Ärger.

Nur wenige Tage nach der WM legte ich eine Westmark für ein Sonderheft an: »Gerhard Bahr: Fußball-Weltmeisterschaft 1958«. Auf 39 Seiten gab es sämtliche Mannschaftsfotos, Kurzberichte über jede Begegnung, viele tolle Bilder, einige sogar in Farbe – unglücklicherweise die nichtssagenden. Aber drei Aufnahmen mit meinem Schützenkönig. In diesem Sommer begann meine Liebe zum Fußball, ohne ein komplettes Spiel gesehen zu haben. Fünf Radioreportagen, mehr kam nicht zusammen. Fußballspiele kannte ich nur von Kurzbesuchen. An manchen Sonntagen spazierte mein Vater mit mir die Cantianstraße entlang zum »Exer« (so nannte man das Gelände des Jahn-Sportparks, zu Kaiserzeiten ein Exerzierplatz), um etwa eine halbe Stunde irgendeiner Kreisklasse-Partie zuzuschauen. Derweil bereitete meine Mutter das Mittagessen vor. Es war bloß eine beiläufige Überbrückung, und die gab es sowieso nur, wenn ausnahmsweise kein Radrennen stattfand.

Ich wusste von meinem auch im linken Seitenflügel wohnenden Freund Klaus, dass sein Papa bei der BSG Rotation Prenzlauer Berg spielte. Das wollte ich auch. Als der Rotationskicker eines Abends vor mir die Flurtreppen hochstieg, stoppte er bei meiner Frage: »Ich möchte Fußballer werden. Geht das bei Rotation?«

»Du bist doch genauso alt wie Klaus?«

»Ja, zehn.«

»Keine Ahnung, ob wir auch Knaben haben. Klaus hat mich auch schon gelöchert. Ich sag Bescheid.«

Damit war mein dringendster Wunsch auf den Weg gebracht, und ich war froh. Doch es blieb bei dieser flüchtigen »Bewerbung«. Irgendwie war danach der Druck raus. Klaus wollte auch nicht so recht. Es fehlte wohl an Mut. Die »Knaben«, das waren die Zehn- bis Zwölfjährigen, mussten in ihrer Staffel ohne uns spielen.

Langeweile kannten wir nicht. War aus einer Liebe die Luft raus, fand sich schnell eine neue. Autorennen etwa. In einem dieser Frühsommer tauchten sie plötzlich auf: kleine, etwa zwölf Zentimeter lange, silberne Rennautos aus Aluminiumguss mit schwarzen Gummireifen. Wie eine Flutwelle schwappte diese Neuheit über uns. Wenig später hatte fast jeder Junge so ein Modell. Wir im Osten mussten mal wieder Westmark dafür locker machen – um die zwei. Die Dinger gab es leider nur drüben. Dass sie sich trotzdem so schnell über die ganze Stadt verbreiteten, lag vor allem daran, dass es zum Spiel nicht viel brauchte. Nur das Auto. Die Rennstrecke hatten alle vor der Tür: die Bordsteine.

Allerdings verlangte der »Silberpfeil« noch unsere ganze technische Kunst. Der Aluminiumrenner, unten hohl, war viel zu leicht. Selbst wenn man ihn nur sachte angeschoben hätte, wäre er bei der nächsten Rinne aus der Bahn gehopst. Also wurde der Hohlraum mit passenden Eisenteilen und Knete gefüllt. Wichtig war, dass die Knete unten den Boden fast berührte. Das konnte die Fahrt an der Bordsteinkante abbremsen und so den Absturz des Autos verhindern. Natürlich auch mit Glück. Da immer noch kaum parkende Autos an den Straßenrändern standen, hatten wir freie Bahn. Ein Kreidestrich, und wenn es echt aussehen sollte, wurden fünf Buchstaben auf den Stein gemalt: START. Dann kam jeder mit seinem getunten Renner an die Reihe. Ein gefühlvoller Schub, sodass der Wagen so weit wie möglich rollte, ohne vom Bordstein abzukommen. Von da, wo er stehen blieb, ging es bei der nächsten Runde weiter. War er aus der Bahn geraten, musste man zurück. Unsere Rennen erstreckten sich manchmal von unserem Haus bis zur Ecke Knaak – über 50 Meter. Das konnte Stunden dauern. Im richtigen Leben nur vergleichbar mit »Paris – Dakar«.

Wir glühten für unsere Autorennen. Und doch kaum länger als einen Sommer lang. Richtig ausdauernd beschäftigte uns nur eine Passion – alles, wo geschossen wurde. Egal, ob das Knallplättchenpistolen waren, mit denen wir halb versteckt hantierten, oder Spielzeugpanzer, kleine Kanonen oder Soldatenfiguren. Jeder brachte seine Sammelteile mit. Die stellten wir dann im Hof auf, bauten mit Steinen und Gräsern ausgeklügelte Stellungen und arrangierten von uns selbst zusammengenagelte Häuschen zu Mini-Kasernen. Die Gefechte begannen. Geschützfeuer und Gewehrschüsse ahmten wir lauthals nach.

Die Geräusche kannten wir ja aus Filmen. Es machte einen Heidenspaß. Unseren kriegsmüden Eltern und vielen Erwachsenen nicht. Sie ertrugen es gerade mal. Manche überhaupt nicht.

Meine allererste kleine metallene Knallplättchenpistole, in die man jedes Zündplättchen noch einzeln einlegen musste, landete prompt im Ofen. »So was kommt mir nicht ins Haus!«, brüllte mein Papa, öffnete die Ofentür und schmiss meine heiß geliebte Neuerwerbung in die Glut. »Ich habe von Krieg und Schießereien die Schnauze voll!« Ich stand daneben und verschluckte mich fast an meinen Tränen. Wochenlang hatte ich meine Mama mit dem Wunsch nach einer Pistole gelöchert. Am Vormittag jenes Tages gab sie endlich nach und kaufte in der Brunnenstraße für 1,50 DM diese bescheidene »Einer-Schuss-Pistole«.

Sie ahnte wohl den Ärger: »Die kleine muss reichen. Und verstecke sie ja!« Die Größe schien ihr ein Kompromiss. Für meinen Vater gab es da keine Kompromisse. Später konnte ich ihn verstehen. Er wurde im Krieg schwer verwundet, allein das genügte. Sein »Machtwort« damals schien ihm ausreichend, und beruhigt legte er sich zum Nachmittagsschlaf aufs Sofa. Ich konnte mich nicht so schnell beruhigen. Meine traurigen Augen müssen meiner Mutter zu Herzen gegangen sein, denn sie schlich mit mir ins Wohnzimmer, schraubte leise die Ofentür wieder auf und angelte mit einem Feuerhaken nach der Pistole. Direkt daneben schnarchte mein Papa. Er merkte nichts. In der Küche hielten wir das Pistölchen erst mal unter den Wasserhahn. Zum Glück war das Ding aus Eisenblech, nur die schwarze Farbe war ramponiert.

Und ich war seit diesem Tag gewarnt. Spielzeugpistolen, die ich mir danach zulegte, lagen nicht mehr offen rum, und wenn, dann nur in der Plöner bei Tante Mann. Alte Elastolin-Figuren, die schießende oder marschierende Wehrmachtssoldaten darstellten, verschwanden in einem »Geheim-Karton«. Ein braun uniformierter SA-Mann wurde von mir sicherheitshalber neu angestrichen – blau. Nun sah er aus wie ein Schaffner. Für mich war das Männeken eben nur eine Spielzeugfigur. Und so viele hatte ich nicht, ich musste sie zusammenhalten. Warum aber hatte mein Vater den Ami-Jeep aus Blech genehmigt? Weil da Weihnachten war? Vielleicht weil da keiner geschossen oder Handgranaten geworfen hatte – eine Figur saß am Steuer, die andere mit einem Funkgerät auf der Rückbank. Schön friedlich. In meinem überschaubaren Wagenpark blieb der Jeep das Glanzstück. Ansonsten besaß ich zwei grün lackierte LKWs und einen (versteckten) Blechpanzer.

Bis meine Mutter Familie Supplie im Vorderhaus besuchte, 1. Etage, direkt unter Hammels. Ich wollte mit, womöglich aus Neugier. Die drei Erwachsenen besprachen etwas, ich saß brav daneben und schaute mich um. Sah aus wie bei uns. Herr Supplie, ein Mützenmacher, muss meine Zurückhaltung bemerkt haben, denn er erhob sich vom Tisch: »Dieter, ich hol' dir was zum Spielen.« Als er zurückkam, fiel ich beinahe vom

Stuhl. »Hier, wird dir gefallen.« Vor mir stand ein großer, etwa 30 Zentimeter langer Wehrmachts-LKW aus Blech, mit einer Flak auf der Ladefläche. Alles in Tarnfarbe. Die Türen zum Fahrerhaus ließen sich öffnen. Drinnen saß ein Soldat. So etwas hatte ich noch nie in meinen Händen. Beim Abschied strich mir Herr Supplie übers Haar: »Kannst du mitnehmen. Schenke ich dir.« Vermutlich bin ich vor Glück minutenlang auf der Stelle gehüpft.

Im Überschwang zeigte ich den Wagen gleich meinem Vater. Ich musste die Freude teilen. Dass das nicht so klug war, fiel mir wenig später selber ein. Kurz vor dem Schlafengehen schob ich mein neues Prunkstück rasch unter das Doppelbett – unerreichbar weit. Am nächsten Morgen tastete ich flink nach dem Kanonenwagen. Hurra! Er war noch an Ort und Stelle. Behutsam zog ich ihn unter dem Bett hervor – und erschrak. Vor mir stand der Blech-LKW in Tarnfarbe, aber er war nur noch ein Plattenwagen. Die Flak hatte mein Vater noch in derselben Nacht demontiert. Nun war er zur Arbeit und konnte mein Geheule nicht hören. Geändert hätte es sowieso nichts, die Kanone war längst entsorgt. Mein Fuhrpark hatte jetzt drei Lastwagen.

Es sollte nicht die letzte Demontage sein. Dort, wo wir Kinder spielten, standen vor einiger Zeit noch Ruinen. Nun, mehr als zehn Jahre nach Kriegsende waren fast alle Häuserreste weggeräumt. Jedenfalls in unserer Gegend. Auch unser stark beschädigtes Nebenhaus, die 68, war abgerissen worden. Jetzt döste dort eine Fläche mit Schutt, Scherben und spärlichen Gräsern vor sich hin. Querdurch zog sich ein Trampelpfad, eine Abkürzung zwischen der Kollwitz und der Wörther. Genauso sah es in der Knaack, Ecke Wörther aus. Oder in der Kollwitz Richtung Senefelder Platz, ab Belforter. Für uns Kinder wurden diese freien Felder zu Tummelplätzen. Ständig stromerten unsere Cliquen über diese Schuttflächen, die, zwischen Unkraut und kleinen Hügeln versteckt, noch manche verrosteten Stahlhelme und Gasmaskenbehälter bargen. Nach solchen Sachen suchten wir. Die Helme wurden dann herumgereicht und dazu fantasiert.

»Ist der erschossen worden?«

»Quatsch, sieht man doch. Kein Loch. Der hat das Ding weggeworfen!«

Mit etwas Glück fand man ab und zu auch brauchbare Überbleibsel. Ich hatte es einmal.

Allzu oft waren wir Kinder schon über den kargen Platz zwischen der Kollwitz und der Mauer des jüdischen Friedhofs gezogen, über Geröllhuckel und Dreck geklettert. Und? Nichts. Bestenfalls verrosteter Plunder. Doch dann sah ich im Sonnenlicht etwas aus der Erde blinken. Im Nu war das Teil freigescharrt. Ein Messer! Ohne Scheide, aber gut erhalten.

»Alle hierher! Guckt mal, ich habe ein Fahrtenmesser gefunden!«

Es sah aus wie ein kleines Bajonett. Vorsichtig kratzten wir den Dreck ab. Eine zerschrammte rot-weiße Raute kam zum Vorschein, in deren Mitte ein Hakenkreuz zu erahnen war.

Wahrscheinlich ein Fahrtenmesser der Hitlerjugend. Aber ein bedeutender Fund. Die Jungs, die dabei waren, freuten sich mit mir. Und doch wurde mir mulmig. Das geht so gar nicht, dachte ich. Bis mir die rettende Idee kam: Das Abzeichen im Griff muss bloß entfernt werden, schon sieht es aus wie ein ganz normales Fahrtenmesser. Zack. Rechtzeitig vor dem Eintreffen meines Papas setzte ich zu Hause das Werkzeug an. Eins, zwei, drei, war die HJ-Raute raus. Leider sah das Messer immer noch bedrohlich aus, ich würde es nicht mit runternehmen dürfen, so viel war klar. Aber bei Ausflügen oder Spaziergängen im Wald vielleicht. Verstecken war mir zu heikel.

Dann kam mein Vater. »Hier, ich habe ein Fahrtenmesser gefunden.« Er sah sich den Dolch genau an. Und er wusste sofort, was er da in den Händen hielt. »Na, dann komm mal mit.« Die Richtung verhieß nichts Gutes. Er spannte die Klinge in den Schraubstock ein, nahm einen schweren Hammer und schlug gegen den Griff. Peng. Kling. Der Abrüster hatte wieder zugeschlagen. Er gab mir die Klinge und den Griff. »Das schmeißt du sofort in den Müllkasten. Und nicht daneben!« Was sollte ich damit sonst auch tun? Das war nun Schrott.

Wenigstens hatte ich noch ein kleines Taschenmesser, und das war genehmigt. Alle Jungs, die ich kannte, besaßen ein Taschenmesser. Das hatte meist zwei Klingen und manchmal noch einen Korkenzieher. Der Griff war aus Holz, Hirschhorn oder Perlmutt. Und wenn man zum Spielen raus ging, hatte man es bisweilen, neben etwas Strippe und ein paar Groschen, in der Hosentasche. Konnte doch sein, dass man auf dem Kollwitz einen guten Stock fand, der nur darauf wartete, mit »Indianerzeichen« verziert zu werden. Oder man entdeckte ein passables Stück Borke, geeignet, um ein Schiff daraus zu schnitzen. Hatte einer damit angefangen, schwärmten auch alle anderen aus, um nach ähnlichen Stücken zu suchen. Dann hockten wir nebeneinander auf der Parkbank und schnibbelten wie besessen. Die Späne flogen nur so. Auf der Nachbarbank saßen bestimmt greise Männer, wie immer an warmen Tagen, und malten mit ihren Krückstöcken Kreise in den Schotter.

»Was schnitzt ihr da?«

»Schiffe. Aus Borke.«

»Ha, das haben wir auch gemacht, vor 60 Jahren.«

Und dann kicherten sie vor sich hin. Wir auch.

Hatte die Borke einigermaßen die Form eines Rumpfes angenommen, wurde als Mast ein passendes Stöckchen in die Mitte gebohrt und ein Blatt Papier raufgepiekt. Wer wollte, malte noch einen Totenkopf dazu. Fertig war das Piratenschiff. Nun musste es nur noch regnen. Beim nächsten Wolkenbruch holte jeder sein Boot und setzte es in den breiten Strom des Regenwassers, der am Rinnstein entlangschoss. Bis zum nächsten Gulli. »Hier kommt Käpt'n Holzbeen!« Wir sprangen barfuß durch Pfützen, bauten kleine Dämme und spritzten uns johlend gegenseitig nass. Für eine kurze Ewigkeit waren wir am Meer. Es war wunderbar für uns Kinder in der fast autofreien Zeit.

Inzwischen war ich in der vierten Klasse, und das Schuljahr ging langsam dem Ende zu. Es war durchaus turbulent verlaufen, die Zahl meiner Tadel weiter gewachsen. Diesmal waren es fünf. Dagegen stand ein Lob. Hätte ich es verrechnen können, wäre es wie in der 3. Klasse ausgegangen. Aber es war vieles anders. Wir hatten einen neuen Klassenlehrer bekommen, Herrn

Geerdts. Er unterrichtete uns in Sport und Deutsch. Ob Geerdts als »Junglehrer« bei uns einstieg, erinnere ich nicht mehr, nur, dass er noch sehr jung war – Anfang 20. Die Routine und Gelassenheit der wesentlich älteren Lehrer wie Willmann und Buchholz waren weg. Der Ton wurde spröder. Zwar fand mein Klassenlehrer auf dem Zeugnis zunächst lobende Worte: »Dieter ist ein sauberer, ordentlicher Schüler. Aufgaben erledigt er gewissenhaft und zuverlässig. Das Lernen fällt ihm leicht.« Doch dann kam das Dauerfeuer: »von sich eingenommen«, »unleidlich«, »flegelhaft«, »aufbrausend«. Kurz durchatmen. »Fügt sich nicht in die Gemeinschaft, ist Egoist.« Das wollte mir nicht in den Kopf, das weiß ich noch. Egoist? Ich kam mir vor wie ans Kreuz genagelt. Mit zehn.

»Betragen: 4« stand gleich oben bei den Kopfnoten. Keine Ausreden. Diese Note war sicher verdient. Ich war frech oder vorlaut, und meist beides in Kombination. Sobald sich mir die Gelegenheit bot, eine kuriose Unterrichtsszene noch mit einem spaßigen Zwischenruf auszugestalten, platzte der auch schon raus. Ohne Folgenabwägung. Wichtig war mir in dieser Sekunde nur, dass er passte. Als ein Lehrer mal über irgendeine Begriffsstutzigkeit grimmig ausrief: »Da stehen mir ja alle Haare zu Berge!«, kam mein Spruch aus der Frisiercreme-Werbung: »Nimm ›Glätt‹!« Die Klasse lachte. Fein. Weiter auskosten konnte ich diesen kleinen Triumph nicht. »Dieter, du gehst sofort vor die Tür!« Da stand ich viele Male. Stets in der Hoffnung, dass der Direktor nicht zufällig vorbeikommt. Ansonsten war es durchaus unterhaltsam, denn man konnte von den Flurfenstern aus fast die gesamte Mülhauserstraße sehen, die alten, verwitterten Inschriften über manchen Hauseingängen lesen und die Mieter gegenüber beobachten. Aber lieber wäre ich in der Klasse geblieben und »bei der Sache«. Rote Karten sind immer schlecht.

Mein Schulfreund Werner will sich noch daran erinnern, dass es eine wilde Jagd kreuz und quer über die Schulbänke gab. Ich vorneweg, der Lehrer immer hinterher. Er meint Buchholz. Ich vermute, dass das ein anderer war. Buchholz war der Typ »strenger Zurechtweiser«, der wäre gar nicht über die Bankreihen gekommen. Geerdts war Sportlehrer, das dürfte eher stimmen.

Anfangs mochte ich ihn sogar. Er war gerade mal ein Dutzend Jahre älter als wir. Und er machte überraschende Sachen. An einem sonnigen Herbsttag nahm er seinen Fotoapparat und führte uns die Steintreppe hinauf zum kleinen Wasserturm. Ihm verdanken wir die einzigen Fotos unserer Klasse – mit vielen Kindern, die 1954 schon zusammen eingeschult worden waren. Ich habe noch ein großes Bild. Die 4a. Wir lachen alle in die Kamera. Die erste Reihe sitzt auf dem Sandweg, die zweite hockt gleich dahinter, die dritte Reihe steht. 24 fröhliche Kinder, die der Schnappschuss in diesem Moment festhält. Doch wenn man genauer hinschaut, fällt auf, wie unterschiedlich die Lebensverhältnisse zu Hause gewesen sein müssen. Einige sind gefällig gekleidet, von ihren Müttern achtsam zurechtgemacht, bei anderen reichte es offenbar dafür nicht. Westmappe neben billigem Trainingsanzug mit Muckhosen. Aber tatsächlich trennte uns das nicht, und wenn, dann nur dem Anschein nach. Natürlich freute man sich über schicke Klamotten. So wie ich über meine Nietenhosen. Nur: Es bedeutete für unser Miteinander nichts. Vielleicht kam mal Neid auf, mal Stolz, aber keine Häme und keine Angeberei. Letztlich waren wir alle Nachkriegskinder. Zu viele von uns hatten sich mal mit Trockenbrot begnügen müssen.

Ein zweites Foto zeigt, wie wir gerade die Treppen wieder hinabsteigen. Kalle, Renate, Marion, Ursula, Eberhard, Ingo, Krücke, Klaus, Manfred, Waldemar, Regine, Marlies und ich. Die anderen sind leider von den Blättern der Bäume und Sträucher verdeckt. Später bekam jeder von uns ein paar Abzüge. Geerdts sei Dank. Dabei hätte es für mich, manchen Krach und Tadel eingerechnet, bleiben können. Doch dann kam jener Wintermorgen. Wir hatten Sportunterricht in der Turnhalle. Und ich hatte meinen Turnbeutel vergessen. Das war mir noch nie passiert. Sport machte mir Spaß – bis auf Geräteturnen. Und meine Mutter achtete hingebungsvoll darauf, dass ich alles, was ich für den Schultag brauchte, eingepackt hatte. An diesem Tag nicht.

Die Stunde begann. Mit einigem Geschrei war die Klasse in Turnsachen und einer Reihe angetreten. Wir anderen, etwa vier

Kinder, nahmen am Rand der Halle auf einer Holzbank Platz. Herr Geerdts rief einen Namen nach dem anderen auf und schaute dann zu uns: »Warum sitzt ihr dort?«

»Wir haben unser Sportzeug vergessen«, erwiderten Werner und ich. Die anderen waren krank.

»Da liegt es gut. Und Sport findet heute ohne euch statt, habt ihr so gedacht.« Die Stimme wurde schärfer. »Irrtum! Ihr macht mit, dann eben in Unterwäsche! Ab in den Umkleideraum!«

Während ich noch darüber nachdachte, ob er einen Scherz machte, ließ der nächste Satz keinen Zweifel daran.

»Los! Oder wollt ihr euch drücken?«

Ich sagte so etwas wie: »Das mache ich nicht.«

Werner weigerte sich ebenfalls.

Nun schnappte unser Sportlehrer über: »Jungs, zieht den beiden die Sachen aus!«

Schon stürzten sich mehrere Knaben auf meinen Freund. Ich dachte, ich träume. Unsere Klassenkameraden! Mit aller Gewalt zerrten sie an Werners Klamotten, am Pullover, an der Skihose. Und dann stand er da, voller Scham, in langen Unterhosen. Tränen kullerten über sein Gesicht. Das macht ihr nicht mit mir, schoss es mir durch den Kopf. Ich hatte nur wenige Meter bis zur Tür, Geerdts ein paar mehr. Blitzschnell war ich dort, riss die Tür auf, und schon flitzte ich durch das Schultor, die Kolmarer runter. An der Ecke zur Knaack stoppte ich kurz und sah mich um. Geerdts kam gerade durch die Pforte. Erleichtert atmete ich durch: Der kriegt mich nicht mehr. Er sah das auch so und brach den Versuch ab.

Im Nu war ich in der 66 und klingelte Sturm. »Was machst du hier«, fragte mein Vater verwundert. »Und wieso läufst du ohne Jacke rum?«

Noch im Flur beschrieb ich keuchend den Vorfall von eben.

»Papa, und was machst du hier?«

Es war schließlich Vormittag, da war er üblicherweise auf Arbeit.

»Ich muss meine Freistellung beantragen. Jetzt gehen wir erst mal in die Schule!«

Die Freistellung war für die Friedensfahrt, bei der er seit Anfang der fünfziger Jahre mithalf. Der Ton, mit dem er das aussprach, war schon für die bevorstehende Auseinandersetzung. Mein Vater war in schulischen Dingen äußerst selten auf meiner Seite, aber wenn, dann entschieden. So wie in diesem Moment. Er zog seine Arbeitsjoppe und seine Schuhe an, band mir einen Schal um und nahm meinen Anorak vom Garderobenhaken. »Komm!«

Im Eiltempo stürmte mein Papa Richtung Schule, mit mir an der Hand. Unterwegs ließ er sich den genauen Hergang noch einmal kurz schildern. Dabei sah er streng zu mir runter: »Wehe, das stimmt nicht!«

Es waren nur noch wenige Schritte.

»Wie heißt der Direktor?«

»Leszinski.«

Leszinski, drei Jahre im Amt, hatte etwas Herablassendes. Meist lief er im Anzug durch die Flure, der Jackenaufschlag mit einem Parteiabzeichen dekoriert. Er beherrschte den strengen Auftritt, ohne es allzu sehr zu sein. Schon stand mein Vater im Sekretariat.

»Kann ich helfen?«, fragte die Vorzimmerdame.

»Zu Herrn Leszinski. Und sofort.«

Die nur angelehnte Tür zum Direktorenzimmer ging auf, und Leszinski erschien: »Ja, bitte?«

Da standen sie sich gegenüber, misstrauisch der einfache Arbeiter und seine politische Vorhut. Der Direktor machte eine einladende Geste: »Kommen Sie.«

Und zu mir: »Du wartest hier.«

Die Tür ging zu, und drinnen wurde es kurzzeitig laut, dann leiser. Nach cirka zehn Minuten kamen beide raus und gaben sich zum Abschied die Hand. Leszinski sagte nur: »Ich kläre das.«

Mein Vater gab mir einen Klaps: »Alles gut.«

Mehr sagte er nicht. Und ich schlenderte mit gemischten Gefühlen Richtung 4a.

Herr Geerdts schaute mich argwöhnisch an: »Wo warst du?«

»Mit meinem Papa beim Direktor«, entgegnete ich – so, dass es auch alle hören konnten.

Weiter geschah nichts. Keine Ahnung, was danach passierte. Wahrscheinlich gab es ein Gespräch, im äußersten Fall einen Rüffel. Anders bei mir. Bei mir hatte sich diese üble Szene eingebrannt. Mein Klassenlehrer war für mich erledigt. Und ich wurde zum »Ist Egoist«. Der Stab war gebrochen.

Das wohl wichtigste Buch in den unteren Klassenstufen war das Lesebuch. Möglich, dass es zu teuer kam oder so schnell keine neuen Bücher gedruckt werden konnten oder aber die verantwortliche Riege im Ministerium für Volksbildung die Sache nicht für so vordringlich hielt. Warum auch? Das große Denkmal stand ja ebenfalls noch unangetastet in der nach ihm benannten Straße. So oder so, in unserem »Lesebuch für das vierte Schuljahr« wurde weiter Stalinkult betrieben. Auf den Seiten 96 und 97 finden sich gleich zwei gemütvolle Geschichten. »Stalins Schuljahre« lobpreist die Geschicklichkeit des heranwachsenden Weltenlenkers im Ballspiel, seinen Leseeifer, die Erzählkunst und das Wissen: »Josef wusste mehr als die anderen Kinder.« »Auch mehr als der kleine Lenin?«, hätte einer von uns fragen sollen. Aus Naivität natürlich, Ironie hatten wir da noch nicht. Möglicherweise wäre der Lehrer ins Schwimmen gekommen.

Die nächste Geschichte, »Stalins Flucht aus Sibirien«, soll auf seine eigenen Erzählungen zurückgehen. Wie seine ganze Geschichte. Es geht um Stalins Flucht aus der zaristischen Verbannung. »Als er über den vereisten Jenissei-Fluss ging, wäre er beinahe umgekommen. In der Mitte des Flusses fiel er in ein Eisloch, das er nicht bemerkt hatte. Aber seine Gewandtheit und Kraft halfen ihm, sich am Rande des Eislochs anzuklammern.« So wie Wildtöter, muss ich gedacht haben. Doch weiter. Vorsichtig krabbelte Stalin auf das Eis hinauf. »Bei dem starken sibirischen Frost vereiste seine nasse Kleidung sofort, und sein Gesicht bedeckte sich mit einer Eiskruste. Als die Bäuerinnen, die zum Fluss kamen, um Wasser zu holen, diese weiße Eisgestalt bemerkten, warfen sie vor Schreck ihre Eimer fort und liefen schreiend ins Dorf zurück.« Ein Bauer half ihm schließlich. Und der Autor, G. Baidukow, griff in die Harfe: »Man muss schon Riesenkräfte besitzen und sehr gesund sein, um nach einem solchen Vorfall am Leben zu bleiben. Aber Stalin war stark, abgehärtet und kerngesund. Das rettete ihn damals vor dem Tod.« Ach, wäre er doch zu Eis erstarrt, umgekippt und in tausend Stücke zersprungen, es hätte Millionen Menschen das Leben gerettet. Schade. Die märchenhafte Vorstellung, dass der gefrorene Stalin in viele Teile zersplitterte, könnte schon dem einen oder anderen von uns gekommen sein. Die Gedanken, die wir uns über die Welt machten, waren vor allem von unseren Eltern beeinflusst. Und bei denen kam Stalin meist nicht gut weg. Eine »Eisgestalt« eben.

Für den Deutschunterricht hatten wir noch ein zweites Buch bekommen: »Deutsche Rechtschreibung. Regeln und Wörterverzeichnis«. Auf fast 100 Seiten waren alphabetisch Wörter aufgeführt, wie in einem kleinen Duden. Um uns damit vertraut zu machen, sollten wir in dem Verzeichnis nach bestimmten Wörtern suchen.

»Wer das Wort gefunden hat, meldet sich«, bestimmte Geerdts. »Der Erste darf dann die Seite nennen, auf der es steht.«

Daraufhin schaute er ins Buch und sagte beispielsweise »Montage«. In der Klasse raschelten die Seiten. Schon schossen die ersten Arme hoch. Der schnellste Schüler durfte sich von seiner Bank erheben und die Lösung sagen: »Seite 115«.

So ging es noch mehrere Suchbegriffe weiter. Wir waren voller Eifer, blätterten wie die Weltmeister. Jeder wollte der Erste sein. Immer war nach ein paar Sekunden das Ergebnis da. Doch dann sagte unser Lehrer: Schäksbier.

Unser Lieblingsfach in der vierten Klasse war wahrscheinlich Heimatkunde. Statt in der Schule zu sitzen, machten wir oft ausgiebige Spaziergänge durch unser Viertel. Dabei erfuhren wir, dass Anfang des 19. Jahrhunderts auf den Hügeln zwischen der Greifswalder und der Schönhauser viele Windmühlen standen; dass der Bau der Belforter, Metzer, Kolmarer, Saarbrücker, Straßburger und Mülhauser Straße aus dem Topf der französischen Reparationen von 1871 finanziert wurde; und dass auf dem Großen Bunkerberg im Friedrichshain Flakstellungen standen. Wir Jungs fanden gerade diese kleine Tour abenteuerlich und kletterten begeistert auf den riesigen Betonblöcken des gesprengten Bunkers herum. Über die Geschichte unserer Schule erfuhren wir nichts. Dabei hatte sie eine. Und sogar einen berühmten Schüler: Sebastian Haffner. Nachdem sein Vater den Posten des Rektors übernommen hatte, war die Familie 1914 in ein Nebengebäude der damaligen Volksschule gezogen. Hier verbrachte Haffner auch die ersten Schuljahre, bevor er, ein paar Straßen weiter, in das Königstädtische Gymnasium wechselte.

Die Erinnerung an den ehemaligen Schüler war längst in Vergessenheit geraten. Vielleicht kannten unsere Lehrer Haffner nicht einmal, sein Aufstieg zu einem der bedeutendsten Publizisten Westdeutschlands begann gerade erst. Außerdem richtete sich seine harsche Kritik nicht nur gegen Adenauer, sondern auch gegen Ulbricht. Für unsere Schulgeschichte war er damit erledigt.

Schade, in seinen Erinnerungen findet sich ein besonderer Vorfall, der möglicherweise genau dort stattgefunden hatte. 1919, während der Märzkämpfe, war der eine Gebäudeteil von den Reichswehrtruppen besetzt worden, der andere von bewaffneten Spartakisten. »Tagelang«, schreibt Haffner, »wurde um den Besitz der beiden Gebäude gekämpft. Unser Direktor, der in seiner Amtswohnung geblieben war, wurde totgeschossen.« Für eine Trauerminute mit uns wäre es längst zu spät gewesen. Aber dass einer der vormaligen Direktoren anscheinend auf unserem Schulgelände erschossen worden war – das hätte uns schon interessiert.

Der Traum vom kleinen »Halbstarken«

Im Westen haute man auf die Pauke und berauschte sich am »Wirtschaftswunder«, im Osten hatte man immerhin einen neuen Plan dafür. Anfang November 1958 wurde mit viel Tamtam das »Chemieprogramm« beschlossen – »als ein entscheidender Beitrag zur Lösung der ökonomischen Hauptaufgabe«. Die Produktion der chemischen Industrie in der DDR sollte innerhalb der nächsten sieben Jahre verdoppelt werden. Die Parteispitze hatte hier ein Zugpferd für die gesamte Wirtschaftsentwicklung ausgemacht. Der Bevölkerung wurde eine Zeit der Blüte versprochen. »Chemie gibt Brot, Wohlstand und Schönheit«, so die offizielle Losung. Die Überlegenheit der DDR sollte sich endlich auch am Wohlstandsniveau beweisen. Doch nur wenige Jahre später war klar, dass die Planer sich wieder mal verhoben hatten. Ein internes Papier des Zentralkomitees der SED musste ernüchtert feststellen: »Selbst wenn wir das im Chemieprogramm der DDR ursprünglich vorgesehene Tempo der Entwicklung beibehalten, würden wir 1965 weiter hinter Westdeutschland zurückliegen als zu Beginn des Chemieprogramms.« Unglücklicherweise entwickelte sich Westdeutschland gleichfalls weiter.

Dennoch, man kam voran im Aufbauland, in der Schwerindustrie oder in der Energiewirtschaft. Doch es blieb beim Mangel an vielen Konsumgütern. Jeder Vergleich mit der Warenwelt im Westen ging schon im Ansatz verloren. Und dieser Vergleich war in Berlin unausbleiblich. Täglich wurde er in den Geschäften tausendfach gezogen. Dass die Industrieproduktion in der DDR, wie offiziell verlautbart, wiederum um 15 Prozent gestiegen sein sollte – für die Bevölkerung nur ein statistischer Trost. *Ihre* Wahrheit steckte in der Versorgung. Fernsehgeräte, Kühlschränke, Kofferradios, moderne Kleidung – diese ersehnten Dinge waren für einen Großteil der Menschen der entscheidende Maßstab. Gebrauchsgüter, die es im Westen im Überfluss gab, und die vielfach auch preiswerter, besser und schöner waren.

Dabei hatte das Chemieprogramm auch in der DDR verschiedene alltägliche Bedarfsgüter attraktiver gemacht. Oder bunter. In der Stalinallee war eine große HO-Verkaufsstätte eröffnet worden, die ausnahmslos moderne Kunststoffprodukte verkaufte: »Chemie im Heim«. In den Warenhäusern gab es eigene Abteilungen mit Waren aus »Plaste und Elaste«: Butterdosen, Schüsseln, Eimer, Babywannen, Wäscheklammern, Bügel, Campinggeschirr, Brotbüchsen, Trinkbecher, Trichter, Gießkannen, Gewürzstreuer, Zitronenpressen – alles in knalligen Farben. Auf diese Weise kam die Chemie auch in unser Heim. In Form von roten, grünen und gelben Eierbechern und Eierlöffeln.

Ich hatte die roten. Sah lustig aus auf dem Tisch. Bunt galt in der Nierentischzeit auf Biegen und Brechen als dekorativ. Meine Eltern haben das wohl ähnlich wahrgenommen, denn es folgten weitere farbenprächtige Utensilien aus Plaste, vor allem Schüsseln und Schälchen. Am Samstagabend, an dem üblicherweise der bestmögliche Abendbrottisch gedeckt wurde, stand nun, neben einer hellgrünen Platte mit etwas Aufschnitt, ein längliches gelbes Gefäß, in das sich vier kleine passende Schalen fügten. Jede in einem anderen Pastellton. Und jede für irgendwas Feines. Kam diese Garnitur auf den Tisch, mussten alle Schälchen gefüllt werden, sonst wäre es albern gewesen. Keine großen Portionen, optisch reichten 100 Gramm – eine mit Fleischsalat, die nächste mit Häckerle oder Heringssalat, dann kam eventuell Weißkäse mit gehackten Zwiebeln und endlich, und als Krönung, ein Schälchen mit Tartar. Auszuwählen war ein Vergnügen. Der Esstisch wurde abwechslungsreicher und farbenfroher. Für mich waren die poppigen Teile ein klitzekleiner Gewinn.

Mein Vater schien plötzlich vom Nierentischgeist infiziert zu sein. Es gab für ihn kein Halten mehr. Als Erstes wurde das Wohnzimmer neu tapeziert, das bräunliche Blumenmuster verschwand, abgelöst von einem hellen geometrischen Dekor. Das passte zwar nicht zu den schweren dunklen Möbeln, aber immerhin wurde es heiterer im Raum. Danach kam der Flur dran. Schweren Herzens nahm unser Radsportler seine Siegerschleifen von der Wand, eine nach der anderen, fast jede mit Schweiß und Erinnerungen getränkt. Vorsichtig wurden sie in einem großen Koffer verstaut. Ein Wochenende war Baustelle. Danach bestimmten auch in der Diele hellfarbige Dreiecke und Linien das Tapetenmuster. Und der neu berufene Raumgestalter machte weiter, rangierte das alte Schränkchen samt Garderobenleiste aus und warf den leicht matten Spiegel auf den Müll. Am nächsten Tag stand er mit einer schicken Flurgarderobe vor unserer Tür: eine nagelneue schwarze Kommode mit blassgelben Schubfächern und schräg gestellten, spitzen Beinen; dazu ein nierenförmiger Spiegel, der schmale Rahmen auch in schwarz-gelb; und zuletzt ein stilgerechtes Brett mit Kleiderhaken. Der Möbellack glänzte nur so.

Auch in den Wohnungen anderer Familien wurde nun das Nierentisch-Design vorgeführt. Nicht gleich große Stücke wie Schränke oder Polstermöbel, sondern mehr Accessoires, und auch die eher tröpfchenweise. Blumenständer und -bänke auf drei Beinen, Vasen, Wandlampen in Tütenform und vor allem Tapeten. Die frühe Phase erschöpfte sich meist in Dekorationsvorstößen. Ähnlich wie bei uns zu Hause. Mit nicht allzu schmerzenden Investitionen wurden Ausstattungsstücke erneuert, Wände aufgefrischt. Und es gefiel.

Nicht viel später war unsere Fernsehanmeldung dran. Stolz thronte jetzt das stattliche Gerät auf der längst nicht mehr benutzten Musiktruhe. Gegenüber streckte sich unser Gummibaum weiter in Richtung Zimmerdecke. Und wir hatten das Gefühl: Wir sind in der Moderne angekommen!

Ein eigener Fernseher – das war eine Attraktion, fast so etwas wie Sonnenaufgang mitten in der eigenen Wohnung. Einfach märchenhaft. Das Modell in hellem Holzfurnier hieß »Iris«, hatte die Ausmaße eines halben Kubikmeters, eine graublaue, gewölbte 43-Zentimeter-Bildröhre, rechts und links Drehschalter und wurde hergestellt im VEB Stern-Radio Staßfurt. Unser Zusammentreffen kostete meine Eltern mehrere Jahre Wartezeit und etwa 1600 Mark. Das war damals sehr viel Geld. Aber auch die Erfüllung eines lange verfolgten Fernziels. Und für das Spargeld gab es üppig Gewicht zurück: »Iris« wog über 33 Kilo.

Nachdem die Zimmerantenne provisorisch ausgerichtet worden war und die eingeschaltete Röhre sich nach einigem Knistern aufhellte, drehte mein Vater erst mal am Kanalschalter – bis schemenhaft das Westfernsehen auftauchte.

»Ist drin, habe ich doch gleich gesagt.«

Um wirklich sicher zu sein, schob er die Antenne noch mal hin und her. Das West-Testbild wurde schärfer. Seinerzeit kursierten immer wieder Gerüchte, dass die DDR in ihren Fernsehern den Westkanal lahmlegen würde. Einen solchen Empfänger soll es tatsächlich gegeben haben. Unsere »Iris« war es nicht. Die Grundüberzeugung meines Vaters sprach ohnehin dagegen: »Die würden auf ihren Kisten doch sitzen bleiben. Nur das DDR-Programm!« Damit war das Thema durch. Den Rest des Tages widmeten wir der Suche nach der optimalen Position für die Antenne – zwei libellenförmig gebogene Metallstangen auf einem Holzsockel. Direkt auf dem Gerät sah das Ensemble für damalige Verhältnisse beinahe futuristisch aus. Dummerweise war das Bild krisselig. Also wurde weiter experimentiert: auf der Fensterbank, dem Schreibtisch, der großen Wanduhr, dem Radio, dem Wohnzimmerschrank. Mal war das Bild passabel, mal der Ton, beides zusammen nie. Es war zum Verzweifeln. Spaßeshalber hielt meine Mutter das Libellengestell in den Gummibaum. Volltreffer! Nur ausgeschlossen. Der Schrank, oben links, ganz am Rand, wurde dann einstweilen zum Antennenplatz. »Das müssen wir aber noch besser hinkriegen«, beschied mein Vater. Es blieb dabei.

Eine Außenantenne kam für ihn nicht infrage. Vermutlich sollte nicht jeder wissen, dass wir nun einen Fernseher hatten. Teure Anschaffungen wurden damals, wenn möglich, erst mal verheimlicht. Machten viele so, schon um nicht die Frage »Woher nehmen die das Geld?« zu provozieren. Jeder hütete seine Geheimnisse. Und wir unseren Fernseher. Trotz deutlich beschriftetem Riesenkarton, in dem wir ihn ins Haus schleppten.

Bald hatten wir auch den Dreh raus – kam im Osten ein Film

oder Sport, musste die Antenne nur etwas in Richtung Fenster gedreht werden.

»Halt! Nicht so weit.«

So etwa klang das Fernsehvorspiel. Es war beherrschbar. Es gab ja nur zwei Programme – Ost und West: auf Kanal 5 den Deutschen Fernsehfunk (DFF) und auf Kanal 7 die Allgemeinen Rundfunkanstalten Deutschlands (ARD). Auch die Sendezeiten waren überschaubar: rund fünf Stunden, nur am Sonntag lief schon ein »durchgängiges« Programm – das waren vielleicht vier Stunden mehr. Noch weit vor Mitternacht war Schluss. Am nächsten Morgen sollten die Werktätigen schließlich ausgeschlafen zum »Wirtschaftswunder« oder zum »Siebenjahrplan« antreten.

Oder zur Schule, falls die Eltern ausgegangen waren, zu einem Geburtstag oder einem anderen Vergnügen. Das war die Krönung. Normalerweise durfte ich mit meinen elf Jahren bis neun aufbleiben und zusammen mit meinen Eltern fernsehen. Vorausgesetzt, es hatte keinen Ärger gegeben! An den »Ausgehtagen« schaffte ich es manchmal bis zum Sendeschluss. Besser war aber, die Flimmerkiste früher auszuschalten. Mein Vater hatte sich bald angewöhnt, nach der Rückkehr immer eine Hand auf den Kasten zu legen. Warm war schlecht für mich.

Nur: Gegen solche Verlockungen konnte man sich einfach nicht wehren. Leider boten sie sich nicht allzu oft, allenfalls zweimal im Monat. Da kam es dann darauf an, die Heimkehr der Eltern so genau wie möglich abzuschätzen. Und, was schwerfiel, sich auch daran zu halten. Klapperten die Schlüssel im Schloss, war es zu spät. Selbst ein lautloser Gazellensprung zum Fernsehschalter, dann ins Bett und schlafend stellen, rettete nichts mehr. Das Gerät glühte wie unser Ofen im Winter.

»Er hat wieder bis eben ferngesehen!«

Das bedeutete gewöhnlich Fernsehverbot für den nächsten Tag. Eine grausame Strafe, besonders wenn es den Sonnabend betraf.

Der Sonnabend war der wichtigste Fernsehtag. Da wurden große Quizshows gezeigt und Schwänke aus dem Millowitsch- oder Ohnsorg-Theater. Wenn man Familienprogramm daran erkennt, dass fernsehende Eltern und ihre Kinder an denselben Stellen lachen, dann kam das hier hin. Bestimmt fiel schon am Nachmittag zwischen Franki und mir der Satz: »Heute kommt Millowitsch.«

Das hieß dann für uns, pünktlich nach Hause kommen, bloß nicht anecken, nichts rumliegen lassen und beim Abendbrottisch helfen. 19 Uhr. Während wir unsere Stullen schmierten, lief im Hintergrund, wie an den anderen Tagen auch, die »Berliner Abendschau«. Ganz zum Schluss, nach verschiedenen Berichten über regionale Geschehnisse, gab's was zum Lachen: Der Kabarettist Wolfgang Gruner trat als Straßenfeger »Otto Schruppke« auf und kommentierte frech die Tagespolitik: »Also, ick muss Ihnen sagen ...« Oder das »Mäcki-Trio« sang mit aktuellen Spitzen das Lied, das auf den Viermächte-Status der Stadt anspielte:

»Grand mit Vieren, Grand mit Vieren,
ja den spielt hier bei uns schon manches Jahr.
Grand mit Vieren, doch wir verlieren
die Partie auf keinen Fall, das ist längst klar ...«

Eine Zeit lang hatte auch der Schnellzeichner »Oskar« dort seinen Platz. Mir zur Freude – ich liebte Zeichnen. Oskar also malte, dabei bissig plaudernd, scheinbar willkürlich Striche und Kreise auf eine große weiße Tafel und verwandelte seine Kritzeleien schließlich in eine politische Karikatur. Die Zuschauer vor der Röhre staunten.

Wahrscheinlich verkündete dann ein Werbefilm »Wer es kennt, nimmt Kukident«. Wir räumten jedenfalls ab. Zügig, denn rechtzeitig vor Beginn der »Tagesschau« mussten die Stühle zurechtgerückt sein. Punkt 20 Uhr ertönte ein Gong, die drei Takte der Titelmelodie orgelten los, und Karl-Heinz Köpcke erschien: »Guten Abend.« Ha, und ich saß, wie manch andere Kinder auch, noch immer vor dem Fernseher. Im Wohnzimmer herrschte Stille. Nur wenn mein Vater an den Knöpfen drehte, kam mal ein »Mach nicht zu laut« von meiner vorsichtigen Mutter. Nachrichten habe ich immer andächtig zugehört, schon weil ich die Gespräche der Großen verstehen wollte.

»Wir schalten um zum Westdeutschen Rundfunk nach Köln«,

sagte eine Stimme aus dem Off. Dann lächelte eine charmante Fernsehansagerin, vermutlich Claudia Doren, in die Kamera und kündigte das Abendprogramm an – die Übertragung aus dem Millowitsch-Theater. Auf dem grau flimmernden Bildschirm erschien »Schneider Wibbel« alias Willy Millowitsch. Nach ein paar Minuten auf der Bühne steckte er bis zum Hals in der Bredouille. Wir fanden den Millowitsch saukomisch. Aufführungen wie »Der müde Theodor«, »Die spanische Fliege« oder »Der Meisterboxer« sorgten für amüsante Abende. Einzige Kritik meines Papas: »Der küsst mir zu viel.«

Genauso beliebt damals: die Fernsehaufzeichnungen aus dem Hamburger Ohnsorg-Theater. Die hatten zufälligerweise auch einen Schneider zu bieten: »Schneider Nöring«. Wieder Verwicklungen, wieder Tumult. Mittendrin Heidi Kabel und Henry Vahl. Jede Szene voller lebenslustiger Lacher.

So war es gewünscht. Die Zuschauer wollten Frohsinn, Vergnügen, gute Laune. Mal abschalten am Wochenende. Darauf freute man sich an diesen Abenden. Doch Fernsehen sollte auch höhere Ansprüche transportieren. Fernsehen sah ein damaliger Intendant als »das neue geheimnisvolle Fenster in Ihrer Wohnung, das Fenster in die Welt«. Und weiter: »Wir könnten mit ihm die Ausdrucksmöglichkeiten des Menschen vermehren, und wir sollten es dazu benutzen, das große Wunder des Lebens im Reichtum seiner Formen und Inhalte anzuschauen und zu erkennen.« Oder wie ein Kritiker 1959 schrieb: »Das Fernsehen ist die jüngste Form der Vermittlung von Geist, Kunst und Unterhaltung.« Welch hohes Streben. Und man mühte sich wirklich darum. Historische Dokumentationen, Reiseberichte, klassische Theaterstücke, Reportagen und Operetten füllten etwa die Hälfte des Abendprogramms. Im DDR-Fernsehen war es ähnlich. Mitten in der Woche zwei Stunden Oper.

Natürlich wurden auch Filme, Familienserien und Schlagerrevuen nach der »Tagesschau« gezeigt. Wohldosiert. Dafür mit großem Erfolg. »So weit die Füße tragen«, ein Sechsteiler, der die Flucht des deutschen Kriegsgefangenen Clemens Forell aus sowjetischer Lagerhaft erzählt, war so einer. Die Zuschauer waren ergriffen. Und sie konnten das Soldatenschicksal ohne

Weiteres verdauen, schließlich ging es nicht um Schuld und Sühne. Jeden zweiten Dienstag: Sibirien, kalter Winter, Kalter Krieg. Drei Monate lang. Für die Kriegsgeneration wohl einer der ersten Fernseh-Straßenfeger. Die Kneipen und Cafés im Westen, die einen Fernseher zu bieten hatten, waren brechend voll. Bei Leuten mit eigenem Gerät saßen oft Freunde und Verwandte mit in der Wohnstube. Die alte Radiotradition lebte fort. Auch bei uns.

Selbst Franki durfte alle Folgen sehen, ich nicht. Obwohl ich ein Jahr älter war. »Das ist noch nichts für Dieter«, beschied meine fürsorgliche Mutter. Ein Satz, der noch öfter fallen sollte. Mein strenger Vater sah das überraschenderweise nach ein, zwei Sendungen anders: »Der Junge soll ruhig sehen, wohin die ganze Kriegsspielerei führt.«

Ich durfte – ab Teil drei. Doch obwohl mich die Abenteuer, etwa das Zusammentreffen des Flüchtlings mit drei russischen Waldläufern, an Coopers »Wildtöter« erinnerten: Sonderlich gefesselt war ich nicht.

Im Unterschied zu »Stahlnetz«, der Krimireihe von Jürgen Roland. Die fand ich manchmal gruselig, ohne es mir anmerken zu lassen. Das Bett drohte! Schon die Anfangsmusik ging einem unter die Haut. Erst bleischwere Trompetenstöße, dann Paukenschläge, Posaunen und immer das Thema: »Taa-Ta-Tam-Tam«. Dann wurde, von einem ganz nüchternen Kommentar begleitet, der Mord gezeigt und der Filmtitel eingeblendet. Die nächsten Zeilen auf dem Bildschirm nordeten uns ein: »Dieser Fall ist wahr! Er wurde aufgezeichnet nach den Unterlagen der Kriminalpolizei.« Der Zuschauer durfte sich als Augenzeuge realer Gewaltverbrechen fühlen. Diese Dramaturgie hatte eine ungeheure Wucht. Wieder waren die Straßen fast leer.

Das fiel im Ostteil nicht weiter auf – in den späten Abendstunden waren die Straßen sowieso verwaist. Trotzdem dürfte der »Stahlnetz«-Erfolg die Fernsehmacher in der DDR in die Spur gebracht haben, denn sie ließen rasch ein ähnliches Format folgen. »Blaulicht« hieß die neue Serie, die im August 1959 auf Sendung ging. Auch das Konzept folgte dem westdeutschen Vorläufer: Als Material für die Drehbücher dienten wirkliche

Fälle. Soweit zulässig, natürlich. Gewaltverbrechen wie Mord waren nicht so statthaft. Gejagt wurden Diebe, Räuber, Schläger. Und wenn es besonders schlimm kam, dann stammte der Täter aus dem Westen. Getreu der herrschenden Lehre, dass schwere Kriminalität dem Sozialismus wesensfremd sei. Man ahnt die schwindende Fallhöhe. Meine Eltern haben nur manchmal reingeschaltet, dann aber begleitet von meinem Flehen, mitgucken zu dürfen. Schon um die Titelmusik zu hören: »Peter Gunn«.

Nicht am Familiensamstag, der blieb weiter gruselfrei. Und sorgenfrei. Neben den Übertragungen von Lustspielen waren Spielshows der große Zuschauermagnet. Etwa Hans-Joachim Kulenkampffs »Sieben auf einen Streich«. Ein »heiteres Tele-Toto«, bei dem die Zuschauer tippen mussten, welcher Promi ein Turnier mit witzigen Zweikämpfen gewinnen würde. An seiner Seite: Uschi, das Urmodell aller Assistentinnen. Der andere große Showmaster trat mit »Heute Abend Peter Frankenfeld« an – lange Zeit mit sehr auffälligen Jacketts, vorzugsweise karierten. Auch eine Spielshow, mit brillanten Sketchen veredelt. Das waren unsere Favoriten, da wurde mitgeraten, mitgezittert. Dazu tranken meine Eltern ein, zwei Gläschen Weinbrandverschnitt, die Flasche für zehn Mark, und bedienten sich aus dem unvermeidlichen Salzstangenspender. Genauso wie in anderen Fernsehstuben. Der Unterschied lag mehr im Getränk. Wir Kinder blieben bei Brause.

Die Sonnabende, mit denen ich nichts anfangen konnte, hatten so etwas wie Operetten im Programm. »Perichole« von Jacques Offenbach war so eine Erfahrung. Nichts gegen Offenbach, doch dass sein turbulentes Singspiel nicht meine Baustelle war, schwante mir nach fünf Minuten. Gottlob waren meine Eltern auch kein ausgemachtes Opern- oder Operettenpublikum. Also schritt einer von uns zum Drehschalter. Klack-klack. Kanal 5: Deutscher Fernsehfunk. Dort wurde seit 20.15 Uhr ein »bunter Abend« geboten: »Frühlingsgruß der leichten Muse«. O weh. Mehr war nicht. In solchen Momenten dämmerte mir, dass dieser Sonnabend für mich kein »bunter« werden würde. Also Radio? Um diese Zeit strahlte RIAS II »Pension Spreewitz«

aus. »Kleine Geschichten aus dem großen Berlin«, so die Ansage zu jeder neuen Hörspielfolge mit lustigen Familienepisoden. Hätte ich gern gehört. Doch wir hatten nur ein Radio, und das stand auf dem Nähtisch neben der Flimmerkiste. Meine Eltern ließen sich nicht erweichen. Radio? Ausgerechnet am Sonnabend! Sie schalteten lieber zwischen den beiden Kanälen hin und her. Jahrelang hatten sie auf ihren Fernseher warten müssen – doch nicht, um ihn dann aus zu lassen!

Blieb er manchmal aber doch. Wenn unsere »Iris« kaputt war, die Zeilen verzerrt zeigte, das Bild ständig von oben nach unten laufen ließ, brummte oder überhaupt keinen Mucks von sich gab. Verzweifelte Tage waren das, wie bei den Tetzlaffs. Vor allem wenn der erste selbstständige Reparaturschritt, das Abnehmen der Rückwand und vorsichtige Wechseln der kleinen Sicherungen, ins Leere ging. Mist, nun konnte es dauern. Denn mein Vater war nach diesem Versuch mit seinem Latein am Ende. Ein Fernsehtechniker musste her. Wer einen – zumindest annähernd – mit Röhrengeräten vertrauten Beruf ausübte, war ein gesuchter Mann. Ein gemachter dazu. Denn ohne einen solchen persönlichen Draht war man aufgeschmissen, der reguläre Reparaturservice steckte noch in den Kinderschuhen. Hier brauchte man Geduld, sehr viel Geduld. Leider hatte die kaum einer, wenn die Röhre dunkel blieb. Wichtig war, einen zu kennen, der einen kannte. Findige Teilzeitbastler sprachen sich rum. Wir hatten auch einen auf dem Zettel. Mein Papa schlüpfte in seine Schuhe und ging die paar Schritte zur Telefonzelle an der Ecke Wörther. »Er kommt morgen nach der Arbeit.« Immerhin.

An solchen Abenden stand das gute alte UKW-Radio wieder im Mittelpunkt. Richtig weg war es natürlich nie. Tagsüber lief sowieso das Rundfunkprogramm mit Nachrichten, Sport, Musik. Im Fernsehen gab es da nur das »Testbild«. Eine schwarzweiße Grafik mit geometrischen Mustern für Tests in Industrie und Handel. Also Radio. An den Wochentagen hörte man manche Programme sogar abends weiter, trotz funktionierendem Fernseher. Sie waren treue Freunde geworden. Lieblingssendungen wie die »Schlager der Woche« mit Fred Ignor begleiteten mich durch meine ganze Kindheit. Oder die »Insulaner«. Da wurde eingeschaltet. Ebenso bei den Hörspielfolgen mit »Paul Temple«. Sie blieben nach wie vor Straßenfeger und sorgten wochenlang für Spannung. Damals hatte uns gerade »Paul Temple und der Fall Lawrence« erschauern lassen. Er endete in der Themse.

Und wenn der Fernseher mal wieder seinen Geist aufgab, was dazumal relativ häufig vorkam, und auch im Radio nichts außer Musik zu finden war? Dann wurden die Brett- und Würfelspiele wieder vorgeholt. Mitten auf dem Wohnzimmertisch breitete meine Mutter eine Decke aus, um die feine Politur zu schonen, und mein Vater baute mit mir das »Mensch ärgere dich nicht«- oder »Halma«-Spiel auf. Nur »Mikado« wurde auf dem blanken Tisch gespielt. Es ging auch immer um was. Wer am meisten verloren hatte, musste am nächsten Tag abwaschen oder saugen. Das konnte einem auch bei Kartenspielen wie »Schwarzer Peter«, »Quartett« und »Schummellieschen« passieren. Es waren gefährliche Runden – wegen der verlorenen Zeit.

Beim Nachmittagsprogramm drohte kein Programmausfall, da konnten Franki und ich den Verkehr noch regeln. War seine Röhre kaputt, haben wir »Fury« oder »Lassie« bei mir geschaut. Im umgekehrten Fall war ich bei ihm. Mehr wurde leider nicht erlaubt. Wir hätten gern Klaus, Sohni, Jürgen und die anderen dabei gehabt. Denn die meisten besaßen da noch keine Flimmerkiste. Ein eigenes Gerät war Luxus. Im Westen gab es 1959 knapp drei Millionen Fernsehempfänger, im Osten nicht viel mehr als 600000. Der weitaus größte Teil der Bevölkerung saß nach Feierabend und bei Programmstart um 17 Uhr nicht vor der Röhre. So lebte in den Vorderhäusern von Berlin, egal ob Ost oder West, eine alte Tradition fort: die Fenstergucker. Stundenlang lehnten die Leute, auf Kissen gestützt, den Hund in der Mitte, aus ihren Fenstern und beobachteten, was so alles passierte – vor dem Haus, auf der Straße.

»Kiek mal da, die Müllern hat'n Neuen.«

»Quatsch, det is doch ihr Oller, der war nur bein Friseur!«

Im Winter fielen diese Live-Veranstaltungen leider flach. Deprimierend.

An heiteren Tagen entging den 1000 Augen der Fensterposten so gut wie nichts. Was ist in den Einkaufsnetzen? Wer hat das Fahrrad an den Baum gestellt? Und wem gehört der Köter, der gerade dagegenpinkelt? Zwar gab es in und vor den Kneipen immer wieder mal Prügeleien, aber richtige Straßenkriminalität kam vergleichsweise selten vor. Diebstähle oder gar Überfälle hätten, solange es hell war, keine Chance gehabt, unbeobachtet zu bleiben. Und wenn es doch einmal passierte, und der Kommissar seinen Kollegen fragte: »Gibt's Zeugen?« Dann sagte der mechanisch: »Die halbe Straße.«

Und es wurde runter geschimpft, mit Inbrunst, laut und bierernst. Meist bekamen wir Kinder das Gezeter ab.

»Lasst mal dit Pferd in Ruhe!«

»Hört uff mit den Ball jejen die Tür zu schießen!«

Viele Ordnungsrufe hatten sie nicht auf Lager, ihr Soll erfüllten sie mit Wiederholungen. Bei uns in der 66 bekamen wir nur auf dem Hof was zu hören. Immer dasselbe: »Ruhe!« Vorn auf dem Bürgersteig beschwerten sich die Ladenbesitzer über den Trubel, den wir veranstalteten. Die Mieter nicht. Die saßen auf ihren Balkonen und schauten auf den grünen Kollwitzplatz. War ja auch bekömmlicher als die Kinder und Lieferfahrzeuge auf der Straße. Wenn es dunkel wurde, begann der Rückzug in die Wohnungen. Dann gab kaum noch einer acht darauf, was sich vor den Haustüren abspielte. Wollte man was verborgen halten, war jetzt die Zeit dafür. Sachen heimlich fortschaffen etwa und dann selber verschwinden.

Die Nachricht verbreitete sich erst ganz verstohlen, flüsternd, unter den Mietern der 66 und der 64. Tatsächlich war es ein Donnerschlag.

»Hammels sind abgehauen!«

Mitten im Hof standen unsere Mütter und waren baff.

»Was?! Wann?«

»Wohl schon ein paar Tage vor Ostern. Heißt es.«

Keinem im Haus ist etwas merkwürdig vorgekommen, keiner hat was bemerkt. Alles lief wie immer – die Töchter zur Schule, die Schnapsfabrik auf dem Hinterhof, der Familienterrier Gassi. Hammels müssen ihre Flucht in den Westen mit viel

Vorsicht und Geduld vorbereitet haben. Sie hatten gute Gründe, denn seit Dezember 1957 war das »illegale Verlassen« der DDR ein Straftatbestand. Nun waren sie weg, die Eltern, die Töchter und »Bärchen«, der Hund. Zurück blieben wohl einige Möbel und der alte »Opel P4«, schon aus Tarnungsgründen. Auch die Firma mit ihren ungefähr zehn Beschäftigten war nun praktisch führungslos. Zwar wohnte die betagte Mutter von Herrn Hammel weiter in der 64, aber sie war wohl ohne Absicht, dem Geschäft künftig vorzustehen. Und dann waren da noch die einigermaßen ratlosen Hausbewohner.

»Und nun?«

»Ick war oben, an der Wohnungstür klebt'n Siegel.«

»Wird, wat noch da ist, zwangsverstaatlicht?«

Nicht in boshaftem Ton. Eher mit Bedauern, dass die Familie aus dem Vorderhaus fort war. Herr und Frau Hammel galten im Haus als freundliche, hochanständige Leute.

Es war der Anfang des langsamen Niedergangs der 66. Erst schloss die kleine Likördestillation, dann ein Laden nach dem anderen, schließlich bröckelte der Putz von den Hauswänden – zunächst an einigen Stellen, am Ende in großen Flächen. Als ich in den achtziger Jahren dorthin zurückkehrte, um mein Kindheitsquartier zu fotografieren, sah alles so brüchig aus wie zu Kriegsende. Die kleine Mauer zum Fabrikhof verfallen, das große Lattentor aus dem Mauerwerk gerissen und verschwunden, alle Balkone abgerissen, die Geschäfte an der Straße seit vielen Jahren verrammelt. Die Agonie des Staatssozialismus war an den Wunden der Hausfassaden ablesbar.

Mit Hammels verschwand für die Schwesterhäuser auch ein altes Brauchtum, das damals in Berlin noch sehr verbreitet war. Immer zu Pfingsten standen, mit Strippe notdürftig festgebunden, rechts und links der Hauseinfahrt junge Birken in großen Blechbüchsen. Vor anderen Häusern auch, manchmal waren ersatzweise Zweige über der Eingangstür festgesteckt. Um böse Geister zu vertreiben. Es war die einzige Dekoration an unserem Haus.

Am 1. Mai, dem »Internationalen Kampf- und Feiertag der Werktätigen«, klemmte eventuell eine kleine Papierfahne im

Emailleschild der 66. Wahrscheinlich die deutsche – das DDR-Wappen wurde erst im Oktober 1959 hinzugefügt. Und selbst die hing bestimmt nicht lange dort, denn wir Jungs machten an beflaggten Feiertagen einen Sport daraus, möglichst viele Papierfahnen zu klauen. Per Räuberleiter von niedrigen Balkonen, aus Blumenkästen, von HO-Läden und Hauseingängen. Am späten Nachmittag hatte jeder von uns ein dickes Bündel. Danach wurde getauscht: Fünf sowjetische Fahnen gegen eine französische. War einfach seltener.

Am frühen Morgen des 1. Mai dröhnten Panzer durch die Kollwitz. Solange die Mai-Demonstration über den Marx-Engels-Platz, den heutigen Schlossplatz, führte, gehörte unsere Straße zur Aufmarschstrecke. Eine lange Reihe T-34- und T-54-Panzer rollte in die Kollwitz und stoppte. Etwa eine halbe Stunde war Ruhe. Die Soldaten rauchten, wir Kinder musterten die stählernen Tanks. Und stellten fachkundige Fragen wie: »Kann der auch schwimmen?« oder »Wie weit kann der denn schießen?« Plötzlich kam das Abmarschsignal, und die Besatzungen verschwanden rasch in ihren Kolossen. Ein ohrenbetäubender Lärm ging los, die Ketten rasselten, Dieselqualm verpestete die Luft. Nach fünf Minuten war der Spuk vorbei. Der Asphalt hatte neue Narben. Doch das wurde amtlicherseits übersehen. Entscheidend war die Tribüne mit den führenden Genossen, denen mit Vorbeimärschen, einem Meer zuvor verteilter Fahnen und riesigen retuschierten Porträts, die ihre leeren Gesichter zeigten, zu huldigen war. Die Nationale Volksarmee in frisch gestrichenem Grün, die werktätigen Massen mit roter Kunststoffnelke im Knopfloch und dem angesteckten »1. Mai-Abzeichen« – für 50 Pfennige vom Kassierer der Gewerkschaftsbeiträge.

Die Wohnung von Hammels wurde zügig neu vergeben. Obwohl der Wiederaufbau Berlins in den zurückliegenden Jahren den Mangel an geeigneten Behausungen mindern konnte, dauerte die Wohnungsnot noch eine Ewigkeit an. Wer über einigermaßen brauchbare Räume verfügte, blieb. Oder zutreffender: musste bleiben. Denn bei Wohnungsanmeldungen gab es natürlich ebenfalls lange Wartezeiten. Doch allmählich kam Bewegung auf. Ende der fünfziger Jahre begann das Ein- und Ausziehen in unserem Haus. Die neuen Mieter waren wohl Thomas', eine Familie mit reichlich Nachkommen. Die Kinderschar der 66 wuchs weiter. Doch Spielkameraden für uns waren nicht dabei – »die Neuen« waren zu klein. Beim Ballspielen mussten wir sie umkurven.

»Kinder, passt doch uff die Kleenen uff!«

Meine Eltern hatten vermutlich zu jener Zeit längst einen Wohnungsantrag zu laufen. Nun fiel ihnen ein zusätzliches Argument in den Schoß: Nachdem die 68 abgerissen worden war, lag unser Flur plötzlich an einer Außenwand – bloße Backsteine, die bei jedem stärkeren Regen so feucht wurden, dass sich innen die Tapete zu lösen begann. Irgendwann wurde die Wand verputzt und mit einem teerartigen Anstrich isoliert. Der Antrag lief trotzdem weiter. Manch anderer Mieter hatte bestimmt auch einen gestellt. Vielleicht war der sogar dringender. Es gab Familien im Haus, die lebten zu sechst in drei schmalen Räumen – mit großen Kindern. Doch über solche Anträge wurde nicht groß rumerzählt. Schon aus Sorge, den eigenen zu gefährden: »Ach, und warum kriegen die 'ne neue Wohnung und wir nicht?«

Also hielt man die Klappe. Gab ja auch so genug Gesprächsstoff. »Frau Heese, bei Brummer gibt's Rhabarber!«

Jedes Jahr im Mai stoppte vor dem Haus ein himmelblauer Kleinbus vom Typ »Garant«, der sofort alle Blicke auf sich zog. Vorn, über der Frontscheibe, prangte eine imposante Tafel, auf der die Tross-Nummer des Wagens geschrieben stand und dann, für das gerade laufende Jahr 1959: »XII. Internationale Friedensfahrt. Berlin – Prag – Warschau«. An den Seiten waren größere Werbebanner für »Diamant«-Fahrräder, »Kowalit«-Reifen und das veranstaltende »Neue Deutschland« festgezurrt. Hinten klebte das bunte Logo des bedeutendsten Radrennens für Amateure. Die Friedensfahrt war ein Ereignis. Und ein Bus aus ihrem Konvoi stand nun in der Kollwitz. Das sorgte für einiges Aufsehen.

Mein Vater fühlte sich in diesen Momenten wahrscheinlich selbst wie eine Berühmtheit. In blauem National-Trainingsanzug mit dem Schriftzug »DDR«, weißer Rennmütze, Sonnenbrille, schwarzen »Avanti«-Radrennschuhen und angesteckter, allmächtiger Friedensfahrtplakette.

Ohne die ging nichts. Sie zeigte an, dass man zur Equipe gehörte, Sperren passieren durfte. Meist golden blinkendes Metall in Form einer Medaille und dem Schriftzug »Course de la Paix«, unten ein Stoffband, an dem ein Schildchen mit der Funktionsbezeichnung baumelte. Bei meinem Papa stand dort »Organisateur« – auf Französisch, der offiziellen Toursprache. So hastete er grüßend an den Schaulustigen vorbei, Verpflegungsbeutel über der Schulter, eine Reisetasche in der Hand. Ich konnte es gar nicht erwarten, dass er endlich auspackte. Alles landete querbeet auf dem Küchentisch. Erinnerungsgeschenke der Radtour wie Vasen und Zierteller, dazu mal ein Besteckkasten, ein Campingtauchsieder oder ein Theaterglas. Außerdem mehrere bunt bedruckte Rennmützen und Beutel und zwei, drei Friedensfahrtplakate für meine Schule. Doch noch mehr lechzte ich nach all dem Proviant, den er auspackte: Schokolade, Waffelkekse, Apfelsinen, Stullen mit dicken Käse- oder Salamischeiben. Eigentlich nichts Sensationelles, aber für mich waren all diese Dinge durch die Friedensfahrt geadelt. Sie schmeckten anders. Bestimmt! Während ich mit dieser religiösen Anbetung beschäftigt war, regelten meine Eltern ein gänzlich unromantisches Bedürfnis: den Wäschetausch.

Und schon brauste der »Garant« weiter, die anderen aus der Besatzung hatten noch das Gleiche vor. Und alles flott. Gleich nach Schluss der Etappe mussten die Ergebnislisten für die Einzel- und Mannschaftswertung geschrieben, gedruckt und verteilt werden – viele Jahre der Job meines Vaters. Erst ermöglicht durch eine Freistellung vom Rohrleitungsbau, später hauptamtlich als Mitarbeiter des »Deutschen Turn- und Sportbundes« (DTSB). Es war sein Element. Die Friedensfahrt sicher sein jährlicher Höhepunkt. Ein bisschen auch meiner. Denn nach dem Finale der Etappenfahrt und der nun richtigen Heimkehr meines Papas gab es wieder eine kleine Bescherung. In jedem Mai! Nun mit erhofften Mitbringseln aus der CSSR wie Basketballschuhen, Druckbleistiften von »Koh-i-Noor« und Oblaten.

Die Basketballschuhe habe ich gleich angezogen. Und dann runter auf den Hof.

»Kiekt mal, Dieter hat neue Schuhe.«

»Stimmt, aus Prag.«

Das klang schon etwas besonders. Aus Prag! Nach einem Monat Herumtollen war dieser Schick kaum noch erkennbar. Nach Schiffsschlachten im Buddelkasten, Fußballgefummel, Rad- und Rollerrennen. So wie wir im Winter mit unseren Schlitten Zweier-Wettfahrten machten, so hielten wir es auch bei den Rollerjagden: Die Knirpse standen vorn auf dem Trittbrett und hielten sich in der Mitte der Lenkstange fest; wir Großen hatten die Hände fest an den Lenkergriffen und rannten und stießen uns ab, so sehr wir konnten. Gerade mal drei Jungs hatten einen Roller, und trotzdem waren so alle dabei. Zur Not wechselten wir uns ab. Start und Ziel war die Auffahrt zur 66. Und dann ging es immer rechts herum: in die Wörther, die Ryke, die Knaack und wieder in die Kollwitz. Mehr als 400 Meter. Alles mit hohem Tempo. Runde um Runde. Manchmal mit Stürzen und aufgeschlagenen Knien. Erst nach mehreren Rennen japste einer: »Los, wir machen 'ne Verschnaufpause.«

Dann durchsuchte jeder seine Hosentasche nach Geldstücken. Kamen 21 Pfennige zusammen, konnte man sich eine Brause leisten, wurden es nur 12, dann blieb es bei Selters. Beides holten wir immer bei »Westphal« im Nebenhaus. Die Jungs mit den Groschen gingen rein, die anderen passten auf die Roller auf. Hinter dem großen geschwungenen Schanktisch stand Herr Plottek. Merkwürdigerweise auch in weißem Kittel und immer mit einer eleganten Zigarettenspitze in der Hand.

»Und die Herren?«

»Welche Farbe hat'n die Brause?«

»Rot.«

Rot war gut, rot war mit Himbeergeschmack.

»Dann drei Flaschen.«

Bei Gelb wären wir wahrscheinlich auf Selters umgeschwenkt, denn das war »Fruchtgeschmack« und schmeckte nach allem und nichts. Neben uns am Tresen standen ein paar Nachmittagstrinker, und vor jedem ein Schnapsgläschen mit den damals üblichen Sorten: Goldwasser, Kümmel, Pfefferminz oder Wurzelpeter. Draußen ließen wir die Brauseflaschen ploppen. Die Spender hatten das Vorrecht, sich zuerst zu bedienen. Danach wurde geteilt. An glücklichen Tagen, wenn jeder eine Pulle hatte, klopften wir mit dem Porzellanzapfen des Bügelverschlusses solange gegen den Flaschenhals, bis Schaum hochschoss. Der wurde dann flink abgetrunken. Manchmal kam er aus der Nase wieder raus. Wir hatten unseren Spaß damit.

An manchen Tagen sorgte »Westphal« auch für Spannung. Es konnte passieren, dass Klaus, Sohni, Jürgen, Frank, Fred, Kalle, Hans-Jürgen und ich am Rinnstein zusammenhockten und gerade irgendein merkwürdiger Zecher schwankend die Schankstube verließ. Jetzt musste er sich nur noch verdächtig verhalten – bei »Lebensmittel Adam« zu lange vor der Ladentür stehen oder in unserem Hausflur herumschleichen. Schon stand für uns fest: Mit dem ist was faul.

»Mensch, den müssen wir verfolgen!«

Scheinbar völlig unbeteiligt liefen wir dem Mann in einigem Abstand hinterher, warfen uns den Ball zu, taten als würden wir spielen. »Unter Koffer« eben.

»Achtung, jetzt hat er was gemerkt!«

Vielleicht hatte er sich nur mal umgedreht, für uns aber war das Grund genug, einen Gang höherzuschalten. Nun schlichen wir von Haustür zu Haustür, einzeln und immer an der Wand lang. Blieb der Verdächtige vor einem Geschäft stehen, sammelten wir uns in der Einfahrt, ein Haus davor.

»Was macht er?«

»Der will in den Laden.«

»Überfallen?«

»Pst, er geht weiter.«

Unser Thrill ebenso. Manch Erwachsener blickte verwundet herüber. Aber das konnte uns nicht beirren: Ihr habt ja keine Ahnung, auf welcher Fährte wir gerade sind! Endlich! Nach »Emil und die Detektive« und Filmen wie »Das geheimnisvolle Wrack«, in dem Kinder einer Schmugglerbande auf die Spur kommen, träumten wir von ähnlichen Abenteuern. Zumindest bis zum Luxemburg-Platz. Dann standen wir an einer Sperrlinie.

»Ich darf mit Fred nicht weiter weg von zu Hause.«

Fred war der kleine Bruder von Klaus, und wenn der dabei war, musste Klaus auf ihn aufpassen. Ein andermal wurde es vielleicht sechs und einer der kleinen Detektive sollte pünktlich nach oben kommen. Mit geschrumpfter Mannschaft wollten wir anderen auch nicht weitermachen.

»Wir lassen den laufen.«

»Da hat er aber Glück!«

»Kannste laut sagen!«

So endete es ständig.

Was hätten wir für Fälle lösen können! Leider sind wir nie über die ersten Schritte hinausgekommen. Beim nächsten Mal, wenn unsere Fantasie sich erneut einen Verdächtigen ausguckte, versuchten wir wieder das ganz »große Ding« auszukundschaften. Einmal, ein einziges Mal, wo es wirklich nötig gewesen wäre, sofort eine Verfolgungsjagd zu starten, war keiner von uns bereit.

Denn da war es schon lange dunkel und wir alle oben. Gabi, die Süße, nicht. Sie war an jenem Abend noch unterwegs. Auf dem Heimweg merkte sie, dass ein Mann ihr beharrlich folgte. Sie bekam Angst, lief schneller, stürzte die Treppen nach oben. Der Mann hinterher. Erst als Gabi klingelte und schrie, machte er kehrt. Völlig verschreckt berichtete sie ihren Eltern von der unheimlichen Begegnung. Zur gleichen Zeit kam meine Mutter durch den düsteren Hauseingang und tastete arglos nach dem Lichtschalter. Doch da war kein Schalter, da war Stoff, da stand ein Mann. Versteckt. »Hilfe!«

Mehr brachte meine Mutter nicht über die Lippen, starr vor Schreck. Die unheimliche Gestalt schlüpfte rasch an ihr vorbei, raus aus dem Haus. Da flammte das Flurlicht auf, Gabis Eltern kamen angerannt.

»Da war ein Mann!«, stammelte meine Mutter.

»Der hat unsere Gabi verfolgt! Wo ist er hin?«, rief ihr Papa aufgeregt.

»Eben raus.«

Zu dritt suchten sie die Straße ab. Vergebens. Der Mann war in der Dunkelheit verschwunden.

Als meine Mutter zu Hause wieder zu Atem kam, erzählte sie alles. Nun wollte mein Vater auch noch mal los, die Gegend absuchen.

»Ich komm mit«, sagte ich schnell.

»Du? Du isst Abendbrot.«

Damit war das Thema vom Tisch. Er blieb dann auch, es machte keinen Sinn mehr. Am nächsten Tag haben wir Jungs uns die Köpfe heißgeredet, was wir alles hätten tun können, bewaffnet mit unseren Taschenlampen. Wir kannten jeden Schlupfwinkel. Wir hätten den gekriegt. Ganz klar.

»Und dann?«

»Einer wäre zur Polente. Und wir anderen hätten mit Kreide Zeichen an die Wand gemalt.«

»Für die Spur?«

»Jenau.«

Das kannten wir von »Sheriff Teddy«.

Bestimmt würde bald wieder etwas ganz Finsteres passieren, und wir bekämen eine neue Chance. Bis dahin nutzten wir beinahe jeden günstigen Augenblick, um unseren Erlebnisdurst zu stillen. Hatte ein Mieter die Tür zu einem der Keller offen gelassen, und wir haben das bemerkt, dann stiegen wir leise die Treppen hinab. Vorsichtig durchforschten wir die dunklen Gänge, auf der Suche nach irgendwas Besonderem, einer Kiste, einem Geheimnis. Ab und zu raschelte es verdächtig, oder einer von uns stieß gegen einen herumliegenden Sack.

»Was ist das?«

»Hoho, der schwarze Mann!«

»Quatsch. 'Ne Ratte!«

»Wo? Los, die jagen wir raus!«

War dann doch nur der Sack, die Ratten hatten sich bestimmt schon bei unserem Anmarsch verzogen. Auch die Kellerverschläge gaben nicht viel her. Der Lichtstrahl der Taschenlampe, mit der wir zwischen den Holzlatten durch leuchteten, strich nur über Kartoffelkisten, Kohlen- und Holzstapel. Ausrangierte Möbel oder seltsame Gerätschaften fanden sich dort kaum. Die meisten hatten nichts zum Aussondern. Unsere einzige Beute: eine Prise Herzklopfen.

Verlockender war das Kellergewölbe des Altersheims aus der 64. Der Zugang war auf unserem Hof – in der linken Ecke, neben der Hausdurchfahrt. Er war neben der Kloppstange die einzige architektonische Besonderheit auf unserem Hof: überdacht mit einem schäbigen Blechdach, ein Eisengitter als seitlicher Schutz, davor eine passende Pforte. Wir spielten oft an dem Gittertor. Hinter ihm führten Stufen steil hinab. Sie endeten vor einer schweren, angerosteten Tür, die jeden Zutritt versperrte. Die Gelegenheit für uns kam trotzdem. Marschierte einer der Heizer zum Kohlenschippen an, schlichen wir leise hinterher. Ohne Taschenlampen, sie zu holen, hätte zu viel Zeit gekostet. Gleich am Anfang des langen düsteren Ganges war mit gelblicher Phosphorfarbe »LSR« an die Wand gepinselt. Luftschutzraum! Die Buchstaben leuchteten im Halbdunkel. Auch die Pfeile, die den Weg tiefer in den Keller wiesen. Für uns der Beweis: Hier beginnt ein düsteres Schattenreich. Langsam rückten wir weiter vor. Weit im Hintergrund war der Heizer zu hören. Ein fahler Lichtnebel schwebte von dort durch die Winkel.

»Pst, leise! Schippt der noch?«

»Ja.«

Angestrengt versuchten wir etwas zu erkennen. Vielleicht war noch Plunder aus dem Krieg zu finden. Ausnahmsweise keine Wunschvorstellung, hier lag wirklich allerlei Gerümpel herum. Aber wir durften dummerweise keinen Krach machen, uns nicht durch das Durcheinander graben. Es blieb ein Rätsel.

Der Gang endete in einem riesigen Raum voller Kohlenberge. Mittendrin, unter einer nackten Glühbirne, der schaufelnde Heizer. Wenn er uns zufällig entdeckte, warf er mit einem Kohlenbrocken: »Haut ab!«

Wir taten ihm den Gefallen. Johlend. Diese Abfolge wiederholte sich etliche Male.

Manche Erkundungstouren unternahmen wir in die andere Richtung. Ganz nach oben, auf die Dachböden. Und auch hier nur, wenn jemand vergessen hatte, die Bodentür hinter sich zu verschließen. Wahrscheinlich, weil ein schwerer Wäschekorb störte. Der Türschließer ließ die Eisentür automatisch ins Schloss fallen. Und dann dachte man nicht mehr daran. Normalerweise waren alle Türen abgeschlossen. Nicht nur aus Vorsicht. Auch aus Ordnungssinn – Türen wurden eben abgesperrt. Punkt! Bis auf die Haustür, die stand offen – bis 20 Uhr. Dann kam man auch hier ohne Schlüssel nicht weiter.

Dass die Bodentür unverschlossen war, merkten wir beim Spielen im Treppenhaus. »Alle mal herhören! Der Boden ist auf.«

Rasch schlüpften wir hinein.

Aufzustöbern gab's hier nichts. Wenn keine Wäsche zum Trocknen auf der Leine hing, war der Boden leer. Nur staubige Dielen und Dachbalken. Und seltsam gedämpfte Geräusche, die vom Hof durch die winzigen Luken drangen. Die Luken. Sie waren unsere Attraktion. Behutsam zogen wir ein kleines Fenster nach dem anderen auf und schauten über die Dächer unserer Gegend. Da war die Synagoge in der Ryke, der Wasserturm, die hohen Bäume in manchen Hinterhöfen. Ein ungewöhnlicher Blick. Es herrschte eine fast feierliche Stille zwischen uns. Jeder Lärm, jeder unbedachte Schritt auf den knarrenden Dielen hätte uns auch verraten. Genauso leise schlossen wir nach einiger Zeit erst die Fenster, dann die Tür. Ärger hätte den »Aussichtsturm« gefährdet. Wir hätten natürlich auch ganz legal die Gelegenheit zum Ausblick nutzen können, wenn wir mit unseren Müttern dort zum Wäscheaufhängen waren. Aber das war anders. Schon wegen der ständigen Fürsorge.

»Geh' nicht so dicht ans Fenster! Du fällst noch runter.«

Ahnungslose Eltern sind prima.

Die Bodenetage gehörte auch zu einem listigen Spiel. Es sorgte für Lachsalven und manchmal für Tränen – wenn wir es mal wieder veranstalten konnten. Was nicht allzu oft vorkam. Denn es klappte immer nur einmal, und auch nur, wenn neue oder fremde Kinder dabei waren. Und die Bodenetage war die Arschkarte. Das Spiel hatte einen hübschen Namen: Weihnachtsmann, komm runter.

War unsere Meute zusammen und Neue dabei, schlug bestimmt einer jene Krachnummer vor. Die Neulinge wunderten sich erst mal.

»Was'n das für'n Spiel? Ist doch nich Weihnachten.«

»Heißt doch nur so. Macht'n Riesenspaß.«

Es brauchte keine lange Erklärung der Regeln, es war idiotensicher: Die Kinder verteilten sich auf alle Stockwerke im Treppenhaus; die Großen, die das Spiel kannten, übernahmen das Erdgeschoss und die 1. Etage; die anderen mussten höher steigen, bis in die 4. Etage; und die Ahnungslosen hatten an der höchsten Stelle, dem Bodenabsatz, ihren Startplatz; wenn dann unten einer ganz laut rief: »Weihnachtsmann, komm runter!«, mussten alle so schnell wie möglich die Treppe runter rennen.

»Und dann?«

»Wer Letzter ist, muss beim nächsten Spiel wieder ganz oben loslaufen. Klar?«

Klar. Das hatte ich als siebenjähriger Knirps auch sofort verstanden, als ich auf den Boden hochgeschickt wurde. Man musste einfach möglichst viele überholen, dachte ich, das war der Witz des Ganzen. Der Witz war ein ganz anderer.

Kurz nachdem alle auf den verschiedenen Stockwerken angekommen waren, brüllte einer der großen Jungs ins Treppenhaus hinauf: »Weihnachtsmann, komm runter!«

Und dann klingelten sie an allen Wohnungstüren im Erdgeschoss Sturm. Es bimmelte und läutete laut. Ich und die anderen Kinder, die von oben lärmend runtergestürmt kamen, hörten das nicht. Als ich in den letzten Treppenabsatz einbog, standen schon die Parterremieter bereit.

»Wat soll dit hier? Habt ihr 'ne Meise?«, schnauzten sie mich an.

Mit ein bisschen Glück kam man reumütig vorbei.

»Ich war das nicht. Die anderen ...«

Ohne Glück war eine Schelle drin.

»Macht euch vom Acker, ihr Gören!«

Wieder draußen, wieder gut. Doch dann, als ich mitten in der Runde der sich kaputtlachenden Größeren stand, kam die bittere Erkenntnis: Ich wurde reingelegt. Es war eine Falle. Da half auch kein tröstendes Schulterklopfen, das Gefühl lag mir bleiern auf der Brust. Beim nächsten Mal erwischte es einen anderen. Ich musste zwar ins 2. Stockwerk, schlich aber heimlich – »Pst!« – eins tiefer. Es lief ab wie immer. Und für mich wesentlich angenehmer: Nun gehörte ich auch zum Kreis der Schieflacher.

Die eigenen Treppenhäuser wurden ausgespart, aus verständlichen Gründen. Es war ein Auswärtsspiel. Daher musste auch der spannendste Aufgang gestrichen werden: Das Vorderhaus der 62 – weil dort Franki wohnte. Es hätte ein schweres Donnerwetter von seiner Mutter gegeben, und für Frank-Thomas garantiert Stubenarrest. So rief sie ihn immer, wenn der Haussegen schief hing. Das war schade, für Frank und für uns. Denn im Hochparterre der 62 lebte der Mann, der zum »Weihnachtsmann«-Streich ideal passte: der ABV.

Der Abschnittsbevollmächtigte war als Angehöriger der Volkspolizei seit Anfang der fünfziger Jahre für ein bestimmtes Wohngebiet zuständig – eingeführt als der erste Ansprechpartner für verschiedene Probleme der Anwohner. Vor allem aber repräsentierte er die Staatsmacht vor Ort: Er durchstreifte die Straßen, machte Kontrollbesuche in den Häusern, lieferte bei Bedarf Auskünfte über Personen und nahm die »Hausbücher« unter die Lupe. In solche Kladden sollten die Mieter ihren Ein- oder Auszug und jeden Westbesuch eintragen lassen. Sollten. Westbesuche ließ man möglichst unter den Tisch fallen. Mein Vater hatte da sein Prinzip: »Das geht die Heinis nichts an!«

Unser Heini wohnte unter Frank in der 62. Ganz normal, mit seiner Frau und seinen Kindern. Nur das große schwarz-graue Metallschild, das an der Wohnungstür hing, rüstete den Hauptmieter mit einem Ausrufezeichen aus: »Deutsche Volkspolizei Abschnittsbevollmächtigter«.

Das sollte Respekt einflößen. Doch bei unserem ABV half das nicht viel. Er war ein kleiner Dicker, der in seiner strammen grünen Uniform, den hohen Schaftstiefeln und der Meldetasche, die immer um seine Knie baumelte, unfreiwillig komisch aussah. Als besonders helle galt er auch nicht. Mich erinnerte er an den dickwanstigen Unkerich, eine Gelbbauchunke, die durch »Lurchis Abenteuer« mal als Polizist und mal als Nachtwächter stapfte. Und doch war der ABVer die Staatsmacht am Kollwitzplatz. Haben wir ihm einen Streich gespielt? Vermutlich nicht. Sobald er sich sehen ließ, kam von einem aus unserer Schar der Warnruf: »Achtung, der ABVer!« Dann verschwanden die Knallplättchenpistolen und Westpanzer – bis die Luft wieder rein war.

Franki und ich haben manchmal darüber gefeixt, dass wir gerade »Fury« im Westfernsehen guckten oder mit Westschmökern auf dem Teppich lagen, und eine Etage unter uns residierte der Wohngebietsaufpasser. Für Franks Eltern sicher ein Grund, die »Tagesschau«-Hymne etwas leiser zu drehen. Damit hatte es sich aber. Der verbreitete Westkonsum der DDR-Bevölkerung brachte die Partei- und Staatsfunktionäre zwar zur Raserei, doch so sehr sie an ihren Hebeln rumhantierten, verbieten ließ er sich nicht. Von »ideologisch-moralisch zersetzenden Druckerzeugnissen« und »Kriegsspielzeug« mal abgesehen. Doch selbst harmlose Dinge wie Klamotten, Schuhe oder Spielzeug waren den Genossen, wenn erkennbar aus dem Westen, ein Dorn im Auge. Also fast immer.

Wie ein Sommerregen kam die Hula-Hoop-Mode über uns – urplötzlich und mit dem Westwind. In unserem Haus war es Gabi, die als Erste einen Kunststoffreifen um ihre Hüften kreisen ließ, einen hellblauen. Eine Woche später kaufte meine Mutter mir auch einen, selbe Farbe. In der Brunnenstraße. Unbekümmert trug ich den Hula-Hoop-Reifen über die Grenze, es konnte nichts passieren. Was sollten die Vopos auch sagen? Kurz darauf spielte ein halbes Dutzend Kinder Hula-Hoop auf dem Hof. Gabi, Pummel, Sohni, Franki, Klaus und Angelika. Wenn dann noch aus einem offenen Küchenfenster das Radio tönte: *»Am Rio la Plata, am Ganges und am Rhein, werden alle Mädchen bald Hula-Mädchen sein …«*, hoben wir für einen Moment ab, Richtung Südsee. Passenderweise im modischen Hawaiihemd. Dann hörten wir Jungs bei dem Schlager noch mal genauer hin. Hula-Mädchen? War das hier eine Mädchen-Nummer? An meinem Talent gemessen, musste es so sein. Ich gab mir alle erdenkliche Mühe, arbeitete emsig an meinem Hüftschwung, und doch eierte der Reifen nach wenigen Umdrehungen unbarmherzig zu Boden.

Die Mädchen schienen mit den Dingern verwachsen zu sein.

Bald reichte ihnen das einfache Kreisen nicht mehr, und sie fingen an, Kunststücke einzubauen. Besonders Gabi. Sie war die ungekrönte Hula-Hoop-Königin unserer Häuserzeile. Der Reifen schien bei ihr schwerelos, sie ließ ihn von den Hüften runter zu den Knien und dann hoch bis zum Hals wandern. Ohne Pause. »Ist doch ganz einfach«, sagte sie mit einem Lächeln und übertrieb die Bewegungen anschaulich, um zu helfen. Letztlich half nur meine Mutter: »Dieter, essen!«

Auch wenn es Mohrrüben gegeben haben sollte und der Mittagstisch sich hinzog, als ich wieder runterkam, stand die Süße an der gleichen Stelle, mit dem gleichen Lächeln und ihrem kreisenden Hula-Hoop-Reifen. Er war ihr inzwischen bestimmt nicht einmal runtergefallen. Angelika und Pummel kamen ihrem Geschick sehr nahe, alle drei tanzten in einer anderen Liga. Es war ihr Feld, ihr Spaß. Auch auf dem Klettergerüst im Sandkasten machten sie gemeinsam Turnübungen, Knierollen etwa oder Schweinebaumeln. Ewig, und ganz für sich. Während wir Jungs uns gegenseitig über die Querstangen jagten oder Tarzansprünge übten. Zugegeben, Fußball haben wir auch immer allein gespielt. Und doch kam es nun häufiger vor, dass nicht mehr alles im selben Kreis besprochen wurde, die Mädels oft zur Seite gingen und miteinander tuschelten. Warum sonderten sie sich ab? Wir verstanden das nicht, waren irritiert. Dafür reifte in uns die feste Überzeugung: »Mädchen sind doof.«

Die Interessen, die wir – Mädchen wie Jungs – lange gemeinsam teilten, schienen in unterschiedliche Richtungen zu stürmen. Irgendwas ging da vor.

Die Zeit der Vater-Mutter-Kind-Spiele lag schon einige Jahre hinter uns. Nun begann auch die Zahl der anderen zusammen veranstalteten Spiele abzunehmen. Sogar die Filme, die uns ins Kino lockten, waren nicht mehr die gleichen. Die Mädels taten so, als wären sie plötzlich älter. Gabi war wirklich einen Wimpernschlag älter, anderthalb Jahre. Aber das bedeutete nichts – bisher. Dann drehte sie sich auf dem Hof, drei Petticoats übereinander, und die Uhren gingen anders. Falls wir Jungs gerade Fußball oder mit unseren Pistolen gespielt hatten, in diesem Augenblick hielten wir inne, wie elektrisiert.

In der Schule erlebte ich einen ähnlichen Blitzschlag. Wir waren nun in der 5. Klasse und sahen nicht viel anders aus als in der 4. Ein paar Zentimeter gewachsen, doch vermutlich im selben Aufzug, auf jeden Fall in den alten Lederhosen. Mit auffälligen Westsachen, wenn man die denn überhaupt im Schrank hatte, ließen uns unsere Mütter höchst ungern in die Schule. Mein gelbes Indianerkopf-Nickihemd? Abgelehnt! »Das gibt nur Ärger!« So fanden wir uns jeden Morgen gegen 8 Uhr im Klassenraum ein, weitgehend unauffällige elf- und zwölfjährige Kinder. Und dann passierte es.

Dagmar betrat die Klasse. Es war nicht dieselbe von gestern, nicht das »graue Entlein« – die da im Türrahmen erschien, war ein stolzer Schwan. Auf ihren neuen flachen Pumps, in engen dunkelblauen Cordhosen und einem knapp sitzenden Pulli im gleichen Farbton schwebte sie zur Schulbank. Sie wusste um ihre Wirkung. Und ich war baff. Wohl alle in der Klasse spürten, dass sich in diesem Moment etwas Aufregendes ankündigte. Dagmar war unser erster Teenager.

Von nun an gehörte ihr meine heimliche Bewunderung. Doch wie gibt man die als Elfjähriger zu erkennen? Zettelpost durch die Bankreihen? Nie und nimmer, zu gefährlich. Da hätte ich meine Beichte gleich auf Konsum-Tüten drucken lassen können. Wie dann? Ich hatte keine Ahnung. Ich versuchte es mit Späßen. Nach der Schule und den Hausaufgaben spazierte ich mit irgendeinem Schulfreund in die Rykestraße. Dort, schräg gegenüber der Synagoge, wohnte Dagmar, in der zweiten Etage. Wir pfiffen mit den Fingern, und wenn der blonde Knabentraum im Fenster erschien, nahm ich meinen kleinen Taschenspiegel, hielt ihn in die Sonne und schickte einen Sonnenstrahl nach oben. Sie kicherte. Wie ermunternd. So falsch kann das hier nicht sein, muss ich gedacht haben. Und machte weiter. An mehreren Tagen. Ich trieb auf einer märchenhaften Wolke, träumte vielleicht von Rapunzel, doch Dagmars Haare waren nur halblang. Sie kam runter. Strahlend. Mir schlug das Herz bis an den Hals. Und dann sagte sie mit einer spöttischen Note den niederschmetternden Satz: »Na, Dieter, warste grade beim Friseur?«

Meine Zehen verkrampften sich in den Schuhen. Vor Schreck fiel mir nichts ein. Nur, dass sie recht hatte. Ich kam wirklich gerade vom Friseur in der Prenzlauer, mit ausrasiertem Nacken. Irgendwie immer noch Fasson. Und Dagmars Worte und ihr Blick machten mir auf einen Schlag klar: Es sieht scheiße aus! Meine Wolke schlug hart auf. Doch ich ließ mir nichts anmerken. Wahrscheinlich kam ihre Freundin Marianne auch noch runter, und wir alberten noch ein wenig herum. Doch in meinem Kopf drehte sich alles um diesen einen Satz: Warste beim Friseur. So eine peinliche Situation wollte ich nicht noch mal erleben. Noch am gleichen Tag nahm ich mir fest vor: Nie wieder lasse ich mich von meinen Eltern zum Friseur schicken! Nie wieder Fasson!

Das würde Ärger geben, dass wusste ich.

Am liebsten hätte ich mir eine Ente wachsen lassen, wie Elvis und sein halbstarkes Gefolge, aber das wäre zu Hause einer Kriegserklärung gleichgekommen. Meinen Klassenkamerad Eberhard traf es da besser – er durfte etwas länger tragen. Nach dem Schwimmunterricht in der Oderberger kniete er sich stets auf die links stehende Bankreihe des Foyers, um die darüber hängende Spiegelfront leichter zu erreichen. Dann kämmte er, unter meinen bewundernden Blicken, seine nassen Haare zu einer Ente.

»Sieht schau aus.«

Nur unerreichbar. Für meine Rettung musste ich etwas anderes tun: radikal umdenken. Der Tag kam.

»Du musst in dieser Woche noch zum Friseur. Deine Nackenhaare stoßen schon auf den Hemdkragen!«

Solche Order gab mein Vater gern im Vorbeigehen. Ich klammerte mich an meinen Schwur und begann mit einfacher Verschleppungstaktik. Zwei Tage später legte unser Familienoberhaupt nach.

»Du warst ja immer noch nicht zum Haareschneiden!«

»War voll.«

»Dann gehst du eben woanders hin!«

»Aber du gehst doch auch nur zu deinem Friseur.«

»Morgen will ich dich nicht wieder so sehen!«

Am nächsten Tag das gleiche Bild, der gleiche Ärger.

»Dreh dich mal um. Was habe ich gestern gesagt?«

»Dass ich zum Friseur soll. Aber ich hatte ganz viel Schularbeiten auf. Die kann ich ja nicht mitnehmen.«

»Dumme Ausrede! Dann gehst du eben nicht runter spielen! Noch einmal, und es hagelt Stubenarrest!«

Jetzt wurde es zu riskant. Immerhin: Ich hatte ein bisschen Widerstand geleistet. Und ich hatte noch eine Überraschung in petto. Eine vorbereitete. Mit einem passenden Foto, das ich in der Plönerstraße aus einem Stapel Zeitschriften gefischt hatte, zog ich los. Das Bild sollte als Vorlage dienen. Sicherheitshalber. Wenn ein Figaro tagein, tagaus, den Leuten fast immer den gleichen Haarschnitt verpasst, dann darf einem schon ein wenig bange sein – mit neuem Wunsch auf einem Papierfetzen. Ich bog am Innenausstatter in die Prenzlauer, lief am Blumengeschäft vorbei und stand vor dem Friseurladen. Die Tür war offen. Links standen die Friseurstühle, rechts die Wartestühle, dahinter hingen, in dunklen Holzleisten eingespannt, die Zeitungen. Und über allem schwebte ein süßer Parfumduft. Ein alter Mann wurde gerade rasiert. Kinn und Wangen waren mit weißem Schaum zugekleistert. Ich war der Nächste.

Kaum war der frisch rasierte Mann abkassiert, wedelte mein Friseur mit einem weißen Umhang.

»Bitte Platz nehmen. Und der Herr, wie immer?«

Das sollte nur ironisch klingen, auf keinen Fall nach ernst gemeinter Frage.

»Nein«, antwortete ich grimmig. »Ich will einen Igel!«

»Einen was?«

»Na, eine Igelfrisur. So wie die hier.«

Rasch kramte ich das Illustriertenfoto aus der Hosentasche.

»Ach, einen Meckischnitt.«

»Sie kennen den? Haben Sie so was schon gemacht?«

»Nicht oft, ist aber kein Problem. Deine Eltern wissen Bescheid? Ich will keinen Ärger.«

»Natürlich! Und, bitte, nur zwei Zentimeter lang.«

Er legte los. Feuchtete mit einem silbernen Wassersprüher meine Haare an, schnibbelte und kämmte und hantierte mit einem monströsen elektrischen Haarschneider herum. Zum Schluss bürstete er die kurzen Haare gegen den Strich – und fertig. Sie standen aufrecht wie ein Stoppelfeld. Mein Kopf hatte eine Bürste. Ich war hoch zufrieden. »Danke, das möchte ich immer so.«

Gut gelaunt rannte ich nach Hause. Der Gedanke an meine Eltern und ihre Reaktion holte mich erst beim Klingeln an der Wohnungstür ein. Meine Mutter öffnete und erschrak erst mal.

»Oh Gott! Wo sind deine Haare?«

Dann gewann sie meiner Erneuerung sogar Gutes ab: »Wirkt frech, geht schnell.«

Nur der befürchtete Auftritt meines Vaters beunruhigte sie. Doch der blieb aus. Er kam gut gelaunt, und blieb, zu meiner Überraschung, gut gelaunt.

»Eine Amibürste also. Von mir aus. Vorausgesetzt es gibt keine Scherereien in der Schule.«

Es gab keine.

Die Kinder in meiner Klasse fanden meinen Igelschnitt »einwandfrei«. War ja auch keine ganz neue Erfindung. Das Problem waren die Lehrer, oder besser: einige Lehrer. Ich hatte Schwein, es gab nur ein paar hämische Bemerkungen, wie: »Bist du mit dem Kopf in den Rasenmäher gekommen?« Viel mehr passierte nicht. Das war keineswegs vorhersehbar. Sachen »von drüben« wie Nietenhosen, Schuhe mit dicker Specksohle, Nickihemden mit bunten Aufdrucken oder später Nyltesthemden und dunkelblaue Nylonmäntel, auch »NATO-Planen« genannt, und ein bisschen auch Meckifrisuren waren nicht nur Modeerscheinungen. Sie wurden in den Rang einer Weltanschauung gehoben. Auf beiden Seiten – von denen, die sich damit schmückten, und denen, die sie verteufelten. Westklamotten waren politisch verpönt. In manchen Schulen verfuhr man auch danach und erteilte Verbote. Das hing vom Klima ab, das die Direktoren beförderten. Die einen versuchten Schärfen abzumildern, andere spielten voller Eifer Klassenkampf.

Kramer, unser neuer Direktor, war ein Klassenkämpfer. Mitten im fünften Schuljahr referierte er über die politische Entwicklung, die er von unserer Klasse erwartete.

»Der Anteil der jungen Pioniere muss steigen. Unser Staat fördert euch, wo er kann. Das müsst ihr mit verstärktem Engagement zurückgeben.«

Die alte Leier. Kramer blickte streng aus seinem stahlblauen Anzug, das Parteiabzeichen am Revers. Ich war gerade dabei abzuschalten, da kam er zu seinem eigentlichen Anliegen.

»Das gilt besonders für die Teilnahme an der Jugendweihe. Ich habe erfahren, dass in eurer Klasse bisher sehr wenig Bereitschaft dazu vorliegt.«

Nun wurde ich hellhörig, biegt gleich eine Drohung um die Ecke? Fast.

»Ich erwarte, dass ihr zu Hause mit euren Eltern über die Notwendigkeit sprecht, an der Jugendweihe teilzunehmen. Es ist eine Entscheidung für den Fortschritt!« Notwendigkeit? Das hörte sich nach »müssen« an.

Es war die letzte Stunde an diesem Tag. Nachdenklich machte ich mich auf den Heimweg. War es Zufall oder Fügung? Jedenfalls war mein Vater wieder überraschend schon zu Hause.

»Papa, unser Direktor lässt euch sagen, dass wir zur Jugendweihe sollen. Sie ist eine Notwendigkeit.«

»Was? Notwendigkeit? So weit kommt's noch! Das soll er mir mal persönlich erklären!«

Bevormundungen regten ihn auf. Er zog sich rasch seine Jacke über und lief geladen los. Das Bild kannte ich vom vergangenen Jahr. Diesmal musste ich nicht mit. Fieberhaft durchsuchte ich meinen Kopf nach Kramers Worten. Hatte ich alles richtig wiedergegeben? Den Fortschritt hatte ich vergessen. Und die Pioniere. Aber das hätte bestimmt nichts geändert. Das würde der Kramer meinem Vater nun selber sagen können. Aufgeregt wartete ich auf die Rückkehr. Nach einer halben Stunde klapperten die Schlüssel im Schloss.

»Und?«

»Er hat erklärt, dass es keine Pflicht zur Jugendweihe gibt. Nur die Erwartung. Ich habe ihm meine Meinung gesagt und dass wir solche Entscheidungen selber treffen. Punktum.«

Damit schien die Jugendweihe für mich keine Rolle mehr zu spielen. Ein Irrtum, wie sich noch herausstellen sollte.

In diesem Augenblick war ich vor allem stolz auf meinen Vater. Er ließ sich nichts gefallen, sagte seine Meinung grade heraus – wenn eine für ihn empfindliche Schwelle überschritten worden war. Die Visiten beim Schuldirektor gehörten dazu. Es ging in seinen Augen um Grundsätze wie Achtung und Würde, davon ließ er sich nicht abbringen. Den übrigen Ärger, den ich in der Schule hatte, quittierte er hin und wieder mit Backpfeifen. Doch die konnte ich verschmerzen, der Respekt blieb. Von sich selbst sagte mein Vater, freimütig und erhobenen Hauptes, er sei ein »einfacher Mensch«. Auch für solche Selbstbescheidung schätzte ich ihn. Meine Mutter war mein Schutzengel, mein Vater der Taktgeber. Seinen Humor, seine Handschrift – alles versuchte ich nachzuahmen. Sogar seine Liebe zur Symmetrie. Ich habe Jahre gebraucht, um mir die ständige Neigung zum Gleichmaß wieder abzugewöhnen.

Schon mit Beginn der 5. Klasse hatte sich einiges geändert. Neue Fächer und ein neuer Klassenlehrer, Herr Raddatz. Obwohl: Völlig neu war er für uns nicht, wir hatten bei ihm schon zwei Jahre lang Unterricht. Raddatz war in den mittleren Jahren, steckte meist in einem grauen Anzug und neigte zu cholerischen Ausbrüchen. Eines war er nicht: ein politischer Scharfmacher. Die Fächer waren dagegen wirklich neu: Geschichte, Erdkunde, Biologie und Russisch. Hochinteressante Stoffe, fand ich. Außer Russisch. Damit stand ich von Anfang an auf Kriegsfuß. Ich hätte lieber Englisch gelernt, schon wegen der Texte der amerikanischen Musik. Aber da gab es keine Wahl. Die Sowjetunion war unser »großer Bruder«, unser großes Vorbild: »Von der Sowjetunion lernen, heißt siegen lernen«. Für die SED-Politbürokraten war es also eine Herzenssache, Russisch als erste Fremdsprache zu verordnen – von der Grundschule bis zur Universität. Es war sicher auch eine Entscheidung für den Fortschritt, und sie sollte uns begeistern. Zumindest in Ostberlin blieb dieses Gefühl in weiten Teilen aus. Wenigstens während meiner Schulzeit.

In all den Jahren, in denen ich im Fach Russisch unterrichtet wurde, und das waren sehr viele, galt es besonders unter Jungs fast als ehrenvoll, in Russisch eine Pfeife zu sein. Als normal sowieso. Jedenfalls in Ostberlin, mit dem magnetischen Westen um die Ecke. Man tat gerade so viel, um durchzukommen – wie auch immer. Jungs pendelten gewöhnlich zwischen den Noten 3 und 5. Anders die Mädchen, sie bemühten sich mehr und wurden folglich besser zensiert. Ich war eine gewollte Null. Meine 3 im Zeugnis der 5. Klasse war nicht das Ergebnis harten Lernens, sondern taktischer Hauruck-Aktionen. Ich paukte Vokabeln, wenn es mal wieder nötig geworden war. Löschblatt auf die Spalte mit den russischen oder den deutschen Wörtern, und dann merken und laut sprechen. Am nächsten Tag, zumeist gleich zu Beginn der Stunde, fragte die Lehrerin: »Wer will mit den neuen Vokabeln rankommen?«

Schon flogen einige Arme in die Höhe. Mit etwas Glück wurde man aufgerufen. Mechanisch ratterte man die russischen Wörter und ihre deutsche Bedeutung runter wie ein auswendig gelerntes Gedicht.

»Na, das ging ja ganz gut. Zwei.«

Wurden die Vokabeln einzeln und quer Beet abgefragt, drohte das Erinnerungsgebäude einzustürzen.

Sechs Stunden Russisch jede Woche! Es war eine Qual. Ein lehrreiches Wissensfach wie Biologie musste mit der Hälfte auskommen. Erdkunde, später als Geografie geführt, sogar nur mit zwei Wochenstunden. Und ein fesselndes Fach wie Geschichte erschien mit einer einzigen Krümelstunde im Stundenplan. Leider, denn es wurde mein Lieblingsfach, neben Zeichnen. Das schmale Lehrbuch hatte den Titel »Aus vergangener Zeit« und war mit drei Mammuts geschmückt. Für ewige Kritiker ist schon daran erkennbar: Es begann nicht mit Lenin und der Oktoberrevolution.

Es begann so: »Vor vielen, vielen tausend Jahren sah es in unserer Heimat völlig anders aus als heute ...« Es gab Eismassen, Steppen und mächtige wilde Tiere. Und die ersten Menschen. »Mit Steinen und Holzknüppeln schützten sie sich gegen die Raubtiere. Um sich zu ernähren, streiften sie als Jäger umher. Die Frauen und Kinder sammelten Beeren, Pilze, Wurzeln und kleine Tiere wie Käfer und Schnecken. Durch Jagen und Sammeln gewannen die Menschen ihre Nahrung. Deshalb nennen wir sie Jäger und Sammler.« Auf fast jeder Seite illustrierte eine Zeichnung den Text. Die letzte zeigte den Sturm germanischer Stämme auf den römischen Grenzwall, den Limes. Die Stunde verging viel zu schnell.

Irgendwie traf das auch auf den Schwimmunterricht zu. Er fing jedes Mal ganz locker an – wir mussten mit unserem Badezeug im Beutel zum Stadtbad in der Oderberger laufen. Die Strecke war eigentlich in zehn Minuten zu schaffen, wir brauchten manchmal eine halbe Stunde. Es gab auf dem Weg jede Menge zu erzählen, und es gab den Musikladen in der Schönhauser, in dessen Schaufenstern verschiedene Instrumente ausgestellt waren. Die weckten anhaltend unser Interesse. Waren endlich alle im weiß gekachelten Foyer eingetroffen, teilte sich die Klasse am Halleneingang: Die Jungs bogen nach links zu den Umkleideräumen, die Mädchen nach rechts. Erst nach dem Duschen sahen wir uns in der Schwimmhalle wieder, nun in Badesachen. Das Duschen! Für manche wurde es zum Albtraum.

All die unbekümmerte Fröhlichkeit, das wilde Geschrei und die Späße miteinander waren verschwunden, einer bleiernen Stimmung gewichen. Zwar war es immer noch laut. Und einige von uns kamen fast um vor Lachen. Doch viele fühlten sich unwohl, waren bedrückt. Mit herabhängenden Schultern standen sie unter dem warmen Wasserstrahl. Nackt. Die Ansage des Bademeisters war unmissverständlich: »Beim Duschen will ich hier keinen mit Badehose sehen!«

Und da standen wir Piepel, ohne Badehose, ohne Badekappe. Krampfhaft mit unserer Seife und den Wasserhähnen beschäftigt. Als würde der Schaum einen unsichtbar machen. Wenigstens manche Teile von uns. Um die ging es natürlich – den Pimmel, die Schambehaarung. Nicht um die Nacktheit schlechthin, die kannten wir. Jeder von uns war schon mal nackt in einen See gerannt. Oder hatte sich beim Umziehen frei machen müssen. Wir kannten nur das Nacktsein in unserem Klassenkreis nicht. Auch nicht in diesem Alter. Vor allem nicht die verhöhnenden Sprüche, die nun grell durch den Duschraum hallten.

»Der is ja noch janz kahl!«

»Der hat noch nich mal Flaum!«

Am Morgen des ersten Schwimmunterrichts hatte ich mit großer Feierlichkeit mein neues Handtuch eingepackt – bunt bedruckt mit Donald, Daisy und Tick, Trick und Track. Das wird bestimmt Furore machen, dachte ich. Die Stunde begann ganz anders. Das Prä hatten plötzlich die Sitzenbleiber. Vor allem Winfried, der schon ein paar Ehrenrunden drehen musste. Sie waren älter und körperlich weiterentwickelt und nun obenauf. Vor jedem Jungen posierten sie, begutachteten dessen Schniepel und, wenn sie meinten, das sei zu wenig, zogen sie ihn auf.

»Kiek mal, der hat och noch nischt!«

Manche versuchten sich zu wehren.

»Zieht Leine!«

Von dem einen oder anderen kam ein schamhaftes »Na und?«.

Lachend zogen sie weiter. Man musste da durch. Auch ich fühlte mich dem hilflos ausgeliefert. Die alte Hackordnung spielte kaum noch eine Rolle. Alles schien durcheinandergeraten. Andere Maße machten sich breit. Wieder passierten irritierende Dinge.

Nach den endlos langen Duschminuten mussten wir am Beckenrand in einer Reihe antreten. Der Sportlehrer, auch in Badehose und mit Trillerpfeife und Schreibblock bewaffnet, schaute freundlich. Die bedrückte Stimmung verflog.

»Wer kann schon schwimmen?«

Einige meldeten sich. Der Sportlehrer notierte die Namen.

»Wer kann nur ein paar Schwimmzüge machen?«

Wieder gingen Arme hoch.

»Und wer kann gar nicht schwimmen?«

Die übrig Gebliebenen hoben die Hand. Ich auch. Radsportfamilie eben. Das Tief kehrte zurück. Nichtschwimmer! Auch dafür konnte man verspottet werden. Etwa ein Dutzend Mädchen und Jungs paddelte nun mit weißer Korkweste durch das flache Wasser und ahmte die schon im Trockenen geübten Schwimmbewegungen nach. Ich gab mir alle Mühe, diese Schmach rasch zu beenden. Nach vier Unterrichtstagen klappte es, ich konnte von einer Schmalseite zur anderen schwimmen. Fünf Meter. Ein kleiner Aufstieg – zum Flachschwimmer. Es dauerte wieder nicht lange, und ich hatte es geschafft: Schwimmer! Nun durfte ich in den tiefen Teil des Beckens. Nicht ohne Stolz. Zum Abschluss gab es sogar ein Schwimmzeugnis: »Krause, Dieter erwarb am 5. Mai 1959 durch ein Dauerschwimmen von 15 Minuten das Freischwimmerzeugnis.« Unterzeichnet vom Turnlehrer und vom Klassenkämpfer Kramer.

Die Spötteleien hatten sich übrigens nach einigen Wochen erledigt, sie klangen nur noch einfallslos. Unter den Duschen wurde es munterer. Ständig flogen nasse Badehosen durch die Luft, klatschten einem auf den Rücken oder ins Gesicht. Bis die Trillerpfeife erschien. Wurde man erwischt, gab es eine Meldung an den Klassenlehrer. Mein Name war oft dabei. Raddatz machte auf dem Halbjahreszeugnis daraus Fünfen für die Kopfnote »Betragen«. Ohne groß zu zögern. Meine Aktien lagen bei ihm im Keller – seit der »Vogelhochzeit«, wie ich vermute. Dabei war ich längst nicht mehr der Frechste. Das war Winfried. Unser zweifacher Sitzenbleiber hatte die größte Klappe und ließ sich von Raddatz schon mal gar nichts sagen. Der verfuhr stur nach altem Muster und setzte alle, die häufig den Unterricht störten, ganz nach hinten. Da saßen wir dann: Ich letzte Bank der Fensterreihe, Winfried letzte Bank der Mittelreihe.

Unglücklicherweise fühlten wir uns dadurch weniger beobachtet. Meine Späße kamen nun aus der Deckung. Winfried schlich sogar hinten über die Bänke, um anderen einen Streich zu spielen. Auch mit Raddatz. Wenn es dem über die Hutschnur ging, konnte es passieren, dass er wütend mit allem warf, was er in die Hände bekam. Meist ein harmloses Stück Kreide. Manchmal aber flog sein schweres Schlüsselbund nach hinten und schlug, mit lautem Knall, dicht neben unseren Köpfen ein. Winfried hob es auf, und dann traute ich meinen Augen nicht: Er schleuderte es mit voller Wucht zurück. Raddatz konnte sich gerade noch wegducken.

»Raus!«

Betont langsam schälte sich Winfried aus seiner Bank und verließ, mit einem Grinsen im Gesicht, die Klasse.

Der Tadel, den er bekam, juckte ihn nicht. Er war völlig hemmungslos. Das beeindruckte mich, unbestritten, aber ich mochte ihn nicht. Kaum einer in der Klasse mochte ihn. Winfried war zwei Jahre älter als wir, und er war, kein Wunder, der Klassenstärkste. Sein Trumpf. Er drohte jedem bei jeder Gelegenheit Prügel an. Mir auch, gleich am Anfang des fünften Schuljahres. »Dieter, heute biste fällig!« Auch wenn er mir deutlich stärker erschien, Angst hatte ich nicht. Nach Unterrichtsschluss bildete die halbe Klasse einen Kreis, und die Rauferei begann. Nur leider anders, als unsere Händel bisher ausgetragen wurden. Winfried schlug richtig zu. Auch völlig hemmungslos. Darauf war ich nicht vorbereitet. Wenn wir uns in der Schule oder auf der Straße mit Gleichaltrigen geprügelt haben, dann war das kein brutales Schlagen mit Fäusten, es war eher ein Ringen. Man versuchte seinen Gegner möglichst schnell in den Schwitzkasten und dann auf den Boden zu kriegen. War das passiert, war Schluss. Gewonnen. Nur darum ging's. »Unterkriegen« hieß das bei uns. Geboxt wurde sicher auch, mal auf den Oberarm oder den Körper. Doch ins Gesicht? Da gab es eine Hemmschwelle. Blutige Nasen oder blaue Augen waren nicht alltäglich. Meist erschöpften sich die Geplänkel in Drohungen: »Du kriegst gleich eine geknallt, dann fliegste bis nach Moskau!« Wobei sich fragt, was eigentlich die schwerer wiegende Drohung war – die Schelle oder Moskau? Einerlei, es ging halbwegs ritterlich zu.

Wenn man damit nicht »anständig« meint. Denn richtig ritterlich waren wir Jungs nicht. Also vor allem die, die Reibereien nicht aus dem Wege gingen, sie auch suchten. Oder einfach aus Lust und Laune dabei waren. In jeder Klasse gab es einen oder zwei Prügelknaben, die immer wieder gehänselt, geschubst, gehauen wurden. Auch bei uns, schon in der Ersten. Egal ob in den Pausen oder auf dem Heimweg, sie hatten den schwarzen Peter. Und ich habe mitgemacht. Es passierte einfach. Einer fing an, andere zogen mit. Nach Gründen wurde nicht gefragt. Es reichte, dass es sich irgendwann mal so ergeben hatte. Und dann blieb es dabei. Unser »Peter« war groß, kräftig und doch zugleich sanftmütig – er wehrte sich gegen die Übermacht nur selten. Hänseln, schubsen, hauen. Etwa bis zur Vierten. Danach kamen einem die eigenen Skrupel in die Quere, und man merkte wie unkameradschaftlich, unfair und beschämend die ganze Kiste aussah. Es tat mir leid – zu spät.

Winfried kannte keine Hemmschwelle. Das machte er mir schnell klar. Ich versuchte mich dagegenzustemmen. Es endete mit einer dicken Lippe. Es war meine. So würde es ab sofort allen ergehen, verkündete er.

»Jeder, der mir blöd kommt, kriegt eins aufs Maul!«

Das war sein Fach, das einzige, wenigstens darin wollte er glänzen. Und so nahm er sich einen nach dem anderen vor. Die Klasse war verschreckt. Er hielt sich für eine Art Gladiator, der schließlich nach Publikum für seine Darbietungen verlangte. Das war zu viel. Es wurde sein Verhängnis.

»Hanfried, heute bist du dran! Nach Schulschluss am kleinen Wasserturm. Und ihr kommt alle hin! Wer nicht kommt, kriegt Kloppe!«

Es fanden sich dann doch nicht alle ein, aber viele. Zögernd formierte sich ein Kreis. Hanfried sah seinem Schicksal tapfer ins Auge, Winfried hob die Fäuste. In diesem Moment geschah das, wovon alle träumten: Einer nahm all seinen Mut zusammen und machte dem Spuk ein Ende. Es war Manfred. Ein eher schmächtiger Knabe, der uns nun mit seinem großen Kämpferherzen überraschte. Mit einem Hechtsprung flog er von hinten heran und klammerte sich an Winfrieds Rücken. Völlig perplex war der nun damit beschäftigt, Manfred wieder abzuschütteln. Hanfried nutzte die einmalige Chance und deckte unseren Raufbold mit Schlägen ein. Die Klasse jubilierte. Und Winfried riss aus. Seine »Abrechnungen« wiederholten sich nie wieder.

Den Platz vor dem kleinen Wasserturm suchten wir zwar weiterhin auf, doch aus einem anderen Grund: Um heimlich zu rauchen. Dagmar, Hanfried, Krücke, Ursula, Eberhard und ich und noch der eine oder andere trafen uns dort oben – nach der Schule oder in der großen Pause. Meist mit zwei, drei Glimmstängeln, die wir von unseren rauchenden Elternteilen unauffällig abgezweigt hatten. Betont unauffällig, denn Zigaretten waren zwar seit Jahren keine Parallelwährung mehr, doch sie blieben ein besonderes Gut, genau abgezählt und eingeteilt. Mein Vater schickte mich manchmal zum Tabakladen an der

Wörther/Ecke Ryke. »Sechs Casino für meinen Papa, bitte.« Dann nahm die Verkäuferin eine schon geöffnete rot-weiße Packung der Marke »Casino« aus dem Regal, legte die gewünschten sechs Zigaretten auf ein vorbereitetes Papierblatt und wickelte daraus fix einen kleinen Umschlag. Es war ein trostloser Laden, auf den vielen dunklen Holzregalen sahen die wenigen Schachteln der vorrätigen Tabaksorten verloren aus. Kurz darauf ging das Geschäft ein, und ein Schuster zog in die Räume. Nun waren die Regale vollgestapelt mit kaputten und reparierten Schuhen.

Eine »Casino« kreiste bestimmt auch bei uns, wenn wir aufgedreht auf »Halbwüchsige« machten. Und bloß nicht husten, hieß die Devise, immer so tun, als habe man mit Rauchen seit Langem so seine Erfahrungen. Es war nur Attitüde. Bei mir allemal.

»Der pafft ja nur!«

»Machen wir doch alle!«

»Mensch, man muss den Rauch einatmen! Sonst merkste nischt.«

Das stimmte. Nun merkte ich etwas: Es kratzte. Und ich musste husten. Mehr geschah nicht, bei den paar Zügen. Trotzdem fühlten wir uns, als hätten wir neues Terrain erobert. Dumm war nur, dass es nicht so großartig schmeckte, wie es sich anfühlte, und wir uns an schlechten Tagen mit noch stärker kratzenden Marken wie »Real« oder »Salem« zufriedengeben mussten. An Filterzigaretten kann ich mich nicht erinnern, deren Verschwinden wäre zu Hause bestimmt sofort aufgefallen. Filterzigaretten waren in der Regel auch Westzigaretten. Was noch mehr dafür sprach, die Hände davon zu lassen.

Keiner von uns hatte jemals weiße Mäuse in die Schule mitgebracht, keiner Aquavit ins Tintenfass gekippt oder Skat im Englischunterricht gespielt. Aber der damals aktuelle Schlager »Charly Brown« von Hans Blum, der strophenlang einen Lobgesang auf solche Streiche anstimmte, war wohl unser aller Lieblingslied. Meins sowieso. Dafür hatten wir Jungs im Russischunterricht auf einem Rechenblatt eben Schiffsschlacht gespielt, mit unseren Drahtkatschis auf die Tafel geschossen und, statt weißer Mäuse, Brummer eingeschmuggelt oder Westschmöker und außerdem den Schlüssel vom Klassenschrank verschwinden lassen. Unsere Streiche waren andere – doch sie wurden mit gleicher diebischer Lust ausgeheckt.

»Charly Brown, Charly Brown
ist ein Clown, der Charly Brown.
Und wenn der Lehrer spricht, wer hört gar nicht hin?
Charly Brown, der hat nur immer Unsinn im Sinn.«

Merkwürdigerweise fällt mir nur wenig von dem Unsinn ein, den ich seinerzeit in der Schule angestellt hatte. Doch es muss ihn gegeben haben. Dafür spricht mein Schul-Tourismus, der bald seinen Anfang nehmen sollte. Mein Klassenlehrer, Herr Raddatz, stimmte sich auf dem Zeugnis schon mal ein: »Dieter ist nicht bemüht, seinen schlechten Ruf in der Schule in Bezug auf sein Betragen zu verbessern.« Schlechter Ruf in der Schule? Mich kannten nicht mal alle Kinder in der Parallelklasse. Die Vier in »Betragen« war allerdings gerecht. Obwohl ich durchaus bemüht war. Mein aufsässiger Drang zu allerlei Späßen leider auch.

Ein Film, den ich zusammen mit meiner Mutter im Westberliner »Zoo-Palast« gesehen hatte, passte wunderbar zu diesem Krach: »Der Pauker«. Ein Schwarz-Weiß-Streifen, der damals mit einigem Erfolg lief. Er handelt von den Konflikten zwischen einem alt-autoritären Lehrer und seinen renitenten Schülern. Heinz Rühmann mimte den Pauker, mein Idol Peter Kraus einen der aufmüpfigen Gymnasiasten, die dem Oberstudienrat einen bösen Streich nach dem anderen spielen. Zum Schluss wird natürlich alles gut, und sie kriegen sich. Das kannte ich. Wurde ein Pauker zum Lieblingslehrer, stand er im Naturschutzpark. Ohne dass es ausgesprochen werden musste. In der Klasse herrschte einfach die Mehrheitsmeinung: Dieser Unterricht wird nicht gestört! Und das wurde er dann auch nicht. Meistens.

Ein anderer Westfilm, der mich fesselte, war »Die Brücke am Kwai«. Dazumal Kult. Eine Gruppe englischer Kriegsgefangener, die in einem japanischen Straflager interniert wird, muss unter Zwang eine große hölzerne Eisenbahnbrücke bauen. Ich sah ihn zusammen mit meinen Plöner-Freunden Hoffi und Micki. Im neuen Kino »Melodie« neben dem Hochhaus am

Roseneck. Die Eintrittskarte hatte ich mir schon vorher gekauft, mit dem Personalausweis meiner Mutter. Ich musste ihn nur an der Kasse vorlegen, als Beweis dafür, dass ich im Osten wohnte. Das war ein kleines Risiko – schließlich stand da mein genaues Geburtsdatum drin, und danach war ich noch nicht ganz zwölf. Aber das interessierte die Kartenverkäuferin nicht. Sie interessierte nur das Eintrittsgeld, selbst wenn es in Ostwährung war. Gebannt verfolgten wir drei Jungs die Handlung. Als Schluss war, hatten wir erst einmal geschluckt. Was für ein Elend! Guten Mutes war man nur bei der Melodie, die von den Soldaten beim Marschieren gepfiffen wurde – der »River-Kwai-Marsch«. Er sollte ein Verkaufsschlager werden.

Dass der Personalausweis meiner Mutter (»Nicht verbummeln!«) für »Die Brücke am Kwai« herhalten musste, hatte ich ihr bestimmt unterschlagen. Sie hielt nichts von Kriegsfilmen. Wahrscheinlich beruhigte ich sie mit einem harmlosen Filmtitel, der ihre Gnade fand: »Mama, wir wollen uns Freddy, seine Gitarre und das Meer ansehen.« So was funktionierte. Doch Kinobesuche im Westen blieben immer noch die Ausnahme. Meine Traumpaläste hießen weiterhin »Berolina«, »Puhlmann«, »Nord-Ost« oder »Babylon«. Und es waren vor allem russische Abenteuerfilme, in die wir rannten: »Ilja Muromez«, »Kotschubej« und »Wettlauf mit dem Tod« – Geschichten über einen Recken, der mit wundersamen Kräften das Fürstentum Kiew rettet, einen Kosakenführer im Kampf gegen die Weißgardisten und über die gefährliche Fahrt mit einer Tatschanka, einer Pferdekutsche, die hinten mit einem Maschinengewehr bestückt war. Und ganz sicher: mindestens zweimal in jeden Film. War ja nur eine Frage der Geldbeschaffung – Sparbüchse oder Pfandflaschen?

Doch manche Streifen blieben unerreichbar. Ganz besonders »Das Mädchen Rosemarie«, mit Nadja Tiller in der Hauptrolle. Der Film schildert das sinnenfreudige Leben und das schauderhafte Ende der Frankfurter Luxus-Prostituierten Rosemarie Nitribitt. Die Sittenwächter der Adenauer-Ära standen Kopf. Wir standen mit großen Augen vor den Schaukästen des »Atlantic« in der Brunnenstraße und bewunderten die blonde Nadja Tiller im Negligé. Dann bogen wir ab. Diesmal halfen keine Zehenspitzen, keine tiefer gelegte Stimme an der Kasse – der Film war sogar erst ab 18. Und im vergleichsweise vornehmen »Atlantic« nahm man es recht genau. Wir kamen nicht mal auf die Idee, es trotzdem zu versuchen. Sie hätten uns feixend weggeschickt, und weggeschickt zu werden war peinlich.

Seltsam, dass die Kontrolleure den »Pauker« schon für Sechsjährige freigegeben hatten. War der Film wirklich so brav? Anscheinend, denn meine Mutter saß neben mir. Ich muss in den Szenen mit den halbstarken Albereien aufgegangen sein. Die gefielen mir. Wie gern hätte ich dazugehört, wenigstens ein kleines bisschen. Horst aus unserem Vorderhaus gehörte dazu, vielleicht auch nur ein bisschen. Ich fand, dass mit den Halbstarken frischer Wind um die Straßenecken wehte. Sie tanzten aus der Reihe, wollten sich den altgewohnten Bevormundungen entziehen. Sie waren sicher keine Massenerscheinung, sie waren eine kleine lärmende Randgruppe. Renitente wie in den Filmrollen mit James Dean, Marlon Brando oder Horst Buchholz. Ich hatte sie in den Himmel gehoben. Nach oben gucken musste ich sowieso – sie waren ohnehin schon »die Großen«. Meine Eltern guckten nach unten, für sie waren es Rowdys. Das war noch piano. Denn eigentlich schickte die komplette ältere Generation diese »Bande« zum Teufel: »Rabauken«, »Pack«, »Abschaum«, »so was sollte man ins Arbeitslager stecken«, »da hilft nur eine Tracht Prügel«. Die Ordnungsbürger im Gleichschritt. Und die Polizei vollstreckte. Mit Knüppeln, schikanösen Ausweiskontrollen und anschließender Aufforderung, zu verschwinden.

»Jeder in eine andere Richtung! Zack!«

Das war im Osten so, das war im Westen so. Deutschland, einig Spießerland. Ich hielt meine Zuneigung sicherheitshalber verborgen.

Und schwärmte im Geheimen weiter. Beeindruckt von den großspurigen Nummern, die sie abzogen, den Mopeds, mit denen sie in ihren Cliquen auftauchten, den Kofferradios, den Entenfrisuren, den Nietenhosen, den schwarzen Lederjacken, auch wenn sie manchmal nur aus billigem Kunstleder waren. Pöbelten sie ältere Leute an, fand ich sie doof. Im Grunde war es ihre Mode, die mich anzog. Zum Glück hatte ich schon seit

Jahren Nietenhosen. Neuerdings Bluejeans der Marke »Mustang«, für 22 Westmark. Auch die gewünschten Socken hatte ich bekommen: schwarz mit blauen, gelben oder roten Längsstreifen. Das waren nun die Guten. Ich trug sie ständig, selbst in der Schule. Was kein Problem war, sie wurden nicht als der letzte Halbstarkenschrei erkannt.

Andere wichtige Requisiten konnte ich mir nur ausmalen. Jacken, Hosen, Schuhe kaufte ich mit meiner Mutter ein. Also meine Mutter mit mir. Ich durfte sagen, ob sie mir gefallen. Auch mal einen Wunsch anmelden. Die Söckchen beispielsweise. Doch das Wort »Lederjacke« wagte ich nicht mal auszusprechen. Die Antwort war ohnehin klar: Kommt nicht infrage! Abgesehen vom Geld, das sie gekostet hätte, eine schwarze Lederjacke trugen Halbstarke, das reichte. So blieb mir nichts weiter übrig, als mit etwas Firlefanz den gewünschten Effekt vorzutäuschen. Auch heimlich selbstverständlich.

Mit dem Löwenkopfring fing es an. Immer wieder hatte ich in der Brunnenstraße Groschen in einen Kaugummiautomaten gesteckt, bis das ersehnte Stück endlich rauskam. Für Erwachsene billiger Kram, für mich war das Aluminiumteil mit der goldenen Lackierung und rotem Glitzerstein im Maul ein Symbol. Dann kam die Rock 'n' Roll-Kette. Aus gleichem Material, mit gleichem Lack. Der Anhänger zeigte ein Paar, das Rock 'n' Roll tanzte. So etwas gab es an Kiosken im Westen für etwa zwei Mark. Musste man haben. Manchmal band ich mir auch noch ein hellblaues Nickituch um. Aber nicht zu Hause! All die Dinge lagen in unserer Wohnung in einem Geheimversteck. Wollte ich sie draußen vorführen, verschwand der Zierrat unbemerkt in meiner Hosentasche.

»Tschüss, ich geh' runter.«

Erst im Hausflur begann ich mich zu schmücken. In großer Eile, um schnell die Kurve zu kratzen, denn mein Vater durfte mich auf keinen Fall so zu Gesicht bekommen. Eine Backpfeife wäre das Mindeste gewesen, plus Verlust des gesamten Dekors. Ich war nun fast zwölf. Und es war anstrengend, »lässig« auszusehen.

»Strafversetzt« im Doppelpack

Walter Ulbricht war mit großem Gefolge erschienen. Freundlich in alle Himmelsrichtungen nickend, spazierte der SED-Chef an den vielen Wettkampfstätten des Jahn-Sportparks entlang. Es war der 3. Juni 1959. Die Großveranstaltung »Treffpunkt Olympia« hatte viele Menschen angelockt, Sportler und Schaulustige. Uns Kinder auch, wie immer, wenn »was los« war. Auf einmal klatschte die Menge. Volkssportler Ulbricht hatte unversehens ein Volleyballfeld betreten, seine Genossen Erich Honecker, Alfred Neumann und Paul Verner im Schlepptau. Er wollte mit gutem Beispiel vorangehen. Die Kontrahenten, junge Sportler, standen schon bereit. Das Spiel begann. Die anwesenden Reporter der Parteiblätter waren verzückt: »Zur nicht geringen Überraschung der jüngeren Gegner lag das Politbüro bald klar in Front.« Wie im wirklichen Leben. Nun waren die vier nicht mehr zu halten. Neumann beeindruckte beim Keulenweitwurf, Honecker mit einer Kippe am Reck, und Paul Verner fertigte beim Kugelstoßen, unter großem Jubel, sogar einen Ex-Meister ab – mit »erstaunlichen 12,20 m«. Sie konnten nicht mal hier verlieren.

Die Inszenierung diente vor allem einer Botschaft, die Ulbricht den Zuschauern nach all den beeindruckenden Darbietungen ans Herz legen wollte: »Das ist ein gutes Training für den Wettstreit mit der Bonner Regierung!« Jetzt sollte es also der Sport sein. Nachdem es mit der Schwerindustrie und dem Chemieprogramm nicht klappte, kündigte sich hier ein neuer Kampfplatz an, auf dem endlich die Überlegenheit des Staatssozialismus bewiesen werden sollte. Und das in ganzer Breite. Um alle hinter sich zu scharen, gab Vorturner Ulbricht auch gleich die passende Losung aus: »Jeder Mann an jedem Ort – einmal in der Woche Sport!«

Das sollte helfen, den Krankenstand zu senken und die Sportbegeisterung der Bevölkerung für den Systemwettstreit fit zu machen. Nun wurde gerannt, geworfen, geschwommen, was das Zeug hielt, und zugleich für die DDR und ihr internationales Ansehen geworben. Es brauchte zwar noch etwas Anlauf, aber schließlich gelang es den »Diplomaten im Trainingsanzug«, bei den olympischen Sommerspielen sämtliche Westmannschaften niederzuringen. Mit kräftiger Beihilfe der zentralen sportmedizinischen Forschungseinrichtungen. Das lief im Westen nicht anders, allerdings hatte die DDR auch hier die Nase vorn, leider ohne sich damit schmücken zu können. Aber das stand an jenem Junitag noch in den Sternen. Wir schlenderten lieber zum Fußball.

Ausgerechnet diese Sportart lieferte eine Woche nach Ulbrichts Auftritt das erste Beispiel für seine Vision. Im gleichen Sportpark. Und sogar noch kühner als erträumt. Mit 7:1 Toren schickten die Fußballer des damaligen DDR-Meisters ASK Vorwärts Berlin ihren West-Nachbarn Hertha BSC nach Hause. Die Verlierer hatten es nicht weit – links am Stadion entlang, bis zur Gleimstraße, rechts in die Swinemünder, über die »Millionenbrücke«, und nach knapp 15 Minuten waren sie an der »Plumpe«, dem legendären Hertha-Platz. Ein Jahr später sind wir Jungs den gleichen Weg gegangen, Sonntag für Sonntag. Der Sieg der Armee-Fußballer war übrigens nicht dem wohlwollenden Stand der Gestirne zuzuschreiben, sie triumphierten auch im Rückspiel – 2:1.

In diesem Frühsommer versetzte eine Benachrichtigung meine Eltern in Aufregung. Vermutlich standen für sie die Sterne günstig. Der Briefschlitz hatte geklappert, und ein Schreiben war auf den Flurboden gefallen. Gerichtet an meinen Vater oder meine Mutter. In nüchternen Worten wurde ihnen mitgeteilt, dass die vor mehreren Jahren aufgegebene Autobestellung nunmehr ausgeführt werden könne.

»Wir sind dran!«, rief mein Papa, nachdem er erwartungsvoll das Blatt überflogen hatte.

»Wirklich, wirklich?«

Meine Mutter konnte es kaum fassen. Ich weiß noch genau, dass sich meine Eltern immer beide angemeldet hatten – erst für die Motorräder, dann für ihre Autos. Mit einem Abstand von ein paar Jahren. War eine Anmeldung dran, lief die andere schon eine Weile. So verkürzten alle Familien in der DDR die unerfreulichen Wartezeiten. Nur welches Modell hatten sie Anfang der fünfziger Jahre bestellt? Ein »P 50« kann es nicht gewesen sein, von dem existierten noch nicht einmal Zeichnungen. Auch der »P 70«, der ab 1955 produzierte Kleinwagen, war da kaum in der Planung. Bleibt nur der »IFA F 8«, denn der etwas schnittigere »F 9« war finanziell unerreichbar – beide Wagentypen fußten auf alten DKW-Modellen. Als die ersten Berichte über die Serienfertigung eines Kleinwagens mit Kunststoffkarosserie veröffentlicht worden waren, müssen sich meine Eltern umgemeldet haben. Das war erlaubt, und das Zeitkonto blieb erhalten. Nun war er also abholbereit. Verändert hatte sich nur sein Name: »Trabant P 50«.

Dass die Vertrauen stiftende Namensschöpfung von nahezu prophetischem Rang war, passierte eher ungewollt. Niemandem wäre in den Sinn gekommen, ein solches Modell würde, sicher mit manchen Verbesserungen, die DDR-Bevölkerung über drei Jahrzehnte »begleiten«. 1959 erschien er uns als Traumwagen. Er war kein VW-Käfer, doch eindrucksvoller als der kleine Lloyd aus dem Westen. Das genaue Abholdatum muss ich leider schuldig bleiben. Aber es war ein sonniger Tag, an dem wir alle drei mit der Straßenbahn der Linie 72 zur Rennbahnstraße fuhren. Dort fand seinerzeit die Auslieferung von Privatfahrzeugen statt – ein geräumiges Hofgelände hinter einem Altberliner Mietshaus. Völlig unspektakulär. Spektakulär war nur der französische »Renault Dauphine«, der zur gleichen Zeit von einem offenkundig höherstehenden Staatsbürger erworben wurde. Solche West-Importe waren für die normale Bevölkerung unerreichbar. Doch bei uns kam kein Neid auf, dafür war die Freude viel zu groß.

»Das ist er«, sagte der Verkäufer und zeigte auf unser Auto. In türkis. Das war gewiss nicht die Farbe, die sich meine Eltern für ihren ersten Wagen vorgestellt hatten. Ändern konnten sie es nicht. »Farbwünsche« hätten die damalige Produktion überfordert. Es kam eben, wie es kam. Also türkis, so sahen andernorts die Swimmingpools aus. Mein Vater schluckte kurz, dann lächelte er wieder.

»Schön ...«

Der Zweitakter aus dem VEB Sachsenring-Automobilwerke Zwickau hatte satte 20 PS und eine Duroplastkarosserie. Das merkte man aber nur bei Unfällen. Und hielt es lieber für nebensächlich. Für uns war entscheidend: Wir hatten eine der insgesamt 20040 Limousinen, die 1959 gebaut wurden, abbekommen. Preis: rund 7300 Mark. Ein kleines Vermögen. Wie wurde es übergeben? Musste man damals die Summe vorher überweisen oder beim Kauf bar auf den Tisch legen? Durchaus möglich, dass meine Mutter die gebündelten Scheine in ihrer Einkaufstasche mitgebracht hatte. Im Abteil der »72«.

Es würde passen. Alles war recht einfach, auch der Wagen, aber das wusste man vorher. Das Armaturenbrett etwa besaß nur einen Tachometer und vier Schalttasten. Da lenkte nichts den Blick ab. Auch nicht die verwegenen 120 km/h, die auf dem Tacho standen. Die eigentliche Höchstgeschwindigkeit war mit 90 km/h angegeben. Mein Vater hatte es selten versucht – zu laut, zu beunruhigend. Stattdessen verfeinerte er das Armaturenbrett. Mit einem kleinen Thermometer und einer Vase, wie man sie aus dem Käfer kannte. Vielleicht ein etwas verwegenes Zitat in einem Auto, das im Volksmund bald »Plastikbomber« genannt wurde. Auf jeden Fall hatte er es gut bei uns, denn er musste nicht auf der Straße stehen. Meine Mutter besaß aus ihrer Zeit beim Roten Kreuz nachhaltig einen guten Draht zu vielen Hausvermietern – und deren Garagen. Wie schon für das Motoradgespann. Nun wurde sie größer.

An den Abläufen bei uns veränderte sich nichts: Vor allem an den Wochenenden brausten wir los, meist zu Radrennen. Nun mit dem Auto. So war es immer, so weit ich zurückdenken kann. Ich bin mit dem Radsport groß geworden. Ihm gehörte meine alte Liebe – meine neue dem Fußball. Tagaus, tagein.

Unser Bolzplatz war »der Freie«. Etwa an der Ecke von Wörther und Knaack. Die Ruinenfelder dort waren seit Längerem abgeräumt, nun reichte das kahle staubige Feld fast bis zur Szredzki. Bei uns Kindern aus der Kollwitz hieß dieser Ort zuerst »der freie Platz«, dann nur noch »der Freie«. Und den vorderen Teil, eine Fläche von höchstens zehn mal zwanzig Metern, eigneten wir uns an. Eine spontane Inbesitznahme, die jahrelang währen sollte. Unser Fußballfeld bestand aus Sand, Trümmersplitt, Scherben und standhaften Grasnarben. Stürze gingen selten ohne Hautabschürfungen ab. Doch das gehörte dazu. Genauso wie die kaputten Ziegelsteine, die wir auf dem riesigen Acker zusammengesucht und zu Torpfosten aufgestapelt hatten. Wir, das waren bis zu zwanzig Jungs aus den umliegenden Straßen. Die Jüngsten, kaum sieben Jahre alt, standen meist im »Kasten«, die Ältesten, nicht über vierzehn, stürmten. Sie wollten die Tore schießen.

Es war wie im Fieber. Nach der Schule schnell nach Hause, schnell Mittag gegessen, schnell die Schularbeiten gemacht, rasch in die alten Volleyballschuhe geschlüpft und runter. Franki wartete bereits auf dem Hof.

»Wo sind denn Klaus, Sohni und Jürgen?«

»Die sind schon auf'm Freien.«

Und im Laufschritt ging's quer über den Kollwitzplatz. Gewöhnlich waren schon mehrere Jungs auf der Schotterpiste, schossen sich den Ball gegenseitig zu oder übten »Hochtechnik«. Unser Wort für Jonglieren. Keiner war für die Fußballspiele besonders ausstaffiert. Fast jeder trug seine normalen, meist geflickten Alltagsklamotten. Wenn einer mal in einem alten ausgeblichenen Jersey auftauchte oder stolz ein paar vom Onkel ausrangierte Töppen vorführte, dann wurde er bewundert. Ein echter Lederball war noch seltener, und der hatte dann bestimmt schon einige geplatzte Nähte. Bei uns bekam er nun den Rest. Ansonsten war die »Pille« aus farbigem Igelit-Kunststoff und kostete höchstens fünf Mark. Wer so ein Ding hatte, brachte es mit, unser Verschleiß war groß.

Spannend war schon die Zusammenstellung der Mannschaften. Die beiden anerkannt besten Spieler stellten sich – knapp zwei Meter voneinander entfernt – auf und bewegten sich aufeinander zu, abwechselnd einen Fuß vor den anderen setzend. Fußhacke vor Fußspitze. »Tipp-topp«. Derjenige, dessen Fuß zuletzt in den Zwischenraum passte, hatte gewonnen und durfte als Erster einen Mitspieler auswählen. Eine sehr gerechte Methode. Zum Schluss standen sich zwei Gruppen gegenüber, die alle Entscheidungen per Meinungsaustausch regelten, ohne Schiedsrichter, ohne Seitenlinien. Anstoß. Schon wirbelte Heini über links, Stinka grätschte von hinten rein, und beide verschwanden in einer Staubwolke. Kaule trat den Freistoß, bediente Sohni, der auf Klaus ablegte. Schuss, Staub, Tor! So knödelten wir stundenlang, manchmal bis zum Abendbrot oder bis es zu dunkel wurde. Zeit spielte keine Rolle, nicht mal bei der Dauer einer Partie. Das Maß waren die Tore.

»Wir spielen bis zehn.«

»Ne, bis zwanzig!«

»Alle einverstanden?«

Zustimmen, Kopfnicken. Es gab Spiele, die endeten dann 20:19. Rasch wurden neue Mannschaften gewählt, und schon ging die Fummelei weiter. Wir müssen eine Mordskondition gehabt haben.

Auf dem kurzen Heimweg war Putzen und Flicken angesagt. Jeder klopfte, so gut es ging, den Staub aus seinen Sachen, rieb die Schuhe mit dem Taschentuch ab, zählte die Blessuren.

»Mist, mein Ärmel hat 'nen Dreiangel!«

»Krempel den Ärmel hoch, dann sieht man's nich mehr.«

Noch immer außer Atem, verabschiedeten wir uns. Wahrscheinlich gab es am nächsten Nachmittag die Revanche. Das war unsere kleine Fußballwelt. Zwei oder drei Kumpels vom Freien spielten schon in Vereinen – bei Rotation, Empor, Merkur Roland oder dem ASK. Von uns aus der 66 noch keiner. Es war egal, in unseren Träumen waren wir alle Nationalspieler.

Ein Buch, das ich in jenem Sommer von meinen Eltern zum Geburtstag geschenkt bekommen hatte, kurbelte diesen Traum noch an: »Klapperzahns Wunderelf«. Geschrieben hatte es der tschechische Schriftsteller Eduard Bass. Und das schon vor vielen, vielen Jahren – 1922 war es zum ersten Mal erschienen. Nun lag das kleine grüne Büchlein vom DDR-Sportverlag auf meinem Gabentisch. Die Geschichte erzählt ein lustiges Fußballmärchen. Wer anfängt, sie zu lesen, kann nicht mehr aufhören.

Ich fing sofort an: »Es war einmal ein armer Häusler, der hieß

Klapperzahn und hatte elf Söhne. In seiner Armut wusste er nicht, was aus seinen Jungen werden sollte. Deshalb stellte er mit ihnen eine Fußballmannschaft zusammen. Neben seinem Häuschen hatte er eine schöne, ebene Wiese, die wurde der Fußballplatz. Die Ziege verkaufte er für zwei Bälle, damit die Jungen trainieren konnten. Honza, der älteste, eine schrecklich lange Latte, wurde Torwart; die beiden jüngsten, Franz und Jura, klein und flink, stellte der alte Klapperzahn auf die Flügel. Schon früh um fünf weckte er die Jungen und marschierte mit ihnen eine Stunde durch den Wald. Nachdem sie sechs Kilometer zurückgelegt hatten, ging es im Laufschritt zurück. Jetzt erst erhielten sie ihr Frühstück, und danach begann das Fußballtraining. Der alte Klapperzahn achtete streng darauf, dass jeder alles beherrschte.« Die dann folgende muntere Aufzählung aller technischen, taktischen und konditionellen Übungen, die sie vom frühen Morgen bis zum späten Abend trainieren mussten, füllt fast zwei Seiten.

»Am Ende des dritten Jahres fuhr Klapperzahn nach Prag. Von dort brachte er eine Tafel mit, die er über dem Tor annagelte. Sie hatte eine blaue Umrandung, und in roten Buchstaben stand auf der weißen Fläche:

S. K. Klapperzahn-Elf

In der Tasche hatte er eine Bestätigung vom Mitteltschechischen Fußballverband, dass die Klapperzahn-Elf in die dritte Klasse aufgenommen worden war … Im Frühjahr begannen die Spiele um die Meisterschaft. Die Klapperzahn-Elf fuhr nach Prag zum ersten Wettspiel mit dem A.C. Hlubocepy. Niemand kannte sie, und die Leute lachten über ihren Namen. Noch mehr aber lachten sie, als sie diese schüchternen Jungen vom Lande mit den Pelzmützen erblickten, die noch niemals in einer Großstadt waren und die von einem so alten pfeiferauchenden Opa ins Stadion geführt wurden. Aber als die Klapperzähne sich auf dem Spielfeld aufgestellt hatten und der Schiedsrichter das Spiel anpfiff, brach es wie ein Verhängnis über die gegnerische Mannschaft herein. 39:0 endete die erste Halbzeit.« Meine Lieblingsstelle. Damals hatte ich sie gleich meinen Eltern vorgelesen, mit Tränen in den Augen.

Die Ferien waren vorbei, das 6. Schuljahr begann. Herr Raddatz war weiter unser Klassenlehrer und ich unter seiner besonderen Beobachtung. Es kam, wie es kommen musste. Nach einigen Zwischenfällen fiel der Hammer, und ich flog von der Schule. Mein Vater oder meine Mutter wurden zum Direktor bestellt, ich auch, und in seinem Büro teilte uns Kramer ohne Umschweife die Entscheidung mit: »Dieter wird wegen seines andauernd schlechten Betragens von der Schule verwiesen und in eine andere Schule strafversetzt.«

Vor Schreck verknotete ich fast meine Finger. Ich war fassungslos. Dass so etwas passieren kann, wusste ich, aber ich hätte nie für möglich gehalten, dass es mich tatsächlich treffen würde. Alle auf der Stelle abgegebenen Beteuerungen halfen nicht mehr, Kramer verabschiedete sich. Und mich.

»Lass dir das eine Lehre sein!«

Ohne mir dabei über den Kopf zu streicheln. Ich hätte es wahrscheinlich gar nicht mitbekommen. Ich war wie betäubt. Alle meine Klassenkameraden – weg.

Zu Hause gab es ein mächtiges Donnerwetter. Dazu mindestens zwei Ohrfeigen – eine rechts, eine links. Und anschließend eine Standpauke.

»Das geht so nicht weiter!«

»Das nimmt noch mal ein schlimmes Ende mit dir!«

»Wir kriegen wegen dir noch graue Haare!«

»Warum tust du uns das an?!«

Ich stand bedröppelt da, randvoll mit schlechtem Gewissen, und wusste keine Antwort. Die einzige, die mir einfiel, traute ich mich nicht zu sagen. Doch die Erinnerung war da. Kurz bevor ich eingeschult wurde, hatte mein Vater mich zur Seite genommen und mir schmunzelnd zugeredet: »Komme mir nicht mit einer Eins oder einer Zwei in Betragen nach Hause – du bist ein Junge!«

Den Plan hatte ich übererfüllt, aber eben auch übertrieben. Also besser Schnabel halten, dachte ich.

Von einem Tag zum anderen änderte sich mein Schulweg, gehörte ich zu einer wildfremden Klasse. Die Strecke hatte sich mehr als verdoppelt. Während meine Freunde aus der 66 am Wasserturm abbogen, musste ich über die Prenzlauer, an der Immanuelkirche vorbei, rechts in die Winsstraße, dann links in die Heinrich-Roller und vis-à-vis vom Friedhof auf das Gelände zweier Schulen einbiegen. Die hintere war meine neue Lehranstalt: die 1. Oberschule. Reichlich verkrampft meldete ich mich um dreiviertel acht beim Direktor. Herr Münchow, so hieß der Mann, übergab mich flugs an meine neue Klassenlehrerin Frau Keller.

»Na, dann komm mal gleich mit«, sagte sie freundlich.

Und schon stand ich vor meiner neuen Klasse.

»Das ist Dieter. Er ist nicht ganz freiwillig an unsere Schule gewechselt. Nun hoffen wir mal, dass er sich hier bessert.«

Ich nickte und meinte es auch so. Dann setzte Frau Keller einen Schüler um und mich auf den nun freien Platz.

»Das ist deine Bank, direkt neben Ingrid.«

Es war ein spezieller Platz, und sie hatte sich was dabei gedacht. Das war mir schnell klar. Ingrid schien unter den Mädchen den Ton anzugeben, entschlossen, selbstbewusst, eine, die sich nichts gefallen ließ. Meine widerspenstige Zähmung sollte offenbar auf dieser Bank beginnen. An den ersten Schultagen nahm ich recht reserviert und verschüchtert am Unterricht teil. Was sollte ich auch tun? Ich kannte keinen. Doch allmählich wurden mir die neuen Mitschüler vertraut und ich schloss neue Freundschaften. Zuerst mit Otto, der gegenüber der Immanuelkirche wohnte, direkt neben einem Spielzeugladen, und der von Hamburg träumte, wo seine große Schwester beim Zirkus arbeitete. Er sprach oft darüber, und er ließ mir gegenüber keinen Zweifel daran, dorthin zu wollen. Ich hörte zu, meist auf dem Weg zur Schule, den wir nun gemeinsam gingen. Otto war eine ehrliche Haut, der unverblümt seine Meinung sagte. Wir kamen schnell miteinander klar, tauschten unsere »Tarzan«-Hefte, redeten begeistert über Filme, führten einander die Spielzeugsammlungen vor. Und ich begann aufzutauen.

Dabei halfen auch Klaus-Dieter und Andreas, die in der Klasse nur Kläuschen und Andi gerufen wurden. Wir drei merkten rasch, dass wir auf einer Wellenlänge waren – dem Sport, besonders dem Radsport. Klaus wohnte mit seiner Mutter und seiner Schwester in der Winsstraße, dort trafen wir uns regelmäßig, bevor wir zu Sportveranstaltungen loszogen. Er wusste damals schon, dass er mal Sportreporter werden würde, lief mit einer leeren Milchflasche in der Hand durch unsere Reihen und tat so, als ob es ein Mikrofon wäre.

»Täve, Gratulation zum Sieg. Wie anstrengend war die heutige Etappe?«

Wer nicht schnell genug die Flucht antrat, hatte als Nächster die Milchflasche vor seinem Gesicht.

»Wir stehen vor dem neuen Friedensfahrthelden Manfred Weißleder. Manfred, schon wieder eine Etappe gewonnen. Wie machen Sie das?«

»Treten, immer treten.«

Wir haben uns schiefgelacht.

Andi war etwas ruhiger, Kläuschen und Otto dagegen richtig freche Knaben, die Taschen voller Blödsinn. Dort kuppelte ich an. Wir wechselten auf die Überholspur und meinten, ohnehin über alles bestens im Bilde zu sein. Und bald fanden wir an einem Spiel mehr Gefallen, als, wie verlangt, nach guten Noten zu streben: Wer schafft es als Erster, die Klasse zum Lachen zu bringen? Es scheint, zum Ärger der Lehrer, oft geglückt zu sein. Sehr oft. In meinem Halbjahreszeugnis notierte Frau Keller: »Er stört fast jede Stunde durch unangebrachte Fragen und Bemerkungen.« Bei Klaus muss das Gleiche gestanden haben. Bei Otto auch. Die »unangebrachten Fragen und Bemerkungen« waren eigentlich nur spaßig gemeint, allerdings weniger für die Lehrer, denen war es zu viel. Trieben wir es zu schlimm, machte Frau Keller gleich einen »Hausbesuch« bei Klaus' Mutter und tadelte sein flegelhaftes Verhalten. Sein Pech: Unsere Klassenlehrerin wohnte schräg gegenüber. Die Kollwitz war weiter weg vom Schuss. Mehrere Monate später wurde mir möglicherweise genau dieser Umstand zum Verhängnis.

Fast jede Stunde stimmte gewiss auch, denn wir hatten unsere Lieblingsfächer. Im Zeichenunterricht war ich ganz brav, suchte nach Ideen, gern auch spaßige, für die vorgegebenen Motive, trennte ein Blatt aus meinem Zeichenblock und pinselte dann versunken mit den Tuschfarben. War die Stunde vorbei, tauchte ich aus meiner Träumerei wieder auf. Wenn im Anschluss Russisch kam, tauchte ich gleich wieder unter. Klaus, Otto und viele andere auch. Wir machten uns so klein, als wären wir überhaupt nicht da. Bloß nicht mit Übersetzen rankommen! Passierte es dann doch mal, fing das große Schwimmen an. Völlig hilflos griff man alle zugeflüsterten Worte auf und versuchte sie sinnvoll zu verknüpfen. Das dauerte.

»Lass gut sein, Dieter. Wir wollen den Text noch heute zu Ende übersetzen. Vier!«

Geschichte war dagegen der reinste Segen, nun stand das Mittelalter auf dem Plan. Das blassgrüne Lehrbuch »Bauern, Bürger und Feudalherren« behandelte vor allem die deutsche Geschichte von Heinrich I. bis zum Westfälischen Frieden, aber auch die Entdeckung Amerikas durch Christoph Kolumbus oder Gutenbergs Erfindung des Buchdrucks. Mittendrin ein Kapitel über die aufkommenden Städte. Erklärend, anschaulich. »Die Städte sahen damals anders aus als heute. Dicke Mauern mit Zinnen, Schießscharten und Wachtürmen umgaben sie zum Schutz gegen Feinde.« Mauern, Schießscharten, Wachtürme – vergangene Geschichte eben. Darauf, dass uns Ähnliches in naher Zukunft bevorstehen sollte, wäre damals wohl keiner gekommen. Auch die Verfasser von Lehrbüchern nicht. Sie hatten es wahrlich nicht leicht, da war man gerade dabei, Stalin von den Seiten zu tilgen, schon lauerten neue anstößige Stellen. 1959 las sich jener Satz gewiss noch brav und unverfänglich. Zwei Jahre später war er eine einzige Anspielung. Und in der DDR hatten die Menschen ein empfindliches Gespür für Anspielungen – von Kindesbeinen an.

Als wir diese Mauer-Zeile lasen, deutete jedenfalls nichts darauf hin, dass solch ein historischer Einschnitt nahte. Nicht einmal die Zahl der Flüchtlinge. Zumal sie in jenem Jahr sogar deutlich zurückgegangen war, von über 204000 im Jahr 1958 auf nun rund 144000. Die Abnahme hing durchaus mit einigen sozialen und kulturellen Verbesserungen zusammen, doch sie blieb ein Intermezzo. 1960 hatten dann wieder fast

200 000 DDR-Bürger die »Großbaustelle des Sozialismus« verlassen. Vielleicht trug auch dieser erneute Anstieg dazu bei, dass Walter Ulbricht und seine Führungsspitze den kühnen Glauben verlor, die Fluchtgründe würden sich von allein erledigen – quasi im Gleichschritt mit dem »stürmischen Aufbautempo«. Jahrelang sahen die Genossen ohnehin in den Fluchtzahlen kein allzu gefährliches Problem, schließlich waren das alles »Staatsfeinde«, »kleinbürgerliche Elemente«, »Irregeleitete«, die dem Klassenfeind auf den Leim gegangen waren. Insofern, beruhigte man sich, trug der Aderlass auch zur Selbstreinigung bei.

Im Alltag waren die Fluchtfälle nicht stark spürbar. Zumindest nicht in einer riesigen Stadt wie Berlin. Nur, dass man einen Nachbarn, einen Kollegen, einen Bekannten plötzlich nicht mehr sah, eine Schulbank leer blieb. Das war traurig, denn es hieß ja meist: für immer. Aber das kam nun nicht ständig vor, im jeweils eigenen Umfeld sogar eher selten. Solche Abschiede sorgten in den meisten Fällen auch nicht tagelang für Geflüster.

»Haste gehört, die nette Familie aus der 60 ist getürmt?«

»Die mit dem Hund?«

»Ja. Beim Bäcker haben sie gesagt, dass die Wohnung nun versiegelt ist.«

»Ach?! Bestimmt wird se aufgelöst.«

Schon wurde es praktisch. Es sei denn, der »Republikflüchtling« war Arzt, Ladenbesitzer oder Kleinunternehmer, dann standen die Menschen unversehens vor verschlossenen Türen – und einer andauernden Leere dahinter.

Das Leben ging weiter, so oder so. Tausende Menschen spazierten nach wie vor über die Grenze oder kreuzten sie mit der S-Bahn, der U-Bahn oder dem Fahrrad – gewöhnlich ungeschoren. Wir Kinder auch. Ich nun oft mit Wildwest-Romanheften, versteckt unter Hemd und Hosenbund. Verbotene »Schundliteratur«! Meine Lieblingsreihe hieß »Billy Jenkins«. Das Heft hatte auf der hellblauen Titelseite immer dramatische Illustrationen mit reitenden, schießenden oder im Hinterhalt lauernden Cowboys. Die 30 Seiten kosteten vier Westgroschen, aus dem Krabbelkarton die Hälfte, und sie waren ratzfatz ausgelesen. »Der Berg des Grauens«, »Die drei Furchtlosen«, »Der

Höllenhund ist los« – kein Mark Twain oder James Fenimore Cooper, aber ich konnte für eine Heftlänge mit den leicht verdaulichen Geschichten mühelos davonschweben. Der gute Sheriff, der unheimliche Bösewicht, die treuen Pferde und die einsamen weiten Landschaften bildeten den Stoff, aus dem wir unsere romantisch verklärten Vorstellungen über den wilden Westen bastelten. In gewisser Hinsicht waren die Western-Schmöker damals unsere Heimatfilme, unser Ort zum Träumen. Trivial war beides.

Mein Vater war ausnahmsweise der gleichen Meinung wie die Obrigkeit: »Das ist nur Mist, lass dich damit nicht erwischen!«

Er meinte nicht die Grenzpolizisten, er meinte sich. Und so blieb der »Billy Jenkins« weiter unterm Hemd, bis ich das Heft unbemerkt unter meine Matratze schieben konnte. Manchmal kam mir auch ein »Landser«-Groschenroman in die Hände. Der wurde natürlich erst recht versteckt – und auch durchgeschmökert. Kriegsgeschichten passten zu unserem Faible für Knallplättchenpistolen, Spielzeugpanzer und Soldatenfiguren. Dass die Geschichten vorzugsweise die Kameradschaft und die Tapferkeit der einfachen deutschen Schützengrabenmucker, ihren mannhaften Opferwillen bei Spähtruppeinsätzen und Gefechten idealisierten und der ganze Nazi-Spuk unter den Tisch fiel, stieß mir schon auf – ich las trotzdem weiter. Nicht mehr lange.

Doch noch faszinierte mich die ganze Kriegsspielerei, neuerdings kleine Panzermodelle, im Maßstab 1:90 – etwa wie Wikingautos und auch aus Kunststoff. Die waren unter uns Jungs sehr begehrt. Monatelang legte ich den Großteil meiner dürftigen Ersparnisse und meines ebenfalls dürftigen Taschengeldes in originalgetreuen Nachbildungen von Patton-, Tiger- und T-34-Panzern, von Jeeps, Panzerspähwagen und Zwillingslafetten an. Dann hatte ich knapp zwei Dutzend davon, wohl gehütet und sorgsam mit den zugehörigen Hoheitszeichen in Form von Mini-Abziehbildern beklebt. Der rote Sowjetstern auf dem Turm des T-34 sorgte dafür, dass dem kleinen Plastikpanzer draußen beim Spielen keine Beschlagnahme drohte, dem Patton mit seinem weißen Ami-Stern schon. Bei Gefahr ließ ich ihn lieber rasch verschwinden. Und weil die winzigen Fahrzeuge auch sehr empfindlich waren, spielte ich damit meist zu Hause und meist mit meinem Schulfreund Otto. Er teilte meine Liebe zu diesen filigranen Modellen. Wenn wir eine Freistunde hatten, meine Mutter im Westen bei Tante Mann und mein Vater auf Arbeit waren, dann verwandelten wir das Doppelbett im Schlafzimmer meiner Eltern in ein Gefechtsfeld. Es hatte eine blassgrüne Tagesdecke – bestens geeignet! Nachdem wir die Panzer, Jeeps und LKWs aufgeteilt hatten, schoben, falteten und stauchten wir die leicht gefütterte Decke, ließen Schützengräben und Stellungen entstehen – Otto auf der einen Bettseite, ich auf der anderen. Und dann spielten wir mit ganzer Leidenschaft, machten Motorengeräusche und Explosionen nach.

Wäre mein Papa in einem solchen Augenblick ins Schlafzimmer gekommen, er hätte gedacht, er ist in der falschen Wohnung. Und die nächste Explosion hätte mir gegolten. Doch es ging immer gut.

An einem jener Tage sah meine Mutter mich verwundert an.

»Hörst du was?«

»Ne. Was soll ich denn hören?«

»Na, die Flaschen!«

Sie hatte recht, kein Geklirr, kein Gepolter drang aus »Westphals« Flaschenwaschanlage zu uns in die Wohnung. Seltsam. Wir öffneten das Fenster. Nichts. Es waren auch keine Arbeiter zu sehen, die wie üblich Karren voller Flaschen scheppernd von einem Firmenteil zum anderen schoben oder den alten LKW beluden. Das helle Klirren, das sonst von frühmorgens bis zum Feierabend zu hören war, schien verschluckt. Auf dem ganzen Gelände herrschte Totenstille. Und uns dämmerte, dass die kleine Schnapsfabrik dichtgemacht worden war. Sofort kreiste diese Neuigkeit durchs Haus.

»Westphal ist zu!«

»Was? Für immer?«

»Sieht so aus, die wurden alle nach Hause geschickt.«

Es war für immer. Und es passierte mitten in einer neuen Welle von Ladenschließungen in der Kollwitz und im ganzen Land. Auch die kleine Eisdiele und Adams Lebensmittelladen machten zu. So sehr sich die Geschäftsleute dagegen gestemmt hatten, nun waren sie am Ende. Zerbrochen an einer rigiden Steuerpolitik und radikal gekürzten staatlichen Zuteilungen. Die Warendecke der DDR-Wirtschaft reichte weder hinten noch vorne, und so beschloss die politische Führung, die privaten Händler noch stärker ans Gängelband zu nehmen. Wenn die Behörden keine Handhabe fanden, dann erfanden sie eben eine. Ging ja um die richtige Sache. Und weil man gerade dabei war, wurde auch einem unserer Kinos, dem »Puhlmann« in der Schönhauser Allee 48, der Strom abgedreht. Angeblich, weil die Besitzer sich nicht an staatliche Auflagen hielten. Kurze Zeit darauf riss man das einst so stolze Lichtspieltheater sogar ab, um einen Parkplatz schaffen – vermutlich für die Autos, die es zwanzig Jahre später geben würde.

Ein Geschäft nach dem anderen verriegelte seine Pforten. So war es politisch gewollt. Die frei gewordenen Warenmengen pumpte man nun in die HO, in die Konsumläden und den staatlichen Versandhandel. Ein Schuss in den Ofen. Denn diese Maßnahmen sorgten für keinen einzigen zusätzlichen Mantel, für kein zusätzliches Pfund Butter. Im Gegenteil, das Ladensterben verschlimmerte die Versorgung der Bevölkerung. Die Wege wurden länger, die Rennereien weiteten sich aus. Gerade nach Butter, nach Fleisch, nach Kartoffeln. Für die Butterration mussten sich die Kunden vorübergehend in ihren Läden registrieren lassen – sie wurde wieder zugeteilt. Fleischereien waren so knapp dran, dass ihre Waren, Würste und Schweineköpfe nicht mehr für die Schaufenster reichten. In den Auslagen drängelten sich nun Topfpflanzen und gefaltete Servietten. Es sah aus wie im Blumenladen.

Dass es erneut bei der täglichen Grundversorgung haperte, lag am »verschärften Kurs des sozialistischen Aufbaus auf dem Lande«. Trotz vorrangiger Belieferung mit Maschinen und Saatgut, trotz sozialer Verbesserungen für die LPG-Mitglieder, die Kollektivierung der Landwirtschaft war noch immer nicht siegreich gewesen. Ende 1959 gab es etwa 10 000 landwirtschaftliche Produktionsgenossenschaften, die 43 Prozent der Agrarfläche bewirtschafteten. Die Einzelbauern lagen weiterhin vorn.

Für die SED-Zentrale ein unerträglicher Zustand – in ihrem politischen Theoriengebäude waren die privaten Landwirte eine »reaktionäre Schicht«, schlimmer noch, eine »Adenauer-Reserve«. Da konnte der Klassenkampf auch hier nicht länger auf sich warten lassen. Rasch wurden spezielle »Brigaden« zusammengestellt und in die Dörfer geschickt, um mittels »Überzeugungsarbeit« den unwilligen Bauern auf die Sprünge zu helfen. Die Mixtur dieser Agitationskommandos aus Staatssicherheitsdienst, Volkspolizei, Justiz und gesellschaftlichen Organisationen, verweist auf die Instrumente, die sie zum Einsatz brachten: Druck und Drohungen. Auch wenn öffentlich die Fahne der »Freiwilligkeit« hochgehalten wurde, intern las es sich anders: »Grundsätzlich werden Strafverfahren, die Fragen der Landwirtschaft zum Gegenstand haben, zum Anlass genommen, die sozialistische Umgestaltung zu fördern.« Es kam zu Festnahmen, Verhören, Verurteilungen. Nicht wenige Bauern sahen keine Zukunft mehr oder hatten schlicht Angst – bei Nacht und Nebel verließen sie ihren Hof und flüchteten mit ihren Familien in den Westen. Es wurden Tausende. Andere trieb die »vorwärtsstürmende Kollektivierung« in den Selbstmord. Natürlich war das alles der »Hetze des Gegners« zuzuschreiben.

Letztendlich muss die »Störtätigkeit« auch hinter der Geschäftsaufgabe von Lebensmittel-Adam gesteckt haben, wie hinter nahezu allem, was die Menschen beunruhigte. Vor allem Erwachsene wie unsere Eltern. Aber auch wir Kinder merkten, dass unser Viertel stiller wurde. Dort, wo sich kürzlich noch Frauen mit ihren Einkaufstaschen in den Verkaufsraum drängelten oder vor den Schaufenstern dringliche Informationen austauschten, waren nun die Rollläden runtergelassen, etwas schief, was das Bild noch trauriger machte. Und vor der gelb gestrichenen Eisdiele, vor der die Kinder einst für eine Vanilletüte Schlange standen, war die Tür nun mit einem rostigbraunen Eisengitter verrammelt. Das geschäftige Treiben hatte sich verflüchtigt. Viele Läden waren verschwunden. Von den knapp zwei Dutzend Verkaufsstellen in der Kollwitz blieb kaum die Hälfte. Der Zeitungsladen in der 66 sollte bald folgen. In unserer Häuserzeile blieben nur der HO-Fischladen und merkwürdigerweise der Ausschank mit dem Namenszug »Westphal« – dem Tod der kleine Firma trotzend.

Wir konnten uns nun nicht mehr auf die Schnelle ein paar Maggiwürfel, Kekse, Bonbons oder eine Handvoll Sauerkraut holen. Für viele Dinge mussten wir jetzt zu den HO-Läden in die Ryke oder an die Ecke Sredzki. Auf dem Weg dahin hielten uns keine geschmückten Schaufenster mehr auf, es gab kaum noch welche. In den großen Straßen, in der Schönhauser und der Prenzlauer, gingen nicht so viele Geschäfte kaputt, hier hielt vor allem die Laufkundschaft die Besitzer über Wasser. Das vertraute lebendige Gesicht der Promenaden hatte zwar ein paar Schrammen bekommen, aber es blieb wiedererkennbar. Bog man in eine Seitenstraße, wurde es trübe. Und bald schon Gewohnheit. Man kam auch damit klar. Für etwas Linderung sorgten Schlagersänger wie Ivo Robic, der auf einen »Morgen« vertröstete:

»Sind wir heut auch arm und klein,
sind wir heut auch ohne Sonnenschein,
sind wir heut auch noch allein,
aber morgen, morgen, morgen, morgen.«

Kein Grund, das Leben in Moll zu tauchen. Unsere Eltern hatten da schon ganz andere Erlebnisse hinter sich – und wir hatten genügend vor uns. Und statt Sauerkraut kauften wir uns nun eben Rollmöpse, für 25 Pfennig das Stück, und die Brause von Herrn Plottek war ja auch noch da.

Das Lattentor zur Likörfabrikation blieb noch eine Weile verschlossen, schließlich standen die Produktionsanlagen noch, und in den Gebäudeteilen und Baracken stapelten sich wahrscheinlich die Flaschen – leere und volle. Ansonsten war das Gelände verwaist. Und verlockend. Kaum war unser Ball über die Latten geflogen, begannen wir schon den ehemaligen Fabrikhof zu entern.

»So, wer klettert jetzt rüber und holt den Ball?«

»Wir alle!«

Im Nu war die ganze Meute über das rotbraune Tor gestiegen. Auf leisen Sohlen begannen wir unsere Erkundungstour, schlichen von unserem Hofteil durch eine enge Passage zu dem der 64, schauten dort durch die Fenster der Baracken, immer auf der Suche – nach was auch immer.

»Kiekt mal, sind da noch volle Flaschen?«

»Wat? Wo?«

Wir drückten uns an den schmutzigen Fenstern die Nasen platt.

»Kann sein. Aber die Tür ist abgeschlossen.«

An der Stelle war Schluss. Herr Kwiatkowski kam schimpfend, mit seiner Krücke drohend in der Luft rumfuchtelnd, angehumpelt.

»Ihr habt hier nichts zu suchen! Verschwindet! Sofort!«

Johlend rannten wir in Richtung unseres Hofes, einige kletterten flink über das Tor, andere blieben obendrauf sitzen, und manche machten noch ein paar Mätzchen, bevor auch sie, rechtzeitig, ehe die Krücke angeflogen kam, die Latten übersprangen. Wir riskierten zwar einen Anpfiff von unseren Eltern, doch der Reiz war zu groß.

Nicht lange und »Westphals« Hinterlassenschaft war abtransportiert worden. Das Ziegelhaus wurde nun als Lagerstätte genutzt, in den Baracken kamen Mopeds und Motorräder unter, und die alten Garagen bekamen neue Mieter. Immer häufiger standen die ehemaligen Fabrikpforten offen, und bald gab auch der alte Kwiatkowski seinen Verteidigungskampf auf – sein Ordnungsregime war gegenstandslos geworden. Wir hatten einen Abenteuerspielplatz dazugewonnen. Erst gedämpft, dann laut. »Mit-Schießen« spielen, so hieß die Ballerei bei uns, machte nun erst recht Spaß. Es gab neue Verstecke, Schleichwege über die Barackendächer und keine Gefahr für unsere Knallplättchenpistolen. Zwei Trupps, die voller Tücke einander bekämpften.

»Pass auf! Hinter dir!«

»Peng-peng-peng.«

Wir setzten spielerisch einen Satz von Churchill um, ohne ihn gekannt zu haben: »Es gibt nichts Schöneres, als beschossen und nicht getroffen zu werden.«

Fast 15 Jahre nach Kriegsende hatte mein Vater seinen Frieden mit meinem hochgerüsteten Spielzeug gemacht. Wie wahrscheinlich die meisten seiner Generation. Man konnte dem Zeug bei keinem Schaufensterbummel in Westberlin entkommen. Keine Verbote, keine Verstecke mehr. Die Hundertschusspistolen und Panzer lagen nun ganz offen in meinem Regal oder auf dem Tisch. Gefallen hat es ihm nicht.

»Mach keinen Ärger damit!«

Nur dieser Appell war übrig geblieben. Unser Knallplättchenlärm sorgte trotzdem für Scherereien.

»Ruhe! Hört auf mit dem Krach!«, donnerte es aus irgendeinem Fenster.

Na gut, Waffenstillstand. Dann eben Elfmeterschießen aufs Garagentor. Das war kaum leiser.

Wenn meine Eltern mit dem Auto zu Freunden oder sonst wohin fahren wollten, ich aber keine Lust dazu hatte und sich der anschließende Streit zuspitzte, kannte mein Vater nur eine Strafe: Stubenarrest.

»So, dann bleibst du eben zu Hause! Und denke ja nicht, dass du solange draußen rumrennen kannst!«

Dann steckten sie meinen Wohnungsschlüssel ein und schlossen die Tür hinter sich ab. Früher war das schon betrüblich, seit Kurzem jedoch verpuffte diese Drohung. Schließlich wohnten wir Hochparterre, und vor den hinteren Fenstern wartete nicht mehr der Fabrikhof. Um ganz sicher zu sein, ließ ich noch zehn Minuten verstreichen und stieg dann aus dem Schlafzimmerfenster auf einen kleinen Absatz an der Außenfassade – von dort zog ich das Fenster ran und sprang. Etwa anderthalb Meter. Klaus, Franki, Sohni und die anderen warteten schon.

»Was machen wir?«

»In der 64 wurde eingebrochen. Vielleicht gibt's da was zu entdecken!«

Das konnte spannend werden. Doch wichtiger war für mich, die wahrscheinliche Rückkehr meiner Eltern richtig abzuschätzen und rechtzeitig erst auf den Absatz und dann in die Wohnung zu klettern.

»Wie spät ist es?«, war an diesen Nachmittagen meine »Überlebensfrage«. Einmal wäre es fast schiefgegangen – vorn wurde die Tür geöffnet, hinten das Fenster geschlossen.

Draußen Spielen, darüber ging nach wie vor nichts. Wir tobten über den Hof, die Straße, den Kollwitzplatz. Wir streiften durch die Oderberger, die Brunnenstraße und das Kaufhaus »Held«. Wir kletterten auf den Wasserturm und knödelten auf dem »Freien«. So fühlten wir uns auch – frei. Nach den Schularbeiten natürlich, durch die wir uns umso schneller kämpften, je mehr Kindergeschrei vom Hof an den Schreibtisch drang. Es kribbelte richtig. Selbst wenn einer beim Spielen Hunger bekam, rannte er nicht extra die Treppen rauf.

»Mutti! Mutti!«

»Ja, was ist denn?«

»Schmeißte mal 'ne Stulle runter?!«

Drei Minuten später rief es von oben: »Hier, pass auf!«

Und dann kam eine Stulle geflogen, eingewickelt in Pergament- oder Zeitungspapier – je nach Haushaltslage. Aufgefangen wurde das Päckchen immer. Von mir nie, ich musste immer nach oben. Hochparterre eben. Nur wenige Stufen, aber gefährlich.

»Ach, da du schon mal oben bist …« Zack, schon hatte man zu tun. Dazu gehörte seit Neuem auch Bohnern. In den meisten Küchen und Korridoren lag damals ein brauner Linoleumbelag. Und der brauchte wöchentliche Pflege.

»Macht dann länger Freude«, meinte mein Papa.

Das Linoleum. Denn Bohnern war keine Freude, ganz und gar nicht.

Hinter unserem Besenvorhang hingen oder stapelten sich allerlei Hilfsmittel – Putzlappen, Staubtücher, Schrubber und vieles mehr. Auch die große Pappdose mit dem rotbraunen Bohnerwachs vom VEB Wittol lag dort. Das Zeug stank so penetrant nach Chemie, dass es noch in einer Extra-Tüte steckte. Der alte Bohnerlappen ebenso. Die nächste Viertelstunde kroch ich auf allen vieren über den Fußboden und schmierte das Linoleum ein. Mit Atemnot. Danach war der extraschwere Bohnerbesen dran. Vor und zurück, vor und zurück. Man kam ins Schwitzen. Doch noch immer war nicht Schluss. Um die Fläche auf Hochglanz zu bringen, mussten Flur und Küche nun mit einem weichen Lappen poliert werden. Als wollte man sich darin spiegeln.

»Hast du schön gemacht.«

Was tat man nicht alles, um wieder runtergehen zu können – und fürs Taschengeld.

Zum Glück erwischte mich der Bohnerauftrag nicht immer. Jeder kam mal dran oder hatte Pech, und beim Kartenspielen den »schwarzen Peter« gezogen. War es erledigt, war es noch lange nicht vergessen. Denn der Einsatz hatte unangenehme Folgen: rote Hände. Von der Haut bekam man die Farbe, nach reichlichem Scheuern mit der Waschbürste, ja noch ab, von den Fingernägeln nicht. In sie war das Rot eingezogen – für zwei Tage vielleicht. Und ziemlich auffallend. Frauen oder Mädels, die gerade tatsächlich ihre Fingernägel rot lackiert hatten, konnten an solchen Tagen einem eingefahrenen Dauerwitz kaum entkommen: »Na, haste gebohnert?«

Besonders bedrohlich für unsere Flucht nach draußen war die Einweckzeit.

Wenn der Sommer zu Ende ging, verwandelten sich alle Küchen in kleine Manufakturen. Dann wurden Äpfel, Birnen, Sauerkirschen, Pflaumen, Rotkohl und Bohnen eingelegt. Selbstversorgung machte damals, wie auch schon Jahrzehnte zuvor, einfach Sinn. Die Winter waren lang, die Obst- und Gemüseauslagen nur kärglich bestückt. Sollte man sich auf die wieder mal angekündigte bessere Versorgung verlassen? Lieber legte man Vorräte an. »Was man hat, das hat man.« In den Westläden sah das zwar anders aus, doch für die reichlich angebotenen Früchte war nun deutlich mehr zu berappen. Also weckten meine Tanten in Einbeck und Hannover ebenfalls ein. Meine Mutter ohnehin. Schon Wochen vorher rannte sie nach passenden Gummiringen rum. Alles andere entschied die Marktlage. Waren Pflaumen gerade günstig, wurden sie in größeren Mengen gekauft, und dann zu Hause gewaschen und entkernt. Pflaume für Pflaume. Dabei musste ich ran. Meine Mutter säuberte inzwischen die Gläser und setzte den großen Einweckkessel aus Zink auf den Herd. Das wiederholte sich bei allen geeigneten Sorten. Über mehrere Wochen. Und meist mit pulenden, schnippelnden, entsteinenden Kindern am Küchentisch.

Peu à peu füllten sich die Küchen- und Kellerregale mit den

abgefüllten Gläsern, möglichst auch in Zweierreihen. Oben auf dem Glasdeckel klebte ein Papierstreifen mit der Jahreszahl: 1959. Um den Überblick zu behalten. Man sah den Gläsern ja nicht an, aus welchem Jahr sie waren – nur wenn es schon zu spät war: »Das stand hinten so versteckt, nun ist es hin!«

Zum Schluss strich meine Mutter stolz über die Gläserparade. Die eiserne Ration war angelegt. Gab es kein frisches Obst mehr in den Läden, ging man an die heimischen Reserven.

»Hol doch mal ein Glas Kompott!«

Vor allem am Sonntag, da gab es immer Kompott. Und zu irgendwelchen Feiern. Doch dann bog das gleiche Problem wie bei Kuchen oder Linsen um die Ecke: mein Papa wollte Streuselkuchen und die Linsen süßsauer – ich nicht. Er liebte Birnen, ich Äpfel. »Aber nicht schon wieder Birnen!«

Als Kompromiss standen dann Pflaumen auf dem Tisch. Oder Sauerkirschen. Doch davon hatten wir die wenigsten Gläser, vielleicht zehn.

Wurde es Herbst und früher dunkel, kamen unsere Taschenlampen zum Einsatz. Wir Jungs hatten alle eine – vor allem Stabtaschenlampen, in verschiedenen Größen. Meine erste Lampe kaufte mir meine Mutter, da war ich sieben oder acht Jahre alt. Es musste sein, sonst wäre ich aufgeschmissen gewesen. Zugegeben, sie war kaum erwähnenswert – klein, aus silbern glänzendem Metall, der Reflektor vorn und der Schraubverschluss hinten waren blau lackiert, im Gehäuse steckte eine Batterie. Aber ich konnte mit den anderen Kindern durch die Dämmerung geistern! Die Ecken, Nischen und Kellertreppen hatten plötzlich etwas Unheimliches. Aufregend, bis mein Papa durch die Dunkelheit rief: »Dieter, nach oben!«

»Ach, schon?«

»Es wird höchste Zeit!«

Es war vielleicht kurz nach sechs.

Nun war ich zwölf und wurde nicht mehr von meinem Vater nach oben kommandiert. Oder seltener. Und ich hatte eine richtige Stablampe, mit zwei dicken in Reihe geschalteten 1,5-Volt-Batterien. Der Lichtkegel war deutlich stärker, und sie leuchtete viel weiter. Trotzdem wurde sie bald durch eine chinesische Lampe ersetzt, technisch auf gleichem Niveau, aber schöner: Der ganze Metallkörper glänzte silbern. Einige Jungs hatten sogar Stabtaschenlampen mit drei 1,5-Volt-Batterien. Wir nannten die Dinger einfach »Dreistapa« oder eben »Zweistapa« – wie meine. So ausgerüstet suchten wir nach Abenteuern. Manchmal unternahmen wir Verfolgungsjagden, leuchteten »verdächtigen Leuten« hinterher, die in dunklen Ecken verschwanden. Meist um zu pinkeln. Manchmal versteckten wir uns auf dem düsteren Kollwitzplatz oder auf unseren Höfen und machten Geländespiele. Und immer wieder mal erschreckten wir Passanten, indem wir plötzlich aus einem finsteren Winkel vorsprangen und die rasch eingeschaltete Lampe unter unser Gesicht hielten. Huhu, ein Gespenst! Wenn wir uns einen Spaß daraus machten, andere Leute anzuleuchten, dann konnte das Spiel schnell ein Ende haben – oder noch größer werden.

Denn den Polizisten, die durch die Straßen Streife liefen, gefiel das nicht.

»Achtung, da kommen zwei Schampels!«

Mit schnellen Schritten. Damit war klar, sie meinen uns.

»Halt! Hiergeblieben!«

Geschwind türmten wir in den nächsten Hauseingang, rannten über den Hof – egal welchen, wir kannten in unserer Gegend alle. Und im Nu waren wir auf eine der Mauern geklettert, hinter der ein anderer Hof wie eine Rettungsinsel auf uns wartete. Meist hatten die Schupos die Verfolgung gleich aufgegeben. Eine Zeitlang postierten sie sich noch unauffällig in der Nähe des Eingangs, um uns doch zu schnappen. In solche Fallen sind wir nie getappt. Vorsichtig und einzeln spazierten wir aus völlig anderen Toreinfahrten, überquerten die schummrige Straße und sahen uns das Geschehen vom Kollwitzplatz aus an. Versteckt hinter der großen Pumpe und den Platanen.

»Leise! Hört auf zu lachen!«

Aber das war schwer.

Ein Unterschlupf nach Streichen boten auch die Laubhütten, die wir im Herbst bauten. In der Nähe der Skattische, dort, wo die Sträucher besonders dicht standen. Die Tarnung war so gut, dass man vom Bürgersteig der Knaack nichts entdecken konnte.

Dafür mussten wir aber auch mächtig ranklotzen: immer wieder, die Hände voller Laub, in die Sträucher kriechen und es zwischen den Zweigen so aufschichten, dass Wände entstanden. Und alles ohne beobachtet zu werden, etwa von einer anderen Clique. Die Gefahr, dass die Hütte zerstört werden würde, während wir unterwegs waren, war groß. Innerhalb des Strächerdickichts gab es viele Gänge, die wie kleine Gewölbe aussahen und für uns Zugang und Fluchtweg waren. Hatten wir was angestellt, Leute mit unseren Taschenlampen erschreckt, torkelnden Zechern *»Bier her, Bier her, oder ich fall um!«* solange hinterhergesungen, bis die sich wütend umdrehten, schon waren wir weggetaucht, einfach verschwunden.

»Wo zeid ihr plödn Jörn?«

Tagsüber waren die Laubhütten unsere Basislager, wie später die Schneeburgen. Doch tagsüber war in der dunklen Jahreszeit schnell vorbei. Dann kam die Dämmerung und mit ihr nicht nur die Taschenlampen. Es war die Zeit für noch andere Spielchen. Auch für riskante. Stinkbomben. Die Zutaten waren simpel: alte Zelluloidfilme, Silberpapier. Dazu durchsuchten wir zu Hause die Fotokartons nach Negativen, die nach ihrem Verschwinden niemand vermissen würde. Das Silberpapier war von den Schokoladentafeln. Man nahm einen Filmschnipsel, rollte ihn zusammen und umwickelte ihn mit Silberpapier – und ließ eine Seite offen. Fertig. Nun blieb nur noch die Frage zu klären: Wen wollen wir ärgern? Herrn Kwiatkowski oder den ABVer? Na, den lieber nicht, schon wegen Frankis Mutter, die sofort auf uns gekommen wäre. Vielleicht hätte auch der Genosse Abschnittsbevollmächtigter in seine Vollmachtskiste gegriffen und Alarm ausgelöst. Trotz allem Kitzel, das war dann doch zu brenzlig. Wahrscheinlich wurde es dann die Pissbude an der Ecke Knaack – die stank dann mal anders. Oder der Hauseingang der 60 – da wohnte keiner von uns.

Zu zweit schlüpften wir in die Einfahrt, die anderen standen Schmiere. Kein Flurlicht. »Los, mach schon!«

Rasch zündeten wir den freiliegenden Filmrand an. Kaum hatte er zu brennen begonnen, pusteten wir die kleine Flamme wieder aus, sodass das Zelluloid nur noch glimmte. Schon begann es zu qualmen. Und ein scharfer, durchdringender Gestank breitete sich aus. Wie gewünscht. Wir warfen die Stinkbombe in eine Ecke und verdrückten uns. Möglichst entspannt. Hände in den Hosentaschen. Um aus sicherer Entfernung amüsiert verfolgen zu können, wie ein paar Mieter schimpfend aus dem Haus kamen. Nach fünf Minuten erlosch die Stinkbombe. Der Mief hielt länger an.

Bald sprach sich unter uns Kindern rum, dass Lineale und Dreiecke aus Plastik auch zu Stinkbomben taugten. Das traf sich gut, denn die alten Filme waren allmählich in Rauch aufgegangen. Nun hatten wir einen neuen Rohstoff. Ein kleines Stück Lineal reichte – wieder mit Silberpapier umhüllt. Natürlich merkten unsere Eltern binnen Kurzem, dass unsere Mathematikausrüstung ständig verschwand.

»Wo ist das neue Rechendreieck?«

»Nanu, schon wieder weg? Das muss mir geklaut worden sein.«

Hauptsache wir hatten was zum Kokeln. Räucherkerzen gingen auch. Ihr Vorteil: Es gab sie zu kaufen. Keine Mangelware, keine Saisonware. Und in verschiedenen Duftvarianten – Weihrauch, Tanne, Sandel. Aber das war uns egal, sie mussten nur die Flure und Treppenaufgänge, in denen wir sie heimlich aufstellten, vollräuchern. Geflucht wurde auch hier. Das war ja auch der Sinn der Sache. Allerdings mussten wir höllisch aufpassen, dass die Kegel nicht auf Holz oder Linoleum standen, denn sie brannten oft durch. Kontrolle ist besser. Und so schlichen wir als achtsame Täter zum Tatort zurück.

»Wart ihr dit?«

»Wir? Ne, wir waren die ganze Zeit im Kino!«

»Passt bloß uff!«

Wichtig war nur: Die Räucherkerze glomm nicht mehr. Wir wollten ärgern und keinen Feuerwehreinsatz.

Ein Jahr später hätte es schiefgehen können. Die Hauptrolle bei dem Streich spielte die Namensstifterin unseres Platzes: Käthe Kollwitz. Leider weiß ich nicht mehr, wer die Sache ausgeheckt hatte, nur, dass wir sie großartig fanden. Und wieder nur ganz einfache Hilfsmittel benötigten. Räucherkerzen und

Knete. In jenem Herbst war das neue Kollwitz-Denkmal aufgestellt worden. An der gleichen Stelle, an der seit 1950 mit einer anderen Skulptur an die Künstlerin erinnert wurde – der Figurengruppe »Mutter mit zwei Kindern«, gefertigt aus Muschelkalk. Versehen mit einer Inschrift, gegen die Finsternis des Krieges und für Menschenliebe. Wir Kinder haben sie mehr als einmal gelesen, vielleicht auch ehrfürchtig – in diesem Moment. Im Winter warfen wir mit Schneebällen danach oder setzten dem Mutterherz ein Hütchen aus Schnee auf. Nun war die »Mutter mit zwei Kindern« umgezogen, an die Ecke Knaack, dorthin, wo Käthe Kollwitz 50 Jahre lang gewohnt hatte. Das neu errichtete Denkmal zeigte die 1945 verstorbene Bildhauerin als alte, vom Leben gezeichnete Frau, sitzend, mit Stift und Skizzenmappe. Über zwei Meter groß, aus Bronze, entrückt auf einem hohen Steinsockel. Weit über uns. Zum Aufschauen. Und nur wenige Meter vom großen Buddelkasten entfernt. So kam es, dass die Kinder zu dem Werk bald nicht nur aufschauten, sondern es praktischerweise bekletterten, zumindest den Sockel.

Das mussten wir auch an jenem Abend. Es war schon dunkel, da stiegen ein paar von uns Jungs erst auf den Steinsockel, dann auf den Schoß der Figur. Eilig nahmen wir zwei Klumpen Knete, klebten sie unter die Augen und pappten glimmende Räucherkerzen darauf. Kurz bevor wir abhauten, schauten wir noch mal auf unser Werk. Es war windig, die Kerzen glühten auf. Da saß sie dann in der Düsternis, Käthe Kollwitz, etwas gebeugt, etwas müde, doch mit funkelnden Augen. Ein Pärchen blieb erschrocken stehen. Andere verlangsamten ihren Schritt, guckten verdutzt und zogen kopfschüttelnd weiter. Zum Schieflachen. Wir waren zehn, elf, zwölf, dreizehn Jahre alt und hatten gewiss nichts gegen Frau Kollwitz. Sie war gegen Krieg, unsere Eltern auch. Ältere Mieter erinnerten sich sogar an die Künstlerin, die nur ein paar Häuser weiter in der Weißenburgerstraße 25 wohnte – unserer Straße, die 1947 umbenannt worden war. Bei einem Generalstreik (»kein Wasser, kein Licht«) waren sie vielleicht mit ihr an derselben Pumpe zusammengetroffen, an der wir Kinder Jahre später spielten – uns gegenseitig nass spritzten und auf dem Schwengel schaukelten. Sie war fast so etwas wie eine Nachbarin. Tja, doch sie stand nun mal da. Zufall. Es hätte auch Zille sein können oder Thälmann.

Auch Thälmann? Schon möglich, die Scherze sind oft mit uns durchgegangen. Und bei dem KPD-Führer hätten wir bestimmt nicht die Tragweite geahnt, in die wir geschlittert wären. Es hätte nur irgendein Linientreuer des Wegs kommen und den glimmenden Thälmann sehen müssen. Die Polizei wäre angerollt und die Stasi dazu, man hätte eingehende Untersuchungen angestellt und Berichte über diesen »Vorfall« verfasst, und wenn es den Scharfmachern in den Kram gepasst hätte, dann wäre unser Streich zu einer »staatsfeindlichen Handlung« aufgeblasen worden. Doch es war nicht Thälmann, zum Glück, es war Käthe Kollwitz. Wahrscheinlich waren wir die einzigen, die dem Denkmal jemals Leben eingehaucht hatten – für die Länge zweier glühender Räucherkerzen.

Die Genossen der Partei- und Staatsführung waren auch mit Wichtigerem beschäftigt. Sie wollten mal wieder was Eigenes. Einen eigenen Staat hatten sie schon und wollten ihn auch behalten – der Gedanke von einem neutralen, wiedervereinigten Deutschland und freien Wahlen war längst in der Versenkung verschwunden. Schon aus Sorge um sich selbst. Eine eigene Hymne hatten sie auch – wunderlicherweise wurde die (»Deutschland, einig Vaterland«) noch immer gesungen. Doch nun wurde es höchste Zeit für ein neues Zeichen an die Adresse der »Bonner Revanchisten«: Eine eigene Fahne musste her!

Seit 1949 hatten beide deutschen Staaten eine gemeinsame Staatsflagge. In den Farben der Weimarer Republik, schwarz-rot-gold. Die Entscheidungen dafür fielen nach langen Diskussionen und Auseinandersetzungen mit den jeweiligen Besatzungsmächten. Jetzt, »zum 10. Jahrestag der Deutschen Demokratischen Republik«, sollte diese Verwandtschaft weg. An andere Gemeinsamkeiten konnte man schlecht ran. Die Sprache, das kulturelle und historische Erbe? Das hatte Bestand. Das konnte man sich nicht aussuchen – man erbt nun mal alles. Blieb die Fahne. Endlich hätte die DDR bei internationalen Auftritten auch symbolisch deutlich machen können, dass es zwei deutsche Staaten gab. Und so beschloss die Volkskammer Anfang Oktober verabredungsgemäß »Das Gesetz zur Änderung des Gesetzes über das Staatswappen und die Staatsflagge der Deutschen Demokratischen Republik«. Nun prangten mitten auf dem Fahnentuch Hammer und Zirkel, umgeben von einem goldenen Ährenkranz – bildlich für das »Bündnis von Arbeitern, Bauern und Intelligenz«. Vielen der Bündnispartner ging es wahrscheinlich wie uns Kindern. Politikmeldungen und Wirtschaftsaufmacher der Zeitungen gehörten nicht unbedingt zu ihrem Lesestoff. Und so hatte die erste Begegnung gemeinhin etwas Überraschendes:

»Was ist denn das?«

Meine Premiere fand auf dem S-Bahnhof Prenzlauer Allee statt. Ich stand weit vorn auf dem Bahnsteig und wartete auf den Zug in Richtung Hohenzollerndamm. Und da rollte sie langsam heran, wie eine Standarte, über dem Fahrerstand der S-Bahn – die DDR-Fahne. Nicht groß, wie ein Stockfähnchen, aber aus Blech, mit frischen Farben. So wie ich stutzten auch andere Fahrgäste, stießen sich gegenseitig an.

»Kiek mal!«

Seit Kriegsende wurde das zur »Deutschen Reichsbahn« gehörende gesamte Berliner S-Bahn-Netz vom Osten betrieben, und von dort ließ man die Züge, nun bestückt mit den neuen Hoheitszeichen, in den Westen fahren: »Flagge zeigen!« Am Vortag zum 7. Oktober, dem Republikgeburtstag, wurden auch an sämtlichen Bahnhöfen in Westberlin die DDR-Fahnen gehisst. Kurz darauf rückten auf Weisung des Senats mehrere Funkstreifen aus und holten den Fahnenschmuck wieder runter. Im Widerspruch zum Hoheitsrecht und an den westlichen Alliierten vorbei. Begründung für das Vorpreschen: Die »Spalterfahnen« würden die öffentliche Ordnung stören und zu Protesten der Westberliner führen. Ein äußerst kurzlebiger Triumph, denn am nächsten Tag flatterten dort noch mehr DDR-Banner. An Fahnen herrschte bei uns nie Mangel.

Der 7. Oktober war vorbei, und das Flaggenmeer wurde wieder eingeholt. Nicht das ganze. Der »Fahnenstreit« sollte noch lange anhalten. Der Westen verdammte das DDR-Tuch weiter als

»Spalterfahne«, die Adenauer-Regierung immer vorneweg: »Die Flagge der Zone wird nicht geduldet.« Doch auch im Osten sahen große Teile der Bevölkerung mit Sorge, in welche Richtung die Dinge trieben: Auseinander. Wieder mal.

»Wie weit wollen die da oben denn noch gehen?«

»Wie weit können die?«

Fragten sich viele. Und tauchten wieder ein in den Alltagstrott. Ich fuhr weiter. Bis zum Bahnhof Hohenzollerndamm, zu Tante Mann, zu meiner putzenden Mutter, zu meinen Freunden vom »Plöner«. Um mit ihnen Fußball zu spielen, durch die Gegend zu streifen, »Pfennigschwärmer« knallen zu lassen, »Tarzan« zu lesen – die neue Fahne konnte mich mal!

An einem dieser Tage lockte uns ein neuer Film ins Kino »Melodie« am Roseneck: »Hunde, wollt ihr ewig leben«. Ein deutscher Kriegsfilm, der für mich zum Antikriegsfilm wurde. Die Handlung führte zurück ins Jahr 1943, in den Kessel von Stalingrad, in dem die 6. Armee, von Durchhalteparolen angetrieben, aussichtslos feststeckte. Am Ende marschierten endlose Kolonnen durch den russischen Winter in die Gefangenschaft. Wir starrten auf die Leinwand und sahen ein fürchterliches Elend. Mit jeder Filmszene wurde es für mich unwichtiger, wer die Guten und wer die Bösen waren. Es gab in den Löchern und Kellern nur arme Schweine. Und ich sah erschüttert die Grausamkeit des Krieges – den Hunger, die Kälte, die Verzweiflung, die Angst, den Tod. Kein Film hatte mich bis dahin so nachdenklich zurückgelassen.

Nicht viel später ging mir wieder ein Streifen durch und durch. Wir hatten ihn wahrscheinlich im selben Kino gesehen: »Die Brücke« von Bernhard Wicki. Der Film war ganz nah bei uns. Denn die sieben Jungs, die in den letzten Kriegstagen antraten, um sich endlich in das große »Abenteuer« zu stürzen und »das Vaterland zu retten«, waren gerade mal vier Jahre älter als wir, abkommandiert zur Verteidigung einer kleinen, völlig unwichtigen Brücke. Sie wurde zu ihrem Schlachtfeld – und zu ihrem Friedhof. Nur einer überlebte. Jammervoll. Im Abspann war zu lesen: »Dies geschah am 27. April 1945. Es war so unbedeutend, dass es in keinem Heeresbericht erwähnt wurde.« Und ich entdeckte für mich, was Kriege noch waren: furchtbar sinnlos. Doch so stark die Wirkung der beiden Filme auch war, ich habe mich nicht dazu durchringen können, meine Panzersammlung demonstrativ zu verschrotten. Als Zwölfjähriger ist man wohl so und hütet noch seine Spielzeugwelt. Schmöker wie »Der Landser« nahm ich nie wieder in die Hand.

Das Fernsehen machte um den Krieg zumeist noch einen Bogen. Der Mehrteiler »So weit die Füße tragen«, ohnehin ein Gefangenschaftsdrama, ist mir eher als Regelverstoß in Erinnerung. Genauso wie die erste Folge des fünfteiligen Fernsehfilms »Am grünen Strand der Spree«. Eine Herrenrunde übte sich in Vergangenheitsbewältigung und beschwor dabei düstere Schreckensbilder herauf. Viele Zuschauer sahen ihren Nachkriegsschlaf gestört. Danach war erst mal Feuerpause. Oder war ich schon im Bett? Im DDR-Programm sah das etwas anders aus, aber auch dort war im Unterhaltungsteil die heitere Muse Trumpf. Meist ohne uns. Außer bei Sportübertragungen und einigen Spielfilmen stand bei meinen Eltern der Senderschalter weiter konsequent auf Kanal Sieben – Westfernsehen. Wenn ich durfte und die Schularbeiten erledigt waren, drehte ich auf den DDR-Kanal zurück. Um 13.30 Uhr wurden dort wochentags Testfilme gezeigt. »Professor Mamlock«, »Mazurka der Liebe«, »Im Sonderauftrag«, »Besondere Kennzeichen: keine« – manche der DEFA-Filme habe ich im Laufe der Jahre etliche Male gesehen. Vielleicht nicht immer bis zum Schluss, die Freunde warteten.

Ende 1959 startete eine neue Westernserie: »Am Fuß der blauen Berge«. Natürlich auf Kanal Sieben. Franki und ich waren berauscht. Fury hin, Fury her, für uns waren die 45-minütigen Folgen endlich richtige Wildwestfilme. Am Sonntagnachmittag konnte es nun in der Kollwitz Bonbons regnen, wir saßen vor der Röhre – bei ihm oder bei mir. Und mitten auf der Sherman-Ranch in der Nähe von Laramie. Dort betrieb Slim Sherman eine Postkutschenstation, an seiner Seite sein kleiner Bruder Andy und der alte Gehilfe Jonesy. Dem Himmel sei Dank, dass der herumziehende Jess Harper angeritten kam und auf der Ranch hängen blieb. Unser Lieblingscowboy, lässig und schnell mit dem Colt. Die Abenteuer konnten beginnen. Schon beim Vorspann hockten wir auf den zurechtgerückten Stühlen – gefesselt, gespannt.

Eine andere Lieblingsserie mussten wir allein schauen. Sie kam erst abends im SFB-Regionalprogramm zwischen Abendschau und Werbefilmen. In denen »Bauknecht« damals schon zu wissen meinte, »was Frauen wünschen«. Dann erschien er, im Froschmannanzug, und setzte seine Taucherbrille auf: »Mike Nelson« alias Lloyd Bridges. Die nächsten 25 Minuten sorgte er für »Abenteuer unter Wasser«. Im Auftrag von Unternehmen und Behörden war der frühere Kampfschwimmer stets in gefährlichen Missionen unterwegs – meist unter Wasser, versteht sich. Er legte Gangster trocken, rettete etliche Taucher, entschärfte Unterwasserminen, barg Diamanten. Gingen wir mal ins Stadtbad in der Oderberger baden, konnte man drauf warten, dass – kaum im Wasser – einer rief: »Los, wir spielen Mike Nelson.«

Auch im Abendprogramm waren es vor allem Serien, die spannende Fälle in die Wohnzimmer der stolzen Fernsehbesitzer zauberten. So war das bei der Reihe »Alfred Hitchcock zeigt«, die gerade an den Start ging. Zwar waren die meisten Filme nicht von Hitchcock, sondern von unterschiedlichen Regisseuren, doch der Meister präsentierte sie, schob sein Profil in ein aus drei, vier Strichen bestehendes Porträt und führte mit ein paar launigen Sätzen in die neue Episode ein. Und so war das, als Francis Durbridge im Oktober den besagten Sprung vom Radio ins deutsche Fernsehen wagte. Wieder hatten wir Besuch. Die Erwartungen waren hoch. »Der Andere« hieß der Mehrteiler – allerdings ohne die legendäre Figur Paul Temple. Über sechs Folgen breitete Durbridge seine Spannungsbögen, inszenierte, wie gewohnt, raffinierte Cliffhanger.

»Dieser Mann. Würden Sie den wiedererkennen?«

»Ich glaube schon, Inspektor.«

Welcher Mann? Der Lehrer? Dann verschwand die Zeugin spurlos, und ein anonymer Brief tauchte auf. Sechs Folgen wurde gerätselt, doch der Hörspieltriumph blieb unerreicht. Vielleicht vermisste das Publikum den lieb gewonnenen Temple.

Im Fernsehen. Denn das gute alte Radio hielt Temple die Treue und die Hörer dem Rundfunk. »Paul Temple und der Fall Spencer« sorgte über acht Folgen wieder für die gewohnte Dramatik. Die junge Schulspielschülerin Mary Dreisler wurde ermordet aufgefunden. Am Tag darauf kam ein Paket mit einer Schallplatte darin und einem Zettel: »Es war ein Genuss! Herzlichst, Spencer.« Doch wer war Spencer? Paul Temple erlöste uns schließlich aus der tagelangen Anspannung und lüftete das Geheimnis. Es war ...

... auf jeden Fall Fred Ignor, der uns unverändert an den Montagabenden begrüßte, nur die Schlager wechselten. Conny legte etwas Rouge auf:

»Kleine Lucienne, nur nicht weinen.
Schau auf die Stadt von Paris.«

Das Hazy-Osterwald-Sextett amüsierte mit dem »Kriminaltango« in der Taverne, mit dunklen Gestalten und roter Laterne. Die Honey Twins bespaßten die jungen Leute:

»Mecki hat ein Auto, doch keine Braut,
leider fährt sein Auto viel zu laut.
Flüstert er von Liebe,
dann kann man nichts versteh'n,
es ist ein Modell 1910.«

Gelegentlich brachte Fred Ignor nun auch mal eine Scheibe aus Amerika mit ins Studio. Alle Jubeljahre Elvis, sonst meist was Seichtes wie Paul Ankas »Lonely Boy«. Mehr war nicht drin. Bei »Tallahassee Lassie« von Freddie Cannon hatte er wahrscheinlich Angst, dass sein Plattenspieler verglühen würde.

Dann doch lieber »Marina«. Rocco Granata bediente den Traum weiter.

»Mi sono innamorato di Marina,
una ragazza mora ma carina.«

Klar, den italienischen Traum, das deutsche Publikum hörte schmachtend zu. Das Lied lief jeden Tag im Radio, mehrmals, man konnte ihm nicht entkommen. Selbst auf der Straße, nach ein paar Minuten trällerte Rocco mit heiserer Stimme aus irgendeinem offenen Fenster:

»Marina, Marina, Marina,

Ti voglio al piu' presto sposar.«

Oder jemand spazierte beschwingt über den Bürgersteig, spitzte die Lippen und pfiff, was das Zeug hielt, diese eine Melodie! Pfeifende Fußgänger gehörten seinerzeit noch zum Berliner Landschaftsbild. Doch ihr Unterhaltungswert nahm ab.

Die Musik auf den Straßen kam zunehmend aus Kofferradios. Auch »Marina«, gewiss. Der technische Fortschritt hatte die Transistorgeräte kleiner, komfortabler, leistungsstärker gemacht. Da konnte selbst der kühnste Amateurpfeifer nicht mehr mithalten. In unserer Clique war es Klaus, der Ältere aus der 62, der ein Kofferradio hatte. Anfangs noch Röhrengeräte, wie das Modell »Sylva«, in der Größe eines Brockhaus-Bandes und auch so schwer, mit Langwelle und Mittelwelle. Der Empfang war bescheiden – es klang immer etwas dumpf, und es rauschte. Aber das empfanden wir als zweitrangig. Der Knaller war: Wir hörten Schlager auf der Straße! Vorausgesetzt, dass gerade eine Musiksendung im Rundfunk übertragen wurde. Wenn dann auch noch Bill Ramseys *»Souvenirs, Souvenirs«* durch den Äther heranrauschte und aus Klaus' Lautsprecher hallte, dann bekamen wir alle eine Gänsehaut. Und wenn dann sogar Mädchen vorbeikamen, fühlten wir uns fantastisch.

»Na ihr, wollt ihr mithören?«

Sie gingen kichernd weiter. Aufregend.

Klaus war schon 14 Jahre alt, hatte eine Druckerlehre begonnen und verdiente bereits ein paar Mark. Die sparte er hartnäckig für Kofferradios. Musste er auch, »Sylva« kostete über 200 Mark. Eine Stange Geld in jener Zeit. Und die neueste Attraktion, der »Taschenempfänger Sternchen«, war mit 195 Mark nicht viel billiger. Doch es war ein Transistorradio, viel kleiner als die Röhren-Vorgänger, und es sah aus wie ein Westgerät. Klaus rannte von Laden zu Laden und hatte Glück. Wir bewunderten sein »Sternchen«. Trotz der misslichen Mittelwelle. Es machte einfach eine Menge her, Klaus nun auch.

»Hier, willste mal halten?«

Jeder wollte! Dann lehnte man sich betont lässig an die Hauseinfahrt und hielt das Kofferradio mit angewinkeltem Arm auf der flachen Hand. Wie die Großen in den Lederjacken. Erklang eine angesagte Nummer wie »Mr. Music« von Conny , ließ sich Klaus sein Schmuckstück rasch wiedergeben – vielleicht ging ja etwas von dem Glanz auf ihn über.

Es kamen aber auch Wochen, da blieb das »Sternchen« still. Das Problem lernte jeder kennen, der den Taschenempfänger ergattern konnte. Es gehörte praktisch zur Volkswirtschaft. Es gab keine Batterien. Für das kleine Gerät brauchte man eine 9-Volt-Blockbatterie, und die war ein Fluch. Manche Elektrogeschäfte hatten, genervt von den ständigen Nachfragen, handgeschriebene Zettel an die Ladentür geklebt: »Keine Sternchen-Batterien«. Kam mal eine Lieferung, brauchte man wieder Glück, denn sie war im Nu ausverkauft. Die Nachricht verbreitete sich rasend schnell. Falls Klaus zu den wenigen zählte, die rechtzeitig davon Wind bekommen hatten, schlenderte er stolz durch die Kollwitz – mit Schlagermusik im Arm.

»Wenn, wenn du sagst, wenn du sagst: Okay.
Dann, dann komm' ich bei Regen und bei Schnee.«

Ich lief oft neben ihm, wegen der Musik und der sich aufschwingenden Gefühle.

In der Schule lief es eher wie mit den Batterien – ernüchternd. Ein Gespräch mit der Pionierleiterin reichte, um wieder zu landen. Es war mehr ein Zureden, ein freundliches Zureden.

»Dieter, meinst du nicht, es wäre an der Zeit, Pionier zu werden? Das wäre doch gut für dich, würde dir helfen.«

Alles ganz froh gestimmt. Für mich vor allem überraschend. Ich musste erst mal durchatmen. Und nach einer Antwort suchen, die zu ihrer Fröhlichkeit und meiner Absage passte. Also eierte ich ein wenig rum. Sie hakte nach: »Wir unternehmen viel – Bastelnachmittage, Singstunden, Gesellschaftsspiele.«

Herr im Himmel! Wir hatten gerade einen kleinen staubigen Dachboden in der alten Schnapsfabrik entdeckt. Erreichbar nur durch eine Luke. Das brauchte etwas Mut. Denn wir mussten uns vom Flachdach eines angrenzenden Schuppens in die Öffnung schwingen. Und auf der Hut sein. Einer passte immer an der Luke auf, ob jemand kommt. Vor allem auf Motorradfahrer, die neuerdings den großen Raum darunter als Garage nutzten. Vorsichtig schleppten wir alte Decken auf den düsteren Speicher und saßen verschworen bei Kerzenlicht zusammen. Flüsternd. Doch das gehörte nun mal zu einer geheimen Höhle. Und dafür Bastelnachmittage? Die Pionierleiterin lächelte immer noch. Ich kramte nach einer gefällig klingenden Antwort.

»Tja, mal sehen. Wenn meine Eltern es erlauben.«

Ab da machte ich einen Bogen um die junge Frau.

Ihr Gedanke war vermutlich folgender: ›Wird Dieter Pionier, dann wahrscheinlich auch Otto, und wenn Otto …‹ Doch daraus wurde nichts. Obwohl mittlerweile fast die halbe Klasse das blaue Halstuch trug oder zu Hause in der Kommode liegen hatte. Ein politisches Bekenntnis? Bei manchen schon. Da färbte der Einfluss der Eltern ab. Andere wollten dazugehören, mitmachen, dabei sein, wenn der Freund oder die Freundin auch dabei war. Und wieder andere wurden Mitglied, weil sie auf den Pionierausweis scharf waren – um im Westen für Ostgeld ins Kino gehen zu können. Das reichte an der Kasse als Beleg. »Seid bereit« war man dann gern, besonders für »Tarzan, der Herr des Urwalds«. Letztlich war das alles egal, es spielte unter uns keine Rolle, wir sortierten uns nicht danach. Kläuschen war Pionier, Otto nicht – na und?

Kläuschen habe ich nie mit dem Pioniertuch gesehen, dafür aber noch heute seinen sehnlichsten Wunsch im Ohr: »So eine Nietenhose, wie du hast, möchte ich auch haben.«

Am liebsten eine »Leiba«. Sie blieb ein Traum. Seiner Mutter lag eine solche Bitte fern. Nietenhosen waren für sie Arbeiterhosen, und damit ging man nicht auf die Straße, in die Schule schon gar nicht. Auch eine Tante aus dem Westen konnte nicht helfen – sie hatten dort keine Verwandten, und wenn mal Westgeld da war, dann gab es Wichtigeres. Bei uns zu Hause richteten sich diese Ausgaben auch danach, wie vordringlich etwas war. Nur, meiner Mutter sei Dank!, war bei uns mehr möglich. Im Kleiderschrank lagen immer um die 200 D-Mark versteckt. In einem beigefarbenen Portemonnaie. Für Palmin, Kaffee, Kakao, Schokolade, Nivea-Creme, aber auch für Kleidung – Cord- und Nietenhosen, Nickis und Anoraks. Mein neuestes Stück, ein Parallelo, nahm auch diesen Weg. Mit ein paar West-Scheinen, verborgen in ihrem Mantel, spazierte meine Mutter mit mir zum Kaufhaus »Held« oder zu »Hertie« – auf der Suche nach einer solchen Strickjacke. Parallelos waren gerade bei Männern und Jungs große Mode. Nach ein paar Anproben wurden wir fündig: schwarz, mit jeweils drei gelben senkrechten Streifen, rechts und links vom Reißverschluss. Der Parallelo machte so viel her, dass ich ihn sogar auf der Goldenen Hochzeit meiner Großeltern tragen durfte. In Einbeck, mit den schwarz-gelb gestreiften Socken natürlich.

Das musste dann wieder für eine Weile reichen. Meine Eltern wollten sich von Zeit zu Zeit auch mal etwas Neues gönnen. Nicht weil sie partout mit der Mode gehen wollten – manche Stücke ihrer Garderobe waren derweil merklich von vorgestern. Hosen hatten nun keinen Umschlag mehr, Sakkos und Mäntel warben mit »körpernaher Linienführung und Rückenschlitz«. Zudem hingen auf den Kleiderstangen in den Geschäften und Kaufhäusern fast nur noch Einreiher. Auch für Frauen. Doch so schick die Sachen auch aussahen, für größere Kleidungsstücke gaben meine Eltern kein Westgeld aus, so etwas kauften sie im Osten. Zwar konnte es dauern, bis man das Richtige fand, aber meistens glückte es. Und wenn nicht, dann erstand meine Mutter eben Stoff und ließ sich das gewünschte Kostüm schneidern. Wie das aus barockem Brokat, in dem sie, wie ich fand, einfach blendend aussah.

Genau wie in dem lang ersehnten Pelzmantel, mit dem sie sich endlich beschenkte. Kein Nerz, kein Silberfuchs, die blieben unerschwinglich, nur schwarz gefärbtes Schaf. Ein unechter »Persianer«. Und doch ein wahr gemachter Traum. Wohl jede Frau musterte damals Pelze mit Ehrfurcht. So ein »gutes Stück« zu besitzen war etwas ganz Besonderes – eine »Anschaffung fürs Leben«. Proteste blieben noch unterhalb der Schwelle öffentlicher Wahrnehmung. Im Osten sowieso und auch im Westen. Selbst berühmte Schauspielerinnen, noch fern der späteren Kampagnen, posierten pelzgewandet in den Illustrierten. Mit viel Glamour, verführerisch. Bei meiner Mutter blieb alles bescheidener – nur eine Illusion von Persianer. Zeitlos geschnitten, ein Pelzmantel für die Ewigkeit. Sie trug ihn mit Eleganz. Und sie trug schwer. Das Ding wog einiges.

Meine Patentante Heti besaß auch einen Pelz. Als ich ihn in meiner frühen Kindheit zum ersten Mal sah, bekam ich einen großen Schreck. Ein richtiger Rotfuchs, noch mit Kopf! Sie hatte ihn umgelegt wie einen Schal.

»Das ist kein Schal, das ist eine Stola«, erklärte mir Heti. »Du musst nicht traurig sein. Der Fuchs war schon alt, ist ganz normal gestorben, vor vielen, vielen Jahren.«

Sie meinte es gut. Von selbst gestorben? Ich blieb misstrauisch. Und als die Großen beim Kaffee saßen und sich ihre Geschichten erzählten, rutschte ich vom Stuhl und zog mich still in den Flur zurück. Vorsichtig nahm ich den unheimlichen Pelz von der Garderobe. Die Plauderei nebenan plätscherte weiter. Unbemerkt verschwand ich in der Toilette, riegelte ab und untersuchte den Fuchs gründlich – auf Schusswunden.

Er hatte tatsächlich keine. Das Fell war ohne Löcher und auch recht alt. Es kam mir zumindest so vor. Mit der Zeit gewöhnte ich mich an diesen seltsamen Anblick. Mehr noch. Bei Familienfeiern versuchten wir Kinder, nachdem wir uns ins Schlafzimmer zurückgezogen hatten, das Juwel an unseren Spielen zu beteiligen.

»Fuchs, du hast die Gans gestohlen, gib sie wieder her!«

Zum Ärger von Heti. Doch dem Rotfuchs ging's nicht ans Fell. Sie konnte ihn weiter ausführen. Bald merkte ich, dass es noch andere Füchse getroffen hatte. Auch Marder! Es waren vornehmlich ältere, parfümierte Damen, die diese fast lebendig aussehenden Tiere mit herrschaftlicher Geste trugen. Vielleicht verstärkte diese Kombination meine Wahrnehmung: Für mich sahen Fuchsstolen irgendwie altmodisch aus, wie Erbstücke. Moderne Felle waren künstlich. Sie vor allem schmückten die warmen Mäntel und Jacken, die in den Schaufenstern der großen Warenhäuser zu bestaunen waren. So war wohl auch der Zeitgeschmack. In dem Fingerzeig, »Guck mal, mit richtigem Kunstfell«, konnte schon eine großspurige Note mitklingen. Mein heller Sonntagsmantel von »Hertie« hatte jedenfalls einen braunen Webpelzkragen. Frankis Westmantel nicht, dafür war er aus einem hellen Stoff, der bei unterschiedlichem Lichteinfall ganz leicht in verschiedenen Farbtönen schimmerte. Wir waren im Zeitalter der Kunstfasern. Mit oder ohne Chemieprogramm.

Sehr alt dagegen und doch eine große Attraktion in unserer Kindheit waren Rummel. Als wir klein waren, lockten Luftschaukel und Karussell, danach die Albereien am Rande der Berg- und Talbahn und die laute Musik, die dort aus den Lautsprechern schepperte.

»Oh, chico, chico, chico, chico Charlie.«

Unsere Eltern mochten es nicht, dass wir uns dort rumtrieben. Mal gucken, mal fahren, und gut.

»Da lungern zwielichtige Gestalten herum!«, mahnten sie.

Ach ja? Nichts wie hin! Ein Grund mehr für die magische Wirkung dieser Orte. Allzu lange mussten wir nicht warten. Mehrere Schaustellertruppen wanderten mit ihren bunten Wagen kreuz und quer durch Berlin. Freigebombte Plätze gab es ja genug. In ein, zwei Tagen hatten die Jahrmarktleute auf den platt gewalzten Schotterflächen ihren Zauber aufgebaut. Los- und Schießbuden, Kettenkarussell, Schiffschaukel, Berg- und Talbahn, ein Stand mit Zuckerwatte, ein Kinderkarussell mit kleinen Rennautos und einer Feuerwehr, und ein Riesenrad. Das gab es aber eher selten. Genau wie Autoscooter. Wohl zu kostspielig.

In den frühen Jahren wurde unser »Freier« an der Knaack oft als Rummelplatz genutzt. Oder die Ecke an der Kollwitz und der Belforter. Später, als wir schon größer waren, wurden die Schaubuden und Fahrgeschäfte auf dem vorderen Teil vom »Prater« errichtet. Weiter weg von zu Hause! Gut so. Meist war der Hinweg, noch voll gespannter Erwartungen, aufregender als die Stunde, die wir uns dort herumdrückten. Einmal Riesenrad fahren, wenn eins da war, und ein volles Magazin (Schuss 20 Pfennige) für das Luftgewehr, um ein paar knallige Papierblumen zu schießen.

»Pass auf, jetzt die Rose!«

Kimme und Korn. Und daneben.

»Das lag am Gewehr – schlecht eingestellt.«

Vielleicht lag es wirklich am Gewehr, die Bude musste sich schließlich auch rechnen. Am liebsten standen wir an der Berg-

und-Tal-Bahn, weil da am meisten los war. Hier liefen pausenlos Schlager, hier kasperten die Größeren herum. Halbstarke Jungs mit ihren Freundinnen, sie schubsten sich, rauchten, lachten, klopften Sprüche und kämmten sich – ziemlich häufig. Ihre Elvisente, ihren Pferdeschwanz. Wir schauten zu. Wer noch einen Fuffziger in der Tasche hatte, machte in der Gondel noch eine letzte Fahrt. Die anderen lehnten an der hölzernen Umzäunung. Bis einer das Kommando gab: »Los, wir zischen ab!«

Unsere Eltern konnten aufatmen. Bei Lichte besehen beunruhigte sie nicht, dass wir unser Taschengeld für nichtsbringende Lose oder Gondelfahrten ausgaben, nicht mal die Schießbude bekümmerte sie, unsere Eltern befürchteten vor allem einen schlechten Einfluss. Die Ansammlung von Jugendcliquen dort, deren freches Gehabe, ihr Aufmucken, ihre Respektlosigkeit – darum ging es eigentlich. Die waren so anders als sie selbst. Verstörend. Das durfte nicht sein.

»An diesen Rowdys sollt ihr euch kein Beispiel nehmen!«

Und wir taten es doch. Schon wenn wir unsere Daumen in den Hosentaschen einhakten. Lässig eben. Rumms, wurden wir getadelt: »Hände aus den Taschen!«

Einen wohlerzogenen Eindruck sollten wir machen. Die frechen Jungs nicht zum Vorbild nehmen. Meine Mutter sah nicht gern, dass ich mit Jörki, der im Heim war, zusammenhockte. Oder mit dem älteren Klaus aus der 62. Und Frankis Mutter sah nicht gern, dass er mit mir herumstromerte.

»Mit dem Dieter machst du nur Dämlichkeiten!«

Das war zwar fein erkannt, aber nur die halbe Wahrheit – Franki war genauso. Die Appelle blieben ungehört. Mit den »Strolchen« spielen machte doch gerade Spaß. Wir hingen alle zusammen wie Pech und Schwefel. Irgendwann hatten unsere Mütter aufgegeben. Jörki wurde sogar Radrenner bei Semper, und ich sah bei Frank fern. Außerdem hatten seine Eltern jüngst ein Wochenendhäuschen in der Nähe von Oranienburg gekauft. Mitten im Grünen, der Sohnemann in bester Obhut und wenigstens an den Wochenenden nicht mehr »gefährdet« – so muss Franks Mutter gedacht haben.

Bis zur Überraschung im folgenden Frühjahr. Freudig öffnete ich die Gartentür und lief den schmalen abschüssigen Weg zur Veranda, wo Frank mit seinen Eltern gerade den mitgebrachten Kartoffelsalat verspeiste.

»Guten Tag!«, rief ich vergnügt.

Franki sprang lachend vom Tisch auf, seine Mutter verschluckte sich vor Schreck.

»Tag, wie kommt's denn?«

Es war Zufall. Ein Radsportfreund meines Vaters hatte nur 80 Meter weiter ein großes Grundstück mit einer Tierfarm. Den besuchten wir nun noch öfter. Frank und ich hatten einen neuen Abenteuerspielplatz. Wie Tom Sawyer und Huck Finn paddelten wir auf einem Fluss herum – bei uns war es die Havel, die gleich hinter dem Grundstück ruhig dahinfloss. Jeder auf seiner Luftmatratze. Angespannt erkundeten wir mehrere kleine Nebenarme, die der Fluss dort hat, entdeckten versteckte Buchten und wähnten uns in der Welt von Mark Twain. Als wir nach Stunden hungrig zurückkamen, flog uns schon von Weitem eine strenge Frage entgegen: »Wo wart ihr so lange?«

»Na, am Mississippi.«

Es machte die Sache nicht besser.

Am Montag darauf lümmelten wir möglicherweise wieder am Geländer der Berg-und-Tal-Bahn, falls gerade ein Rummel aufhatte, und hofften heimlich, dass Mädchen auftauchten, die wir kannten. Und was dann? Da war sie wieder, diese merkwürdige Unsicherheit, die sich in unseren Gefühlen eingenistet hatte. Man wusste nicht, was mit einem los war. Nicht, was man genau wollte. Und die Eltern? Nicht mal im Traum wäre ich darauf gekommen, sie ins Vertrauen zu ziehen. Also tastete ich mich durch das Wirrwarr. Bei irgendwelchen Spielen auf dem Hof hielt ich Angelika schon mal länger im Arm als nötig. Und wenn sie es bemerkte und mich ansah, schlug mir das Herz bis zum Hals, und ich ließ erschrocken los. Früher hatten wir uns doch auch berührt?! Es war verwirrend. Von Pubertät hatte ich nie etwas gehört. Ich bin mir ziemlich sicher, dass das Wort in meiner Kindheit nie gefallen ist. Auch nicht in den Gesprächen der Erwachsenen, bei denen ich dabei gewesen bin. Genauso wie »Kalorienwert« oder »Lichtschutzfaktor«. Das Wort

»Pubertät« kam nie vor. Wohl aber jene Reifezeit, allerdings umschrieben.

»Hat er schon Stimmbruch?«, lautete die übliche Frage.

Tiefer ging's nicht. Oder man schob die betreffenden Probleme mit dem Hinweis »Er ist gerade in den Flegeljahren« beiseite. Bei Mädchen sprach man einfach vom »Backfischalter«. Tunlichst nur verschämt angedeutet, bloß nicht genauer. Meine Eltern haben nicht mal ansatzweise versucht, mich aufzuklären. Kein Gespräch, keine Anspielung, keine Frage: »Weißt du, wie die Kinder gemacht werden?« Nicht mal die Bienen wurden bemüht. Und wenn zwei Hunde es auf der Straße – in anstößiger Weise! – miteinander trieben, dann wussten sie vor Verlegenheit kaum damit umzugehen.

»Guck mal da oben, ein Düsenjäger!«

Sexualität war in den prüden fünfziger Jahren kein Thema, über das am Familientisch gesprochen wurde. Bei uns zu Hause geschah das nie – im Unterschied zu den offenen politischen Gesprächen. Man verließ sich auf die Schule: Die verfügt schließlich über das Anschauungsmaterial! Stimmt, über das Skelett beispielsweise. Und als wir dann in der 9. Klasse als Biologiestoff »Der Mensch« hatten, wurde von unserem Lehrer auch nur abstrakt rumgeeiert. Viele Erwachsene steckten fest in ihrer zugeknöpften Moral.

Wir stolperten weiter. Es gab ja auch noch die Dinge, die uns vertraut blieben. Ein Territorium, auf dem wir Jungs unter uns blieben. Knallplättchenpistolen, Cowboyfilme, Blech- und Plastikpanzer, Soldatenfiguren, Geheimhöhlen. Obwohl, und da fing es schon wieder an zu kribbeln, hätten wir es nicht besser gefunden, wenn die Mädchen eingeweiht und mitgekommen wären? Angelika und Pummel zumindest. Gabi wohl nicht mehr, die war schon ein richtiger Teenager. Hatte ausgespielt.

Fußball! Fußball war damals auch noch ein reines Jungsding.

Da kam Helmut Rahn gerade recht. Kurz vor dem letzten Weihnachtsfest des Jahrzehnts erschien in einem Münchner Verlag sein Buch »Mein Hobby: Tore schießen«. Für mich stand es sofort ganz oben auf der Wunschliste. Und am Abend der Abende lag neben dem dunkelblauen Samtpullover, dem Schal, den neuen Taschentüchern, die bestimmt den Gabentisch wieder komplettierten, und Mark Twains »Tom Sawyer auf Reisen«, tatsächlich die Lebensgeschichte meines Fußballidols. Über 200 Seiten, die von seinem ersten richtigen Spiel bei der Kinderlandverschickung während des Krieges bis zu seinem Tor gegen die Schweiz im Oktober 1959 reichen. Dazu viele Fotos. Ich hatte es eins, zwei, drei ausgelesen. Und ich war aufgekratzt. Es gab Parallelen! Zumindest eine. Als Junge stürmte Rahn an manchen Sonntagen mehrere Spiele hintereinander über den Platz. Das hatten wir gemeinsam – wie wir auf dem »Freien«, stundenlang, nur nicht an den Sonntagen. Die guten Sachen!

Beeindruckt war ich aber vor allem von der Aufrichtigkeit, die ich zu erkennen meinte, und mit der er seine Geschichte erzählte, auch die unangenehmen Episoden. Er hätte es sich einfacher machen können – die abträglichen Begebenheiten nur kurz gestreift, dann rasch zum nächsten Tor gewechselt. Doch die nächtliche Fahrt nach ein paar Bieren, bei der er mit seinem VW-Käfer in eine flache Baugrube gerutscht war, und den Schlamassel, den die Sache nach sich gezogen hatte, schilderte er über viele Seiten. Daran vorbei kam er nicht. Die Zeitungen hatten sich begierig auf den Fall gestürzt: »Rahn betrunken am Steuer!« Das war's, fürchtete er. Es kam zu einer Gerichtsverhandlung, der Saal war überfüllt, das Urteil für den »Helden von Bern« schmerzlich: »Vierzehn Tage Gefängnis ohne Bewährungsfrist und 100 Mark Geldstrafe.« Drei Monate später musste Helmut Rahn die Strafe antreten. Und dann geschah etwas, das bis heute wohl einmalig geblieben ist.

Nachdem Rahn bereits die Hälfte seiner Haftstrafe abgesessen hatte, erreichte ihn im März 1958 eine Nachsendung im Kittchen. Von Sepp Herberger. Der ahnungslose Bundestrainer lud seinen Rechtsaußen zu einem WM-Vorbereitungsspiel nach Basel ein. Rahn war verzweifelt, setzte sich an seinen kleinen Tisch und schrieb dem Gefängnisdirektor ein paar Zeilen mit der dringenden Bitte, ihn sprechen zu dürfen. Es glückte, der Direktor empfing ihn. Rahn erklärte die Situation, beschrieb, wie wichtig dieses Spiel für seine Zukunft in der Nationalelf sei.

Der Mann zeigte Verständnis: »Ich kann Sie beurlauben. Wie lange bleiben Sie denn weg?«

»Wir treffen uns heute in München«, antwortete sein Gast. »Das Spiel in Basel findet am Mittwoch statt. Donnerstag könnte ich wieder hier sein.«

Der Direktor stimmte zu. Eilig packte Rahn seine Tasche und machte sich auf den Weg zum Treffpunkt nach München. Kaum angekommen, sah Herberger erstaunt, dass sein oft etwas fülliger Schützling deutlich abgenommen hatte: »Aber übertreiben dürfen Sie es mit der Abmagerung natürlich nicht.«

Rahn schwieg betreten. Das Testspiel gegen eine Schweizer Auswahl, das nicht als offizielles Länderspiel gewertet wurde, endete 1:0 – Torschütze »Boss« Rahn, ausnahmsweise mal per Kopf. Herberger war zufrieden, und als sich eine Gelegenheit bot, nahm er den Mann des Spiels unauffällig zur Seite: »Nun, Helmut, wie steht es denn jetzt mit Ihrer Sache?«

»Ich komme gerade da her«, erwiderte Rahn wahrheitsgemäß.

»Was? Das kann doch nicht wahr sein?«

Herberger war platt. Rahn fuhr am nächsten Tag wieder ein. Er ist wahrscheinlich der einzige deutsche Nationalspieler, der es direkt aus der Gefängniszelle in ein Auswahlspiel schaffte.

Damals erkannte ich den Witz nicht, war eher voller Mitgefühl. Das Buch nahm ich immer wieder mal zur Hand und las darin. Es wurde zur wichtigsten Materialsammlung für eine Deutsch-Hausaufgabe, die mir wenige Jahre später politisch um die Ohren flog. Auch meine Liebe zum Fußball hat es weiter angekurbelt. Ich lebte sie nach wie vor auf dem »Freien« aus, zusammen mit Klaus, Sohni, Franki, Jürgen, Heini, Kaule und all den anderen. Ein Verein war noch nicht in Sicht. Außer »Semper« natürlich, aber das war Radsport. Und mir doch so sehr vertraut, wie Verwandtschaft.

Besonders die »Winterbahn«. Jedes Jahr, ab Ende Januar, traf sich die ganze Radsportfamilie in der Ostberliner »Werner-Seelenbinder-Halle«. Sechs Wochen lang, jeden Mittwoch, Sonnabend und Sonntag, fanden dort Bahnrennen auf höchstem Niveau statt – vor einem begeisterten Publikum. Da mein Papa zum Wettkampfausschuss gehörte, am Rand der Holzpiste und im Fahrerlager mit dafür sorgte, dass alles wie geschmiert lief, bekam er für jeden Rennabend eine Ehrenkarte. Meist in Zielnähe. Meine Mutter versäumte keine dieser Veranstaltungen. Fein zurechtgemacht begrüßte sie an den Abenden Gott und die Welt. Familientreffen eben. So oft es ging, war ich dabei. Am Mittwoch nur, wenn gerade Ferien waren. Sonntags (für den später, nach Einführung der 5-Tage-Woche, der Freitag ins Programm rückte) mit dem Versprechen, am nächsten Morgen für die Schule fit zu sein. Und an den Sonnabenden ohne wenn und aber.

In jenen Tagen gab es noch nummerierte Sitzbankreihen – man rückte etwas zusammen, schon war Platz für den mitgebrachten Knaben. Das Programmheft auf den Knien, den Kugelschreiber gezückt, ich war bereit. Dann war es 19 Uhr. Die Fahrer verließen nach ein paar Aufwärmrunden die Bahn, das Licht auf den Rängen erlosch, und dann kam die Ansage: »Guten Abend, liebe Radsportfreunde!«

Es begann mit Sprinterrennen, danach gab es Punkterennen, Ausscheidungsfahren, Verfolgungsrennen, Zeitfahren, Steherrennen hinter Motorrädern und zum Schluss Zweiermannschaftsrennen. Zwischendurch erbettelte ich von meiner Mutter 80 Pfennige und rannte los, um mir eine Bockwurst zu holen. Bloß nichts versäumen! Auch hier hatte ich meine Helden, länger schon als im Fußball. Detlef Zabel war der erste, dann kamen Ronny Maraun, Potte Wahl, Hans Wagner, Jürgen Simon, Kalle Peter, Manfred Klieme, Peter Gröning, Siegfried Köhler, Rainer Pluskat und Harry Seidel. Die ragten heraus, genau genommen waren es mehr. Sie räumten über die Jahre kofferweise Siegerschleifen ab. Bei den Ehrenrunden lief immer der Sportpalastwalzer, und viele pfiffen auf ihren Fingern die vier gleichen Takte mit. Ein großer Spaß.

Sonntagvormittag waren Jugendrennen. Die habe ich im 6. Schuljahr auch nicht ausgelassen. Schuld waren meine Radsportfreunde aus der Klasse, Andi und Kläuschen. Vorher hatte ich nie Lust, allein dorthin zu gehen, nun waren wir zu dritt. Und es kostete nichts, die Karten steckte uns mein Vater zu. Treffpunkt war, gleich nach dem Frühstück, in der Winsstraße vor Klaus' Haustür. Plaudernd und lachend eilten wir zur Haltestelle der Straßenbahnlinie 4 an der damaligen Dimitroffstraße. Nach vier Stationen waren wir da. Aus allen Richtungen strömten Kinder herbei, manche mit Eltern. Auf zur Winterbahn! Sie war ein Ereignis. Mit packenden Rennen und dauerndem Jubelgeschrei auf den Rängen – wie an den Abenden, nur die Stimmen waren heller. Wir saßen jedes Mal ganz weit oben, über der Kurve auf der Eingangsseite. Wegen der Höhe dort wurde der Block »Heuboden« genannt. Wahrscheinlich war das der eigentliche Grund, weshalb wir uns freudig in Alpinisten verwandelten. Auf dem Heimweg wurde dann hitzig gefachsimpelt.

»Haste den Antritt von dem Geschke gesehen?«

»Klar, der wird bestimmt 'n Großer.«

Da waren wir uns sicher. Eine halbe Stunde später folgte der nächste Höhepunkt: Sonntagsessen.

Der Frühling war gerade einen Tag alt, da bekam der Kalte Krieg im DDR-Fernsehen einen eigenen Sendeplatz. Am 21. März 1960 startete Karl-Eduard von Schnitzler den »Schwarzen Kanal«. Ohne viel Federlesen stimmte er gleich seinen galligen Grundton an: »Der Schwarze Kanal, den wir meinen, führt Unflat und Abwässer. Aber statt auf Rieselfelder zu fließen, wie es eigentlich sein müsste, ergießt er sich Tag für Tag in Hunderttausende westdeutsche und Westberliner Haushalte. Es ist der Kanal, auf welchem das westdeutsche Fernsehen sein Programm ausstrahlt: der Schwarze Kanal.« Dann warf er seine propagandistische Kläranlage an. Er muss sie schon vorher kurz laufen gelassen haben, denn seine eigentliche Zielgruppe war da bereits rausgefiltert: die Fernsehzuschauer in der DDR. Denn auch in deren Haushalte ergoss sich tagtäglich das Westfernsehen. Und das mit Einschaltquoten, von denen der »Deutsche Fernsehfunk« nur träumen konnte. Ein Einfallstor für den Feind! Geschickt getarnt als scheinbar »objektive« Berichterstattung, harmloser Revuezauber oder unschuldige Produktwerbung, versuchte er arglistig das Bewusstsein der zuschauenden Werktätigen zu trüben. »Der Duft der großen weiten Welt« – war voller Fallstricke! Wer dem Klassenfeind auf den

Leim ging, bei dem begann sich schnell die Unzufriedenheit mit den eigenen Lebensverhältnissen einzunisten. Dem musste ein Riegel vorgeschoben werden: Karl-Eduard von Schnitzler.

Das Problem war nur, dass die, die eigentlich gemeint waren, und die es zu retten galt, den »Schwarzen Kanal« kaum einschalteten. Das machte ihn jedoch nicht überflüssig. Tatsächlich war die Sendung nie etwas anderes als eine Agitationsschulung für Parteimitglieder: Genossen, so müsst ihr das den Bürgern erklären! Emsig durchstöberten ideologisch gestählte Redakteure das westdeutsche Fernsehprogramm nach »entlarvenden« Sendepassagen. Daraus bastelten sie, Schnipsel für Schnipsel, so lange an einem Gespinst des Westens, bis es zu den eigenen Pfeilen passte. Manchmal hatten sie auch einfach recht. Jahre später habe ich in die eine oder andere Sendung reingeschaut. Mich faszinierte die Chuzpe, mit der Schnitzler seine Kläranlage betrieb. Geleitet von einer durch nichts zu erschütternden Überzeugung: Wo wir sind, ist vorn! Meine Eltern hielten es so wie die meisten Fernsehgucker: Nach der »Rumpelkammer« mit dem alten Montagsfilm schalteten sie um. »Der schwarze Kanal« blieb draußen.

Auch ohne Agitation feierte man das eigene Fortkommen.

»Komm schnell«, rief Franki schon von Weitem, »wir haben jetzt auch ein Auto!«

Den gleichen Trabant wie wir, diesmal in lindgrün. Neben dem »Wartburg« vom Zahnarzt Büttner, der auch in der 62 wohnte, waren es damit schon drei Autos in unserer Häuserzeile – ohne sie vollzustellen. Die kostbaren Karossen rollten allesamt in schonende Garagen. Auch die zwei, drei Mopeds und Motorräder von Mietern aus unseren Häusern standen über Nacht kaum auf der Straße. Entweder fand sich Platz in der Sammelgarage (unter unserer Höhle) oder in einer Ecke auf dem früheren Fabrikhof. Jede Anschaffung sorgte noch für ein kleines Aufsehen, das sofort die Runde machte. Die Motorisierung kam langsam unten an. An den Wochenenden machte sich das besonders bemerkbar. Man fuhr aus. Ob zum Badesee, zum Garten oder einfach so. Und danach wurden die Fahrzeuge voller Stolz auf Hochglanz gewienert.

Auch einige der älteren Jungs hatten sich ein »Simson«-Moped oder den Motorroller »Wiesel« zusammengespart. Wenn es hoch kam, sogar ein Motorrad, wie die tschechische »Jawa«. Das Fahrrad verlor seinen Rang. Mein Vater sah es mit Sorge: »Von den jungen Burschen will keiner mehr Rad fahren. Das werden wir bald merken.«

Rannte man in den frühen Nachkriegsjahren den Radsportvereinen die Türen ein, so nahm der Schwung nun ab. Noch Mitte der fünfziger Jahre konnte es vorkommen, dass bei einem Mannschaftsrennen einer Altersklasse allein die SG Semper mit mehreren 6er-Teams an den Start ging. Das war vorbei. Hinzu kam, dass die besten jungen Radrennfahrer in die Clubs »delegiert« werden mussten. Klieme, Pluskat, Lepke, Seidel fuhren nun für den SC Dynamo oder den SC Einheit. Für die Leistungsentwicklung der Sportler war das sicher gut, für die Entwicklung von Vereinen wie Semper war es ein Aderlass. Es waren immer traurige Abschiede, von denen mein Papa berichtete: »Wieder einer meiner Jungs weg.«

Und dann schaute er auf mich. Im nächsten Jahr würde ich 14 werden. Das Einstiegsalter für den Radsport damals – in der Altersklasse 14 bis 16, genannt die »kleine Jugend«. Meine Fußballerei hatte er als Sportsmann passieren lassen. Doch nun sollte es ernst werden. Für ihn hatte ich alle Voraussetzungen: groß gewachsen, schlank, auf dem Rad »mit guter Position« und vermutlich auch mit einigem taktischen Verstand, den ich bei Hunderten Rennen als Beobachter an seiner Seite aufgesaugt haben müsste. So dachte er. Die Hoffnungen, die er sich seit meiner Geburt machte, gingen in die letzte Runde.

Jahrelang teilte ich seine Hoffnungen, konnte es kaum erwarten. Mir imponierten die Rennfahrer, ihre Siege über die enorme Quälerei, die ihnen jedes Rennen abforderte. Mich beeindruckten die leidenschaftlichen Zuschauermassen, die am Straßenrand die Fahrer feierten. Das alles wollte ich auch haben. Und wenn sich zeigen sollte, dass es doch nicht reichte: Absteigen konnte ich immer noch. Seit einem Dreivierteljahr war dieser Wunsch ausgelöscht.

Es geschah an einem Sonntag. Vermutlich war es der 26. Juni

1959. Schon am frühen Morgen trafen sich die Radfahrer, Trainer, Betreuer und Veranstalter zum Rennen »Rund um Biesenthal«. Langsam füllte sich der Start/Ziel-Bereich mit Zuschauern. Das erste Rennen, die kleine Jugend ging an den Start. Mit einem deutlichen zeitlichen Abstand wurde das nächste Fahrerfeld, die große Jugend, in den bunten Vereinstrikots auf den Kurs geschickt. Mein Vater begleitete das Rennen als Mitglied des Wettkampfausschusses. Er saß am Steuer unseres Trabis und folgte dem Hauptfeld, ich saß auf dem Beifahrersitz. Konnte ein Renner das Tempo des Feldes nicht mehr halten und fiel zurück, rief mir mein Vater dessen Rückennummer zu. Ich notierte sie dann auf einem Schreibblock. Wenn der Fahrer sich wieder rangekämpft hatte, strich ich die Nummer wieder. Das war oft meine Aufgabe. Damit sollte verhindert werden, dass sich ein paar ganz Ausgeschlafene absichtlich zurückfallen ließen, im Wald versteckten, und, wenn das Feld bei der nächsten Runde oder der Rückfahrt wieder herangerast kam, frisch und munter wieder einstiegen.

»Hast du die ›25‹?«

»Ja, hab ich.«

Dann bogen wir in eine lang gestreckte Kurve, und alles war aus.

Vor uns lag ein Knäuel aus Menschen und Rädern. Einige Jungs krochen über die Straße, andere suchten nach ihren Mannschaftskameraden und fanden sie im Graben. Hinter dem Chaos stand quer ein Reisebus. Mein Vater bremste, sprang aus dem Wagen und rief mir noch zu: »Du bleibst hier!«

Dann rannte er los, um zu helfen. Auch mich zog es raus. Vorsichtig öffnete ich die Wagentür und schlich zu diesem schrecklichen Ort. Überall lagen schreiend die siebzehn, achtzehn Jahre alten Renner, blutend, teilweise mit seltsam verdrehten Gliedmaßen. Manche schon geborgen und, so gut es eben ging, betreut von denen, die es nicht erwischt hatte. Ich sah meinen Vater, wie er mit unserem Sanitätskasten hantierte. Und dann sah ich Schuft und Kriewitz. Der eine fuhr für die BSG Turbine Gaswerke, der andere für Dynamo. Sie hatte es besonders schlimm erwischt – offener Oberschenkelbruch, Gesichtsverletzungen, Arm- und Schulterbrüche. Sie wimmerten vor Schmerzen. Ich stand da wie gelähmt, hilflos.

»Dieter, ab in den Wagen!«

Mein Vater hatte recht. Ich hätte mit meinen knapp zwölf Jahren nichts tun können, wäre den anderen nur im Weg gewesen. Langsam kroch ich in das Auto, kurbelte die Fenster hoch und hielt mir die Ohren zu: Ich konnte die Schreie nicht mehr hören.

Dieses furchtbare Erlebnis habe ich nie vergessen können. Es machte einen Traum zunichte. Danach wollte ich nie mehr Radrenner werden. Zwar haben mein Vater und ich hinterher oft über diesen schweren Unglücksfall gesprochen, aber er muss meine Signale nicht ernst genommen haben. Wahrscheinlich fest davon überzeugt, dass da schon Gras drüber wachsen würde. Zunächst beschäftigte uns auch mehr, wie es überhaupt zu diesem Zusammenstoß mit dem Bus kommen konnte. Gewöhnlich fuhr immer ein Verkehrspolizist auf einem Motorrad vor dem Fahrerfeld und winkte entgegenkommende Fahrzeuge rechts ran. Diesmal nicht. Wo war er? Die Renner schnitten die linke Kurve und sahen den Bus, der auf sie zugerast kam, zu spät. Es hätte nicht passieren dürfen.

Wahrscheinlich wäre dann manches anders gekommen. So brachte das neue Rad, das ich bekommen sollte, die Entscheidung. Der behutsame Einstieg – wie mein Vater plante. Den Ochsenkopflenker, den damals alle Jungs hatten oder haben wollten, und den ich mir von meinem gesparten Westgeld in der Brunnenstraße gekauft hatte, musste er schon im Vorfeld schlucken. Es beschäftigte ihn nicht weiter: Warum sollte der Junge auch bereits ein Jahr vorher den Rücken krumm machen, für den Rennlenker war noch Zeit genug. Das wichtigste Teil, ein größerer »Diamant«-Rennrahmen, war bereits besorgt.

»Komm, wir fahren zu Gustav Weinschenk und stellen dein Rad zusammen.«

In einem der wenigen nicht vom Krieg zerstörten Häuser der Frankfurter Allee, nahe der Rathausstraße, führte Gustav Weinschenk ein Fahrradgeschäft. Er war auch förderndes Mitglied der SC Semper, unterstützte den Verein mit Geldspenden. Und er war ein Freund meines Vaters. Deswegen waren wir dort. Für seine Vereinsfreunde hatte Gustav, bei dem immer ein Zigarrenstumpen im Mund klemmte, natürlich besonderes Material unterm Ladentisch. Wir waren seine einzigen Kunden. Zum Glück, denn die Wahl des richtigen Tretlagers, der idealen Naben, der Bremsen, des Vorbaus, der Felgen, konnte bei den beiden fachsimpelnden Experten Stunden dauern. Die Naben kamen aus Frankreich, das weiß ich noch. »Original Moyeu!«

Doch dann äußerte ich zwei Wünsche, die alles verdarben.

»Einen Gepäckständer möchte ich auch noch.«

Im selben Moment wurde es still im Laden.

»Was willst du? Einen Gepäckständer?«

Mein Vater war fassungslos.

»Und eine Satteltasche.«

Er war den Tränen nahe. Ein Gepäckständer und eine Satteltasche! Für einen Radrenner ist das ungefähr das Gleiche wie für einen Porschefahrer eine Hängerkupplung.

»Gustav, pack' ein! Aus dem Jungen wird nie ein Rennfahrer!«

Mein Vater schlug sich mit der flachen Hand an die Stirn. Er war am Boden zerstört. Das wollte ich nicht. Ich wollte doch nur die Teile, die meine Freunde auch hatten. Und ich wollte kein Radrenner werden. Nun wusste er es auch. Es tat mir leid. Wirklich.

Richtig dramatisch, so mit wochenlangem Übelnehmen, wurde es nicht. Der eine war enttäuscht, der andere betrübt. Es verflog mit der Zeit. In kleineren Dosen hatte ich mit solchen Erwartungen schon einige Male fertig werden müssen. Einzelkinderschicksal. Man kriegt alle Hoffnungen ab, und man hat die Chance, alle zu enttäuschen.

Das neue Jahrzehnt war nun schon ein paar Monate alt. Fast unbeachtet. War der Beginn der sechziger Jahre damals überhaupt ein großes Thema? Ich meine nicht. Kein »Hoppla, jetzt kommen die Sechziger!« Kein Bruch, kein Wandel, keine Veränderungen. Die fünfziger Jahre dauerten fort. Im Westen wirtschaftete man am Wunder weiter, im Osten wunderte man sich, dass die Wirtschaft trotz Siebenjahresplan weiter an Boden verlor. Es blieb alles beim Alten. Auf beiden Seiten. Dieselben

Männer und dieselben Parteien an der Macht, dieselbe Strampelei nach einem Stück Wohlstand, dieselben traditionellen Vergnügungen, dieselbe spießige Moral. »Nur wer darf, der darf bei uns dürfen – die andern dürfen nicht.« Immer schön brav im Trott bleiben. Bloß nicht anecken. Und wer trotzdem Anstoß erregte, wurde empört zurückgepfiffen. »So weit kommt's noch! Nicht mit uns!« »Uns« waren immer alle.

Für mich begannen die sechziger Jahre düster. Schon einige Wochen vor Ende des Schuljahres merkte ich, dass meine Aktien schlecht standen. Ich gab mir alle Mühe, versuchte mich wirklich zusammenzureißen. Es klappte wohl zu selten. Und Frau Keller klappte das Klassenbuch zu.

»Dieter, du wirst unsere Schule wieder verlassen.«

Schluck. Längst hatte ich mich eingelebt in der Heinrich-Roller, hatte mit Klaus, Andi und Otto richtig gute Freunde, und nun sollte ich nach den Sommerferien schon wieder in eine andere Schule umziehen?! Auch für Kläuschen nur schwer vorstellbar. Er meinte, dass es durchaus einen Versuch wert wäre, mal zu Hause bei Frau Keller zu klingeln.

»Vielleicht kannst du sie ja umstimmen. Sie wohnt doch gleich bei uns in der Wins.«

Am nächsten Tag besprachen wir die Sache noch einmal vor seiner Haustür. Dann sagte er: »Dort drüben.«

Und ich überquerte die Straße. Als Büßer unterwegs nach Canossa. Nicht barfuß, doch immerhin auf Sandalen. Gleich nach dem ersten Klingeln öffnete sie die Tür, verwundert. Mit belegter Stimme sprach ich es aus: »Frau Keller, ich würde sehr gern mit Ihnen sprechen, in Ruhe. Ich möchte nicht von der Schule fliegen.«

»Na, dann komm' mal rein.«

Sie führte mich in ihre Wohnstube und ließ mich auf einem Stuhl Platz nehmen. Ich trug noch mal meine Bitte vor, versprach, mich im kommenden Schuljahr zu bessern. Ehrenwort. Ein paar Tränen unterstrichen alles.

»Bitte!«

Sie machte mir nichts vor, stellte von Anfang an klar, dass die Entscheidung für sie gefallen sei. Endgültig.

»Ich habe in meiner Klasse zwei Jungs, die alles durcheinanderbringen: Dieter und Klaus-Dieter. Ihr beide zusammen, das geht nicht. Also muss einer raus.«

Die Sätze fielen in einer durchaus milden Tonlage. Ihr Inhalt war es nicht.

»Und da ich Klaus-Dieter schon länger unterrichte, ihn länger kenne und zu seiner Mutter einen guten Draht habe, ist es mit ihm einfacher.«

Die heiklen Hausbesuche bei Klaus' Mutter! Ironischerweise halfen sie ihm jetzt. Aber das war ja nicht der einzige Grund. Ich versuchte es noch einmal: »Und wenn wir uns beide ändern?«

»Dazu hattet ihr ein ganzes Jahr Zeit.«

Was stimmte. ›Verloren‹, dachte ich. Die 1. Oberschule sollte für mich ein Intermezzo bleiben. Mit bleischweren Füßen schlich ich zurück zu Kläuschen.

»Du bleibst, ich fliege.«

Mein Zeugnis las sich entsprechend: »Dieter hat sich in seinem gesamten Verhalten nicht gebessert. Seine schlechte Arbeitsmoral und Disziplin haben sich negativ auf einen Teil der Schüler ausgewirkt.« Und dann bekamen meine Eltern auch noch einen Tadel: »Strenge Erziehungsmaßnahmen des Elternhauses waren nicht zu bemerken.« Also, *ich* hatte die schon bemerkt. Nur wahrscheinlich zu schnell verdaut. Zwei Vieren standen auch noch auf dem Zeugnis, gleich oben bei den Kopfnoten: in Betragen und im Gesamtverhalten. Zu Hause erhielt ich die Quittung: strenge Erziehungsmaßnahmen. Mein Taschengeld wurde bestimmt vorübergehend gestrichen, wahrscheinlich durfte ich auch drei Tage nicht runter. Mehr war nicht möglich, es waren ja Ferien, und das hieß: Kinderferienlager, Verwandtenbesuche in Westdeutschland, Radsport-Weltmeisterschaft in der DDR. Richtig weh tat mir nur der Abschied von meinen Schulfreunden. Mir war klar, dass unsere Kumpanei meinen Rauswurf nicht überdauern würde. Ich kannte mich da inzwischen aus.

Nicht viel später muss auch Otto weg gewesen sein. Weiter weg. Viel weiter weg. »Knall auf Fall«, wie Kläuschen mir auf der Straße erzählte, als wir uns zufällig trafen. Ich wusste, wo unser semmelblonder Freund war. Er hatte seinen Wunsch eingelöst, war zu seiner Zirkus-Schwester nach Hamburg abgehauen. Und ich wusste auch, dass wir uns nie wiedersehen würden.

Bei Klaus, der kleinen Angelika und Fred lief es auf dasselbe hinaus. Sie verließen zwar nicht das Land, nicht mal die Stadt, und doch konnte man sich in einer Millionenstadt wie Berlin aus den Augen verlieren. Das war bitter. Solange ich zurückdenken konnte, waren sie da, wohnten mit mir im gleichen Seitenflügel, nur eine Etage höher. Sie gehörten zur großen Schar der Hofkinder. Wir haben gemeinsam gespielt und jede Menge Unsinn angestellt, haben Ärger und Freude miteinander geteilt und vor allem zusammengehalten. Und plötzlich hieß es: »Wir ziehen nächsten Monat aus – nach Plänterwald.«

»Wieso 'n?«

»Da haben wir zwei Zimmer mehr und 'ne Badewanne.«

Für die Familie natürlich ein Glücksfall, sie wohnten zu fünft in einem Zimmer mit einer Wohnküche. Das sich hinziehende Nachkriegselend. Aber sie zogen eben auch fort aus der Kollwitz, fort von uns. Ich war überrascht. Und ahnte die Lücke, die sich auftun würde. Besonders durch Klaus, der genauso alt war wie ich. Nicht mehr das lang gezogene Fingerpfeifen als Zeichen: Los, komm runter! Keine verbissenen Zweikämpfe mehr, wenn wir beide stundenlang allein, eins gegen eins, Fußball spielten. Klaus würde mir fehlen, keine Frage. Die Tage rannten dahin, dann waren die drei nicht mehr da. Unsere Clique hatte ihre ersten Verluste.

Die großen Ferien standen vor der Tür. Sie würden wie immer am 1. September enden. Nur: In welche Schule ich dann gehen würde, wusste keiner. Es beschäftigte mich im Moment auch nicht. Erst mal ging es in die Schorfheide, Ort des diesjährigen Ferienlagers vom VEB Rohrleitungsbau. Dort erwarteten uns große Schlafsäle mit Doppelstockbetten, Späße und laute Gesänge, bis jeder eingeschlummert oder »der Pädagoge« drohend aufgekreuzt war, vor allem aber abenteuerliche Geländespiele und viele lustige Wanderungen mit extra geschnitzten Wanderstöcken – die auch für Fechtduelle gut geeignet waren, wie wir schnell merkten. Nach vierzehn Tagen war das lange vorbereitete Programm komplett abgeerntet, und wir fuhren wieder nach Hause.

Meine Eltern warteten schon mit laufendem Motor. Denn am 3. August begannen die Rad-Weltmeisterschaften, und da war mein Vater fest eingeplant. Für ihn ein Höhepunkt seines Sportlerlebens, auf den er sich unheimlich freute. Auch die Partei- und Staatsfunktionäre werden sich gefreut haben. Bedeutete doch die Ausrichtung der enorm prestigeträchtigen Bahn- und Straßenweltmeisterschaften einen Gewinn an internationaler Anerkennung. Dafür schluckten sie auch eine Kröte: die zugehörigen Profirennen, die ihrem Bild vom reinen Sport zutiefst widersprachen. Doch für ihr weltweites Ansehen warfen die führenden Genossen gern ihre heiligen Prinzipien über Bord. Immer wieder mal.

Auf meinen Vater wartete noch eine weitere große Überraschung, davon wusste er aber im Juli noch nichts. Es sollte in diesem Sommer ohnehin noch einiges passieren.

Doch erst mal fuhren wir mit unserem »Trabant« nach Westdeutschland. Im Auto durch die Lande zu reisen, empfand ich als eine enorme Verbesserung. Bequem, sauber, trocken. Die Rückbank wurde meine kleine Liege – auf langen Strecken, die ich schon kannte, bettete ich mein Haupt bald auf ein Kissen und schlief beruhigt ein. Beim ewig gleichen Rhythmus der alten Betonpiste. Plonk, plonk, plonk. Ein Autoradio hatten wir nicht, das war zusätzlicher Luxus, trotz fehlender UKW-Frequenz. Meine Eltern plauderten gern und füllten so die Leere. Für Pausen hatten wir die unvermeidlichen Thermosflaschen dabei. Eine mit echtem Kaffee, eine mit dünnem schwarzem Tee. Und Buletten mit Kartoffelsalat, alles von meiner Mutter sorgfältig in Pergamentpapier (die Buletten) und Schraubgläser (der Salat) verpackt. Zur Orientierung steckten in den seitlichen Türfächern jede Menge Straßenkarten. Von Aral, Esso, Shell. Wenn wir in Westdeutschland tankten, fragten meine Eltern ständig nach den nummerierten Regionalkarten. Kosteten schließlich nichts. Westdeutschland hatten wir mindestens doppelt.

»Man weiß ja nie.«

Das reichte ihnen als Begründung.

Die Tankstellen im Westen, überdacht, mit mechanischen Zapfsäulen und Kassenhäuschen, wirkten auf mich wie moderne Raumschiffe. In der DDR war dieser Standard nur punktuell erreicht. In den meisten Gegenden standen an den Zapfstellen nur alte Handpumpensäulen. Manchmal waren es auch nur einfache Garagenhöfe oder Werkstätten, die eine Säule betrieben. Auf die steuerte dann ein Autoschlosser, sich die verschmierten Hände an einem Lappen abwischend, zu: »Na, Herrschaften, wie viel Liter sollen es denn sein?«

»Fünfzehn.«

Und dann pumpte er das Benzin mühselig in einen, oben in der Säule befindlichen Glaszylinder. War die Menge, an einer Skala ablesbar, erreicht, öffnete er einen Hahn und ließ das Benzin in den Autotank laufen. Währenddessen wurde über Probleme mit dem Vergaser oder irgendeinem Ersatzteil gesprochen. Nach zehn Minuten war man schon recht vertraut miteinander. Diese Aufenthalte hatten ihren eigenen Dunst.

So veraltet die Zapfsäulen waren, so dürftig war das »Tankstellennetz«. Zu jener Zeit allemal. Und so hatte jeder motorisierte DDR-Bürger einen Reservekanister mit an Bord. Im Beiwagen, im Kofferraum, im Rucksack. Ohne Fünf-Liter-Kanister und Trichter ging keiner auf Tour. Das Risiko, auf offener Straße liegen zu bleiben, war zu groß. Es war nicht das einzige Risiko, das sich meldete, wenn Benzin im Tank fehlte. Jedenfalls beim »Trabant«. Der hatte keine Tankanzeige, sondern einen simplen Benzinhahn. Begann während der Fahrt der Motor zu stottern, musste jeder Trabi-Pilot schnell handeln und den Hahn in die Reservestellung drehen. Unglücklicherweise war das Ding rechts im Fußraum des Beifahrers angebracht. Kein Problem, wenn man einen kundigen Begleiter hatte.

»Dreh mal schnell den Reservehahn auf!«

Ohne Beifahrer hatte man eins. In halsbrecherischer Weise musste man, linke Hand stabil am Steuer, nach rechts abtauchen und nach dem Hahn tasten, dazu gleichzeitig darauf hoffen, dass sich während des gesamten Manövers bis zum Wiederauftauchen die Verkehrssituation nicht allzu dramatisch verändert hatte. Ein bisschen Extremsport war's schon.

Wer häufig vom Regen durchweicht, mit halb beschlagener Motorradbrille, kilometerweit nach Schutz suchte, weiß den behaglichen Innenraum eines Autos zu schätzen. Sei dieser auch noch so klein. Das Wetter konnte uns keinen Streich mehr spielen. Wenn es regnete, regnete es eben. Autobahnbrücken hatten für uns als Regenschirme ausgedient. Die Aufmerksamkeit für sie blieb dennoch erhalten. Über viele Brücken der DDR, besonders auf den Transitstrecken, spannten sich riesige Propagandatransparente, versehen mit begeisternden Losungen für die werktätigen Massen. Einmal war in großen Buchstaben zu lesen: »Vorwärts zu den lichten Höhen des Sozialismus!« An der nächsten Brücke, nur ein paar Kilometer weiter, hing keine Losung, dafür das für Durchfahrten übliche Verkehrsschild: weiß, mit rotem Außenkreis, zwei nach innen zeigenden schwarzen Dreiecken und den Zahlen 4,2 m. Und das bedeutete: »Lichte Höhe« 4,20 Meter. Unser Land war voller unfreiwilliger Komik.

Mit Herberger auf der Tribüne

Im »Neuen Deutschland« vom 4. August 1960 war es der Aufmacher: »Rad-Weltmeisterschaft in Leipzig feierlich eröffnet – Glanzvolle Premiere mit Erich Honecker und Minister Lemmnitz«. Die eigentlich imposante Figur war zwar Adriano Rodoni, der langjährige Präsident des Weltradsportverbandes UCI, der mit seiner Ansprache für das internationale Flair gesorgt hatte, doch das Zentralorgan sah sich natürlich verpflichtet, die eigenen Kader ganz vorn zu platzieren. Es ändert nichts: An Honeckers Auftritt bei der Eröffnungsfeier habe ich keinerlei Erinnerungen, obwohl ich dabei war. »Glanzvoll« stimmt. Für mich wurden die anschließenden Ferienwochen unvergesslich. Mit glücklichen Tagen und einem sehr unglücklichen. Und beides, das Gute wie das Böse, hing mit jener Radweltmeisterschaft zusammen, vereint, wie in einem Märchen.

Gleich Anfang August fuhren wir nach Leipzig, dem Ort der Bahnwettkämpfe. Mein Vater war mit den Vorbereitungen beschäftigt, und wir, meine Mutter und ich, durften mit. Auch bei ihm im »Park-Hotel«, nicht weit vom Hauptbahnhof, wohnen. Einfach so, während der gesamten Leipziger Renntage. Das war nicht ungewöhnlich, es ging weiterhin recht familiär zu in den Radsportkreisen damals. Feine Unterschiede gab es dennoch. Die ganz Wichtigen logierten im edelsten Haus am Platz, dem »Astoria«. Das Hotel war in den Jahren zuvor mit viel Aufwand neu ausgebaut worden. Es machte einen sehr noblen Eindruck. In der Empfangshalle hielten die UCI-Funktionäre und die internationalen Radgrößen Hof – so wie die italienische Nationalmannschaft. Meine Italiener.

Ihnen gehörte nach wenigen Rennen meine ganze Gunst. War es ein Ost-Reflex auf die anhaltende Italienverrücktheit der Westdeutschen? Ein wenig vielleicht. Vor allem haben sie mich sportlich verblüfft. Doch zunächst hatte ich eine Sternstunde, gleich am ersten Tag an der Alfred-Rosch-Kampfbahn, der WM-Piste. Die Jurymitglieder, die hinter mehreren Tischreihen direkt auf Höhe des Zielstrichs saßen, merkten plötzlich, dass die Ergebnislisten mit den jeweiligen Platzierungen und Zeiten viel schneller zur Vervielfältigung müssen. Ein Fußweg, treppauf, treppab, von knapp 80 Metern. Sie brauchten einen Boten. Sie brauchten mich! Ohne Umschweife wurde die Idee mit meinem Vater besprochen und ich in den Stand eines Fahrers, eines »Coureur«, gehoben. Das stand auf der offiziellen Medaille, die ich überreicht bekam, ausgestattet mit der Allmacht eines Backstage-Passes. Jippi-Jippi-Yeah! Nun saß ich in der dritten Reihe der Jury, direkt neben den Treppenstufen. Ein Privileg. Die Ordner hatten anfangs Probleme damit: »Gib mal die Medaille her, die hast du doch gefunden!«

Ich holte meinen Vater, und der erklärte ihnen flink meine Botenrolle. Danach war klar:

»Der Junge kommt durch!«

Nun musste ich mich nur noch anstrengen – nach jedem Rennen mit dem mir zugesteckten Zettel die vielen Steinstufen hoch spurten, ihn abliefern, und mich beeilen, um beim nächsten Start zurück zu sein. Das blieb natürlich die Krönung: die Wettrennen erleben, auf meinem Traumplatz. Ich war so glückselig, dass ich erst am Abend im Hotel merkte, wie sehr mich der Einsatz geschlaucht hatte. Am nächsten Tag ging's weiter. Treppauf, treppab.

Meinem Vater war ich eine große Hilfe – endlich mal. Er war, wie bei der Friedensfahrt, für die Vervielfältigung der Ergebnislisten verantwortlich, musste mit seinen Mitarbeitern dafür sorgen, dass diese so schnell wie möglich der Presse, den Offiziellen und den Mannschaftsleitungen vorlagen. Zwei Matrizendrucker liefen dafür auf Hochtouren. Der ganze Raum stank nach Spiritus, der für die Geräte nötig war. Das Druckverfahren war recht einfach, erreichte aber pro Matrize kaum mehr als 100 Abzüge. In der DDR hieß diese Art der Vervielfältigung »Ormig«. Und sie wurde von den Sicherheitsorganen scharf kontrolliert. Mein Vater erzählte mir mal, dass er ein altes Gerät bei einer zentralen Sammelstelle abliefern und die Druckwalze vor den Augen eines Aufpassers zerschlagen musste.

»Die haben eine Heidenangst davor, dass die Maschinen hinten wieder rausgetragen werden – für Flugblätter.«

Vielleicht bewachte sogar bei der Weltmeisterschaft ein heimlicher Mitarbeiter die beiden Drucker. Ich hatte damit noch nichts im Sinn, ich hatte die Italiener. Auf der Berliner Winterbahn konnte ich über die Jahre einige fabelhafte Sprinter beobachten, doch bei den Trainingsrunden der Männer im azurblauen Trikot war klar: Die sind von einem anderen Stern, so flitzten sie über die Bahn. Überirdisch. Besonders Antonio Maspes, Sprintweltmeister bei den Profis, der seine Beine mit einem solchen Tempo kreiseln ließ, dass ich aus dem Staunen nicht rauskam. Und wie die hießen: Valentino Gasparella, Sante Gaiardoni. Wie Figuren aus einem Abenteuerroman!

Zum Abschluss der WM gab es die Straßenrennen auf dem »Sachsenring« bei Hohenstein-Ernstthal. Die letzten Runden bei den Amateuren werden mir immer im Gedächtnis bleiben. Der Belgier Willy Vanden Berghen hatte schon einigen Vorsprung herausgefahren, als die DDR-Fahrer Täve Schur und Bernhard Eckstein sich auf die Verfolgung machten. Kurz bevor sie zum Führenden aufschlossen, gab Schur seinem Mannschaftskameraden zu verstehen, dass dieser sofort an Vanden Berghen vorbeijagen solle, da der Belgier wohl bei ihm, dem eigentlichen Favoriten, bleiben werde. So geschah es. Im Ziel war Eckstein vor so viel Edelmut gerührt: »Danke, Täve, du hast mich zum Weltmeister gemacht.«

Ich habe darüber lange nachgedacht.

Und das Böse? Es sollte uns jetzt finden, ganz zum Schluss. Geschah es noch an meinem Geburtstag, ein paar Stunden nach dem letzten Rennen? Oder einen Tag danach? Wir waren jedenfalls auf dem Heimweg, fuhren in unserem Trabi auf einer Landstraße Richtung Berlin. Hinter uns eine befreundete Radsportfamilie in ihrem 311er Wartburg. Eine unbeschwerte Fahrt, kaum schneller als 60 Stundenkilometer. Ebenfalls vom »Sachsenring« kam eine Staffel mit Polizeimotorrädern. Sie hatte dort wahrscheinlich für die Absperrungen gesorgt. Etwa fünf, sechs

Kräder hatten uns bereits überholt und ebenso einen langsam dahin tuckernden Traktor. Nun wollte ihn mein Papa überholen. Er blinkte links, wechselte die Spur – und plötzlich bog der Traktorist auch nach links ab, zu einem Feldweg. Nur mit einer äußerst raschen Lenkerbewegung schaffte es mein Vater, den Trabi knapp an dem Trecker vorbeizuziehen. Dabei geriet unser Auto außer Kontrolle, schlitterte quer über die Straße, knallte mit der rechten Seite gegen einen alten Kilometerstein aus Granit und überschlug sich. In einem kleinen Straßengraben war Endstation. Das Ganze dauerte höchstens fünf Sekunden. Sie waren voller Entsetzensschreie. Sicherheitsgurte gab es noch nicht. Wir überschlugen uns auch, im Wagen. Sofort stoppten die Polizisten und befreiten uns aus dem auf der Seite liegenden Auto. Ich hatte Glück, nur ein paar Schrammen. Mein Vater auch. Nur meine Mutter nicht, sie blutete stark am Kopf. In mir machte sich Angst breit.

Mit einem provisorischen Kopfverband, der aussah wie ein Turban, wurde sie in ein nahe gelegenes Krankenhaus gebracht, ich fuhr mit. Nachdem die Wunde versorgt worden war, brachte man uns zurück, nun ohne Turban. Inzwischen war es den Polizisten und herbeigeeilten Bauern gelungen, unser Auto wieder auf die Räder zu stellen und aus dem Graben auf die Straße zu schieben. Alle staunten: Es fuhr noch. Nur die Duroplast-Karosserie war zum Teil gesplittert. Die Beifahrertür hatte nun ein größeres Loch und das Dach über die gesamte Breite einen beachtlichen Spalt. Der Traktorfahrer erklärte immer noch jedem: »Ich habe gedacht, sind alle vorbei.«

Waren sie nicht. Vorsichtig rollten wir nach Hause. Unterwegs, bei einem kurzen Stopp am Straßenrand, riefen uns Leute zu: »Ist das ein neuer Trabant – mit Schiebedach?«

Mein Vater wunderte sich. Sie meinten das ernst. Als wir endlich in der Kollwitz ankamen und vor unserer Wohnungstür standen, schaffte es mein Vater nicht, die Wohnung aufzuschließen – so sehr zitterte er.

»Gib mir den Schlüssel«, sagte ich und merkte, dass er nervlich am Boden war.

Doch ein Radrennfahrer ist hart im Nehmen. Der Trabi landete in der »Autowerkstatt Luft«, Pappelallee, direkt neben der S-Bahn-Brücke. Und mein Vater packte aufgeregt wieder seinen Koffer. Er wurde vom Sportbund der DDR für seine jahrelange Einsatzbereitschaft bei den Radrundfahrten und seine erfolgreiche Trainerarbeit zu den Olympischen Spielen nach Rom eingeladen. Da war die Aufregung wieder mal groß. Die Delegation auch. Ende August fuhr sie mit der Eisenbahn in die ewige Stadt. Mein Vater mit einer kleinen Bitte von mir: »Bring was mit, irgendwas.«

Nur aus Italien sollte es sein.

Die Olympiade (von Ende August bis Anfang September) war ein großes Schauspiel, aufgeladen mit viel Bedeutung und einem riesigen Interesse der Menschen. Die meisten hingen am Radio, verfolgten die Rundfunkreportagen, andere konnten wichtige Entscheidungen direkt am Bildschirm erleben. In welcher Form auch immer, man wollte mit von der Partie sein, die Wettkämpfe so nahe wie möglich verfolgen. Die Daumen drücken und auf Medaillen hoffen. Es sah nicht schlecht aus. Deutschland war mit einer gemeinsamen Mannschaft nach Rom gereist. 173 Sportler kamen aus der BRD und 119 aus der DDR. Sie mussten sich vorher in innerdeutschen Nominierungskämpfen behaupten – für die argwöhnischen Staatsführungen im Grunde Systemwettkämpfe. Doch welche Marschbefehle und Taktiken politisch auch vorgegeben wurden, letztlich entschieden allein die Leistungen der Sportler. Unterschieden wurde hinterher.

Die Zeitungen auf beiden Seiten hoben schnell ihre Lieblinge aufs Podest. Armin Hary wurde der gefeierte Star im Westen, Ingrid Krämer die überraschende Heldin im Osten. Beide Athleten gewannen doppeltes Gold – über 100 Meter und in der Staffel der eine, beim Sprung von Brett und Turm die andere. Mein Vater war natürlich bei den Radrennen. Auf der Bahn triumphierten die Italiener in allen Wettbewerben. Mein »persönlicher Bekannter« Sante Gaiardoni gleich zweimal. Und Manfred Klieme, unser »Alka«, den ich schon aus seiner Zeit als Jugendfahrer kannte, holte mit dem Verfolgungsvierer Silber. Nicht anders auf der Straße. Auch da gewann die Vierer-Mannschaft Silber, mit Täve Schur als Lokomotive. Fünf Tage später klapperten Schlüssel an unserer Wohnungstür – mein Papa war zurück. Ich bekam ein Pepitahemd. Total modisch. Eben aus Italien.

Die Olympiade war kaum zu Ende, schon schritten die Propagandadichter zur Tat. Die erst 17-jährige Ingrid Krämer, die als erste Deutsche im Wasserspringen Gold gewinnen konnte, hatte die DDR zum Jubeln gebracht. Nun galt es, diese Hochstimmung schnell für den Produktionsalltag zu nutzen. Ihre Leistungen sollten sich die Arbeiter, Bauern und Intelligenzler tunlichst zum Vorbild nehmen! Rasch war die Formel gefunden. Das Transparent war rot und übergroß. Darauf war in weißen Buchstaben der kühne Reim aus der Agitatorenküche zu lesen: »Mit Ingrid Krämers Siegeswillen – werden wir den Plan erfüllen!«

Wurde die Losung zu wenig bekannt gemacht? Oder stimmte das Bild nicht? Schließlich fiel die Turmspringerin, gewiss mit beeindruckenden Drehungen, aber dann doch ins Wasser. So wie die Planerfüllung. Es war vorhersehbar. Die gestellten Produktionsziele waren vor allem eins: verstiegen. Die SED-Führung hatte versucht, mit völlig überzogenen Vorgaben den Wirtschaftsmotor auf Hochtouren zu bringen. Nun stotterte er. In vielen Industriebetrieben kam es zu Einbrüchen. Die Berichte darüber klangen versöhnlicher. Da wurden »durch nicht vorhergesehene Komplikationen trotz aller Anstrengungen die gestellten Ziele nicht voll erreicht«. Nicht voll. Aber ein bisschen schon. Das las sich doch gleich besser. In der DDR wurde alles nach vorn geschrieben. Und schön.

»Die Beschlüsse werden immer erfolgreicher umgesetzt.«

»Der Aufbau des Sozialismus schreitet immer schneller voran.«

»Die Zustimmung zur Politik von Partei und Regierung wird immer eindrucksvoller.«

Und wenn die Wirklichkeit anders war? Umso schlimmer für die Wirklichkeit! Vor den Augen der SED-Spitze begannen längst Theorie und Praxis zu verschwimmen. Die Gläubigen hielten solche Sätze für das Leben, die Zynischen gebrauchten sie als Beschwörungsformeln – für das Fußvolk.

Reichten die ins Feld geführten »unerwarteten Erschwernisse«, »widrigen Witterungseinflüsse« und die stets beschworenen »erhöhten Anstrengungen« nicht aus, um die verfehlte Planerfüllung halbwegs verdaulich zu machen, wurde die »Störtätigkeit des Klassengegners« bemüht. Dementsprechend häufig. Anfang der fünfziger Jahre waren es noch die Kartoffelkäfer, die massenhaft aus amerikanischen Flugzeugen über der DDR abgeworfen worden sein sollen:

»Ami-Käfer sollen unsere Ernte vernichten.
Sie bedrohen auch Deine Lebensgrundlage!«

Gelegentlich war der Weltfrieden auch durch Flugblätter bedroht, die bei günstigem Wind vom Westen im Ballon auf die Reise geschickt wurden. Selbst am Kollwitzplatz rieselte es mal blaue Zettelchen – mit Parolen wie »Freie Wahlen in der Ostzone!« oder »Die SED ist pleite!«. Wir Kinder haben sie gelesen und vermutlich einen Zettel eingesteckt, um ihn zu Hause den Eltern zu zeigen. Auf dem Kollwitz war inzwischen Bewegung. Einige Volkspolizisten und zuverlässige Bürger rannten der herumwehenden Feindpropaganda hinterher und sammelten sie hastig auf. Allen voran der dicke ABV: »Kinder, helft doch mal mit!«

Dazu hatten wir nun gar keine Lust. Und so verpuffte der Appell augenblicklich.

»Geht nich, wir müssen nach oben.«

Doch die »Schädlingsarbeit« bediente sich auch verfeinerter Formen: »Hetzsendungen« beispielsweise, »Stimmungsmache« oder »Mund-zu-Mund-Propaganda«. Für die wachsamen Genossen war es erwiesen, dass sich die westliche Feindtätigkeit »vereinzelte Schwierigkeiten« und »ideologische Schwankungen« raffiniert zunutze machte, um »eine bestimmte Unzufriedenheit« in der DDR zu organisieren. Generalstabsmäßig natürlich. Das waren nicht alles Hirngespinste. Solche Berieselungen gab es zuzeiten des Kalten Krieges tatsächlich. In beide Richtungen. Für die verbreitete Unzufriedenheit der Bürger war allerdings hauptsächlich die »weitsichtige Politik« der Ulbricht-Riege selbst verantwortlich.

Für mich lief es auch nicht gerade gut. Das neue Schuljahr

hatte begonnen, und ich war noch ohne Schule. Zwei »Strafversetzungen« hintereinander waren kein Empfehlungsschreiben. Und böse Buben hatten die angefragten Schulen meist selber reichlich. Zum Glück erbarmten sich zwei Lehrer dennoch: Herr Zaehb, Direktor der 16. Oberschule, und Frau Schulz, Klassenleiterin meiner künftigen Siebenten. Es war sogar ein doppelter Glückstreffer, denn die neue Unterrichtsstätte befand sich in der Dimitroff (Danziger) – genau zwischen der Kollwitz und der Husemann. Ein vertrauter Weg, etwa acht Minuten lang, egal welche Route ich nahm. Und, wie sich schnell herausstellen sollte, auf beiden Strecken konnte ich viele neue Klassenkameraden treffen. War unterhaltsamer so.

Das Haus aus roten Backsteinen, direkt an der Dimitroffstraße gelegen, beherbergte, soweit ich mich entsinnen kann, eine Musikschule und den Hausmeister. Für uns war nur der breite Durchgang wichtig. Er führte auf einen großen Schulhof, in dessen Mitte ein paar von Steinen eingefasste Sträucher standen. Dahinter thronte ein massiges, gelb-rotes Gebäude, das sich in zwei Schulen teilte: in die 15. und die 16. Oberschule. Frau Schulz empfing mich im Flur und öffnete die Tür zum Klassenraum. Sofort zog dort Ruhe ein. »Setzt euch!«, sagte sie, mit einem Ton, der zugleich streng und warmherzig war. Dann legt sie ihre Hand wohlwollend auf meine Schulter und gab, ohne sich lange bei meiner Vorgeschichte aufzuhalten, bekannt: »Das ist der Dieter. Wir sind nun seine dritte Schule. Ich wünsche ihm, dass es bei uns besser läuft.«

Auch diese Einführung war mir schon vertraut. Genauso wie mein zustimmender Gesichtsausdruck: Mmh. Von den Mitschülern kannte ich bereits einige, Fußballfreunde vom »Freien«, andere hingegen nur vom Sehen. Wie Madeleine, mit der ich noch nie ein Wort gewechselt und der ich doch schon als kleiner Knabe bewundernd zugesehen hatte, wenn sie in ihrem gelben Sommerkleidchen mit anderen Kindern Hopse spielte, während meine Mutter in der Drogerie Quinque einkaufen war.

Am zweiten Tag gab es sogar ein überraschendes Wiedersehen. Kurz vor 8 Uhr löste sich ein blondes Mädchen aus einer Schülertraube und kam lachend auf mich zu:

»Mensch, da biste ja wieder!«

Vor mir stand meine einstmals heimlich Angebetete – Dagmar. Verblüfft sagte ich etwas wie: »Gehst du jetzt auch in die Sechzehnte?«

Ging sie nicht. Sie war nebenan im anderen Gebäudeteil gelandet. Ebenso Ursel, auch aus meiner Einschulklasse. Damals wurden, im Zuge einer Neuordnung, viele Kinder hin und her geschickt. Wie Pendler. Im nächsten Jahr sollte es auch meine Schule treffen. Alles würde neu zusammengewürfelt werden. Auch weil einige Schüler, wie zuvor in der Grundschule üblich, nach der 8. Klasse abgingen. So sollte ich auch Dagmar wieder aus den Augen verlieren. Ohne es groß zu bemerken. Nun, nach unserem kleinen Plausch, streifte mich noch einmal ein wirres Gefühl. Ganz kurz, wie ein Luftzug. Dabei war es nicht lange her, da stand mein Herz noch in Flammen, jetzt war es nur noch die Erinnerung daran. Und ich kapierte, was Connie Francis mit ihrem Lied meinte:

»Die Liebe ist ein seltsames Spiel,
sie kommt und geht von einem zum andern.«

Es muss anderen ähnlich gegangen sein – der Schlager kletterte in jenem Herbst an die Spitze der Hitparade. Den Text kannte ich bald auswendig, so oft lief die Nummer im Radio. Auf UKW. Dass die wirklich aufregenden Musiksendungen auf der Mittelwelle zu finden waren, wusste ich noch immer nicht. Doch der Junge, der das ändern sollte, saß nun in meiner Klasse.

War ich der einzige Neue? Möglich, aber schon am zweiten Tag war das ohne jede Bedeutung. Ein erstaunliches Phänomen. Da war man gerade tief betrübt, hatte wieder seine Schulfreunde verloren, die vertraute Umgebung dazu, und kaum ist man in der neuen Klasse angekommen, werden die Lücken frisch gefüllt. In keiner anderen Zeit seines Lebens schließt und beendet man derart rasch Freundschaften. Das Angebot in der Siebenten: etwa 30 Mitschüler, gut die Hälfte Jungs. Wichtig war, gleich am Anfang die Rangfolge rauszukriegen und den eigenen Platz zu finden. Vorläufig. Ich fand schnell in die Spur – in die alte freche. Neu war, dass es mehrere Lausebengel gab und weitaus schlimmere. Es war überhaupt die wildeste Klasse, in die ich jemals gegangen bin. Und ich bin rumgekommen! Reinhard, Jürgen, Hans und noch ein paar andere heiterten mit ihrem Blödsinn zahllose Unterrichtsstunden auf.

Außer in Chemie. Das war nicht nur neu, das war tabu. Im Chemieraum herrschte Herr Pawlik, der unumstrittene Lieblingslehrer der ganzen Schule. Ich kann mich sogar noch an die erste Stunde bei ihm erinnern, wie er im weißen Kittel vor uns stand und einen langen aluminiumähnlichen Span mit einer Zange hielt: »Das ist Magnesium, ein Leichtmetall. Und jetzt werdet ihr staunen, es kann brennen!«

Dann hielt er den Magnesiumstreifen über einen Bunsenbrenner, und sofort schoss eine grelle Flamme auf. Es brannte tatsächlich. So begann Chemie. Über die Jahre erlebten wir mit Pawlik noch zahllose andere Experimente. Einige hoben unsere Stimmung dramatisch. So stellte er, um den Unterricht etwas amüsanter zu gestalten, eines Tages Lachgas her. Oder Tränengas. In minimalen Dosen natürlich und doch leicht wirksam. Andere hauten uns fast um. War es tatsächlich TNT, das er im Milligrammbereich einmal reagieren ließ?

»Geht mal schon in Deckung!«, sagte er weise.

Dann setzte unser Chemielehrer einen Gesichtsschutz auf, bereitete alles unter dem verglasten Rauchabzug vor und tippte zum Schluss mit einem Stab eine kleine, aufrecht stehende Gusseisenplatte an. Die kippte nun auf das Gemisch. Es gab einen ungeheuren Knall. Die Eisenplatte schoss durch den Abzug und blieb oben in der Zimmerdecke stecken. Wir verschwanden erschrocken hinter unseren Tischen. Pawliks Kommentar: »War wohl ein bisschen zu viel.«

Neben Chemie kamen noch drei weitere Fächer hinzu. Sie boten allesamt keine großen Herausforderungen. Beim »technischen Zeichnen« sollten uns die Grundlagen für einfache Konstruktionszeichnungen nahegebracht werden. Im Kern ging es darum, saubere Linien mit unterschiedlich dicken Bleistiften über ein Blatt Zeichenkarton zu ziehen. Dazu passten die anderen beiden Fächer, die uns mit der fortschrittlichen Arbeitswelt vertraut machen sollten: praktisch beim »Unterrichtstag in der sozialistischen Produktion« (UTP); theoretisch mit der »Einführung in die sozialistische Produktion« (ESP), dabei wurden vor allem Abläufe in den Betrieben und in der Wirtschaft behandelt. Es hat uns nicht sonderlich interessiert. Der praktische Teil schon: Man kam während der Unterrichtszeit mal wieder raus aus der Schule. Für unsere Klasse hieß das Ziel: »Schultheiss Brauerei«. Schönhauser/Ecke Sredzki. Ein illustrer Bildungsort für Siebenklässler. Doch es war völlig harmlos. Wir bekamen keine einzige Flasche in die Hand, wurden keinem Arbeiter an die Seite gestellt, keinem Brauer, keinem Mälzer, wir durchquerten nur den kopfsteingepflasterten Innenhof, vorbei an all dem Geklirre und Gewusel, zum hinteren Torbogen, unter dem links eine Tür zu einem großen Werkstattraum führte. Da standen wir dann alle zwei Wochen, völlig abgeschieden vom Betriebsleben, jeder vor seinem Schraubstock mit einem eingespannten Stück Eisen, und feilten und feilten und feilten.

Es gab noch ein Unterrichtsfach, zu dem wir »auf Reisen« mussten: Sport. Unsere Schule hatte keine eigene Turnhalle, und die, die wir nutzten, stand fast am Ende der Eberswalder Straße. Bei unserem Schlendertempo konnte das dauern. Eine gute Viertelstunde sicher, bis wir kurz vor dem alten Postgebäude in einen schmalen Weg einbogen, der zu unserer Halle führte. Hundert Meter weiter begann die Bernauer, unser üblicher Grenzweg. Und von einiger Zugkraft. Wenn die zwei Sportstunden vorbei waren, begann im nahen Westkino »Vineta« bald die Mittagsvorstellung. Aber wir hatten noch eine Stunde Russisch bei Frau Schmiegelsky. Russisch oder Western? Vor dieser Frage standen dann manche. Mein Schulfreund Reinhard entschied sich meist für das Unterhaltsamere. So kam es eines Tages zu folgender Szene. Der Russischunterricht begann, und wenig später wollte Frau Schmiegelsky von Reinhard die neuen Vokabeln hören.

»Reinhard? Wo ist Reinhard? Ich habe ihn doch heute Morgen schon gesehen!«

Da meldete sich ein Mädchen und sagte mit feinem Lächeln: »Der ist drüben im Kino und guckt ›Fuzzi, der Banditenschreck‹.«

Der armen Frau Schmiegelsky klappte der Unterkiefer runter. Ihr blieb nichts übrig, als einen Tadel anzukündigen. Bestimmt hatte Reinhard am nächsten Tag darüber nur gelacht. Die Schulzeit vor dem Mauerbau hatte ihre anarchistischen Momente. Strafen hielten uns nicht zurück. Irgendein Clown drängte immer in die Manege. Manchmal fast die gesamte Klasse. Zu einem Streich verschworen. So, als Hans während der Pause im Klassenschrank versteckt wurde. Es traf wieder die Schmiegelsky. Der Unterricht begann, und alle warteten gespannt darauf, dass sie das Klassenbuch zur Anwesenheitskontrolle in die Hand nehmen und einen Schüler nach dem anderen aufrufen würde. Vor allem lauerten wir auf Hans' Stimme aus dem Schrank. Doch sie griff nicht nach dem Klassenbuch. Sie nahm mit uns eine Lektion aus dem Russisch-Lehrbuch durch. Die Zeit verging. Hans steckte im Schrank. Keiner sagte was. Dann, nach beinahe einer halben Stunde, wollte Frau Schmiegelsky den neuen Stoff abfragen. Auch Hans.

»Hans, welche besitzanzeigenden Fürwörter haben wir heute gelernt?«

Stille.

»Hans!«

»Ich keine, Frau Schmiegelsky.«

Seine Stimme klang schwach. Mit drei, vier Schritten eilte unsere Russisch-Lehrerin zum Schrank, drehte den Schlüssel rum und riss die beiden Türen auf. Hans, kalkweiß im Gesicht, schnappte nach Luft: »Wurde ja auch Zeit.«

»Komm sofort da raus!«, brüllte Frau Schmiegelsky, nun auch ganz weiß im Gesicht. »Was fällt dir ein?!«

»Ich habe nur was gesucht, ganz hinten. Dann müssen die Türen zugefallen sein.«

»Es reicht mit dem Affentheater! Raus! Du wartest vor dem Lehrerzimmer!«

Nun tat Hans ganz erbost und so, als ob es völlig normal sei, dann und wann seine Zeit im Schrank zu verbringen.

»Was wollen Sie denn? Ich war doch da!«

Wild gestikulierend verließ er die Klasse, nicht ohne auch noch die Tür schwungvoll zuzuwerfen. Eine Sekunde später ließ er sie wieder aufgehen, ganz langsam, nur einen Spalt, um seinen Kopf durchzustecken. Und völlig entspannt zwinkerte er uns zu. Ein Freudengeschrei brach los.

Was für ein Abgang!, dachte ich tief beeindruckt. Hans wurde später übrigens Schauspieler. In unserer Klasse hatte er seine ersten Auftritte, und wir waren sein Premierenpublikum. Er war wohl auch der einzige Junge, der Gedichte nicht nur aufsagte, sondern deklamierte. So etwas taten sonst nur die Mädchen. Wir Jungs wollten nur so fehlerfrei und so schnell wie möglich die Strophen runterrattern – ohne Melodie, ohne Rhythmus und bei kurzen Gedichten fast ohne Atempausen.

»Drei, setzen!«

Mehr war nicht drin, und mehr wollten wir auch nicht. Bei allen Gedichten, die wir in jenem Schuljahr auswendig lernen mussten. War Schillers »Bürgschaft« mit ihren zwanzig Strophen dabei? Eher nicht. Behandelt hatten wir diese dramatische Dichtung gewiss – erst gelesen, dann interpretiert.

»Wann hat Schiller die Ballade geschrieben?«

»Wer ist Dionys, und warum ist er ein Tyrann?«

Frage für Frage, Vers für Vers.

Der Hauptteil des Lesebuchs widmete sich natürlich den Heldentaten beim sozialistischen Aufbau. Wie beispielsweise dem Stolz auf die »erste sozialistische Stadt auf deutschem Boden«, deren Baustelle sich jüngst durch märkische Kiefernwälder gefressen hatte. »In den großartigen Wohnblocks wohnen die Arbeiter des Hüttenwerkes. Ihre sonnigen Wohnungen sind mit allen Bequemlichkeiten ausgestattet. Noch nie in ihrem Leben haben sie in einer solchen Wohnung gelebt wie jetzt, da unsere Regierung für sie sorgt.« Fanfarenklänge. Es handelte sich um die Stadt, die den Namen des einst »größten Menschen unserer Epoche« tragen durfte: Stalinstadt. Doch wo war er selbst? Er fand keine Erwähnung mehr auf den 276 Seiten. Stalin fehlte.

Ein gutes Jahr, nachdem wir den Text über die »hellen Wohnpaläste Stalinstadts« gelesen hatten, wurde der Ort in aller Stille umbenannt, in Eisenhüttenstadt. Die Lehrbuch-Redaktion hatte wieder Arbeit.

Schon bot sich die nächste Möglichkeit, eine Stadt nach »einem großen Kämpfer und Führer der Arbeiterklasse« zu benennen. Wilhelm Pieck war gestorben. Der greise, gemütvolle Präsident der DDR, von Ulbricht auf den Amtssitz »Schloss Niederschönhausen« abgeschoben, erreichte für einen Moskau-Emigranten das erstaunliche Alter von 84 Jahren. Wir kannten ihn von Bildern und aus der Kino-Wochenschau »Der Augenzeuge« – sahen ihn dort bei Staatsempfängen, beim Tischtennis im Garten und beim Besuch von Jungen Pionieren. Nun sollten wir uns von ihm verabschieden.

»Treffpunkt Sonnabend um 12 Uhr auf dem Schulhof!«

Dann zogen alle Klassen und Lehrer unserer Schule durch die Kollwitz, Richtung Alexanderplatz. Zum Spalierstehen. Dazu waren alle Ostberliner Betriebe, Organisationen und Schulen kommandiert worden.

»Das letzte Geleit. Hunderttausende säumten die Straßen«, schrieb das »Neue Deutschland« am nächsten Tag. Ich glaube, es herrschte tatsächlich Stille, als der Armee-LKW, auf dem Soldaten wie erstarrt saßen, mit der Lafette und dem Sarg an uns vorbeirollte. Die Anteilnahme war bei vielen sogar echt. Der verabschiedete Landesvater fiel nicht durch eiskaltes Machtgehabe auf. Er fiel fast gar nicht auf.

Umso mehr sollte er uns nun in Erinnerung bleiben: Seine Geburtsstadt bekam den Ehrennamen »Wilhelm-Pieck-Stadt Guben«, Arbeitskollektive und Schulen wurden nach ihm benannt, und er erschien als Briefmarke. Das wollte Walter Ulbricht so. Dabei muss der Spitzenfunktionär auf eine Idee gekommen sein, denn ein Jahr später erschien er selbst auf Briefmarken – als Dauermarkenserie, in verschiedenen Farben. Eine nette Dekoration, mehr nicht. Die wichtigste Weichenstellung duldete dagegen keinen Aufschub: die zu mehr Macht. Die Urne von Pieck war noch nicht einmal auf dem Friedhof der Sozialisten in Berlin-Friedrichsfelde beigesetzt, da ersetzte ein neu geschaffener »Staatsrat der DDR« das bisherige Präsidentenamt. Zum ersten Vorsitzenden des nun kollektiven Staatsoberhaupts ließ sich, wie geplant, Walter Ulbricht küren. Seine Machtfülle war vollkommen. Er vereinte in seiner Person nun die Führungspositionen in Partei und Staat sowie in dem Anfang 1960 installierten »Nationalen Verteidigungsrat«. Dass

Otto Grotewohl als Vorsitzender des Ministerrates formell Regierungschef war, störte Ulbricht nicht weiter. Als 1. Stellvertreter saß er direkt neben dem Ministerpräsidenten und schaute ihm auf die Finger, und letztlich wurden alle wichtigen Entscheidungen sowieso in der Partei getroffen.

Es war dieses taktische Geschick, innerparteiliche Gegner erfolgreich auszuschalten und selbst aus bedrohlichen Situationen gestärkt hervorzugehen, das ihn über zwei Jahrzehnte am Steuerrad der DDR hielt. Er hatte dem Land seinen Stempel aufgedrückt, dessen Existenz gesichert, wie kein Zweiter auf der Kommandobrücke. Aus diesem Grunde sah Sebastian Haffner in Ulbricht »den erfolgreichsten deutschen Politiker nach Bismarck und neben Adenauer«. Da mag was dran sein – aus der historischen Perspektive. Ulbrichts Landeskinder standen näher dran, und bei den meisten war er vor allem eines: unbeliebt.

Sie dachten an die Bevormundungen und Gängeleien, schauten auf ihre Teller und in ihre Lohntüten. Die waren zwar etwas voller als vor Jahren, doch das Plus blieb bescheiden. Kaum mehr als 400 Mark bekam mein Vater nun, eher weniger. Bei den anderen »Ernährern« im Haus dürfte der Monatslohn ähnlich ausgesehen haben. Damit kam man über die Runden. Unbestritten. Die Grundversorgung in der DDR wurde in erheblichem Maße bezuschusst. Die Miete war niedrig, die Strompreise auch, und Grundnahrungsmittel wie Brot, Milch, Kartoffeln, Gemüse, Wurst waren so preiswert, dass manch sparsamer Westberliner es nach wie vor vorzog, sich teilweise im Osten zu versorgen. Schaute man aber über dieses »tägliche Brot« hinaus, begann sich das Bild zu trüben. Die Preise für Kaffee, Schokolade, halbwegs modische Kleidung oder technische Geräte waren hoch – wenn überhaupt erhältlich. Manche Dinge, die sich Verwandte oder Bekannte im Westen angeschafft hatten, blieben im Osten noch längere Zeit bloße Träumerei. Doch man sah diese Sachen bei jedem Besuch drüben, bei jedem Schaufensterbummel. Gerade dieser fortdauernde Vergleich blendete und rückte die eigenen Lebensumstände in den Schatten.

So sehr sich viele Ostberliner auch streckten, der Unterschied blieb spürbar. Unverdient, gewiss. »Wir arbeiten genauso hart wie die im Westen«, sagte mein Vater oft, »doch es läuft zu viel falsch!« Immerhin war der errungene Lebensstandard sicher. Keiner musste hungern, keiner frieren, keiner ohne Arbeit sein. Und wenn man sich an die fürchterliche Not der Menschen, an die endlosen Trümmerlandschaften erinnerte, dann war in den fünfzehn Jahren seit Kriegsende viel erreicht worden. Das wusste jeder und war doch damit nicht mehr zufriedenzustellen. Die rosarote Zukunft, die pausenlos angekündigt wurde, verblasste nach nur einem Abstecher in die funkelnde Gegenwart der anderen Seite. Alles schien dort erreichbar. Wer darauf seine Hoffnung setzte, ging. Es wurden viele, längst viel zu viele.

Meine Eltern streckten sich sehr, sorgten stets für eine bescheidene Summe Westgeld und hatten sogar ein kleines Auto zusammengespart. Dazu kam noch »Iris«, unser etwas anfälliger Fernsehapparat. Ein gewisses Maß an Zufriedenheit war spürbar.

Das machte es leichter, auf andere Dinge weiter zu verzichten. Bis auf die elektrische Christbaumbeleuchtung. Möglich auch, dass mein Vater schon den Philips-Rasierer geschenkt bekommen hatte. Aber eben geschenkt. Ein alter Apparat mit einem Scherkopf, von einem West-Bekannten aussortiert. »Ich habe mir einen neuen Rasierer gekauft. Du kannst den alten haben, wenn du willst.« Er wollte. Rasierpinsel und -hobel verschwanden augenblicklich. Andere technische Neuerungen gab es in unserem Haushalt nicht, schon über Jahre. Der Handstaubsauger stammte noch aus den dreißiger Jahren, mit einer Saugleistung, die knapp über Einatmen lag. Auch das Bügeleisen mit großem Holzgriff war Vorkriegsware. Gingen sie kaputt, gingen wir um die Ecke, in die Wörther, zu »Radio-Pöppel«. Die Regale und die Werkstatt des kleinen Ladens quollen über von Geräten, die zur Reparatur gebracht wurden. Der gute Herr Pöppel setzte alles wieder instand, was einen Stecker hatte. Weggeworfen wurden die Dinge erst, wenn Oberbastler Pöppel es nicht mehr hinbekam. Das war selten.

Unser restlicher Hausrat brauchte keinen Strom. Handarbeit

blieb Trumpf. Gab es mal echten Bohnenkaffee, reichte mir meine Mutter die hölzerne Mühle: »Hier, du kannst Kaffee mahlen. Macht dir doch Spaß.«

Das machte es nie! Oder nur die ersten Umdrehungen mit der Kurbel, danach war es nur noch mühsam. Immer wieder schaute man nach, ob nicht endlich alle Bohnen durch waren. Dann, nach einer gefühlten Ewigkeit, hörte das Mahlwerk auf zu knirschen und die Kurbel ging ganz leicht. Doch bis das passierte, kam garantiert die Frage: »Noch nicht fertig?«

Die elektrische Mühle, die mich retten sollte, war noch nicht gebaut. Genauso wie das neumodische Rühr- und Mixgerät für meine Mutter. Teig knetete sie wie von alters her mit der Hand. Jeden Sonnabend, denn mein Vater liebte selbst gebackenen Streuselkuchen. Verrührt wurde mit einem Löffel oder einem Quirl aus Holz. Und Sahne wurde mit dem Schneebesen geschlagen. Aber das gehörte dann schon wieder zu meinen Pflichten. Sahne schlagen! Beim ersten Mal war ich vielleicht zehn und strahlte vor Freude: Diese Verwandlung von Flüssigem in halbwegs Festes – rätselhaft. Bis der Arm erlahmte. Die letzte mechanische Innovation war ein Eierschneider. In orange – der Lieblingsfarbe der Nierentischzeit.

Eine Waschmaschine hatten wir immer noch nicht, auch keinen Kühlschrank. Solchen Luxus besaßen nur wenige Haushalte. Und dass es mal Geschirrspüler geben würde, also automatische Maschinen, keine Hilfskräfte, erfuhr man allenfalls aus utopischen Romanen. Wir vermissten das alles nicht. Unsere Waschmaschine hieß »Mutti«. Im Winter brauchten wir keinen Eisschrank, das Fensterspind hatte natürliche 8 Grad. In der warmen Jahreszeit wurden leicht verderbliche Esswaren eben täglich gekauft. Ganz einfach. Umstände waren das nur, wenn man den höheren Komfort schon kannte.

Auch ein eigenes Telefon vermissten wir nicht. Wen sollten wir anrufen? Die meisten Leute aus dem großen Bekanntenkreis meiner Eltern hatten keinen Telefonanschluss. Meine Mutter hatte mal aus Westberlin ein Telefon-Adressbuch mitgebracht, ein Werbegeschenk. Es blieb seitenweise leer. In der ganzen Kollwitz gab es wahrscheinlich wenig mehr als ein paar

Dutzend Anschlüsse – vor allem für die zwei oder drei Arztpraxen und einige der Geschäfte. Privatanschlüsse waren absolut selten. Bei Frank in der 62 gab es drei Telefone. Das war schon außergewöhnlich. Allerdings zählten dazu das Diensttelefon des ABVers und der Anschluss vom Zahnarzt Büttner. Und auch der Fernsprecher von Frankis Eltern war geschäftlich begründet worden, mit dem Fotoatelier. Das war bei Hammels bestimmt genauso: die Schnapsfabrik. Nun waren sie weg und der Anschluss auch.

Wer dringend telefonieren musste, der brauchte zwei Groschen und zwei Minuten für den Weg zur Telefonzelle neben dem Buddelkasten, an der Kollwitz/Ecke Wörther. Oft brauchte man auch Geduld. Der schwarze Münzapparat war der einzige öffentliche Fernsprecher des gesamten Viertels und häufig besetzt. Das Emailleschild drinnen, »Nimm Rücksicht auf Wartende – Fasse dich kurz!«, erreichte nicht alle. Einen Zeittakt gab es nicht. Für zwanzig Pfennige hätte man stundenlang telefonieren können. Hätte. Doch wer die Geduld der Wartenden überstrapazierte, wurde unsentimental zur Ordnung gerufen: »Mensch, nun kommse ma zum Schluss! Oder muss ick Urlaub beantragn?«

Das funktionierte. Manchmal hatten irgendwelche Blindgänger den Hörer abgerissen. Schlimm für Notfälle. Auch auf das Telefonbuch, das auf einer kleinen eisernen Tischplatte fest verankert war, durfte man nicht bauen. Meist waren Seiten rausgerissen. Zu allem Übel müffelte es obendrein in der Zelle. Da musste man durch. Ein eigenes Telefon zu beantragen, machte wenig Sinn. Das Fernsprechnetz in der DDR stammte weitgehend noch aus den dreißiger Jahren. Die Hürden zu einem der knappen Anschlüsse waren kaum zu überwinden, und die drohende Wartezeit war entmutigend – länger als beim Auto.

Und so schrieb man Briefe. Regelmäßig. An entfernt lebende Eltern, Brüder und Schwestern, Onkel, Tanten, Freunde oder andere Adressaten. Mit Schönschrift, Schwung und wohlüberlegt. Wichtige Mitteilungen standen vorn, die Plauderei kam weiter hinten. Es war eine schöne Kulturform – handgeschrieben, eigene Gedanken, Freuden, Sorgen und kleine Geheimnisse mit anderen zu teilen. Manche Kinder führten eifrig Brieffreundschaften. Damit konnte man sich sogar in der Schule hervortun – bei Brieffreundschaften mit Pionieren aus den »Bruderländern«, besonders der Sowjetunion.

Herr Neumann, unser Briefträger, hatte mächtig zu schleppen. Jeden Tag kreuzte er mit einem schon vorsortierten Stapel auf dem Hof auf. Die Menschen schrieben unermüdlich, denn sie bekamen selbst gern Post. Briefe verbanden. Wir bekamen jede Woche mehrmals Post – richtige Postsendungen, keine Rechnungen. Die Briefschreiberin in unserer Familie war meine Mutter. Sie hatte auch alle Geburtstage im Kopf. Jubiläen erledigte sie jedoch mit Glückwunschkarten. So war es Sitte. Zu Ostern und zu Weihnachten regnete es geradezu Kartenwünsche. In ganz eiligen Fällen blieb einem nichts anderes übrig, als zum Postamt zu laufen und ein Telegramm aufzugeben. Im Schalterraum lagen extra Vordrucke aus, mit kleinen Kästchen für die Buchstaben. Ein Telegramm war teuer und berechnete sich nach der Anzahl der benutzten Worte. Also schrieb man im »Telegrammstil« – so kurz wie möglich.

»Ankomme morgen 12 Uhr. Hilde.«

Das musste reichen. Die Gefahr, am falschen Bahnhof zu warten, war gering.

Telegramme bekam man selten, meist wenn etwas passiert war. Sie galten gemeinhin als Unglücksboten. Die erste Reaktion, wenn es geklingelt und der Telegrammbote das Fernschreiben überreicht hatte, war: ›Oh Gott, hoffentlich ist niemand gestorben!‹ So verhielten sich schon unsere Großeltern, und so wurde es vererbt. Wir Kinder fürchteten mit unseren Eltern, denn Telegramme waren immer für sie. Ich habe während meiner gesamten Kindheit nie eins bekommen. Nur im Traum: »Treffpunkt morgen früh Sportschule Grünwald. Herberger.«

Träume kennen keine Grenzen. Und selbst die waren in Berlin leicht zu überqueren. Jeder Knabe, der gern Fußball spielt, träumt von der Nationalelf. Wir hatten zwei, die im Osten und die im Westen. Mir schwebte die bessere vor. Es wurde Zeit, endlich an den Start zu gehen. Dann passierte es, einfach so. Mein Klassenkamerad Reinhard, der schon länger im Verein spielte, übernahm das Kommando: »Morgen kommst du mit zum Training.«

Wir fuhren mit der Straßenbahn der Linie 4 bis zur Leninallee, stiegen dort in die 64 um und an der Steffenstraße in Alt-Hohenschönhausen aus. Hier trainierten die Mannschaften von Dynamo Berlin. Eine Woche später gehörte ich dazu, mit »Spieler-Ausweis« (Nummer 121), Trainer und Trainingszeiten, Umkleidekabine, Kantine und Mannschaft. Meine Truppe war die »2. Schüler«. Da spielten die 12- bis 14-Jährigen, die es in die »Erste« nicht geschafft hatten. Auch mein Freund Reinhard kickte dort, als Mittelstürmer. Ich wurde rechter Verteidiger. Es könnte der 24. September 1960 gewesen sein, ein Sonnabend, an dem ich zum ersten Mal in der weinroten Kluft auflief. Das Spiel fand auf dem Schlackeplatz des »Exers« statt. Der Gegner: die Schülerelf von Rotation Prenzlauer Berg. Wir verloren 3:0.

Bei Heimspielen im Sportforum lief es meist besser. Schoki, Micha, Kutti und Reinhard zeigten den gegnerischen Mannschaften, wer hier der Chef ist. Es gab Partien, die gewannen wir 6:1. Zum Staffelsieg reichte es trotzdem nicht. Und mir wurde allmählich klar, dass auch meine Spielkunst für die Nationalelf nicht reichen würde. Doch ich träumte weiter. ›Es muss an den Fußballstiefeln liegen‹, spekulierte ich. Mit Adidas-Töppen würde es bestimmt besser laufen. Doch die waren zu teuer. So viel Westgeld würde ich nie zusammenkriegen. Eine andere Lösung musste her. Der Trainingsschuh von »Romika«, auch mit einer Nockensohle aus Gummi, sollte es nun sein. Deutlich billiger und zudem noch leichter! Wie lautete doch der Werbespruch? »Romika tragen – Wohlbehagen!« Zugegeben, im Werbefernsehen zeigten sie dann immer Hausschuhe. Aber das war mir egal.

Im Sportgeschäft in der Brunnenstraße habe ich mir die Schuhe von einer Verkäuferin zeigen lassen. Nur mal so. Vorsichtig nahm ich die Treter in die Hand, prüfte sie gewissenhaft, wog sie in der Hand: Genau, die sollen es sein! Leider nicht gleich. Sie kosteten so um die 20 Westmark, die ich natürlich nicht hatte. Meine Mutter brauchte ich gar nicht erst fragen. Denn die Fußballstiefel, mit denen ich zu den Punktspielen antrat, hatte sie mir zwei Monate zuvor am Alex gekauft. Wir hatten beide keine Ahnung, was bei ihr zu entschuldigen war. Bei mir nicht. Die Sohle der Töppen, in der auswechselbare Alu-Stollen verschraubt waren, war hart wie ein Brett und die Vorderkappe mit einer Stahleinlage verstärkt. Man hatte ein Ballgefühl wie in einem Skischuh. Kein Wunder, dass eine Resthoffnung auf den großen Durchbruch in mir weiterschlummerte – waren erst mal andere Schuhe da. Von meinem Vater würde ich sie auch nicht bekommen, so viel war klar. Als er erfuhr, in welchen Club ich eingetreten war, gab es Ärger: »Was? In den Polizeiverein? Hast du noch alle beisammen?«

Ich versuchte ihm zu erklären, dass ich bei Dynamo eingetreten bin, weil ein Schulfreund dort spielte. Er ließ es nicht gelten.

»Du hast viele Freunde, es gibt viele Vereine. Du trittst da wieder aus!«

Basta!

Das tat ich natürlich nicht. Was hätte ich Reinhard und den anderen sagen sollen? Im Grunde verstand ich meinen Vater sogar. Er musste die besten Nachwuchsradrenner an die Clubs abgeben – »delegieren« genannt. Auch zum SC Dynamo. Ihn traf es jedes Mal hart. Und nun sollte auch noch sein eigener Sohn dort organisiert sein? Das war zu viel. Doch wie vermutet, gab es keine weitere Nachfrage. Ich blieb. Mit den »Skischuhen«. Eine Westgeld-Quelle musste gefunden werden. Sie fand sich schnell. Hoffi, mein Freund aus der Plöner, der auch sein Taschengeld aufbessern wollte, hatte die Lösung für uns: »Wir gehen zum Tennisclub, als Balljungs.«

Tennis? Das war nicht gerade die Sportart im proletarischen Prenzlauer Berg. Ich hatte keine Ahnung, was mich da erwartete. Trotzdem ging ich mit, unsicher, aber mit der Hoffnung auf ein paar Spargroschen. Zehn Minuten Fußweg, und wir waren da. Am Flinsberger Platz, neben dem Hohenzollerndamm, hatte der »Grunewald Tennis-Club« seine vornehme Anlage. Und nun?

»Wir müssen uns vor dem Clubhaus anbieten«, bestimmte Hoffi.

Es dauerte nicht lange, und zwei ältere Herren, ganz in weiß, kamen aus dem Eingang.

»Wer will Bälle sammeln?« Mein Freund und ich guckten uns an.

»Dieter, geh du.«

Es wurde eine Lehrstunde – für mich. Ich kannte überhaupt keine Regeln, wusste nie so recht, wer mit dem Aufschlag dran war, wer die Bälle bekam. 15 – 30 – 40. Diese Zahlen riefen sich meine Spieler pausenlos zu. Was ist denn das für eine merkwürdige Zählart? Warum diese Sprünge? Und warum 40, und nicht 45?, dachte ich. Sie blieben dabei. Ich musste mich damit anfreunden und auch ganz schön flitzen, als einziger Balljunge. Zum Glück nahmen die beiden Opis meine Irrtümer gelassen und drückten mir zum Schluss 50 Pfennige in die Hand.

»Hier mein Junge, du lernst das noch.«

Fünfzig Pfennige, das hatte sich gelohnt. Die erste Scheu fiel von mir ab. Hoffi hatte 30 Pfennige bekommen. Er meinte, das sei auch normal.

»Manchmal kriegst du nur ein paar Pfennige und manchmal eine Mark. Kommt auf die Leute an.«

Schon schauten sich die nächsten Spieler nach Balljungen um. Wir waren gerade die Einzigen, die bereitstanden.

»Ihr beiden, wollt ihr?«

Klar wollten wir, und auch noch zusammen. Hoffi, der sich schon mit den Regeln auskannte, half kameradschaftlich.

»Jetzt zwei für den da«, rief er und zeigte, wen er meinte.

Allmählich lief es besser. Genau wie unsere Einnahme: diesmal 1,50 DM. Wir teilten redlich. Am späten Nachmittag schlenderten wir zurück zum Plöner, ich mit selbst verdienten 1,25 Mark in der Tasche. Ein guter Anfang. Wenn es nach mir gegangen wäre, hätte es so weitergehen können. Doch Hoffis Bedarf deckte sich nicht mit meinem, und allein hatte ich keine Lust. Oder keine Traute.

Etwa dreimal im Monat wiederholten wir unsere Dienstleistung. Stotternd kam ein Groschen zum anderen. Doch es ließ sich nicht durchhalten, die Tennis-Saison ging zu Ende, neue Wünsche fraßen Löcher – Kino, Schmöker, Fußballkarten. Trotz alledem, mein Sparziel, die Trainingstöppen, überlebte. Nur die Erwartungen musste ich runterschrauben. Es würde sich länger hinziehen. Letztlich leider zu lange. Denn kurz bevor das Geld für die Romika zusammengespart war, kam mir ein weltpolitisches Ereignis in die Quere, und mein Sportgeschäft in der Brunnenstraße abhanden. Mir blieb nichts weiter übrig, als weiter mit schwerem Schuhwerk die rechte Verteidigerseite zu beackern. Meine Fußballkarriere blieb stecken.

Bis ich ernüchtert zu der Einsicht kam, dass selbst »Wunderschuhe« keinen neuen Helmut Rahn aus mir gemacht hätten, sollte noch einige Zeit vergehen. Die Begeisterung war da, nur das Talent fehlte. Für die »Zweite« reichte es, und eben für Träume. Und es machte Spaß – zu spielen, dazuzugehören. Bei Heimspielen der Oberliga-Mannschaft des SC Dynamo waren wir Jungs aus der »Zweiten« manchmal ganz nah dran, als Balljungen. Wieder mal. Natürlich war nun völlig klar, wem ich den Ball zuwerfen musste. Nur viel schneller.

»Mach, mach!«

Wir rannten, was das Zeug hielt, gaben uns alle Mühe, die Bälle rasch wieder ins Spiel zu bringen. Und DDR-Nationalspielern wie Martin Skaba, Waldemar Mühlbecher und Moppel Schröter ein bisschen zu »helfen«. Sie legten eine grandiose Rückrundenserie hin und wurden am letzten Spieltag, nach einem 3:0 gegen Chemie Zeitz, überraschend Vizemeister. Das war am 27. November 1960. Damals wurde noch nach dem Kalenderjahr-Rhythmus gespielt – eine dieser weitsichtigen politischen Entscheidungen der Parteiführung. »Von der Sowjetunion lernen, heißt siegen lernen!« Es dauerte Jahre, bis man merkte, dass es die Witterungsverhältnisse waren, die Moskau zum Jahresrhythmus zwangen, und nicht die Weisheit Stalins.

Im Frühjahr 1961 kehrte die DDR zum alten Modus zurück. Langsam stellten sich auch einige Erfolge ein. Ich nahm sie nur am Rande wahr. Meine Lieblingsmannschaft spielte im anderen Teil der Stadt: Tasmania 1900. Merkwürdigerweise habe ich meine Tasmanen nur selten spielen gesehen, obwohl der Verein in Berlin beheimatet war. Weit weg, in Neukölln. Meine Liebe fand mehr im Kopf statt, bei Berichten der »Abendschau« oder der Lektüre der Fußballseiten am Montag. Auch dafür wurden ein paar Groschen geopfert, nicht ständig, sondern ganz nach

Lust und Gelegenheit. Die Blätter, die einem in die Hand fielen, wurden unter uns fußballbegeisterten Jungs rumgereicht. In meiner Klasse gab es einige. Aber nur drei zogen an den Wochenenden zur »Plumpe«, dem Heimstadion von Hertha. In der zweiten Halbserie fuhren wir manchmal sogar nach Westend, zum Mommsenstadion. Mein Freund Kaule hatte Tennis Borussia in sein Herz geschlossen. Der Dritte im Bunde, Manne, hatte wieder einen anderen Favoriten – Hertha, nach meiner Erinnerung. Dass wir uns so oft wie möglich Spiele an der Plumpe ansahen, hing nicht unbedingt mit Manne zusammen, auch nicht mit der Hertha – nur mit der Nähe. Wir brauchten kein Fahrgeld.

Es war für uns ein halbstündiger Sonntagsspaziergang, zu erzählen gab es immer etwas, und auf den Weg achten brauchten wir nicht, wir hätten ihn mit geschlossenen Augen gehen können – die Oderberger, der Exer, die »Millionenbrücke«, schon waren wir am Kassenhäuschen des Hintereingangs. Jeder schob sein abgezähltes Geld rüber. Kaum mehr als eine Mark, möglicherweise sogar in Ost. Gleich dort hinter dem Tor, auf den unteren Steinstufen der Traverse, war unser Platz. Auch andere Jungs in unserem Alter hatten dort ihren Stammplatz. Die meisten waren ebenfalls aus dem Prenzlauer Berg. Wir lernten uns schnell kennen, jubelten, litten, zerpflückten Spielabläufe, verteidigten unsere Lieblingskicker. Das waren alles in allem nur drei: Helmut Faeder von Hertha, Kutti Schulz von Tasmania und Horst Aßmy von Tennis Borussia. Dieses Trio ragte heraus und machte die Spiele der Westberliner Vertragsliga zu etwas Besonderem. Darin waren wir Jungs uns einig. Spätestens seit dem 11. Dezember 1960.

An jenem Tag schoss Horst Aßmy das Tor des Jahres, mindestens. Dass Hertha das Spiel gegen Tennis Borussia 2:1 gewann, musste ich nachschlagen. Es ist heute belanglos. Es zählten nur ein paar Sekunden. Die gefühlvolle Flanke kam von rechts in den Strafraum gesegelt, der Ball flog über eine Spielertraube hinweg und landete direkt vor dem Hertha-Tor, halbhoch, schon lag Aßmy artistisch quer in der Luft und hämmerte ihn mit einem Seitfallzieher in die Maschen. Tooor! Wir waren platt. Ein Traumtor. So ein Kunststück hatten wir noch nie gesehen, nicht mal im Fernsehen. Und wir waren dabei, nur wenige Meter entfernt.

»Dit kann der Pele och nich besser!«, rief einer laut in den Beifallssturm.

Möglich, dass unsere kleine Karawane, vor allem wegen dieser Szene, nun auch das Mommsenstadion der lilafarbenen Borussen ansteuerte. Allerdings nur bei wichtigen Spielen, es war eben doch recht weit. Meist trafen wir dort auch die anderen Jungs.

Jungs. Mädchen gingen damals nicht in Fußballstadien. Vielleicht hatte mal ein Vater seine Tochter dabei, oder seine Frau begleitete ihn gütigst zu einem Spiel – doch das geschah eher selten. Frauen auf der Zuschauertribüne waren noch die Ausnahme. Fußball war eine Männerveranstaltung. Zu Hause vor dem Fernseher oder dem Radioapparat mag das anders ausgesehen haben. Meine Mutter verfolgte mit uns jedes Länder- und Europapokalspiel. Und in schöner Regelmäßigkeit sprach sie dann – mitten in unsere Anspannung – ihren Herzenswunsch aus: »Der Bessere soll gewinnen.«

Mein Vater und ich atmeten schwer aus. Wir wollten, dass »unsere« (wer auch immer das gerade war) gewinnen, sie wollte, dass es gerecht ausging. Andauernd. Im Stadion war sie nie. Nicht mal, wenn ihr Sohn auf dem Exer spielte. Aber da hatte sie auch nicht viel verpasst.

Wenn ich mich auf den Weg in die Stadien machte, schleppte ich immer zwei Dinge mit: das Signalhorn aus Messing und mein Autogrammbuch. Das Blasinstrument, eigentlich für Streckenwärter bei der Bahn gedacht, gab es für kleines Geld in Musikalienhandlungen. Es sorgte ordentlich für Lärm. Mehrere Jungs hatten solche Messingtüten um den Hals hängen. Autogrammbücher waren genauso verbreitet. Das waren meist Diarien, dicke, linierte oder karierte Schreibhefte mit Fadenheftung und festem Deckel. Seite für Seite wurden sie mit Fußballbildern, die man aus Zeitungen ausgeschnitten hatte, vollgeklebt. Im Osten mit »Duosan«, im Westen mit »Uhu« – einer der wenigen Unterschiede. Zumindest bei mir. DDR-Fußballer kamen nicht rein. Die Fußballszene im eigenen Land, so seltsam das heute klingen mag, interessierte mich nicht, obwohl ich selbst bei Dynamo spielte. Nur die letzte Seite opferte ich meinem Club. »SC Dynamo Berlin« stand oben mit Tinte in Druckbuchstaben geschrieben. Darunter hatten sich schon Willi Marquardt, Martin Skaba, Herrmann Bley und Werner Heine verewigt. Es war genau diese Seite, die für eine kleine Begebenheit mit Hänschen Rosenthal sorgen sollte.

Der Oberpfadfinder aus der Rundfunk-Quizsendung »Wer fragt, gewinnt« war treuer Anhänger von Tennis Borussia. Nicht nur er. Auf der Tribüne und nach dem Spiel in der Kantine des Mommsenstadions konnte man viel Westberliner Prominenz antreffen. Die lila »Veilchen« waren ihre Sammelstelle. Auch wir konnten in die Kantine anstandslos rein. Möglich, dass wir nach »Hadscha« Aßmy Ausschau hielten. Sein Autogramm hatte ich zwar schon, aber auch neue Zeitungsfotos in meinem Diarium.

»Kiek mal, da sitzt der Rosenthal«, stieß mich Kaule an.

Im selben Augenblick rückte ein anderer Gast seinen Stuhl an den Tisch. Moment mal, den kannte ich auch.

»Und der daneben ist der Wolfgang Gruner«, murmelte ich zurück.

Der bekannteste Radio-Quizmaster Berlins und die populäre Abendschau-Figur »Otto Schruppke« saßen da – einfach so! Diese Chance ließen wir uns nicht entgehen. Aber, was tun? Ich hatte ja nur mein vollgeklebtes Fußball-Autogrammbuch dabei, und da gab es keine Fotos von den beiden. Blieb nur die letzte Seite – die »Dynamo«-Seite.

»Herr Rosenthal, würden Sie mir bitte ein Autogramm geben?«

Lächelnd schaute er auf.

»Gern. Komm, gib mal her.«

Ich reichte ihm mein Buch mit der schon aufgeschlagenen Seite. Er prustete los.

»Wolfgang, ich unterschreibe jetzt bei Dynamo Berlin!«

Nun lachte auch Gruner laut auf: »Pass auf, da wartet schon 'ne Uniform!«

Die beiden amüsierten sich köstlich. Bedeppert stand ich daneben. Rosenthal setzte seine Unterschrift mitten auf das Blatt.

»Ich sehe gerade, dir fehlt noch der Moppel Schröter. Soll ich sein Autogramm auch gleich hinschreiben?«, fragte er scherzhaft.

Nun schaute ich erstaunt auf. Er kannte Moppel Schröter! Am Ende verfolgte er interessiert den Ostfußball, und ich nicht? Später ein Grund zum Nachgrübeln. Gruner hingegen kannte Moppel Schröter nicht, kritzelte aber auch seinen »Wilhelm« in mein Buch. Auf dem Papier hatte Dynamo nun zwei neue Spieler und ganz sicher die unterhaltsamsten.

Meinem Autogrammbuch stand noch eine weitere überraschende Begegnung bevor. Im Mai 1961, doch bis dahin mussten noch ein paar Monate vergehen.

Amerika hatte seit wenigen Wochen einen neuen Präsidenten – John F. Kennedy. Er hatte die Wahl gegen Richard Nixon knapp gewonnen. Für die Generation unserer Eltern war das schon die sensationelle Nachricht. Die Faszination der jungen Generation in Deutschland kam erst mit den Bildern. Er schien uns so nahe, so jung. Mit seinen 43 Jahren sah er aus, als wäre er der ältere Bruder von Ricky Nelson oder Bobby Darin. Das war ungewohnt. Adenauer, Ulbricht, de Gaulle, Macmillan und Chruschtschow wirkten daneben wie ein Altherrenverein. Es war, als wäre der Rock 'n' Roll ins Weiße Haus gezogen. Das war er nicht, wie wir später merkten. Der Eindruck einer Zeitenwende in Amerika blieb. Und die Sympathie für Kennedy.

Willy Brandt, der Regierende Bürgermeister von Westberlin, fiel auch aus dem antiken Rahmen. Man konnte ihn jeden Sonnabend im Radio hören, in der wöchentlichen Sendereihe »Wo uns der Schuh drückt«. Rund fünf Minuten redete er, mit seiner langsamen, nachdenklichen Stimme, über Alltagsprobleme der Berliner. Er klang immer, als würde er jedes Wort in aller Seelenruhe vorkosten, bevor er es knarrend rauspresste. Die Zuhörerschaft war ihm sicher. Auch im Osten. Trotz oder gerade wegen der ständigen Warnungen der Gegenpropaganda: »Vorsicht, RIAS-Gift!« Bei uns zu Hause wurde manchmal reingehört und dann entschieden – je nachdem, ob das Thema interessant war oder nicht. Unterhaltungssendungen waren beliebter. Wir hörten natürlich Nachrichten, mehrmals täglich, egal ob vom RIAS oder SFB. Mehr war manchmal schon zu viel. In unserem geteilten Land war sowieso alles politisch. So nahmen es meine Eltern wahr. Und so bestimmt auch viele andere. Kam Politik als Satire, wurde gern zugeschaltet. Das, was einen ärgerte, aufregte, empörte, nun auf dem satirischen Tablett serviert zu bekommen, war irgendwie befreiend. Lachen konnte staatsfeindlich sein.

»Und damit, liebe Jenossen und Jenossin', komme ick nunmehr zu unser heutijes Themata.« So begann bei den »Insulanern« der uns altvertraute Funzionär regelmäßig seinen Schulungsabend. Und wir waren ganz Ohr. In diesen Agitationskursen musste der Genosse die anwesenden Parteimitglieder immer auf die »neueste Linie« bringen. Voller Bekennerstolz. Doch dann irrte er durch die schwindelerregenden Rechtfertigungen und Weisungen, stolperte über Fremdwörter und versuchte mühsam, die Sitzungen über die Bühne zu bringen. Hilflos, verschusselt, gutgläubig, uneitel berlinernd.

FUNZIONÄR: »Wenn es bei uns jemals einen unerschütterlichen Jrundsatz jejeben hat, dann isses dieser hier: Nie wieder wird es bei uns eine Wiederaufrüstung geb – Moment ma! Wat is denn hier passiert! Det is ja meine Rede aus'm Dezember!! Verflucht noch ma, wer hat mir denn hier den alten Schulungskurs unterjeschoben?«

Für uns war er die witzigste Figur im Programm. Sie berührte uns auch am meisten. Wir kannten uns gut aus mit diesen Propagandasprüchen, und genossen es, wie sie auf die Schippe genommen wurden.

Keine Sendung habe ich mehr verpasst. Meine Freunde auch nicht. Wir hörten inzwischen genauer hin, verstanden die Anspielungen und Hintergründe. Meinten wir jedenfalls. Wir hörten so genau hin, dass wir einzelne Szenen sogar getreu nacherzählen konnten. Das war wichtig für den nächsten Tag, für das Zusammentreffen mit den Schulkameraden, für die Hofpause.

»Habt ihr gestern die Insulaner gehört?«

Mit dieser Frage ging es los. Aufgeregt in die Runde geworfen, von den meisten mit »ja« beantwortet. Wer nicht mitreden konnte, durfte »nachhören« oder verduften. Schon ahmte einer von uns eine witzige Nummer nach. Noch mitten im Lachen meldete sich der Nächste: »Oder wie der Kummer zu dem Pollowetzer sagt …«

Nur wenn ein Lehrer bedrohlich nahe kam, schalteten wir um. Nur dann. Ansonsten wurde unter uns Kindern nicht groß geflüstert. Wer politisch Schiefes zu erzählen hatte, erzählte es einfach. Das war nicht Mut, das war nur Übermut. Und wenn es Ärger geben würde? Na und, dann war das eben so.

Wir sahen uns auch nicht ständig in Gefahr bei unseren Witzeleien. Es ergab sich gleichsam von selbst, dass die zwei oder drei Oberpioniere nicht dabei waren. Die hätten sowieso nicht gelacht. Doch darum ging's. Im Nachhinein war ich sehr überrascht, dass die »Insulaner« damals nur noch fünfmal im Jahr über den Äther kamen. In meinen Erinnerungen sind sie viel präsenter – monatlich, hätte ich gedacht. Na dann: »Die Sitzung is jeschlossen!«

Das Radioprogramm teilte für die meisten Menschen noch immer die Abende ein, doch das Fernsehen war auf dem Vormarsch. Wenn auch meist noch als Vorhaben. Die Wohnzimmer hatten größtenteils noch immer keine Fernsehecke. Im Westen machte man sich immerhin Gedanken, wo sie denn demnächst hin könnte. Im Osten besorgten sich die Leute erst mal eine Geräte-Anmeldung. Indes stieg die Zahl der Fernsehzuschauer in beiden Teilen unaufhörlich. Genau wie die Zeit, die man vor dem Gerät verbrachte. Anfangs wurde staunend in fast jede Sendung mal reingeguckt, nun war das Programm aus den Kinderschuhen raus – es wurde einfach mehr geboten. Wir hatten auch neue Lieblinge dazugewonnen. Vorneweg »Don Camillo«, streitlustiger Priester, der in seinen Zwiegesprächen mit Gott von manchem Streich gegen den roten Bürgermeister zurückgepfiffen wurde; »Casey Jones, der Lokomotivführer«, der an den Sonntagen für uns durch die Prärie fuhr; »Wyatt Earp«, der schicke Marshall mit den zwei extralangen Colts. Kindersendungen waren für uns nun passé – und zwar betont. Jugendfernsehen gab es nicht. Die anderen unvergesslichen Übertragungen liefen im Abendprogramm.

Da saß dann die Familie beisammen und schaute belustigt den Tratschereien und Kabalen der neuen Fernsehfamilie zu: »Die Firma Hesselbach«. Die Einschaltquote der Serie lag meist weit über 60 Prozent. Alle wollten sehen, wie die hausbackene hessische Familie mit ihrer kleinen Druckerei durch das Wirtschaftswunder schipperte. »Babba« Hesselbach, Firmen- und Familienchef, der alles besser wusste und sich über alles aufregte, verkündete dann auch ahnungsvoll den nahen Triumph seiner Gesellschaftsschicht: »Es beginnt das Zeitalter des Kleinbürgers, der sich einbildet, keiner zu sein.« Das spießige Milieu durchzog sämtliche Folgen. Ständig sorgten kleine Aufregungen, boshafte Schwätzereien und allerlei lästige Plagen für den Alltagsstoff, mit dem sich die Familie herumschlagen musste. Wie im richtigen Leben, mögen viele Zuschauer gedacht haben. Man erkannte sich wieder. Auch im Spaß.

An manchen Abenden schauten wir stundenlang Eiskunstlaufen. Damals wohl die beliebteste Wintersportart im Fernsehen. Hauptdarsteller waren die westdeutschen Paarläufer Marika Kilius und Hans-Jürgen Bäumler. Egal ob bei Welt- oder Europameisterschaften oder Olympischen Spielen, wir drückten ihnen die Daumen. Manchmal schalteten wir hin und her. Hörten und verglichen die Kommentare von Heinz-Florian Oertel (Ost) oder Heinz Maegerlein (West).

»Und jetzt kommt die Kombination aus Doppelaxel und Doppelrittberger«, so oder so ähnlich hauchten sie in ihre Mikrofone.

»Nun die Todesspirale.«

Ich hatte nie versucht, die Sprünge auseinanderzuhalten, wichtig für mich war vor allem: »Gestanden!«

Das DDR-Fernsehen schaffte es mit seiner Unterhaltungsschau »Da lacht der Bär« in unser Wohnzimmer. Herbert Köfer, Heinz Quermann und Gustav Müller führten als »die drei Mikrofoniker« durch die Sendung. Uns gefiel der Mix aus kleinen Spitzen und neuen Schlagern. Sogar Sänger aus dem Westen wagten sich in die »Zone«. Legendär der Auftritt von Trude Herr, die dort mit *»Ich will keine Schokolade, ich will lieber einen Mann«* über die Bühne rockte. Auch eingeschaltet, doch völlig anders: »Herzklopfen kostenlos«, die allererste Talenteschau im Fernsehen. Dort bevölkerten Laienkünstler »aus den Reihen der Werktätigen« das Podium. Jede Berufsgruppe durfte sich beweisen – Schweißer, Verkäuferinnen, Bergleute, Bauern, Soldaten, Lehrer, Buchhalter. Tapfer standen sie für wenige Minuten als Conferenciers, Jodler, Sänger, Artisten und Blockflötisten vor den Kameras. Vorgestellt wiederum von Heinz Quermann. Es war teilweise ungewollt lachhaft, und doch ehrlich. Meinem Vater gefiel dieser Eifer, ich fand die Nummern oft witzlos – wenn ich überhaupt zuschaute. Dagegen muss die Übertragung aus den DDR-Kulturhäusern die führenden Genossen in Hochstimmung versetzt haben, war sie doch eine getreue Umsetzung des »Bitterfelder Weges«, der im Jahr zuvor mit viel Tamtam beschlossen worden war. Arbeiter und Bauern sollten nun die Höhen der Kultur stürmen, selber schreiben, selber schauspielern, selber singen. Einige kamen auf diesem Weg voran, die meisten haben ihn nie betreten.

Eine kleine Sensation war das Auftauchen großer amerikanischer Serien im Abendprogramm. West natürlich. Auch die haben wir zusammen mit unseren Eltern geguckt. Und doch anders. Wir begannen, darin nach Figuren zu suchen, die sich von den Erwachsenen unterschieden, die wir selber gern gewesen wären. Die erste Entdeckung für uns Jungs hieß Gerald Lloyd Kookson III. Oder einfach »Kookie«. Die Serie nannte sich nach der Adresse einer Privatdetektei: »77 Sunset Strip«. Jede Folge dauerte 50 Minuten. Ihr Effekt bemaß sich an der Zahl der ersehnten Kookie-Auftritte und der frechen Sprüche, die er mit kieksender Stimme von sich gab. Sie war leider nicht hoch. Kein Wunder. Kookie, zunächst als Parkplatzwärter angestellt, musste die Wagen vorfahren, durfte die Tür aufhalten, einen kecken Satz fallen lassen und sich mit dem Taschenkamm durchs Haar streichen. Das bot nicht viel Raum. Es reichte für Kookie-Darsteller Edd Byrnes, um Teenageridol zu werden. Und es reichte auch für uns – als Blaupause. Ich hatte jetzt auch einen Kamm in der hinteren Hosentasche. Und Tage mit starker Heiserkeit waren ab sofort Feiertage, die sich blendend dafür eigneten, den eigenen witzigen Sprüchen auch die richtigen Kiekser zu verpassen.

»Du klingst ja wie Kookie.«

Schon war man einen Zentimeter größer!

Mit der richtigen Jacke wurden es sogar zwei. Nach ein paar Wochen hatte ich meine Mutter erweicht.

»Gut, du kriegst eine neue Windjacke«, versprach sie endlich, »aber ich will weniger Ärger von der Schule hören.«

Geduldig lief sie mit mir durch die Brunnenstraße, von einem Laden zum nächsten. Was mir gefiel, war ihr zu teuer. Auf dem Rückweg fanden wir dann eine passende Jacke – in der Schönhauser. Zwar nur in dunkelblau, und doch konnte sie mit etwas Fantasie als Collegejacke durchgehen. Meine Mutter war auch zufrieden, sie hatte das Westgeld gespart. Neuerdings konnte sie auch etwas vom Friseurgeld für mich sparen. Der Igel war rausgewachsen. Nun waren meine Haare mittellang, an den Seiten mit Wasser nach hinten gekämmt und vorn, über der Stirn, mit viel Geschick zu einer scharfen Kante zurechtgeschoben.

An den Sonntagen oder zu feierlichen Anlässen sorgte die Chemiefaser für ein einheitliches Bekleidungsbild. Weiße Hemden und Blusen aus Nyltest wurden die Attraktion. Sie waren wunderbar leicht zu handhaben. Tropfnass auf einen mitgelieferten Bügel gehängt, konnten die Sachen am nächsten Morgen wieder wie glatt gebügelt angezogen werden. Unsere Mütter atmeten auf. Die Träger nicht so richtig. Sie rochen übel, sobald sie ins Schwitzen kamen. Störend war auch, dass die Hemden knisternd für elektrische Entladungen sorgten und sich beim Anziehen unangenehm kalt anfühlten. Der praktische Vorteil überwog. Nyltesthemden zählten nun auch zum Fortschritt. Alle wollten nur noch diese Plastikhemden kaufen und tragen. Doch die Bügelfreien gab es zunächst nur im Westen. Wir suchten bestimmt in den Stapeln bei »Held«. Wer das passende Geld nicht hatte, hoffte auf ein Paket von der Verwandtschaft aus Hannover oder Gelsenkirchen.

Hatte man ein solches Hemd oder gar mehrere, stand man gut da. Wenn nur der unschöne Schweißgeruch nicht gewesen wäre. Denn der sorgte für Spott:

Wer riecht hier wie ein Iltis?

Ah ja, ein Hemd aus Nyltist!

Wird schon nicht so schlimm sein, hoffte man und tröstete sich mit der Gewissheit: Am nächsten Morgen ist alles wieder frisch! Die Erfindung war einfach zu bequem, um ihr nicht die Treue zu halten. Nur: Doch nach einiger Zeit verlor ihr strahlendes Weiß erst das Strahlen, dann das Weiß – sie tendierten nun in Richtung elfenbein. Ein unliebsames Ergebnis. Die Produktion reagierte rasch und überschwemmte den Markt mit farbigen und bunt gemusterten Nyltesthemden. Mein letztes Stück – Jahre später – hatte ein schwarz-weißes Vichymuster. Ich trug es gern, stundenweise.

Im Winter kam ein neues Kleidungsstück in die Läden, das sich fast ebenso rasend schnell verbreitete wie das weiße Kunststoffhemd. Es war ausnahmsweise aus Wolle. Der Mohairschal. Kaum ein Hals blieb ohne ihn. Auch in der Schule. Erst trug ihn einer in der Klasse, dann fast der ganze Rest. Die modischen Schals bestanden aus einer sehr haarigen Wolle und hatten zumeist ein pastellfarbenes Karomuster. Die Mädels machten aus dem Material eine neue Spielerei. Sie zupften Wollfasern aus verschiedenen Schals, setzten sie zu phantasievollen kleinen Farbdeckchen zusammen und legten den Flor zum Pressen zwischen die Seiten eines ihrer Schulbücher. Das war teilweise erstaunlich schön anzuschauen. Wir Jungs behielten die Mohairschals sogar im Unterricht um, wahrscheinlich als Mätzchen.

Die Schals waren so beliebt, dass sie unter uns Kindern auch mal rumgereicht wurden. Wer keinen hatte, pumpte ihn sich von einem Kumpel. Und für eine Weile teilte man das Gefühl, ganz vorn zu sein. Wie beim Kofferradio. Wir gingen inzwischen ohnehin freigebiger mit unseren Sachen um. Bücher wurden nicht mehr nur gelesen und dann gehütet, sie wurden nun auch verborgt. Die Zeiten, da man nur wenige Bände besaß, lagen hinter uns. Auch unsere Eltern zählten nicht mehr nach. Ich verlieh gerne meine kleine Mark-Twain-Sammlung und die Fußballbücher – und borgte mir selbst fesselnde Abenteuergeschichten. Michael, ein Junge aus meiner Klasse, wurde zu meinem vertraulichen Bibliothekar. Er war ein glühender Bewunderer von Karl May und hatte im Laufe der Jahre eine stattliche Anzahl der im Westen erschienenen Romane angehäuft. Alles klammheimlich, denn an der Sektorengrenze drohte deren Beschlagnahme. In der Klasse wussten bestimmt alle von Michaels Schatz in der Husemannstraße. Doch nichts geschah. Und wenn, es wäre verpufft – Michael war in einer Mission unterwegs. Und die hieß Karl May. Auf dem Heimweg von der Schule nahm er mich eines Tages mit in die Wohnung und suchte nach dem richtigen Buch.

»Fang mal mit ›Winnetou I‹ an.«

Am gleichen Abend betrat ich den Wilden Westen – eine Bahnlinie sollte mitten durch das Apachengebiet gebaut werden. Der Rest ergab sich. »Winnetou II« war der nächste Roman, den mir Michael mit Verschwörermiene zusteckte. Wahrscheinlich habe ich insgesamt acht Bände von ihm gelesen. Er hatte noch mehr, ich erst mal genug. Ich war erschöpft von den vielen Indianerstämmen samt ihren Häuptlingen, den Bleichgesichtern, Marterpfählen und Blutsbrüderschaften. Behutsam klopfte ich mir den Prairiestaub ab und verabschiedete mich von meinen neuen gefiederten Freunden. Karl May blieb eine Romanze.

Es waren überhaupt die letzten Bücher mit Wildwestgeschichten, in die ich mich vergraben hatte. Der Kopf verlangte nach anderen Stoffen. Ich riss das Ruder rum und fuhr nun erst mal zur See. Mehr aus Zufall. »Orkan in Höhe Bäreninsel« hieß das Buch, das mir als Geschenk unter die Leselampe geschoben worden war. Hans Georg Prager beschrieb darin die Erlebnisse, die er an Bord eines Fischereischutzbootes auf einer siebenwöchigen Fahrt im stürmischen Eismeer machte. Dramatisch und lehrreich, selbst im Beiläufigen – jedenfalls für einen Jungen vom Kollwitzplatz: »Merkwürdig, wenn man nach mehr als vier Wochen plötzlich auf festem Grund steht! Die Beine wollen anders als der Kopf, in dem sich's zu drehen beginnt ... Tatsächlich gibt es Leute, die draußen auf See nicht seekrank werden. Bei ihnen geht's an Land los, wenn plötzlich die Schaukelei aufhört.« Die Erzählung muss so packend gewesen sein, dass ich auf hoher See bleiben wollte.

Mein neuer Kapitän hieß Frederick Marryat, der Mann, der

das Schiff kommandierte, mit dem Napoleon auf der Insel St. Helena bewacht worden war. Aus seiner Feder stammte auch der Abenteuerroman »Sigismund Rüstig«, eine 1841 erstmals veröffentlichte Robinsonade. Fast so alt sah auch mein Buch aus. Es war bestimmt schon durch die Hände mehrerer Generationen gewandert. Nach der letzten Seite brannte ich auf schnellen Ersatz. Er kam mit »Moby Dick« – Herman Melvilles wunderbar ausgemalte Geschichte über die blindwütige Jagd nach dem weißen Wal. Leider war der Film mit Gregory Peck in der Rolle des einbeinigen Kapitäns Ahab schon einige Jahre zuvor durch die Kinos gelaufen. Es hätte so schön gepasst.

Das Jahr 1961 hatte begonnen, so ähnlich wie die Jahre zuvor – fristgemäß, unaufgeregt, kaum auffällig. Nichts deutete darauf hin, dass in wenigen Monaten unser bisheriges Leben dramatische Einschnitte erfahren würde. Wir verbrachten wie immer den halben Tag in der Schule und jagten in der Zeit danach über die Dächer der alten Schnapsfabrik, alberten mit den Mädchen auf dem Kollwitz und bummelten in den Westen. Angelockt von Neuigkeiten in den Geschäften, in den Kinos und ihren Schaukästen.

»Kiek mal, die Fotos hier. Den müssen wir sehen!«

Unser Geschmack hatte sich merklich verschoben, statt Western und Kriegsdramen waren es jetzt vor allem Kriminalfilme, für die wir unser Kleingeld zusammenkratzten. Zwei Streifen standen ganz oben: »Die 1000 Augen des Dr. Mabuse« und die Edgar-Wallace-Geschichte »Der grüne Bogenschütze«. Beide Filme haben wir uns im »Vinne«, unserem nächstliegenden Westkino »Vineta«, angeschaut. Vorn auf der Leinwand schob Gert Fröbe seine massige Gestalt durch ein düsteres englisches Schloss. Das Anwesen, in dem eine geheimnisvolle Gestalt umhergeisterte: der grüne Bogenschütze. Das Grüne mussten wir uns selber ausmalen, es war ein Schwarz-Weiß-Film. Das Grausen lieferte die Mordserie. Dankbar flüchteten wir in das Lachen, das Eddi Arent als schussliger Reporter hervorzauberte. Er hatte auch den letzten Satz, direkt an die Zuschauer gewandt: »Sollte irgendeiner von Ihnen einen grünen Pfeil finden, dann geben Sie ihn doch bitte vorne an der Kasse ab!« Dass wir davon vorher nichts gehört hatten! Daraus hätten wir doch einen Scherz gemacht – unbemerkt einen grünen Pfeil ins Kino geschleust und ihn dann zur Kasse gebracht. Schade.

Bei den Kinobesuchen hatte sich mittlerweile eine Art Arbeitsteilung ergeben: Die spannenden Reißer sahen wir im Westen, die heiteren Kostümfilme und historischen Stoffe im Osten. Der Film »Fünf Patronenhülsen« war einer davon. Er spielte im spanischen Bürgerkrieg und erzählte die Geschichte von fünf Interbrigadisten, die sich ausgelaugt mit einer geheimen Botschaft, versteckt in den Patronenhülsen, durch die glühende Sierra schlugen. Hochdramatisch. Hinterher hatten wir erst mal Durst. Die Kostüme, die uns ins Kino zogen, trug etwa »Die schöne Lurette«. Es war sogar eine Operettenverfilmung. Die Fotos in den Schaukästen gaben das nicht her, sie zeigten Lurette. Und die wollten wir sehen, eine umschwärmte Wäscherin im Paris des Jahres 1764. Mancher von uns Jungs schwärmte gleich mit.

Ganz anders »Der schweigende Stern«. Mit vorweggenommenen Raumanzügen katapultierte uns der Film in die Zukunft. Aber nicht allzu weit, nur knappe zehn Jahre weiter. Der Glaube an den wissenschaftlich-technischen Fortschritt war so groß, dass man den Start eines bemannten Raumschiffs zur Venus mutig ins Jahr 1970 verlegte. Noch auf dem Flug zum Planeten erfuhr die internationale Besatzung, dass die Venusbewohner einen Angriff auf die Erde planten. Doch sie trafen nur auf einen schweigenden Stern. Alles Leben war durch einen nuklearen Krieg ausgelöscht worden. Das war auch die warnende Botschaft dieses ersten »utopischen Films« der DDR. Wir hielten uns daran nicht groß auf, es war irgendwie selbstverständlich. Was sonst?! Die technischen Lösungen beschäftigten uns mehr. Und auch die nicht anhaltend. Anhaltend war etwas ganz anderes.

Der Urknall kam mit Heini, dem Fußballfreund aus meiner Klasse. Er brachte den Rock 'n' Roll in mein Leben. Nun nicht mehr wie zuvor als Zufallsfund im Radio, sondern mit einem schlichten Knopfdruck. Heini hatte einen älteren Bruder, Lothar, der hörte schon seit Jahren AFN und steckte ihn damit an. Das allein hätte mir schon mal die Frequenz beschert, doch es kam noch besser. Heini nahm alles mit seinem Tonbandgerät auf! Eine stattliche Sammlung reihte sich in der Musiktruhe. Dutzende beschriftete Bänder voller amerikanischer Rockmusik, manchmal etwas unscharf und verrauscht, aber immer noch erleuchtend. Und ansteckend. Zum Glück durfte Heini seine Freunde mit in die Wohnung bringen, sogar ins Wohnzimmer. Dort thronte majestätisch, zwischen Tür und Ofen, das silbergraue Tonbandgerät der Marke »Smaragd«. Davor standen wir, im Rhythmus wippend. Heini, Kaule, Gerdchen und ich. Alle unter Strom. Wir konnten uns nicht satthören.

»Haste auch was von Jerry Lee Lewis?«

»Na klar!«

Schon kramte er zwischen den ORWO-Bandschachteln, überflog die aufgelisteten Titel und wechselte frohlockend die Spulen. Klack. Ein Klavier hämmerte los, und nach den ersten Takten stand das gastliche Zimmer in Flammen:

»*Come on over baby,*
whole lotta shakin' goin' on.«

So oder so ähnlich lief es damals in Tausenden Wohnstuben ab. In der Stadt, im ganzen Land, überall – in Ost und West. Unsere Generation hatte die gleichen Fundgruben: die beiden Armeesender AFN und BFBS sowie auf Kurzwelle »Radio Luxemburg«. Die Sendetermine mit Rock- und Popmusik bestimmten nun die Nachmittage und Abende. Zum Hören für die einen, zum Mitschneiden für die anderen. Die öffentlichen Sender ließen Rockscheiben nach wie vor im Archiv oder am besten gar nicht erst ins Funkhaus. Im Osten nicht mal ins Land. Das war vielleicht der einzige Unterschied: Die Teenager im Westen konnten sich die Schallplatten kaufen. Wir Ostberliner natürlich auch – mit D-Mark und Angstschweiß beim Rückweg über die Sektorengrenze. Das bisschen Geld, das man als Schüler oder Lehrling hatte, reichte nicht weit. Eine Single kostete fünf Mark, und man hatte noch andere Wünsche. Fußballtöppen etwa.

Tonbänder waren zweckmäßiger, die Apparate dafür umso teurer. Für ein »Smaragd«-Koffergerät musste man über tausend Mark berappen! Schön, wenn sich die Eltern einen Magnettonkasten zusammengespart hatten und nun Familiendarbietungen festhalten wollten. Verbote wie: »Du gehst da nicht alleine ran!«, erledigten sich nach einiger Zeit von selbst. Wie bei Heini, wenn er sich überhaupt einen solchen Spruch anhören musste. Seine Eltern waren sehr großmütig. Auch uns gegenüber. Die Wohnung in der Sredzkistraße wurde zu unserem Treffpunkt. Hier fand die echte Jugendweihe von uns vieren statt. *»Rock Around The Clock«*. Mit glühenden Ohren lauschten wir den Aufnahmen von Little Richard, Eddie Cochran, Chuck Berry, Jerry Lee Lewis, Fats Domino, Elvis Presley, Carl Perkins, Buddy Holly, Bill Haley, Bo Diddley, Gene Vincent, Ritchie Valens, Wanda Jackson, Neil Sedaka, Ricky Nelson und den Everly Brothers. Wichtig war: alles auf Englisch! Deutsche Gesänge hatten wir lange genug gehört. Die liebten auch unsere Eltern. Damit war nun Schluss. Wir wollten unsere eigene Welt.

Die Trennlinie wurde scharf bewacht. Von Elvis schätzten wir nur die alten Sachen wie »Heartbreak Hotel«, »Hound Dog« oder »Jailhouse Rock«, das neue lammfromme Zeug landete folgerichtig in den »Schlagern der Woche«. Nach seinem Militärdienst in Hessen war unser Rockheld nicht wiedererkennbar, seinen Platten fehlte die Wucht, das Aufsässige, alles klang erschreckend sanft und brav. »It's Now Or Never« konnte man sich gut im Ohrensessel anhören und bei seiner Version von »Muss i denn zum Städtele hinaus« habe ich sogar meine Eltern ertappt – mitsummend. Bei Elvis! Im gleichen Programm liefen dann noch Lale Andersen mit »Ein Schiff wird kommen« und die Blue Diamonds mit »Ramona«.

»Ramona, zum Abschied sag ich dir goodbye.
Ramona, ein Jahr geht doch so schnell vorbei.«

Da lagen die beiden Brüder nicht falsch, nur ein Jahr zuvor hätten sie noch auf mich zählen können. Genauso wie Gus Backus mit »Der Mann im Mond« und Ralf Bendix' »Babysitter-Boogie«. Einen Rückfall gab es doch: »Mit 17 fängt das Leben erst an« von Ivo Robic. Eine bittersüße Schnulze, ich weiß, und doch war ich gerührt.

Das lief auch im Fernsehen – als Direktübertragung, vor Publikum, aufgebautem Mikrofonständer und mit großem Tanzorchester im Hintergrund. »Ramona« und »Ein Schiff wird kommen« selbstverständlich ebenso. Einmal, ein einziges Mal war ein knapp dreiminütiger Film mit »Jailhouse Rock« im Programm aufgetaucht. Hatte ein junger Redakteur listigerweise die Filmrollen vertauscht? Oder sollte die Ausstrahlung pädagogischen Absichten dienen? Als Abschreckung! Für mich zählte nur das Glück, völlig unerwartet auf den Kurzfilm mit Elvis und dem unterlegten Musikstück getroffen zu sein. Drei furiose Minuten: Schattenhaft zeichneten sich Gefängnisgitter ab; die Gitarre schlug an *»dang-dang«*, schon knallte das Schlagzeug im gleichen Takt los, und Elvis stieg ein:

»The warden threw a party in the county jail.«

Er und seine Knastbrüder, alle in schwarz-weiß gestreiften Hemden und schwarzen Jeansanzügen, begannen entfesselt zu tanzen. Befeuert durch dieses Wahnsinnslied! Mein Herz raste. Diesen Augenblick wollte ich festhalten, ihm ganz nahe sein. Die Fußballstiefel konnten warten.

Gleich am nächsten Tag schob ich mir ein paar Westmark in die Ringelsocken und lief los, über die Bernauer, in die Brunnenstraße. Im Radiogeschäft kramte ich verstohlen nach meinem Geld und trat an den Ladentisch: »Ich möchte eine Platte von Elvis, Jailhouse Rock.«

Erwartungsvoll nahm ich sie in die Hand. Meine erste Platte. Die Hülle war einfach, ohne Foto, in der Mitte ein Loch, durch das man das schwarze RCA-Etikett lesen konnte. Auch die B-Seite: »Treat Me Nice«. Um die Enttäuschung über die Hülle abzumildern, habe ich mir ein Postkartenbild dazugekauft. Ein Szenenfoto aus jenem Film. Vorsichtig schob ich vor der schmunzelnden Verkäuferin beide Kronjuwelen unter mein Hemd.

»Na, dann drück' ich dir die Daumen«, rief sie mir noch augenzwinkernd nach.

›Soll ich beten?‹, ging es mir durch den Kopf. ›Doch hilft das auch, wenn man nicht dran glaubt?‹ Etwas schlottrig steuerte ich auf die Grenze zu. Nichts passierte. Die beiden Volkspolizisten an der Ecke Schwedter guckten nur. Ich schwebte nach Hause. Aufgekratzt und doch gedämpft: Nun hatte ich eine Elvis-Platte – aber keinen Plattenspieler. Ich betrachtete sie noch eine Weile und schob sie schließlich zwischen meine Bücher. Erst mal. Mein Vater hätte mich für verrückt erklärt. Platte ohne Gerät?! Dass es dennoch etwas ganz Besonderes war, eine Elvis-Scheibe zu besitzen, war unseren Eltern nicht beizubiegen. Und doch war es so.

Im nächsten Frühjahr stand mein symbolischer Übertritt ins Erwachsenenalter an. Kirchlich oder staatlich – das war noch die Frage. Weihevoll, das war sicher. In der Schule wurde die Jugendweihe angepriesen, lautstark. Auch deswegen war mir die gedämpfte Konfirmation lieber. Zudem war sie passender für die Westverwandtschaft. Und damit für die Geschenke. Einsegnung – das war doch die Gelegenheit, mir einen Plattenspieler zu wünschen! Schließlich durfte man an diesem Tag mit größeren Gaben rechnen. Doch vor all dem lag noch eine unangenehme Mission: ein Bittgang in die Immanuelkirche. Da musste ich durch. Bestimmt würden sie mich zurücknehmen. Davon war ich überzeugt. Ein Hauch Buße meinerseits, und dann jede Woche zum Konfirmandenunterricht, ein Jahr lang. Ich sah nur ein Problem: In dieser Stunde lief auf AFN die Musiksendung »Frolic At Five«. Es sollte ganz anders kommen.

Noch war ich guter Dinge. Die Sache konnte bis nach den Sommerferien warten. Eile war nicht geboten, denn nun rückte erst mal Ostern näher. Von unseren Verwandten und Bekannten bekamen wir, wie jedes Jahr, viele Postkarten mit bunten Eier- und Hasenmotiven geschickt. Dann, am Karfreitag, geriet alles durcheinander. Eine Postsendung wurde nicht durch den Briefschlitz gesteckt. Es klingelte, und vor der Tür stand ein Telegrammbote. Meine Mutter wurde kreidebleich.

»Ein Telegramm für Sie.«

Nervös riss sie das Kuvert auf und überflog die wenigen Worte. Das Nächste war ein verzweifelter Schrei.

»Was ist?«, rief ich erschrocken.

Sie gab mir das Schreiben. Auf zwei schmalen Papierstreifen, die auf das Formular geklebt worden waren, war in Großbuchstaben zu lesen: »Herbert verstorben. Beisetzung am Dienstag. Erika« Nun weinten wir beide. Mein Onkel Herbert, zweitjüngster Bruder meiner Mutter, war tot. Er lebte mit seiner Familie in Aachen, wir hatten sie im vergangenen Sommer noch besucht. Für meine Mutter war sofort klar, dass sie zur Beisetzung fahren muss. Ein Blick auf die Uhr vermehrte ihren Kummer. Es war Karfreitag und schon spät am Abend.

»Woher kriege ich jetzt den Interzonenpass? Heute ist Feiertag, da ist doch alles zu!«

Es blieb ihr keine Wahl, sie musste es dennoch versuchen. Ohne die begehrte »Personalbescheinigung« durften DDR-Bürger nicht nach Westdeutschland reisen. Wer es trotzdem riskieren wollte, der musste über die »grüne Grenze« oder unerlaubt von Berlin-Tempelhof nach – beispielsweise – Hannover fliegen. Aber Flugreisen waren damals absoluter Luxus, unbezahlbar für uns.

Wir zogen rasch unsere Mäntel über und liefen im Eilschritt Richtung Senefelder Platz, zur Inspektion der Volkspolizei in der Schönhauser. Die Eingangstür war offen. Nach ein paar Steinstufen standen wir vor einem kleinen Fenster, hinter dem ein Wachhabender seinen Dienst versah. Aufgeregt erklärte meine Mutter ihr Ansinnen und reichte ihm zum Beweis das Telegramm. Der Polizist zuckte nur bedauernd mit den Schultern: »Da kann Ihnen jetzt keiner helfen. Da müssen Sie am Dienstag wiederkommen.«

Da kannte er meine Mutter nicht.

Unter Tränen, nur mühsam sich beherrschend, rief sie erbittert: »Mein Bruder ist tot. Ich will nach Westdeutschland zu seiner Beerdigung! Warum geht das nicht?«

Der Wachtmeister war nun sichtlich durcheinander.

»Gute Frau, was soll ich tun? Hier ist bis Dienstag nach Ostern keine Sprechzeit.«

Dienstag war der Beisetzungstermin, zu spät also. Meine Mutter rührte sich nicht von der Stelle.

»Es muss doch einen Notdienst geben. Der Tod richtet sich doch nicht nach Ihren Öffnungszeiten!«

Und, um klarzumachen, wie ernst es ihr ist, sagte sie noch:

»Ich bleibe mit meinem Sohn hier so lange stehen, bis ich eine positive Antwort kriege!«

Nun begann der Polizist hektisch zu telefonieren. Wir gingen auf dem Treppenabsatz vor dem Fenster angespannt auf und ab. Viele, sehr viele Minuten verstrichen. Ich redete meiner Mutter gut zu, bemühte mich, sie zu trösten – es half nichts. Dann erschien der Mann wieder hinter dem Schalterfenster: »Versprechen kann ich Ihnen nichts, aber Sie sollen sich morgen um 12 Uhr hier wieder melden.«

Ein Hoffnungsschimmer.

»Danke«, sagte meine Mutter und versuchte ein Lächeln in ihr Gesicht zu zaubern.

High Noon in der VP-Inspektion. Wieder standen wir vor dem Fensterchen der Wache. Nun saß ein anderer Polizist dort.

»Gehen Sie bitte den Gang entlang. Sie werden schon erwartet.«

Die Sache schien bereits entschieden. Noch nie zuvor hatte meine Mutter ihre weiße »Personalbescheinigung« so schnell bekommen. Ein kleines Wunder? Wahrscheinlich nur eine bürokratische Gewohnheit, schließlich wurden die Anträge seit Jahren positiv beschieden. Ich war wie sonst auch als mitreisendes Kind eingetragen. Sie gab noch für das provisorische Dokument ihren Ausweis ab. Geschafft. In den frühen Morgenstunden des Sonntags fuhren wir zur Friedrichstraße. Mein Vater trug unseren Koffer in ein Abteil mit noch freien Fensterplätzen und stand winkend am Bahnsteig, als sich der Personenzug schnaufend in Bewegung setzte. Nach einem Zwischenstopp in Braunschweig war am späten Nachmittag das erste Etappenziel erreicht: Einbeck. Wir wurden abgeholt, und wieder flossen Tränen. Der familiäre Schicksalsschlag hatte Ostern verdrängt. Noch auf dem Weg wurde besprochen, wie es weitergehen sollte. Eine Handvoll Onkel und Tanten aus der Gegend würde am nächsten Tag zusammen nach Aachen reisen – ohne meine Großeltern, ihnen war die Reise zu beschwerlich. Dann hörte ich die für mich verblüffende Entscheidung: Wir Kinder, mein Cousin Wolfgang, meine Cousine Karin und ich, würden auch in Einbeck zurückbleiben. Kein Platz für uns. Widerspruch schien zwecklos, also richteten wir uns darauf ein, die kommenden zwei Tage in eigener Regie zu verbringen.

Ein bisschen Ostern, da waren wir uns schnell einig, wollten wir trotz alledem. Bunte Eier zum Beispiel. Meine Tante hielt im Garten eine Vielzahl Hühner. Von ihnen stammten auch die Eier, die wir aus den Nestern holten und dann in der Küche in einem Wasserbad färbten. Und so erlebte ich doch noch eine Osterüberraschung: Auf unseren, mit grüner Holzwolle dekorierten Tellern lagen rote, blaue, grüne und gelbe Eier – von Zwerghühnern! Ich hatte noch nie zuvor so winzige Hühnereier gesehen. Zum Schieflachen. Nur beim Essen, da bereiteten sie mir Probleme. Wie viele isst man? Eins fand ich zu wenig. Also langte ich weiter zu.

»Dieter, du bist beim dritten Ei«, wunderte sich Wolfgang.

Er war die Zwergeier gewöhnt – ein Ei blieb eben ein Ei.

Die Verwandten kehrten in Moll aus Aachen zurück und wir anschließend in die DDR. Ohne besondere Vorkommnisse. Bis auf die Tatsache, dass in diesem April 1961 nicht allzu viele die Rückreise antraten. Fast 20000 Menschen verließen in jenen Wochen die DDR – für immer. Die Hoffnung des Staatsrates, mit einer vergleichsweise liberaleren Strafverfolgung die Stimmung im Lande aufzuhellen und die Flüchtlingszahlen einzudämmen, zeigte keine Wirkung. Der Glaube war dahin. Besonders unter jungen Leuten: Die Hälfte der »Republikflüchtlinge« war jünger als 25 Jahre.

In unserem Straßenabschnitt fehlte wohl keiner. Von der bald aufkommenden Nervosität war noch nichts zu spüren. Am Wochenende putzten die großen Jungs wie immer ihre Motorräder und Motorroller. Der eine seine »Jawa«, der andere seinen »Wiesel«. Mein Vater setzte unseren »Trabant« unter Schaum, und Franks Vater tat mit seinem Zweitakter das Gleiche. Hundertfünfzig Meter weiter wiederholte sich das Bild. Eventuell. Dichter war die Motorisierung noch nicht. Dafür war der Besitz eines eigenen Fahrzeugs umso auffälliger und die Halter erfüllt mit Stolz. Man hatte was geschafft. Ein Gefühl, das auch beim Kauf anderer wertvoller Dinge, einer Polstergarnitur etwa, aufkommen konnte. Und so nahm gleicherweise die Einsicht zu, mit dem Weggang einiges verlieren zu können. Den hart erarbeiteten kleinen Wohlstand, so viel war sicher, aber man würde auch die vertrauten Lebenskreise zurücklassen. Eine hohe Hürde. Selbst viele, die von der »führenden Rolle der Partei« die Schnauze voll hatten, trösteten sich damit, schon irgendwie zurechtzukommen.

Wie meine Eltern. Sie hatten Wege und Möglichkeiten gefunden, sich relativ beschaulich einzurichten. Ein UKW-Radio auf dem Nähtisch, ordentliche Klamotten im Kleiderschrank, zwei, drei Nierentischanflüge im Flur und im Wohnzimmer, ein Fernseher auf der alten Musiktruhe. Und in der Garage unser »Trabant«, der nach der Reparatur im vergangenen Herbst nun zweifarbig war – hellblau-weiß, an den Seiten getrennt durch Chromleisten. Im Geschmack der Zeit.

Ich war von der Verschönerung ganz angetan und nach dem ersten Blick überzeugt: »Der sieht ja aus wie ein Westwagen, wie ein kleiner Opel Rekord!«

Der zweite Blick war nüchterner: ein sehr kleiner. Ernsthaft vergleichen konnte man die Autoproduktion in den beiden deutschen Staaten sowieso nicht. Was nicht an der Ingenieurkunst in der DDR lag. Die schuf beeindruckende Karosseriemodelle, tüftelte an verblüffenden technischen Lösungen und musste nach dem Bau von Prototypen doch wieder alles in den Ascheimer kippen. Das Politbüro befand: »Nicht nötig.« Kein Geld für solche Neuerungen! Hier mal ein neues Lenkrad, dort ein verbesserter Scheibenwischer, dazu ein wenig mehr Platz im Kofferraum, das musste reichen.

Der Wettlauf zwischen Ost und West fand ohnehin gerade über den Wolken statt. Wieder war es die Sowjetunion, die Geschichte schrieb. Am 12. April flog der erste Mensch mit einem Raumschiff ins All. Juri Gagarin. Der Kosmonaut umrundete in einer Stunde und 46 Minuten einmal die Erde, bevor er wieder auf einem südrussischen Acker landete. Die ganze Welt feierte diesen historischen Schritt. Moskau jubelte und verheimlichte einige Schwierigkeiten bei der Landung. An der großen Leistung änderten die späteren Enthüllungen nichts. Amerika empfand den Triumph des Kontrahenten als Schmach. Wieder eine

Schlappe! Kennedy musste einräumen: »Wir liegen zurück.« In der DDR waren die Menschen von dem »Himmelsstürmer« fasziniert. Als Gagarin zwei Jahre später, im Oktober 1963, gemeinsam mit seiner Kosmonauten-Kollegin und natürlich ersten Frau im Weltraum, Valentina Tereschkowa, zu Besuch in Ostberlin eintraf, standen wir wieder Spalier. Diesmal gespannt. Die Menschen am Straßenrand überschütteten die beiden mit echter Sympathie. Als sie im offenen Regierungsschlitten bei uns in der abendlichen Schönhauser vorbeifuhren, stimmten viele *»Hoch sollen sie leben«* an. Manche warfen ihnen Blumensträuße zu. Wir waren angetan von ihrem Mut. Und doch gleich mit einer anderen Frage beschäftigt.

»Wo war'n Ulbricht?«

»Hast'n nicht gesehen? Der saß mit Hut vorn neben dem Fahrer.«

»Kann der nicht mehr stehen?«

»Ne, der muss jetzt sitzen.«

Wir hätten uns kaputtlachen können, auf dem ganzen Weg nach Hause

Im Weltall konnte die DDR zum Systemwettstreit nichts beisteuern, aber in den internationalen Arenen. Ihre Sportler schnitten bei den Wettkämpfen immer besser ab, der abgesteckte Kurs schien richtig. Doch ausgerechnet beim Fußball hielten sie nicht Schritt. Ein so wichtiges Ziel wie die Qualifikation zur Fußballweltmeisterschaft in Chile drohte schon nach der ersten Begegnung zu scheitern. 2:0 verlor die Mannschaft um Peter Ducke in Ungarn.

Und die Westdeutschen? Sie führten ihre Gruppe nach Siegen in Nordirland und Griechenland souverän an. Das Rückspiel gegen die Nordiren sollte am 10. Mai im Berliner Olympiastadion stattfinden. Da mussten wir hin, Kaule, Manne und ich. Mit aller Überzeugungskraft bettelten wir unsere Eltern an: Länderspiel! Ausnahmsweise! Nur acht Mark! Sie wurden uns bewilligt, wahrscheinlich mit irgendwelchen Auflagen. Aber das interessierte uns an jenem Mittwochnachmittag nicht. Erwartungsvoll eilten wir ins Stadion, zum Unterring Mitte, unseren Sitzplätzen. Für acht Mark! Dann liefen sich die Spieler, traditionell in weiß-schwarz, auf dem Platz warm. Und wir sahen Tilkowski, Schnellinger, Erhardt, Szymaniak, Seeler. Nur Helmut Rahn fehlte, aber das wusste ich schon vorher. Punkt 18 Uhr pfiff der Schiedsrichter die Partie an. Nach einer knappen halben Stunde führte Deutschland 1:0. Torschütze war Richard Kreß. Da entdeckten wir auf der Tribüne Sepp Herberger. Konnte das sein? Auf der Tribüne und nicht auf der Mannschaftsbank? Doch, er war es.

Nun gab es für mich kein Halten.

»Ich versuch's mal«, rief ich meinen Freunden zu und stieg, von keinem Ordner gestoppt, über Sitzreihen und Geländer, nahm noch ein paar Stufen, dann hockte ich neben dem Weltmeistertrainer von 1954. Rasch blätterte ich in meinem Buch nach einem Foto von ihm. Da war es.

»Entschuldigung, Herr Herberger, nur ein Autogramm bitte.«

Er schaute mich an, ließ sich das Buch und den Kugelschreiber reichen und schrieb schwungvoll seinen Vor- und Zunamen: Sepp Herberger. Ich bedankte mich mit einem Lächeln und nickte höflich auch dem Mann zu, der neben ihm saß. Mir blieb die Luft weg. Es war Fritz Walter! Zum Glück musste ich nicht blättern, ein Foto von ihm war auf derselben Seite.

»Herr Walter, von Ihnen auch, bitte.«

Alles wiederholte sich. Ich kauerte daneben, und unten auf dem Rasen spielte gerade die Nationalelf. Traumhaft. Wie im Rausch kletterte ich zu den Jungs zurück.

»Hier guckt mal – Herberger und Fritz Walter!«

Seine Mannen gewannen übrigens 2:1. Ein bisschen war es auch mein Tag.

Einem verdutzten Reporter der Westberliner »Fußballwoche« erklärte Herberger damals, dass er sich eine Zeit lang auf die Pressetribüne gesetzt habe, um von dort das Spiel besser beobachten zu können. Mir war es recht. Herberger und Fritz Walter – diese Seite habe ich oft vorgezeigt. Mein Autogrammbuch war geadelt.

Der Frühling verabschiedete sich, und auch wir standen vor einem Lebewohl. Schon wieder. Nachdem im vergangenen Jahr Klaus und seine beiden Geschwister ausgezogen waren, sagten nun Gabi, Renate und Rainer »Tschüss«. Wie lange hingen wir bereits zusammen? Unser ganzes bisheriges Leben – auf dem Hof, auf der Straße, auf dem Kollwitzplatz, im Kino. Nur Gabi, die Süße, war zuletzt nicht mehr in unserer Runde, dafür die Jahre zuvor umso mehr. Bei Pummel und Sohni, wie sie für uns immer hießen, reichte die Freundschaft bis zum letzten Blumentopf, der aus der Wohnung in den Möbelwagen getragen wurde. Auch ihre Familie verbesserte sich. Der Vater hatte als Schornsteinfegermeister einen eigenen Kehrbezirk bekommen, und da zogen sie nun hin, nach Karlshorst, in eine schöne 3½-Zimmer-Wohnung. Vorderhaus, Balkon, Bad. Ein Segen. Zurück blieb abermals eine große Lücke. Und wir – Jürgen, Kalle, Marlies, Hans-Jürgen, Angelika, Micha, Franki und ich. Der Rest.

Möbeltransporte waren nun häufiger zu sehen. Die verbesserte Wohnungssituation ließ die akute Not der Nachkriegszeit allmählich vergessen. Hüben wie drüben. Zahlreiche Neubauviertel waren auf den vielen städtischen Freiflächen entstanden oder im Bau. In unserer Gegend passierte nicht allzu viel – kurze neue Häuserzeilen in der Knaack und in der Schönhauser, dazu das neue Haus auf dem Grundstück des im Krieg zerstörten Gebäudes, in dem Käthe Kollwitz gewohnt hatte. So waren Umzüge fast immer Wegzüge.

Einer kam dazu. Micha. Er war etwa ein Jahr jünger und einen Kopf kleiner als ich. Es ist höchste Zeit für seinen Auftritt. Mit seinen Eltern und seiner älteren Schwester Sigrid war Michael vor mehreren Monaten in unser Vorderhaus gezogen, in die dritte Etage. Wir fanden schnell zusammen. Er kam nicht mit leeren Händen. In seinem Umzugsgepäck war ein Koffer mit neuen Einfällen und Schwärmereien. Die teilten wir nun miteinander. Als Erstes machte er uns mit den Geschichten der amerikanischen Unterweltgrößen vertraut. Al Capone, John Dillinger, »Babyface« Nelson. Da die drei nie in einem Erstligaverein Fußball gespielt und nie eine Schallplatte aufgenommen hatten, waren sie für mich weitgehend unbeschriebene Blätter – bis auf die Namen und die Art ihrer Tätigkeit. Anders Micha, er kannte sich da einigermaßen aus, hatte viel darüber geschmökert und wohl entsprechende Filme gesehen. Nun weihte er uns ein und reichte ein paar ausgerissene Seiten einer Artikelserie aus dem »Stern«, der »Quick« oder der »Revue« herum.

»Wurden die geschnappt?«

»Zwei starben im Kugelhagel, einer im Bett.«

Das war Al Capone, wie zu lesen war. Auch dass er und Dillinger in Amerika als »Staatsfeinde Nr. 1« gesucht worden waren. Ungewöhnlich. Im östlichen Teil der Welt waren »Staatsfeinde« immer politisch.

Alkoholschmuggel, Banküberfälle, Bandenkriege, FBI-Agenten – Michas Beitrag passte zu unserer neu entdeckten Leidenschaft für Kriminalfilme. Obendrein begannen wir gerade »Jerry Cotton«-Hefte zu lesen. Das Spielen »mit Schießen«, unsere Passion seit frühen Kindertagen, wurde ins 20. Jahrhundert befördert. Die neuen Figuren, die nun unsere Fantasie bestimmten, kamen nicht mehr hoch zu Pferde und zogen keine Colts. Sie hatten dunkle Anzüge an, fuhren im Buick vor und bedienten sich mit Vorliebe einer Thompson-Maschinenpistole. Wir mussten umrüsten. Goldene Hundertschuss-Colts waren schlagartig unstatthaft und wurden schwarz lackiert. Die einzige Spielzeugpistole, die wie eine echte aussah, war die Nachbildung einer »08«. Schwarz, metallen kalt. Die sollte es sein. Doch unser Vorhaben blieb sofort stecken. Die »08« kostete doppelt so viel wie ein Plastikcolt. Micha war der Einzige von uns, der es schaffte, sich so ein Ding zu besorgen. Noch schaffte. Franki und ich hatten dafür gerade kein Westgeld flüssig. Und als wir im Sommer so weit waren, kam uns die Weltpolitik ins Gehege.

Die hatten wir in unserer Planung nicht berücksichtigt. Warum auch? Die meisten Menschen hierzulande hingen in dem Glauben fest, dass es seitens der DDR vielleicht zu politischen Schikanen kommen könne, aber im Grunde würde es so weiterlaufen wie bisher. Besonders in Berlin dachten viele so. Sie ließen sich vom tagtäglich dahinplätschernden Ost-West-Verkehr beruhigen. Man war es nicht anders gewohnt. Man kannte nur diese Normalität. Und genau diese »Normalität« stürzte die

DDR und ihre Steuermänner in eine immer tiefere Existenzkrise. Zu viele hoch qualifizierte »Produktivkräfte« wanderten ab. Zwar blieben die Zahlen bis in die Sommermonate in etwa gleich – allerdings auf hohem Niveau. Die Wirtschaft drohte in die Knie zu gehen. »Die sind bald am Ende«, raunten sich kritische Zeichendeuter hoffnungstrunken zu.

Die Versorgungslage hatte sich nicht gebessert, vor allem in den Bezirken der DDR. Bei wichtigen Lebensmitteln wie Butter, Milch und Fleisch kam es ständig zu Engpässen. In den Läden reduzierte sich das Angebot auf ein überschaubares Quantum an Sorten. Ganze Regalreihen waren mit Mischgemüse- oder Rotkohl-Gläsern vollgestellt. Die Käsefrage beschränkte sich auf eine Entscheidung zwischen Schmelzkäse, Weißkäse und Harzer. Auch in den Betrieben kam die Produktion wegen ausbleibender Zulieferungen immer wieder ins Stocken. Die Unzufriedenheit wuchs, und sie machte sich zunehmend Luft. Auf Betriebsversammlungen schleuderte eine wachsende Zahl von Kollegen den anwesenden Leitern ihren Zorn und ihre Verbitterung um die Ohren. Die Diskussionen kochten hoch. Der Partei- und Staatsapparat reagierte hilflos. Mit den immer gleichen Appellen an die Basis-Genossen: Ihr müsst noch überzeugender argumentieren, noch stärker unsere richtigen Grundsätze herausarbeiten. Ein schweres Los – mit einem Harzer in der Hand.

Die Genossen kamen ins Schwimmen. Selbst in ihren Reihen waren zunehmend Abgänge zu beklagen. Die Verunsicherung ergriff die Zentrale. Der SED-Spitze war klar, dass ganz schnell Dampf aus dem Kessel gelassen, die »Republikflucht« gebremst werden musste. Eine beruhigende, rasch unter die Leute zu bringende Botschaft musste her. Chefsache! Walter Ulbricht persönlich übernahm diese Aufgabe. Um eine möglichst große Verbreitung sicherzustellen, sollte der Ball auch über die Westmedien gespielt werden. Die politischen Beiträge in den Zeitungen und den Sendungen des Rundfunks der DDR wurden gewohnheitsmäßig von denen, um die es ging, überblättert oder ausgeschaltet.

Am 15. Juni 1961 fand dann die berühmte internationale

Pressekonferenz im »Haus der Ministerien« statt. Richtig berühmt wurde sie allerdings erst zwei Monate später. Erst da, im Nachhinein, ging den Journalisten die Bedeutung einer Bemerkung Ulbrichts auf – als es zu spät war. Über eine Stunde mäanderten die »Ausführungen« des »Ersten Sekretärs des ZK der SED und Vorsitzenden des Staatsrates« durch allerlei Themen: der notwendige Friedensvertrag zwischen der Sowjetunion und der DDR, die Kontrolle über den Flugverkehr von und nach Westberlin, die Auflösung der dortigen Flüchtlingslager usw. usf. Die Westreporter müssen knapp vor dem Tiefschlaf gewesen sein. Dann die Überraschung: Der Pressechef lässt Fragen zu. Eine Journalistin der »Frankfurter Rundschau« fragt nach dem Status Westberlins. Ulbricht lehnt sich zurück und gibt eine Antwort, nach der gar nicht gefragt wurde: »Ich verstehe Ihre Frage so, dass es Menschen in Westdeutschland gibt, die wünschen, dass wir die Bauarbeiter der Hauptstadt der DDR mobilisieren, um eine Mauer aufzurichten. Ja? Mir ist nicht bekannt, dass eine solche Absicht besteht, da sich die Bauarbeiter hauptsächlich mit Wohnungsbau beschäftigen und ihre Arbeitskraft dafür voll ausgenutzt, äh, voll eingesetzt wird. Niemand hat die Absicht, eine Mauer zu errichten.«

Da war der Satz.

Und? Keiner hat seine Brisanz bemerkt. Er ging unter. Schon die nächste Frage des Korrespondenten der »Daily Mail« war wieder in der Spur – beim Friedensvertrag. Eine Mauer, quer durch Berlin?! Was der Ulbricht da wieder gefaselt hat?! Die Vorstellung war einfach so unglaublich, dass der Satz nirgends ernsthaft aufgegriffen wurde. Lief er überhaupt in der »Tagesschau«? Die Küchentische im Osten erreichte er jedenfalls nicht. War das nicht Ulbrichts Ziel? Wollte er tatsächlich mit dem aus der Luft gegriffenen Dementi seine Landsleute einlullen, ihnen die Furcht vor irgendwelchen drastischen Maßnahmen nehmen? Dann wäre seine Rechnung nicht aufgegangen. Oder war es eine Freud'sche Fehlleistung? War ihm diese Andeutung nur entfahren, weil er sie ständig im Kopf hatte? Dafür war die »Antwort« wiederum zu wortreich. Tatsache ist, dass Chruschtschow bis dahin Ulbrichts Drängen stets mit

»njet« beantwortete. Und ohne Zustimmung des »großen Bruders« lief nichts.

Das Einzige, was weiter lief, das waren jene Menschen, die nur noch wegwollten. Meine Eltern blieben halbwegs besonnen. Sie hatten nicht die Absicht abzuhauen. Sicher war davon immer wieder mal die Rede, aber nur als Gedankenspiel. Auch bei uns Kindern. Wir stellten uns vor, was sich alles für uns ändern würde, was wir gewinnen und verlieren würden. Uns! Da war dann meist Schluss mit den Träumereien. Und die Erwachsenen? Die taten es uns Kindern nicht gleich. Sie sprachen äußerstenfalls in der Familie und im engsten Freundeskreis darüber. Keine unserer Mütter etwa erkundigte sich, nachdem die Einkaufsfragen durch waren, nach den Absichten der anderen: »Und, was machen Sie? Wollen Sie auch abhauen?«

»Ach wissen Sie, wir überlegen noch.«

Undenkbar! Die Angst, nach einer solchen unbedachten Plauderei verhaftet zu werden, war zu groß. »Republikflucht«, also das dauerhafte Verlassen der DDR nach Westberlin oder Westdeutschland, galt als Straftat. Anders das tägliche Verlassen, das war da noch für Ostberliner eine gewöhnliche Übung. Für unsere kleine Clique war es nur der eine Schritt von der Schwedter in die Bernauer. Und oft ein riskanter bei der Rückkehr – mit Verbotenem am Körper. Einer Elvis-Platte beispielsweise.

Die letzten kleinen Dramen des Schuljahres standen an. Zeugnisvergabe. Auf dem Halbjahreszeugnis war ich noch »versetzungsgefährdet«. Erstmalig. Nicht in Russisch, was sich bei Lichte besehen ständig anbot, sondern in Musik und Turnen. Das war schon schräg. Die Fünf in Turnen ergab sich aus der Jahreszeit. In den Wintermonaten fand der Sportunterricht in der Turnhalle statt, und das hieß vor allem Geräteturnen: Boden, Schwebebalken, Barren, Reck, Kasten und Bock. Meine Begeisterung lag bei null. Das war bei vielen Jungs so. Statt auf dem »Mattenboden« Kopfstände und eingesprungene Vorwärtsrollen zu üben, jagten wir lieber einem alten Tennisball hinterher. Unbemerkt von unseren Sportlehrern. Die waren unten in der Halle bei den Mädchen und korrigierten eifrig deren Körperhaltung. Bei der Turnprüfung bekam ich gleich am ersten Gerät, dem Barren, einen Lachanfall.

»Was soll der Quatsch?«, wetterte der Sportlehrer. »Ab in den Umkleideraum! Fünf!«

Der Barren im Fach Musik hieß »Hab mein Wagen vollgeladen«. Das Lied hatte ich ausgewählt – zum Vorsingen. Das mussten wir sogar noch in der 8. Klasse! Nach vorn gehen, neben dem Lehrertisch Aufstellung nehmen, das Lied ansagen, singen. Alles mit feierlichem Ernst. *»Hab mein Wagen vollgeladen, voll mit alten Weibsen …«* Schon war es mit dem Ernst dahin. Weibsen. Ich kriegte meine Albernheit nicht mehr ein, und durfte mich setzen: »Fünf!«

Beides hatte ich wieder ausgebügelt, in Russisch sogar eine Drei geschafft. Überhaupt, die Drei war in der siebenten Klasse meine Standardnote: Ich hatte sie in allen Fächern. Nur nicht in »Betragen«. Dafür Beständigkeit auch hier: Vier! Dennoch las sich die verbale »Gesamteinschätzung« recht nachsichtig. Zwar wurde bei mir abermals ein »unausgeglichenes Wesen« ausgemacht, das mich daran »hinderte, immer zu einem befriedigenden Verhalten im Unterricht zu gelangen.« Doch der Satz davor überraschte: »Dieters Einstellung zur Schularbeit hat sich wesentlich gebessert.« Ich musste ihn mehrmals lesen.

Die Zeugnisvergabe hatte Frau Schulz übernommen. Ein Schüler nach dem anderen wurde aufgerufen. Für jeden hatte sie ein paar persönliche Bemerkungen parat. Kurz vor Schluss war ich dran. Sie nickte mir zu und sagte mit einem leichten Lächeln: »Tja, der Dieter. Ich sage es mal so: Der Dieter ist ein recht humorvoller Junge. Und ich glaube, so meint er das alles.«

Punkt. Ich war baff. Nach sieben Schuljahren, zwei Strafversetzungen, einer Handvoll Vieren in Betragen und mehreren Tadeln, hatte diese Lehrerin solche Worte gefunden. Ich fühlte mich zum ersten Mal verstanden. Die großen Ferien konnten kommen.

Vor uns lag der Sommer 1961 – wie ein Versprechen. Daran änderten auch die Meteorologen nichts. Sie sagten ein überwiegend wechselhaftes und kühles Wetter voraus.

Schmetterlinge vor dem Mauerbau

Vieles war merkwürdig in diesen Ferien, von Anfang an. Auch bei uns. Meine Eltern planten, bereits in der ersten Ferienhälfte zu unserer Besuchstour nach Westdeutschland aufzubrechen. Dafür sollte ich erst am zweiten Durchgang des Betriebsferienlagers teilnehmen, im August. So kam es dann auch. Nur warum? Sonst lief es genau umgekehrt ab. Gab es vielleicht doch irgendwelche Überlegungen, die mein Vater und meine Mutter aus Vorsicht nicht mit mir teilten? Wohl nicht. Es war eher ein wichtiger Radsporttermin, der alles über den Haufen warf. Mitte August, später als in den Jahren zuvor, sollte die 12. DDR-Rundfahrt starten. Und da war mein Vater immer dabei.

Am 19. oder 20. Juli waren Koffer, Reisetasche und Thermosflasche in unserem Trabi verstaut und allen vor dem Haus »Tschüss« gesagt. Die Fahrt über die Autobahn Richtung Braunschweig dauerte damals viele Stunden. Das lag an den gründlichen DDR-Grenzkontrollen in Marienborn und an unserer Reisegeschwindigkeit, die selten 90 km/h erreichte. Am späten Nachmittag kamen wir endlich in Einbeck an, der ersten Station unserer Reise. Uns erwartete eine große Unruhe.

»Ihr könnt nicht wieder zurück! In der Zeitung stand, dass gestern wieder über tausend Menschen aus der DDR abgehauen sind. Die riegeln euch ab!«

Meine Tante und meine Großeltern machten sich ernsthaft Sorgen. Das teilten sie inzwischen mit vielen. Die Zahl der Flüchtlinge war deutlich angestiegen. Die Dämme schienen zu brechen. Auch das war merkwürdig. Monatelang bewegte sich die Quote in etwa auf dem gleichen Niveau, und nun, ohne dass es einen besonderen Vorfall gegeben hatte, schnellte sie überraschend hoch. Es war, als ob manche Familien das Ende des Schuljahres abgewartet hätten: »Das Zeugnis der Kinder nehmen wir noch mit!« Torschlusspanik kam auf.

So muss es gewesen sein. Ab Ende Juli prangten die jeweils neuesten Fluchtzahlen auf den Titelseiten mehrerer Zeitungen. Wir sahen sie jeden Tag an den Zeitungsläden, in Einbeck, in Hannover, in Dortmund. Die Nervosität erreichte meine Eltern.

»Das kann nicht gut gehen«, meinte mein Vater.

Aber würde die DDR sich trauen, zu rigorosen Maßnahmen zu greifen und Berlin abzusperren? Er wollte es nicht glauben und verschob erst mal eine Entscheidung: »Wir sind noch ein paar Tage hier. Mal sehen, wohin die Chose treibt.«

Die Reise ging weiter, so, als ob alles völlig normal wäre. Bis auf die Nachrichtenlage, die man aufmerksamer als sonst verfolgte. Für mich war es nur ein Moment, danach verschwanden meine Cousins und ich in unseren eigenen Plänen. Besorgungen aller Art. Ganz oben bei mir: die klassischen schwarz-weißen Stutzen der Fußballnationalmannschaft, jahrzehntelang von Rahn bis Schnellinger getragen. In Dortmund krempelten wir etliche Sportartikelläden um, bis ich endlich fündig wurde und mir den lang gehegten Wunsch erfüllen konnte. Klar, dass ich mit den legendären Socken, und demnächst auch den Romika-Töppen, besser spielen würde. Hoffte ich wenigstens.

An einem dieser Dortmunder Tage ist mein Vater mit meinem Cousin Ulli und mir sogar ins Kino gegangen. Ausnahmsweise! Es muss geregnet haben, sonst wäre es nicht dazu gekommen. Wir eilten in Richtung Innenstadt, zum Hauptbahnhof. Dort gab es ein Tageskino, das »Bali«, mit einem aufsehenerregenden Film im Programm: »Die glorreichen Sieben«. Er lief schon eine Viertelstunde, als wir in dem spärlich gefüllten Saal unsere Sitze runterklappten. Danach herrschte anderthalb Stunden höchste Spannung. Es war neben »Zwölf Uhr mittags« der beste Western, den ich je gesehen hatte. Wir waren so angetan, dass wir nach dem Abspann einfach sitzen blieben und den verpassten Anfang auch noch anschauten. Was für Typen! Yul Brynner, Steve McQueen, James Coburn, Charles Bronson und Horst Buchholz – in einem Film! Es sollte mein Letzter sein, in einem Westkino.

Am 2. August, unserem vorletzten Reisetag, waren wir nach Einbeck zurückgekehrt. Auch zur Frage dieses Sommers: Was tun? Die Schlagzeilen überboten sich. Wie die Zahlen. Und die Bild-Zeitung titelte: »Vier Millionen bis heute geflüchtet. Pankow verzweifelt!« Vier Millionen seit Ende der vierziger Jahre, doch mit steigender Tendenz. Die Ungewissheit nahm zu. Der kleine Familienrat diskutierte angespannt das Für und Wider.

»Bleibt hier! Der Ulbricht lässt das nicht laufen. Wir helfen euch.«

Mein Großvater machte nie viele Worte, darum wogen sie nun umso schwerer. Meine Eltern schwankten, waren innerlich zerrissen. Wir hatten ja nur einen Koffer und die Reistasche mit etwas Kleidung dabei, dazu den Fotoapparat und den Trabant. Unsere ganzen Habseligkeiten befanden sich in der Kollwitz. Sofort im Westen bleiben hätte bedeutet, erneut ganz von vorn anzufangen. Das kannten meine Eltern aus den frühen Nachkriegsjahren, davor hatten sie Angst. Und unser Duroplast-Auto? Es wäre mit einem Schlag fast wertlos gewesen. Bedrückt wurde aufgezählt, was verloren gehen würde: »Alle persönlichen Papiere! Das Geld! Sämtliche Erinnerungen und Fotos! Der Pelzmantel! Überhaupt alle Sachen!«

So waren die Währungen damals. Die Möbel und die sonstige Ausstattung fielen unter den Tisch.

»Wir können nicht alles zurücklassen«, bekräftigte mein Papa.

Und meine Mutter stimmte zu. Ich, fast 14, wurde kaum gefragt. Schließlich trafen meine Eltern eine salomonische Entscheidung.

»Wir machen es so: Alles, was wir hierlassen können, lassen wir schon hier. Dieter geht, wie angemeldet, ins Ferienlager. Damit nichts auffällt. Und wir versuchen zu Hause so schnell wie möglich, die wichtigen Dinge zu regeln. In aller Stille.«

Es war das Schlusswort. Sehr besonnen von meinem Vater ausgesprochen. Mich hatte sein beruhigender Ton an einen Spruch aus dem Werbefernsehen erinnert. »Erst mal entspannen, erst mal Picon.«

Am 3. August fuhren wir zurück – besorgt und mit fast leerem Koffer. Die Kollwitz empfing uns so, wie wir sie verlassen hatten. Überhaupt schien in Ostberlin alles geruhsam dahinzufließen, wie die Spree. An der Oberfläche. Darunter hatte es wohl etwas anders ausgesehen. Denn dass dieser Tage Tausende Menschen abgehauen waren, war selbst unter uns Kindern ein Thema. Aber keiner ließ sich in die Karten gucken und redete etwa über irgendwelche Grübeleien der eigenen Eltern – die gewiss hier und dort nach Feierabend angestellt wurden. Vielleicht auch von Frankis Eltern. Und wenn, dann bestimmt mit einem anderen Verlauf als bei uns. Seine Eltern waren viel mehr gebunden als wir, sie hatten ein Fotogeschäft und ein Labor. Trotzdem werden sie die Aussichten besprochen haben. Es lag in der Luft.

Das gleiche Für und Wider. Das alte Für und Wider. Einerseits die plumpe Machtpolitik der Einheitspartei, die alle bürgerlichen Freiheiten abgeschafft hatte, die Menschen bevormundete und ihnen, bei den geringen Monatseinkommen, jeden Zukunftsglauben verdüsterte; und andererseits die schon geschaffene eigene Habe, die Verwandtschaft in der DDR, die Freunde, die Kollegen, die Vertrautheit mit der alltäglichen Lebenswirklichkeit, die Verbotsschilder eingeschlossen. Und im Westen? Da drohte bei fehlender Hilfe von dort lebenden Verwandten das Notaufnahmelager.

Merkwürdigerweise wurde ich genau in diesen Tagen noch ein wenig mehr DDR-Bürger: Endlich durfte ich meinen Personalausweis abholen. Zwar fehlte noch eine gute Woche bis zu meinem 14. Geburtstag, aber man konnte den Pass durchaus schon vorher bekommen, das wusste ich von einigen Klassenkameraden. Also hatte ich auf dem Polizeirevier überpünktlich zwei Passbilder (mit bemühtem Lächeln) abgegeben und »Angaben zu meiner Person« gemacht. Wohl jedes Kind wollte seinen Ausweis so schnell wie möglich. Denn er machte was her. Nicht politisch. Das kleine blaue Büchlein war wichtig für die Wahrnehmung – unter uns. Wer schon einen Ausweis in der Tasche hatte, erschien älter und größer. Und er durfte betont lässig den lang ersehnten Satz hinwerfen: »Klar habe ich schon einen Ausweis!«

Ich habe ihn wieder und wieder anschauen müssen und auch gern rumgezeigt. Es war ein bedeutungsvoller Schritt.

Ansonsten passierte in den vier Tagen, bevor ich ins Ferienlager aufbrach, nichts Auffälliges. Es wurden keine Pläne gemacht, was verkauft, was verschenkt und was heimlich zu Westberliner Freunden geschafft werden sollte – jedenfalls nicht in meinem Beisein. Auch die wichtigen Papiere, wie Geburtsurkunden, Arbeitsbücher, Zeugnisse, lagen unangetastet in verschiedenen Ordnern und verschiedenen Schreibtischfächern. Die Nachrichten aus dem Westen blieben alarmierend, doch das öffentliche Leben in Ostberlin sah völlig normal aus. Wieder schwappte die Stimmung auf meine Eltern über. Sie ließen sich Zeit. Die Aufregung hatten sie mit ihren Klamotten in Einbeck zurückgelassen. Mir war es egal.

Ich war dann erst mal weg. Mit zwei, drei Bussen fuhren wir ins Betriebsferienlager. Diesmal nach Plau am See im Süden Mecklenburgs. Schon auf der Hinfahrt ging's hoch her. Viele Kinder kannten sich aus den Vorjahren, und sie kannten den üblichen Zeitvertreib während der Fahrt. Singen. Wir waren kaum aus Berlin raus, da stimmten die Mädchen ein Lied an: *»Da sprach der alte Häuptling der Indianer«*. Alle fielen lautstark ein. Genauso beim *»Wumba Tumba Schokoladeneisverkäufer«*, dem *»Mann im Mond«* und dem *»Babysitter-Boogie«*. Nach sämtlichen lustigen Schlagern, die uns einfielen, wurde das kindliche Volkslied gepflegt. *»Meine Oma fährt im Hühnerstall Motorrad«* und *»Da oben auf dem Berge«*. Beide Lieder mit unglaublich vielen Strophen. Und wenn uns kein Vers mehr einfiel, wurde spontan gedichtet. Manchmal völlig sinnfrei, Hauptsache, es reimte sich. Es war eine fröhliche Fuhre.

Keiner von uns rechnete damit, dass die Stadt, die wir gerade verlassen hatten, bei unserer Rückkehr eine andere sein würde.

Nach knapp drei Stunden waren wir am Ziel. Vor uns ein großes Zeltlager, hinter uns unsere Koffer. Es begann wie immer – mit Antreten. Der Lagerleiter baute sich vor uns auf und hielt eine kurze Begrüßungsansprache. Danach schwor er uns auf die Lagerordnung ein: die Essenszeiten, die Nachtruhe, der Frühsport, der Umgang mit den »Waschgelegenheiten«, die Termine für das Berg- und das Sportfest, das Verbot, ohne Genehmigung das Gelände zu verlassen, die Wachposten an der Eingangsschranke und so weiter und so fort. Schließlich rief er die Betreuer der einzelnen Gruppen nach vorn und ordnete uns namentlich zu. Ich war bei den Großen, den 12- bis 14-Jährigen. Jede der etwa ein Dutzend Kinder zählenden Gruppen zog in ein gemeinsames Zelt. Jungs und Mädchen getrennt. Natürlich. Schon am ersten Abend begann die Gruppe der großen Mädchen eine Bedeutung für mich zu bekommen, die sie vorher nie hatte. Der Zauber hatte auch einen Namen – Petra.

Sie war groß, schlank, sehr hübsch, sie hatte schöne Augen und dunkle Haare, die zu einem etwas längeren Bubikopf frisiert waren. Und sie war schon 15, während ich erst in ein paar Tagen zum Anschlusstreffer kommen würde: 14. In diesem Alter zählt jeder Monat, den einer älter ist, doppelt. Sie kannte sich einfach besser aus. Das merkte ich bei unserer ersten Berührung. Anfangs alberten wir Jungs ganz harmlos mit den Mädels in ihrem Zelt herum, schubsten, schäkerten, schmunzelten. Und kamen uns dabei näher. Ich griff nach Petras Hand. Es war dunkel im Zelt, und aus einer Umarmung wurde ein mutiger Kuss. Ein Kinderkuss. Mein erster mit einem Mädchen. Das war aufregend, es durfte nicht der einzige bleiben. Also gab es noch einen Kuss und noch einen und noch einen. Und dann gab mir Petra sanft zu verstehen, dass es noch anders ging. Plötzlich berührten sich unsere Zungen. Herr im Himmel! Mein Herz überschlug sich fast. Hunderte Zitronenfalter schienen in meiner Brust zu flattern. Saß ich noch im Zelt oder schwebte ich schon? An diesem Abend hatte mir Petra das Küssen beigebracht, ich habe das nie vergessen.

Was für ein fantastischer Sommer war das geworden, in dieser einen Stunde! Ich hätte Luftsprünge machen können. Vergnügt stolperte ich in mein Zelt und lag noch lange wach. Es war der erste Tag. Erst! Konnte es noch schöner werden? Das Sonnenlicht am nächsten Morgen riss mich aus den Träumen. Und ich fragte mich, was vom Abend zuvor noch geblieben sein würde. Beim Frühstück traf ich kurz mit Petra zusammen, sie nickte nur. Meine Gedanken schossen wild durcheinander. War das eine List den anderen gegenüber? Oder schon das Ende? Ich war ratlos. Erst am späten Nachmittag, nachdem unsere Gruppen von irgendwelchen Spielen ins Lager zurückgekehrt, das Abendbrot und der Pfefferminztee verputzt worden waren, erst da fanden wir uns wieder. Und gaben uns bei der ersten Gelegenheit einen Kuss. Die Zitronenfalter stiegen wieder auf.

Im Nu war die erste Woche vorüber. Wir waren wandern, schwimmen, machten Geländespiele, besiegten das Nachbarlager im Fußball mit 1:0, übten kurze Auftritte für das Bergfest ein und spaßten miteinander am Abend. Günstige Augenblicke füllten wir mit halb versteckten Küssen. Petra und ich. Wir blieben nicht die Einzigen, andere taten es uns gleich. Der Himmel über Plau am See schien grenzenlos.

So verging auch der Sonntag, es war der 13. August. Ich glaube, es war ein heiterer Tag, jedenfalls war nichts Ungewöhnliches geschehen. Der Montag war wichtiger. An diesem Tag wurde ich 14. Er begann gut. Auf dem Weg zum Frühstück bekam ich von Petra einen braven Kuss auf die Wange. Er sollte das schönste Geschenk bleiben. Obwohl noch viel passieren konnte, denn an diesem Vormittag war auch das Sportfest. Für mich gab es sogar eine Urkunde. Ich habe sie noch heute: den »1. Platz errangen im Rudern D. Krause – T. Kahl«. Ohne den Plauer See durchpflügt zu haben. Mein Strohmatratzennachbar Tilo und ich waren die größten Jungs, unser Sieg stand eigentlich schon vorher fest. Wir gaben uns die Hand. Das war's. Aber noch nicht für den Tag.

Am Nachmittag tauchten meine Eltern auf. Völlig überraschend. Sie nahmen mich zur Seite, setzten sich auf eine Bank und gratulierten mir: »Hier deine Tafel Schokolade. Es ist die letzte.«

Es war eine »Trumpf Dubletten Mokka«. Meine Lieblingssorte damals.

»Danke schön. Aber wieso denn die letzte?«

Mein Vater schaute mich ernst an.

»Die haben gestern die Grenzen zum Westen dichtgemacht. Wir sind nur gekommen, um dich zu holen.«

In meinem Kopf gab es zwei Explosionen hintereinander. Die Grenzen zu! Mich abholen! Meine Gedanken rasten kreuz und quer. Der Himmel verdunkelte sich. Da kämpften wir beim Sportfest um Sekunden und Zentimeter, feierten fröhlich die Sieger – und hatten keine Ahnung, dass in Berlin der Teufel los war. Woher auch? Es gab kein Telefon, kein Radio, kein Fernseher, keine Zeitung. Die Lagerleitung hatte bestimmt das eine oder andere, doch die spielte Sportfest, solange es keine Anweisungen gab. Und schwieg.

Meine Eltern redeten auf mich ein.

»Wir wollen versuchen, noch einen Weg zu finden.«

Langsam kam ich wieder zur Besinnung. Die Grenzen abgesperrt. Für wie lange? Was würde in ein paar Tagen anders sein? Irgendwie war das für mich alles unvorstellbar. Auch sofort abzureisen. Ich verstand zwar die Absicht meiner Eltern, mich einzusacken und nach Berlin zurückzufahren – doch was dann? Es war ihnen selbst nicht klar. Da war nur das vage Gefühl, vielleicht doch noch ein Schlupfloch zu finden. Sie waren unsicher. Ich nicht. Ich wollte auf meiner bunten Wolke bleiben, nicht in die kalte harte Wirklichkeit zurück. Noch nicht. Außerdem dauerte es doch sowieso nur noch eine knappe Woche, bis das Ferienlager vorbei war.

»So lange kann ich doch noch bleiben, bitte.«

Den wahren Grund nannte ich nicht.

»Gut, wir suchen inzwischen nach einer Lösung.«

Sie fuhren ohne mich ab. Auch andere Kinder hatten unerwartet Besuch bekommen. Die neuen Nachrichten verbreiteten sich nun wie ein Lauffeuer im Lager. Sie konnten nicht länger verschwiegen werden. Im Gegenteil, sie brauchten schnell die richtige Deutung. Die war nun offensichtlich da, denn der Lagerleiter nutzte den Abschlussappell vom Sportfest, um uns die Augen über die »Maßnahmen der DDR zur Sicherung des Friedens« zu öffnen. Kleiner hatten sie es nicht. Der Lagerleiter auch nicht. Die Order verlangte offenbar, den kompletten »Beschluss des Ministerrates der Deutschen Demokratischen Republik vom 12. August 1961« uns Kindern vorzulesen. Und so kämpfte sich der Mann hölzern durch das schwer verdauliche Funktionärsdeutsch. »Die Erhaltung des Friedens erfordert, dem Treiben der westdeutschen Revanchisten und Militaristen einen Riegel vorzuschieben … (Denn) die westdeutschen Militaristen wollen durch alle möglichen betrügerischen Manöver, wie z. B. ›freie Wahlen‹, ihre Militärbasis zunächst bis zur Oder ausdehnen, um dann den großen Krieg zu beginnen ... Zur Unterbindung der feindlichen Tätigkeit der revanchistischen und militaristischen Kräfte Westdeutschlands und Westberlins wird eine solche Kontrolle an den Grenzen der Deutschen Demokratischen Republik einschließlich der Grenze zu den Westsektoren von Groß-Berlin eingeführt, wie sie an den Grenzen jedes souveränen Staates üblich ist.« Den Achtjährigen auf dem Appellplatz muss nach solchen Sätzen vieles klarer geworden sein.

Dann biss sich der Hund in den eigenen Schwanz. Die Beweisführung mündete in genau entgegengesetzte Maßnahmen! Sie trafen uns, nur uns! Westberliner durften nämlich zunächst weiterhin die Grenzen passieren – »unter Vorlage des Westberliner Personalausweises«. Ostberliner nicht, denen war es nur noch mit besonderer Genehmigung erlaubt. Also gar nicht. Für einen harthörigen Genossen war dies kein Widerspruch: Die Partei- und Staatsführung würde uns nur schützen wollen, indem sie uns nicht hinließen – zu den westdeutschen Revanchisten und Militaristen. Aus reiner Fürsorge.

Die meisten größeren Jungs und Mädels fühlten sich für dumm verkauft. Uns war natürlich klar, wohin der Affe lief. So neu war der Gedanke, dass die DDR auf die anschwellende Fluchtbewegung reagieren würde, nicht. Darüber wurde schon seit Wochen in den Westmedien, im Rundfunk, im Fernsehen und in den Zeitungen spekuliert. Und damit waren wir Berliner Kinder ziemlich vertraut. Nun war es passiert. Sogar geschickt geplant – große Ferien, Urlaubszeit, die Betriebe ausgedünnt.

Nach dem Appell hockten wir zusammen und zogen über die verlogene Erklärung her. Zustimmende Ansichten waren nicht zu hören. Vielleicht gab es sie, und es fehlte der Mumm. Der Missmut in der Runde war zu groß. Mich machte vor allem ein Satz wütend: »Bürger der Deutschen Demokratischen Republik, die Westdeutschland besuchen, sind in zunehmenden Maße terroristischen Verfolgungen ausgesetzt.« Wie bitte? Meine Eltern und ich waren gerade dort. Wenn wir etwas ausgesetzt waren, dann der tiefen Sorge unserer Verwandten vor dem, das nun eingetreten war. Möglich, dass Ärzte oder Wissenschaftler bei Westreisen gezielt angesprochen worden waren. Und tatsächlich gab es dort politische Tummelplätze, auf denen über das »Ausbluten« der DDR frohlockt wurde, mit eigenen Plänen im Falle des Zusammenbruchs in der Schublade. Doch um die ging es bei den »Maßnahmen« nicht, oder kaum. Es ging vor allem um hoch qualifizierte ostdeutsche Arbeitskräfte, die im Land gehalten werden sollten, aber auch um junge und um ganz normale Leute. Wie meine Eltern. Wie mich.

Die restlichen vier Tage im Ferienlager vergingen wie im Fluge. Sicher, wir hatten weiter unseren Spaß mit Ausflügen und Spielen. Und ich mit Petra. Doch es war nun anders. Nicht sehr, aber doch spürbar. In unserer Stimmung schwebte Kummer mit, auf der Heiterkeit lag ein Schleier. In Gedanken waren viele zu Hause. Am letzten Tag packten wir unsere Sachen zusammen und räumten noch ein wenig auf. Mit meinem kleinen Koffer, blauem Nickihemd, Shorts und Jesuslatschen kletterte ich in den schon wartenden Bus. Wir Großen saßen nahe beieinander, tauschten unsere Vermutungen darüber aus, wie unsere Stadt aussehen und ob der eigene Freundeskreis noch vollständig sein würde. Gesungen wurde nicht. Bestimmt haben Petra und ich im Bus auch unsere Adressen ausgetauscht. Folgenlos. Sie wohnte damals in Eichwalde, südöstlich von Berlin. Für 14- oder 15-Jährige war das schon weit. Vor allem aber verschluckte uns die Spannung, die uns erwartete. Wir haben nie wieder voneinander gehört.

Am Freitagnachmittag bog ich mit meiner Mutter, die mich vom Bus abgeholt hatte, in die Kollwitz ein. Endlich zu Hause. Die Kinder spielten vergnügt auf dem Hof, nirgendwo Erwachsene, die beunruhigt miteinander diskutierten. Es war der 18. August. Und es war überraschend friedvoll. In der Wohnung das gleiche Bild – keine gepackten Taschen, alles stand auf seinem Platz. Wie immer. Eine offene Hintertür hatte mein Vater offenbar nicht ausfindig machen können. Wahrscheinlich war der notwendige Schnitt nach wie vor zu schmerzhaft. Trost spendete nur der Glaube, die Abriegelung würde sich nicht lange halten können. Also abwarten. Ich verdrückte im Stehen eine Wurststulle und griff mein Fahrrad. Dann pfiff ich Micha und Franki runter. Wir begrüßten uns freudig, tauschten ein paar Sätze aus und schwangen uns in die Sättel. Auf zur Grenze. Fünf Minuten dauerte die Fahrt. Fünf Minuten, die zu einem völlig veränderten Ort führten. Schon auf halber Strecke der Oderberger sahen wir, dass an der Ecke Bernauer großer Betrieb herrschte. Baubetrieb.

Die Stacheldrahtverhaue, die noch am 13. August quer über die Straße gezogen worden waren, hatte man ein paar Meter zurückverlegt, auf der eigentlichen Grenzlinie wuchs nun eine Mauer. Eine Mauer aus Stein. Die untere Reihe, etwa ein Meter hohe Betonplatten, stand bereits. Nun waren Arbeiter, streng bewacht von Soldaten und Polizisten, damit beschäftigt, mehrere Schichten aus Hohlblocksteinen draufzusetzen. Wir konnten zusehen, wie die Mauer entstand. Bei etwa zwei Metern war dann erst mal Schluss. Sie war nun nicht mehr einfach zu überspringen, auch der Sichtkontakt zur anderen Seite war schwierig, und Steine brauchten die Bauherren auch an anderen Abschnitten. Rasch bildete sich an der Ecke Oderberger eine kleine Menschenansammlung. Die Leute schimpften laut.

»Baut lieber Häuser!«

Dass sie schnell zu einem kleinen Pulk angewachsen waren, machte ihnen Mut. Doch bevor sich noch mehr Menschen einfinden konnten, rückten fünf, sechs Polizisten an und drängten uns rabiat zurück. Feindseliger Auflauf!

»Räumen Sie sofort den Platz oder Sie kommen mit!«

So etwas hatte ich lange nicht gesehen, im Jahr 1953 zum letzten Mal. Aufwühlend. Wir sprangen auf unsere Räder und hauten ab.

Auf einer Bank am Kollwitzplatz erzählten mir meine Freunde, wie sie den 13. August erlebt hatten.

»Wir waren im Garten«, begann Franki, »und völlig ahnungslos.«

Am frühen Morgen wollte sein Papa mit ihm Nachbarn aus der Kollwitz vom S-Bahnhof Oranienburg abholen. Doch die kamen nicht. Merkwürdigerweise auch kaum Züge. Franks Vater fragte nun den Kartenknipser, was hier denn los sei. Der Mann schaute erstaunt.

»Ach, wissen Sie denn nicht? Die S-Bahn fährt nur von hier bis Hohen Neuendorf. Die haben die Grenzen zugemacht!«

In Richtung Berlin war Hohen Neuendorf die letzte S-Bahnstation im Osten, danach kam Frohnau – Westen. Der Schreck bei den beiden war groß. Fast wortlos fuhren sie zum Garten zurück. Noch bevor sie ausgestiegen waren, kam ihnen Franks Mutter entgegen, wild mit dem Kofferradio in der Luft wedelnd.

»Die sagen in den Nachrichten, die Grenzen sind zu! Der Zugverkehr von und nach Berlin ist unterbrochen!«

Der Sonntag war im Eimer, die Trübsal groß. Was ist mit dem Geschäft? Das stand nämlich in der Lindenstraße, direkt an der Grenze, auf der anderen Straßenseite war schon Westberlin.

»Kommt, wir machen hier schnell alles dicht und fahren hin!«, sagte Franks Vater.

Als sie eine Stunde später von der Leipziger in die Lindenstraße abbogen, bemerkten sie, dass schon weit vor ihrem kleinen Fotobetrieb mehrere Grenzer und Kampfgruppen-Leute patrouillierten.

Das Geschäft schien abgeschnitten. Der Inhaber am Steuer kochte und trat aufs Gaspedal. Die mit Kalaschnikows bewaffneten Männer spritzten überrascht zur Seite. Ein Durchbruch, ausgerechnet bei ihnen? Im selben Moment erkannte Franks Vater, dass quer über die Straße, von Linde zu Linde, ein Stahlseil gespannt worden war, und bremste scharf. Das Seil schrammte dennoch über die Motorhaube, bis zur Frontscheibe. Im Nu war der lindgrüne Trabant von Grenzwächtern umringt.

»Was machen Sie hier? Warum bleiben Sie nicht stehen?«

Da baute sich der aufgebrachte Lichtbildner vor ihnen auf.

»Weil ich zu meinem Geschäft da vorn will!«

Die abgestellten Männer wirkten unsicher. Eine solche Sachlage kam in den erhaltenen Befehlen nicht vor.

»Na, dann gehen Sie mal. Der Wagen bleibt hier!«

Franki auch. Als sein Vater nach kurzer Zeit zurückkam, ging einer der Grenzer auf ihn zu und nickte beflissen: »Morgen, am Montag, können Sie natürlich auch wieder durch.« Eine ungewöhnliche Szene.

Im Moment half nur der Rückwärtsgang. Der Vater legte ihn ein.

»Wir sind dann wieder raus in den Garten gefahren«, erklärte Franki abschließend.

»Mein Vater konnte sich kaum abregen und meinte pausenlos: ›Das hält sich nicht auf Dauer!‹«

Dann war Micha dran. Es wurde kurz.

»Ich war im Ferienlager, in einer Jugendherberge in Meiningen. Wir Kinder haben dort nichts erfahren. Gar nichts. Kein Wort darüber, dass die Grenze abgesperrt wurde.«

Zeitungen, öde wie sie waren, gehörten nun mal nicht zum täglichen Lesestoff. Und ausgerechnet in den Ferien die örtliche SED-Bezirkszeitung »Das freie Wort« zu kaufen, darauf kam nun schon gar niemand. Da auch ein Kofferradio fehlte und ein Telefon sowieso, saßen die Kinder in der Jugendherberge wie auf dem Mond.

»So fuhren wir zurück. Ohne jede Ahnung. Erst als meine Eltern gestern am Ostbahnhof standen, war mir klar, hier stimmt was nicht.«

Nun schauten sie mich an.

»Und du?«

»Bei mir war es ähnlich, wie bei Micha. Ich hatte Sportfest.«

Darüber mussten wir alle drei lachen. Es war irgendwie seltsam. Wir drei waren mit der offenen Grenze groß geworden, waren jede Woche in Westberlin auf Achse gewesen, waren mit unseren Eltern ganz einfach »rüber« gefahren oder gelaufen – zu Besuchen, zu Einkäufen, zu irgendwelchen Veranstaltungen. Und dann geriet an jenem Sonntag im August unsere kleine Welt aus den Fugen, und wir waren nicht da. Na, Franki fast.

Bei vielen anderen Ostberlinern, die diese Nacht in der Stadt erlebt hatten, kam es oftmals zu bizarren Situationen. Die einen saßen in der letzten S-Bahn und merkten erst auf dem Ost-Grenzbahnhof, was da gerade vor sich ging. Andere waren abends in Westberlin im Kino und anschließend bummeln, nun standen sie, noch auf der Westseite, vor der abgesperrten Grenze. Mit einer Schicksalsfrage: zurückgehen oder bleiben. Bei wieder anderen waren die Familien getrennt, der eine Teil noch im Westteil, der andere im Ostteil. Und wenn es nicht um Kinder ging, manchmal mit derselben Frage.

Vielleicht hätte der Zufall auch für uns drei Jungs eine dieser Geschichten parat gehabt. Oder wir hätten, wie die meisten, davon erst beim Frühstück aus dem Radio erfahren. Samstagnacht war nicht Nachrichtenzeit. Auch nicht für unsere Eltern. Und Handys, die vieles in Bewegung hätten setzen können, tauchten noch nicht einmal in unserer Fantasie auf. Micha, Franki und ich wären also wahrscheinlich nach dem Marmeladenbrötchen aufs Fahrrad gesprungen und zur Grenze gefahren. So, wie nun auch – fünf Tage danach.

Genauso die letzten beiden Wochen im August und noch bis tief in den September hinein. Jeden Tag. Wir wollten wissen, was sich an der Mauer tut, ob sie noch steht oder stillschweigend wieder abgerissen wurde. Ein bisschen träumten wir davon, auf der Hinfahrt. Doch sie stand noch. Und so flüchtig zusammengeschustert sie auch aussah, an ihr endeten nun die Wege.

Wir bogen jetzt öfter ab. Der Grenzabschnitt an der Bernauer war inzwischen weiträumig abgesperrt, in der Wolliner und Swinemünder kam man näher an die Mauer heran. Da standen wir dann, meist Wolliner / Ecke Kremmener, die Hände an den Fahrradlenkern, jederzeit bereit, uns auf die Sättel zu schwingen und Reißaus zu nehmen. Manchmal griffen die Grenzer und Polizisten nicht gleich ein, ließen uns wie auch andere Schaulustige unbehelligt. Viel gebaut wurde zu dieser Zeit an dem Bollwerk nicht. Mit der erreichten Höhe gab sich die Sicherheitsabteilung der Partei allem Anschein nach erst mal zufrieden. Möglicherweise war ihnen auch das Material ausgegangen. Wenn wir Glück hatten, schaukelte sich so eine Mauerbesichtigung zu einem kleinen Zwischenfall hoch. Das konnte heikel werden. Häufig begann es damit, dass sich Verwandte oder Bekannte über die Mauer hinweg zuwinkten und ihre Kinder in die Höhe hoben, damit sie gesehen werden konnten – die einen vom Westen aus, die anderen im Osten. Immer mehr Menschen kamen hinzu, und schon formierte sich erneut eine kleine Ansammlung, die rasch weiter anschwoll. Wieder machten die aufgebrachten Männer und Frauen keinen Hehl daraus, was sie von den »antifaschistischen Maßnahmen« hielten. Aus dem anfänglichen Gemurre wurden Rufe: »Eine Schande ist das!«

Auch von der Westseite waren Sprüche zu hören.

»Weg mit Ulbricht! Weg mit der Mauer!«

Nun klatschten die Leute auf unserer Seite.

Die Polizisten wurden nervös. Kommandos hallten durch die Straße, im Laufschritt kamen die Uniformierten auf uns zu.

»Zurück! Gehen Sie zurück!«

Unwillig wich die Menschentraube Meter um Meter zurück.

»Platz da!«

In schneller Fahrt preschte ein Polizeifahrzeug heran, ein »Garant«-Kleinbus, auf dem Dach mehrere große Lautsprecher. Kurz darauf hallte laute Marschmusik an den Hauswänden entlang, Richtung Westen. Selbst die Polizisten waren abgelenkt. Und so rückten die Menschen wieder vor. Von drüben waren zwischen den einzelnen Märschen Pfiffe zu hören. Dann sahen wir das Dach eines VW-Busses, ebenfalls mit einer Batterie Lautsprecher bestückt. Schon wurde auch dort aufgedreht. Wortfetzen drangen herüber: »Stacheldraht… Deutsche… SED.« Die Regler waren am Anschlag. Ein ohrenbetäubender Lärm. Der »Krieg der Lautsprecher« begann. Wir dürsteten nach solchen Geschehnissen, atmeten berauscht die widerspenstige Stimmung ein. Auf der Rückfahrt waren wir uns einig: Es war ein spannender Tag.

Die meisten Besichtigungstouren waren weniger spektakulär. Fast immer nahmen wir die gleiche Route – erst zur Bernauer, dann weiter an der Wolliner vorbei, bis zum östlichen Teil der Brunnenstraße. Im Kopf vor allem eine Frage: Hatte sich was getan? An der Mauer nicht. Doch die Fläche davor wurde allmählich verstärkt. Panzersperren waren der nächste Schritt – miteinander verschweißte Schienenstücke, die in Zweier- oder Dreierreihen aufgestellt worden waren. Sie sollten Autos an einem gewaltsamen Durchbruch bis zur Mauer hindern. Die Anlage dehnte sich aus. Das war das eigentlich Beunruhigende.

Aber noch war der Glaube stärker. Der Glaube an ein gutes Ende. Jedenfalls bei *den* Ostberlinern, die den Mauerbau zutiefst ablehnten. Sie klammerten sich in jenen Tagen an *eine*

Überzeugung, die Mut machen sollte und die bei kaum einem vertraulichen Gespräch fehlte: »Das wird sich der Ami nicht gefallen lassen!«

Wie oft habe ich diesen Satz gehört? Hoffnung und Resignation waren seine Zutaten. Die Hoffnung galt Amerika, als mutmaßlichem Beistand jeglichen Freiheitsstrebens und einzigem Schutzpatron gegenüber sowjetischen Machtspielchen. Die Resignation betraf die empfundene eigene Ohnmacht – man hatte es sich gefallen lassen. Schulterzuckend, schimpfend.

»Mit uns können sie es ja machen.«

Auch oft gehört. Die Erinnerungen an den 17. Juni steckten noch immer in den Köpfen.

Und so suchte man weiter nach Strohhalmen. Die flüchtig zusammengeschusterte Grenzsperrung war auch einer. Sie mutete, trotz neuer Sperren, recht behelfsmäßig an, geradezu provisorisch. Vielleicht ist das ganze Theater ja nur eine vorübergehende Machtdemonstration? Meine Eltern hingen dieser Wunschvorstellung auch an.

»Was, wenn der Spuk in ein paar Monaten wieder vorbei ist?«

Warum dann alles riskieren? Meinem Vater fiel die Vorstellung, bei einer Flucht nur einen Rucksack mitnehmen zu können, sichtlich schwer. Er dachte nicht über mögliche Schleichwege nach. Die gab es noch – durch Keller, Abwasserkanäle, Kabelschächte. Der 24. August beendete auch das bloße Gedankenspiel daran. An diesem Tag gab es den ersten Toten an der Mauer. Der Ostberliner Günter Litfin wurde bei seinem Fluchtversuch erschossen. Nun war endgültig klar: Wir würden es nicht versuchen.

Die tödlichen Schüsse waren ein Schock. Selbst für viele Menschen, die den »Sicherungsmaßnahmen« der DDR durchaus Positives abgewinnen konnten. Sie hatten sich vor allem über die im Westen arbeitenden »Grenzgänger« und jene Westberliner aufgeregt, die den Osten »leer« kauften. Der Tote passte dann doch nicht in ihr Bild, dass nun alles besser werden würde. Bei den ergebenen Parteigängern passte er – als deutliches Signal »erhöhter Klassenwachsamkeit«.

Auch in meinem Umfeld gab es Leute, die der Grenzschließung zustimmten: ein paar stramme Lehrer, meine Trainer beim SC Dynamo und zwei, drei Familien aus unserer Häuserzeile. Die Mehrheit der Menschen im Osten hatten den Mauerbau nicht begrüßt. Die meisten waren erschrocken, verstört, fassungslos, entsetzt, wütend. Manche nahmen ihn leidenschaftslos hin. So war die Stimmung, die damals herrschte. Begrüßt oder zumindest gutgeheißen wurde er von einer Reihe Intellektueller, Künstler und Schriftsteller. Sie verbanden damit die Hoffnung, dass die durch den »überall lauernden Gegner« notwendig gemachte Unterdrückung kritischer Meinungen nun zurückgenommen werden würde. Schließlich rechtfertigten die führenden Funktionäre mit solchen Argumenten jahrelang ihren harten Kurs: »Genossen, natürlich hätte der Sozialismus sehr gern schon früher seine besseren Seiten gezeigt – aber die Umstände erlauben es noch nicht.« Die Umstände! Sie waren überall: der Klassenfeind, die offene Grenze, die gegnerische Kontaktpolitik, die Abwerbungen, die ideologische Wühltätigkeit. Nun war die DDR hermetisch abgeriegelt, die eigentlich »wesensfremden« Fesseln hätten abgeworfen werden können. »Brüder, zur Sonne, zur Freiheit!«

Das Gegenteil passierte.

Endlich brauchten die herrschenden Betonköpfe keine Rücksicht mehr zu nehmen, endlich konnten sie loslegen – es drohte keine Massenabwanderung mehr. Die Schrauben wurden angezogen. Schon am 20. September beschloss die Volkskammer einmütig das »Verteidigungsgesetz« und bereitete damit die Einführung der Wehrpflicht vor. Die politischen Verfolgungen erreichten neue Höchststände. Selbst Stasi-Minister Mielke sah sich gezwungen, ins Laufwerk zu greifen: »Es ist nicht möglich, die gegenwärtig hohe Zahl von Festnahmen länger beizubehalten.« Mehrere Theaterstücke, wie Heiner Müllers »Die Umsiedlerin« und Peter Hacks »Die Sorgen und die Macht«, wurden verboten oder abgesetzt, Peter Huchel, Chefredakteur der renommierten Literaturzeitschrift »Sinn und Form«, wurde zum Rücktritt gezwungen, unliebsame Kabarettprogramme angefeindet. Alle, die auf mehr Freizügigkeit und weniger Zensur hofften, wurden enttäuscht.

Sie blieben nicht allein. Auch diejenigen, die schon mit großer Vorfreude ein verbessertes Warenangebot erwarteten, blickten in dieselben spärlich gefüllten Regale. Die Versorgungslücken blieben. Wenige Monate später sollten sie sogar noch größer werden.

Enttäuschung allenthalben. Sie traf genauso die Heerscharen, die alle ihre Hoffnungen auf ein Stoppzeichen der Amerikaner setzten. Es kam nicht. Präsident Kennedy unterbrach nicht mal seinen Urlaub. »Ich will darüber nicht in Schweiß geraten«, soll er auf seiner Yacht gesagt haben. Mit dem Bau der Mauer war für ihn ein ständiger Krisenherd erst mal gelöscht. Kuba war näher. Davon ahnte man in Berlin nichts. Dort fragte man sich nur: »Warum lassen uns die Amerikaner im Stich?«

Kennedys nüchterne Antwort ist in einem Brief an Willy Brandt nachzulesen, fünf Tage nach dem Mauerbau geschrieben: Die sowjetische Entscheidung zur Grenzschließung »könnte nur durch einen Krieg rückgängig gemacht werden«. Und niemand wolle, »dass wir an diesem Punkt einen Krieg beginnen«. Unglücklicherweise hatte Kennedy im Juni beim Wiener Gipfel mit Chruschtschow die Sowjetunion zu ihrer Entscheidung ermuntert, als er merken ließ, dass die USA ihre Hoheitsansprüche vor allem auf Westberlin begrenzen. Ostberlin sei Sache der Sowjetunion. Chruschtschow gab Ulbricht grünes Licht. Wir haben das alles sehr viel später erfahren. Unser großer Held war kleiner.

Auch Walter Ulbricht wollte einen Krieg verhindert haben. Am selben Tag, an dem Kennedys vertrauliche Botschaft bei Brandt eintraf, hielt der Staatslenker im DDR-Fernsehen eine Ansprache. Mit den Maßnahmen vom 13. August, ließ er uns wissen, habe die Regierung dazu beigetragen, den »Frieden in Europa und in der Welt zu retten«. Rechtzeitig! Sicher gab es im Westen genügend Gelüste, die »Ostzone« aufzuweichen, doch die Behauptung, dass Bonn plane, »nach den westdeutschen Wahlen (am 17. September) mit einem offenen Angriff gegen die DDR« zu beginnen, war eine lächerliche Notlüge. Gerettet hatten die Politbürokraten nur sich selbst. Ohne die Grenzschließung wäre das von ihnen kommandierte Land zerbröselt.

Sie stellten es anders dar. Sie hatten »den friedlichen Aufbau der Werktätigen« geschützt. Um die Wahrheit weiter zu vernebeln, ließ Agitationschef Sindermann ein Wortungetüm erfinden: »antifaschistischer Schutzwall«. Das Wort »Mauer« an dieser Stelle war unzulässig und schlimmstenfalls ein Zeichen dafür, dass man den Machenschaften des Klassenfeindes gegenüber anfällig sei. Den Bürgern sollte eingeredet werden, dass der »antifaschistische Schutzwall« allein den Frieden gegen die westdeutschen Revanchisten zu sichern hatte. Seltsamerweise waren die Panzersperren, der Stacheldraht und die wachsamen Blicke der Grenzer nach innen gerichtet. Das war selbst für uns Kinder eine Binse. Wir hatten es erlebt.

An der Grenze wurden derweil Sichtblenden aufgestellt. Sie sollten selbst das harmloseste Zuwinken verhindern. Und allmählich machte sich ein Gefühl breit: Das alles sind nicht nur vorübergehende Maßnahmen. Die Abriegelung wird länger dauern. Unsere Streifzüge zu den Geschäften in der Brunnenstraße, die wir so selbstverständlich unternommen hatten wie den täglichen Weg zur Schule, waren nur noch Erinnerung. Ich musste mich von einigen Wünschen verabschieden – von den Romika-Töppen, der 08-Knallplättchenpistole, der ersten richtigen Levis, der einen oder anderen Rock 'n' Roll-Platte. Vorerst. Ewig konnte es so ja nun wirklich nicht weitergehen. Dass es dann doch fast ein halbes Menschleben wurde, lag damals außerhalb meiner Vorstellung.

An einem dieser aufregenden Tage kam mir ein schrecklicher Gedanke. Meine Mutter würde nun nicht, wie eigentlich verabredet, ab Ende August wieder zu Tante Mann fahren und dort die Hausarbeit machen. Das war vorbei. Und mir wurde bewusst, dass ich auf einen Schlag alle meine Westfreunde verloren hatte. Wie ausgelöscht. In den Ferien war ich nie in der Plönerstraße, daher kamen mir Hoffi, Micki, Wölfchen, Rolfi und die anderen nicht gleich in den Sinn – bei all dem Durcheinander. Nun waren sie da und zugleich für immer weg. Es war der tiefste Schnitt. Wir hatten zusammen gespielt, sind zusammen durch die Gegend gezogen. Jede Woche war ich zwei-, manchmal dreimal dabei. Jahrelang. Und nun würde ich sie nie wiedersehen? Damit kam ich nicht klar. Es dauerte nicht lange, und sie tauchten wieder auf. In meinen Träumen. Hoffi, Micki, Rolfi, Wölfchen. Es war fast immer derselbe Traum. Sie spielten, lachten, riefen mich. Und ich schaffte es nie, zu ihnen zu kommen. Ich habe sie in meinen Träumen immer wieder aufs Neue verloren. Sehr oft. Der Traum hatte sich in meinem Leben eingenistet. Noch viele Jahre später besuchte er mich in der Nacht.

Die vertraute Welt meiner Kindheit war nicht mehr die gleiche. Zu vieles war halbiert – die Stadt, die Wege, die Freundschaften. Wir mussten uns darauf einstellen. Bei Erwachsenen kann das schwerer und komplizierter sein. Kinder schalten schneller um. Zumal bei uns in der 66 noch alle da waren. Das war sicher hilfreich. Wir saßen in jener Zeit häufiger als sonst zusammen, auf einer Bank oder der Steinmauer am Buddelkasten, und tauschten unsere Fragen und Antworten.

»Meint ihr, wir können nie wieder rüber?«

»Wer weiß? Aus Pappe ist dit Scheißding jedenfalls nicht!«

Dabei war dann schnell herauszuhören, wie zu Hause gedacht wurde. Aber das wussten wir im Grunde schon vorher.

Die Ferien gingen zu Ende. Nun traf ich mich auch wieder öfter mit den Schulfreunden. Vor allem mit unserer kleinen Rock 'n' Roll-Clique. Zum Glück konnten wir weiter AFN, BFN und Radio Luxemburg hören. Die Radiowellen überflogen ungestört die Mauer, und Little Richard schrie sein »*Mhm, mhm, by the light of the silvery moon*« aus dem Lautsprecher. Noch vor dem ersten Takt drückte Heini auf die Aufnahmetaste seines Tonbandes. Die Spulen drehten sich. Wir wippten im gleichen Rhythmus. Es war wie immer. Doch sobald die Musik verstummt war, meldete sich die Wirklichkeit zurück. Wir vier – Heini, Kaule, Gerdchen und ich – waren noch da, aber was war mit den anderen aus der Klasse? Wir gingen reihum alle durch, fischten den einen oder anderen Namen heraus und verwarfen ihn wieder. Die Frage trieb uns bis zum Schulbeginn um: Wer würde fehlen?

Der Klassenfeind im Schulaufsatz

Einer. Oder waren es doch mehr? Die genaue Zahl blieb im Dunkeln. Während der Ferien hatte eine Schulreform vieles umgepflügt – nicht nur die Klassen, sogar ganze Schulen. Unsere Lehranstalt wurde mit der Nachbarschule zur 15. Oberschule zusammengelegt. Auch meine Klasse war betroffen. Viele ehemalige Mitschüler gingen seit dem 1. September in die Senefelder zur Schule, andere noch weiter. Der Rest unseres Jahrgangs teilte sich nun in zwei 8. Klassen. Die hatte man im Blick. Aber was war mit den Abgängern? Hatte der eine oder andere nicht nur die Schule, sondern mit seinen Eltern gleich das Land gewechselt? Einer jedenfalls war sicher weg. Oder richtiger: eine. Brigitte.

Wir sind manchmal den Nachhauseweg zusammen gegangen. Brigitte wohnte in der Ryke, gleich das erste Haus nach der Ecke Sredzki. Den Schlenker durch ihre Straße hatte ich gern gemacht, denn ich mochte sie. Vor der Haustür standen wir dann in der Mittagssonne und plauderten noch eine Weile. In Sympathie getunkt. Nun war sie weg. Wie hatte man das damals erfahren? Per Gerücht? Als Meldung an die Schule? Oder erst durch einen verräterischen Strich, der ihren Namen im Klassenbuch auslöschte? Durchgestrichene Namen sollte es in den nächsten Monaten noch in vielen Klassenbüchern der DDR geben. Trotz Mauer und Stacheldraht fanden noch Tausende Familien einen »Schleichweg« in den Westen. Der Strich in der Nebenklasse hieß Max. Er kam aus einer Arztfamilie. Ich war einige Male bei ihm zu Hause in der Schönhauser, etwa auf der Höhe, wo die U-Bahn aus dem Tunnel kommt. Sollte das Gemunkel, das damals unter uns Schülern herumgeisterte, stimmen, dann war Max' Flucht spektakulär. Dann saßen seine Eltern, sein Bruder und er in dem Eisenbahnzug, der am 5. Dezember 1961 mit Volldampf die Grenze durchbrach.

Der Zug verkehrte fahrplanmäßig auf der Strecke von Oranienburg nach Albrechtshof. Nächster Halt wäre der nun abgeriegelte Bahnhof Spandau-West gewesen. Anfang Dezember bekamen der Lokführer und sein Heizer Wind davon, dass in den nächsten Tagen die weiterführenden Gleise Richtung Westberlin demontiert werden sollten. Rasch riefen sie Verwandte und Bekannte für die eigentlich reguläre Fahrt zusammen – Abfahrt 19.33 Uhr. Vorsorglich waren die Notbremsen von den beiden Reichsbahnern blockiert worden. Eine knappe Stunde später donnerte der Zug in voller Fahrt erst durch den Bahnhof Albrechtshof, dann einen Kilometer weiter durch die Absperrung. Ohne, dass ein Schuss fiel. Die Nachricht ging um die Welt, die DDR sprach von einem »verbrecherischen Anschlag« und ließ die Schienen eilig herausreißen. Sieben überraschte Fahrgäste kehrten in den Osten zurück, 25 blieben im Westen. Wohl auch Max. Gut angekommen war er auf jeden Fall. Mein Freund Gerdchen bekam von ihm eine Postkarte, abgestempelt in München: »Viele Grüße. Maxl«

Mit solchen Gelegenheiten rechneten meine Eltern nicht. Sie machten einfach weiter. Ich auch. Mit meinem Bußgang in die Immanuelkirche. Habe ich ihn noch in den letzten Ferientagen angetreten oder gleich Anfang September? Es war jedenfalls ein schöner, sonniger Nachmittag. Meine Mutter zupfte mein Hemd zurecht und gab mir einen Klaps – viel Glück. Den Weg kannte ich ja. An der Kirche vorbei, auch an der kleinen Kapelle, in der ich vor vier Jahren gefeuert worden war, und dann schnurstracks auf das Gebäude der Gemeindeverwaltung zu. In einer Art Sekretariat ordnete eine Frau die Post. Sie sah mich freundlich an: »Was möchtest du?«

»Tja, also, ich hatte hier bis 1957 Religionsunterricht bei Frau Diether, dann wurde ich aber ausgeschlossen. Nun würde ich trotzdem sehr gern am Konfirmandenunterricht teilnehmen.«

»Trotzdem?! So einfach geht das nicht. Du sagst mir jetzt deinen Namen, und dann werden wir die Sache prüfen. Das kann ein paar Tage dauern.«

Ein paar Tage? Aber bitte! In diesem Moment war mir das ziemlich schnuppe – ich hatte den kläglichen Auftritt hinter mich gebracht. Das war schon mal gut. Und dass man mir gleich um den Hals fallen würde, damit war ohnehin nicht zu rechnen gewesen. Dennoch nahm die Geschichte einen unerwarteten Ausgang. Als ich an gleicher Stelle wieder erschien, empfing mich die Dame mit einer glasklaren Ablehnung: Nach Durchsicht meines Falles habe man entschieden, dass »eine Teilnahme unerwünscht« sei. Ich musste erst mal nach Luft schnappen und machte etwas verdattert kehrt. Draußen auf der Straße sah die Welt schon wieder anders aus. Das Urteil bekümmerte mich nicht, ich hatte keine Verwundungen davongetragen, und irgendwie verstand ich die Kirche sogar. Warum sollte sie ein schwarzes Schaf zurücknehmen, wenn die Konfirmandenstunde auch so noch leidlich besucht wurde? Meine Einsegnung konnte ich vergessen. Und nun?

Plan B: Jugendweihe. Das musste ich schlucken, meine Eltern auch. Schließlich waren gerade mal drei Jahre vergangen, seit mein Vater sich deswegen mit einem meiner Schuldirektoren angelegt hatte. Nun nickte er nur: »Irgendwas muss schon sein.«

Meine Mutter pflichtete ihm bei und seufzte schwach: »Wie sollen wir das den anderen bloß beibringen?«

Sie meinte vor allem die Verwandtschaft zwischen Hannover und Dortmund. Es schien ihr gelungen zu sein, ich wurde nicht verflucht. Warum auch? So gottergeben waren die meisten in unserer Familie dann doch nicht. Dafür machte jetzt meine Klassenlehrerin Frau Schmiegelsky große Augen, als ich um die Ecke bog und ihr meinen neuesten Wunsch mitteilte: »Ich mach doch Jugendweihe.«

»Nanu, woher der Schwenk?«

»Hat sich so ergeben.«

»Und auch Einsegnung?«

»Ne. Hat sich auch so ergeben.«

Ihr war es recht. Einer mehr. Dass sie trotz meiner Ansage gleich nach der Konfirmation fragte, war nicht aus der Luft gegriffen. Viele fuhren damals zweigleisig – geweiht von Staat und Kirche. Ein Widerspruch? Eine völlig leidenschaftslose Entscheidung. Manchmal wurde sie von den Eltern getroffen, manchmal auch von den Kindern, manchmal von den politischen Verhältnissen. Wer auf die Erweiterte Oberschule und dort zum Abitur wollte, der kam an der Jugendweihe nur schwer vorbei. Sie machte sich gut, als Signal, dass man auf der Seite des Fortschritts stand. In der DDR wurden solche Zeichen gern registriert. Hauptsache, das Bild stimmte. Und es stimmte immer mehr. Oberflächlich. So wie der Großteil Ostberliner Schüler in den frühen fünfziger Jahren noch geschlossen zum Religionsunterricht spazierte, so jetzt zur Jugendstunde. Nur ein knappes Drittel unserer Klasse bereitete sich auf die Segnung durch die evangelische Kirche vor, manche neben der Jugendweihe. Zwei von uns hatten schon vor Jahren die Kommunion empfangen – die beiden Katholiken.

Für mich war die Jugendweihe der einzige Weg zu einer Feier. Dazu noch ein müheloser. Während ich mit Gerdchen am Radio hing und AFN hörte oder auf dem »Freien« Fußball spielte, zogen manche Klassenkameraden zum Unterricht in die Kirche – mit auswendig zu lernenden Bibeltexten im Gepäck. Die vorbereitenden Jugendstunden brauchten kein Gepäck. Mal gab es einen Museumsbesuch, mal einen Veteranenvortrag. Immer im Dienste unserer weltanschaulichen Erziehung. Aber ideologisch folgenlos. Agitationsbeigaben perlten fast automatisch an uns ab. Das waren wir trainiert. Es sei denn, man war dafür. Dann war man bei der Sache. Ich war nur da.

Die Freundschaftspionierleiterin unserer Schule mutmaßte, dass mehr dahinterstecken könnte. Gar ein Fingerzeig für eine Kurskorrektur? Jedenfalls hielt sie es für ihre Pflicht, noch mal nachzuhaken: »Willst du nicht auch Mitglied der FDJ werden? Das wäre doch folgerichtig.«

Fand ich nicht. Mir kam die Situation nur sehr bekannt vor. Also hielt ich sie hin, wie die Kollegin bei der Pionieranfrage: »Ich denk drüber nach, bestimmt.«

Es hatte sich schnell erledigt. Ich blieb unorganisiert. Außer im Sport, da lief ich weiter für den SC Dynamo auf, nun in der 2. Jugendmannschaft. Und mit den alten Töppen natürlich. Seit Beginn des neuen Schuljahres sprang ich auch noch ins Schwimmbecken. Wahrscheinlich wurde ich von Mitschülern dazu ermuntert. Denn mit Renate, Jutta, Gabi, Anita, Heidi, Helga, Michael und Wolfgang gab es mehrere Kinder in meiner Klasse, die schon Mitglied der SG Nordring waren. Trainiert wurde im 25-Meter-Becken des Stadtbades an der Oderberger, abends, zweimal in der Woche. Dort, wo ich zehn Jahre zuvor jedes Wochenende mit meiner Mutter und meinem Segelschiffchen in die Wanne stieg.

Der Mitgliedsbeitrag betrug 20 Pfennige, wie überall für uns Schüler. Kassiert wurde er von einem freundlichen älteren Herrn, im Verein einfach »Rulle« genannt. Er saß in Badehose mit krummem Rücken vor seiner Geldkassette und stempelte die Beitragsmarken ab: »Bezahlt«. Bei Nordring war er eine liebenswerte Institution. Trotz seiner lauten Kommandos vom Beckenrand, wenn man beispielsweise beim Brustschwimmen mal wieder geschlampt hatte: »Du sollst schwimmen und nicht beten!«

Dabei hatte man nur im Kopf, irgendwie die mühselige Marschtabelle hinter sich zu bringen. Zehn Bahnen nur Arme! Zum Schluss waren sie kaum noch zu spüren. Trotzdem biss ich die Zähne zusammen, denn nach der Trainingsstunde war »Kürbaden«. Da konnten wir machen, was wir wollten – tauchen, mit dem Wasserball oder Einkriege spielen. An Wettkämpfen hatte ich nur einmal teilgenommen, 100 Meter Brust. Ich wurde in meinem Lauf Dritter. So richtig ernst genommen hatte ich es nicht. Mir ging es mehr ums Kürbaden.

Danach, auf dem Heimweg, sah ich alles wie durch einen trüben Schleier, vom vielen Chlorwasser. Das war auch noch so, als ich zu Hause am Wohnzimmertisch Platz genommen hatte. Meine Eltern schauten womöglich gerade eine Show mit Fernsehmaus »Mike Molto«, wenn's ein Freitag war, und ich bekam eine Stulle, belegt mit Butter und Tomatenscheiben, wenn's beim Gemüsehändler Brummer welche gegeben hatte. Mit etwas Glück trat auch noch Connie Francis vor das Mikrofon. Und mein Blick klarte auf. Zwischen den Happen mit Tomaten. Vielleicht auch mit Gurken oder Radieschen. Solcherlei Gartengemüse gab es nur in der Saison und war damit für ein paar Monate etwas Besonderes. In Scheiben geschnitten, verdrängte es mühelos den üblichen Wurstbelag von den Abendbrotstullen. An vielen Tischen.

Bei der Spätausgabe der »Tagesschau« meldete sich das Unheil zurück. Ein Flugzeugabsturz, ein Atombombentest, eine Meldung über die Mauer. Oft kannten wir die Botschaft bereits – aus den Nachrichten im Radio. Man hörte dann schon genauer hin. Und doch begann dieses grässliche Bauwerk ganz allmählich seinen Platz in unserem Alltag zu finden. Der größte Teil der Lebenswege lief ohnehin weiter wie gehabt. Die Menschen gingen ihrer alten Arbeit nach, wohnten, wie bisher, in ihrem vertrauten Zuhause, besuchten ihre Freunde, machten Einkäufe, stolzierten ins Kino und manchmal zum Tanz. Nur nicht mehr im Westen. Und so würde es bleiben, vorerst. Es ließ sich sowieso nicht ändern. Auch diese Gedanken richteten sich ein in unseren Köpfen. Zwar sollten noch einige Jahre vergehen, bis die Mauer von den meisten Berlinern als zwar ungeliebte, aber unumstößliche geschichtliche Gegebenheit hingenommen wurde, aber dieser Gewöhnungsprozess nahm gerade seinen Anfang.

Die Gespräche kreisten nicht mehr anhaltend um Mauer, Teilung, Hoffnung. Sie pendelten sich auf den Alltagstrott ein. Ganz von selbst. Es gab genug andere Sorgen. Oder Freuden. Wir hatten schließlich das Lachen nicht verloren. Die ersten Witze über die Mauer machten die Runde.

Frage: »Wer ist der schlechteste Skatspieler im Lande?«

Antwort: »Walter Ulbricht. Der reizt bis dreizehn – und fängt dann an zu mauern!« Bestimmt hatten wir Kinder den Spaß auch erzählt. Dann ging es wieder um andere Dinge – Fußball, neue Radiohits, das Fernsehprogramm vom Vorabend und die vielen kleinen »Sensationen« im Haus und in der Gegend, die danach schrien, weitererzählt zu werden.

Halt, unsere Höhle! Die hatten wir immer noch. Inzwischen war sie sogar »eingerichtet«. Zu den Decken waren ein ausrangiertes Schränkchen, eine Matratze, eine verbeulte Petroleumlampe, von zu Hause geklaute Gläser und einige an die Wände geklebte Schauspielerbilder gekommen. Sie war weiterhin der geheime Unterschlupf für unsere kleine Bande. Nicht ganz geheim. Denn einer hatte uns bemerkt – der alte Kwiatkowski. Wir wussten, dass der Einstieg über das benachbarte Schuppendach die Schwachstelle war. Doch immer erst auf die Dämmerung warten, dafür fehlte die Geduld. Eines Tages muss uns Kwiatkowski entdeckt haben. Nun wurde es erst recht abenteuerlich. Sogar gefährlich. Kwiatkowski schoss auf uns! Mit seinem Luftdruckgewehr. Er muss ewig hinter der Gardine gelauert haben. Und hinter dem geschlossenen Fenster – das war wichtig. Dann blieb genug Zeit, hinter einem Schornstein oder Mauervorsprung in Deckung zu gehen.

»Achtung! Der Alte!«

Schon knallte es. Allzu oft geschossen hatte er nicht, getroffen nie. Allein sein Schatten mit dem Gewehr sorgte bei uns für Kitzel.

Dieser Reiz war auch da, wenn wir über die Garagendächer stiegen, um die wilden Weintrauben zu ernten, die an der Mauer zur Synagoge wuchsen. Sie hatten nie eine Chance, richtig reif zu werden. Kaum sahen sie aus wie grüne Murmeln, rückten wir ihnen zu Leibe. Noch im Gesträuch wurden sie vernascht. Mit verzogenem Gesicht. Sauer! Sie waren kein Genuss. Und doch wiederholte sich in jedem Herbst die Operation »Traube«. Unter Kwiatkowskis Gelegenheitsfeuer. Eine Untat. Trotzdem hatte keiner zu Hause von den martialischen Feldzügen des Rentners aus der 64 erzählt. Unabgesprochen. Denn der Schuss hätte auch nach hinten losgehen können. Auf den Dächern toben durften wir nicht. Alte Leute ärgern auch nicht. Und die Luftgewehrschüsse hätten unsere Eltern womöglich für eine Lügengeschichte gehalten. Also schwiegen wir, solange es keine Verwundeten gab. Erwachsene glaubten sowieso nur Erwachsenen.

Diese Erfahrung prägte. Alle Streiche und kleinen Gemeinheiten, die wir ausheckten, unternahmen wir unter der Voraussetzung eines möglichst großen Sicherheitsabstands zu unseren Eltern. Micha war am besten dran – bei ihm arbeiteten beide, Vater und Mutter. Ideal beispielsweise für Wasserbomben! Genauso wie der Balkon, der zur Wohnung in der dritten Etage gehörte. Es begann damit, dass wir große Papiertüten zusammensuchten (Plastiktüten gab es noch nicht), einen Wassereimer samt Schöpfkrug aus der Küche holten und zwei, drei Tüten sorgsam auseinanderfalteten. Nun mussten wir uns nur noch auf das Ziel einigen.

»Der da mit dem Kofferradio?«

»Ne, zu gefährlich.«

»Aber die großen Mädels, die da hinten kommen!«

»Ja, die nehmen wir.«

Rasch griffen Micha und ich nach den Tüten und ließen sie von Franki halbvoll mit Wasser füllen. Mehr wollten wir nicht riskieren, sie wären gerissen. Dann hoben wir die Dinger vorsichtig über die Blumenkästen und warteten auf den richtigen Augenblick. Unsere Devise: Erschrecken, nicht ertränken. Niemand sollte direkt getroffen werden, und so zielten wir neben oder zwischen die Leute.

»Jetzt!«

Schon sausten unsere Bomben abwärts. Die Aufschläge beobachteten wir noch durch die Geranien. Klatsch. Klatsch. Dann duckten wir uns weg. Vor dem Hauseingang setzte ein großes Gekreische und Geschimpfe ein.

»Das kam von da oben! Rowdys!«

Manchmal stürmten Leute sogar die Treppen hoch. Für uns das Alarmzeichen abzuhauen. Eilig rannten wir zur Hintertür von Michas Wohnung – ehemals für die Dienstboten. Nun bestens geeignet für unsere Flucht. Noch ehe die Beschwerdeführer sich für die mutmaßliche Etage und die passende Wohnungsklingel entschieden hatten, waren wir auf dem Hinterhof. Um das Manöver zu vollenden, sprinteten wir über das frühere Fabrikgelände, bogen in den Hof der 64 und kamen in aller Seelenruhe aus unserem Nebenhaus. Mit Unschuldsminen.

»Was ist denn hier los?«

»Da haben welche Wassertüten vom Balkon geworfen. Dritte Etage.«

»Ist schon mal passiert. Da war's die Erste!«

Dort wohnten Supplies, freundliche ältere Leute, garantiert unverdächtig.

Es sollte nicht lange dauern, und wir bauten noch ganz andere »Bomben«. Immer auf der Suche nach einer Dosis Spannung. Die hatten wir anfangs auch an der Mauer gefunden, doch inzwischen radelte unsere Clique immer seltener dorthin. Eine trostlose Anlage. Im Wesentlichen nichts Neues. Nur, dass unterdessen in der Bernauer alle Fenster zugemauert worden waren, nachdem sich immer wieder Bewohner abgeseilt oder in die Sprungtücher der Westberliner Feuerwehr gerettet hatten. All das war vom Osten aus nicht einsehbar, die Bilder kannten wir aus dem Westfernsehen. Der Anblick, der sich uns bot, war seit Wochen derselbe: die mit Stacheldraht gekrönte Mauer, Panzersperren, patrouillierende Grenzposten und in einiger Entfernung ein paar Gaffer – wie wir. Hilflos. Und genau genommen sinnlos. Wir hatten genug davon. Besonders Micha: »Kommt. Bloß weg hier!«

Auf dem Rückweg durch die Oderberger wehte aus einem offenen Fenster laute Radiomusik: *»Hello, Mary Lou, goodbye heart«*. Das war auch geblieben.

In den Reihen der ideologischen Menschenerzieher herrschte Feiertagsstimmung. Ein ganzes Volk unentrinnbar unter ihrer Vormundschaft. Fürsorglich, wie sie meinten. Was sie tatsächlich meinten, wurde recht schnell spürbar, überall, auch in der Schule. Der Westeinfluss sollte ab sofort noch offensiver bekämpft werden. Vorneweg mit »Verpflichtungserklärungen« gegen das Hören von »NATO-Sendern«. Hat das überhaupt jemand ernst genommen? Vermutlich nur die üblichen Verdächtigen. War ja nicht kontrollierbar.

Außerhalb Berlins schon: Die Ausrichtung der Antenne verriet die Sehgewohnheiten. Und die waren meist gleich. Dagegen setzte der Parteiapparat nun die FDJ in Marsch. Die Aktion »Blitz kontra NATO-Sender« wurde gestartet. Forsch kletterten daraufhin FDJler auf zahllose Dächer, um Fernsehantennen, die in Richtung Westen zeigten, herunterzureißen oder auf die »Sender des Friedens und des Sozialismus« auszurichten. Den »geistigen Grenzgängern« sollte der Empfang der »Feindsender« endlich durchkreuzt werden. Es endete mit einem Fiasko – Prügeleien, aufgebrachte Menschen und Schnellreparaturen. In Ostberlin merkte man davon nichts. Hier reichten noch Zimmerantennen, und deren Ausrichtung war von außen nicht erkennbar. So blieb den Klassenkämpfern nichts anderes übrig, als die tägliche »ideologische Diversion« zähneknirschend hinzunehmen. Zu einem offiziellen Verbot des Westfernsehens kam es nie.

Das andere Kampfziel, das wir zu spüren bekamen, war kontrollierbar, auch in unserer Schule: Auffällige, als Westklamotten erkennbare Kleidungsstücke, die man zuvor teilweise hingenommen hatte, sollten nun generell von den Lehranstalten verbannt werden. Vor allem Jeans oder Nietenhosen. Sie waren der erklärte Hauptfeind. Und wieder drohte ein Scheitern, denn viele der betroffenen Schüler fanden solche Anweisungen lachhaft und dachten überhaupt nicht daran, ihnen nachzukommen. Ich auch nicht. Meine »Mustang« blieb frühmorgens nicht im Schrank. Nun erst recht. Es sollte zu urkomischen Szenen führen.

Frau Schmiegelsky, unsere Klassenlehrerin, hatte die undankbare Aufgabe, jene Order durchzudrücken. Sie tat es ohne Eifer, doch sie tat es. Und da sie uns im Fach Russisch unterrichtete, hatte das kleine Kammerspiel dort seine Bühne. Es nahm seinen Anfang, sobald einer von uns Westhosenträgern an die Tafel oder für eine Antwort sich von der Bank erheben musste.

»Michael, hast du da etwa diese Nietenhosen an?«

»Ja, Frau Schmiegelsky.«

»So, du gehst sofort nach Hause und ziehst dir andere Hosen an!«

Im Nu flogen drei, vier Hände hoch. Und ohne lange zu warten, platzte es heraus.

»Frau Schmiegelsky, Frau Schmiegelsky, ich habe auch Nietenhosen an.«

»Ich auch!«

»Ich auch!«

»Was? Das darf doch nicht wahr sein! Ihr rennt jetzt schnell nach Hause. Umziehen!«

Mit betrübten Gesichtern stürzten wir aus dem Klassenraum. Gerade so. Draußen konnten wir uns vor Lachen kaum halten.

Ganz gemächlich klapperten wir reihum die Wohnungen ab. Bis zur folgenden Pause. Russisch war gelaufen.

Nylonmäntel boten den nächsten Kampfplatz. Sie kamen damals groß in Mode, waren federleicht, einfach geschnitten und meist dunkelblau. Der Clou war mal wieder das Material – Nylon. Es gab sie nur im Westen, jedenfalls solange sie modern waren. Und in den Paketen der Verwandten von dort. Kam man mit einem solchen Mantel in die Schule, erübrigte sich die Frage nach dem Woher. Trotz aller Probleme nahmen die Bittbriefe zu. Erfreulicherweise waren Nylonmäntel nicht besonders teuer und nahmen in den Paketen kaum Platz weg. Es wurden immer mehr. In meiner Klasse hatte bald jeder dritte Schüler so ein Ding. Mädchen und Jungs, in Blau und manchmal in Braun. Selbst der eine oder andere Lehrer hatte sich für Privates einen Nylonmantel besorgt. Am Ende wurden die Verbote von dieser Schwemme geräuschlos weggespült. Also griff man zu einer anderen Taktik. Verunglimpfen. Unser Deutsch-Pauker Herrmann machte sich die vorgegebene Sprachregelung besonders flott zu eigen: »Das ist doch nicht schön. Das sind NATO-Planen!«

In der DDR fand man diesen Ausdruck derart amüsant, dass er zum Synonym für diese Mäntel wurde. Und damit agitatorisch wirkungslos.

Unterwandert wurden die Kampagnen von Westpaketen. Jahrelang waren sie ganz normale Kartons, gefüllt mit mancherlei Aufmerksamkeiten oder erfüllten kleinen Wünschen. Wir bekamen sie, wenn bei Verwandten auf dem Dorf geschlachtet wurde. Geräucherte Würste und Schinkenstücke. Es waren hilfreiche Gaben. Alles andere konnten wir uns jederzeit in Westberlin kaufen. Nun nicht mehr. Nun stieg die Wertschätzung der Westpakete – fast bis zur Heiligsprechung. Der Inhalt dieser Wunderdinge war weithin vergleichbar: Kaffee, Kakao, Schokolade, eine Büchse Kaffeesahne, Puddingpulver, Rama, Palmin, Zigaretten, Seife, Zahnpasta und, wenn es noch reinpasste, Waschpulver. Kaum geöffnet, entströmte dem Paket diese einzigartige Duftnote, gespeist aus allen Zutaten. Großzügige Verwandte packten auch schon mal die heiß ersehnte Jeans, ein

Nyltesthemd oder eben einen Nylonmantel dazu. Die Freude war dann umso größer. Doch es kam nicht alles an. Manchmal fehlte was. Leicht erkennbar an der Inhaltsliste, die jedem Paket beigefügt werden musste. Und die wurde sorgsam von uns Empfängern abgeglichen. Einer las vor, der andere suchte nach dem passenden Stück.

»Zwei Tafeln Schokolade?«

»Ja.«

»Zwei Schachteln Zigaretten?«

»Ne, nur eine!«

Es konnte alles sein. Und kein Zufall. Der Empfänger in der DDR war nämlich nie der Erste, der seine Sendung öffnete. Diese Aufgabe versahen pflichtbewusste Mitarbeiter der Staatssicherheit und des Zolls. Feindselig, rabiat, wüst. Manche Sachen erreichten uns in ruiniertem Zustand. Auch eine Form von falsch verstandenem Klassenkampf.

Dabei musste jedes Paket vom Absender mit der Aufschrift »Geschenksendung, keine Handelsware« versehen werden. Doch das machte die verschnürte Post nicht unverdächtig. Zu Recht, wie Propagandafilme zu beweisen suchten. Als Beleg zeigten sie in Büchsen versteckte Pistolen. Wir hatten nie eine bekommen. Die Aussicht darauf dürfte ohnehin nicht groß gewesen sein. Bei verbotenen Büchern, Zeitschriften und Schallplatten lag sie deutlich höher. Angeblich alles »Geschenke«, die nur eingeschmuggelt wurden, »um die DDR zu schwächen«. Also wurde jede Sendung gefilzt. War ein kleines blaues Dreieck auf das Paket gestempelt, hatten sie offiziell ihre Finger drin. Fehlte der Stempel, hatten sie auch ihre Finger drin. Sie hatten immer ihre Finger drin.

Mit der Zeit wurde sichtbar, wer Pakete schickende Westverwandte hatte und wer nicht. Dafür sprachen vor allem besondere Kleidungsstücke, aber selbst Kaugummi, Schokolade oder Zigaretten konnten den Unterschied ausmachen. Für neue soziale Schichtungen reichte das natürlich nicht. Man war nur besser dran. Aber immerhin.

Auch der Westbesuch konnte im Osten nun zum Ereignis werden. Vor dem Mauerbau war völlig egal, ob der Besuch aus

Weißensee oder Neukölln kam. Man war erfreut oder fühlte sich gestört, unabhängig von jeder politischen Geografie. Alltag eben. Nach dem 13. August blieben Besuche aus den Westsektoren schlagartig aus. Zwar hatte die DDR auf den dortigen, von ihr verwalteten S-Bahnhöfen zunächst Passierscheinstellen aufgemacht, doch bereits zwei Wochen später waren sie vom Westberliner Polizeipräsidenten verboten worden – eine Hinnahme hätte nach Billigung des Mauerbaus geschmeckt, erklärte er. So dauerte es bis Weihnachten 1963. Erst dann konnten Westberliner wieder zu ihren Verwandten in den Ostteil der Stadt – mit inzwischen akzeptierten DDR-Passierscheinen. Anders Westdeutsche, sie konnten weiterhin jederzeit für Kurzbesuche einreisen. Allerdings mussten sie dafür auch erst mal aus Hamburg oder Köln anreisen, was verständlicherweise nicht so häufig vorkam. Die Mächtigen frohlockten. Kampfauftrag erfüllt, direkte Kontakte zu Westbürgern waren nun drastisch eingeschränkt. Die unvermeidbare Folge: Westbesuch wurde exotisch.

Unseren nächsten Verwandtenbesuch »von drüben« erwarteten wir erst in ein paar Monaten, zu meiner Jugendweihe. Völlig überraschend schaute mein Onkel Berthold aus Marburg schon früher vorbei. Er war der ältere und einzige Bruder meines Vaters. Und der freute sich sehr über das Wiedersehen. Berthold auch. Er soll damals bei den Amerikanern gearbeitet haben, jedenfalls behauptete er das. Wir tranken zusammen Kaffee, aßen Kuchen, den meine Mutter schnell gebacken hatte, und erzählten über unser Leben. Da war Berthold beim Thema: »Ich finde es schrecklich, wie ihr hier herumkrebsen müsst.«

Herumkrebsen? Das klang einigermaßen übertrieben in meinen Ohren. Ich schaute zu meinem Vater, der rückte auf dem Stuhl nach vorn.

»Na ja, Berthold, leicht ist es nicht, aber wir müssen damit zurechtkommen.«

»Bei dieser kommunistischen Misswirtschaft wird es bald nichts mehr zu kaufen geben!«

»Es gibt nicht alles wie bei euch im Westen. Das stimmt. Doch wir müssen nicht hungern.«

»Ihr lebt hier in der Steinzeit!«

»Berthold, jetzt halt doch mal die Luft an!«

Und dann geschah etwas Merkwürdiges: Mein Vater sang plötzlich ganz andere Lieder. Er verteidigte Dinge, für die er sonst kein gutes Wort fand. Ich dachte, ich hör' nicht richtig.

»Es ist auch hier im Osten vorangegangen. Unser Leben hat sich schon verbessert. Schau dich um!«

Berthold schnappte nach Luft: »Herbert, willst du die Kommunisten noch verteidigen?!«

»Nicht die Kommunisten, aber die Menschen, die hier arbeiten.«

Ich war total verblüfft. So hatte ich meinen Vater noch nie erlebt. Es sollte nicht das letzte Mal sein. Fast immer, wenn vom Westbesuch zuviel kaputt geredet wurde, verwandelte sich mein Vater in einen Advocatus Diaboli. »Verteidiger« werde ich gedacht haben, denn der lateinische Ausdruck war mir damals fremd, genauso wie die Sätze aus seinem Mund. Meist zu hören, wenn Berthold aufkreuzte. Unser Familien-Antikommunist.

Wie mein Vater seine flüchtigen Flankenwechsel selbst wahrnahm, kann ich nicht sagen, wir hatten nie darüber gesprochen. Vielleicht, weil es sich irgendwann erübrigte, und ich ihn zu verstehen begann. Mehrere meiner Freunde mussten sich ebenso um Einsicht mühen. Sie hatten bei sich zu Hause ähnliche Verwandlungen erlebt. Es fiel unseren Eltern, besonders unseren Vätern, schwer, ihre Lebensgeschichte geringschätzig behandelt zu sehen. Sie hatten sich den Arsch aufgerissen, ohne dabei rote Fahnen zu schwenken. Sie hatten manches erreicht und vieles geschaffen, sie waren zurecht auch ein wenig stolz, und sie vertrugen es nicht, wenn jemand darauf pinkelte. Die DDR war für meinen Vater kein Liebesverhältnis, aber in diesem Land steckte trotzdem auch etwas von ihm. In der Volksbühne beispielsweise, an deren Wiederaufbau er mitgearbeitet hatte. Monatelang. Dazu die Erfolge im Radsport. Wie viele Jugendfahrer hatte er zu Meistertiteln geführt? Wahrscheinlich Dutzende. Bei anderen Vätern waren es andere Gründe.

Die Partei versuchte später, als Verwandtenbesuche zur Normalität geworden waren, sich solche Unstimmigkeiten zunutze zu machen. Um selbst kleinste Gefühle von Missgunst weiter aufzuheizen und Misstrauen zu säen, entblödete man sich nicht, selbst luftigste Behauptungen in die Welt zu setzen. Die hörten sich, »ganz im Vertrauen«, etwa so an: »Die meisten Autos, mit denen die Verwandten aus dem Westen anreisen, gehören denen gar nicht. Die sind alle nur geliehen. Um anzugeben. Und um das Vertrauen unserer Werktätigen in die Politik der Partei zu erschüttern!« Es klingt wie ein Kabaretttext, war aber die Wirklichkeit. Gelacht wurde trotzdem.

Wie hatten uns die Funktionäre eigentlich das Verschwinden des Stalin-Denkmals zu erklären versucht? Wahrscheinlich in drei dürren Sätzen. Sie hatten den Mund voller zerhackter Borsten. Passiert war es jedenfalls, in der Nacht vom 13. zum 14. November 1961 – in aller Stille. Unvorsichtigerweise hatte sich Walter Ulbricht kurz darauf zu einem Exklusivinterview mit einem amerikanischen Fernsehjournalisten bereit erklärt. Und der fragte frech nach dem Verbleib Stalins. Ulbricht erstarrte. Nach kurzem Zögern sagte er nur schmallippig: »Das Gespräch ist beendet!« Dann stand er auf und spazierte aus dem Bild. Diese missliche Szene wurde im Westfernsehen gezeigt. Sie war am nächsten Tag in aller Munde. Ulbricht vorgeführt – wunderbar.

Der Denkmal-Sturz war keine reinigende Maßnahme Ulbrichts. Es war ihm einfach nichts anderes übrig geblieben. Der XXII. Parteitag der KPdSU hatte es gerade vorgemacht und Stalins einbalsamierten Leichnam aus dem Mausoleum am Roten Platz räumen lassen. Die Delegierten waren noch einmal dem liberalen Kurs Chruschtschows gefolgt. Einmütig stimmten sie zu, »das weitere Verbleiben des Sarkophags mit der sterblichen Hülle J. W. Stalins im Mausoleum für unzweckmäßig zu erachten, da es ernste Verstöße (Stalins) gegen das Vermächtnis Lenins … unmöglich machen, den Sarkophag mit seinem Körper im Mausoleum W. I. Lenins zu belassen«. Damit läutete auch das Sterbeglöckchen für die öffentliche Stalin-Verehrung in den sozialistischen »Bruderstaaten«. Auch in der DDR. Betriebe bekamen über Nacht einen anderen Ehrennamen, eine ganze Stadt und etliche Straßen wurden umbenannt, Planierraupen stürzten in Ostberlin die überlebensgroße Bronzestatue vom Sockel. Unter Aufsicht der Stasi wurde sie von Arbeitern zerlegt und eingeschmolzen. Das Material diente später für den Guss von Plastiken des Berliner Tierparks. Es muss für viele gereicht haben.

Letztlich war es wieder nur ein Bildersturm. Das Stalin'sche Erbe drückte dem Land weiter seinen Stempel auf. Die zentralistische Politik kommandierte die Wirtschaft. Es blieb bei den alten Missständen. Blumentöpfe und gefaltete Servietten füllten wie üblich die Lücken in den Schaufenstern der Lebensmittelgeschäfte. Nicht in unserer Ausschankstube »Westphal«, deren Auslage war mit Flaschen vollgestellt. Schnaps gab es immer.

Die Jugendweihe rückte näher und mit ihr der zu erwartende Besuch. Das war der Anstoß für meinen Vater, einen betrüblichen Zustand zu beenden.

»Dieter kriegt endlich sein eigenes Zimmer. Der Abstellraum kommt weg!«

Der Abstellraum war das Zimmer, in dem unsere vor drei Jahren verstorbene Untermieterin Frau Altwasser gewohnt hatte. Seitdem standen dort mein Fahrrad, ein großer Kleiderschrank mit allerlei Krempel, einige Einweckgläser, ein großer Koffer mit meinem Spielzeug und ein einfacher Tisch, den ich meist für meine Basteleien nutzte – etwa für die Entnazifizierung der SA-Figur aus Elastolin durch Neuanstrich. Dieser Kramladen sollte nun weg.

»Ist doch peinlich vor dem Besuch«, meinte mein Vater.

Es passte wunderbar, dass meine Eltern gerade ein gut erhaltenes Schlafzimmer aus Buche angeboten bekommen hatten. Herrlich hell. Die alten dunklen Möbel erklärten sie kurzerhand für »noch gut« – für mich.

»Aber das ist doch ein Schlafzimmer!«, protestierte ich.

»Was stellst du dir vor?«, fragte mein Vater zurück. »Wir hatten als Kind nicht mal einen eigenen Schrank, und du bekommst ein Zimmer! Das haben viele andere Kinder nicht!«

Das stimmte. Nur bei Franki und Micha nicht. Sie waren die Einzigen in unserer Kinderschar, die ein Zimmer für sich allein hatten, zumindest die ehemalige Mädchenkammer, wie Micha.

Tja, und damit ist es raus, so ganz nebenbei: Ich habe bis zu meinem 14. Lebensjahr bei meinen Eltern im Schlafzimmer geschlafen. Wie viele meiner Freunde und Klassenkameraden. Man lebte nach wie vor beengt. Eigentümlich war nur, dass wir den Raum ja hatten und ihn doch links liegen ließen. Nur warum? Mir scheint, dass das Zimmer wie von selbst in seine Bestimmung rutschte. Erst standen noch die Sachen von Frau Altwasser da, dann bot es sich regelrecht an, dort schnell mal etwas abzustellen, dann noch etwas und noch etwas. Und dann blieb es so. »Vorläufig.« Mein Bett blieb bei meinen Eltern. Ich kannte es nicht anders, seit meiner ersten Woche.

Nun stand unsere Trennung bevor. Ich konnte mein Glück kaum fassen. Ein eigenes kleines Reich! Es kam schnell. Der Schrank wurde an Nachbarn verschenkt, der Tisch ebenso, das Fahrrad zog in den Flur um, die Parade von Einweckgläsern in den Keller. Kurz darauf klebte eine neue Tapete mit grafischem Muster an der Wand, dem fortdauernden Nierentischgeschmack entsprechend. Und nachdem die unvermeidliche rotbraune Fußbodenfarbe getrocknet war, wurde ein neuer grauer Teppich darauf ausgerollt – dekoriert mit hellen, sich kreuzenden Linien. Auch sehr grafisch. Alt waren die Möbel. Zwei bescheidene braune Sessel mit Cocktailtisch, aus einer Haushaltsauflösung. Schließlich das »noch gute« Schlafzimmer – der Kleiderschrank und die Frisierkommode, auf der das inzwischen leicht antiquierte UKW-Radio seinen neuen Platz fand, sowie eins der Ehebetten. Es wurde so aufgebaut, dass es wie eine Couch aussah. Jeden Morgen. Das Federbett schön zusammengefaltet an der Wand, wie eine Rückenlehne, das Kopfkissen eingerollt als Armpolster, und um den Eindruck zu vollenden, wurde über alles eine grüne gefütterte Tagesdecke gebreitet. Ich brauchte dafür kaum zwei Minuten. Das Licht kam von einer vierflammigen Deckenlampe. Bis Weihnachten.

Meine Eltern machten wie immer ein großes Geheimnis um ihre Geschenke. Nur eines war schon vorher klar: Spielsachen würden nicht mehr unterm Weihnachtsbaum liegen. Lagen auch nicht. Es lagen diesmal ohnehin nicht viele Gaben dort. Ein Pullover, ein Buch, »Gullivers Reisen« von Jonathan Swift, der klassische Satz Stofftaschentücher und vielleicht noch praktische Wintersocken. Ist eben so, werde ich gedacht haben, mal mehr, mal weniger. Mit langem Gesicht. Dann zauberte mein Vater, wie aus dem Nichts, noch ein Geschenk hervor. Eine Ampel-Stehlampe – verchromter Ständer, biegsame Metallarme und drei Tütenschirme. Rot, gelb, grün. Genau wie ich sie mir gewünscht hatte, wenn auch ohne große Hoffnung. Bin ich wieder gehüpft? Wahrscheinlich. Wir haben sie sofort in meinem Zimmer aufgestellt, neben dem Cocktailtisch. Sie warf ein schönes Licht. Ab sofort erhellten die Tüten meine Buchseiten und Schularbeiten. An jenem Weihnachtsabend ahnte ich das Ende meiner Kindheit – ich bekam Möbel geschenkt.

Alles war gut. Bis zu dem Tag, an dem ich Leben in meine Stube brachte. Das Zimmer sah noch nicht so aus, wie ich es aus Filmen und »Bravo«-Heften kannte. Einfach zu brav. Hier wohnte schließlich ein Vierzehnjähriger, der Fußball und Rock 'n' Roll liebte. Und das musste an die Wand! Vor allem Elvis. Vorsichtig pinnte ich das Jailhouse-Foto mit Stecknadeln an die Tapete. Mitten über dem Bett. Dazu noch ausgeschnittene Zeitungsbilder von ihm und Little Richard. Sowie ein Länderspielfoto mit Helmut Rahn. Insgesamt fünf Bilder. Als mein Vater die neue Innendekoration entdeckte, suchte er verzweifelt nach Sauerstoff.

»Dieter, die neue Tapete!«

»Es sind doch nur winzige Einstiche. Ich habe aufgepasst.«

»Wie sieht denn das jetzt aus?!«

»Na, nach mir.«

Wieder schaute er mich streng an, unsicher, wie er die Antwort verstehen sollte. Dann fasste er sich und sagte nur: »Gut, aber kein Bild mehr!«

Es wurden dann doch mehr. Eins kam zum anderen. Bill Haley, Ricky Nelson, Fats Domino, Buddy Holly. Und neben Rahn hing bald Helmut Haller. Die Wand machte nun doch etwas her. Ohne jeden Ärger. Möglicherweise waren meinem Vater die mehr als hundert Siegerschleifen in den Sinn gekommen, die früher unsere Flurwand zierten. Für richtige Aufregung sollten jedoch nicht so sehr die amerikanischen Rock 'n' Roll-Sänger an der Wand sorgen, sondern ihre Musik, die aus dem UKW-Radio tönte. Nun aus meinem Apparat, und recht laut. Im Wohnzimmer stand dafür ein kleiner, neuer Empfänger. Manchmal dürften sie die Zueignung bereut und sich damit getröstet haben, dass selbst der »Ami-Sender« nur zu bestimmten Zeiten moderne Musik spielte.

Fernsehen blieb Familienprogramm, es gab ja nur ein Gerät. Radio lauschten wir fortan getrennt. Manchmal die gleiche Übertragung. Die »Insulaner« beispielsweise oder die unverwüstlichen »Schlager der Woche«. Nur bei den Hörspielfolgen mit »Paul Temple« kehrten wir zum alten Ritual zurück, schoben die Stühle nahe ans Radio und horchten gespannt zu. Es ging nur gemeinsam. Schon wegen der anschließenden Gedankenspiele: Dieser Name »Margo«, undurchsichtig, immer wieder taucht er auf. Was steckt dahinter? Es beschäftigte uns acht Folgen lang. Nicht nur uns, fast alle.

Inzwischen hatte das Durbridge-Fieber auch die Fernseher befallen. Der Durchbruch kam 1960 mit der Krimiserie »Es ist soweit« – auf rund 80 Prozent kletterten die Einschaltquoten. Sie wurden im Januar 1962 noch übertroffen. »Das Halstuch« hieß das neue sechsteilige Fernsehspiel. Die Deutschen in West und Ost hockten kollektiv vor den Bildschirmen. Durbridge-Tage waren Besuchstage. In manchen Wohnzimmern war es voll wie im Kino. Auch in den Gaststätten, wenn sie denn einen Fernseher aufgestellt hatten. Im Westen, im Osten sah man Westfernsehen nur daheim. Im vertrauten Kreis. Und hier wie dort spürten die Zuschauer, dass gleich zu Beginn etwas Schreckliches geschehen würde – die Musik kündigte es an. Zu sehen war ein Mann, der behutsam die Plane eines Traktoranhängers anhob. Eine Hand kam zum Vorschein. Rasch riss er die Plane ganz weg. Entsetzen. Auf dem Anhänger lag eine tote Frau. Erdrosselt mit einem Halstuch.

Zwei Wochen lang rätselten die Zuschauer, wer dieser Halstuchmörder wohl sein mochte. Wir Kinder auf dem Schulhof, die Erwachsenen auf Arbeit. Hatte man sich auf einen mögliche Täter halbwegs einigen können, machte sich in der nächsten Folge garantiert ein anderer verdächtig. Und auch bei dem sollte es nicht bleiben. Das war das Fesselprinzip. Man kam nicht zur Ruhe. Anders das öffentliche Leben. Während der Sendezeit herrschte draußen gemeinhin Friedhofsstille. Fast eine Dreiviertelstunde lang. Hochspannung bis zur Auflösung.

In Westberlin nicht. Dort erschien am Tag vor der letzten Folge in der Tageszeitung »Der Abend« ein großformatiges Inserat: »Ratschlag für morgen: Nicht zu Hause bleiben, denn was soll's; der Halstuchmörder ist Dieter Borsche. Also Mittwochabend ins Kino. Ein Kinofan (Genosse Münchhausen).« Der Kinofan war der Kabarettist Wolfgang Neuss, der für seine Filmsatire »Genosse Münchhausen« Reklame machen wollte. Und er hatte recht, der Borsche war's. Es sprach sich im Nu rum. Die Spannung war im Eimer. Entsetzen und Wut machten sich unter den westlichen Halstuch-Guckern breit. Neuss wurde zum »Spielverderber der Nation«. Die Bildzeitung beschimpfte ihn gar als »Vaterlandsverräter«. Von alldem hatten wir im Osten nichts mitbekommen. Hier wurde bis zum Schluss gefahndet. Es war wohl das einzige Mal, wo der Informationsmangel in der DDR von Vorteil war.

Obwohl, streng genommen hatten wir gar keinen. Die ungestört empfangbaren Nachrichten aus dem Westrundfunk, dazu die »Tagesschau«, das Politmagazin »report« und andere Sendungen bedienten uns einfach mit. Den Funkwellen sei Dank. Denn der Wissensdurst der Menschen war groß. Und im eigenen Land fast ungestillt. Die Informationspolitik der SED umkurvte unangenehme Themen. Viel blieb da nicht übrig – an Tatsachen. Das war auch so gewollt. Es ging vor allem um eine parteiliche Sicht auf die Geschehnisse, um eine Bestätigung der eigenen Glaubensartikel und um Argumentationshilfen für die »Genossen an der Basis«. Heikle Wahrheiten wurden weggelassen. Manch dümmlicher Kommentar war kaum zu verstehen ohne die zugrunde liegende Nachricht aus dem Westen. Und wenn die fehlte, schrieben sie in den Redaktionen selber Leserbriefe, um die gewünschten Argumente unter die Leute zu bringen. Ganz nach der Devise: »Sie fragen nicht. Wir antworten trotzdem!«

Auf neue Durbridge-Folgen mussten wir nun wieder ein Jahr warten. Bis dahin sorgte ein anderer für Spannung: Jerry Cotton. Nun nicht mehr zufällig. Er war unser Romanheld. Knapp

60 Seiten lang. Obwohl wir die Hefte nicht mehr selbst am Kiosk in Westberlin kaufen konnten, riss der Nachschub nie ab. Sie kursierten in Freundes- und Bekanntenkreisen. Wer ein »Cotton«-Heft hatte, las es, verborgte es, tauschte es. Selbst zerfledderte Exemplare kreisten weiter. Bis das Papier zerbröselte.

»Hast du 'n neuen Cotton?«

»Ja, ›Der Todesclub‹, aber da fallen schon die Seiten raus.«

»Egal. Morgen?«

»Gut, morgen. Und was kriege ich?«

»Wenn du dich beeilst, kannste ›Geradewegs zur Hölle‹ haben. Muss ich nicht so schnell zurückgeben.«

»Abgemacht.«

Alles möglichst unbeobachtet. Meine Quellen hatte ich in der Schulklasse und in unserer Clique. Heini, Micha, Franki. Irgendwann verriet uns Franki, woher sein Nachschub stammt. Erst dachten wir, er will uns auf die Schippe nehmen. Aber er blieb dabei: von seinem Vater. Meiner hätte damit die Wohnung beheizt.

Verstecken war da besser. Bei mir lag nie ein »Bastei«-Schmöker offen auf dem Tisch. Meist steckte er in einem unverfänglichen Umschlag einer anderen Zeitschrift. Und wenn man draußen unterwegs war oder in der Schule, dann klemmte das zusammengefaltete Heft im Hosenbund – Pullover drüber. Schon die Titel hätten unsere Lehrer auf die Palme gebracht: »Verpfiffen und mit Blei bezahlt«, »Der Teufel locht das Höllenticket«, »Die Gangsterhochzeit von Chicago«. In jeder Geschichte bringt G-Man Jerry Cotton im Auftrag des FBI gefährliche Gangster zur Strecke – immer mit seinem Freund Phil Decker an der Seite, immer im roten Jaguar, immer mit schwarzem Anzug und weißem Hemd und einer Zigarette der Marke »Chesterfield« im Mund. Und wenn er sich mal schmutzig machte, dann brachte er den Anzug in die Reinigung und zog sich aus dem nächsten Automaten ein neues Hemd. Aus dem Automaten! Wir kannten Kaugummi- und Zigarettenautomaten. Aber Hemden? Die neue Kunde verzierte sofort unser Amerikabild.

Nicht nur bei uns Jungs. Oder manchen Vätern. »Jerry Cotton« wurde auch von den Mädels verschlungen. Sogar von Jutta, unserer Klassenbesten. Die Mixtur aus Spannung und New York bot eben einen zu verlockenden Stoff. Andere Schmöker reichten da nicht ran. Auch wenn die meisten von uns gern nach vereinzelt kreisenden »Bravo«-Heften gegriffen haben, sie waren doch mehr eine Mädchenwiese. All die vielen bunten Fotos und Artikel über ihre angehimmelten Stars wie Hardy Krüger, Rex Gildo oder Alain Delon – maßgeschneidert. Genauso wie Liebesromane. Diese Schwäche hatten sie für sich allein.

Romanhefte gab es natürlich auch in der DDR. Mit ihren gezeichneten farbigen Titelseiten lagen sie in allen Zeitungsläden und Kiosken aus. Ohne zu verstauben. Was nicht nur am Preis – zwischen 25 und 80 Pfennigen – gelegen haben durfte. Einige Serien müssen so erfolgreich gewesen sein, dass sie mehr als drei Jahrzehnte bestehen konnten. Die »Roman-Zeitung« zum Beispiel oder die Reihe »Das neue Abenteuer«, deren durchnummerierte Hefte klassische und zeitgenössische Texte enthielten. Darunter selbst Geschichten von Jack London, Edgar Allan Poe und Maxim Gorki. Wenn mir ein solches Heft in die Hände kam, habe ich es bestimmt gelesen. Meist überwog aber das Misstrauen, auf Agitation in Romanform zu treffen. Dafür begeisterten sich dann andere. In meiner Klasse gewiss die besonders strammen FDJ-Mitglieder, die aus tiefer Überzeugung »im Geiste Ernst Thälmanns lernen und kämpfen« wollten. Wir sind die Sieger der Geschichte – Heft für Heft.

Mit demselben Verdacht musterte ich auch die frühen Folgen der Krimi-Reihe »Blaulicht«. Sie waren – wie dienlich – gleich im Verlag des Innenministeriums erschienen. Und wahrscheinlich auch von dort bestellt: Liebenswerte Volkspolizisten beschützen den sozialistischen Aufbau gegen das vom Westen einsickernde Verbrechen. Nullachtfünfzehn im Kalten Krieg. Reihenweise. Jerry hatte da ein leichtes Spiel.

Bücher rutschten in die zweite Reihe. Was auch daran lag, dass meine Wunschtitel nicht zu haben waren. Nicht mehr oder nicht ohne Schwierigkeiten. Fritz Walters »So habe ich's gemacht« beispielsweise. Sein Fußballhandbuch war gerade in München erschienen und nun unerreichbar. Jules Verne und

Daniel Defoe dagegen waren erreichbar, die erträumten Ausgaben sogar in ostdeutschen Verlagen veröffentlicht. Doch das langte nicht. Wieder musste man Glück haben, bei der Anlieferung zufällig danebenstehen oder eine Buchhändlerin kennen. Gut kennen. Auch wenn die DDR ein Leseland war, mit begehrten Büchern war es so wie mit allen begehrten Dingen: Sie waren Mangelware. Manchen Band meiner kleinen Sammlung las ich daher einfach noch einmal – mitunter Jahre später. Mark Twains »Huckleberry Finn« erfuhr eine solche Wiederentdeckung. Dazu mit Gewinn, denn plötzlich offenbarten sich mir auf manchen Seiten völlig neue Einsichten.

Diese Erfahrung machte nicht nur ich, wir tauschten uns darüber in der Klasse aus. Wenn auch selten. Es lasen eben nicht alle dasselbe. Jeder hatte seine Interessen, seine Vorlieben und – auch hier – seine Einstellung. Auf Twain oder Stevenson konnten wir uns sicher noch einigen, danach trennten sich unsere Wege. Bücher waren auch Glaubensartikel. Und so wie die »Zweihundertfünfzigprozentigen« um Karl May eine Kurve machten, machte ich sie um Nikolai Alexejewitsch Ostrowski. Sein Roman »Wie der Stahl gehärtet wurde« war ein sozialistischer Erziehungsschinken. Mir reichte die Verfilmung, die wir uns ansehen mussten. Alle Schulen in der DDR. Der sowjetische Streifen war einer der »Pflichtfilme«.

Die Obererzieher setzten auf die Verführungskunst des Films. Mit dem angeordneten Besuch sollte dazu beigetragen werden, aus uns junge klassenbewusste Sozialisten zu machen. Sie haben sich vertan. Zumindest in jenen Schulen, mit denen ich in die Pflichtfilme geschickt wurde. Und das waren einige. Wir kamen meist so aus den Vorführungen raus, wie wir reingegangen sind. War man nachdenklich geworden, dann kaum im Widerstreit mit den eigenen Überzeugungen. Eher über Szenen, die einen berührten oder die das tatsächliche Ausmaß schlimmer Dinge aufzeigten – etwa die Grausamkeiten des Faschismus. Das ließ keinen kalt. Nur: Das hatte uns auch schon vorher nicht kalt gelassen.

Unserem Staatssozialismus brachte mich keiner der Pflichtfilme näher. Die Absicht trübte. Und die war schon mit der Ankündigung erkennbar, lange bevor der Saal ins Dunkel tauchte. Dennoch hatte ich die Vorstellungen genossen – zwei Stunden Kino statt Unterricht. Bedauerlicherweise nur einmal im Schuljahr, allenfalls. Außer in der 8. Klasse, da besuchten wir auch im Rahmen unserer »Vorbereitung auf die Jugendweihe« einen solchen Film. War mir auch recht – nun statt belehrender »Jugendstunde«.

Ein Nachmittag im Monat war für diese Schulungen reserviert. Sie waren natürlich politisch-ideologisch bis ins Letzte durchkomponiert und doch nicht völlig darauf zu reduzieren. Es war ein Marsch durch die Geschichte der Erde – von der Entstehung des Lebens bis zu sozialistischen Zukunftsträumen. Die allerdings mit Pauken und Trompeten. Auch die Begegnung mit einem Parteiveteran sollte uns »unser revolutionäres Vermächtnis« ins Bewusstsein rufen. Gab es dazu noch einen Nachmittag mit Vertretern des Patenbetriebs unserer Schule? Oder mit einer kleinen Delegation aus dem »VEB Werk für Fernsehelektronik«? Seit Beginn des neuen Schuljahres hatten wir dort unseren »Unterrichtstag in der sozialistischen Produktion«. Und, im Unterschied zu unserem abgeschiedenen Dauer-Feilen in der »Schultheiss«-Brauerei, diesmal wirklich mit Industriearbeitern zu tun. Der führenden Klasse. Zu idealisierenden Einsichten kam es nicht – sie waren wie unsere Eltern. Außergewöhnlich bei dieser UTP-Mission waren ohnehin nur zwei Dinge. Zum einen der elend lange Weg bis nach Schöneweide – erst neun Stationen mit der S-Bahn, dann eine halbe Stunde zu Fuß bis zum Werkstor in der Ostendstraße. Und zum anderen der riesige Ausschussberg auf dem Hof. Es waren die meisten Röhren, die *wir* zu sehen bekamen. Kaputte.

Mit großer Lust werden die werktätigen Bildschirmbauer zu unserer Jugendstunde nicht erschienen sein, nach Feierabend. Wenn sie denn überhaupt anrücken mussten. Wir hätten sie verstanden, waren wir doch auch glücklich, keine Aufträge während der Jugendweihevorbereitung zu bekommen. Unsere Freizeit blieb unangetastet. Außer dieser einen Stunde. Und die war auszuhalten, fand ich. Der März rückte näher, dann war es vorbei.

Das ganze Brimborium – der Ablauf des »Festakts«, das »feierliche Gelöbnis« und das »Bekenntnis zum Sozialismus« – wurde nun in allen Einzelheiten mit uns durchexerziert. Hochtrabend. Einigen wurde wahrscheinlich warm ums Herz – die wichtigste Feier ihres Lebens! Die Aufnahme in die Schar der Menschen, die für Frieden und Sozialismus kämpfen! Meine Freunde und ich hörten nur mit halbem Ohr zu. Uns fehlte der Glaube. Auch der, dass wir mit unserer Jugendweihe »in den Kreis der Erwachsenen aufgenommen« werden würden. Nur Gesums. Wir wollten keine Kinder mehr sein und auch nicht mehr so behandelt werden. Und? Es gab Lehrer, die sich nach der Jugendweihefeier auffallend ein »Sie« abquälten. Es legte sich schnell.

Für mich verdichtete sich die Jugendweihe auf die Feier zu Hause und die Geschenke. Das Wichtigste dabei: der Plattenspieler! Ich hatte ihn ausdrücklich als Wunsch genannt, als einzigen. Sogar ein Werbefoto hatte ich aufgetrieben. Es durfte nichts schiefgehen. Meine Bitte war in Stein gemeißelt – ein »Philips Mignon« sollte es sein. Für mich war dieses kleine Gerät der Rock 'n' Roll-Automat schlechthin. Ein flaches Gehäuse mit einem Schlitz an der Frontseite, in den man die Single reinschieben musste. Alles andere lief automatisch. Leider nicht mit meinem Vater.

Dabei hatte er gar nichts damit zu tun. Es war ein Westgerät – er konnte es nicht besorgen. Das Geld, die 74 D-Mark, wäre von meinen Großeltern aus Einbeck gekommen – er brauchte es nicht bezahlen. Für ihren einzigen Enkel im Osten wollten sie etwas tun. Die Rede war von rund 60 Mark. Der Rest würde sich finden, dachte ich. Doch es ging nicht um das Geld, es ging um den Plattenspieler. Mein Vater reagierte, als ob ich mir eine Stalinorgel gewünscht hätte. Und er wurde laut: »Das kommt überhaupt nicht infrage! Du kriegst eine Uhr!«

Eine Uhr wäre das übliche Geschenk zur Einsegnung. Dass ich Jugendweihe mache, verschluckte ich lieber. Bald schloss sich meine Mutter dem Uhren-Erlass an: »Ist doch vernünftiger«.

Der Krach zog sich über Wochen hin. Ich versuchte die beiden umzustimmen, bettelte, flehte. Vergebens, es wurde eine

Uhr, eine Junghans, für etwa 60 DM. Die Erwachsenen hatten entschieden. Gesums, wie gesagt.

Wenige Tage vor dem großen Ereignis mussten wir in der Aula unseren Auftritt üben. Das komplette Zeremoniell. Über Stunden. Erst wurden die beiden 8. Klassen der Größe nach sortiert. Vorn die Größeren, hinten die Kleineren. So probten wir dann den Einmarsch, das Einfädeln in unsere Sitzreihen, das gemeinsame Hinsetzen und das gruppenweise Betreten der Bühne. Wieder der Größe nach. Ich war in der letzten Gruppe, bei den großen Jungs. Im Gänsemarsch stapften wir die Stufen hoch und nahmen dann – in Reih und Glied – auf dem Bretterboden Aufstellung. Unterbrochen von Ordnungsrufen: »Hört auf, da rumzualbern!«

Gemeint waren Hans, Jürgen und ich. Wir fanden die Anweisung, alles mit einem »feierlichen Ernst« durchzuführen, nur belustigend. War doch nur Training.

Einigermaßen ernst wurde es bei der Suche nach der schicklichen Bekleidung. Für die Mädchen wohl mehr als für uns Jungs. Die Palette war bei ihnen größer. Wir hatten nur eine Farbpalette: Soll der Anzug nun schwarz, grau oder braun sein? Vor dieser Frage standen wir – und natürlich und vor allem unsere Eltern. Sämtliche Jugendweihe-Kinder der Stadt zogen tagelang mit ihren Müttern, Vätern oder sogar beiden von Geschäft zu Geschäft. »Jugendmode«-Filialen gab es noch nicht, und so durften wir die Kleiderständer in den »Herren- und Damenkonfektionen« durchkämmen. Ein stolzer Schritt. Wer dort alles nur »furchtbar« fand (die Mädchen), kaufte Stoff und ließ sich die Sachen von privaten Näherinnen schneidern. Schnittmusterbögen von modischen Kleidern waren hoch im Kurs. In meinem Fall einigten wir uns nach zahllosen Anproben auf einen mittelbraunen Anzug »mit einem sehr dezenten Karomuster«, wie der Verkäufer es nannte. Er kostete rund 100 Mark. Es war mein erster Anzug, Die Krawatte bekam ich aus dem Westen geschickt. Sie hatte ein hellblaues Würfelmuster. Ob das zusammenpasste, interessierte keinen. Sie war etwas Besonderes, sie kam von drüben.

Am 23. März 1962, einem Sonntag, war es so weit. Der Besuch

aus Westdeutschland, Onkel, Tante und zwei Cousins aus Hannover, stand pünktlich auf der Schwelle. Genauso meine Patentante Heti mit Tochter Marianne sowie mein Hausfreund Micha und mein Klassenkamerad Wolfgang. Nur, was war mit Franki? Er ist auf keinem Foto zu sehen, war er nicht dabei? Unvorstellbar eigentlich. Am frühen Vormittag brachen wir auf, die Großen durch die Bank mit Hut. Nicht wegen der Außentemperatur, es war der Etikette geschuldet. Geschlossen überquerten wir den Kollwitzplatz, liefen durch die Wörther, links in die Schönhauser und dann – vis-a-vis vom jüdischen Friedhof – in die 12. Oberschule. Das war damals die einzige neue Schule in der Gegend, großzügig ausgestattet, mit eindrucksvoller Aula. Kaum angekommen, trieben alle mit dem Gästestrom in den Festsaal, auf der Suche nach den besten Plätzen. Uns Jugendweihe-Kandidaten trieb es in einen Nebenraum. Zum Sammeln, Schwatzen, Abzählen, Herrichten. Dann war Ruhe in der Aula. Und unter den andächtigen Klängen eines Streichquartetts schritten wir gemessen durch den mittleren Gang. Der Größe nach, wie eingeübt. Vorbei an den Sitzreihen, von denen die ergriffenen Mütter und würdevollen Väter nach ihren Kindern Ausschau hielten. Ich bekämpfte mein Schmunzeln.

Das Programm dauerte eine gute Stunde. Ein Lehrer trug pathetisch ein Gedicht vor, ein weiß-schwarz gekleideter Chor ließ ein Lied erklingen, ein neues Gedicht kam zum Vortrag, und das Streichquartett tauchte den Raum erneut in eine erhabene Stimmung. Oder andersherum. Anschließend wurden Reden gehalten. Ganz sicher von Herrn Schenk, unserem kleinen dicken Direktor. War er es, der auch die »Festansprache« hielt oder, wie üblich, eine »höhergestellte Persönlichkeit«? Gleichwie. Wir saßen aufrecht und hörten zu. »Liebe Jugendweihe-Teilnehmer, liebe Eltern, liebe Gäste …« Danach folgten die üblichen Zutaten: eine Handvoll »Arbeiter- und Bauern-Staat«, zwei Hände voll »Frieden und Völkerverständigung«, drei Hände voll »Freundschaft zur Sowjetunion« und eine Prise Goethe, mehr hinten.

Die Veranstaltung erreichte danach ihren Höhepunkt: uns und unser Gelöbnis. Wir erhoben uns auf ein Zeichen von den

Sitzen, der Direktor trat oben an den Bühnenrand und las den Text des Gelübdes laut vor.

»Liebe junge Freunde! Seid ihr bereit, als treue Söhne und Töchter unseres Arbeiter- und Bauern-Staates für ein glückliches Leben des ganzen deutschen Volkes zu arbeiten und zu kämpfen, so antwortet mir: Ja, das geloben wir.«

Nun waren wir dran, im Chor: »Ja, das geloben wir!«

Und weiter ging's. Als Nächstes beteuerten wir, uns »für die große und edle Sache des Sozialismus« einzusetzen und schließlich auch noch »die Freundschaft mit dem Sowjetvolk und allen friedliebenden Menschen der Welt« zu verteidigen.

Dann schloss Direktor Schenk das Gelöbnis mit einer Versicherung uns gegenüber ab:

»Wir haben euer Gelöbnis vernommen ... Feierlich nehmen wir euch in die Gemeinschaft aller Werktätigen in unserer Deutschen Demokratischen Republik auf und versprechen euch Unterstützung, Schutz und Hilfe. Mit vereinten Kräften – vorwärts!«

Etwas längerer Applaus.

Es folgte unser Auftritt. Der Sitzordnung gemäß stiegen wir auf die mit roten Stoffbahnen geschmückte Bühne. Eine Reihe nach der anderen. Da standen wir dann, zu sechst, zu siebt. Hinter uns eine Losung aus großen weißen Pappbuchstaben, die auf Holzleisten genagelt waren: »Vor Euch der Sozialismus – welch ein Ziel«. Unser Ziel muss ein anderes gewesen sein. So schnell wie möglich erwachsen werden, traf es wohl eher. Denn wir sahen schon jetzt aus wie unsere Eltern – die Mädchen wie die Mütter, die Jungs wie die Väter. Bei einigen reichte die Ähnlichkeit bis zur Frisur. Das sollte sich bald ändern.

Dann stand ich auf der Bühne, rechts und links flankiert von Heini und Jürgen. Die Redner gratulierten uns und drückten jedem die Jugendweihe-Urkunde und das Buch »Weltall – Erde – Mensch« in die Hand. Das war noch nicht alles. Junge Pioniere in weißer Bluse und mit blauem Halstuch eilten auf uns zu und überreichten Nelken. Rote, für jeden drei.

Wahrscheinlich griff abschließend das Streichquartett noch einmal zu den Noten. Dann war die Festveranstaltung beendet.

Die Sippschaft wartete schon – mit feuchten Taschentüchern, Umarmungen und noch mehr Gratulationen.

»Glückwunsch, mein lieber Dieter, jetzt gehörst du auch zu den Großen.«

Wer es glaubt, wird selig, dachte ich.

»Alles Gute für deinen weiteren Lebensweg.«

Danke.

Alles kreuz und quer. Mütter, die sich kannten, winkten einander zu, die Väter lüfteten die Hüte, und endlich setzten sich alle Familienverbände in Bewegung. Geradewegs nach Hause, den Geschenken entgegen. Das eigentliche Fest konnte beginnen.

Wir hatten mit der Zubereitung aller Speisen extra eine Köchin aus der Nachbarschaft betraut. Meine Mutter sollte an diesem Tag damit nichts zu tun haben. Als wir plaudernd die Wohnung betraten, stand der Herd unter Dampf, war der Tisch eingedeckt und die Kompottschälchen vorbereitet. Sie mussten noch warten.

»Die Geschenke kriegt er gleich. Erst mal anstoßen!«, verkündete mein Vater.

Den Erwachsenen servierte er feierlich Weißwein, vermutlich »Hemus«. Mir frisch Geweihtem auch – einen Daumen breit, aufgefüllt mit reichlich Selters. Prost. Noch feierlicher reichte mir mein Onkel das Geschenk meiner Großeltern. Die Junghans-Uhr, Handaufzug, 17 Steine. Was war das in PS? Es war auf jeden Fall eine schöne Uhr, über die ich mich auch gefreut hatte. Sie hatte eben nur einen Nachteil: Sie konnte keine Elvis-Platte abspielen.

Dann klingelte es an der Wohnungstür. Frau Heese aus der 3. Etage: »Auch von uns die besten Wünsche!«

Sie schüttelte meine Hand und steckte mir gerührt ein Briefkuvert zu – eine Glückwunschkarte mit zehn Mark. Im Nu tauchte mein Vater mit zwei Gläsern auf.

»Schön, dass Sie vorbeikommen«, rief er ihr zu. »Da stoßen wir doch gleich mal an!«

Er und sie natürlich. Es läutete an diesem Nachmittag noch öfter an unserer Tür – Nachbarn aus dem Vorderhaus und aus den Seitenflügeln, auch mit Kuverts und kleinen Geldscheinen. Das war bei jedem weihevollen Anlass so. Man hatte nicht viel über, aber man gab gern, man war ja fast Familie.

Es werden etwa 100 Mark zusammengekommen sein. Für mich eine Stange Geld. An die anderen, sicher auch schönen Geschenke kann ich mich nicht entsinnen. Seltsamerweise aber an das »Festmahl«. Es gab Schweinebraten mit Rotkohl. Nicht viel später wurde der Tisch schon wieder hergerichtet für Kaffee und Kuchen. Wir Kinder alberten derweil in meinem Zimmer rum. Spannend wurde es erst, als im Wohnzimmer die Getränke aufgefahren wurden. Es waren nicht die üblichen. Bei den Feiern meiner Schulkameraden gab es meist Bowle oder Wein. Bei uns gab es Ginfizz. Das hatte mein Vater so entschieden – nicht nach Geschmack oder Vorlieben, sondern aus einem ganz besonderen Grund. Bei der Friedensfahrt hatte er als Geschenk einen eindrucksvollen Schmuckkarton mit einem silbernen Cocktailshaker und sechs unterschiedlich farbigen Metallbechern bekommen. Nun war der Anlass da, ihn angemessen einzuweihen. Erfreulich war auch: Ginfizz brauchte nicht viele Zutaten. Gin, Selters, Zitronensaft. Fertig. Ich weiß nicht, wie die Verwandtschaft das fand, wir fanden es gut. Denn bald war die Runde um den Wohnzimmertisch angeheitert, und sie verlor etwas die Kontrolle – auch über uns.

Darauf hatten wir gewartet. Mit Engelsgesichtern mischten wir uns unter die muntere Gesellschaft, scherzten und lachten, und hatten doch nur den einen Plan: heimlich etwas von dem Ginfizz in mein Zimmer zu schmuggeln. Das gelang, wiederholt. Mal ein halbes Glas, mal ein kleiner Becher. Hinter der geschlossenen Tür ließen wir die Beute kreisen – Micha, Wolfgang, mein Cousin Udo und ich. Das Zeug schmeckte scheußlich. Wir schüttelten uns. Und nippten weiter. Binnen Kurzem war es bei uns so stimmungsvoll wie im Wohnzimmer. Das drohte dann doch aufzufallen. Höchste Zeit, sich davonzumachen.

»Wir gehen mal die Feier von Heini besuchen«, rief ich meiner Mutter zu. »Bis nachher!«

Schnell an die Luft. Und tief durchatmen. Das bekam uns erst mal nicht. Der kleine Rausch nahm zu. Der Übermut auch.

Völlig aufgedreht tanzten wir über den Kollwitz und klopften dabei laut irgendwelche albernen Sprüche. Einige meiner Schulfreunde müssen die gleiche Idee gehabt haben, denn in der Husemann trafen wir mit anderen Jugendweihetruppen zusammen. Das war nicht das Einzige, das uns einte – die meisten hatten einen kleinen Schwips.

Bei vielen wahrscheinlich der erste. Zuvor hatten wir vielleicht manchmal verstohlen an der Bierflasche genippt, ein paar Tropfen aus einem Schnapsglas oder einen Klacks Eierlikör geschleckt. Alkohol reizte uns nicht. Wir brauchten keine Umdrehungen, um Spaß zu haben. Außer an diesem so besonderen Tag. Da wollten wir es uns wohl selbst beweisen, dass die Uhren nun anders gingen. Wenigstens an diesem Abend. Aber ungesehen. Andernfalls hätte uns zuverlässig die ganze Strenge der Erwachsenen getroffen. Warum sollten wir das riskieren? War doch schon so streng genug.

An diesem frühen Abend interessierten uns keine Verbote. Wir tollten auf der Straße herum, klingelten noch weitere Klassenkameraden zusammen und wurden zunehmend lauter.

»Wie heißt unser Lieblingslehrer?«, rief Kaule.

Und alle antworteten Arm in Arm: »Illemann-Killemann Bischatka!«

Unser Biologielehrer. Er hatte die Angewohnheit, bei jeder Gelegenheit eines seiner Wortgeschöpfe anzubringen, wie »Illemann-Killemann« oder »Koffe-Isgen«. Vermutlich hielt er das für witzig. Wir hielten ihn für einen unangenehmen Zyniker und sowieso für den unbeliebtesten Lehrer der Schule. Schnell lockte unser Radau etliche Anwohner an die Fenster.

»Wenn nicht gleich Ruhe ist, klingeln wir bei deinen Eltern!«

Hoppla, wer war denn da gemeint? Wir wussten es nicht, zogen kurz ein paar Häuser weiter und dann schleunigst zu unseren heimischen Feiern – ehe es ungemütlich wurde. Der Tag klang ohne weiteres Aufsehen aus. Vermutlich war der Gin inzwischen alle.

Nicht viel später hatten Micha, Franki und ich abermals mit Alkohol zu tun. Mehr zufällig. Bei einem unserer Streifzüge durch die Kellergänge merkten wir, dass eine Tür nur angelehnt war. Der Raum dahinter wurde von Frau Otto, der Hausverwalterin, genutzt. Das wussten wir, denn der Keller von Michas Familie lag gleich nebenan. Zögernd schlichen wir in das schummrige Gelass. Micha zündete ein Streichholz an, und wir konnten nun sehen, welche Geheimnisse hier verborgen waren. Überall standen verstaubte Flaschen, Kisten und Behälter. Sofort war uns klar, dass dieser Keller früher zur alten Schnapsfabrik gehört haben musste. Anfangs hatte sich Frau Otto noch um deren Hinterlassenschaft gekümmert. Gewiss auch um diesen Lagerraum. Kann sein, dass sie irgendwann auch ihren eigenen Kram dort abstellte.

»Kommt mal hierher, das Ding ist noch voll!«, rief Micha.

Ein großer Glasballon mit etwa 15 Litern stand geduckt in einer Ecke. Franki wischte über die Glaswand.

»Was ist da drin?«

»Schauen wir nach!«

Doch der Korken saß so fest, als wäre er über die Jahre mit der Flasche verwachsen.

»Los, wir schleppen das Ding in unseren Keller«, sagte Micha. »Da sind wir ungestört.«

»Und Frau Otto?«

»Die hat die Flasche bestimmt noch nie gesehen. Und wenn der Inhalt nichts taugt, tragen wir sie einfach zurück.«

Zu dritt bugsierten wir den Ballon nach nebenan. Doch weiter kamen wir erst mal nicht. Der Korken ließ sich auch im sicheren Hafen nicht lösen. Unverdrossen dokterten wir mit allerlei Werkzeug an dem dicken Zapfen herum. Millimeterweise und vorsichtig. Es konnte ja auch eine gefährliche Lauge darin sein. Endlich machte es plopp! Micha hielt seine Nase über die Öffnung.

»Cognac!«

Oder Weinbrand? Wer wollte das entscheiden? Den Unterschied kannten wir nicht. Mit einem Pusterohr aus Glas nahmen wir die erste Probe. Es schmeckte nach dem Schnaps, den meine Eltern im Wohnzimmerschrank stehen hatten: »Weinbrandverschnitt«. Doch der hier brannte nicht. Viele Jahre später erinnerte mich ein Glas »Hennessy« an unseren Fischzug.

Es muss ein guter Tropfen gewesen sein, so viel steht fest. In den nächsten Tagen besorgten wir uns leere Schnapsflaschen. An die vielen, die in Frau Ottos Keller lagen, kamen wir nicht mehr ran, die Tür war wieder verschlossen. Mehr geschah nicht, sie hatte den Ballon vermutlich nie bemerkt. Gut so. Das »Feuerwasser« gehörte nun uns.

Nachdem wir ein paar Flaschen mit dem erbeuteten Gesöff abgefüllt hatten, wurde verteilt – jeder bekam eine, die anderen Pullen verschwanden im Versteck.

»Und jetzt?«, fragte Franki. »Ehrlich, ich kann mit dem Zeug nichts anfangen.«

»Mir schmeckt das auch nicht.«

»Wer sagt denn, dass wir das selber trinken müssen?«, warf Micha ein. »Wir verteilen es – als Geschenk.«

Er hatte recht, wir sollten damit andere beglücken. Freude schafft Freunde. So kam es auch. Die großen Jungs waren inzwischen 19 oder 20, hatten aufgemotzte Motorräder mit extra verchromten Teilen. Das machte einiges her, und die Mädchen machten große Augen. Wir waren genauso beeindruckt – auf unseren Fahrrädern. Und damit ohne Chance. Selbst der echte Fuchsschwanz am Gepäckständer half da nicht. Aber der Weinbrand. Nicht gleich bei den Mädels, das kam nicht in ihre Tüte. Mehr als ein »Ihr spinnt wohl!« wäre für uns dabei nicht rausgekommen. Wir dachten um die Ecke. Zunächst füllten wir den edlen Tropfen behutsam in eine kleine Taschenflasche ab. Nur nicht kleckern! Bei der nächsten Gelegenheit schlenderten wir betont »zufällig« zu Lutz und Detlef, die gerade an ihren Maschinen herumschraubten. Nach ein paar Belanglosigkeiten kamen wir zur Sache: »Wir haben einen prima Cognac aufgetrieben. Wollt ihr eine kleine Flasche?«

Die Großen guckten verwundert.

»Erst mal zeigen. Und was wollt ihr?«

»Nichts. Kriegt ihr geschenkt!«

Dann zog Micha das Fläschchen aus der Hosentasche und stellte es vorsichtig auf den Tank. Die beiden nahmen einen Schluck und klopften uns auf die Schultern: »Könnt ihr öfter machen.«

Machten wir. Auch bei anderen. In kurzer Zeit hatten wir viele große Freunde. Das zahlte sich aus.

»Wollt ihr mal 'ne Biege mitfahren?«

Unbedingt. Und so nahmen wir Stippis, einer nach dem anderen, auf dem Sozius Platz und donnerten um den Kollwitzplatz. Oftmals. Für die Dauer dieser Rundfahrten sah es so aus, als gehörten wir zur Clique der Großen. Ein Trugbild, das dennoch etwas abfärbte. Wir wurden von den Mädchen einen Wimpernschlag mehr wahrgenommen. Wenigstens bis die Gunst wieder verblasst war.

Daheim setzten wir den Schnaps friedensstiftend ein. Als der Haussegen im linken Hochparterre schief hing, überraschte ich meine Eltern mit meiner bisher versteckten Flasche. Vorgartenpflege, sozusagen.

»Hier, für euch, soll sehr gut sein.«

Etwas unbedacht, denn mein Vater hob die Augenbrauen.

»Alkohol? Woher hast du den?«

»Beim Spielen in einer der Fabrikbaracken gefunden. Micha hat seinen Eltern die andere Flasche gegeben. Die fanden es gut.«

Eine Notlüge. Er ahnte es und würgte sie trotzdem runter.

»Das nächste Mal lässt du das Zeug liegen. Und in den Baracken wird nicht rumgestromert!«

Glück gehabt, es hätte auch böse ausgehen können. Der Cognac schien ihnen jedenfalls zu munden. Nach einigen Wochen endete unsere Wohltätigkeit – der Ballon war leer. Woher nehmen, wenn nicht stehlen? Die Flaschen von »Westphal« etwa? Wir blieben rechtschaffen und schauten sie uns nur in den Fenstern der Ausschankstube an. Es waren die einzigen verbliebenen Schaufenster in unseren beiden Häusern. Nach Lebensmittel-Adam, der Eisdiele und dem Zeitungsladen war nun sogar der HO-Fischladen dichtgemacht worden. Es ging immer weiter vorwärts, wir konnten es spüren – für Heringe mussten wir jetzt manchmal bis zur Schönhauser.

Unsere Mütter vornehmlich. Zwar hielt sich noch in der Srezdki / Ecke Husemann tapfer ein Fischgeschäft, allerdings war das ein privates und wurde eher launenhaft beliefert. Wollte man etwas ganz Bestimmtes, musste man einen längeren Weg einplanen. Das konnte schon bei schlichten Heringen passieren. Die brauchte man, wenn es zu Hause mal wieder Bratheringe mit Bratkartoffeln geben sollte. Fertig gekauft wurden sie nur selten. Meist holten unsere Mütter zehn oder zwölf »grüne« Heringe, nahmen sie aus, wälzten sie in Mehl und legten sie in eine Pfanne. Fertig gebraten landeten sie gleich auf dem Teller oder in einer Porzellanschüssel mit Marinade. Es war wohl das verbreitetste Fischgericht. Und es war billig. Trotzdem stand Fisch damals weniger auf dem Speisezettel. Das »Wohlstandsessen« bestand vor allem aus Fleisch – Schnitzel, Kotelett, Rouladen, Buletten, Klopse, falscher Hase. Oder Leber, die einen beinahe mythischen Ruf hatte. Was wohl daran lag, dass es sie so selten zu kaufen gab. Unterm Ladentisch dazu.

Das gleiche sagenumwobene Raunen umgab geräucherten Aal. Den hätte man bei aller Fleischliebe nie verschmäht. Doch auch ihn gab es kaum. Als mein Onkel Berthold wieder mal zu Besuch war und man in der Küche beiläufig auf Räucheraal zu sprechen kam, stellte sich augenblicklich die inzwischen vertraute Rollenverteilung ein.

»Was, selbst Aal gibt's nicht? Ihr habt doch überall Wasser!«

Berthold war auf der Zinne und legte nach: »Bei uns werfen sie dir Aal hinterher!«

»Ja, unseren!«, gab mein Vater trocken zurück.

Damit lag er nicht so falsch. Der so genannte »Interzonenhandel« zwischen Ost und West lief trotz des Mauerbaus weiter. Zwar mit einer Umsatzdelle, dennoch machte er immerhin zehn Prozent des gesamten DDR-Außenhandels aus. Stahl, Steinkohle und Maschinen aus Westdeutschland wurden verrechnet mit Braunkohle, Textilien und Konsumgütern aus der DDR. Darunter auch Nahrungsmittel, die hier selbst dringend benötigt wurden. Doch die »harten Waren« hatten strategisch Vorrang. Sie dienten den hochgesteckten ökonomischen Zielen. Das Volk konnte den Gürtel enger schnallen und auf bessere Zeiten hoffen.

Für uns Kinder aus der 66 war der Fischladen nicht nur ein Fischladen. Solange wir zurückdenken konnten, gab es ihn, und mit ihm das Karpfenbecken, das vorn eine große Glasscheibe hatte. Wie oft hatten wir gespannt dem Kampf der Fische zugeschaut, wie sie versuchten, dem Köcher auszuweichen und, wenn sie doch darin zappelten, ihm wieder zu entschlüpfen. Eng gedrängt hatten wir am Fenster gestanden, voller Sorge. Obwohl uns dieses kleine Drama in den vergangenen Jahren kaum mehr interessierte, nun war es weg, und es fehlte. Geblieben war das leere weiße Becken, das man nur schwer durch die verdreckten Scheiben erkennen konnte. Getrauert wurde nicht. Manche, die noch mit mir vor dem Schaufenster geklebt hatten, wohnten nicht mehr hier, und wir übrigen interessierten uns längst für andere Spiele. Aufregendere. Wir bauten neuerdings »Bomben«.

Zumindest nannten wir sie so. »Knaller« wäre zu wenig gewesen. Micha tanzte eines Tages mit der schlichten Bastelanleitung an.

»Wir müssen nicht mehr auf Silvester warten, wir machen die Dinger selber!«

»Was für Dinger?«

»Na, Bomben.«

»Wie? Richtige Bomben?«

»Richtige?! Quatsch, aber lauter als ein Kanonenschlag! Ist auch ganz einfach.«

Es war wirklich so simpel, dass ich nicht mal an ein schwaches »Peng« glauben wollte. Ich lag falsch. Aber was konnte man denn erwarten bei diesen Zutaten? Ohne hier das genaue Backrezept zu verraten, wir brauchten tatsächlich nur unproblematischen Firlefanz: eine Wunderkerze, einen kleinen Beutel mit Blitzlichtpulver, ein paar Zeitungsseiten und ein Stück Schnur. Blitzlichtpulver war damals ein gebräuchlicher Artikel, der zum Fotografieren bei schwachem Licht verwandt wurde. Echte Blitzapparate mit einem Bleiakku als Stromquelle waren noch nicht so verbreitet – zu teuer, zu schwer. Das Pulver dagegen war anspruchslos. Und – wichtig für uns! – es war frei verkäuflich. Wir besorgten uns die Tüten immer bei »Foto-May« in der Wörther. Sie kosteten knapp 50 Pfennige und enthielten wohl drei Beutel, jeder mit einer dünnen Zündschnur. Wie Teebeutel sahen sie aus. Bei unserem ersten Einkauf waren wir noch ein bisschen nervös. Was, wenn sie fragen? Sicherheitshalber hatten wir uns eine Erklärung zurechtgelegt: »Ist für den Foto-Zirkel in der Schule« oder so ähnlich. Wir brauchten sie nicht. Wir brauchten sie nie, trotz unserer verdächtig häufigen Einkäufe. Wir wechselten uns nicht mal ab. Bei »Foto-May« zählte entweder nur die Einnahme oder der Glaube, die Jugend habe sich auf das klassische Fotografieren besonnen.

Uns war es egal. Die noch fehlenden Wunderkerzen gab es in Drogerien und Seifenläden zu kaufen. Ganzjährig. Nach den Gängen zogen wir uns in eine versteckte Ecke zurück und machten aus allen Teilen eins. Stolz zeigte Micha das kleine Päckchen: »So sieht es aus. Wo wollen wir die Bombe zünden?«

Ich musste zwar zugeben, dass das Ding wie ein selbst gebastelter Kanonenschlag aussah, doch ich wusste ja, was drin steckte.

»Na, gleich hier, auf unserem Hof. Wird schon nicht so scheppern.«

Wir platzierten die Ladung auf dem Gitter vom Eingang zum Kohlenkeller. Zwei Jungs standen Schmiere, passten auf, dass keiner kommt.

»Die Luft ist rein!«

Schon spritzten Funken aus der Wunderkerze. Und dann, wenige Sekunden später, gab es einen so gewaltigen, den Hof erschütternden Knall, dass wir vor Schreck erst mal türmten.

»Mensch, was war denn das?«

Auf jeden Fall ein Mordsspaß. Klar, dass wir weitermachten. Nicht jeden Tag, nur wenn wir Lust auf eine kleine Explosion hatten. Es krachte auf dem Kollwitzplatz bei den Skattischen, im Toilettenhäuschen, auf dem Fabrikhof, in den Hausfluren, in der großen Streusandkiste neben der Pumpe. Dabei entwickelten wir das Feuerwerk ständig weiter, wurden immer tollkühner. Am Ende steckten zwei, vielleicht sogar drei Tüten in ausgestopften Büchsen und Bakelitdosen. Das war schon verrückt. Doch die lange Wunderkerze sorgte stets für ausreichend Zeit, sich zurückzuziehen. Deshalb wurden wir auch nie erwischt. Knallte es, waren wir längst verschwunden. Die Donnerschläge müssen bis zur Knaak / Ecke Ryke zu hören gewesen sein, dem Ort, an dem ein Volkspolizeirevier stationiert war. Seltsamerweise wurde nie der Ursache nachgespürt. Und falls doch, nie kamen sie bis zu uns.

Einmal allerdings hatten wir buchstäblich für Scherben gesorgt. Ungeplant. Die »Bombe« stammte aus unserer letzten Serie. Wir zündeten sie im Hausgang der 64. Niemand kam zu Schaden – bis auf die Oberlichter über den großen Türen zur Straße und zum Hof. Die waren ausnahmslos zerborsten. Es muss ein Tütchen zu viel gewesen sein. Zu unserem Bedauern, wir wollten das nicht. Vorbeugend verzogen wir uns erst mal ins Kino. Bei unserer Rückkehr würde sich alles wieder beruhigt haben, so hofften wir, und zur Not könnten die Eintrittskarten als prima Ausrede dienen. Wir kamen nicht in Not. Jedoch war uns klar, dass dieser Kracher für die bis dahin stärkste Explosion gesorgt hatte. Mehr würde uns unheimlich werden, und so hängten wir auf dem erreichten Gipfel unsere Rolle als Hobby-Sprengmeister an den Nagel.

Still um uns wurde es nicht. Wir drehten das Kofferradio auf. Leider kamen meist nur Schnullerschlager aus dem Lautsprecher, Rock 'n' Roll-Nummern blieben bei den kleinkarierten Rundfunkmachern weiterhin geflissentlich im Archiv. Sie bedienten andere Sehnsüchte. Fernweh und Heimweh. Gemütszustände, die im Westen rauf und runter besungen wurden. Nana Mouskouri schaute mit ihren Hörern *»den weißen Wolken nach«* und wusste, dass die *»weißen Rosen aus Athen«* nur ein *»komm recht bald wieder«* sagen wollten. Und abermals schwirrte eine »Marina« durch den Äther. Unentrinnbar. Nun in einem Lied von Conny, das den Wunschtraum von zwei italienischen Gastarbeitern in Deutschland romantisch ausschmückte:

»Zwei kleine Italiener
die träumen von Napoli
von Tina und Marina
die warten schon lang auf sie.«

Wie süß! Es war die Zeit, da Arbeitsmigranten den Deutschen liebenswürdigerweise vor allem gering qualifizierte, schwere und schmutzige Posten abnahmen und anlässlich der erreichten Millionenzahl freudig mit einem Zündapp-Moped begrüßt wurden. Doch trotz Moped und verdienter D-Mark, die beiden Italiener standen jeden Abend (nach dem Ranklotzen) am Bahnhof und träumten von der Heimat – dem Sehnsuchtsort der Westdeutschen:

»Eine Reise in den Süden ist für andere schick und fein,
doch die beiden Italiener möchten gern zu Hause sein.«

Von einer Reise in den Süden konnten die DDR-Bürger höchstens träumen. Und am Besten nicht mal das – wenn es nach den Funzionären gegangen wäre. Genehmigte Träume mussten endlich in die Köpfe! Mancher Schlager klang wie Gegenpropaganda.

»Was willst Du denn in Rio,
was willst Du in Milano,
was willst Du am Sambesi und auf Trinidad?«

So hätte auch das »Neue Deutschland« in einem Kommentar fragen können, aber ein Schlager war bekömmlicher und unverdächtiger. Bei der geträllerten Antwort von Sänger Günter Geisler werden die Genossen, aufgereiht in einer Polonaise, laut eingesetzt haben:

»Drum lass doch Dein Gepäck,
und fahr erst gar nicht weg.«

Vielleicht konnte dieser Text in der tiefsten Provinz verfangen, in der Hauptstadt nicht. Hier überflogen viele in ihren Träumen die Mauer. Nun, nicht gleich in allen Träumen, es gab noch andere Wünsche, alltägliche. Aber eben auch jenen, dem Land den Rücken zuzukehren. Geträumt sogar von Leuten, von denen man es nicht vermutete. Ganz und gar nicht vermutete. Lehrern mit Parteiabzeichen beispielsweise. Insbesondere solchen, die bei jedem Wechsel ihres Anzugs nicht vergaßen, auch die kleine SED-Brosche sorgfältig umzustecken. Nur, um pausenlos ihre Teilhabe an der »führenden Rolle« herauszustreichen. Ein glaubensstarker Akt. Und bestimmt nicht ohne Rührung. An unserer Schule gab es vielleicht zehn dieser Mustergenossen. Der Mathematiklehrer Herr Alexander war einer von ihnen. So schien es zumindest. Er war etwa Mitte 30 und sehr streng. Im Unterricht gab es kein Pardon. Wir Jungs mochten ihn deshalb nicht so sehr. Die meisten Mädchen schwärmten für ihn. Sie hatten wahrscheinlich recht.

Herr Alexander fiel merklich aus dem Rahmen. In meiner Erinnerung taucht er immer in dunklem Anzug, weißem Hemd und Krawatte auf. Nur sah das bei ihm ziemlich lässig aus, und nicht so verschraubt wie bei den anderen Lehrern. Dazu steckte wenigstens eine Hand in der Hosentasche. Oder sie fuhr mit dem Kamm durch die Haare. Und gehörten zu manch einem seiner Auftritte nicht auch ein Schäferhund und ein Auto? Wie Requisiten. Er muss es so gewollt haben. Es war irgendwie perfekt. Herr Alexander war ein leicht zynischer Dandy – rückblickend. Und das Parteiabzeichen? Es war wohl nur Tarnung.

Erst fielen ein paar Mathestunden aus. Einfach so. Keiner dachte sich was dabei. Dann kam der große Knall. Eine Abordnung platzte mitten in den Unterricht. Unser Direktor Herr Schenk und vermutlich der Parteisekretär der Schule. Mit ernsten Gesichtern bauten sie sich vor der Tafel auf. Das konnte nichts Gutes bedeuten. Schenk räusperte sich und gab eine kurze Erklärung ab. Vier Sätze: »Wir müssen euch mitteilen, dass der Mathematiklehrer Alexander als Agent der Feinde unserer Republik überführt wurde. Er befindet sich in Untersuchungshaft. Und er wird seine verdiente Strafe bekommen. Den Mathematikunterricht übernimmt ab sofort Herr Gericke.« Fragen waren nicht gewollt. Bloß nicht! Man sah Schenk an, dass er diesen Pflichtauftritt schnell hinter sich bringen wollte. Und schon hastete er wieder davon, den beigeordneten Kollegen im Kielwasser. Bei uns war die Aufregung groß. Quer über die Bankreihen schossen erste Kommentare. Tumult. Dem gerade unterrichtenden Lehrer wurde es zu bunt, er knallte mit dem Klassenbuch auf den Tisch.

»Ruhe!«

Bis zur Pausenklingel. Sie läutete zugleich glühende Diskussionen über die mutmaßliche Wahrheit hinter jener offiziellen Version ein.

»Glaubt ihr das etwa? Der Alexander ein Spion?«

«Irre!«

»Vielleicht ist es ja ganz anders!«

So einfach abgekauft wurde die Mitteilung jedenfalls nicht. Aus gutem Grund. Glattgebügelte Erklärungen kannten wir zur Genüge. Wir suchten nach eigenen und trugen schnell mehrere Möglichkeiten zusammen. Einige Klassenkameraden meinten, dass Alexander auch in den Westen abgehauen sein kann und uns die Spionagegeschichte nur aufgetischt wurde, um diesen Abgang nicht einzugestehen. Oder er wollte rübermachen, und die Stasi hatte davon Wind bekommen und ihn verhaftet. Die Märchengeschichte würde dann dem gleichen Zweck dienen. Und warum überhaupt Spionage? Wenn Schenks Erklärung doch in etwa zutreffen sollte, was kann unser Mathepauker getan haben?

Die Anklage »Spionage« wurde in der DDR inflationär gebraucht, ein Totschlagsvorwurf. Schon die Aufzählung der üblichen Versorgungslücken in einem Brief an einen Westverwandten konnte reichen – drei Monate später saß man vor Gericht, als Spion. Und danach drei Jahre im Zuchthaus Bautzen.

»Der hat doch nicht im HO heimlich die Butterpackungen gezählt!«

»Was denn dann?«

»Russenpanzer!«

»Ach, und wo? In der Schönhauser?«

»Und wenn doch was dran ist?«

»Dann war er ein guter Schauspieler.«

Das kam hin, wir hätten bei ihm nie ein Doppelleben vermutet. Aber vielleicht hatte er das gar nicht. Sicher war nur eins: Er war weg. Zwei verschwärmte Mädchen aus meiner Klasse wollten der Sache auf den Grund gehen und spazierten arglos zu Alexanders Wohnhaus an der Kopenhagener. Kurz darauf unternahm noch eine Dritte einen solchen Vorstoß. Sie fanden die Wohnungstür versiegelt. Aber keine Antwort. Was war wirklich mit ihm passiert? Es ist für uns, seine ehemaligen Schüler, bis heute ein Geheimnis.

An dieses Geschehnis reichten keine anderen Vorfälle an unserer Schule heran. Was auch passierte, und so sehr man persönlich betroffen gewesen sein mochte – es blieb dagegen unbedeutend. Es wurde kein Schulthema. Die erzieherischen Fahnenappelle, bei denen unbotmäßige Schüler an den Pranger gestellt wurden, kamen erst mit Margot Honecker. Gottlob, sonst hätte ich vermutlich auch vortreten und als abschreckendes Beispiel herhalten müssen. Bei Herrn Herrmann, unserem Deutschlehrer, wäre ich garantiert als Kandidat infrage gekommen. Der kleine Mann mit dem ausladenden Haarschopf hatte seine politischen Überzeugungen so tief verinnerlicht, dass er jederzeit bereit war, kampfesmutig feindlichen Äußerungen entgegenzutreten. Eine Dauerbeschäftigung, denn der Feind war ja überall. Offenbar auch in mir. Zwei »Vorkommnisse« sprachen in seinen Augen jedenfalls so sehr dafür, dass er mir Schulverweise androhte. Zweimal! Nun aus politisch-ideologischen Gründen, zumindest das wäre neu gewesen.

Das erste Mal geriet ich im Frühjahr 1962 in Herrmanns Visier. Ich hatte es zu keinem Zeitpunkt kommen sehen. Das war vielleicht naiv, für mich damals nur ehrlich. Kurz vor Schluss der Deutschstunde gab uns Herrmann einen Hausaufsatz auf. Er verteilte die Aufsatzhefte und machte uns dabei mit dem Thema vertraut: »Mein Vorbild«. Er hatte auch gleich mehrere Vorschläge zur Hand, wer denn unsere Vorbilder sein sollten.

»Unsere Himmelsstürmer vor allem, unsere sowjetischen Kosmonauten! Oder Pawel Kortschagin, der Held aus Ostrowskis ›Wie der Stahl gehärtet wurde‹.«

Beides lag auf der Hand und war wahrscheinlich von manchem Schüler aus meiner Klasse beherzigt worden. Erwartungen erfüllen konnte manches erleichtern.

»Oder unser Staatsratsvorsitzender Walter Ulbricht, der mit großer Weisheit unser Land führt.«

Um wenigstens ein paar Gutgläubige dafür zu begeistern, verwies er auf eine Ulbricht-Biografie des Dichterfunktionärs Johannes R. Becher. Mehrere Exemplare würden in der Bibliothek auf uns warten. Wie hilfreich, man hätte nur geschickt abschreiben müssen, und die Sache wäre geritzt gewesen.

»Für die Mädchen sollte doch unsere goldene Ingrid Krämer ein richtiges Vorbild sein.«

Er schlug noch weitere Sportler, auch passend für Jungs, vor.

Und unsere Eltern? Die nicht. Mir waren die Ratschläge egal, ich wusste sofort, über wen ich schreiben würde.

Drei Tage hatten wir für den Aufsatz Zeit. Kein Problem. Ich fieberte danach, endlich an einer Hymne zu schreiben. Zu Hause angekommen, nahm ich das Buch mit dem grün-gelben Schutzumschlag aus dem Regal, überflog es noch einmal, notierte auf herumliegenden Zetteln einige Zitate, die wichtigsten Eckdaten und die entsprechenden Seitenzahlen. Nach zwei Stunden war ich damit fertig. Die Gliederung stand. Ich schlug mein Heft auf und begann fein säuberlich zu schreiben: »Mein Vorbild – Helmut Rahn«.

Am nächsten Nachmittag saß ich wieder vor meinem Aufsatzheft, daneben die Rahn-Autobiografie und die Zettel. Dann war ich fertig. Alles war an seinem Platz – seine Jugend in Essen, sein Aufstieg, sein Humor, seine Dribbelkünste, sein gewaltiger Schuss, seine entscheidenden Spiele. Die Alkoholfahrt mit seinem VW-Käfer und die Knasttage ließ ich unter den Tisch fallen – waren ja auch nicht vorbildlich. Dafür ging ich sogar – ganz aktuell – über das Buch hinaus und behandelte in wenigen kritischen Sätzen Rahns Wechsel von Köln zum holländischen SC Enschede. Über 100 000 D-Mark hatte er dafür kassiert, eine enorme Summe seinerzeit. Mir gefiel das nicht. Er hätte beim 1. FC bleiben sollen. Nun war er noch weiter weg. Punkt.

In der Pause, nachdem Herrmann die Hefte eingesammelt hatte, tauschten wir uns über die beschriebenen Vorbilder aus. Nur einer hatte noch über einen großen Fußballer geschrieben – mein Freund Heini. Sein Leitstern war Uwe Seeler. Nun mussten wir abwarten. Ich war gespannt. Eine Woche passierte gar nichts, dann viel.

Die Deutschstunde begann, und Herrmann gab jedem sein Aufsatzheft zurück. Er nannte die Note und begründete sie kurz. Zwei Hefte blieben auf dem Lehrertisch liegen.

»Heinz und Dieter haben sich in provokanter Weise für westdeutsche Profisportler als Vorbilder entschieden. Ein ungeheuerlicher Vorgang! Das wird Konsequenzen haben! Ihr beiden meldet euch nach Schulschluss bei mir!«

Herrmann schwoll der Kamm, der Klassenfeind hatte sich in seinen Deutschunterricht eingeschlichen!

Heini und ich waren fassungslos. Wir hatten nicht über Konrad Adenauer oder Franz Josef Strauß geschrieben! Die gingen uns auch am Arsch vorbei. Aber Rahn und Seeler eben nicht. Herrmann sah da nur geringfügige Unterschiede. Hier ginge es »um das große Ganze«, wie er in seiner Standpauke mehrmals betonte.

»Wir oder die!«

Und ein Sportler, der sich wie eine Ware auf dem imperialistischen Sklavenmarkt verkaufen lasse, kann nie und nimmer für uns als Vorbild taugen! Schimpf und Schande würden wir über die Schule bringen. Seine Kanonade beendete er mit einer scharfen Ansage: »Entweder ihr denkt darüber noch mal nach und schreibt einen neuen Aufsatz über eine sozialistische Persönlichkeit, oder ich werde dafür sorgen, dass ihr die Schule wechselt!«

Mir wurde schlecht. Das konnte doch nicht wahr sein! War es aber, eingereiht in die ideologische Offensive nach dem Mauerbau.

Meinem Freund ging Herrmanns Tobsuchtsanfall zwar total auf den Senkel, doch er winkte ab: »Von mir aus, dann schreibe ich eben über Peter Ducke.«

Den Vorschlag hätte ich mir auch zu eigen machen können, Ducke war ein brillanter Mittelstürmer. Und dazu beim SC Motor Jena!

»Ich weiß nicht«, gab ich zu.

Am Abend legte ich das Heft meinen Eltern zur Unterschrift vor – die war auf jeden Fall gefordert. Es war übrigens eine »5«, die ich bekommen hatte. Unter meiner Arbeit stand außerdem noch eine halbe Seite mit roter Tinte, Herrmanns Missbilligung. Mein Vater schüttelte den Kopf: »Was hast du dir denn da wieder eingebrockt?!«

»Warum eingebrockt? Ich habe doch nur die Wahrheit geschrieben.«

»Mensch, Dieter, der Ärger war doch absehbar!«

»Hätte ich denn über Thälmann schreiben sollen?«

»Unsinn. Natürlich nicht. Aber es gibt doch auch bei uns tolle Sportler, Täve Schur beispielsweise.«

»Ich weiß. Doch er ist nun mal nicht mein Vorbild.«

»Du kennst ihn, und er könnte es durchaus sein.«

»Nichts gegen Täve, ich bleibe aber bei Helmut Rahn.«

»Nein, du bist jetzt mal klug und schreibst einen neuen Aufsatz über Täve Schur.«

»Das mache ich nicht!«

Es wurde lauter, eindringlicher. Ich blieb stur und hielt Helmut Rahn die Treue. Mein Vater verzweifelte.

»Die schmeißen dich noch wegen einer so dummen Sache von der Schule!«

Das hatte Herrmann nun wirklich gesagt. Doch würden sie es auch tun oder wollte er uns nur einschüchtern? Und sollte ich es darauf ankommen lassen? Mein Vater merkte, dass mir auch mit Machtsprüchen nicht beizukommen war: »Ich habe die Faxen dicke! Schluss mit dem Theater! Ich setze mich jetzt an den Schreibtisch und schreibe für dich den Aufsatz über Täve Schur. Und du wirst mir dafür noch mal dankbar sein.«

Oh weh. Das hatte ich nicht gewollt. Nun blieb er hart.

Am nächsten Morgen weckte mich meine Mutter ganz früh.

»Papa ist gerade zur Arbeit gegangen. Er hat die halbe Nacht an dem Aufsatz gesessen. Du musst ihn in dein Heft übertragen.«

Zehn Minuten später machte ich Zeile für Zeile Täve Schur zu meinem Vorbild. Mich zu weigern, wäre mir in dieser Situation verräterisch erschienen, nun meinem Vater gegenüber. Drei Stunden später gab ich das Heft ab. Herrmann nickte eisig: »Na bitte, geht doch.«

In den nächsten Tagen fragte mein Vater immer wieder mal nach dem Aufsatz. Es zog sich hin. Herrmann ließ uns schmoren. Dann, nach etwa anderthalb Wochen, bekamen wir die Hefte zurück. Ich schlug die entscheidende Seite auf und musste schmunzeln. Als wir an jenem Abend am Tisch zusammensaßen, drängelte mein Vater wieder: »Was ist mit dem Aufsatz? Ist er endlich da?«

»Ja. Du hast eine Drei.«

Für diesmal stellte Herrmann seinen Feldzug ein. Die ideologische Front war wieder fest gefügt. Wenn man weiter achtgab, würden wir uns auch noch zu »sozialistischen Menschen« entwickeln können. Seine Hoffnung schien sich zu bestätigen. In der 9. Klasse wurde ich Wandzeitungsredakteur und blieb es bis fast zum Schluss meiner Schulzeit. Ich kann es sogar ziemlich genau sagen: bis Ende November 1963. Und es gehört genau an diese Stelle. Wegen Herrmann. Nach meinem leidenschaftlichen Porträt über Helmut Rahn hatte ich Lust am Schreiben gefunden, und Wandzeitungsredakteur, so muss ich gedacht haben, würde dazu doch passen. Wahrscheinlich war ich der Einzige, der sich dafür gemeldet hatte. Kurz: Ich wurde es. Doch was geschah dann? Möglicherweise gab es anfangs einen Versuch, der mit rotem Stoff bespannten Tafel etwas Leben einzuhauchen. Die Begeisterung erlosch, der Herr Redakteur schlummerte ein. Die Beiträge beschränkten sich auf das Anpinnen eines Plakates oder Terminhinweises: »Stellplatz am Sonntag, 9 Uhr, Srezdkistraße / Ecke Kollwitz«.

Das änderte sich nicht – bis zum 25. November 1963. Drei Tage nach Kennedys Tod. Die Amerika-Schwärmerei bei vielen von uns, lange Zeit genährt durch Kaugummi, Filme, Musik, Straßenkreuzer und Jeans, hatte mit Kennedy nun auch eine politische Figur dazugewonnen. Besonders seit diesem einen magischen Satz, den er in seiner Rede vor dem Rathaus Schöneberg im Sommer 1963 ausgesprochen hatte: »Isch bin ein Berliner!« Die Rede wurde live im Westfernsehen übertragen, und als diese Worte fielen, bekam ich eine Gänsehaut. Die meisten Berliner liebten Kennedy, allein für diesen Satz. Und die Hoffnung, die sie da für sich raushörten. Als die Nachricht von seiner Ermordung die Stadt durchdrang, schien sie für einen Moment schockgefroren.

In beiden Teilen. Selbst das DDR-Fernsehen unterbrach das laufende Programm. Ich weiß es genau, denn auf diese Weise habe ich von Kennedys Tod erfahren. Es lief irgendein Film. Plötzlich, noch vor 21 Uhr, wurde er gestoppt. Auf dem Bildschirm erschien, wenn ich mich nicht irre, eine Sprecherin, die mit getragener Stimme eine Eilmeldung über die Ermordung

John F. Kennedys verlas. Danach wurde klassische Musik gespielt. Adagio. Ich saß da wie gelähmt. Minutenlang. Als meine Eltern ins Wohnzimmer kamen, suchte ich mühsam nach Worten: »Die haben eben gesagt, dass Kennedy erschossen wurde!«

Im Westfernsehen und im Radio überall das Gleiche: die Nachricht über seinen Tod, traurige Klänge. Am nächsten Tag, ein Sonnabend und damit Schultag, standen wir Kinder in der Klasse zusammen, bedrückt, betroffen. In dieser Situation erwachte der Wandzeitungsredakteur in mir wieder: »Schaut alle zu Hause nach, sucht Fotos und Zeitungsausschnitte über Kennedy und bringt sie bitte mit!«

Bevor ich am Montagmorgen zur Schule aufbrach, steckte ich mir eine etwa fünf Zentimeter große farbige Blechplakette an die Jacke – ein lächelnder Kennedy, umrahmt von dem Leitspruch: »For President – John F. Kennedy«. Sie stammte aus dem amerikanischen Wahlkampf und war ein Geschenk von zwei USA-Touristen. Wolfgang, Kaule und ich waren ihnen einige Monate zuvor begegnet, als sie gerade die Ruine des deutschen Doms am Gendarmenmarkt fotografierten. Wir kamen ins Gespräch, die Plakette blieb bei mir.

»This button is for you.«

Nun sollte sie meine Betroffenheit zeigen. Noch vor Unterrichtsbeginn lieferten viele Mitschüler ihre Funde bei mir ab. Meine Schulbank war voller Bilder und ausgeschnittenen Artikeln, manche aus alten Westzeitungen. In der ersten größeren Pause bauten wir aus alldem eine Gedenktafel zusammen. An der Seite ein schwarzer Trauerflor, in der Mitte ein großes Farbfoto, und dann, dicht an dicht, Bilder und kleine Zeitungstexte. Von dem roten Fahnentuch war nichts mehr zu sehen.

Die beiden letzten Stunden hatten wir Deutsch bei Herrmann. Es dauerte nicht lange und sein Blick fiel auf unsere Wandzeitung. Mühsam versuchte er, die Fassung zu wahren.

»Wer ist Wandzeitungsredakteur?«, kam es bissig aus seinem Mund.

»Ich.«

Er baute sich vor mir auf und kam doch nur bis zu meinem Kennedy-Button. Das war zu viel. Ich fürchtete, dass er jetzt überschnappen würde. Gebannt starrten alle auf ihn. Doch der reizbare Vorkämpfer drehte ab. Der Unterricht wurde fortgesetzt. Eine trügerische Normalität. Herrmann wartete mit seiner Reaktion bis nach Schulschluss. Als er unsere Klasse zum Ausgang führte, war es so weit: »Dieter, du bleibst noch hier!«

Na also. Wir stiegen beide nebeneinander die Mitteltreppe hinauf, ohne ein Wort zu sagen. Kaum hatten wir das Klassenzimmer wieder betreten, knallte er seine Aktentasche auf den Tisch: »Diesmal bist du fällig, das verspreche ich dir! Was fällt dir ein, die Wandtafel für einen Führer des amerikanischen Militarismus zu nutzen?«

»Er ist tot.«

»Das ändert nichts! Wir in der DDR haben hier nichts zu betrauern! Und dann auch noch mit einer amerikanischen Medaille rumlaufen!«

Ich wusste, dass er damit kommen würde, und hatte mir die passenden Worte zurechtgelegt. Zu meiner Überraschung brauchte ich nicht mal alle. Mein Herz pochte bis zum Hals: »Ach, unser Fernsehprogramm wird unterbrochen, und Walter Ulbricht schickt sogar ein Beileidstelegramm, und ich darf nicht mal eine harmlose Plakette anstecken?«

»RAUS!!!«

Das musste er mir nicht zweimal sagen. Ich griff meine Schultasche, und ab durch die Mitte! In den darauffolgenden Schultagen beruhigte sich die Lage wieder, der Vorfall wurde nie wieder angesprochen. Noch mal durchgekommen. Die einzige Maßnahme, die ich zu spüren bekam, war leicht verdaulich: Wandzeitungsredakteur wurde ein anderer.

Meine Zeugnisnoten in den Deutschfächern ließen ebenfalls keine Vergeltungsschläge erkennen. Ausnahmslos unverdächtige Dreien. Das war wohl korrekt. Nach mehr schien mir der Sinn nicht zu stehen – wieder bekam ich in fast jedem Fach die »Eins des kleinen Mannes«. Erweiterte Oberschule und Abitur gehörten damals nicht zu meinem Lebensplan. Und dann studieren und so … Meine Welt war von einer anderen Dreieinigkeit bestimmt – Cotton, Rahn und Rock 'n' Roll. Die Helden waren austauschbar. Statt Jerry Cotton konnte es auch Jack

London und statt Rahn vielleicht (wie bei Heini) Seeler und Ducke gewesen sein. Lesen, spielen, hören – das war's. Ich teilte dieses Glaubensbekenntnis mit vielen meiner Freunde. Mädchen mochten auch aufregend sein, das hatten wir längst mitbekommen, aber entweder »gingen« sie schon mit einem älteren Jungen, oder sie interessierten sich nicht für uns oder wir uns nicht für sie. Oder es war sowieso zu kompliziert – diese ganze Verabrederei. Und wenn es äußerstenfalls doch dazu kam, was dann? Händchen haltend spazieren gehen? Auf der Parkbank sitzen? Im dunklen Kino mal tollkühn den Arm um seine Flamme legen? Das waren die Aussichten für einen 14-Jährigen im Jahre 1962. Und allein in der »sturmfreien Bude«? Ein zu gern geträumter Gedanke, tatsächlich zumeist hochriskant. Wir waren von sittenstrengen Erwachsenen, denen nichts entging, umzingelt. Ich fand das alles zu knifflig. Dann doch lieber Fußball, Schmöker, Filme, Kofferradio und Rockmusik auf AFN oder vom Tonband. Damit waren die Jungs in meinem Umkreis und ich vertraut. Eine Freundin hoben wir uns für später auf.

Bis dahin feilten wir an unserer Wirkung, suchten im Kofferradio den Überhit – als Lockmittel. Manchmal hatten wir Glück und erwischten sogar den gesprochenen Anfang des Liedes:

»It was a moonlit night in old Mexico. I walked alone between some old adobe haciendas. Suddenly I heard the plaintive cry of a young Mexican girl.«

Dann kurvte ein *»La-la-la«* durch eine Art Refrain, und schließlich ging mit Pat Boone die Post ab: *»You better come home, Speedy Gonzales …«*

Mein Banknachbar und ich hatten es einmal mitten im Unterricht reingekriegt. Bei Russisch. Was für ein bizarrer Kontrast, um uns russische Sprachfetzen und in uns der herausgefilterte englische Gesang! Eine kleine Flucht. Neuerdings wollte Frau Schmiegelsky uns mit einem geradezu verwegenen Optimismus an dieses Fach heranführen. Sie sprach nun nur noch russisch.

»Откройте, пожалуйста, учебник – страница пятьдесят-семь!«

Genauso ging es mir auch. Bahnhof! Viele drängelten sich

dort. Wir ahnten, was sie meinte und drehten uns hilfesuchend zu Jutta, unserer Klassenprima, um: »Jutta, welche Seite?«

»57.«

Also blätterten wir zur Seite 57 und fanden erfreulicherweise die anleitenden Worte in Deutsch: »Das Verb: Partizip Präteritum Passiv«. Na gut, so richtig Deutsch war das auch nicht, aber nun war wenigstens klar, dass es um Grammatik ging.

Es wurde am Ende der 8. Klasse dann ausnahmsweise mal eine Vier. Selbst in Betragen war ich besser: Drei. Passend dazu las sich die verbale »Gesamteinschätzung« für meine Verhältnisse recht freundlich: »Dieter ist ein lebhafter, aufgeschlossener Schüler, der sich besonders im 2. Halbjahr um eine gute Arbeitshaltung bemühte.« Dann drehte der Ton langsam in Moll. »Dieter ist mitunter unbeherrscht. Es fällt ihm schwer, sein Temperament zu zügeln. An gesellschaftlichen Veranstaltungen der Schule könnte er sich noch reger beteiligen.« Noch reger?! Das muss Frau Schmiegelsky wohlwollend einmontiert haben, da die Jugendweihe die einzige gesellschaftliche Veranstaltung war, an der ich überhaupt teilgenommen hatte. Wäre Herrmann mein Klassenlehrer gewesen, hätten die vorgesehenen neun Zeilen nicht ausgereicht für meine ideologischen Unklarheiten.

Auch dann – geschenkt! Die Juniwochen waren ohnehin nicht vom Kampf um bessere Endnoten und Eindrücke bestimmt, die Fußballweltmeisterschaft in Chile brauchte mein volles Interesse. Sie begann mit einem Wermutstropfen. Helmut Rahn war nicht dabei! Das überraschte nicht nur mich. Vor den Qualifikationsspielen hatte Sepp Herberger für den Rechtsaußen noch andere Worte gefunden: »Ja, ich meine, dass ich den Helmut Rahn 1962 gern in Chile dabei hätte.« Da spielte der noch in Deutschland. Nach dem Wechsel ins Ausland zum SC Enschede wurde »Boss« Rahn nie wieder für die Nationalelf nominiert. Dachte der gründliche Herberger am Ende ähnlich wie mein Deutschlehrer? Durfte auch hier der Abwanderer keine Vorbildfunktion haben? Dagegen spricht die Berufung von Horst Szymaniak, den es zu Saisonbeginn nach Italien zum CC Catania gezogen hatte. Im Unterschied zu Rahn war der Außenläufer zuvor noch bei den Qualifikationsspielen dabei gewesen. Die »Kicker«-Leser im Westen machten jedenfalls keinen Unterschied: Sie wählten beide Fußballer in ihre Wunschelf.

Am 6. Juni war das Viertelfinale erreicht – als Gruppensieger. Vier Tage später ging es in Santiago de Chile gegen Jugoslawien, zum dritten Mal nach 1954 und 1958. Ein vielversprechendes Omen, beide Spiele waren gewonnen worden. Ich war guter Dinge, als ich abends vor dem Radiogerät hing und der verrauschten Reportage von Rudi Michel zuhörte. Kurz nach dem Anpfiff traf Seeler den Pfosten. Schade. Völlig aufgewühlt klebte ich an Michels Schilderungen.

»Wie steht's?«, fragte mein Vater jedes Mal, wenn er das Zimmer betrat. Also ständig.

»Null zu null.«

Mehr ließ meine Anspannung nicht zu. So blieb es bis zur 85. Minute. Da schoss Radakovic das 1:0 für die Jugos und Deutschland aus dem Turnier. Ich war am Boden. Weltmeister wurde Brasilien gegen die unerwartet starken Tschechoslowaken. Der einzige Trost, der mir blieb: In den Sommerferien schmuggelte meine Tante aus Einbeck das neue bunte WM-Sonderheft von Gerhard Bahr durch die DDR-Grenzkontrollen.

Nun war es umgekehrt: Wir reisten in den großen Ferien nicht mehr zu unseren West-Verwandten – sie kamen. Und noch etwas war neu: Wir mussten nach Reisezielen im eigenen Land suchen. Die jahrzehntelang eingespielten Routen waren zugemauert. So strandete ich zum ersten Mal an der Ostsee. Ende Juli verstauten wir Badesachen, Canastakarten und was man sonst noch brauchte in unserem Trabant. Blindlings kutschierten wir Richtung Küste – ohne FDGB-Ferienplatz, ohne private Bekannte dort. Zwischen Bad Doberan und Heiligendamm klingelte meine Mutter einfach bei Leuten, die in einer der alten Bädervillen wohnten, und fragte nach einer Bleibe. Wundersamerweise klappte es sofort. Wir bekamen ein einfaches, völlig ausreichendes Zimmer. Und dann stand ich am Strand von Heiligendamm. Der Eindruck war ähnlich umwerfend wie in den Alpen, nur auf andere Weise. Diesmal ging's nicht in den Himmel, sondern in die Ferne. Wasser bis zum

Horizont! Ich musste fast 15 Jahre alt werden, um endlich das Meer zu sehen.

Im Grunde erzwungenermaßen. Trotzdem war ich natürlich dankbar für dieses Erlebnis. Wir fuhren dann jeden Tag zum Strand nach Kühlungsborn, er war schöner als in Heiligendamm, nicht so steinig. Da lag ich stundenlang und sah mich satt an der Unendlichkeit. Sie machte mich glücklich. Am Nachmittag wurde es wieder beschränkter. An allen Nachmittagen jener Woche. Wir waren keine regelmäßigen Restaurantbesucher. Das waren ohnehin wenige. Man kochte zu Hause, und wenn man unterwegs war, wurden selbst gebratene Buletten und Kartoffelsalat mitgenommen. »Mal essen gehen« blieb die Ausnahme. Die Gaststättenpreise waren zwar niedrig, doch diese Geldausgabe galt vielen als unnötig. In Kühlungsborn, Bad Doberan, Rostock und anderen Orten, die wir während unserer Fahrten passierten, wollten wir uns dennoch etwas »Fürstliches« leisten. Es waren Ferien.

Schnell war eine HO-Gaststätte in Kühlungsborn gefunden. In Erwartung einer feinen Mahlzeit nahmen wir an einem der Tische Platz. Es war nicht voll, ein Kellner kam bald und verteilte drei dieser dunkelbraunen Kunststoffmappen mit der »Speisekarte«. Die Karte bestand aus zwei dürren Schreibmaschinenseiten – eine für Speise, eine für Getränke.

»Erst mal zwei Kaffee und eine Brause.«

Der Kellner kam ohne Block aus.

»Ich möchte ein Schnitzel«, meldete ich mein Lieblingsgericht an, ohne die Karte näher gemustert zu haben.

»Gibt's nicht«, antwortete mein Vater. »Du solltest mal reinschauen. Ich warte schon auf dein langes Gesicht!«

Es gab etwa fünf Speisen. Hackbraten, Bratwurst, Klopse, Gulasch, Schweinekotelett. So weit, so gut. Doch hinter dem Wort »mit« war stets das gleiche zu lesen: Makkaroni.

Alles war mit Makkaroni. Kotelett mit Makkaroni!? Oder Bratwurst!?

Es gab keine Kartoffeln. Oder zu wenig. Die Landwirtschaft fuhr wieder eine Missernte ein. Der Aderlass durch die Flucht vieler Bauern in den Westen, die schlechte Stimmung nach der durchgepeitschten Kollektivierung und vielleicht auch das Wetter, das sowieso einer der Hauptfeinde des Sozialismus war, sorgten für eine Versorgungskrise. Das hatte sich schon vor Wochen in Berlin bemerkbar gemacht, nur nicht so drastisch. Die Hauptstadt wurde im Unterschied zu den anderen Bezirken der DDR so gut wie immer bevorzugt behandelt, um die Einwohner einigermaßen bei Laune zu halten. Walter Ulbricht hielt Ostberlin von Anfang an für ein ideologisch schwieriges Terrain. Der bis 1961 jederzeit zu besichtigende Westen durchkreuzte fast jede Kampagne im Kampf um das richtige Bewusstsein. Dafür gab's dann manche Extraration. Besucher aus Suhl oder Dresden rieben sich die Augen und wurden wütend. Zu Recht. Leipziger kannten das eher. Während der Frühjahrs- und der Herbstmesse füllten sich auch dort geschwind die Schaufenster. Die westlichen Gäste sollten einen positiven Eindruck vom sozialistischen Alltag bekommen. Also einen geschönten.

Der Bezirk Rostock, zu dem die gesamte Ostseeküste gehörte, war weit weg von Berlin und der Messestadt. Doch mehlige Makkaroni bestimmten vermutlich auch anderorts das Bild auf den Tellern. Ich entschied mich schließlich für eine Bratwurst, die Nudeln schob ich über den Tisch zu meinem Vater. Der liebte Makkaroni mit angedickter Tomatensoße. Es wurde seine Woche. Bei den Gaststättenbesuchen an den nächsten Tagen änderte sich nichts – wir begegneten keiner einzigen Kartoffel. Mein Freund Franki und seine Eltern machten ein oder zwei Jahre später die umgekehrte Erfahrung. In Baabe auf Rügen, ebenfalls in den Sommerferien. Auch sie wollten sich nach einem ausgedehnten Strandtag etwas gönnen. Unbekümmert betraten die drei ein Restaurant. Doch der Blick auf den Speisezettel ließ sie stutzig werden. Waren sie zu lange in der Sonne oder die Mahlzeiten nur unvollständig aufgeführt? Um sicher zu sein, lasen sie sich die angebotenen Speisen gegenseitig vor:

»Kartoffeln mit Soße und Blumenkohl.«

»Kartoffelpüree mit Soße und Sauerkraut.«

»Klöße mit Soße und Rotkohl.«

Es fehlten die Fleischgerichte, nur Sättigungsbeilagen. So stand es da.

Frankis Mutter legte ihre Stirn in Falten und fragte sehr bestimmt die herbeigerufene Serviererin: »Kartoffeln mit Kohl also, schön und gut. Und was gibt's dazu?«

»Nix.«

»Wie nix?! Kein Fleisch?«

»Nein. Wir haben nichts geliefert bekommen. Wohl'n Planungsfehler.«

»Und die Gaststätte am Kurpark?«

»Dasselbe.«

Franks Eltern schauten sich ratlos an. Sie bestellten dann irgendeine Variation von Kartoffeln mit Kohl. Sie hatten Hunger.

Welch ein Vorgang! Eigentlich gab es nichts, doch man machte was draus. Die Urlauber mussten schließlich versorgt werden. Solche sonderbaren Restauranterlebnisse passierten nun nicht alle Jahre wieder. Auf den Speisekarten standen normalerweise die üblichen Angebote – Fleisch- und Eiergerichte, dazu die herkömmlichen Beigaben. Im Großen und Ganzen bekamen wir auch das, was wir bestellt hatten. Mehr oder weniger schmackhaft. Doch immer reichlich. Entschuldigung, liebe Mitarbeiter des Gaststättengewerbes der ehemaligen DDR – die Makkaroni sind hängen geblieben.

Vom Schusterjungen zum Krieger

Noch während der Sommerferien landete eine Überraschung im linken Seitenflügel, Hochparterre, unserem Zuhause. Sie kam abermals mit der Post. Es war ein behördliches Schreiben – die »Zuweisung« für eine neue Wohnung. Eine 2½-Zimmer-Neubauwohnung mit Badewanne und Balkon. Für uns ein Jahrhundertschritt.

Ich weiß nicht, wann genau meine Eltern eine neue Wohnung beantragt hatten, nur dass es sich ewig hingezogen hatte. Das war normal. Auch dass mein Vater und meine Mutter alle paar Monate abwechselnd im Wohnungsamt vorstellig wurden, um die feuchte Außenwand kräftig auszumalen und mal nachzufragen. Ganz so feucht wurde die Wand nach den Ausbesserungsarbeiten vor ein paar Jahren nicht mehr, aber mein Vater meinte, dass Schimmel im Gemäuer stecken würde. Der untere Teil der Flurtapete schien das auch so zu sehen – er löste sich von der Wand. Das sollte nun Geschichte werden. Die vertraute Welt meiner Kindheit auch. Wieder mal.

Ich war hin- und hergerissen. Doch noch war es nicht so weit. Wer weiß, was diesmal dazwischen kommen würde. Abwarten und dünnen Tee trinken. Es war auch kein tiefer Schnitt, keine Trennung für immer, es sollte nicht heimlich mit ein paar Koffern auf einen fremden Kontinent oder in den anderen Teil Deutschlands gehen. Nur sieben Straßenbahnstationen weiter. Mit der Linie 71, Richtung Heinersdorf. Meine Eltern kannten bereits die Adresse: Am Steinberg 26. Sie wussten sogar schon, welche Wohnung es werden sollte. Zweite Etage rechts. Der Sachbearbeiter muss ihnen nach all der gemeinsamen Zeit gewogen gewesen sein. »Beziehungen«, die im Alltag der DDR viele Wunder vollbringen konnten, hatten sie nicht. Zumindest nicht zu Leuten in amtlichen Positionen.

Ab da hatten unsere Wochenenden ein neues Ziel. Meine

Eltern konnten es nicht erwarten, sie wollten ihren Traum wachsen sehen. Noch vor dem Kaffee und dem selbst gebackenen Kuchen mussten sie hin.

»Los, wir schauen nach der neuen Wohnung.«

Anfangs fuhr ich häufig mit, später weniger. Und wenn die Bauarbeiter vom Steinberg sich zu Hause von der Plackerei erholten, balancierten wir über ein dickes Brett in den verstaubten Rohbau – um den Fortschritt in unseren künftigen vier Wänden zu besichtigen.

»Hier kommt das Bad hin. Und hier, Dieter, wird dein Zimmer sein.«

Das halbe, das war klar. Ich schaute aus »meinem« Fenster und sah die Haltestelle der Straßenbahn. Sie würde der Startplatz werden für die Flucht in meine alte Gegend. Für die tagtägliche Flucht! Denn, so viel war schon jetzt absehbar, am Steinberg war nichts los. Ein paar Häuser und jede Menge Laubenkolonien. Totentanz. Aber mit Badewanne und Balkon.

Der Sommer dauerte fort, ein lausiger Sommer, mit nur wenigen Sonnentagen. Versprach der Himmel mal einen Badetag, sprangen wir flink auf unsere Fahrräder und gondelten zum Kiessee in Schildow. Er war unsere Badestelle. Das Freibad in Pankow gab es noch nicht, das neben dem Friesen-Stadion am Rande des Friedrichshains war an schönen Tagen hoffnungslos mit planschenden Kindern überfüllt. Junge Leute aus dem Norden Ostberlins zog es nach Schildow. Mit dem Rad oder dem 7er Bus, ab Pankow Vinetastraße. Eine knappe Stunde waren meine Schulfreunde Gerdchen, Heini, Kaule, Muhli, Wolfgang, Michael, Jürgen und ich unterwegs. Egal wie, ob im Doppelstockbus oder auf Rädern. Es waren vergnügliche laute Fahrten. Immer die 96 entlang. Wir hechelten Radio- und Fernsehsendungen durch, erzählten uns die neuesten Zoten, sangen deutsche und englische Lieder nach. Wobei der englische Text nur klangmäßig nachgeahmt wurde. Uns reichte das. Bloß Melodie und Rhythmus mussten stimmen. Das kriegten wir auch bei Instrumentaltiteln hin – *da-dang, da-dang, da-dang-dang-dang…* »Guitar Tango« von den Shadows etwa.

Die muntere Tour wurde an der kleinen Brücke vor Schildow

kurz unterbrochen. Hier war die Stadtgrenze von Berlin, und hier stand, wie an allen Ausfallstraßen, ein Kontrollposten – Schlagbaum, Wachhäuschen, Polizisten. Schon in den Fünfzigern. Dabei war es auch nach dem Mauerbau geblieben. Jetzt sollte vor allem verhindert werden, dass Westbesucher unerlaubt über Ostberlin in die DDR einreisen. Einzige Lockerungen: Der Schlagbaum blieb meist oben, und die Kontrollen auf dem Rückweg nach Berlin gab es nicht mehr – Bewohner aus den DDR-Bezirken mussten nicht mehr ferngehalten werden. Die offene Sektorengrenze war passé.

Das Zeremoniell lief vergleichsweise zügig ab. Im Grunde hatten die Grenzpolizisten nur zu klären, ob wir »Bürger der Deutschen Demokratischen Republik« waren. Dafür beugten sie sich in Autos, durchstreiften Busse und Bahnen – und stoppten Jungs auf Fahrrädern.

»Die Personalausweise, bitte!«

Jeder von uns zückte seinen blauen Pass und reichte ihn an den Vopo weiter. Der schlug forsch die Seite mit dem Passbild auf und fixierte sein Gegenüber.

»Danke!«

Kein eindrucksvoller Akt, wir waren damit aufgewachsen. Wer es anders wollte, nahm Schleichwege. Schon schwangen wir uns wieder in die Sättel und rollten weiter. Durch den Ort, vorbei an vereinzelt stehenden Häuschen, noch einen Waldweg entlang und schon lag der Kiessee vor uns. Nur der See mit seinem klaren Wasser. Nicht mal ein Kiosk, der Bockwürste, Getränke und Eis anbot, stand dort. Einzig wilde Natur.

Auf der linken Seeseite, hinten auf dem sandigen Hang, war unser Stammplatz. Sommer für Sommer. Schnell schoben wir unsere Fahrräder in den Schatten eines Baumes und begannen uns auszubreiten. Jeder hatte eine Decke in seinem Campingbeutel, dazu Stullen, Brause, Badesachen, Buch oder Schmöker und Sonnenöl. Man roch es schon von Weitem. Über fast jeder Traube von sich sonnenden oder herumalbernden Ausflüglern hing eine nach Nussöl duftende Wolke. Von Lichtschutzfaktor war nicht die Rede, nicht auf der Flasche, nicht als Problem. Schnell braun werden, nur darum ging es. Und so ölte man öfter nach.

War in der Schule hitzefrei, machte sich die halbe Klasse auf den Weg. Auch die Mädels. Dann waren Dreiecksbadehosen besonders praktisch. Diese knappen, meist dunkelblauen, grünen oder roten Stofffetzen hatten die Form von zwei zusammengenähten Dreiecken, die an der offenen Seite durch ein Zugband und einen Knopf verbunden werden mussten. Wenn man das Ding noch nicht anhatte, konnte es problemlos durch ein Hosenbein der Shorts gezogen werden, ohne seinen männlichen Reifegrad zu entblößen. Das war 14- oder 15-jährigen Jungs wichtig.

Kaum waren wir fertig, rannten wir mit großem Geschrei den Hang hinunter: Wer ist der Erste im Wasser?! Waren alle drin, wurde gespielt. Wir tauchten und schwammen um die Wette, machten Reiterkämpfe und Schlammschlachten. Wieder in der Sonne, zeigte sich der nächste Vorteil der Dreiecksbadehosen – sie waren schon nach wenigen Minuten trocken.

»Wollen wir Karten spielen?«

»Lieber Fußball.«

»Ne, ist zu heiß.«

»Dann doch Karten, aber erst einölen.«

An perfekten Tagen hatte einer meiner Freunde ein Kofferradio dabei, aus dem Mina stimmig *»Heißer Sand und ein verlorenes Land«* zwitscherte. Erst am Abend, wenn die Sonne langsam unterging, packten wir ein und machten uns auf den Heimweg. Die Stullen waren längst gegessen, die Brauseflaschen geleert. Und zu Hause wartete das Abendbrot.

Auf dem Kollwitzplatz war es inzwischen ziemlich ruhig, der Buddelkasten fast leer. Nur die Mauersegler schossen noch im Tiefflug durch die Dämmerung, über den Rasen und die Straße, nur um gleich wieder in den Himmel aufzusteigen und einander zu jagen. Ihr schrilles Zirpen gehörte zum Klang jedes Sommers. Wie der Duft, der nach einem starken Sommerregen die Luft parfümierte. Kaum hatten die dicken Tropfen aufgehört, auf die Straße zu trommeln und die Wolken die Sonne wieder freigegeben, begannen die Pfützen auf dem heißen Asphalt zu verdampfen. Über allem schwebte dann ein warmer, süßlicher Hauch von frisch gewaschenem Staub.

Die Düfte meiner Kindheit. Sie hatten noch andere Noten. Bei Nordwind zog eine Spur von Bierwürze durch unser Viertel, ausgeströmt von der Schultheiss-Brauerei an der Ecke Schönhauser. Kam der Wind aus dem Süden, duftete es überall verlockend nach frischem Brot. Das liebliche Aroma stammte aus der Großbäckerei VEB »Aktivist«, die in der Saarbrücker 36–38 stand. Und in den frühen fünfziger Jahren waberten die Gerüche aus der kleinen Likörfabrik über unseren Hinterhof – nach Pfefferminz, Kümmel, Anis, Vanille, Zitrone. Sie drangen aber nicht weit, erreichten kaum die Straße. Wir nahmen sie vor allem in dem Augenblick wahr, wenn wir die Fenster öffneten oder den Hof betraten.

Die sonstigen wiederkehrenden Wohlgerüche verbinden sich meist mit unseren Eltern. Nach meiner Erinnerung benutzten sie vor dem Ausgehen immer einen Deo-Stift, der leicht nach Parfum roch. Das war kein täglicher Griff, der galt der Seife. Sprühdosen mit Deodorant waren noch nicht im Handel. So wurde eben gründlich geseift. Mit »Lux«, wenn es hoch kam, oder mit »Lilienmilchseife«, wenn Alltag war. Und so duftete man dann, solange die Wirkung anhielt. Ganz nach alter Sitte. Zumindest bei uns Kindern war das so. Erwachsene besserten nach. Meine Mutter erst mit »Echt Kölnisch Wasser« von 4711, später mit »Tosca«. Meinen Vater hingegen umgab, bevor er das Haus verließ, ein Duftcocktail von Haar- und Rasierwasser. Zuvor hatte er sich gekonnt ein paar Tropfen »Birkenhaarwasser« oder »Klettenwurzelöl« ins Haar gestrichen und es dann streng angekämmt. Nach der Rasur wurde nicht gewählt. Hier hielt er einer Marke die Treue: »Pitralon«. Seine Vorliebe für das Mittel in der braunen Flasche könnte ich jetzt leicht mit dem charakteristischen Duft nach Campher, mit dem sich Radrenner einölten, erklären – aber das würde zu kurz greifen. Alle unsere Väter nahmen »Pitralon«.

Bald sollten auch wir Jungs uns dort bedienen, wenn wir unseren Auftritt auf der abendlichen Klassenfete vorbereiteten. Die allererste rückte langsam näher. In der Neunten. Endlich. »Let's have a party.«

Das neue Schuljahr begann wie das vergangene, mit einer Zusammenlegung, diesmal nur der Klassen. Die beiden Achten wurden zu einer Neunten vereint. Nachdem ein gutes Dutzend unserer ehemaligen Mitschüler zur Erweiterten Oberschule, dem DDR-Gymnasium, abgewandert waren, lag dieser Schritt nahe. Er zog allerdings nach sich, dass noch weitere Klassenkameraden umgeschult werden mussten. Ich durfte bleiben. Nun schon zwei Jahre lang – eine leise Spur von Beständigkeit. Vermutlich war es nur Zufall. Doch er machte mich froh. Andere wollten nur weg. Die Fluchtbewegung hatte einen Namen: Bischatka, unser neuer Klassenlehrer. Der Letzte in der Beliebtheitsskala. Ein zynischer Pauker voller Macken. Das verhieß nichts Gutes.

Er war die eine der zwei Neuerungen, die andere hieß »Staatsbürgerkunde«. Wir hatten das Fach nicht bei Herrmann, seinem herausragenden politischen Eifer zum Trotz. »Stabü« wurde in der Regel vom Geschichtslehrer unterrichtet. Das vertrug sich. Denn je näher wir der Gegenwart kamen, desto parteilicher wurde die Sicht auf die Epochen. Dafür bekamen wir nun auch das geistige Rüstzeug: einen Mix aus sozialistischer Ökonomie und Theorie, dazu Einblicke in die weitsichtige Politik der SED sowie in den vortrefflichen Aufbau unseres Staates. Ziel der Veranstaltung war, jedem Schüler ein »klares Klassenbewusstsein« und eine tiefe Überzeugung vom bevorstehenden gesetzmäßigen Sieg des Sozialismus einzuflößen. Frau Demanowski, unsere Stabü-Lehrerin, glühte nicht allzu sehr dafür. Wider Erwarten. Denn es war ein politisch wichtiges Fach. Gerdchen hat noch heute eine passende Szene im Kopf. Er hatte, wie aufgegeben, zu Hause in einer Schrift von Karl Marx gelesen und sich danach ziemlich gewundert. In der nächsten Staatsbürgerkundestunde brachte er das Thema zur Sprache. Unter vier Augen, an der Tafel, raunend: »Frau Demanowski, das, was ich bei Marx gelesen habe, stimmt mit der DDR aber nicht überein.«

Normalerweise spitzten Agitatoren dann die Ohren. Ist hier ein Einfallstor für den Klassenfeind? Doch unsere Lehrerin blieb entspannt.

Und ebenfalls leise: »Das ist Philosophie. Das kann man mit unserem System nicht vergleichen. Die Wirklichkeit sieht eben anders aus.«

Ein erstaunliches Eingeständnis von einer Staatsbürgerkundelehrerin. Die Ideologen im Volksbildungsministerium hätten rot gesehen. Bei ihnen war alles in bester Übereinstimmung. Theorie und Praxis. Marx und Ulbricht. Wir hatten diesen politischen Lobgesang auch im nächsten Schuljahr. Zwei Stunden in der Woche. Ich kann mich an keine Minute erinnern. Vielleicht weil wir diese Eigenwerbung ständig hörten, und manche, so wie ich, schon reflexhaft auf »Durchzug« schalteten. Vielleicht habe ich auch nur durchgeschlafen. Schaden nahm ich jedenfalls nicht.

»Biene« Bischatka, unser Klassenlehrer, unterwies uns weiter in Biologie, wie schon in der 8. Klasse. Da standen »die Pflanze«, »der Wald« und »Biologie und Landwirtschaft« auf dem Lehrplan, nun war es »der Mensch«. Das ganze Drum und Dran. Körperaufbau, Stoffwechsel, Verdauungssystem, Kreislauf, Sinnesorgane, Nervensystem und fast am Schluss, auf Seite 100: Die Fortpflanzung des Menschen. Streng biologisch. Und so schamhaft, dass der eigentliche technische Vorgang unerwähnt blieb. »Wie alle höherentwickelten Organismen, so entsteht auch der Mensch aus einer befruchteten Eizelle, das heißt aus einer Eizelle, in die ein Samenfaden eingedrungen ist.« Ausgezeichnet, nur wie kommt er dorthin? Hatte Bischatka die Lücke gefüllt? Wohl nicht. Gerade hier hatten wir, glaube ich, sehr genau zugehört, schon um unseren Übel-Biologen bei den zu erwartenden Verrenkungen zu beobachten. Amüsiert zu beobachten! Denn eines stand ja wohl einwandfrei fest: Wir wussten Bescheid.

Dachten wir. Und gaben großspurig mit unserem Wissen über den Geschlechtsakt an. Zusammengepuzzelt aus einem Sammelsurium von aufgeschnappten und angelesenen Gedankenfetzen. Gehandelte Straßenweisheiten, die ohne »Samenleiter« und »Keimdrüsen« auskamen. Na gut, nun wussten wir auch das. Dann stieß Bischatka mehrmals hintereinander nervös seine Atemluft durch die Nase und hob mahnend den Zeigefinger: »Selbstbefriedigung ist sehr schädlich! Sie macht denjenigen, der das tut, übernervös!«

Wortwörtlich. Am besten rasch beiseiteschieben, dachten

wahrscheinlich manche in der Klasse. Schließlich waren wir gerade dabei, uns zu entdecken. Zack, und schon stand das nächste Kapitel an – »Hygiene«. Seite 108.

Der Mann mit seinen silbergrauen verfitzten Haaren, deren vordere Strähne nach links oder rechts vom Kopf abstand, je nachdem aus welcher Richtung der Wind gekommen war, führte ein böses Regime. Hatte Bischatka sich einen ausgeguckt, versuchte er ihn systematisch niederzumachen. Boshaft, verächtlich, höhnisch, immer verletzend. Wir hassten ihn dafür. Manche bis zum letzten Tag.

Diese nur auf einen Anlass lauernde Gemeinheit entsprach gewiss seinem Charakter, sie war aber auch ein altbewährtes Mittel, die Klasse einzuschüchtern, sie kleinzukriegen. Es funktionierte nicht. Es war ein Tauziehen. Wir waren einfach zu viele, die keine Lust hatten, sich artig zu fügen. Und so trieben wir auch mit Bischatka unsere Späße, setzten dem Schulgerippe seine braune Baskenmütze auf, ölten vor der Bio-Stunde mit unserer Haarpomade die Tafel ein, nahmen heimlich sein Stullenpaket und arrangierten es geschmackvoll im Glasschrank zwischen den konservierten Tierpräparaten. Als er die Bemmen nach kurzem Suchen entdeckte, wurde er kalkweiß. Dass man sich das bei ihm traute! Im selben Moment entwich sein kompletter Lungeninhalt stoßweise durch die Nase.

»Das ist die Höhe! Ich kriege raus, wer das war!«, donnerte es durch den Raum.

Kriegte er nicht. Aber wir wussten, was drauf war: Leberwurst.

Herrn Fiedler, ein Lehrer mit enorm dicken Brillengläsern, spielten wir einen anderen Streich. Ein Schüler hatte gemerkt, wie stark Fiedlers Kurzsichtigkeit seine Wahrnehmung einschränkte, und anschließend eine anspruchslose Idee. Er nahm ein Stück Kreide und malte ein paar kleine Striche auf den geölten Klassenboden. Mehr nicht. Fiedler kam, der Unterricht begann. Als er die Striche entdeckte, kroch er auf allen Vieren auf dem Boden herum – er wollte sie aufheben.

Manche Pausen vertrieben wir Jungs uns mit »Pyramidenbau«. Vorsichtig wurden dazu lauter Dinge, die wir im Klassenraum finden konnten, übereinandergeschichtet. Als unterstes Bauelement diente der Kartenständer, darauf folgte der Lehrerstuhl, dann der Papierkorb, das Klassenbuch und obenauf das Vogelhäuschen. Eine höchst empfindliche Konstruktion. Nun musste nur noch ein Mitschüler, der daran vorbei wollte, geschubst werden. Und krachend stürzte der Turm zu Boden. Die Klasse johlte. Unsinn, gewiss, aber darum ging's.

Anders bei den Hofpausen, da drehten wir gesittet Runde um Runde und quatschten. Über alles, was uns beschäftigte. Wie schon in der 7. und in der 8. Klasse. Es blieb auch bei den alten Leidenschaften, vor allem unseren übersprudelnden Nacherzählungen gerade aufgesaugter Kabarett-Sendungen. West. Und doch nicht ganz. Wir gingen mit der Zeit. Die »Insulaner« rückten nach hinten. Ihr beißender Frontstadt-Spott hatte die alte Wucht verloren, er brachte die Verhältnisse nicht mehr zum Tanzen, sie waren seit einem Jahr einzementiert. Seitdem hatte sich die Perspektive verschoben. Im Osten fühlten sich jetzt auch viele als Insulaner. Die Brücken waren gekappt. Und der Glaube, der das Lachen so leicht machte, war weg. Günter Neumanns Truppe reimte dennoch unverdrossen weiter:

»Das Jestichel und der Jammer
und die Sichel und der Hammer
werden sich noch mal verzieh'n.
Woll'n wir wetten,
wer sich länger von uns hält:
Herr Ulbricht oder Berlin?«

Solche Sprüche sollten Mut machen. Es funktionierte nicht mehr. Die Hörer taten sich zunehmend schwerer, die trotzigen Hoffnungen ihrer kabarettistischen Spaßmacher zu teilen. Wenn man im Radio auf eine Sendung stieß, hörte man zu, allerdings ohne die alte Vorfreude auf geistige Munition. Die Luft war raus. Unser Appetit auf schnodderige Nummern, die politische Zeitgeister kunstvoll hochnahmen, brauchte neue Nahrung. Wir mussten nicht suchen, es gab sie schon. Im Fernsehen.

Die »Münchner Lach- und Schießgesellschaft«. Leider nur ein- oder zweimal im Jahr, als abendliche Übertragung aus Bayern. Meine Eltern hatten sicher keine verpasst, ich auch nicht. Wir lachten fast immer an den gleichen Stellen – geteilte Überzeugungen, geteilter Humor.

»Die veralbern Leute, die vor ihnen sitzen«, frohlockte mein Vater. »Das würde es hier nie geben!«

So war es. Man hatte das Gefühl, mitten im Publikum zu sitzen, zwischen den Prominenten mit ihrem dann etwas eingefrorenen Lächeln.

»Das hat getroffen!«

Darüber amüsierten wir uns auch im Freundeskreis. An erster Stelle aber stand das Nachspielen der Pointen. Ein großer Spaß.

»Oder, oder, oder als der Hildebrandt als Schornsteinfeger auftrat!«

»Ja, richtig. Wie ging das noch?«

Und dann erzählte der, der meinte sich am besten zu erinnern, wie Dieter Hildebrandt als Schornsteinfeger und mit todernstem Gesicht erklärte: »Ich hab mich umgestellt, auf Glücksbringer, den ganzen Betrieb!« Darüber sei dann der Kehrbezirkschef sauer geworden und hatte gesagt, dass es schlecht und unmoralisch sei, mit dem Aberglauben der Menschen Geschäfte zu machen. Und wie Schornsteinfeger Hildebrandt knapp zurückgab: »Immer noch besser als mit dem Glauben.«

Unter uns Heiden klappte der Spruch erneut – wir lachten uns schief. Nun auch die, die zu Hause keine Fernsehkiste hatten. Immer noch die meisten.

Die »Münchner Lach- und Schießgesellschaft« haute nicht immer auf dieselben Tasten, auf Ulbricht, Chruschtschow und die SED. Bei ihnen kamen alle dran: die Politik, die Kirche, die Gewerkschaften, die alten und die neuen Nazis. Besonders, wenn's die eigenen Landsleute waren. Gern im Stegreif. Die bissigen Pointen wurden bei Hildebrandt und Hans Jürgen Diedrich nicht geschnauzt, sie brauchten manchmal nur ein Wort, einen Blick oder einfach Schweigen. Und es haute um. Nicht nur die geladenen Gäste, meine Eltern und meine Freunde ebenso. Wir waren zwar erst 15, doch wir hatten in der DDR sehr früh gelernt, bei politischen Anspielungen genau hinzuhören, wach zu sein. In alle Himmelsrichtungen. So sahen wir später, ab Herbst 1963, auch mit wachsendem Vergnügen den Direktübertragungen aus dem westdeutschen Bundestag zu. Uns faszinierte die Schärfe und Realsatire in den Debatten. Vor allem bei Wehner und Strauß. Wie oft hatten wir hinterher Redefetzen nachgeschmeckt und den einen Wunsch wiederholt: »Das müsste es auch in der Volkskammer geben.«

Gab es dort aber nicht, Realsatire schon – ohne dass sie es merkten.

Dieter Hildebrandt wurde uns ein hoch geschätzter Begleiter. Für mich gehörte er zu den Dingen, denen ich in meiner Kindheit begegnet und dann jahrzehntelang treu geblieben bin – neben Büchern, Fußball, Rockmusik und der »Tagesschau«.

Jeden Abend um 20 Uhr, seit wir einen Fernseher hatten, wurde die Nachrichtensendung eingeschaltet. Sie gehörte zum »täglich Brot«. Überall, wo sie empfangen werden konnte. Und sie ließ innehalten. Während der »Tagesschau« wurde tunlichst nicht gestört, nicht besucht, nicht angerufen. Sie war heilig. Den Funktionären war sie das genaue Gegenteil: gefährlich. Es gab für die DDR-Oberen nichts Schlimmeres als das Auftauchen einer DDR-kritischen Meldung in der Tagesschau. Der gemeine Bürger frohlockte, für ihn war es die wichtigste Nachricht. Am nächsten Tag war sie rum. Tauchte in den Betrieben als heikle Frage auf oder gar als Widerspruch. Zum Schluss in den Parteibüros – als »Störmanöver des Gegners«.

Die ganz Harthörigen witterten solche Manöver überall. Selbst im Kinderprogramm. In ihren Augen begannen bereits dort die ideologischen Aufweichungen, indem sich der Feind geschickt die Arglosigkeit der jungen Zuschauer zunutze machte. *»Jeder sollte einmal reisen in das schöne Lummerland«* – schon wurden falsche Bedürfnisse geweckt! Die Berieselung lauerte überall. Erst recht in den gesendeten Wildwestfilmen. Doch was sollten sie tun, außer drohen: »Ein verderblicher Einfluss!« Wahrscheinlich steigerte das noch unser Verlangen. Und da eigene DEFA-Indianerfilme von der Partei noch nicht beschlossen worden waren, schalteten wir eben zum Westkanal.

Das Angebot war reichlich: »Am Fuß der blauen Berge«, »Wyatt Earp«, »Texas Rangers« und nun auch »Bonanza«. Im Oktober 1962 betraten Franki und ich zum ersten Mal die »Ponderosa« der Cartwrights. Und wir waren uns hinterher einig, dass die »blauen Berge« filmisch besser sind. Dabei blieben wir – für den Rest unserer Kindertage. Waren ja nicht mehr viele.

Wenn nicht überhaupt die letzten Tage. Fast zeitgleich steuerten nämlich die beiden Supermächte USA und UdSSR in den gefährlichsten Konflikt seit Ende des Zweiten Weltkrieges: die Kubakrise. Nachdem die Sowjetunion im Sommer damit begonnen hatte, heimlich auf der Karibikinsel Mittelstreckenraketen mit Atomsprengköpfen zu stationieren, starteten, nach ersten Hinweisen, US-amerikanische Aufklärungsflugzeuge mit dem Ziel, beweiskräftige Fotos zu liefern. Die Luftaufnahmen waren eindeutig, die Katastrophe kam näher. Ein Atomkrieg drohte. Kennedy hatte dafür schon eine Rede vorbereitet: »Heute morgen habe ich den Streitkräften widerwillig den Befehl erteilt, die atomaren Anlagen in Kuba anzugreifen und zu zerstören. Ich bitte die Amerikaner, ruhig zu bleiben und gewohnheitsgemäß ihren Geschäften nachzugehen.« Dem Weltuntergang entgegen. Nun also doch noch?

Letztlich siegte die Vernunft. Chruschtschow versprach, die Atomraketen von Kuba wieder abzuziehen, dafür erklärte sich im Gegenzug Kennedy bereit, binnen Kurzem sein Arsenal aus der Türkei zu entfernen. Um sich bei künftigen Krisen rasch austauschen zu können, beschlossen beide Seiten, eine direkte Verbindung, das »rote Telefon«, einzurichten. Die Welt konnte aufatmen. Unsere Eltern auch. Wir Kinder waren damals bestimmt nicht so bekümmert wie sie – wir hatten nicht ihren Erfahrungshintergrund. Ich weiß noch, dass wir in der Klasse oder in der Clique die Nachrichten aufmerksamer verfolgten, vielleicht auch darüber in Streit gerieten. Das war's dann aber.

Die erste Klassenfete stand an. Entsprechend aufgeregt begannen wir mit den Vorbereitungen. Zunächst war zu klären, welcher Lehrer die Aufsicht übernehmen sollte, denn ohne Kontrolleur waren Klassenfeste auf dem Schulgelände verboten. Alle waren für Pawlik, unseren Lieblingschemiker, doch unser Ansinnen hatte keine Chance. Bischatka legte sich quer.

»Meine Herrschaften, entweder die Veranstaltung findet mit mir als Klassenlehrer statt oder überhaupt nicht!«

Eine Kaltwasserdusche. Es kostete einige Kraft, die Lust auf unsere Feier wieder anzukurbeln. Bis zum nächsten Stoppzeichen Bischatkas. Wir hatten vor, eine ganz leichte Bowle, mit Konservenobst, viel Selters und einem Spritzer Wein, zu fabrizieren.

»Kein Alkohol in der Schule! Nicht mal ein Tropfen.«

Die Lust war abermals im Keller. Wir einigten uns wohl auf »Vita Cola«, klang wenigstens modern. Es war noch nicht vorbei. Par ordre du mufti wollte unser Oberspaßverderber nun die Musik vorschreiben.

»Keine amerikanischen Schlager!«

Zähneknirschen beim Vorbereitungskomitee. Doch diese Order wollten wir ins Leere laufen lassen, komme was wolle. Kein: »Heute tanzen alle jungen Leute im Lipsi-Schritt«.

Twist war der letzte Schrei. Den aus Amerika stammenden Modetanz hatten wir Teenies, nach wiederholten Übungen zu Hause vor dem Spiegel, verzückt in unseren Besitz genommen. Das blieb er nicht. Wunderlicherweise. Denn nach seinem ersten Auftauchen im Fernsehen waren sich die älteren Semester in beiden deutschen Staaten in ihrer Prüderie noch einig: Das ist doch kein Tanz, das sind »unanständige Verrenkungen«! DDR-Agitatoren tadelten den Twist sogar als »scheußlichen Auswuchs kapitalistischer Dekadenz«. Sie wurden zurückgepfiffen. Nach ein paar Monaten stand der 4/4-Takt in den Schlagerparaden – in West und Ost. Die ausgelöste Twist-Welle schwappte über das kleinmütige Land. »Peppermint Twist«, »St. Tropez Twist«, »Jodel-Twist«. Twist, Twist, Twist. Bei Betriebs-, Vereins- und Familienfesten versuchten nun auch die Vorstände mitzuhalten und die »Verrenkungen« nachzuturnen. So sah es dann auch aus.

Am Abend der Klassenfete sollten all die gängigen Twist-Nummern durch den FDJ-Raum unserer Schule scheppern. Nach dem Schaulaufen natürlich. Denn erstaunlich war erst mal, wie wir aussahen. Jeder hatte sich ins Zeug gelegt. Die Mädchen erschienen in engen Röcken oder schicken Kleidern, leichten Pumps und hübsch frisiert. Von den Jungs hatten einige ihren Sonntagsstaat an, Anzug und weißes Hemd. Ich war in meinen besten Stücken erschienen: weißes Nyltesthemd, darüber einen weinroten Samtpulli, außerdem die geliebte enge Glencheckhose. Die Frisur hatte ich mit Pomade in Form gebracht, sodass ihr kein Rhythmus etwas anhaben konnte. Alle waren aufgeregt. Umhüllt von den Düften der Eltern.

Während des gegenseitigen Bestaunens hatte Heini sein Tonbandgerät aufgebaut und damit begonnen, eine Spule nach der anderen aufzulegen. Unsere Musik. Bei Chubby Checkers Ruf *»Come on, let's twist again«* kochte die Funktionärsbude – und Bischatka über. Wir waren nicht zu bändigen. Wir zuckten mit den Körpern, schwangen die Knie hin und her, bogen uns nach vorn und hinten.

»Das ist, das ist, das ist
der Liebestraum von Liszt,
der Liebestraum von Liszt
als Twist …«

Für viele war es der erste Tanzabend. Für mich beispielsweise. Manch anderer hatte da bereits Kurse einer Tanzschule besucht. »Schmidt-Hutten« hieß die bekannteste. Da lernte man seine Partnerin galant aufzufordern und die klassischen Tanzschritte – Walzer, Foxtrott, Cha-Cha-cha. Mich interessierten diese Gesellschaftstänze nicht die Bohne. Wozu auch? Mir reichte mein Repertoire. Schließlich konnte ich Twist, einigermaßen Rock 'n' Roll, und beim Engtanzen war »eng« sowieso wichtiger als »tanzen«. Die beiden anderen gerade angesagten Tänze, Madison und Babaré, brachten mir die Mädels noch am selben Abend bei. Es waren einfache Schrittkombinationen. Gegen 23.00 Uhr blies Bischatka zum Zapfenstreich. Wir schwirrten laut und beseelt in die Nacht.

»Wann lassen wir die nächste Fete steigen?«, war die drängendste Frage, die wir möglichst schon auf dem Heimweg klären wollten. Die Klasse hatte einen tollen Abend erlebt und fieberte nach dem nächsten. Michael murrte ein wenig über die gespielte Musik. Elvis, Bill Haley, Pat Boone, Chubby Checker, Mina, Connie Francis, Bill Ramsey, Peppino di Capri.

»Nicht einmal Freddy Quinn! Zum Schluss hätte Heini ›Junge, komm bald wieder‹ bringen können.«

Diesen Wunsch hatte Michael exklusiv. Im Frühjahr beim nächsten Klassenfest blieben wir wieder eine Freddy-freie Zone. Wahrscheinlich ging es so weiter, Fete für Fete. Es sollten noch einige kommen, und sie wurden wilder. Was auch daran lag, dass wir Bischatka ausbooten konnten. Bloß, wie hatten wir das gedeichselt? War er krank geworden, oder planten wir die Party dreist an seinem Geburtstag? Wie auch immer, Herr Pawlik übernahm und genehmigte obendrein die gewünschte leichte Obstbowle. Vielleicht hatte manch einer der Jungs sogar stillschweigend einen Flachmann einstecken und ließ ihn heimlich kreisen.

Es blieb alles folgenlos. Alkohol war noch immer kein Thema. Solche Wagnisse dienten nur dazu, die erwartungsvolle Stimmung unter den Eingeweihten zu heben. Ein bisschen Kitzel. Ein Jux. Wurde geraucht? Ich meine nein. Kann sein, dass mit Verschwörermiene zwei sich eine Kippe teilten, um vor den anderen ein bisschen anzugeben: ›Schaut mal, wir rauchen schon!‹ Größer wurde dadurch keiner. Die meisten aus der Klasse scherten sich wenig darum.

Das klingt so brav. So angepasst. Fürchterlich. Nur, wir waren es nicht. Oder immer weniger. Es waren andere Zeiten, und wir begannen gerade, uns aus ihnen zu verabschieden. Vieles von dem, was damals als »normal«, »ordentlich«, »anständig« und vor allem als »richtig« angesehen wurde, nahmen wir nicht länger als erstrebenswert wahr, sondern als einengend. Wir wollten nicht mehr die Erwachsenen nachahmen, sich wie junge Alte verhalten. Wir wollten wir selbst sein. Zumindest eine wachsende Zahl von uns. Und es war erst der Anfang. Nur zwei Jahre später sollten wir auf der Straße für unser Anderssein angepöbelt und von der Volkspolizei verfolgt werden.

An jenem Abend waren wir nur fröhlich durchgeknallt. Keiner musste sich auf dem Schulklo übergeben oder sich torkelnd den Flur entlangschleppen. Durch die halbdunklen Flure zogen wir schon, aber in langer Reihe, als Polonaise. Treppauf, treppab, von Etage zu Etage, und ausdrücklich über den Mittelaufgang: »Nur für Lehrer«. Dabei sangen wir ausgelassen spaßige Schlager, so laut wir konnten.

»Pigalle, Pigalle, das ist die große Mausefalle mitten in Paris …«

Der Hall klirrte schrill durch das alte Schulgemäuer. Doch es blieb unversehrt. Pawlik hatte die Leine lang gelassen, wir dankten mit Achtung.

Doch Leine blieb Leine. Einer aus unserer Klasse schlug vor, mit unseren Feten auf Reisen zu gehen – raus aus der Schule, weg, selbst von gutherzigen Aufpassern. Wir schafften es, heuerten Räume im Kulturhaus in der Kastanienallee an, direkt neben dem Prater und dem DEFA-Kino. Wahrscheinlich verkauften wir die Feier als FDJ-Veranstaltung. Das stimmte die Verantwortlichen meist günstig. Am verabredeten Abend tauchten wir – in Schale geschmissen – vollzählig auf.

»Wir wollen zur Veranstaltung der 15. Oberschule.«

»Oben!«

Und während unten im Foyer normaler Klubbetrieb herrschte, schwebten wir in der ersten Etage völlig losgelöst von jeder Aufsicht. *»So come on baby, do the Loco-Motion with me.«* Little Evas damals aktueller Hit. Er lief garantiert rauf und runter und wurde, so weit es eben ging, mitgesungen.

Es gab noch eine andere List, um an gewünschte Schlüssel zu kommen. Sie hatte einen Namen: Heini. Heini war genauso alt wie alle in der Klasse, nie sitzen geblieben, ein guter Schüler. Doch er sah mit seiner Hornbrille deutlich älter aus als wir anderen Jungs. Davon profitierten wir oft. Besonders wenn wir in der kalten Jahreszeit Fußball spielen wollten. Unsere Turnhalle lag, wie schon erwähnt, weit weg von unserer Schule, in der Eberswalder Straße. Das machte ihre Nutzung etwas umständlich. An manchen Nachmittagen blieb sie verwaist. Als wir davon Wind bekamen, blitzte eine verwegene Idee auf.

»Wir holen uns die Schlüssel und spielen in der Halle ein paar Stunden Fußball.«

»Und der Hausmeister wartet schon auf uns – oder was?«

»Ne, uns jagt der zum Teufel. Wir brauchen es gar nicht versuchen.«

»Na also.«

»Aber Heini. Der kriegt das hin. Er muss nur sagen, dass er der neue Sportlehrer ist und mit der Schulmannschaft trainieren will. Das klappt!«

Alle guckten Heini an. Der ordnete seine Winterjacke, rückte die Brille gerade und machte ein ernstes Gesicht: »Etwa so?«

Wir lachten.

»Gut, ich versuch's.«

Gemessenen Schritts steuerte Heini auf das Vorderhaus zu, in dem der Hausmeister wohnte. Kaule, Manuel, Jürgen, Wolfgang, Gerdchen und ich warteten derweil hinter einer Mauer. Es vergingen vielleicht fünf Minuten, dann kam er zurück – immer noch mit strengem Blick. Als er kurz vor der Turnhalle war, und vom Hausmeisterfenster aus nicht mehr gesehen werden konnte, zog er triumphierend ein abgegriffenes Holzbrettchen aus der Jackentasche. Daran baumelte der ersehnte Schlüssel. Wir jubelten. Im Umkleideraum bemühte sich jeder, trotz der Alltagsklamotten möglichst sportlich auszusehen. Schon wegen Heini.

»Falls der vorbeischaut, sonst bin ich am Arsch.«

Dann schalteten wir das Hallenlicht an, holten aus dem Geräteraum einen Ball und vier Hochsprungständer, die als Tore dienten, und knödelten los. Barfuß oder in Strümpfen, denn passende Schuhe hatte keiner dabei. Draußen blies der Wintersturm, und wir spielten vergnügt in der geheizten Turnhalle. Was konnten wir mehr wollen?

Und weil es so einen Spaß gemacht hatte und auch wunderbar glattging, wiederholten wir das Nachmittagsspielchen noch einige Male – angeführt von unserem »Sportlehrer Heinz«. Besser vorbereitet, mit unserem Sportzeug im Campingbeutel. Es war eine fabelhafte Draufgabe zu unseren üblichen Alltagsbeschäftigungen – dem täglichen Musikhören im Radio oder von Heinis Tonband, den langen Spaziergängen mit dem ehrgeizigen Bemühen, gemeinsam irgendwelche Lieder möglichst »original« nachzusingen, den Kinonachmittagen im »DEFA«,

»Mila« oder »Babylon«, den Treffen an der Straßenecke und dem endlosen Geplauder über Radio- und Fernsehsendungen, neueste Filme und Gerüchte. Mit viel Gelächter und Geschrei.

Allein das machte uns offenbar verdächtig, die »Ordnung und Sicherheit« zu gefährden. Fünf Jungs an der Husemann/Ecke Sredzki! Zwei Streifenpolizisten erkannten die Gefahr und steuerten auf uns zu.

»Die Ausweise!«

»Und warum? Wir stehen hier und quatschen. Ist das neuerdings verboten?«

»Nicht frech werden, sonst kommste gleich mit!«

Aufgeblasen standen sie vor uns und blätterten in den Personalausweisen, die sie einkassiert hatten. Unschlüssig, denn da wir alle in der Nähe wohnten, reichte es nicht für die beliebte Frage, was wir hier überhaupt wollten. Sie mussten anders vorgehen. Drastischer. Einer der beiden Volkspolizisten straffte sich: »Das hier ist eine Zusammenrottung! Und die wird sofort aufgelöst!«

»Wie bitte?«

»Eine Ansammlung ab drei Personen ist eine Zusammenrottung. Hier die Ausweise. Und jetzt auseinandergehen!«

»Dann können wir ja nicht mal mehr miteinander reden!«

»Wenn wir bei der nächsten Runde euch hier immer noch antreffen, kommt ihr mit aufs Revier!«

Als wir das hörten, dachten wir an einen schlechten Scherz.

»Die haben doch einen Knall!«, meinte Kaule.

Den hatten sie bestimmt. Wir erlebten diese merkwürdige Nummer wenige Monate später sogar noch einmal. Wieder hatten die Schampels uns der Zusammenrottung bezichtigt. Vielleicht war's die gleiche Besetzung. Zwei blassgrün uniformierte Wichtigtuer, die ihre Autorität raushängen lassen wollten. Eine entsprechende Anweisung dürfte es nicht gegeben haben, sonst hätten solche Possen zu unserem Tagesprogramm gehört. Anders bei Ausweiskontrollen. Zu diesem kleinen Machtinstrument griffen die Volkspolizisten schnell. Um uns einzuschüchtern. Schon der Eindruck, dass da welche rumlungern, konnte reichen.

»Die Personalausweise, bitte!«

Danach folgten irgendwelche, meist aberwitzige Zurechtweisungen. »Ihr habt hier nichts zu suchen!« »Die Buddelkastenmauer ist kein Sitzplatz!« »Auf der Parkbank wird nicht rumgelümmelt!« »Vor dem Kino gibt's kein Herumstehen! Entweder rein oder weiter!«

Die Ordnungshüter machten »Erscheinungsformen des Rowdytums« überall aus. Gaben wir Jugendlichen in ihren Augen ein schiefes Bild ab, wurden wir überprüft und kontrolliert. Barsch. Das Wort »Polizeistaat« fiel nach derartigen Erlebnissen – und außer Hörweite – fast automatisch. Die Obrigkeit schien es geradezu darauf anzulegen, Teile der Jugend zu verprellen. Wir sind dann übrigens zur Sredzki / Ecke Hagenauer geschlendert. Von der war ja nicht die Rede.

Und natürlich kamen wir vor Kinos weiterhin zusammen. Es gab ja sonst kaum Treffpunkte. Mal ein Rummel in der Kollwitz oder im Prater. Viel mehr war nicht. Jugendclubs und die Mokka-Milch-Eisbar kamen erst wenig später in Mode. So blieb die Sredzki 29, erste Etage, unser wichtigster Treff – Heini und sein Tonband. Seine Mutter muss kistenweise Geduld aufgebracht haben. Dauernd hatte sie vier Jungs und laute amerikanische Musik um sich. Vermutlich spielte sie manchmal mit dem Gedanken, uns Kinogeld zuzustecken, um für ein paar Stunden in Ruhe vor dem Fernseher sitzen zu können. Doch daran lag es nicht. Die eine Mark hatten wir locker in der Tasche – Kinokarten wurden in der DDR subventioniert. Es lag an uns, wir waren wählerischer, älter, schauten keine Kinderfilme mehr. Aber weiter wild durcheinander.

Wir ließen uns von utopischen Filmen wie »Der Amphibienmensch«, in dem ein rätselhaftes Schuppenwesen auftaucht, genauso einfangen wie von Tarkowskis Kriegsdrama »Iwans Kindheit« oder der »schwarzen Galeere«, die wir als Piratenschiff durchgehen ließen. Dann kam Ende des Jahres »Privatleben« mit meiner Kindheitsflamme Brigitte Bardot in die Kinos. Sie war schön wie die Sünde – und so verführerisch, dass ich nacheinander in diverse Lichtspieltheater rannte. Die Altersbeschränkung lag zwar über meinen 15 Jahren, doch ein etwas unfreundlicher Blick reichte meist. Oder Heini ging vorneweg.

Diverse Lichtspieltheater? Das ist etwas schöngefärbt. Allmählich kamen uns auch in Ostberlin die Traumpaläste abhanden. Zunächst wohl vor allem aus Steuergründen – schließlich waren sie angestammt in kleinbürgerlichem Privatbesitz, den es politisch zu überwinden galt. Anders im Westen, hier hing das Kinosterben mit der zunehmenden Verbreitung des Fernsehens zusammen. Über 6,5 Millionen Teilnehmer wurden inzwischen gezählt. Die konnten jetzt bequem im eigenen Wohnzimmer Filme gucken, beim Abendbrot oder einem Gläschen Wein und den vorschriftsmäßigen Salzstangen. Warum da noch aus dem Haus gehen?

In Westberlin kam der zwangsläufige Tod der Grenzkinos hinzu. Viele ihrer früheren Besucher aus dem Osten mussten sich nun mit dem Angebot des staatlichen Filmverleihs »Progress« begnügen. Oder eben in die Röhre schauen. Die stand, nach großen Anstrengungen bei der Produktion, in der DDR mittlerweile auch in knapp zwei Millionen Wohnungen. Mit dem gleichen Resultat: Das Abenteuer konnte jetzt zu Hause stattfinden. Die Faszination fürs Kino litt. Aber sie erlosch nicht. Liefen Filme, die von der Mundpropaganda gefeiert wurden, saßen wir in einer der hinteren Reihen. Schon um den Überblick zu haben, wer denn noch so da war.

Neben das Kino rückte damals die große Bühne, sogar die Oper. Organisiert. Mit Beginn der 9. Klasse erwarben wir ein »Theateranrecht«, das uns jeden Monat in eine Vorstellung dirigierte. Alles für eine symbolische Summe. Ich kann mich zumindest nicht erinnern, dass ein Mitschüler fernblieb, weil das Geld dafür nicht da war. Einige durften trotzdem nicht. »Zu spät«, meinten deren Eltern. Für die anderen war es eine gute Sache. Ging sie auch so weit, dass wir die Stücke selbst auswählen durften? Wahrscheinlich wurde von der Schulbehörde eine Liste ersonnen, die gewissenhaft die gerade aktuellen politischen und pädagogischen Vorgaben berücksichtigte. Trotzdem blieb bestimmt noch manch aufmüpfige Szene zu besichtigen. Zensoren rutscht immer was durch. Bei den Aufführungen, die mir noch in Erinnerung sind, blieb fast alles im Rahmen. Im Maxim Gorki Theater bestaunten wir Jules Vernes »Reise um die Erde in

80 Tagen«, in der Staatsoper Mozarts »Entführung aus dem Serail«, in den Kammerspielen Hauptmanns »Biberpelz«, in der Komischen Oper Wagners »Fliegenden Holländer« und Puccinis »La Bohème«, im Deutschen Theater Schillers »Wilhelm Tell«, im Metropol-Theater Masanetz' Musical »In Frisco ist der Teufel los« und in der Volksbühne Pogodins sozialistisches Aufbaustück »Mein Freund«. Von allem etwas.

Und fast nie unter zwei Stunden. Die meisten von uns waren Theater-Neulinge, da war dann manches erst mal zu verdauen und durchzustehen. Besonders von den Jungs. Die Mädchen waren ernster, beharrlicher, nicht so albern wie meine Freunde und ich. Wir fanden zu vieles zu komisch. Zum Beispiel, dass in der Oper singend gestorben wurde! Darauf waren wir nicht vorbereitet, die Tragik der Szene verpuffte augenblicklich. Im Gekicher. Zumindest bei Hans-Jürgen, Manuel, Kaule, Jürgen und mir. Opernliebhaber haben uns auf den Mond gezischt. Es war wohl vor allem »Frisco«, der Ort, in dem der Teufel los war, wo wir uns am ehesten zu Hause fanden. Die Melodien, die auffallend sparsamen Kostüme – ein sinnenfrohes Vergnügen. Fand ich. Etwas vertraut waren wir auch mit »Wilhelm Tell«, wenigstens mit der Geschichte. Vielleicht nahm unsere Scherzrunde deshalb bedachter auf den Polstern Platz. Dann fiel gleich im 1. Aufzug der Satz: »Wann wird der Retter kommen diesem Lande?« Hoppla. Was war denn das? Solche Aussprüche wurden vom wachen DDR-Publikum sofort auf die herrschenden politischen Verhältnisse bezogen. Raunend. Applaudierend. Zustimmend. Geht das so weiter?, fragten wir uns und hörten nun zu. Mehr aber nicht. Wir waren frech, manche auch bemüht unangepasst, doch nicht im Widerstand. Wir waren 15.

Natürlich machte es uns auch stolz, dass Theaterbesuche nun zu unserem Leben gehören sollten. Für mich war es besonders die Attitüde, die Wahrnehmung, die damit verbunden war. Und die mit dem Aufbruch in den frühen Abendstunden begann. Fein angezogen, im Jugendweiheanzug und mit den guten Schuhen, überquerte ich den Hof.

»Hey Dieter, wo willst'n du hin?«, fragten die spielenden Kinder.

»Ins Theater!«

Dabei drückte ich den Rücken durch und ließ »Theater« wie »Nachtbar« klingen. Oder wie »Weltreise«. Der Abstand zwischen uns musste unterstrichen werden.

Ein wiederkehrendes Erlebnis. Auch das ganze Drum und Dran gefiel mir. Die feierliche Stimmung vor den Schauspielhäusern und in den Foyers. Sogar die Rückfahrt mit der Straßenbahn durch das abendliche Berlin. Alles sah irgendwie anders aus. Wir ja auch. Vielleicht steckte dieser festliche Ernst auch uns Spaßvögel an. Ganz allmählich, klar.

Doch es gab noch einen anderen Grund: Wir wechselten die Seiten. Wir starrten nicht mehr nur auf die Bühne, wir standen neuerdings auch drauf. Mehrere Jungs aus meiner Klasse wurden von der Deutschen Staatsoper als Komparsen angeheuert. Ich auch. Herr Hiller, ein Lehrer unserer Schule, sang dort im Chor mit und half nebenbei, den ständigen Bedarf der Komparserie zu stillen. Große Überredungskünste brauchte er nicht, wir waren sofort begeistert. Und es sollte sich lohnen. Wir bekamen noch etwas raus – völlig neue Eindrücke und rund 10 Mark Honorar pro Auftritt. Ausgezahlt wurde die aufgelaufene Summe immer am Monatsende. Mal waren es 20 Mark, mal 40. Mehr nie. Aber immerhin. Der Betrag wurde gleich bei der Auszahlung in den »Lohnnachweis für unständig Beschäftigte« eingetragen. Das gelbe Büchlein musste sich jeder von uns beim Rat des Stadtbezirks besorgen. Ohne – keine Kohle.

Unsere neue Karriere in der »Lindenoper« startete im Spätherbst. Vorerst mit Proben. Das Stück, Richard Wagners »Die Meistersinger von Nürnberg«, endet mit dem Sängerwettstreit auf der Festwiese, auf der allerlei Volk versammelt ist. Dazu gehörten wir, kostümiert als Schusterjungen. In kurzem Überrock, dicken Strumpfhosen, mit drahtiger Perücke, Hut und Schnallenschuhen. Und hellbraun geschminkt. Das passierte aber erst zur Generalprobe oder kurz zuvor. Als wir sechs Jungs uns so zum ersten Mal im Flur begegneten, gab es ein großes Gelächter.

»Wie siehst du denn aus?!«

»Na wie du, nur schöner!«

Es dauerte eine Weile, bis wir uns an unseren putzigen Anblick gewöhnt hatten. Die Rolle eigneten wir uns erheblich schneller an: Im Hintergrund stehen, winken und jubeln. Also wie beim »Spalierstehen«. Darin waren wir geübt. Trotzdem zogen sich die Proben hin, es lag wohl am Personal in der ersten Reihe. Die Premiere wurde dann endlich auf den 25. Dezember gelegt. Den Tag, an dem auch für unsere Familie einiges drunter und drüber gehen sollte.

In der Oper begannen die Durchlaufproben. Und die brauchten Geduld. Wir waren erst im 3. Akt, fünfte Szene dran – dem erwähnten Schlussbild. Es wurde also immer sehr spät. Dennoch mussten wir schon vor Beginn der Proben, und später der Aufführungen, in der Komparserie antanzen und uns einschreiben lassen. Das war Gesetz. Dann schlüpften wir in die bereitliegenden Kostüme und stellten uns in die Warteschlangen vor den Maskenbildnern, der letzten Etappe unserer Verwandlung. Sie endete damit, dass jedes Gesicht einen einheitlichen Farbton und jeder Kopf seine namentlich gekennzeichnete Perücke mit Mastix angeklebt bekommen hatte. Nun hieß es warten. Um die Zeit totzuschlagen, spielten die Nürnberger aus dem 16. Jahrhundert Skat – in der Kantine, auf den breiten Fensterbänken, auf den Treppenstufen. Bis die gedämpfte Stimme des Inspizienten aus den überall angebrachten Lautsprechern erklang: »Komparsen Schlussbild hinter die Bühne.«

Endlich. Doch die Szene zog sich für uns Nicht-Wagnerianer arg hin. Der ganze Wettgesang. Der Schlusschor war dann wie eine Erlösung:

Ehrt eure deutschen Meister,
dann bannt ihr gute Geister …

Kaum war der letzte Vorhang gefallen, rannten wir durch die Gänge und das Treppenhaus zurück zur Komparserie. Rasch umziehen, rasch abschminken. Und raus, nach Hause, am nächsten Morgen war wieder Schule. Wäre es deswegen zu Problemen gekommen, hätten unsere Eltern, bei allem Stolz auf ihren Filius, das Spiel wahrscheinlich abgeblasen. Das war unbedingt zu vermeiden. Vierzig Mark waren viel Geld für uns. Im Galopp ging's zur U-Bahn-Station Hausvogteiplatz. Noch außer Atem saßen wir dann im hell beleuchteten Zug und merkten, dass uns andere Fahrgäste verwundert musterten – wir hatten noch Reste des Mittelalters im Gesicht.

Nicht weit von der Staatsoper empfing am 17. Dezember Walter Ulbricht den neuen sowjetischen Statthalter Pjotr Abrassimow. Den Mann, bei dem alle Fäden zusammenliefen und der in Ostberlin nur »regierender Botschafter« genannt wurde. Ein herrischer Falke. Passenderweise setzte der kälteste Winter der nächsten Jahrzehnte ein.

Das kam ungelegen. Die neue Wohnung am Steinberg war bezugsfertig, und unverweilt nahmen meine Eltern unseren Umzug in Angriff. Zuerst mit Einzelstücken, die in der Straßenbahn transportiert werden konnten.

»Dieter, du nimmst den Gummibaum.«

Zwei Meter, verzweigt, blattreich. Das war schon beschwerlich und nur nach 20 Uhr machbar, da war die Bahn einigermaßen leer. Nach botanischem Garten sah die Plattform trotzdem aus. Es folgten eine Stehlampe, ein Koffer mit Kleidung, eine Kiste mit Kristall und weitere Dinge. Etliche Male fuhr ich hin und her. Kurz vor dem eigentlichen Umzugstermin waren die drei Fahrräder dran. An einem sehr kalten Abend.

Ich zog meine dunkelblaue Cord-Joppe über, wickelte einen Schal um den Hals, schnürte die leichten Halbschuhe. Mehr nicht, das musste reichen. Könnte ja sein, dass ich einem Mädchen begegne, das ich kenne, muss ich gedacht haben. Also immer schön lässig bleiben. Beherzt schwang ich mich auf das Rad meiner Mutter. Nach einem Kilometer merkte ich, dass der Fahrtwind einiges veränderte. Die Finger waren steif gefroren, die Ohren taub, genauso die Beine von den Knien abwärts. Völlig ausgekühlt kam ich an.

Die Rückfahrt in der beheizten Straßenbahn taute meine Lebensgeister wieder auf. Die Leichtfertigkeit offenbar gleich mit. Denn ich rüstete zwar auf, doch nur mit Pudelmütze und Handschuhen. Die Fuhre mit dem Fahrrad meines Vaters begann mit mehr Ehrfurcht vor der Außentemperatur. Es half nichts. Bei etwa 12 Grad minus erwiesen sich Joppe, Mütze, Schal und Handschuhe als zu dünn. Diesmal reichte die Lektion. Ich hatte von meiner Eitelkeit die Schnauze voll. Für die dritte Fahrt zog ich alles über, was in Schrank und Flurgarderobe zu finden war und Wärme versprach. Die sonst gehassten langen Unterhosen wurden hinten aus dem Schrank gekramt, zur Joppe kam eine Kunstfelljacke, zu den Handschuhen ein zweites Paar, nicht anders bei den Strümpfen, die Pudelmütze wurde durch eine, über beide Ohren gezogene, Pelzmütze ersetzt, die Halbschuhe mit den klobigen Winterstiefeln vertauscht, und der Schal bedeckte nun Mund und Nase. Als ich so vermummelt am Steinberg ankam, erkannte mich mein Vater nur am Fahrrad.

»Dieter?«

Wie sehr meine Eltern die neue Wohnung herbeisehnten, war am Umzugsdatum ablesbar. Sie wollten den frühesten Termin. Es war der 25. Dezember, der Tag nach Weihnachten. Das überraschte mich, zumal Weihnachten in unserer Familie seit eh und je hochgehalten wurde, doch letztlich war es mir egal. Mich beschäftigte vielmehr, dass meine Uhr in der Kollwitz 66 nun tatsächlich ablaufen sollte. Den alten Haus- und Hoffreunden war ähnlich zumute. Micha, Franki, Jürgen, Kalle, Angelika und Hans-Jürgen – der Rest der einst stolzen Zahl. Die letzten Mohikaner.

Wehmut kam nicht auf. Warum auch? Sieben Straßenbahnstationen waren schnell zu schaffen. Und ich würde mich weiter sehen lassen, sooft ich nur kann. So viel war klar. Versprochen! Die Tage vergingen. Dann war Weihnachten. Die heilige Nacht verbrachten wir zwischen Kisten und teilweise schon zurechtgestellten Möbeln. Mein Vater merkte die gedrückte Stimmung: »Richtig Weihnachten feiern wir morgen, in der neuen Wohnung. Wird schön!«

Na schön. Am ersten Weihnachtsfeiertag umzuziehen ist schon verrückt. Keine Umzugsfirma macht das. Wir brauchten auch keine. Mein Vater hatte seinen Vereinsfreund Heinz Falkenhagen, einen Kohlenhändler, für den Transport gewonnen. Kein Weihnachtsmensch vermutlich. Um die Mittagszeit fuhr er mit seinem Lastwagen und Anhänger vor. Weitere »Semper«-Kameraden stießen dazu. Meine Mutter hatte extra Schnittchen vorbereitet.

»Ne, lass mal. Erst muss alles raus.«

Die Schränke, die Betten, das Sofa, die Sessel, die Teppiche. Stück für Stück wurde unsere Habe auf die Ladeflächen gehievt. Ladeflächen, auf denen anderntags, an den Grushaufen erkennbar, Kohlen durch die Straßen kutschiert wurden. Es sah aus wie eine Nachkriegsfuhre.

Glücklicherweise hatte ich nicht viel damit zu tun. Ich hatte Premiere. Und die begann wegen Weihnachten schon am Nachmittag. Als ich mich abseilte, war alles, was in die neue Wohnung sollte, aufgeladen. Der Laster mit Anhänger rollte los, die Kollwitz blieb zurück. Auch ich musste mich sputen, die »Schusterjungs« aus meiner Klasse warteten schon. Die Aufführung lief tadellos. Die Zeitungen rühmten eine »glanzvolle Meistersinger-Premiere«. Bei der Heimfahrt von der Staatsoper musste ich darauf achten, nicht wie gewohnt mit meinen Freunden zur U-Bahn zu laufen. Meine Tour ging ab heute zum Kupfergraben, zur Straßenbahn der Linie 71 und meinem neuen Zuhause. Dort angekommen, steuerte ich etwas bänglich auf die Hausnummer 26 zu. Der Kohlenbrummi war schon weg. Keine Menschenseele weit und breit. Nur in unserer Wohnung brannte Licht. Wir waren die ersten Bewohner.

Als meine Eltern die Wohnungstür öffneten, war ich überrascht. Die Mannschaft von »Semper« hatte es geschafft, dass fast alles an seinem vorgesehenen Platz stand. Selbst die Gardinen hingen. Versteckt standen hier und da noch ein paar Kartons rum, aber es war wohnlich. Mein Vater schlang seine Arme um uns und sagte stolz: »Hauptsache, wir haben einen Weihnachtsbaum.«

Das stimmte, die Lichterkette strahlte. Nur, es war ein falscher Weihnachtsbaum! Eine Kiefer. Richtige Weihnachtsbäume waren damals Fichten – in meiner ganzen Kindheit. Oder Blautannen, nur die gab es ganz selten. Viel zu bedenken hatte man nicht. Leute, die wollten, dass ihr Weihnachtsbaum auch aussah wie ein Weihnachtsbaum, kauften Fichten. Das war die Mehrheit. Nüchterne Menschen, die einen Baum wollten, der nicht nadelte, griffen zu Kiefern. Fichten nadelten. Nach wenigen Tagen war jeder Luftzug und jedes Niesen in Baumnähe verboten. Kam man unvorsichtigerweise dennoch mit den Zweigen in Berührung, konnte man es rascheln hören. Es war nicht das Lametta.

»Die Wohnung hier ist viel wärmer«, erklärte mein Vater, der meine Enttäuschung bemerkte, »da ist eine Kiefer besser.«

Geschmückt war der Baum nach altem Schema – bunte Kugeln und viel Lametta. Ausnahmsweise im Schnellverfahren. Ich gab ihm recht: »Hauptsache, es ist ein Weihnachtsbaum.«

»Schön, und nun erst Essen oder erst Geschenke?«, fragte mein Vater und räumte die leeren Kugelschachteln vom Tisch.

»Geschenke!«, riefen meine Mutter und ich im Chor.

Im Radio oder Fernsehen sang auch einer – ein Knabenchor:

»Vom Himmel hoch, da komm' ich her,
ich bring' euch gute neue Mär ...«

Jeder brachte die Geschenke ins verblüffend festliche Wohnzimmer. Mit einem Tag Verspätung, doch in bester Weihnachtsstimmung. Meine schoss gleich durch die Decke. Ich habe zugegeben keine Ahnung mehr, wer wem was schenkte, nur an das, was ich bekam, erinnere ich mich. Meine erste Levis. Sie kostete 24,90 DM, bezahlt aus dem Topf des im Westen zurückgelassenen Geldes, besorgt und geschickt von den Verwandten aus Einbeck. M 32 L 36 stand hinten auf dem Lederschild. Das war zu lang, und gleich am nächsten Tag eine Sache für die Nähmaschine meiner Mutter. Dann passte sie, die echte Levis!

Damit fiel man 1962 im Osten noch auf. Levis waren selten. Richtig in Mode kam die Marke erst nach dem Mauerbau, für uns zu spät. Blieb nur der Westbesuch oder das Westpaket als Weg, sich »eine Echte« zu beschaffen. Wahrscheinlich brauchte man dann anfangs auch noch Glück, dass sie durch das engmaschige Netz des DDR-Zolls schlüpfen konnte. Meine Freunde träumten auch davon, fast jeder Junge wollte eine Levis haben. Sie waren mehr als eine Hose, sie waren ein Sinnbild – für jugendliche Rebellion. Erwachsene trugen damals keine Jeans. Oder selten. Sie meckerten lieber: »Cowboyhose!« »Arbeitshose!« Es war die Zeit, in der noch keine Bierbäuche über einen Jeansbund quollen. Wir blieben unter uns. Selbst bei den meisten Mädchen sprang der Funke erst später über, sie hatten vor nicht vielen Jahren allerdings schon einen Riesenschritt gegen die Konvention getan – überhaupt zu Hosen.

Spazierte ich damit auch in die Schule? Nur manchmal. Nicht, um Konflikte mit den Verbotspaukern zu vermeiden, sondern nur, um meine geliebten Jeans zu schonen. Zum Aufmucken hatte ich ja noch die alten Mustang, sonst blieb es bei Cord- oder Flanellhosen. Manche vom Schneider gefertigt. In den Konfektionsgeschäften stimmte meistens etwas nicht: Hosenbeine zu weit geschnitten, Bund viel zu hoch, der falsche Stoff. Ein, zwei Jungs aus meiner Klasse ließen sich selbst Schuhe anfertigen – von einem orthopädischen Schuhmacher. Hochmodisch, sehr spitz und mit hohen Toreroabsätzen! Der letzte Schrei. Allerdings auch sehr teuer, um die 150 Mark. Wäre nicht schlecht, wenn ich …

»Auf keinen Fall!«, beschieden meine Eltern unmissverständlich. »So viel Geld für Schuhe, wo kommen wir denn da hin?!«

Ich schickte mich widerspruchslos in das Schicksal fast aller und hoffte, wenigstens ein paar einigermaßen moderne Treter zu finden. Für 35 Mark etwa.

Mein neues Zimmer. Kaum 15 Quadratmeter, die keinen Raumgestalter brauchten. Das Inventar war das Gleiche wie in der Kollwitz – die alten Schlafzimmerteile aus Schrank, Frisierkommode und zur Couch hergerichtetem Bett, der kleine Tisch und die beiden Sessel. Dazu kamen noch das Radio und die Ampellampe. Alles von meinem Vater beim Umzug gleich auf den richtigen Platz dirigiert. Das blieb auch ohne Widerspruch. Andere Lösungen waren gar nicht möglich. Es war ein Wunder, dass überhaupt alles reinpasste, denn das Zimmer war deutlich kleiner, ein halbes eben. Nur die Wand über dem Bett wartete noch auf meine Dekoration. Viel hatte ich nicht. Aber die Prise Rock 'n' Roll, die mein Zimmer bisher zierte, sollte wieder angepinnt werden. In die Mitte kam erneut das Jailhouse-Rock-Foto mit Elvis, ringsum dann die anderen Ami-Sänger wie Little Richard und Buddy Holly. Die Fußballer hatten den Kampf um diesen Paradeplatz verloren, sie blieben im Hefter. Mein Vater bemerkte die Lücken und schickte ein Dankgebet zur neuen Tapete. Ein Irrtum. Denn auch ich bemerkte die leeren Stellen und begann nun ernsthaft nach Bildern von Rockstars zu suchen. Wenn ich ein neues hatte, von Jerry Lee Lewis oder Chuck Berry, kam es ran. Jedes.

Die alte Vertrautheit war sofort wieder da – mein Reich hatte sich auch kaum verändert. Drinnen. Ein Blick aus dem Fenster änderte alles. Direkt vor unserem Neubaublock verlief ein unbefestigter Fahrweg, an ihm entlang standen provisorische Straßenlaternen aus Holzstämmen, jenseits davon erstreckte sich ein schmales Feld aus überwachsenen Schotterhügeln, und dahinter begannen die Gärten der »Mostrichhäuser«. Eine Reihenhauszeile, so getauft wegen des gelbbraunen Anstrichs. An ihrer Vorderseite die Straße von und nach Heinersdorf und zwischen den beiden Fahrbahnen die Schienenstränge der »71«. Der komplette Hintergrund war mit Kleingartensiedlungen übersät, so weit man schauen konnte. Das war's. Es sah aus wie in einem entlegenen Vorort. Von Autos durchfahren, aber kaum bewohnt. Manchmal hielt die Bahn nicht mal an der Haltestelle – es hatte sich kein Mensch gefunden, der ein- oder aussteigen wollte.

Wer zu früh kommt, den bestraft das Leben? Nur kurz. Ein paar Wochen später, nachdem die neuen Wohnungen allesamt bezogen worden waren, hatte sich merklich Leben einquartiert. Auch die angrenzenden Straßen, die Pistorius und die Heinersdorfer Richtung Weißenseer Spitze, nahm ich inzwischen wahr. Doch der ländliche Geschmack bei mir blieb. Die Gegend um die Kollwitz war eine andere Welt. Mein Berlin. Sieben Stationen entfernt. Ich muss unbedingt den Fahrplan abschreiben und mir eine Schülermonatskarte besorgen, ging es mir durch den Kopf. Für die täglichen Fluchten. So war mein Ausblick ins Jahr 1963. Ich machte das Fenster wieder zu.

Die Aussichten meiner Eltern wichen von alldem wesentlich ab. Was nicht nur an ihrem neuen Lieblingsplatz lag, von dem aus sie den äußeren Betrieb betrachteten – dem Balkon. Aber auch. Denn das, was sie da sahen, stimmte sie milde: ein riesiger Hof, der mit seinen Wiesen, Sträuchern und Bäumen schon mehr an einen Park erinnerte. Noch davor, direkt zu Füßen des Balkons, war ein kleiner Spielplatz mit Buddelkasten, Klettergerüst und Wippe. Das alles versprach für's Frühjahr ein holdes Treiben – hinter den dann bestimmt schon bepflanzten Blumenkästen. Petunien sollten es werden. Sie konnten es kaum erwarten.

Auch beruflich standen Veränderungen ins Haus, die sie, genau wie die Wohnung, über das ungeplante Verbleiben in der DDR etwas hinwegtrösteten. Monatelang hatte meine Mutter nach einer neuen Beschäftigung gesucht, nachdem der Mauerbau das von Tante Mann gezahlte Westgeld in Luft aufgelöst hatte. Diese Einnahme fehlte in der Haushaltskasse. Am neuen Ort war sie fündig geworden. In der Nähe gab es eine Außenstelle des VEB Temedia, Produzent von Verbandsmaterial. Sie hörte davon, dass dort Heimarbeiterinnen gesucht würden. Fortan faltete meine Mutter in unserem Wohnzimmer aus Mullflicken Tausende und Abertausende Tupfer. Bald tüftelte sie eine kleine Hilfsvorrichtung aus, ließ sie von meinem Vater zurechtbiegen und brach danach alle Rekorde. Der Verdienst stieg mit. Sie schien zufrieden. Mein Vater war sogar glückselig. Er hatte ein Angebot vom Deutschen Turn- und Sportbund (DTSB) bekommen und durfte nun seine große Leidenschaft Radsport zum Beruf machen – im Organisationsbüro der Friedensfahrt. Das tat ihm gut. Er lebte von da an auf.

Und das Land? Für den Ausblick ins Jahr 1963 und die kommende Zeit sollte »die Generallinie des VI. Parteitages« sorgen. Er begann am 15. Januar in der Werner-Seelenbinder-Halle mit der freudestrahlenden Begrüßung Nikita Chruschtschows durch Walter Ulbricht. Der KPdSU-Chef war nicht allein gekommen, er hatte eine große weiße Lenin-Büste mitgebracht. Bei Chruschtschows Rede muss Ulbricht dann die Freude verdorben worden sein. Mit erhobenem Zeigefinger gab der »große Bruder« den Takt vor und las den SED-Funktionären die Leviten. »Die Arbeiter Westdeutschlands haben eine höhere Arbeitsproduktivität als Sie. Dass müssen Sie sich hinter den Spiegel stecken.« Nichts mit überholen! Die Delegierten stellten kurz das Mitschreiben ein – Chruschtschow hatte den westdeutschen Klassengegner aufs Podest gestellt! Im Protokoll der Rede ist dieser Schreck vermerkt: »Bewegung im Saal«. Der Genosse aus Moskau mahnte wirtschaftliche Verbesserungen an und baute nach seinem Anpfiff das Auditorium wieder auf: »Ihr verkörpert das wahre zukünftige Deutschland!« Na also.

Dass man trotz unerschütterlichem Glauben an den Fortschritt nicht so weitermachen konnte, wusste auch Ulbricht. Der erhoffte Aufschwung nach dem Mauerbau war nicht eingetreten, die »Störtätigkeit« keine Ausrede mehr. Chruschtschow hatte zu Recht auf die Verantwortlichen im Saal gezielt. Es stand nicht gut um die Arbeits- und Lebensbedingungen. Die Betriebe steckten in den bürokratischen Planvorgaben fest, in den Läden blieb es bei der Rationierung knapper Güter. Neue Instrumente mussten her. Der Parteitag beschloss gleich einen ganzen Strauß verheißungsvoller Maßnahmen. Ein Parteiprogramm sollte von nun an den »Weg und das Ziel im neuen Zeitalter« weisen – hin zum *»umfassenden* Aufbau des Sozialismus«. Ein Schritt nach vorn, wenigstens in Worten. Nach dem *»planmäßigen* Aufbau des Sozialismus« Anfang der fünfziger Jahre.

In den Betrieben sollten die zentralistischen Fesseln gelockert werden. Dazu wurde eine Wirtschaftsreform in Angriff genommen. Das »Neue Ökonomische System der Planung und Leitung« (NÖSPL) bedeutete vor allem eine Stärkung der Eigenverantwortung der Betriebsleitungen und deren Orientierung an Maßstäben wie Gewinn und Markt. Die neue Richtlinie war der »höchste ökonomische Nutzeffekt«. Weg von der »Tonnenideologie«! So war es geplant. Zwar stieß die Umsetzung auf mehrere Schwierigkeiten wie fehlende Zulieferungen und einen teils maroden Maschinenpark, doch die neuen Hebel schienen zu funktionieren. Die Arbeitsproduktivität und das Nationaleinkommen stiegen deutlich, und auch mit den Gehältern und der Versorgung ging es aufwärts.

Die Bremser saßen in den eigenen Reihen. Es war die Parteibürokratie, die durch die Schwächung der zentralen Verwaltung ihre Machtposition bedroht sah und zunehmend Widerspruch anmeldete. Mit Breschnew, der ein Jahr darauf Chruschtschow aus dem Amt kegelte, fanden sie endlich Unterstützung. Der Erfolgskurs des überraschend flexiblen Ulbricht war auch ihm ein Dorn im Auge. Träumte Ulbricht etwa heimlich von einer Umdeutung der alten Losung in: »Von der DDR lernen, heißt siegen lernen!«? Damit war das Schicksal des SED-Steuermanns besiegelt, obwohl sein Sturz noch auf sich warten lassen sollte.

Ansonsten endete der VI. Parteitag wie üblich – mit Begeisterung und einstimmiger Wahl der zentralen Parteiorgane. Die Zeitungen waren randvoll davon. Bleiwüsten, von vielen nur überblättert. Falls was von Interesse sein sollte, würde es sich sowieso rumsprechen. Oder abends in der »Tagesschau« erscheinen. Das, was die meisten Menschen in jenen Tagen in Atem hielt, kam ohnehin danach und hatte mit dem Parteitag reinweg gar nichts zu tun. »Tim Frazer«, der neue sechsteilige Durbridge-Krimi, vereinte wieder mal beide Bevölkerungsteile vor den Fernsehschirmen. Statt mit den »richtungsweisenden Reden« der führenden Genossen, beschäftigten sich die Zuschauer lieber mit der Frage: Wo steckt Harry Denston?

Dumm gelaufen für die Propaganda-Regie. Dennoch konnte man den organisierten »Auswertungen der weitreichenden Beschlüsse« kaum entkommen. Sie begannen damit, dass alle Delegierten in ihre Betriebe und Einrichtungen geschickt wurden, um die neue Kunde ins Volk zu tragen: »Liebe Genossen und Kollegen, ich bin noch ganz erfüllt von dem großen Erlebnis, von den Impulsen, die vom Parteitag ausstrahlen.« Und diese Impulse mussten nun von jeder Belegschaft umgesetzt werden – in neue Selbstverpflichtungen und neue Initiativen. Monoton, in jeder Versammlung, monatelang. Mit großem Optimismus: »Unsere soziale Lage nimmt ständig zu!«

Die Wirtschaftsreform war Anfang des Jahres noch ein Planspiel. Ihr Weg in die Portemonnaies und Geschäfte gerade mal angedacht. So blieb es zunächst bei den Rennereien, beim Anstehen und beim eisernen Sparen, um sich größere Wünsche erfüllen zu können. Bei uns war es neuerdings eine Schrankwand. Sie würde besser zu einer Neubauwohnung passen, meinten meine Eltern.

»Die alten dunklen Möbel nehmen zu viel Platz weg, sie erdrücken alles.«

Besonders im Wohnzimmer, das, wie alle Räume, kleiner war als in der Kollwitz. Mit einem Zollstock kroch mein Vater durch das Zimmer, nannte unablässig Maße, die meine Mutter zu notieren hatte. Dann machten sie sich auf die Suche, klapperten die Möbelläden ab, sahen sich sämtliche Ausstellungsstücke an, verglichen wieder die Maße, trafen eine Wahl und bestellten. Und warteten. Nach mehreren Monaten wurden die kombinierbaren Teile geliefert – Schränkchen, Aufbauten, Glasvitrine. Das helle polierte Furnier machte das Zimmer wirklich freundlicher. Meine Eltern hatten richtig entschieden.

Ich war daran nicht beteiligt. Ich wurde nicht einmal gefragt. Schließlich ging es nicht um mein Zimmer. Das war ja »noch gut«. Ehrlich, mir war es Jacke wie Hose. Die Ausgabe der Halbjahreszeugnisse stand bevor. Das war mein »Schrankwand«-Problem. Die Zensuren wurden wichtiger, sie bereiteten die Weichenstellung vor, die darüber entschied, wie es nach der Schule weitergehen würde. Mit einer Lehre, so viel war klar. Aber auch für den Beruf, den man sich wünschte? Ich war frei von solchen Wünschen, spazierte noch ohne genaue Vorstellungen durch den Tag. Jahre zuvor hatten meine Eltern mir mal ihre Vorstellungen eingetrichtert: »Wenn dich einer fragt, was du werden willst, sagst du, Ingenieur.« Ich war vielleicht 9 und wusste nichts damit anzufangen. Damals gab es in unserer Familie keinen Ingenieur. Der aufklärende Satz »So wie Onkel Sepp« entfiel also. Ich blieb von Berufswünschen unberührt. Leider lief die Zeit für diesen behaglichen Zustand im Sommer ab. Dann musste man sich für eine Lehrstelle bewerben – mit dem Zeugnis der 9. Klasse. Die Halbjahresnoten waren der Anlauf dafür.

»Du musst dich am Riemen reißen!«, mahnte mein Vater.

Nicht ohne Wirkung. Es wurde mit einem Zensurenschnitt von 2,6 das beste Zeugnis seit Langem. Bischatka hatte die Angewohnheit, auf dem Blatt noch eine Rangfolge zu vermerken: »Steht leistungsmäßig an 9. Stelle (32 Schüler).« Das reichte, einstweilen. Kommt Zeit, kommt Rat. In diesem Alter hat man das Gefühl, das Leben ist unendlich.

Eine 4 stand dennoch auf dem Zeugnis, gleich ganz oben bei

den Kopfnoten, in Betragen. Wahrscheinlich würde es hilfreich sein, noch etwas Kreide zu schlucken. Nur ein kleines Stückchen. Auch wegen der verbalen Gesamteinschätzung, die mir im ersten Teil noch »guten Lerneifer« und »reges Interesse an der Unterrichtsarbeit« bescheinigte, danach aber abkühlte. Da war dann von meinem »labilen Wesen«, das ich nicht »gänzlich unter Kontrolle« zu bringen vermocht hätte, die Rede. Bischatkas Fazit: »Erziehlichen Notwendigkeiten gegenüber verhielt er sich nicht immer einsichtig.« Das war dann wiederum in Ordnung.

Ich hatte den weitesten Heimweg mit dem Zeugnis, doch ich konnte ihn leicht nehmen. Meine Eltern waren zufrieden, und an die 4 in Betragen hatten sie sich inzwischen gewöhnt. Die Bewerbung für eine gute Lehrstelle schien gesichert. Offen war nur, welche es sein würde. Mein Vater wusste Rat, mal wieder: »Du lernst einen Beruf aus der Elektrotechnik. Der Elektrotechnik gehört die Zukunft!«

Hatte das in der Zeitung gestanden? Es klang nach zentraler Berufslenkung und nach Schule, wo man uns wiederholt auf den volkswirtschaftlichen Bedarf auszurichten versuchte. Und der war, wie im Fach »Staatsbürgerkunde« vermittelt, gerade neu abgesteckt worden – durch den VI. Parteitag. So hörte etwa Kaule, bürgerlich Rainer, wiederholt den Satz: »Die chemische Industrie ist ganz wichtig. Rainer, du bist doch eine Leuchte in diesem Fach.« Daraus folgte jedoch kein Diktat. Es blieb beim Zureden und dabei, dass jeder meiner Mitschüler seine eigenen Pläne machen und sich selbst nach einer Lehrstelle umschauen konnte. Zunächst.

Mein Los, nicht zu wissen, wohin die berufliche Reise gehen sollte, teilten nicht wenige in der Klasse. Insbesondere die Jungs. Das führte dazu, dass wir ganz spontan Seilschaften bildeten. So hingen Klaus-Dieter, Manuel, Gerdchen und ich zusammen. Oder Heini mit Kaule. Einer teilte dem anderen seine »Fundsachen« mit, gab Tipps. Keiner war mehr allein mit dem Problem. Wir zogen das gemeinsam durch.

Bei Gerdchen und mir war das fast unvermeidbar. Wie Brüder im Geiste teilten wir sowieso die meisten Leidenschaften. Eigentlich alle, bis auf Fußball. Die Leselust dafür umso mehr.

In seiner Familie gab es einen alten Bestand von historischen Romanen wie »Die letzten Tage von Pompeji« oder »Quo vadis«, den wir der Reihe nach runterlasen. Dadurch stieg vermutlich unser Anspruch um ein paar Stufen: Wir liefen gemeinsam von Jerry Cotton, dessen Stoff uns immer weniger berauschte, zu Edgar Wallace über. Dem neuen Serienmeister. Wobei, ganz so neu war er für uns nicht, hatten wir doch kurz vor dem Mauerbau den Film »Der grüne Bogenschütze« gesehen. Inzwischen gab es im Westen viele neue Wallace-Verfilmungen, die ein Millionenpublikum in die Kinos lockte. Uns blieben wenigstens die Bücher. Und mit den roten Goldmann-Taschenbüchern war es wie mit allem, das verboten war: Es zirkulierte, diskret und zahllos. Teils noch alte, selbst gekaufte Exemplare, teils vom Westbesuch über die Grenze geschmuggelte. Ich versorgte mich in der Winsstraße.

Kläuschen, mein alter Schulfreund, sammelte die Krimi-Reihe. Glühend. Er hatte sogar einen Weg gefunden, um an neue Bände zu kommen. Ein Untermieter, der ein Zimmer bei ihm zu Hause bewohnte, war mit einer reizenden Sängerin von der Westberliner »Deutschen Oper« befreundet. Bei Besuchen begegnete man sich, sprach miteinander – und verabredete ein Tauschgeschäft. Sie schätzte die Notenblätter der Leipziger Edition Peters, und Kläuschen schätzte Edgar Wallace. Die Sache war nicht ohne Risiko, also vor allem für die Dame, doch sie glückte. Einmal, zweimal, immerzu. Die Sammlungen wuchsen. Ein amüsanter Handel – »Der Frosch mit der Maske« gegen Mozarts »Zauberflöte«. Doch nicht ungewöhnlich. Jede Seite besorgte der anderen, was die sich wünschte, und schickte es auf die Reise. Jeans in die eine Richtung, geschnitzte Weihnachtspyramiden aus dem Erzgebirge in die andere.

Durchaus denkbar, dass in unserem alten Grenzkino »Vineta« (wenn es denn noch existierte) gerade »Das Gasthaus an der Themse« gezeigt wurde, als ich mit der tief in meinen Taschen verborgenen Romanvorlage nach Hause lief. 200 Seiten, es musste schnell gehen, Gerdchen sollte auch noch in den Genuss kommen. Ich werde es ihm noch am selben Nachmittag angekündigt haben, denn um 17 Uhr trafen wir uns meist bei ihm in der Husemann und hörten gespannt AFN. Seine Mutter machte während dieser Zeit unsere Schule sauber, sie war dort als Putzfrau angestellt. Und wir waren ungestört. Schon setzten die Bläser mit der Erkennungsmelodie (Harry James' »9:20 Special«) ein, und George Hudak grüßte ins Mikro: »Hey, hey, what do you say?« Wenn wir Glück hatten, legte er ein paar rockige Nummern von Jerry Lee Lewis, Fats Domino oder Chuck Berry auf. Das war der Preis für das Graubrot dazwischen. Denn das gab es auch, triefenden Seelenschmerz mit Paul Ankas »Diana« beispielsweise. Wir verziehen schnell, ahnungsvoll – es kommt noch was. Es kam:

»I've rollin' at the High School Hop
I've been movin' at the High School Hop.«

Das Klavier schepperte und Gerdchen drosch im selben Rhythmus mit seinem Plastelineal auf das Radio ein. Bei manchen Zeilen versuchten wir den Text zu treffen, bei anderen taten wir nur so. Wir waren außer Rand und Band. Lauschten kurz bei den Ansagen, nichts, hörten dann irgendwas mit Tommy Roe und stiegen wieder ein.

»Sweet little Sheila,
you'll know her if you see her.«

Nach einer Stunde legte sich der Staub. Die Nachbarn machten drei Kreuze. Völlig aufgeheizt drängte es uns raus, auf die Straße, das Zimmer war uns viel zu eng geworden.

Nur Kämmen musste noch sein. Vor dem großen Spiegel im Flur versuchten wir unsere Frisur so hinzukriegen, wie wir das auf den Fotos mit Brian Hyland und Ricky Nelson gesehen hatten: vorn eine Kante über die Stirn geschoben, die Seiten scharf nach hinten gekämmt. Und damit dieser Komposition kein Windstoß etwas anhaben konnte, wurde sie »betoniert«. Mit Haarlack. Den gab es nur in kleinen Flaschen, Spraydosen kamen später. Mädels kippten seinerzeit die klebrige Flüssigkeit in einen Zerstäuber und sprühten so den Lack ins Haar. Die gängige Methode. Für uns nicht. Ein Zerstäuber hätte unsere Mütter nachdenklich gemacht. Gerdchen kam auf eine andere Idee, er ließ vorsichtig ein paar Tropfen über den Kamm laufen und strich sie sich rasch ins Haar. Fertig. Ich war beeindruckt.

»Toll, Mann, gib mir auch mal die Flasche.«

Wir waren bereit für jedweden Gegenwind. Wir waren jung, ausgelassen, aufgedreht. Die spießigen Alten konnten uns mal. Ready Teddy. Noch den Kragen lässig hochgeklappt und den Schal frech geknotet, war ja Winter, und – Auftritt. Ein Pfiff, schon kam Kaule aus dem Nebenhaus geschlendert. Nach ein paar Minuten war die ganze Clique zusammen.

»Habt ihr eben AFN gehört? Wenigstens einmal Jerry Lee Lewis!«

»Eine Wahnsinnsnummer! War der Titel danach von Pat Boone?«

»Ne, das war Neil Sedaka.«

»Und kurz vor Schluss – Del Shannon mit ›Runaway‹. Ziemlich gut.«

»Findste?«

»Heini, haste neue Sachen mitgeschnitten?«

»Ja, aber blöderweise hat's geklingelt.«

Wir mussten lachen. Damals wurden sämtliche Tonbandmitschnitte noch mit einem Mikrofon gemacht. Sobald die Aufnahmetaste gedrückt worden war, musste alles still sein. Jede Störung verdarb die Vorfreude. Heini war da sehr genau. Gut so. Wir hörten das Zeug schließlich bei ihm.

»Warte ab, sie werden es wieder bringen.«

»Am besten, einer von euch steht vor der Tür!«

»Und dann klingelt das Telefon!«

Wir standen im trüben Schein der Straßenlaterne und des Schaufensters von Fischerkalle. Fünf, sechs Jungs. Manche Erwachsenen umkurvten uns missmutig.

»Habt ihr nichts zu tun?«

Diese blöde Frage, wir konnten sie nicht mehr hören. Sie kamen einfach nicht damit klar, dass wir nicht so sein wollten wie sie. Immer in der alten Spur – pflichtbewusst, tüchtig und sich bloß »nichts zu Schulden kommen lassen«. Das lebten sie uns vor. Und pochten auf ihre Vormundschaft: »Ihr habt zu spuren!« Doch wir wollten Spaß. Der Konflikt zwischen uns nahm hier seinen Anfang. Das alteingefahrene Räderwerk konnte uns gestohlen bleiben. Für unsere Eltern undenkbar, sie hatten sich doch darin emporgearbeitet, so vieles erreicht in den oft kargen Jahren der Nachkriegszeit. Viel entgegenzusetzen hatten wir dem nicht. Bis auf eines: unsere Jugend. Das geschah meist trotzig, ohne um die aufkommende Stärke zu wissen. Wir waren Halbwüchsige mit engen Hosen, schillernden Schals, Blousonjacken. Natürlich erst nach dem Schultag, nach der Lehrarbeit. Ein wenig aufsässig und auf der Suche nach Identitätsstiftendem. Aber gegen welche Mauern sollten wir anrennen? Die eine, die Berlin durchzog, versprach Schusswunden. Man konnte nicht mal dagegenpinkeln. So blieben wir erst mal bei dem Zaubertrank, der uns schon jetzt verband: dem hemmungslosen Lärm des Rock 'n' Roll. Und der noch richtungslosen Lust auszuscheren.

»Wir« meint beileibe nicht alle oder die Mehrheit. Wir, das waren die Cliquen, die von der amerikanischen Musik beseelten Teenager, die versuchten, wenigstens ein paar Teile aufzutreiben, um sich auch so zu kleiden, die aus dem alten Trott rauswollten. Eine Minderheit noch. In meiner Schulklasse, in der Stadt, überall. Es brauchte noch einen Urknall, bis von der Jugend alles über den Haufen gerannt wurde und sie ganz nebenbei eine eigene Kultur hervorbrachte.

In meinem Selbstverständnis lag die Kindheit schon weit hinter mir. Das war übertrieben. Und doch nicht falsch. Es ging alles so schnell. Meine Kinderwelt hatte ich in der Kollwitz 66 zurückgelassen. Anfangs besuchte ich sie noch. Franki, Micha, Angelika und die anderen. Freudig begrüßt.

»Und, wie ist's in der neuen Wohnung?«

»Gut, solange man drin ist. Sonst eine einsame Gegend.«

Wir quatschten miteinander, machten Späße. Bald wurden meine Besuche seltener. Die gleichaltrigen Freunde aus der Klasse waren wichtiger geworden. Kindheit ade.

Es war nicht nur ein Gefühl. Es gab Zeichen. So wurde ich, wie meine Freunde, in der Staatsoper binnen Kurzem anders besetzt. Wir waren groß gewachsen und vom Komparserie-Chef auch für geeignet gehalten, Erwachsenenrollen zu mimen. In der Inszenierung von Verdis »Aida« rief man uns sogar zu den Waffen: »Assyrer mit Schild und Schwert«. So hieß die Rolle.

Mit düsterer Rüstung. Andere mussten schwere Feldzeichen schleppen. Zu den Klängen des »Triumphmarschs« stapften ganze Statistentrupps durch die Szenerie. Mehrmals. Kaum waren wir abgetreten, rannten wir im Laufschritt über die Hinterbühne, um gleich wieder aufzumarschieren. Theater eben. Und doch ein leibhaftiger Triumph: Ich war nicht länger nur Schusterjunge, ich war jetzt auch Krieger.

Die nächsten Stationen waren absehbar. Im Sommer würde ich meinen 16. Geburtstag feiern, mich für einen Lehrberuf entscheiden müssen und im Jahr darauf die Schule abschließen. Das Arbeitsleben ließ nicht mehr lange auf sich warten. Und wie schon zur Einschulung sollte mein Vater mir erneut androhen, dass nun »der Ernst des Lebens« beginnen würde.

Die große und die kleine Zeitenwende, bei mir fielen sie zusammen. Der Auszug aus der Kollwitz, das Ausklingen meiner Kindheit und das sich bereits anbahnende wirkliche Ende der fünfziger Jahre. Klar wurde das erst im Nachhinein. Denn all das Alte, Muffige, Selbstgerechte schien bis ans Ende aller Tage fortbestehen zu wollen. Die Welt der Verbotsschranken und Geschmacksdiktate, der Knickse und Diener, der Lockenwickler, Sockenhalter, Hüte, Blümchentapeten, Dauerwellen, Fassonschnitte, Haarpomaden, goldgerahmten Landschaftsbilder, der Nachttöpfe, Gummibäume, Blumenständer und Wandteller, der Glasvitrinen mit ihren Nippes-Sammlungen, der Rauchverzehrer, Bohnerwachsgerüche, Ausziehtische und gebügelten Taschentücher, der kurzen Lederhosen, Korsetts und Pudelmützen, der Heimatfilme, Sehnsuchtsschnulzen, Schunkellieder, Häkeldeckchen, Spitzen, Biesen, Schleifen, Troddeln, Fransen. Mitten darin waren wir aufgewachsen.

Diese Ordnung sollte ein Beben zum Einsturz bringen. Es nahm im britischen Königreich seinen Anfang und donnerte dann um die ganze Welt. Endlich flog die Tür zu den sechziger Jahren auf. Nicht von allein. Sie wurde eingetreten – von den Beatles.

Glossar

Die in »Kollwitz 66« erwähnten Lieder sind im Glossar mit Angaben zu Interpreten, Textdichtern, Verlag/Label und Veröffentlichungsjahr angegeben.

Lieder

14 Will Glahé, »Rosamunde«, Text: Frederik Reiter und Klaus S. Richter. 1938.

17 Gerhard Wendland, »Das machen nur die Beine von Dolores«, Text: Bruno Balz. Michael Jary Produktion, 1951.

21 Robert Steidl, »Wir versaufen unser Oma ihr klein Häuschen«. Fidelio Verlag, 1922.

22 Bully Buhlan und Rita Paul, »Mäcki-Boogie«, Text: Bruno Balz. Michael Jary Produktion, 1953.

31 Titellied von »Onkel Tobias vom RIAS«, Kinderradiosendung des Rundfunks des amerikanischen Sektors von 1947 bis 1972 mit Fritz Genschow.

38 »Auf, auf zum Kampf«, Kampflied der Arbeiterbewegung, 1919.

42 René Carol, »Rote Rosen, rote Lippen, roter Wein«, Text: Andre Hoff. Hans Gerig Musikverlage OHG, 1952.

42 Hula Hawaiian Quartett, »Wo die Südsee rauscht, Luane«, Text: Kurt Feltz. Bosworth & Co. Limited, 1952.

42 Detlev Lais, »Es wird ja alles wieder gut«, Text: Helmut Andrae. Polydor, 1953.

42 Jupp Schmitz, »Wir kommen alle, alle, alle in den Himmel«, Text: Kurt Feltz. Jupp Schmitz Musikverlag, 1952.

43 Golgowski-Quartett, »Am 30. Mai ist der Weltuntergang«, Text: Bert Roda. Rheinischer Musikverlag Kuhl GmbH & Co. KG, 1954.

58 Caterina Valente, »Ganz Paris träumt von der Liebe«, Text: Kurt Feltz. Chappel und Co. GmbH & Co. KG, 1954

58 Margot Eskens, »Tiritomba«, Text: Hannes Braun, Peter Goehler, Ludwig Henze und Siegfried Wegener. Arcadia Verlag GmbH, 1956.

58 Mona Baptiste und Bully Buhlan, »Es liegt was in der Luft«, Text: Bruno Balz und Curth Flatow. Michael Jary Produktion, 1954.

60 Edith Schollwer, »Der Insulaner verliert die Ruhe nicht«, Text: Günter Neumann. Kontra-Verlag Hans Seltmann Ursel Seltmann, 1949–1964. Erkennungslied der Radiosendung »Die Insulaner« (zitiert nach: Regina Stürickow: »Der Insulaner verliert die Ruhe nicht«. arani-Verlag, Berlin,

1993). Abdruck mit freundlicher Genehmigung der Günter Neumann Stiftung.

62 Jupp Schmitz, »Wer soll das bezahlen?«, Text: Kurt Feltz unter dem Synonym Walter Stein. Jupp Schmitz Verlag, 1949.

62 Jean Gilbert, »Puppchen, du bist mein Augenstern«, Text: Alfred Schoenfeld. Alrobi Musikverlag, 1912.

82 Wolf Biermann, »Das macht mich populär«, 1974.

86 Freddy Quinn, »Heimweh«, Text: Dieter Rasch und Ernst Bader. Polydor, 1956.

115 »Der kleine Trompeter«, Text: Victor Gurski. 1915 (Urfassung), DDR-Fassung: Erweiterung um eine Strophe durch den FDGB.

143 Peter Kraus, »Hula Baby«, Text: Hans Bradtke. Polydor, 1958.

145 Catarina Valente, »Spiel noch einmal für mich, Habanero«, Text: Kurt Feltz. Edition Rialto Hans Gerig KG, 1958.

145 Freddy Quinn, »Einmal in Tampico«, Text: Peter Moesser und Lotar Olias. Edition Esplanade GmbH, 1957.

147 »Ich komme aus dem Märchenland«, Text: Walter Krumbach. VEB Lied der Zeit Musikverlag, 1955.

148 Fred Bertelmann, »Der lachende Vagabund«, Text: Peter Moesser. West-Ton-Verlag, 1957.

148 Bill Ramsey, »Wumba Tumba Schokoladeneisverkäufer«, Text: Peter Moesser. Emi Music Publishing Germany GmbH, 1958.

148 Peter Kraus, »Sugar Baby«, Text: Fini Busch und Aldo von Pinelli. Europaton Musik Edition Peter Schaefers, 1958.

148 Peter Kraus, »Mach dich schön«, Text: Peter Moesser. Lesto Edition, 1958.

148 Peter Kraus, »Wenn Teenager träumen«, Text: Hans Brandtke. Rolf Budde Musikverlag GmbH, 1958.

148 Conny Froboess, »I love you Baby«, Text: Paul Anka. Robert Mellin Musikverlag KG, 1958.

148 »Einsam liegt mein Schiff im Hafen«, Text: Maggie Koch und Helmut Kiessling, Hart Musik Verlag, 1955.

148 Little Richard, »Tutti Frutti«, Text: Joe Lubin, Richard W. Penniman und Dorothy La Bostrie. Sony/ATV Publishing Music (Germany) GmbH, 1957.

149 Little Richard, »Good Golly, Miss Molly«, Text: Robert Alexander Blackwell und John S. Marascalo. Marbot Edition GmbH, 1958.

149 »'O sole mio«, Text: Giovanni Capurro, Boosey & Hawkes, 1898.

149 Caterina Valente, »Tschau, tschau Bambina«, Text: Will Glando. Curci Germany GmbH, 1959.

156 »Sing mei Sachse sing«, Text: Jürgen Hart. Harth Musik Verlag Pro Musica Verlag, 1979.

159 Conny Froboess, »Teenager-Melodie«, Text: Aldo von Ponelli und Peter Stroem. Europaton Musik Edition Peter Schaeffers, 1958.

184 Mäcki-Trio, »Grand mit Vieren«, 1957, zitiert aus der Erinnerung des Autors.

203 Danny Mann, »Hula Hoop«, Text: Carl A. Maduri und James M. Testa. Shapiro-Bernstein & Co. Inc. 1959.

218 Hans Blum, »Charly Brown«, Text: Jerry Leiber und Mike Stoller. Dt. Text: Carl-Ulrich Blecher. Electrola, 1959.

238 Ivo Robic, »Morgen«, Text: Peter Moesser. Monopol Verlag GmbH, 1959.

253 Conny Froboess, »Kleine Lucienne«, Text: Claude Alix und Fred Oldoerp. Musikverlag Melodie Froboess-Budde, 1959.

253 Hazy-Osterwald-Sextett, »Kriminaltango«, Text: Kurt Feltz. Polydor 1959.

253 Honey Twins, »Modell 1910«, Text: Hans Bradtke. Schneider Hermann Buehnen-Musikalienverlags KG, 1959.

253 Paul Anka, »Lonely Boy«, Text: Paul Anka. Chrysalis Standards Inc., 1960.

253 Freddy Cannon, »Tallahassee Lassie«, Text: Bob Crewe, Frank C. Slay Jr., Frederick A. Picariello. Swan Records, 1959.

253 Rocco Granata, »Marina«, Text: Rocco Granata. West-Ton-Verlag, 1959.

254 Bill Ramsey, »Souvenirs«, Text: Jonny Bartels. Polydor, 1959.

255 Conny Froboess, »Mr. Music«, Text: Carl Niessen, Aldo von Pinelli und Peter Stroem. Europaton Musik Edition Peter Schaefers, 1959.

255 Peter Kraus, »Wenn«, Text: Carl-Ulrich Blecher und Hilla May. Peermusic Germany GmbH, 1958.

259 Heidi Brühl, »Chico Charlie«, Text: Fred Seltzer. Kassner Musikverlag, 1959.

286 Conny Francis, »Die Liebe ist ein seltsames Spiel«, Text: Ralph Maria Siegel. Mellin Robert Musikverlag KG, 1960.

307 Trude Herr, »Ich will keine Schokolade«, Text: Carl-Ulrich Blecher. Emi Music Publishing GmbH, 1960.

314 Jerry Lee Lewis, »Whole lotta shakin' goin' on«, Text: David Curlee Williams. Mellin Robert Musikverlag KG, 1957.

315 Bill Haley, »Rock around the clock«, Text: Max C. Freedman und Jimmy De Knight. Kassner Musikverlag, 1954.

315 Elvis Presley, »Heartbreak Hotel«, Text: Mae Boren Axton, Tommy Durden und Elvis A. Presley. Emi Music Publishing Germany GmbH, 1956.

315 Elvis Presley, »Hound Dog«, Text: Jerry Leiber und Mike Stoller. Chappell und Co. GmbH & Co. KG, 1956.

315 Elvis Presley, »It's now or never«, Text: Aaron Schroeder. Gladys Music Elvis Presley Enterprises LLC, 1960.

315 Elvis Presley, »Wooden Heart«, Text: Fred Wise und Ben Weisman. Nolesto Edition, 1960.

315 Lale Andersen, »Ein Schiff wird kommen«, Text: Fini Busch. Emi Partnership Musikverlag GmbH, 1960.

315 Blue Diamonds, »Ramona«, Text: Wolfe L. Gilbert. Emi Partnership Musikverlag GmbH, 1960.

315 Gus Backus, »Der Mann im Mond«, Text: Charly Niessen. Neue Welt Musikverlag GmbH & Co., 1961.

315 Ralf Bendix, »Babysitter-Boogie«, Text: Joachim Relin. Chappell und Co. GmbH & Co. KG, 1961.

315 Ivo Robic, »Mit 17 fängt das Leben erst an«, Text: Kurt Schwabach. Warner/ Chappell Music GmbH & Co. KG, 1961.

316 Elvis Presley, »Jailhouse Rock«, Text: Jerry Leiber und Mike Stoller. Lesto Edition, 1957.

316 Elvis Presley, »Treat me nice«, Text: Jerry Leiber und Mike Stoller. Lesto Edition, 1957.

334 Gus Backus, »Da sprach der alte Häuptling der Indianer«, Text: Peter Wehle. Atlas Musikverlag Kriemhild Seuss, 1960.

334 Bill Ramsey, »Wumba Tumba Schokoladeneisverkäufer«, Text: Kurt Feltz. Polydor, 1958.

349 Little Richard, »By the light of the silvery moon«, Text: Edward Madden. Greenhorn Musikverlag GmbH & Co. KG, 1959.

358 Ricky Nelson, »Hello Mary Lou«, Text: Gene Pitney und Cayet Mangiaracina. Chappell und Co. GmbH & Co. KG, 1960.

387 Nana Mouskouri, »Ich schau den weißen Wolken nach«, Text: Hans Bradtke. Europaton Musik Edition Peter Schaeffers, 1961.

387 Nana Mouskouri, »Weiße Rosen aus Athen«, Text: Hans Bradtke. Kassner Musikverlag, 1961.

387f. Conny Froboess, »Zwei kleine Italiener«, Text: Georg Buschor. Edition Intro Meisel GmbH, 1962.

388 Günter Geißler, »Was willst du denn in Rio«, Text: Jürgen Hermann und Siegfried Osten. VEB Lied der Zeit Musikverlag, 1961.

398 Pat Boone, »Speedy Gonzales«, Text: David Hill, Buddy Kaye und Ethel Lee. Sony/ATV Music Publishing, 1962.

405 The Shadows, »Guitar Tango«, Columbia 1962.

407 Mina, »Heißer Sand«, Text: Kurt Feltz. Edition Rialto Hans Gerig KG, 1962.

414 »Eine Insel mit zwei Bergen«, Text: Michael Ende, Manfred Jenning, Martin Meinschaefer, Sebastian Schoplick und Dominik Stahlschmidt. Discoton Musik Edition GmbH, 1961.

416 Caterina Valente und Silvio Francesco, »Peppermint Twist«, Text: Ernst Bader, Marbot GmbH Edition, 1962.

416 Peppino di Capri, »St. Tropez Twist«, Text: Mario Cenci. Marbot GmbH Edition, 1962.

416 Sisi Schuster, »Jodel-Twist«, Text: Wolfgang Roeder. Lied der Zeit Musikverlag, 1963.

417 Chubby Checker, »Let's twist again«, Text: David Appell und Kal Mann. Neue Welt Musikverlag GmbH & Co. KG, 1961.

417 Charly Cotton und seine Twist-Makers, »Der Liebestraum als Twist«. Text: Leo Rieden. Intro Edition Gebr Meisel OHG, 1961.

418 Freddy Quinn, »Junge, komm bald wieder«, Text: Walter Rothenburg. Polydor, 1962.

419 Bill Ramsey, »Pigalle«, Text: Heinz Gietz und Hans Bradtke. Rialto Edition Hans Gerig KG, 1961.
419 Little Eva, »The Loco-Motion«, Text: Gerry Goffin und Carole King. Emi Music Publishing Germany GmbH, 1962.
424 »In Frisco ist der Teufel los«. Operette von Guido Masanetz. Libretto: Mauritius Janowski und Otto Schneidereit, 1962.
439 Paul Anka, »Diana«, Text: Paul Anka. Mellin Robert Musikverlag KG, 1957.
439 Jerry Lee Lewis, »High School Confidential«, Text: Ron Hargrave. Rolf Budde Musikverlag GmbH, 1958.
439 Tommy Roe, »Sheila«, Text: Tommy Roe. Sony/ATV Music Publishing (Germany) GmbH, 1962.
440 Del Shannon und Max Crook, »Runaway«, Text: Del Shannon und Max Crook. BMG Rights Management GmbH, 1961.

Bücher

117 »Auf dem Hühnerhof«. In: Lesebuch für das dritte Schuljahr. Volk und Wissen Verlag, Berlin 1954.
128 James Fenimore Cooper, »Der Wildtöter«. Der Kinderbuchverlag, Berlin 1955 (neu bearbeitet und gekürzt von Ruth Geröll-Kardas).
129 Mark Twain, »Die Abenteuer des Huckleberry Finn«. Herausgegeben von Karl-Heinz Berger, Verlag Neues Leben, Berlin 1957.
130 Bernhard van Oterendorp, »Die Strandpiraten oder Krebse fangen ist Gefühlssache«. Gerhard Stalling Verlag, Oldenburg 1951.
176 G. Baidukow, »Stalins Flucht aus Sibirien«. In: Lesebuch für das vierte Schuljahr. Volk und Wissen Verlag, Berlin 1954.
178 Sebastian Haffner, »Geschichte eines Deutschen«. Deutsche Verlagsanstalt Suttgart/München 2000.
211 »Aus vergangener Zeit. Lehrbuch für den Geschichtsunterricht 5. Schuljahr«. Volk und Wissen Verlag, Berlin 1957.
228 Eduard Bass, »Klapperzahns Wunderelf«. Herausgegeben von Stefan Zwicker. Originaltitel: Klapzubova Jedenáctka. © der deutschen Ausgabe: Arco Verlag, Wuppertal 2008.
232 »Bauern, Bürger und Feudalherren. Lehrbuch für den Geschichtsunterricht 6. Schuljahr«. Volk und Wissen Verlag, Berlin 1957.
290 »Unser Lesebuch. 7. Schuljahr«. Volk und Wissen Verlag, Berlin 1960.
311 Hans Georg Prager, »Orkan in Höhe Bäreninsel«. Franck'sche Verlagshandlung, Stuttgart, 1953.
412 Reim von Günter Neumann, zitiert nach: Regina Stürickow, »Der Insulaner verliert die Ruhe nicht«. arani-Verlag, Berlin 1993, S. 187. Abdruck mit freundlicher Genehmigung der Günter Neumann Stiftung.

Mein Dank …

… gilt meinen Haus- und Hoffreunden Frank, Michael, Gabi, Rainer, Fred und Evi; meinen Schulfreunden Werner, Ursula, Eberhard, Hanfried, Klaus-Dieter, Gerhard, Heinz, Jutta, Helga, Christel, Hans-Jürgen und Gabriele; dem Semper-Radrenner Gerd Hauptmann sowie meinen STERN-Kollegen Werner Mathes und Uli Jörges.